범우비평판세계문학선 35-❸

미국의 비극(하)

디어도어 드라이저 지음 / 김병철 옮김

범우사

미국의 비극(하)

차　례

제2부

38

틀림없이 임신이라는 의사의 선고는 로버타와 크라이드 두 사람에게 말할 수 없는 충격과 공포였다. 이것의 의미는 로버타에 대해서는 불의한 관계의 폭로와 치욕을 가져다 줄 것이었고, 크라이드에 대해서도 사회적 폭로와 일신의 파멸을 안겨 줄 것이었기 때문이다. 결국 그렇게 될 수밖엔 딴 도리가 없는 것만 같았다. 그러나 적어도 크라이드는 그 후 점차로 암흑의 장막이 조금씩 걷혀지는 것 같았다. 그녀가 차차 정신이 든 후에 이야기한 것이지만 아직도 결정적인 것은 아니라고 의사가 말했다는 것이다. 즉 그 약사와 쇼트도 말한 것처럼 그녀가 잘못 생각했을 경우도, 가능성도 크진 않지만, 있을 수 있는 일이었다. 그녀는 그것을 믿을 생각은 없었지만, 크라이드는 아무리 조바심을 친다 하더라도 이 궁지를 벗어날 수 없을 거라는 생각이 들었고, 그렇게 되는 날엔 당연히 비밀이 세상에 누설되리라고 생각하자, 정말 겁이 나고 위축되어 다른 방법을 써보려고도 하지 않았으며, 다만 멍하니 한쪽으로 그런 것을 은근히 믿기 시작했다. 본래 그는 그러한 성격의 소유자였다. 이대로 멍하니 그런 것만을 믿고서 가만히 있다간 그야말로 비극적인 결말을 맞이하게 될 뿐이라고 생각하면서도 섣불리 남에게 의논을 하다간 비밀이 탄로될 위험이 있으므로 그는 꼼짝도 못 하고 있었다. 의사에게 깨끗이 거절을 당하자 쇼트의 말이 얼마나 신빙성이 없는 말인가가 짐작되어 이제 새삼스럽게 다시 의논해 보고 싶은 생각도 영 나지 않았다.

그렇다면 이번엔 누구와 의논해 보면 좋을까 하고 여러 가지로 궁리해 보았지만 이렇다 할 생각도 머리에 떠오르지 않은 채 2주일이 흘러갔다. 사건이 사건이니만큼 섣불리 무턱대고 아무에게나 의논할 수도 없는 일이었다. 더구나 그에게는 지혜를 빌려 줄 만한 사람이 하나도 없었다. 누구에게 부탁해 보면 좋을까? 그러는 동안에 적당한 기회가 있을지도 모른다……. 그러나 이럭저럭하고 있는 동안에 시간은 용서 없이 흘러갔고, 두 사람에게는 약도 의사도 소용이 없다면 어떻게 하면 좋을까 하는 문제를 진지하게 생각하지 않으면 안 될 시기가 점점 좁혀 들어왔다. 로버타는 자기 혼자서 이 문제를 생각하다니 그런 어리석은 법이 세상에 어디 있느냐고 생각하고는, 입으로는 말하지 않지만 표정과 몸짓으로 넌지시 그를 자꾸만 볶아대는 것이었다. 그러나 크라이드는 그녀가 보기엔 그 무슨 대책을 강구하려는 기색이 영 보이지 않았다. 아니, 그에게는 이젠 대책이라곤 아무것도 없었던 것이다. 그에게는 친한 친구라고는 하나도 없었기 때문에 무슨 유력한 정보를 얻으려면 남의 일처럼 추상적으로 문제를 끌어낼 수밖에 딴 도리가 없었다. 그리고 매우 도피적인 이야기지만 일요일이나 밤에는 손드라의 무리들로부터 쉴 새 없이 초대를 받고는 이리저리 분주히 돌아다니고 있었다. 무시무시한 불행을 눈앞에 놓고서도 그러한 화려한 세계를 이리저리 뛰어 돌아다니고 있으면 얼마간이라도 그 공포를 잊을 수가 있었기 때문이다. 그러나 어떻게 해서든지 이 궁지를 벗어나야겠다고 생각했다. 그러나 돈도 없고, 친구도 없고, 의학의 지식도 없는 그가 무슨 수로 빠져 나올 수가 있겠는가 말이다. 그런 대이비슨의 보이들의 말에 의하면 성적인 향락을 목적으로 한 비밀결사가 있다고 하는데, 그런 데 의논해 볼 방법은 없는 것일까? 그는 물론 래터러에게 편지를 내보았지만 아직 편지가 래터러의 수중에 들어가지 않았다. 그가 이 고장에서 알고 있는 사람이라곤 공장 사람들이거나 사교계의 사람들뿐이었는데 그는 그 중의 누구하고도 아직 비밀을 털어놓을 만큼 친밀한 교제를 맺고 있지 않았다. 그러므로 공장 사람들은 무경험이거나 위험하고, 사교계의 사람들은 소원하거나 위험했다.

그러나 그는 동시에 무슨 수를 쓰지 않으면 안 되었다. 이대로 가만히 아무 대책도 강구하지 않고 있을 수도 없었다. 로버타가 언제까지 그렇게 하도록 내버려 두지 않을 것이다. 머지않아 그 증세가 드러날 것이 확실하기 때문이다. 그는 이렇게 생각하자 마음이 괴로워서 견딜 수가 없었다. 조그마한 기회라도 놓치지 않고 마치 지푸라기라도 움켜잡는 기분으로 방법을 알려고 노력했다. 어느 날, 어떤 부서의 과장 하나가 그 전에 그의 과의 여공이 '배가 커져서' 부득이 회사를 그만두지 않으면 안 되었다는 이야기를 했을 때, 크라이드는 이 기회를 놓칠세라 그러한 경우 애를 낳지 않으려면 어떻게 하면 좋겠느냐고 물어 보았다. 그러나 그 과장은 크라이드와 마찬가지로 그다지 세상 물정을 모르는 사나이였으므로 잘 알고 있는 의사라도 있으면 그에게 부탁을 해보거나, 그렇지 않으면 '갈 때까지 가는' 수밖에 딴 방법이 없을 거라고 대답했을 뿐으로, 크라이드에게는 아무런 도움이 되지 않는 이야기였다. 또 어느 날 이발소에서 이 애기 저 애기 하던 끝에《스타》지에 게재된 어느 기사 이야기가 나왔다. 그것은 한 여자가 시골의 어느 건달을 약혼 불이행으로 고소했다는 기사로 여자는 그것에 관하여, "만일 내가 이런 몸이 되지만 않았다면 그를 고소까지 해서 결혼하려고는 생각하지 않겠어요"라고 말했다는 것이다. 크라이드는 이거 잘됐다는 듯이 이렇게 물어 보았다.

"그러나 좋지도 않은 상대와 결혼하기보다는 차라리 뱃속에 든 애를 쓱싹해 버릴 수는 없을까요?"

"천만에요. 그렇게 간단하겐 안 될 겁니다, 특히 이 근처에서는." 그의 머리를 깎고 있던 영리하게 생긴 사나이가 대답했다. "대체로 법률이 금하고 있고, 게다가 돈이 꽤 많이 들 테니까요. 돈이 없으면 아무것도 안 되죠." 크라이드는 이발사의 가윗소리를 들으면서 자기 신분을 비추어 보고는 그럴 듯한 이야기라고 생각했다. 만일 그가 아주 돈이 많은 신분이라면, 아니, 4, 5백 달러만이라도 있다면 그녀를 설득하여 어디로 보내어 수술을 받게 할 수도 있을 텐데.

그는 하루라도, 어떻게 해서든지 대책을 강구하지 않으면 안 되겠다고 고민하지 않는 날이 없었다. 또 로버타도 비록 그가 조치를 강구할 작정으로 있다고 하더라도 이제는 크라이드만을 의지할 수는 없다. 자기 힘으로 어떻게 하지 않으면 안 되겠다고 생각하기 시작했다. 이제는 안절부절못하는 실정이었다. 그녀에게는 너무도 무겁고 참혹한 일이었다. 이것이 얼마나 무서운 결말을 가져다 줄지 크라이드는 아직 모를 것이다. 그는 무슨 일이 있어도 자기를 도와 주겠다고 약속했다. 하지만 그가 그렇게 해주지 않는다면 자기 혼자서 이제부터 닥쳐올 폭풍우를 어떻게 참아낼 수 있을까. 그런 바보 같은 소리가 어디 있담! 크라이드는 사나이며, 더구나 훌륭한 지위에 있는데도 불구하고 자기만이 비참한 입장에 놓여 있고, 그것을 빠져 나오지 못해 괴로워해야만 하다니, 이런 바보 같은 이야기가 어디 있을까? 이렇게 하여 두 번째의 예정일이 이틀이나 지나 그녀의 의혹이 사실인 것으로 분명히 드러났을 때, 그녀는 그에게 최선의 방법으로 자기의 고충을 호소했을 뿐만 아니라, 사흘째에는 공장에서 그에게 편지를 주어 요전에는 거절을 당했지만 이렇게 된 이상은 어떻게 할 길이 없으므로 다시 한 번 예의 그 글로버즈빌 근처의 의사를 만나 볼까 하니, 함께 가 주었으면 좋겠다고 하는 내용을 알렸다. 크라이드는 해볼 때까지는 전부 해보았지만 결국 실패를 거듭한 끝이라 이제는 다른 방도도 머리에 떠오르지 않았기 때문에 그 날 밤은 손드라와의 약속도 있었지만 이번만은 무슨 일이 있어도 내버려 둘 수는 없겠다고 생각하고는 곧 승낙했다. 손드라의 약속은 일 때문이라고 핑계를 대고서 거절할 작정이었다.

이리하여 두 사람은 또다시 멀리 글로버즈빌까지 갔다. 도중 두 사람 사이에선 여러 가지 이야기가 오고갔지만 결국은 그가 이제까지 수수방관하고 있던 것에 대한 변명과 그녀가 용기를 내어 또다시 의사에게 부탁해 보겠다는 결심을 갖게 된 것에 대한 찬사로 끝났다.

그러나 이번에도 의사는 여전히 아무 일도 해주려고 하지 않았다. 때마침 외출하고 집에 없어 그녀는 한 시간 이상이나 기다린 후에 겨우 만나서 여전히 아무런 증세도 없었다는 것과 죽고 싶을 만큼 괴로워하고 있다는 것을 말하고는 무슨 일이 있어도 꼭 수술을 좀 해줘야겠다고 애원해 보았지만 의사는 여전히 조금도 동요하는 기색이 없었다. 그의 위구심(危懼心)과 도덕관이 다시금 그를 그렇게 만든 것이었다.

이리하여 로버타는 또다시 아무런 소득도 없이 돌아온 것인데, 이번에는 울음조차도 나오지 않았다. 몸에 절박한 위험과 그것에 수반되는 공포와 슬픔에 가슴이 메어 눈물조차 나오지 않았다.

크라이드는 그녀의 호소가 거절되고 만 것을 알자, 이렇다 할 만한 제안도 전혀 머리에 떠오르지 않은 채 조바심만 치며 입을 꾹 다물고 말았다. 어떻게 말을 꺼내야 좋을지 몰랐으며, 서투르게 입을 열었다가 로버타가 감당도 못할 일을 요구해 오면 큰일이라는 걱정이 앞섰기 때문이다. 그러나 그녀는 집에 돌아올 때까지 그것에 관해서는 거의 한마디도 말이 없었다. 힘없이 전차 창밖으로 바깥 어둠을 내다보면서 시시각각으로 다가오는 막을래야 막을 수 없는 무서운 파국에 관하여 생각에 젖어 있었다. 골치가 아프다는 것을 구실로 거의 입을 열지 않았다. 자기 혼자만 있고 싶었다. 혼자서 생각하고, 해결의 길을 찾아보고 싶었다. 무슨 수를 써서라도 타개해야겠다고 생각했지만, 어떻게 하면 좋단 말이냐? 어떻게 하면 이 궁지를 벗어날 수 있단 말인가? 그녀는 마치 자기가 몰리고 몰려 죽을 기를 다 써서 도망치려고 허덕이는 짐승과도 같다는 생각이 들었다. 이것저것 돌파구를 생각해 보았지만 그 모두가 기대를 걸 수도 없는 불가능한 것뿐으로 결국은 하나의 안전한 해결 방법, 결혼이라는 방향으로 생각이 되돌아갈 뿐이었다. 결혼하는 것이 당연하지 않은가? 그녀는 모든 것을 그에게 바쳤으니까. 더욱이 자기는 반대했는데 그가 억지로 자기를 정복하여 모든 것을 빼앗은 것이 아니었던가? 그러한 장본인인 그가 그녀를 버리려고 하다니 너무도 지독한 사나이다. 크라이드는 특히 이 위기가 발전될 그 무렵부터 손드라와 그리피스 가와 그 밖에 그가 생각을 걸고 있는 모든 꿈에 치명적인 영향을 미칠 것을 두려워한 나머지 그녀에 대한 애정이 사라져 버린 것을 노골적으로 나타내기 시작했다. 그리고 그녀를 이러한 꼴로 만들어 놓아 안됐다는 기색도 없이 그저 자기 몸에 닥쳐올 재난만을 피하려고 혈안이 되어 있을 뿐이었다. 그러나 그녀는 사태가 이렇게 절망적이지 않을 그때부터 벌써, 지금과 같은 절망적인 단계에 도달하면 그에게 결혼을 요구해야겠다는 생각을 굳게 하고 있었다. 그것 이외에 돌파구라곤 없다. 도대체 그것은 당연한 일이 아닌가. 그는 자기의 인생이 중요할지 모르지만 그녀에게도 그것에 못지않은 중대한 인생이 있는 것이다. 더구나 그녀를 강제 유린하지 않았던가? 그런데도 불구하고 그는 이제 어찌하여 그녀를 도우려고 하지 않는 것일까? 이 밖에 그녀를 도울 딴 방법이 없다면, 왜 자기를 희생하지 않는 것일까? 이렇게 된 이상은 그녀를 도울 길이라곤 그것밖에 없을 것이 아닌가? 그가 교제하고 있는 사교계의 사람들 따위는 아무래도 좋다. 그들의 환심을 사기 위해서 그녀의 장래도 이름도 모두 희생해 버리라고 하는 것은 너무도 잔인하다. 사교계의 사람들이 그에게 무엇을 해주었다는 것인가? 적어도 그녀만큼 그를 위해서 해준 일은 없을 것이다. 그런데도 그녀를 유혹하여 이러한 꼴로 만들어 놓은 후, 싫증이 났다고 해서 궁지에 몰린 그녀를 내버린다는 것이 과연 괜찮은가? 그는 사교계의 사람들과 어느 정도 깊은 교제를 맺고 있는지 모르지만, 그들도 그녀가 택하지 않을 수 없게 된 길을 그대로 나가라고 찬성해 줄 것이리라.

그녀는 두 번째로 글렌 의사에게 부탁하러 갔다오는 귀로에서 여느때 이상으로 진지하게 이 문제를 생각하고 있었다. 마치 딴 사람이 된 것처럼 단호한 태도를 보였다. 그러한 결심을 했다는 듯이 턱을 바싹 끌어당기고 있었다. 그가 그녀와 결혼하는 외에 이 문제를 해결할 방법이 없다면 무슨 짓을 해서라도 그렇게 해야 한다. 절대로 그렇게 하지 않으면 안 된다! 고향 사람들──그레이스 마르, 뉴톤 부부, 그 밖에 그녀가 알고 있는 모든 사람들에게 만일 이 일이 알려지게 된다면 아마 그녀뿐만 아니라 양친과 형제들까지도 망신을 톡톡히 당할 것이다. 아니다, 그들을 그렇게 당하게 할 수는 도저히 없다. 확실히 이제까지 그가 자기의 장래를 생각하여 그녀를 여러 가지로 설복시킨 것으로 미루어 본다면 이렇게 된 지금이라도 그에게 결혼을 강요한다는 것은 꽤 용기가 필요한 일이었다. 그러나 그 밖에 딴 도리가 없지 않은가?

그래서 다음날 그녀는 공장에서 크라이드에게 오늘밤 꼭 만나고 싶다는 편지를 주었다. 어젯밤 꽤 늦게까지 함께 있었는데 어찌 된 셈일까 하고 그는 적잖이 놀랐다. 할 이야기가 있다고 한다. 그 편지에는 어떠한 구실도 용서하지 않을 테니 두고 보라는 듯한 딱딱함이 느껴졌다. 그러나 그에게는 이 문제가 해결되지 않으면 큰일이라고 하는 절박한 생각도 있었으므로 되도록 기분좋게 이를 승낙하고는, 그녀가 어떠한 해결 방법을 제안할 작정일지 모르지만──어쩌면 울고불고 할 수밖에 딴 길이 없을지도 모르지만──어쨌든 일단 만나서 들어보자는 생각이 들었다.

그 날 밤 늦게 그녀의 방으로 가 보았더니 그녀는 이 문제가 발생한 이래 일찍이 보지 못했을 정도로 침착한 얼굴을 하고 있었다. 아마도 울고불고하여 퉁퉁 부은 얼굴을 하고 있으려니 생각하고 온 그에게는 정말로 뜻밖의 일이었다. 그러나 그녀는 아주 명랑한 얼굴을 하고 있었지만 사실 그를 설복하여 자기가 만족할 수 있는 결론을 얻으려고 갖은 지혜를 다 짜면서 그를 기다리고 있었던 것이다.

그리하여 느닷없이 그 이야기를 꺼내는 대신 다른 얘기를 꺼내었다.

"이봐요, 크라이드, 다른 의사라도 알아보셨어요? 무슨 명안이라도 생각나셨어요?"

"있긴 뭐가 있어." 그는 될 대로 되라는 말투로 대답했다. 이젠 생각해 볼 기력조차 없었다. "여기저기 찾아보았지만 그 모두가 겁쟁이들뿐으로 해줄 만한 의사라곤 하나도 없지 뭐야. 솔직하게 말하면 정말 놀랐어. 전혀 길이 없어. 당신도 이렇다 할 만한 사람이 없지? 누구에게 그런 얘길 좀 해봤소?" 맨 처음 예의 그 글로버즈빌의 의사를 찾아간 직후, 그는 공장의 이주민인 어떤 여공과 친히 교제를 해보면 무슨 유익한 정보라도 입수할는지 모르겠다는 것을 그녀에게 암시해 주었던 것이다. 그러나 로버타는 누구와도 간단히 쉽게 사귀는 성격이 아니었으므로 그 방면에서는 아무런 정보도 얻어낼 수 없었다.

그러나 그가 "전혀 길이 없다"고 한 말은 그녀에게 이야기를 꺼낼 기회를 주었다. 이제는 말하지 않고서 그대로 배겨날 수 있는 것도 아니었고, 이 이상 더 주저하고만 있을 수도 없는 단계에 이르렀다. 그러나 크라이드가 어떠한 반응을 나타낼까 걱정이었으므로 이야기를 어떻게 꺼내야 좋을지 몰라 잠시 망설이면서 고개를 가로저으며, 마음속에 있는 불안감을 목소리로 나타냈다. "나도 여러 가지로 궁리해 보았지만 결국, 결국 당신이 나와 결혼할 수밖에 딴 방법은 없을 것만 같아요. 그것도 벌써 2개월이 아니예요? 그러니까 어서 빨리 결혼하지 않으면 모두들 알게 될 거예요."

이렇게 말한 그녀의 태도에는 자기 말이 옳다는 확신이 낳아 준 용기와 크라이드의 태도에 대한 내면적인 불안이 뒤섞여 있었다. 크라이드의 얼굴이 놀람과 분노와 불안과 공포가 뒤섞인 기묘한 표정으로 바뀌었다. 그녀가 부당한 무엇을 요구하고 있다는 그러한 표정이었다. 손드라와 교제하게 된 이래로 그의 희망은 높아질 대로 높아졌고 그 실현의 가능성도 높아진 참이었으므로 로버타의 요구를 듣자, 그 순간 공포와 반감과 책임을 회피하려고 하는 결의가 지금까지의 비교적 애교 있던 태도를 일변시켜 놓고 말았으며, 그의 표정은 자못 독살스럽기까지 했다. 왜냐하면 그것은 그의 모든 것을 엉망진창으로 만드는 것을 의미했다. 손드라도 직장도 잃게 되고 말 것이며, 사교계의 야심도 그리피스 가와 관련된 야망도 모두 꿈으로 변하고 말 것이리라. 피가 솟아오르는 것을 느꼈다. 동시에 어떻게 대답해야 좋을지 몰랐다. 그러나 어쨌든지 간에 그러한 요구를 단연코 받아들일 수는 없었다. 절대로 응할 수 없는 요구였다.

그러나 잠시 후에 그는 애매하게 대답했다. "그건 확실히 당신에겐 아무렇지도 않은 지당한 이야기일 테지. 뭐든 다 무사하게 끝날 테니 말야. 그러나 난 어떻게 되지. 내 입장도 조금은 생각해 줘야 하잖아. 난 돈이라곤 한푼도 없어. 내가 가지고 있는 거라곤 지금 갖고 있는 직장뿐야. 더구나 내 친척은 아직 당신의 일을 전혀 모르고 있어. 그러니까 우리들이 그 전서부터 이런 관계를 맺어 왔고, 애가 생겨서 서둘러 결혼하려고 한다는 것이 만일 그들에게 알려지기만 해보란 말야. 펄쩍 뛰며 야단일 것은 뻔한 일이지 뭐야. 그러면 어떻게 되지? 어때, 당신 생각은? 내 모가지가 달아날 건 뻔한 일이지."

그는 자기 설명의 효과를 확인하기 위해서 잠시 사이를 두었다가 그녀의 얼굴을 쳐다보았다. 그러나 로버타의 얼굴에는 최근 그가 뭐라고 핑계를 댈 때마다 늘 떠오르던 의심스러운 표정 외엔 아무것도 나타나 있지 않았다. 그래서 그는 우선 대답을 회피하고는 이 당장의 위기를 피해야겠다고 생각했다. "게다가 지금은 아직 다른 의사를 찾을 수 없다고 단정할 수 있는 것도 아니잖아. 유감스럽게도 지금 당장은 이렇다 할 만한 계획은 없지만 아직 완전히 단념한 건 아냐. 아직 약간 시간은 있어. 아직 문제 없어. 적어도 3개월 이내라면 할 수 있으니까 말야." 그는 조금 전에 래터러의 편지를 받아보았는데 거기 그러한 내용이 적혀 있었다. "실은 앨바니에 해줄 듯한 의사가 하나 있을 것 같다는 얘길 최근 어떤 사람한테서 들었지만, 실은 내가 거기 가서 잘 확인한 후에 당신에게 얘기하려고 아직 안 한 거야."

그렇게 말할 때의 그의 태도는 아주 애매했으므로 로버타는 그가 단지 시간을 얻기 위한 수작으로 거짓말을 하고 있는 데 지나지 않는다는 것을 재빨리 간파하고 말았다. 도대체 앨바니에 무슨 의사가 있단 말인가. 더구나 그녀의 요구에 분개한 나머지 어떻게 해서든지 그것을 회피해 버리려는 그의 배짱이 드러나 보였다. 그리고 그가 지금까지 한 번도 그녀와 결혼하겠다고 분명히 확언한 적이 없다는 것도 그녀는 충분히 알고 있었다. 그녀가 제아무리 그를 몰아붙인다 하더라도 결국은 그를 자기 마음대로 지배할 수는 도저히 없음을 그녀는 잘 알고 있었다. 또 섣불리 잘못하다간 그는 정말로 그녀 때문에 직장을 잃게 되어 결국엔 혼자서 도망을 치고 말지도 모를 일이었다. 만일 그가 그다지도 관심을 가지고 있던 이 도시의 상류사회에서 추방되고, 게다가 그녀와 아이까지도 떠맡아야만 한다면 그는 아마 도망을 치고 싶은 생각이 날지도 모를 일이다. 이렇게 생각이 미치자, 그녀는 결국 신중해져 강경하게 호소하고 싶은 생각은 태산 같았지만 그 생각을 꾹 누르지 않을 수가 없었다. 한편 크라이드는 손드라를 중심으로 한 찬란한 세계가 파노라마처럼 화려하게 눈앞에 떠오르는데, 그것이 이제 그의 수중에서 빠져 나가려고 하고 있다는 것을 생각하자 안절부절못했다. 마음이 산란해진 나머지 생각을 한군데로 모을 수가 없었다. 그 모든 것을 잃고 그와 로버타와 젖먹이——이렇게 셋이서 조그마한 가정을 가져야만 하는 것일까? 그의 박봉으로 세 식구가 간신히 살아가야 할 평범한 생활, 게다가 일단 그러한 세계에 빠지고 마는 날엔 그는 두 번 다시 광명의 빛을 보기란 영영 가망이 없으리라. 아아, 이 무슨 꼴이냐……. 그는 가슴이 두근거리는 것을 느꼈다. 안 된다, 절대로 그렇게 되고 싶지는 않다! 그러나 여기서 한걸음 잘못 내디디면 그녀 때문에 모든 꿈이 한순간 붕괴되고 말 것은 뻔한 일이다. 이렇게 생각이 미치자 그는 신중해야겠다는 생각이 들었다. 요령과 교활이 얼마나 중요한 것인가를 난생 처음으로 알 것만 같았다.

그리고 자기가 이렇게도 변해 버린 것에 마음속으로 다소 부끄러움을 느꼈다.

그러나 로버타는 이렇게 말했다. "근데 당신은 아까 이젠 어떻게 할 수 없게 되었다고 말씀하셨죠? 게다가 의사에게 부탁할 수 없다면 하루가 지날 때마다 자꾸만 나빠만 질 게 아녜요. 결혼도 할 수 없는데 이제 앞으로 몇 달만 지나면 애가 생겨날 게 아니냔 말예요. 이제 곧 모두가 알게 될 게 아니냔 말예요. 그러면 나도 난처하게 되고, 당신도 난처하게 될 거예요. 그리고 앞으로 생겨나게 될 어린애도 좀 생각해 주지 않으면……." 생겨날 어린애라는 말을 듣고 크라이드는 마치 따귀라도 얻어맞은 것처럼 얼굴을 찡그렸다. 그녀는 재빠르게 그것을 눈치챘다. "이렇게 되면 둘 중 어느 하나를 당장 실행하지 않으면 안 될 거예요. 결혼을 하거나, 애를 떼어 버리거나 어느 하나를. 그러나 애를 떼어 버린다는 것은 어려울 듯한 일이니까…… 만일 우리들이 결혼할 경우 당신의 백부님이 어떻게 생각하실지, 어떠한 짓을 하실지 그게 그렇게 걱정이라면……." 그녀는 불안한 말투로 천천히 말을 이었다. "결혼을 해도 그것을 당분간 비밀로 해두면 되잖아요, 적당한 때가 올 때까지. 난 그 동안 집에 가 있겠어요. 아버지와 어머니에게 이유를 잘 설명하고요. 결혼은 했지만 잠시 비밀로 해두지 않으면 안 될 일이 생겨서 그렇다고 하면서. 그리고 만일 부득이 이 도시에 그대로 있을 수 없게 되었을 때에는 둘이서 다른 곳으로 가도 되잖아요. 결국 당신 백부님에게 우리들이 벌써 옛날에 결혼해 버렸다고 하는 것을 절대로 얘기할 수 없는 경우에 말예요. 요샌 이렇게 같이 살게 된 젊은 부부도 얼마든지 있거든요. 생활은 어떻게든 해 나갈 수 있을 게 아녜요." 갑자기 크라이드의 얼굴 위를 컴컴한 그림자가 스쳐간 것을 의식하면서 그녀는 말을 이었다. "어딜 가든지 굶어 죽지는 않을 거예요. 또 애만 낳으면 나도 얼마든지 일할 수 있을 거예요."

그녀가 이야기를 시작했을 때 크라이드는 침대 한끝에 앉아서 침착성을 잃은 태도로 그녀의 이야기에 귀를 기울이고 있었는데, 그 후 이야기가 결혼을 하여 이곳을 떠난다는 데 이르자, 그는 견딜 수 없어 그만 벌떡 일어서고 말았다. 그리고 애가 태어난 후에는 곧 일터로 나간다고 하는, 참으로 평범한 제안으로 이야기가 끝났을 때 그는 겁먹은 눈초리로 그녀를 쳐다보았다. 조금만 있으면 운이 터, 그리고 로버타라고 하는 방해물만 없다면 손드라와 결혼할 수 있는 이때에 억지로 결혼을 해 그런 생활에 만족하지 않으면 안 된다고 생각하자 견딜 수 없었다.

"옳지, 당신은 그러면 되겠지. 당신에겐 그렇게 되면 만사가 다 편안할 테니까. 그러나 난 어떻게 되지? 여기에 와서 겨우 직장이라고 하는 것을 이제 막 가졌는데, 결혼한 것이 탄로나 여길 또다시 도망을 쳐야만 한다면 난 도대체 어떻게 해야 좋으냔 말야. 난 아무 일도, 장사도 배운 적이 없어. 그러니까 둘이서 산다고 해도 그리 쉽게 되어 갈 리가 만무해. 더욱이 난 백부에게 부탁하여 겨우 현재의 직장을 얻은 것이니까, 이제 내가 마음대로 뛰어나가 버린다면 백부인들 두 번 다시는 날 도와 줄 수 없을 게 아니냔 말야."

그는 이제까지 몇 번씩 로버타에게 그의 양친은 상당히 부유한 생활을 하고 있기 때문에, 비록 여기서 마음대로 되지 않아도 서부로 돌아가면 어떻게 될 거라는 말을 한 것을 완전히 잊어 버리고 있었다. 그러나 그녀는 이때 그것을 생각해 내고는 물었다. "덴버인가 어디로 가면 되잖아요? 당신 아버님께서 잠시 도와 주실 수 없으실까요?"

그녀는 크라이드를 너무 비관케 하지 않으려고 마음을 쓰면서 온순한 말투로 이렇게 물었다. 그러나 그녀가 하고많은 사람 중에서 하필이면 그의 아버지에게 의지해 보려고 생각하고 있다니, 그는 정말로 어처구니가 없었다. 그녀는 그의 가정의 실정을 전혀 모르며, 더욱 한심스럽게도 그쪽으로부터의 원조를 기대하고 있으니 말이다. 만일 그녀가 나중에 실정을 알게 된다면 아마 자기를 속였다고 하며 그녀는 펄쩍 뛸지도 모른다. 무슨 수를 써서라도 지금 당장 여기서 그녀에게 결혼을 단념케 할 필요가 있다.

그러나 결혼을 요구할 권리가 있다고 생각하고 있는 그녀에게 어떻게 하면 단념케 할 수가 있을까? 그녀와 결혼하고 싶지 않다는 것을, 아니 도저히 결혼할 수 없다는 것을 정면에서 냉혹하게 알리려면 어떻게 해야 좋을까? 지금 그것을 확실히 해두지 않으면 그녀는 점점 확신을 굳게 하여 그를 힐책하게 될지도 모른다. 잘못하다간 백부나 사촌을 만나 그와의 관계를 전부 털어놓을지도 모른다. 길버트의 냉혹한 눈초리가 보이는 것만 같았다. 그렇게 되는 날엔 모든 게 다 끝장이다! 손드라와 이 도시에 관련된 모든 화려한 꿈은 정말로 한순간에 이슬처럼 사라지고 말 것이다. 그러나 그는 겨우 이렇게 말했을 뿐이다.

"하지만 그건 암만 해도 좀 무리야, 로버타. 적어도 지금은 안 돼." 그 말이 도리어 로버타에게는 이렇게 된 이상 결혼도 피할 길이 없지 않느냐는 뜻으로 들렸다. 그러나 그녀가 그렇게 생각하고서 이젠 됐다 하고 마음을 놓을 사이도 없이 그는 이렇게 덧붙였다. "그리고 난 그렇게 급히 결혼하고 싶지도 않아. 지금 결혼하면 어떻게 되지? 첫째 결혼할 연령도 되지 않고 결혼 준비도 전혀 아무것도 되어 있지 않단 말야. 그리고 난 이곳을 떠날 수는 없어. 딴 곳으로 가면 지금의 봉급의 반도 어려울 거야. 당신은 내가 이곳으로 와서 얼마나 중대한 기회를 붙잡기 시작하고 있는지 모르니 그런 소릴 하고 있는 거야. 그야 내 아버지도 꽤 신분이 좋지만 백부에 비하면 아무것도 아니고, 날 도와 주진 않을 거야. 만일 당신이 그러한 사정을 알고 있다면 도저히 나에게 그런 걸 조르지는 못할 거야."

그는 공포와 당황과 증오가 뒤섞인 표정으로 입을 다물었다. 마치 사냥꾼과 사냥개에게 교묘하게 쫓겨 도망칠 곳을 잃은 짐승과도 같은 표정이었다. 그러나 로버타는 그가 약속을 실행하고 싶어하지 않는 것은 그녀의 신분과는 전혀 동떨어진 리커거스의 상류사회에 미련이 있기 때문일 거라고 생각하고는—— 설마 어느 특정한 여성의 매력 때문이라고는 생각도 못했지만——이제는 화가 나서 얼굴에 나타내는 것조차도 해서는 안 되겠다고 생각하면서도 무의식중에 다소 안색을 붉히며 쏘아붙였다.

"아녜요, 당신이 왜 이곳을 떠나고 싶어하지 않는지 난 알고 있어요. 그것은 우리 회사에 있어서의 당신의 지위 따위에 원인이 있는 게 아니라 당신이 늘 붙어서 놀러 다니는 사교계의 사람들 탓일 거예요. 다 알고 있어요, 난. 크라이드, 당신은 나 같은 건 아무렇게 되어도 상관없다는 거죠? 당신은 나 때문에 사교계의 사람들과 헤어지기가 싫은 거예요. 그래요, 그것밖에 딴 이유는 없어요. 날 사랑하고 있다고 맹세한 것도 바로 어저께 같은데 당신은 이제 벌써 날 까맣게 잊어 버리고 있군요." 그녀의 뺨은 홍당무가 되어 있고, 눈은 이글이글 타고 있었다. 그녀가 잠시 말을 끊자, 그는 이제부터는 어떠한 이야기가 나올까 하고 의심하면서 그녀를 쳐다보고 있었다. "어쨌든 난 이대로 당신과 헤어질 수는 없어요. 이런 몸으로 혼자가 되면 그야말로 큰일이야. 그럴 수는 절대로 없어요, 절대로!" 그녀의 목소리가 점점 긴장해 가며 쉰 목소리로 바뀌었다.

"너무해요. 난 당신밖에 의지할 사람이라곤 없어요. 당신은 당연히 날 도와줘야 해요. 이 뱃속에 든 애만이라도 어떻게 해주세요. 그것만으로 족해요, 크라이드. 이대로의 몸으로 결혼도 해주지 않고 내던져 버린다면 난 집안식구도 누구도 차마 얼굴을 맞댈 수 없어요." 그녀는 호소하는 듯한, 그러면서도 거친 눈초리로 그를 노려보며, 두 손을 움켜쥐기도 하고 펴기도 하며, 크게 삿대질하기도 하면서 말을 이었다. "만일 당신이 생각한 방법으로 날 도울 수 없다면, 내 말대로 날 도와 줘야 해요. 어쨌든 내가 독립할 수 있을 때까지 당신과 헤어질 순 없어요. 하지만 난 한평생 같이 살아 달라고 애걸하는 건 아녜요." 이렇게 말을 바꿔 보면 크라이드도 결혼하고 싶은 생각이 날 테지, 또 좀더 부드러운 태도로 바뀔 테지 생각하고서 이렇게 말했다. "결혼한 후에 헤어지고 싶으면 언제라도 좋아요. 이 문제가 일단 해결되면 말예요. 난 당신을 거기까지 속박하고 싶지는 않아요. 그야 될 수만 있다면 언제까지나 함께 있고 싶지만. 어쨌든 이제 날 버리는 짓은 그만둬 주세요. 이제 헤어지긴 싫어요. 절대로 헤어지지 않아요! 당신이 억지로 그런 짓을 하지만 않았다면 난들 이런 몸이 됐을 리가 없잖아요. 날 이 꼴로 만든 건 당신이 아녜요? 그런데 이제 와서는 내 일이 세상에 알려지게 되면 사교계에서 쫓겨나게 될 테니까 날 버리려고 하다니…… 너무 심해요."

지칠 대로 지친 신경이 긴장된 논의(論議)를 그대로 이어나갈 수가 없어 그녀는 잠시 말을 끊었다. 그러고는 어깨에 잔 파도가 일면서 조용히 흐느껴 울었다. 그것을 참으려고 하는 몸짓이 그녀를 한층 더 애절하게 보이게 했다.

그가 어떻게 대답해야 좋을지 몰라 멍하니 서서 그녀를 바라보고 있는 동안에 그녀는 겨우 다시 본래의 자세로 돌아와 말을 이었다. "이봐요, 크라이드, 2개월 전의 나와 지금의 나는 어디가 어떻게 달라졌다는 거죠? 가르쳐 줄 수 없으세요? 당신의 마음을 이렇게까지 변하게 한 게 도대체 뭐예요? 크리스마스 때까진 이렇게 친절한 사람이 세상에 또 어디 있을까 하고 생각했을 정도였어요. 당신도 거의 밤마다 날 만나러 왔지요. 그런데 그 후부터는 내가 부탁이나 해야 겨우 얼굴을 나타낼 정도가 되었으니. 누가 있는 거예요, 도대체? 어떻게 된 거예요? 나 외에 애인이 생겼나요? 손드라 핀츠레이? 아니라면 버틴 크랜스톤? 누구예요? 둘 중."

그는 저도 모르게 그녀의 눈을 보고 나서야 안심이 되었다. 이제까지 손드라에 관해서는 기분을 상하지 않을 정도로밖에는 이야기하지 않도록 주의를 해온 덕택으로 그녀는 두 사람의 관계를 특별히 의심하고 있는 것 같지는 않았다. 다른 여성 관계에 관해서는 이렇다 할 결정적인 정보를 알고 있는 것 같지 않다. 그녀가 궁지에 몰려 있는 것을 눈앞에 보고서, 더군다나 그 요구에 벌벌 떨고 있는 그는 무엇이, 누가, 그의 마음을 바꿔 놓았나를 정직하게 고백할 수가 없었다. 그러나 그는 이제 그녀를 사랑하고 있지 않았다. 그러므로 그녀의 비탄에 젖어 있는 모습을 보고도 그다지 마음의 동요를 일으키는 일 없이 아무렇지도 않은 듯 말할 수 있었다. "그거야말로 정말로 엉터리 추측이라는 거야. 문젠 그런 게 아냐. 내 장래 일에 관한 거래두. 다시 말해 만일 내가 이곳을 떠나 버리면 두번 다시 이런 기회를 얻을 수 없다는 거야. 이런 꼴이 되어 결혼을 하거나 이곳을 떠나 버리면 그땐 모든 게 엉망진창이 되고 마는 거야. 난 잠시 참았다가 결혼하기 전에 우선 지위를 확보해 두고 싶은 거야. 돈도 좀 저축하고. 이제 결혼하면 그 찬스를 날려 버리게 되는 거야. 그렇게 되면 당신도 입장이 곤란해질 게 아냐." 그는 그때까지 그녀와 깨끗이 손을 끊고 싶다는 것을 분명히 상대에게 알려 둘 작정으로 있었으나 무심코 이런 투로 말이 새어나오고 만 것이다. "그래서 말이야" 하고 그는 말을 이었다. "만일 당신이 당분간 당신을 도와 줄 사람을 찾거나, 혹은 어디 적당한 장소를 찾아서 혼자서 애를 낳는다면 당신이 필요한 만큼의 돈을 부쳐 줄 테니 그리 알아. 이제부터 당신이 떠나야만 하게 될 때까지 어떻게 해서든지 돈을 만들 수 있을 것 같은데."

이렇게 말할 때의 그의 표정은 지금까지의 계획이 모두 실패로 끝났고, 이 이상은 방책이 없다는 것을 뚜렷이 말해 주고 있었다. 이처럼 무정하게도 자기와 앞으로 낳을 어린애를 보호해 줄 생각은 조금도 없이 어디까지나 쫓아 버리려고 하고 있다는 것을 깨닫자 그녀는 분함을 느끼는 동시에 너무나도 심한 그의 냉혹한 처사가 무섭게까지 느껴졌다.

"아니, 크라이드!" 그녀는 그와 알게 된 이래 일찍이 보인 일이 없는 용감하고 단호한 태도로 내뱉었다. "당신이 그렇게 변할 수 있어요! 당신은 그런 엄청난 말을 태연히 하고 있군요? 날 혼자 내버리고 당신만 살겠다고! 당신은 나라는 방해물을 내쫓고 이대로 여기 혼자 남아서 이곳의 누구와 결혼할 배짱이군요. 그런 몹쓸 짓이 세상에 어딨어요. 안 돼요, 안 돼. 그런 걸 누가 용서할 줄 알아요. 절대로 용서할 수 없어요. 알죠? 의사를 찾아서 애를 떼게 하거나 나와 결혼하거나 둘 중 어느 하나로 해줘요. 그리고 결혼해서 적어도 내가 애를 낳아서 우리 집안 식구들과 내가 알고 있는 사람들에 대하여 일단 체면이 서게 될 때까지는 같이 살아 줘야 해요. 그 후 나와 헤어지건 말건 난 조금도 상관 안 하겠어요. 당신이 날 사랑하고 있지 않다는 건 잘 알았으니까, 만일 당신이 헤어지고 싶다면 그 이상 당신을 붙잡아 놓진 않겠어요. 어쨌든 지금은 날 도와 주셔야 해요. 네, 도와 주세요!" 그녀는 또다시 울음소리가 된 듯하다가 곧 눈물이 마르고 비통한 소리로 바뀌었다. "우리들의 사랑이 이 꼴이 될 줄은 꿈에도 몰랐어요……. 날 혼자 내버리고는 당신만 여기 남아서 자기 혼자 행복을 누리겠다고…… 아아! 게다가 나더러 혼자서 애를 기르라는 거야? 애비 없는 애를……."

그녀는 두 손을 움켜쥐며 몹시 고개를 흔들었다. 크라이드는 확실히 자기의 제안은 냉혹하고, 그녀의 입장을 무시한 것일지도 모르겠다고 생각했지만, 손드라에 대한 격렬한 야심을 앞에다 놓고는 그렇게 할 수밖에 딴 도리가 없었으며, 그것이 최선의 가장 안전한 제안이라는 생각이 마음 속 한구석에 있다는 것을 느끼면서 이 이상 무슨 말을 어떻게 해야 좋을지 몰라 멍하니 그 자리에 장승처럼 서 있었다.

그리고 그 후 마찬가지 내용의 논의가 얼마간 계속된 것이지만 결국 크라이드는 앞으로 한두 주일 동안 적당한 의사나, 혹은 그에게 조언을 해줄 사람을 구해 보겠다는 것으로 낙착을 짓고 말았다. 하지만 이렇게 말은 했을망정 만일 그것이 허사로 돌아갈 경우 그녀와 결혼하지 않으면 안 된다고 하는 위협이 어느 때보다도 한층 더 그를 괴롭혔다. 비록 일시적이나마 정식으로 결혼하여 그녀가 독립할 수 있을 때까지 세상 눈을 속인다는 것은 로버타에게는 정말로 굴욕적인, 희망이 전혀 없는 방법이었으며, 그에게도 고문에 가까운 처사이기는 했지만.

39

사태가 이렇게 틀어지면, 특히 이러한 상황에 대한 대처에 재능이 없으면 여간 큰 행운에라도 얻어 걸리지 않는 한 점점 그것은 곤란해질 뿐으로 모르는 사이에 최악의 사태로 치닫고 마는 것이다. 그러나 행운은 와 주지 않았다. 또 그는 공장에서 싫어도 로버타와 얼굴을 마주 바라보고 있지 않으면 안 되었기 때문에 그것을 머릿속에서 씻어 버릴 수도 없었을 뿐더러, 늘 양심의 가책을 느끼고 있었다. 만일 그녀를 설득하여 이 회사를 그만두게 하고, 다른 지방으로 가게 할 수만 있다면 매일같이 이처럼 얼굴을 바라보지 않아도 될 것이고, 좀더 냉정하게 생각할 수 있을지도 모르겠다고 생각해 보기도 했다. 왜냐하면 얼굴만 마주보고 있고 아무 대책도 강구해 주지 않으면 어떻게 할 작정이냐는 힐책을 받는 것만 같아 생각조차도 잘 할 수 없었기 때문이다. 그러나 그는 벌써 그녀에 대해선 눈꼽만큼도 애정을 느끼고 있지 않았으므로 자연히 그녀의 동작이 귀엽게 느껴질 리도 만무했다. 손드라에 대한 애절한 열망이 그의 마음을 사로잡고는 놔 주지 않는 탓도 있었다.

사실 그는 이러한 중대한 판국에 몰려 있으면서도 아직 손드라를 동경하며, 그녀에 대한 달콤한 꿈을 계속 간직하고 있었다. 그럴 때마다 로버타와의 문제 따위는 그 꿈을 스쳐 가는 어두운 그림자에 지나지 않았다. 그러므로 아직 미해결인 채로 있는 로버타와의 사이에 긴급한 용건이라도 발생하지 않는 한 거의 매일 밤마다 화려한 세계에 출입하는 기회를 놓치지 않고 이용하고 있었다. 자랑과 만족감에 가슴을 설레면서 해리에트 가나 테일러 가의 만찬회 초대에 출석하기도 했고, 핀츠레이 가와 크랜스톤 가의 댄스 파티에 출석하기도 했다. 그는 어느 경우에도 손드라를 동반하거나, 그녀를 만나는 기쁨에 가슴을 설레면서 출석하는 것이었다. 더구나 이제는 그전에 그녀가 그에게 호기심를 갖기 시작했을 때처럼 까다로운 방법을 취하거나 가장하는 일도 없이 공공연히 그를 대동하고서 사교적인 모임에 출입하게 되었다. 그러나 물론 그러한 교제는 그들 또래로서는 지극히 당연한 일이었으므로 그들보다도 훨씬 보수적인 손윗사람들조차도 그것을 특별히 문제시하는 일은 없었다.

핀츠레이 부인은 특히 사교적인 일에는 까다롭고 빈틈없는 부인이었기 때문에 맨 처음에는 자기 딸과 다른 집 처녀들이 크라이드에게 관심을 가지고 있는 것에 의혹을 품고 있었지만, 그가 손드라의 집뿐만 아니라 여기저기 모든 가정에 초대를 받고 있는 것을 보고서 그는 소문으로 듣기보다는 훨씬 더 신뢰할 수 있는 인물일지도 모르겠다는 생각이 들어 아들과 손드라에게 그에 관한 것을 물어 보았다. 그러나 손드라로부터는 그가 길버트와 벨라 그리피스의 사촌으로, 비록 돈은 없을망정 매력적인 청년이기 때문에 누구한테도 호감을 사고 있는 까닭으로 그녀와 스튜어트가 그와 교제를 해도 별로 나쁠 것은 없을 거라고 하는 애매한 설명밖엔 얻지 못했지만, 부인은 얼마간 안심이 되어 딸에게 어떤 경우건 간에 너무 친밀한 교제는 삼가는 것이 좋겠다고 주의했을 뿐이다. 손드라도 어머니의 충고가 일리 있다고는 생각했지만, 크라이드에게 몹시 끌린 그녀로서는 결국 어머니의 눈을 피해 가며 그와 자유로운 교제를 해야겠다고 결심했다. 그리고 이제는 손드라와 크라이드의 친밀한 관계를 구체적으로는 아무것도 모르는 사람까지도, 두 사람의 사이는 아마도 그녀의 양친이 안다면 깜짝 놀라 자빠질지도 모를 만큼 친밀한 사이가 되어 버린 것이 아닐까 하고 떠들 정도였다. 크라이드가 그녀를 연모하고 있다는 것은 당연한 일이라고 하더라도 이제는 그녀마저 사람 눈을 피해 가며 그를 연모하게 되었고, 사람의 수수께끼의 파괴적인 단계로 가속도로 접근해 가고 있었던 것이다. 사람 눈을 피해서 몰래 손을 서로 움켜쥐기도 하고, 열띤 눈으로 쳐다보기도 하며, 긴 키스를 되풀이할 뿐만 아니라, 본인들도 아직 분명히 파악할 수 없는 미래에 관한 그 어떤 막연하면서도 열렬한 즐거운 환상에 사로잡혀 있었다.

머지않아 앞으로 다가올 여름에는 두 사람은 트웰프스 호에서 카누를 타고 있을 것이리라. 둑에 선 나무들의 그림자가 은색 호면에 비치고, 미풍이 그 위를 잔 파도를 일으키며 스쳐 간다. 그 호수에서 그는 카누를 젓고 그녀는 멍하니 경치를 바라보기도 하고, 가까운 장래의 약속을 암시하는 듯한 말로 그의 간장을 녹이리라. 또 6월과 7월에는 크랜스톤 가와 팬트 가의 별장의 남서쪽에 있는 그녀의 별장에서 그리 멀지 않은 숲속의 오솔길을 서쪽으로 몇 마일 들어간 '인스피레이션 포인트'라는 이름으로 알려져 있는 경치가 아름다운 장소까지 원거리 드라이브를 나갈 것이리라. 그리고 사론에서 열리는 지방 축제에서 그녀는 로맨틱한 집시의 옷차림으로 매점을 관리하기도 하고, 스마트한 승마복으로 마술 시합에서 그 명기(名技)를 과시하기도 하리라. 오후에는 티 파티와 댄스 파티가 개최되고, 그 다음 달빛 속에서 그의 팔에 안긴 그녀의 눈이 사랑을 속삭이리라.

거기에는 공리적인 사회의 속박이라곤 있을 수도 없다. 가까운 장래에는 그녀의 양친이 반대하거나 방해 공작을 하거나 하여 그들의 사이를 갈라 놓을지 모르지만 이제는 그러한 방해도 없이, 다만 사랑과 여름과 그녀를 영원히 그의 것으로 만들 굳은 최후의 묵계를 향하여 한걸음 한걸음 접근하는 목가적인 행복의 과정만이 있을 뿐이었다.

한편 로버타는 크라이드를 파멸로 이끌 그러한 행동으로 나갈 수도 없어 혼자서 번민하면서 길고도 지루한 무서운 두 달 동안을 또다시 보내고 말았다. 크라이드가 책임을 모면하겠다는 것 이외에는 아무 생각도 없다는 것, 전혀 그녀와 결혼할 생각이 없다고 하는 것은 그녀도 잘 알고 있었지만 그렇다고 해서 극단의 행동을 취하기도 무섭고 해서 얼른 결심이 서지 않았다. 왜냐하면 그녀가 그 후 몇 번씩 그에게 결혼을 강요했을 때, 만일 그녀가 그의 백부에게 사정을 일러바치는 날엔 그는 결혼 같은 것은 아랑곳없이 어디로 해방을 감춰 버리겠다는 것을 넌지시 암시하여 도리어 크라이드 쪽에서 그녀를 위협했기 때문이다.

만일 자기가 현재의 지위를 잃는 일이 생기면 로버타와 결혼할 수 없을 뿐더러, 반드시 그의 조력을 필요로 하는 시기가 절박해 있는데 그것조차 바랄 수 없게 될 것이라는 것이 그의 상투수단이었다. 로버타는 그 말을 듣자 크라이드가 지금까지는 그리 냉혹한 사나이는 아니었던 것 같은 생각도 들었다. 만일 그녀가 좀더 냉정하게 반성해 본다면 그가 억지로 강요하여 그녀를 방으로 끌고 들어갔을 때 벌써 그러했었다는 것을 생각해 냈을지도 모르는 일이지만…….

이리하여 그녀는 아무것도 하지 않았다. 그러나 그는 그것이 걱정이 되어, 그녀에게 결혼을 강요당할 때까지 일부러 취했던 그러한 냉담한 태도를 취할 수 없어, 관심이 있는 체하기도 하고 호의적인 태도를 취하기도 했다. 위험한 상태에 놓여 있는 그는 그 어느 때보다 더 그 동안의 교섭에 마음을 쓰지 않을 수가 없었던 것이다. 그리고 그녀를 괴롭히고 있는 문제를 그 자신도 그녀와 더불어 고민하고 있고, 만일 그 밖에 방법이 없다면 기꺼이 그녀와 결혼할 생각으로 있는 체해 보인다면 그에게 화급히 실행을 요구하겠다는 그녀의 결의를 어느 정도 약화시킬지도 모른다. 그렇게만 되면 그가 결혼하지 않아도 될 만한, 혹은 이곳을 쫓겨나지 않아도 될 만한 시간의 여유도 생기게 될 것이라는 어리석은 희망을 품고 있었던 것이다.

로버타는 갑자기 태도를 바꾼 그의 심중을 다소 눈치채고는 있었지만, 그 밖에 의지할 사람이라곤 없고, 완전히 어찌할 바를 모르고 있었으므로 무심코 크라이드의 자못 동정적인 제안과 의견에 귀를 기울이는 결과가 되고 말았다. 그의 설명에 의하면 그는 지금부터 열심히 돈을 벌어 저축할 뿐만 아니라 잠시 이곳을 떠날 수 있도록 근사하게 회사측과 교섭을 하여 어딘가 먼 곳으로 가서 그녀와 결혼하고, 정식으로 결혼한 아내로서 그녀를 애와 함께 다른 곳에서 살게 한 다음——그 다음 일에 관해서는 아직 구태여 설명하지 않았지만——그는 리커거스로 돌아와서 되도록 넉넉한 돈을 부쳐 줄 테니 잠시 기다려 달라는 것이었다. 그러나 그때에도 그가 허락할 때까지 그녀의 결혼 상대가 그라는 것, 즉 그가 애 아버지라는 것을 다른 사람에게 얘기해서는 절대로 안 된다는 조건이 붙어 있었다. 그리고 그녀가 몇 번씩 그에게 다짐을 해둔 것처럼 그는 리커거스에서 멀리 떨어진, 아무에게도 알려지지 않은 그러한 곳에서 일단 그녀와 결혼하고 적당한 시기가 지나면 그녀를 버려도 괜찮다는 양해도 성립되어 있었다. 하지만 이러한 모든 것은 그가 그녀와 결혼한다는 가정에 기초를 둔 것으로, 그 자신도 결코 그것으로 만족하고 있는 것은 아니었다.

따라서 그는 진심에서 그러한 제안을 한 것도 아니고, 그녀가 그것을 진실로 받아들였는지의 여부에 관해서도 그다지 관심이 없었다. 물론 그녀의 현재의 곤경을 뚫고 나가기에 필요한 기간 동안 리커거스를 떠날 생각은 더욱이 없었다. 그런 짓을 하다간 손드라와의 관계가 영 끊어지고 말지도 모르며, 아무리 짧은 기간일지라도 만일 그가 이곳을 떠나면 모처럼의 그의 계획이 수포로 돌아갈지도 모른다. 그는 어찌할 바를 몰라 언젠가 본 일이 있는 엉터리 결혼을 주제로 한 멜로드라마조의 영화의 플롯을 생각해 내고서 멍하니 공상을 달려 보곤 했다. 시골에서 갓 올라온 순진한 처녀를 속여서 가짜 의사와 증인을 써서 결혼한다는 이야기 줄거리지만 로버타는 그리 간단히 속아 넘어갈 그러한 여자가 아닐 뿐더러 그런 시간과 도구와 용기와 재치도 크라이드에게는 전혀 없었다.

어쨌든 이렇게 된 이상은 그 무슨 예기할 수 없는 천조(天助)라도 없는 한 어물어물하고 있는 사이에 어느새 함정에 빠지고 말 뿐이라는 것에 생각이 미치자, 그는 만일 로버타를 속일 수 없어 그와의 관계를 남에게 발설하고 말았을 경우 그런 건 전혀 모르는 일이라고 한마디로 부정해 버리고, 그녀와는 여공과 과장이라는 관계 외에 아무 관계도 없다고 일축해 버릴까 하고 생각해 보기도 했다. 이러쿵저러쿵 참으로 까다로운 문제가 되고 말았다! 5월 초로 접어들자, 로버타는 임신의 징후와 증세가 눈에 띌 정도로 현저해졌기 때문에 여공들에게 들킬 위험이 있어서 이달 내로 공장을 그만두겠다는 말을 꺼냈다. 그리고 그 무렵 손드라는 6월 4, 5일에는 그녀와 어머니와 스튜어트가 하인 몇 명을 데리고 시즌이 시작되기 전에 설비를 갖추기 위해서 트웰프스 호의 새 별장으로 갈 예정으로 되어 있다는 것을 크라이드에게 알렸다. 18일경에는 크랜스톤 가와 해리에트 가와 그 밖의 사람들뿐만 아니라 아마 벨라와 미라도 올지 모르기 때문에, 그녀로부터 버틴에게 부탁하여 주말에는 크랜스톤 가에서 그를 초청하게끔 한다는 것으로 되어 있었다. 그리고 그 후의 주말은 해리에트 가와 팬트 가와 그 밖에 그곳으로 모여든 각 명가로부터 초대를 받게 될 것이겠고, 벨라의 손으로 그린우드의 그리피스 가에 초대를 받는다는 것도 충분히 고려되었다. 그리고 7월이 되면 이틀간의 휴가를 얻어 파인 포인트에 있는 클럽 하우스에 투숙할 수도 있겠고, 그녀가 부탁만 해주면 크랜스톤 가나 해리에트 가에서 기꺼이 그를 초대해 주리라. 어쨌든 그가 이제부터 좀 절약만 하면 충분히 궁색하지 않은 비용으로 지금까지 신문에서만 보고 상상 외에는 꿈도 꾸지 못했던 호반의 생활을 실제로 볼 수 있게 될 터이고, 그의 내방을 반대하지 않는 사람들의 별장에서 손드라와의 밀회를 마음껏 즐길 수도 있을 것이다.

그녀의 양친이 그를 상당히 경멸하고 있다는 것을 알게 된 것은 그가 그녀에게 관심을 두고 있다는 소문에 신경을 쓰고 있는 양친이 가까운 장래에 그녀를 어머니와 스튜어트와 함께 유럽으로 여행을 떠나게 하여 적어도 2년간은 거기서 체재해 있도록 의논하고 있다는 것을 그때 비로소 그녀가 털어 놓았기 때문이었다. 그 이야기에 크라이드의 얼굴이 삽시에 어두워진 것을 보고서 그녀 자신도 가슴을 쥐어뜯는 것처럼 느껴져 그다지 걱정할 필요는 없다고 황급히 덧붙였다. 적당한 시기를 보아서 여행을 떠나기 전에 크라이드에 대한 열렬한 사랑을 어머니에게 고백하여 설득할 뿐만 아니라, 그 무슨 책략을 써서 크라이드에 대한 견해를 고쳐 놓도록 ──만일의 경우에는 비상수단에 호소해서라도 어머니를 항복케 할 작정이라는 말을 했다. 어떠한 수단인지는 그녀는 설명하지 않았지만 크라이드의 머리에 떠오른 상상으로는 그와 집을 도망쳐 나와 결혼하여 억지로 양친으로 하여금 승낙케 한다는 것처럼 생각되었다. 사실 손드라의 머리에는 아직 막연하기는 했지만 그러한 생각이 싹트기 시작했던 것이다. 그녀의 이야기로는, 어머니는 그리피스 가와 동등의 상류계급에 있는 청년에게 그녀의 마음을 돌리게 하려고 생각하고 있는 것만 같았다. 작년부터 그녀에게 은근히 관심을 보이고 있는 청년이었다. 그러나 크라이드에 대한 사랑은 그리 쉽사리 그녀의 마음을 그쪽으로 돌리게 하지는 못했다. "다만 한 가지 곤란한 문제는, 저는 아직 미성년이거든요." 그녀는 아무런 걱정이 없다는 말투로 말을 이었다. "그러니까 현재로선 부모의 승낙이 없으면 아무 일도 할 수 없지만 10월이 되면 그땐 문제 없어요. 정말, 아무런 간섭도 받지 않아도 괜찮게 되거든요. 이를테면 자기가 좋아하는 사람과 결혼을 할 수도 있어요. 여기서 결혼할 수 없어도 만일의 경우엔 어떠한 방법이라도 쓸 수 있거든요."

그 달콤한 독약과도 같은 말이 크라이드의 마음을 설레일 대로 설레게 했다. 전율을 느끼게 하고, 충동을 불러일으켰다. 아아, 로버타만 없다면! 그 무서운 해결의 길이 없는 문제만 없다면! 그리고 그녀는 뚫고 나갈 수 있다고 하지만 설상가상격으로 양친의 꽤 강경한 반대도 있다. 과연 하늘은 그를 도와 줄 것인가? 손드라, 트웰프스 호, 사교계, 부유한 생활, 그녀의 미모와 사랑……그 모든 것이 그의 뇌리를 사납게 주마등처럼 스쳐 지나갔다. 일단 그녀와 결혼만 해버리면 그녀의 양친과 친척은 어떻게 할 수도 없으리라. 결국은 묵인하여 그들을 리커거스의 굉장한 주택으로 불러들이거나, 좌우간 어떠한 대책을 강구해 주리라. 반드시 그에게 '핀츠레이 전기소제기 제작소'의 꽤 높은 지위를 줄 것이리라. 그렇게만 되면 길버트 그리피스와 그 밖에 아직까지 그를 경멸하고 있는 사람들보다 위라고는 할 수 없어도 동등한 신분으로 될 수 있을 것이다. 핀츠레이 가의 재산을 스튜어트와 함께 상속받을 수 있는 신분이니까. 게다가 마치 아라비안나이트의 알라딘의 남포의 마법으로 갑자기 눈앞에 나타난 비할 바 없는 보석과 같은 손드라와 함께 살 수 있는 것이다.

이제부터 10월까지의 사이를 어떻게 뚫고 나가느냐 하는 문제에 관해서는 전혀 생각할 겨를도 없었다. 로버타가 마침 그 사이에 결혼할 것을 요구하고 있다는 사실 따위는 별로 생각해 보려고도 하지 않았다. 그러나 어쩐지 지금이라도 당장 재액(災厄)이 자기를 덮쳐 누를 것만 같은 불안을 느끼고 마음을 태우고 있었다. 그러한 불안을 느껴 보기란 난생 처음이었다. 세상의 상식에 있어서도――그의 어머니는 그렇게 말할 것이지만――적어도 로버타를 현재의 궁지에서 구해 내는 것이 그의 의무라고 할 것이리라. 그러나 에스타의 경우는? 아무도 그녀를 도우러 온 사람이 없지 않은가. 그녀의 애인도 끝내 오지 않았다. 상대편의 사나이는 모르는 체하고서 어디로 도망을 쳐버린 것이지만 그녀가 죽어 버린 것도 아니다. 당시 누나의 상태와 비교해 보면 로버타의 경우는 그래도 몇 배 나은 편이다. 그러면서도 나의 일생을 엉망진창으로 만들어 놓고 말 것을 요구하고 있으니 도대체 어떻게 된 셈이냐? 그녀는 마치 나를 사회적으로도 정신적으로도 학살해 버리려는 듯한 행동을 취하고 있으니 알 수 없는 일이다. 더구나 만일 그녀가 나를 위해서 조금만 더 참아 주기만 한다면 여러 가지로 도와 줄 수도 있을 텐데. 물론 손드라의 돈을 가지고서지만. 어쨌든 절대로 그녀가 하라는 대로 할 수도 없고, 하고 싶지도 않다. 그렇게 되는 날엔 내 인생은 엉망진창이 되고 말 것이 아닌가!

40

이때 일어난 두 사건은 크라이드와 로버타의 대립된 감정을 한층 더 날카롭게 했다. 그 하나는 센트럴 가의 우체국 앞 보도 한끝에 세워 놓은 한 대의 대형 자가용 자동차 옆에 크라이드가 걸음을 멈추고서 안에 타고 있는 아라벨라 스타크와 잠시 이야기를 나누고 있는 것이 로버타의 눈에 흘끗 띈 것이다. 아라벨라는 거리의 반대쪽에 있는 스타크 빌딩 안의 아버지를 기다리고 있었던 것인데, 자못 상류 가정의 영양답게, 그러면서도 깔끔한 취미의 계절에 알맞는 복장을 한 그녀가 운전석에 앉아서 여봐란 듯한 포즈를 취하고 있는 그 자세는, 물론 크라이드에게 보이기 위해서뿐만 아니라 일반 사람들의 눈을 의식한 데도 그 원인이 있었다. 그러나 크라이드의 흐리멍덩한 태도와 어떻게 해서든지 그로 하여금 자기를 돕게 할 행동을 취하게 하지 않으면 안 되겠다는 초조감 때문에 미칠 지경이 되어 버린 로버타는 아라벨라가 마치 사치와 고귀한 신분과 방종의 화신처럼 보여, 크라이드가 흐리멍덩한 태도를 취하면서 자신이 당면하고 있는 비참한 운명을 한층 더 외면하고 있는 것은 이러한 여성들의 세계에 마음을 빼기고 있는 탓일 테지 하고 생각했다. 그러나 그녀의 요구는 당연한 것이라 하더라도, 그것을 받아들였을 경우 그가 상실하지 않으면 안 되게 될 것과 상쇄가 될 만한 것을 과연 그녀는 가지고 있는 것일까? 불행하게도 그녀는 아무것도 가지고 있지 않았다.

그리하여 그때 이 스타크라는 여성의 경우와 너무나도 대조적인 비참한 자기 자신이 새삼스럽게 다시 떠올라 참을 수 없으리만큼 슬퍼졌다. 그리고 화가 났다. 왜냐하면 그녀와 크라이드가 마지막으로 이 문제를 논의한 이래 벌써 몇 주일이 지났지만 그 동안에 공장에서도 어디서도 크라이드는 그녀에게 한마디의 말도 건네 준 적이 없었다. 물론 그녀의 하숙을 찾아준 적도 한 번도 없었다. 그녀가 따지고 들고 힐난하는 것이 무서웠기 때문이다. 그녀에게는 그의 그러한 태도가 그녀를 무시하고 있을 뿐만 아니라 몹시 화를 내고 있는 것처럼 느껴졌다.

그러나 그 사소한, 그러면서도 그 어떤 상징적인 광경을 목격하고 하숙으로 돌아온 그녀는 분노보다도 오히려 슬픔 때문에 가슴이 터질 것만 같은 기분이었다. 사랑도 위안도 간 곳이 없었다. 두 번 다시는 돌아오지 않으리라……. 영원히……영원히 돌아오지 않으리라……. 아아, 이 얼마나 무서운 일이냐!

한편 크라이드는 그 직후에 로버타가 어렸을 때부터 눈에 익은 광경을 우연히 목격할 기회를 갖게 되었다. 우연이라고는 하지만 참으로 아이러니컬한 짓궂은 운명이었다. 왜냐하면 다음 일요일에 손드라의 제안으로 그를 포함한 일행이 트럼불 가의 별장이 있는 신록의 애로우 호로 주말을 이용하여 드라이브를 나간 것인데, 그 최단 거리를 가기 위해서는 반드시 빌츠 부근에서 로버타의 집 바로 동쪽을 우회하지 않으면 안 되었기 때문이다. 그들은 트리페츠 밀스로부터 올든 농장을 지나 곧장 북쪽으로 뻗어 있는 길로 나왔다. 2, 3분 가는 동안에 빌츠로 통하는 동서로 뻗어 있는 길과 올든 농장으로 가는 길의 교차점에 이르게 되었다. 여기서 그때 운전하고 있던 트레이시 트럼불이 누구 한 사람 내려서 근처 농장에서 빌츠로 가는 길을 가르쳐 달라고 물어 보면 좋겠다는 말을 했다. 크라이드는 마침 문 바로 옆에 앉아 있었으므로 곧 뛰어내렸다. 그 네거리에는 우체통이 서 있고, 그것은 아마 바로 그 위에 있는 황폐한 오래 된 농가의 것만 같았는데, 크라이드는 무심코 그 우체통의 이름을 보고서 깜짝 놀랐다. 타이터스 올든이라고 하는 그 이름은 틀림없이 로버타 아버지의 이름이었다. 그는 그 순간 양친이 빌츠 근처에 있다고 한 로버타의 말을 생각해 냈다. 그렇다면 이것은 그녀의 집임에 틀림없다. 그는 무심코 떼어 놓은 발걸음을 멈추고는 갈 것인가 안 갈 것인가 망설였다. 왜냐하면 그는 훨씬 이전에 로버타에게 자기의 조그마한 사진을 준 적이 있었으므로 어쩌면 그녀는 그것을 이곳으로 가지고 와서 모두에게 보였을지도 모르겠다는 생각이 들었기 때문이다. 더구나 그 황폐한 초라한 집이 자못 로버타와 그 자신의 생각에 어울렸기 때문에 그는 외면을 하고 그대로 도망쳐 돌아오고 싶은 기분에 사로잡혔다.

그러나 아까까지 그의 바로 옆에 앉아 있던 손드라가 그가 어쩔 줄 몰라하는 태도를 눈치채고는 소리를 질렀다.

"웬일이에요, 크라이드? 무서워요?" 크라이드는 섣불리 돌아왔다간 모든 사람들에게 힐난을 받을 것이 두려워서 곧 오솔길을 올라갔다. 그러나 그 집을 보면 볼수록 그대로 가만히 있을 수 없는 비참한 기분에 사로잡혔다. 이 이상 비참한 집이 어디 있단 말인가? 밝은 봄다운 한가한 날씨였지만 웬일인지 으슬으슬한 느낌을 줄 정도로 황폐할 대로 황폐한 집, 한쪽으로 기울어 허물어져 가고 있는 지붕. 북쪽 연통은 부석부석 부서져서 시멘트가 붙은 잔돌이 연통 밑바닥에 몇 개씩 뒹굴고 있고, 남쪽의 당장이라도 쓰러질 것 같은 연통은 겨우 굵은 쇠사슬로 얼기설기 붙어 있었다. 또 그가 지금 천천히 올라가고 있는 그 오솔길은 벌써 여러 해 동안 손질을 한 것같이 보이지 않았다. 그는 현관의 돌층계 대신에 몹시도 울퉁불퉁한 돌을 아무렇게나 깔아 놓은 것을 보고서 다소 우울해졌다. 페인트도 칠해 있지 않은 폐가와 같은 주위의 오두막집이 한층 더 초라함을 드러내고 있었다.

"음." 이것이 로버타의 집인가……. 더구나 그 로버타는 손드라와 리커거스의 사교계에 대한 그의 야망이 이제 겨우 열매를 맺으려는 이때에 그에게 결혼을 요구하고 있으니! 그리고 손드라는 무슨 운명에서인지 그와 함께 여기 와서 그녀의 집을 쳐다보고 있는 것이 아닌가. 물론 그녀는 모를 테지만. 이 초라함! 자못 퇴폐한 느낌! 나는 이러한 비참한 신분으로부터 벌써 먼 옛날에 빠져 나왔는데!

그는 명치 끝에 메스꺼운 불쾌감과 현기증을 느끼면서 현관 쪽으로 가까이 갔다. 그러자 더욱 마음의 고통을 주려는 듯이 타이터스 올든이 팔꿈치가 해진 저고리를 입은데다가 올이 다 떨어진 작업바지를 입고, 아무 광채도 없는 초라한 농부 구두를 신고서 문을 열고는 무슨 볼일로 찾아왔느냐는 듯한 얼굴을 내밀었다. 크라이드는 그 복장에 놀랐을 뿐만 아니라 상대방의 눈과 입가가 로버타를 닮은 데 대해 깜짝 놀랐지만, 곧 정신을 차려서 저 아래 동서로 뻗어 있는 길이 빌츠를 지나 그 간선도로의 북쪽과 교차하고 있는가의 여부를 되도록 빠르게 물었다. 그리고 곧 돌아올 수 있도록 상대방이 그저 '그렇소'라고 대답해 줄 것을 기대했지만 타이터스는 일부러 마당에까지 나와서 손짓까지 해가면서, 만일 좋은 길을 택할 생각이라면 이제 온 트리페츠 밀스에서 북쪽으로 뻗어 있는 길을 그대로 2마일쯤 간 다음 서쪽으로 돌라고 가르쳐 주었다. 크라이드는 그의 말이 채 끝나기도 전에 고맙다는 말을 남기고는 허겁지겁 뛰어 내려왔다.

견딜 수 없는 기분이었다. 만일 그가 이대로 리커거스에 있으면 손드라도, 앞으로 다가올 봄도 여름도, 사랑과 로맨스와 화려한 생활도, 지위도, 권력도 그 모두가 그에게 제공되려는 판국에 로버타는 그러한 것들을 모두 버리고 자기와 함께 도망을 쳐서 결혼을 하자고 강요하고 있는 것이다. 어딘가 아무도 모르는 벽지로 도망을 치자는 것이다! 아아, 이 얼마나 비참한 이야기냐! 더구나 이 나이에 애를 가져야만 하다니! 정말로 바보짓을 저지르고 말았다. 어찌하여 로버타와 같은 여자와 관계를 맺었단 말인가! 불과 두세 밤의 고독에

졌다니! 이 얼마나 어처구니없는 짓을 저질렀단 말인가! 왜 기다릴 수가 없었을까! 조금만 더 기다렸다면 저절로 다른 세계가 펼쳐졌을 텐데!

이렇게 된 이상 어서 그녀와의 관계를 교묘하게 끊어 버리지 않는다면 그의 모든 화려한 꿈은 사라질 뿐만 아니라 그가 태어난 그 세계가 음산하고도 꾀죄죄한 팔을 뻗치고서 또다시 그를 붙잡을 것이며, 그의 가족의 가난함이 그들을 비참한 인간으로 만든 것처럼 그 또한 그 때문에 절반은 질식케 될 그러한 운명에 빠지게 될지도 모른다. 그것은 어쨌든지 간에 자라난 품이 이렇게도 같은 로버타와 그가 그런 모양으로 한데 뭉치게 되었다는 것이 생각할수록 신기하게만 생각되었다. 어찌하여 그렇게 되었을까? 인생이란 참 이상한 것이다……. 그러나 그러한 감회에 젖어 있을 여유조차 없을 만큼 그의 눈앞에 다가온 문제는 절실한 것이었다. 그는 드라이브를 하면서 그 해결 방법을 여러 가지로 궁리해 보았다. 로버타나 그녀의 양친이 그의 백부나 길버트에게 조금만이라도 이 일을 내비친다면 의심할 것도 없이 만사는 끝장나고 말 것이다…….

이제까지 다른 사람들과 쾌활하게 지껄이고 있던 그는 갑자기 침묵으로 돌아가 고민하기 시작했다. 이처럼 잠시 그대로 있는 동안에 간간이 앞으로 올 여름의 계획에 관해서 속삭이고 있던 옆자리의 손드라가 그것을 알아채고는 지금까지의 이야기를 뚝 그치고 화제를 돌려 이렇게 물었다. "뭘 생각하고 있어요?" 아직 침울한 얼굴을 하기 전에는 크라이드도 그녀의 이야기에 홀린 듯이 귀를 기울이고 있었으므로 그녀도 신이 나서 달콤한 속삭임만을 계속하고 있었던 것이다. "갑자기 울상이 되어 있으니, 아까까지 그렇게 싱글벙글하고 있던 사람이. 자, 좀더 쾌활한 얼굴을 해봐요. 자, 이쪽을 보고 좀 웃어 봐요. 내 애인답게 손을 좀 잡아 봐요, 크라이드." 그녀는 그의 눈을 들여다보며 그 달콤한 말의 효과를 확인해 보았다. 크라이드는 물론 명랑한 얼굴을 지어 보였다. 그러나 그렇게 해보려고 애를 써 봐도, 그리고 그녀로부터 가슴을 녹일 듯한 달콤한 사랑의 말을 들어도 로버타의 환영과 그 문제에 관련한 그녀의 말이 그의 뇌리에 달라붙어서 떨어지지 않았다. 그녀의 몸 상태, 그것에 관한 최근의 보고, 이제는 그녀와 함께 이곳을 도망칠 수밖에 딴 방법이 없게 되어 버린 상태 등.

그런 것에 책임을 져야만 한다면 차라리——비록 손드라를 잃지 않으면 안 될 그러한 사태가 벌어지는 한이 있더라도──저 캔자스시티에서 애를 치고 도망을 친 것처럼 그녀를 버리고서 도망을 쳐 그대로 행방을 감춰 버리는 편이 훨씬 나을지도 모를 일이다. 그러나 그렇게 되면 손드라도, 이곳에 있어서의 그의 지위도, 친구도, 백부도, 이 화려한 세계도, 이 모든 것을 포기해 버리지 않으면 안 된다. 모든 것이, 이 모든 것이 엉망진창이 되고 말 것이다. 그리고 또다시 비참한 방랑 생활이 계속될 것이다. 어머니에게도 그 동안의 사정을 편지로 설명하지 않으면 안 될 것이리라. 언젠가는 이곳의 누군가가 그것을 어머니에게 알릴 것이기 때문이다. 또 백부와 사촌들은 그를 어떻게 생각할 것인가? 더구나 그는 바로 며칠 전 무사하게 잘 지내고 있다고 어머니에게 편지를 낸 참이었다. 이러한 꼴이 되다니 이 무슨 저주스러운 인생이냐? 그의 인생은 이렇게 될 운명을 타고난 것일까? 한 고장에 정착해 있을 수 없이 직장을 바꾸고 장소를 바꿔 가며 끊임없이 전전해 온 인생. 그때마다 무슨 나쁜 짓을 저지르고는 도망을 친 그였다. 그러나……아니다, 이제는 도망칠 수 없다. 그것과 싸워 어떻게 해서든지 해결책을 강구하지 않으면 안 된다.

아아, 그러나 어떻게 하면 좋단 말인가?

41

5월 5일이 되자, 핀츠레이 가 식구들은 손드라가 예고한 대로 떠났다. 그러나 그녀는, 둘째 혹은 셋째 주말에는 꼭 크랜스톤 가까지 올 준비를 하세요, 거기까지 오면 다시 어디로 갈 것인가는 다시 기별할게요. 대개 이런 내용의 편지를 써 놓고 떠났다. 이렇게 급작스럽게 손드라가 떠나 버린 것이 크라이드에게는 적지않은 타격이었다. 로버타와의 관계가 몹시도 골치 아픈 이때에 손드라마저 없어지고 나니 크라이드는 어떻게 해야 좋을지 생각조차 할 수 없었다. 바로 이때에 로버타의 공포와 결혼에 대한 요구가 어찌나 급박한지 크라이드는 이젠 이전처럼 조금만 더 기다려 주면, 좋도록 처리해 줄 수 있다고 빈말로 안심시킬 수는 도저히 없을 정도였다. 애걸하다시피 사정을 말해도 보았지만 그녀의 견해로서는 사태가 최후의 위기에 도달했으니 그렇게 우물쭈물하고 있을 수도 없다는 것이었다. 그녀의 몸은 그녀가 주장한 대로──그것에는 다분히 그녀의 상상도 섞여 있었지만――벌써 사람의 눈을 속이기가 어려울 정도로까지 변해 있었고, 이제 곧 공장의 여공들에게 들킬 정도에까지 이르고 있었다. 더 이상 공장에서 일을 한다는 것은 위험한 노릇이었다. 그녀는 걱정 때문에 밤에 잠도 잘 이룰 수 없었다. 이곳에 그대로 있는 것조차 위험해졌다. 가끔 태동(胎動) 같은 것을 느꼈다, 하기야 그것은 순전한 그녀의 망상에 지나지 않았지만. 어쨌든 이제라도 곧 그와 결혼하지 않으면 안 된다. 그는 그녀에게 확실히 그렇게 말하지 않았던가. 그리고 곧 이곳을 떠나서, 멀고 가까운 것은 상관하지 않으니, 하여튼 아무 곳으로라도 가서 적어도 자기가 현재의 위기에서 벗어날 때까지 그곳에 있어 줄 필요가 있다. 그러나 일단 애가 태어나면 만일 그가 헤어지고 싶으면 곧 헤어져도 좋다. 그 이상의 것을 그에게 요구하고 싶은 생각은 눈곱만큼도 없다. 어쨌든 금주 이내로, 늦어도 15일까지는 약속대로 그녀가 무사히 이 위기를 벗어날 수 있도록 대책을 강구해 달라고 로버타는 크라이드에게 울고불고하며 호소해 왔던 것이다.

그러나 이 요구를 그대로 받아들이다가는 그는 트웰프스 호에서 손드라를 만나 보지도 못하고 이곳을 떠나야 한다. 아니, 이 이상 그녀와 만나지 못하게 될지도 모른다. 그리고 그는 로버타가 요구하는 새로운 모험에 필요한 돈을 저축하고 있지도 않았다. 도리어 로버타가 1백 달러 이상 저축하고 있으니까 우선은 그것으로 결혼하여 어디로 정착하기 위한 비용으로 쓰면 된다고 하는 말을 꺼냈을 때에는 오히려 그녀가 밉게까지 여겨졌다. 정직하게 말해서 그는 그러한 걱정을 할 생각조차 없었다. 그녀와 결혼하여 이곳을 떠나면 모든 것을 잃게 되는 것이고, 어딘가 비교적 가까운 곳으로 그녀와 함께 도망을 쳐서, 그녀를 돕기 위해서 그 어떤 적당한 직장을 찾아서 일하지 않으면 안 된다고 생각하자 견딜 수 없었다. 그렇게까지 타락하기란 죽기보다 싫다! 찬란한 꿈이 모두 사라져 버리고 말 것이라고 생각하자 견딜 수 없는 슬픔에 사로잡혔다. 그러나 이렇다 할 만한 모책도 머리에 떠오르지 않았으므로 우선 그 준비를 갖추기 위해서는 적어도 몇 주일은 걸릴 테니까 그 동안 공장을 그만두고 집에 돌아가 있으면 어떻겠느냐고 제안해 보았다. 되도록 절약을 해서 저축을 해보았지만 생각했던 것만큼 저금이 되지 않았다고 거짓말을 하고는, 이 계획을 실행하기에 충분한 돈을 저축하려면 적어도 앞으로 3,4주일은 걸릴 거라고 말했다. 그녀는 그 말을 듣고서 적어도 150달러 내지 2백 달러는 저축하고 있는 것이려니 하고 생각한 모양이다. 그녀로 볼 때에는 막대한 금액이었다. 그러나 크라이드는 바로 2,3일 전에 받은 급료를 제외하면 아직 50달러도 가지고 있지 않았으며 그 50달러도, 그리고 그 밖에 이제부터 앞으로 실제로 비용이 들 그때까지의 사이에 저축할 수 있는 돈도 트웰프스 호에 놀러 가기 위해서 쓸 작정으로 있었다.

그러나 그는 그녀에게 잠시 고향으로 돌아가 있으라고 하는 그의 도피적인 제안을 좀더 분석하기 위해서 그 동안 좀 몸치장을 단정히 해두면 어떻겠느냐고 덧붙였다. 결혼을 하면 이제와는 달라서 여러 가지로 세상 체면에도 마음을 쓰지 않으면 안 되기 때문에 지금의 모습으로 여행을 떠날 수도 없는 게 아니겠느냐고 했다. 다소의 옷가지를 준비하지 않으면…… 당신이 저축한 1백 달러를, 혹은 그 일부를 거기다 쓰면 되지 않느냐는 등 그는 될 대로 되라는 생각에서 그런 말까지 했다. 로버타는 아직까지 자기가 어떻게 될 것인지 전혀 확신이 서지 않았기 때문에 결혼 도구도 출산 의류도 준비하고 싶은 생각은 없었지만, 그에게서 그런 말을 듣고 보니 그 제안의 진의는 어쨌든지 간에——아니 그것도 핑계의 하나 같다고는 생각되었지만——할 수 없이 2,3주일 기다려야만 한다면 가끔 언니가 지어 입고 있는 싸고도 친절한 양장점에서 적당한 드레스를 한두 벌 짓는 것도 나쁘지 않을지도 모르겠다고 생각했다. 영화에서 본 일이 있는 스타일의 꽃무늬가 달린 회색 호박 천의 애프터눈 드레스는 어떨까? 그거라면——크라이드가 약속을 지킬 것을 전제로——결혼식에서도 입을 수 있다. 그녀는 그 밖에 그 귀여운 의상에 알맞는 모자로서 주머니형의 멋진 조그마한 회색 비단 모자로 가장자리에 핑크색이나 진분홍색 벚꽃이 다닥다닥 달린 것을 염두에 두었다. 또 푸른 색 사지의 여행복에 갈색 구두 · 갈색 모자를 갖추면 자못 신부답고 귀엽게 보일 거라고 생각해 보았다. 그리고 이러한 준비는 헛되이 결혼만 늦게 하고 돈만 쓰게 할 뿐일지도 모르겠다는 사실과 크라이드는 결국 그녀와 결혼하지 않고 도망을 쳐버릴지도 모르겠다고 하는 것, 혹은 이러한 사정에서 양쪽 다 할 수 없이 하는 결혼은 모두가 김이 빠지고 색이 낡은 것이라고도 생각되었지만 그래도 역시 새로이 신성한 의식을 행한다는 긴장감과 그 어떤 화려한 로맨틱한 감상이 솟아오르는 것을 누를 수가 없었다. 그리고 두 사람의 사이가 이처럼 뒤틀어지고, 귀찮은 것으로 되어 버린 지금에 와서도 그녀는 크라이드를 사랑하기 시작했던 무렵과 마찬가지의 눈으로 그를 보고 있다는 것은 참으로 까닭 모를 일이었다. 그는 그리피스 가의 일원으로 재산은 없다 하더라도 사교계에 당당한 존재인 뚜렷한 신사임에 틀림없었고, 그녀와 함께 일하고 있는 여공들의 동경의 대상이라는 것은 말할 것도 없고, 상류사회의 젊은 여성들로부터 꽤 관심을 끌고 있는 사나이였다. 그러한 그와 이렇게 결혼할 수 있다고 하는 것은 뭐니뭐니해도 역시 기쁜 일임에 틀림없었다. 그는 자기와 결혼하기를 싫어할지도 모르지만 어쨌든 신분이 있는 사나이며, 만일 부부가 되어 그가 조금만이라도 애정을 보여주기만 하면 자기는 충분히 행복을 느낄 수 있으리라. 한때는 그렇게까지 자기를 사랑해 준 그가 아니었던가! 게다가 사나이들은──전부 그렇다고는 할 수 없겠지만──일단 자기 자식이 생기면 아내에 대한 태도도 꽤 달라지는 모양이다. 그녀는 어머니와 다른 사람들로부터 그런 이야기를 들은 적이 있었다. 어쨌든 자기가 동의한 것이 엄밀하게만 지켜진다면, 비록 잠시 동안일망정 그와 함께 살 수만 있다면, 어쨌든 자기의 애에게 그의 이름이 붙고 자기가 독립해서 살아 나갈 수 있을 때까지, 이 위기를 뚫고 나갈 때까지 그는 자기와 함께 생활하며 자기를 도와 줄 것이리라.

크라이드는 극히 냉담한 태도를 보여 주고 있었으므로 그녀는 견딜 수 없을 만큼 불안했고 슬프기도 했지만, 그 밖에 딴 길도 없고 해서 그런 생각을 하면서 마음을 달래는 수밖에 없었다. 그리고 몸의 상태가 다소 나빠졌기 때문에 정양을 하고 싶고, 그 사이에 옷도 새로 짓고 싶어서 한 2주일 동안 집에 돌아가 쉬고 싶다고 고향의 양친에게 편지를 냈다. 그리하여 그 다음 4, 5일이 지난 후 크라이드와 함께 폰다까지 가서 그의 전송을 받으며 빌츠의 집으로 돌아갔다. 한편 이렇다 할 만한 유효적절한 대책도 없는 크라이드는 이제 이렇게 된 이상 침묵만이 남겨진 최선의 길인 것같이 생각되었다. 잠자코만 있으면 서둘러서 행동을 취할 것 없이 충분히 생각할 수도 있고, 손드라에 관한 그 무슨 근사한 계획이 그의 머리에 떠올랐을 때에도 로버타가 반미치광이가 되어 그것을 방해하지나 않을까 하는 위구심(危懼心)에 잠겨 고민을 하지 않아도 될 것같이 생각되었다.

마침 그때 트웰프스 호의 손드라로부터 앞으로 머지않아 그가 즐길 수 있는 여러 가지 계획을 기쁨에 넘친 필치로 써보낸 편지가 왔다. 푸른 호수──흰 돛──테니스──골프──승마──드라이브 등등. 그녀는 버틴과 연락을 하여 그 모든 준비를 다 갖추었다는 말을 써보냈다. 그리고 또 만나서 키스——키스——키스!

42

이때를 전후하여 그의 수중에 들어온 두 개의 편지가 그를 더욱더 곤란한 입장으로 몰아넣었다.

6월 10일, 파인 포인트 부두에서

내 사랑 크라이드에게

그 후 어떻게 지내세요? 안녕하세요? 이곳은 근사합니다. 벌써 꽤 많은 사람들이 와 있고, 나날이 사람이 불어 가요. 클럽 하우스나 파인 포인트의 골프장도 벌써 개장된 지가 오래고, 많은 사람들이 입장하고 있어요. 지금 스튜어트와 그랜트가 란치를 타고서 그레이 포구를 올라가고 있는 소리가 들려요. 정말 근사해요. 어서 오시지 않겠어요? 나무들의 푸름이 아름답고 원거리 드라이브에는 안성맞춤이에요. 매일 오후 네 시부터 클럽 하우스에서 수영과 댄스를 하면서 놀고 있어요. 나는 지금 방금 디키를 타고서 한 바퀴 삥 돌고 상쾌한 기분으로 돌아온 참이에요. 점심이 끝나면 이 편지를 부치러 또다시 타고 갈 작정으로 있어요. 버틴이 오늘 아니면 내일 당신에게 편지를 쓰겠다고 그랬어요. 주말도 좋고 아무때라도 좋으니 꼭 와 달라는 편지예요. 손드라가 어서 오라고 하는데, 오지 않으면 손드라가 머리끝까지 화를 낼 거라는 내용을 쓰겠다고 하더군요.

당신은 여전히 아직도 그 음침한 공장에서 부지런히 일을 하고 계세요? 어서 빨리 오실 수 없을까요? 그리고 함께 선유와 드라이브와 수영과 댄스를 마음껏 즐겨요. 그리고 오실 땐 테니스의 라켓과 골프채를 잊지 마세요. 이곳 카지노 구장의 코스는 정말 멋져요.

오늘 아침 멀리까지 말을 타고 나갔는데 조그만 새 한 마리가 디키의 발밑에서 푸드득하고 나는 바람에 디키가 깜짝 놀라 마구 달리는 통에 난 하마터면 떨어질 뻔했어요. 정말 무서웠어요.

나는 오늘 꽤 많이 여기저기로 편지를 썼어요. 점심이 끝난 후 편지를 부치러 가고, 그 후 버틴과 니나와 함께 클럽 하우스에 갈 작정이에요. 정말, 어서 빨리 오세요. 둘이서 또 '타우디'를 추어요. 난 그 노래가 퍽 좋아요. 자, 이제부터 옷을 갈아입어야 할 테니까, 그럼 내일 버틴의 편지가 도착하거든 곧 답장을 주하세요. 그리고 이 빨간 것 아시죠? 키스의 표시예요. 큰 것도 작은 것도 있지만 모두 당신에게 바치겠어요. 매일같이 손드라에게 편지 주세요. 나도 매일같이 편지 드리겠어요.

마지막으로 다시 한 번 키스를 드리고…… 안녕.

크라이드는 그 자리에서 똑같은 기분으로 기다란 답장을 썼다. 그리고 그날 동시에 왔는지 로버타로부터도 다음과 같은 편지가 와 있었다.

6월 10일 빌츠에서

사랑하는 크라이드에게

이제부터 잠자리에 들려는 참인데 그전에 당신에게 몇 마디 적으려고 펜을 들었습니다. 집에 올 때까지 정말로 지루한 여행이어서 몹시 피곤합니다. 그러나 웬일인지 불안해서 견딜 수 없습니다. 우리들의 계획은 이제 딱 결정이 되어 있고, 당신은 머지않아 나를 데리러 올 터이니까 걱정할 필요 없다고 생각하면서도 자꾸만 불안해집니다.

크라이드는 그녀가 살고 있는 쓸쓸한 시골을 회상하고서 불쾌감을 금할 길이 없었지만 그리로 돌아가지 않으면 안 되었던 로버타를 생각하자 새삼스럽게 양심의 가책을 느끼고는 그녀가 불쌍해졌다. 이렇게 된 것은 물론 그녀 자신의 죄가 아니기 때문이다. 그녀에게는 일과 평범한 결혼 이외에 무슨 기대나 희망이 허용되리오? 그는 오래간만에 혼자가 되어 곰곰이 생각에 잠길 수 있었다. 그리고 생각해 보면 우울하기는 했지만 마음 속에선 그녀에게 동정할 수 있었다. 왜냐하면 편지는 다음과 같이 계속되어 있었기 때문이다.

하지만 지금 이곳은 푸른 나무들이 아름답고 꽃이 만발하여 보는 눈을 즐겁게 해주고 있어요. 남쪽 창가에 앉으면 과수원을 나는 꿀벌들의 소리가 들립니다. 실은 여기 오는 도중에 호머에 들러서 동생 집을 방문했어요. 이번에 만나 두지 않으면 언제 또 만나게 될지 알 수 없을 것 같은 생각이 들었기 때문이에요. 쑥스러운 생각을 하지 않아도 좋을 때 만나 보고자 하는 생각에서예요……. 그러나 나는 그리 비관하지는 않아요. 다만 조금 불안할 뿐이에요. 동생네 집은 작으면서도 여간 아담한 집이 아니예요. 깨끗한 가구와 축음기와 그 밖에 여러 가지 장식품이 있고, 게다가 아그네스는 프레드와 사이좋게 살고 있어 여간 행복스러워 보이지 않아요. 옆에서 보기만 해도 부러울 정도예요. 우리들의 꿈이 실현되면 얼마나 즐거운 가정이 될까 하고 생각해 보곤 했어요. 프레드가 왜 결혼하지 않느냐고 끈덕지게 물으면서 놀려 대는 바람에 나는 이렇게 대답했어요. "나도 뜻밖에 가까운 장래에 결혼할지도 몰라요, 프레드. 어쨌든 기다리는 집에 복이 온다지 않아요. 서두를 필요는 없어요." 그랬더니, "너무 사람 진을 빼지 않도록 주의해야지"라고 말하지 않겠어요.

그러나 어머니를 만나 보니 정말 기뻤어요. 순하고 참을성이 많고 인정미가 있는 어머니예요. 이런 상냥한 어머니는 어디에도 없을 거예요. 그런 만큼 무슨 일이 있어도 어머니에게는 걱정을 끼치고 싶진 않아요. 그리고 톰도 에밀리도 모두 친절해요. 내가 여기 온 이래로 매일 밤마다 친구들을 불러 와요. 나도 함께 놀아 달라고 하지만 지금은 그럴 생각도 없습니다. 그들은 트럼프 놀이와 댄스 등을 하며 놀고 있어요.

여기서 크라이드는 요전에 본 그 폐가와 같은 집과 쓰러져 가고 있는 연통과 시골뜨기 같은 그녀의 아버지의 모습을 생각해 내고, 보잘것없는 가정을 머릿속에 그려 보았다. 그것은 손드라의 편지에서 상상되는 세계와는 너무나도 대조적이었다.

아버지와 어머니와 톰과 에밀리는 모두 내 걱정을 하고는 여러 가지로 친절하게 대해 줍니다. 그러니만큼 모두가 사실을 안다면 어떻게 생각할 것인가 하고 생각하니 한층 더 슬퍼집니다. 일에 지쳐서 몸의 상태가 좋지 못한 것이라고 해두었어요. 전에도 몇 번 그런 일이 있었으니까요. 어머니는 회사를 장기간 쉬거나, 혹은 그만두거나 하여 건강을 회복할 때까지 충분히 정양을 하도록 하는 편이 좋겠다고 말씀하세요. 물론 어머니는 아무것도 모르고 있는 거예요. 그러나 알면 어떻게 하나 하는 그 생각 하나만으로도 견딜 수 없는 생각이 들어요. 이 기분 알아주시겠죠, 크라이드?

당신에게 내 슬픈 기분 따위를 알릴 작정은 아니었읍니다만 나도 모르는 사이에 그만 이런 편지가 되고 말았군요. 이번엔 나를 실망케 하거나 괴롭히거나 그런 짓은 하지 마세요. 이젠 지긋지긋해요. 내가 크리스마스의 휴가로 여기 온 이래로 늘 그래요. 그래도 당신은 정말 친절하게 해주셨어요. 나는 당신에게 무거운 부담을 끼쳐 드릴 생각은 전혀 없어요. 당신이 이제는 그전처럼 나를 사랑하고 있지 않다는 것은 잘 알고 있으니까 이 문제가 처리되기만 하면 당신과의 관계가 어떻게 되든 일체 모든 것을 단념할 작정이에요. 어쨌든 당신에게 무거운 부담을 끼치지 않을 것만은 거듭 약속하겠어요.

이런 넋두리 같은 이야기를 기다랗게 늘어놔서 대단히 미안해요. 나는 요새는 옛날 같은 자제심이 없어졌나 봐요, 자기 자신도 이래선 안 되겠다고 생각하고 있지만.

이제 내 준비에 관하여 조금만 더 알려 드리겠어요. 집안 식구들은 리커거스의 무슨 파티에서 입기 위한 옷인가 보다고 잘못 생각하고는 내가 참 즐겁게 지내고 있는 줄로만 알고 있어요. 하기야 그렇게 생각하고 있는 편이 훨씬 마음 놓이는 일이지만. 어쩌면 양재사 앤스 부인에게 보내지 않고, 내가 다른 볼일도 있고 해서 폰다까지 나갈지도 모르기 때문에, 만일 괜찮다면 거기서 둘이 만나 떠나기 전에 의논을 했으면 하는데 어떻게 좀 짬이 나지 않겠어요? 그런 의복을 만들고, 당신이 그다지 마음 내키지 않는다는 것을 알고 있으면서도 만나러 와 달라고 조르다니, 솔직하게 말해 나 자신도 이상하게만 생각되는군요. 당신은 나를 리커거스의 공장을 그만두게 하고 집으로 돌아가게 할 수가 있어 정말 마음이 놓였겠군요. 그리고 당신대로의 즐거운 나날을 보내고 있으리라고 생각해요. 우리들이 작년 여름 예의 호수와 그 밖의 여러 곳으로 놀러 갔을 때보다도 지금의 당신은 훨씬 즐거우시겠죠. 하지만 그건 그렇고 나를 위하여 이번 약속만큼은 꼭 지켜야 합니다. 확실히 당신도 괴롭겠지만 만일 이게 내가 알고 있는 다른 여자의 경우라면 아마 그런 정도의 요구로 끝나지는 않을 거라는 것은 당신도 잘 알고 계실 거라고 생각해요. 물론 언젠가 얘기한 것처럼 나는 그런 여자는 아니고, 나로선 도저히 그런 짓을 할 수는 없어요. 그러니 당신이 나를 도와 준 후에 헤어지고 싶다면 마음대로 하세요.

싫으실지 모르지만 답장을 주시겠지요. 긴 즐거운 답장을. 내가 여기 온 이래로 한 번도 내 생각을 한 적이 없다는 둥, 내가 없어서 쓸쓸하다고 생각한 적이라곤 한 번도 없었다는 그러한 편지라도 괜찮아요. 당신은 언제나 그러셨으니까. 그리고 나더러 돌아와 주지 말 것, 적어도 이제부터 앞으로 2주일 동안은 나를 만나러 가고 싶지 않다는 그러한 내용의 편지라도 상관없어요…….

물론 그것은 농담이지만 너무도 쓸쓸하고 피곤하기 때문에 이런 것까지 쓰지 않고선 견딜 수 없는 거예요. 친히 이야기할 수 있는 사람이 무척 그리워요. 이곳 사람은 안 돼요. 이해해 주지도 않을 뿐더러 섣불리 얘기할 수도 없어요.

불평은 하지 않겠다고 다짐을 했지만 결국은 불평투성이의 편지가 되고 말았군요. 미안해요. 다음엔 좀더 명랑한 편지를 보내겠어요, 내일이나 모레. 나는 당신에게 편지를 쓰고 있으면 자연히 위안이 돼요. 내가 이렇게 기다리고 있는 동안 아무리 짧아도 좋으니 꼭 나를 즐겁게 해줄 그런 편지를 주세요. 거짓말도 농담도 상관없어요. 꼭 부탁해요. 그리고 약속한 대로 꼭 나를 데리러 와 주세요. 그렇게 해주시면 나는 정말 행복하게 될 거예요. 당신에게 너무 폐를 끼치지 않도록 노력할 작정이에요.

쓸쓸한 로버타로부터

이 두 편지의 너무나도 큰 차이가 로버타와 결혼하지 않겠다는 크라이드의 결의를 한층 더 굳게 하는 결과가 되었다. 결혼은 고사하고, 빌츠로 로버타를 데리러 가는 것도, 그녀를 이곳으로 다시 부르는 것도 어떻게 해서든지 피해야겠다고 생각하게 되었다. 왜냐하면 만일 그가 데리러 가거나 그녀가 되돌아오거나 하면 이제 곧 실현될 손드라와의 계획이 허사로 돌아가기 때문이다. 금년 여름을 손드라와 함께 트웰프스 호에서 보낼 수가 없게 되고, 따라서 손드라와 도망을 쳐서 결혼하게 되는 일도 허사가 되고 말 것이리라. 아아, 무슨 좋은 방법은 없을까? 이 난국을 타파할 길은 없을 것인가?

6월의 어느 무더운 저녁, 일터에서 돌아와 이 편지를 읽은 그는 절망한 나머지 침대에 몸을 내던지고는 몸부림을 쳤다. 전혀 해결의 방법이 없는 이 무서운 문제를 어떻게 하면 좋을까? 그녀를 설득하여 이대로 쭉 집에 그대로 있게 하여 당분간 그가 주 10달러에서 12달러, 그의 급료의 절반에 가까운 돈을 부쳐서 돕는다는 것으로 납득시킬 수는 없을까? 그렇지 않으면 그녀는 아직 그리 배가 커진 것도 아니고 지금이라면 아직 움직일 수도 있으니까 어딘가 가까운 곳, 폰다나 글로버즈빌이나 스케넥터디 같은 데로 데리고 가서, 방을 빌려 거기서 그날이 올 때까지 조용히 살게 하다가 해산 때가 오면 의사나 조산부를 불러 오도록 하면 어떨까? 만일 그녀가 자신의 이름만 대지 않는다면 의사를 불러다 줘도 좋다.

그러나 그렇게 하려면 그가 빌츠로 가거나 그렇지 않으면 그녀와 어디서 만나거나 하지 않으면 안 될 것이고, 그것도 앞으로 2주일 이내에 하지 않으면 안 될 터인데, 그는 그 일에는 영 마음이 내키지 않았다. 그녀가 무리하게 그에게 결혼을 강요하면 차라리 어디로 모습을 감춰 버릴까 하고도 생각해 보았다. 그렇지 않으면 아직 빌츠로 그녀를 데리러 갈 시기가 오기 전에 혹은 그녀의 힐난을 받기 전에 트웰프스 호로 가서 손드라를 설복하여 이것은 물론 대단한 모험이기도 하고, 게다가 그녀는 아직 만 18세도 되지 않았지만, 그와 함께 도망을 쳐서 결혼하는 것에 동의케 한 뒤에 결혼이라는 문제로 끌고 들어가면 어떨까? 그녀의 가족인들 두 사람을 이혼케 할 수도 없을 것이고, 로버타인들 그를 붙잡을 수도 없으리라. 비록 붙잡았다 하더라도 그녀는 울고불고할 수밖에 딴 도리는 없으리라. 그때엔 딱 잡아떼면 되지 않는가, 전혀 자기는 모르는 일이라고, 직장의 다른 여공들과 같은 정도는 알고 있지만 그 이상은 아무런 관계도 없다고 하며 딱 잡아떼면 된다. 다행히 그는 길핀 가의 사람들과 모르고, 로버타를 글로버즈빌 근교의 그 글렌이라는 의사의 집으로 데리고 갔을 때에도 그 의사하고는 만나지 않았다. 그녀는 그때 그의 이름을 대지 않았노라고 했다.

그러나 그것을 끝까지 부정할 만한 용기가 그에게 있을까? 그러려면 용기가 필요하다, 로버타와 대결하려는 용기가. 그를 물끄러미 쳐다보며 힐난하고 있는 무서운 그러면서도 애처로운 푸른 눈을 마주 바라본다고 하는 것은 아마도 가장 어려운 일 중의 하나이리라. 과연 그것을 해치울 수 있을까? 또 비록 그렇게 했다 하더라도 그것으로 모든 것이 해결될는지도 문제다. 손드라가 그 이야기를 들으면 어떻게 생각할까? 자기를 믿을 것인가? 그러나 그것을 실행한다 안 한다는 별문제로 치고, 설사 그 작정으로 트웰프스 호에 간다 하더라도 어쨌든 손드라에게 놀러 간다는 답장만큼은 써 둘 필요가 있었다. 그는 당장 그녀에게 열정적인 애처로운 편지를 썼다. 그러나 로버타에게는 전혀 편지를 쓰지 않을 결심으로 있었다. 최근 그녀가 이웃의 전화번호를 알려 왔으므로, 무슨 필요가 생겨서 그녀와 연락하고 싶은 경우에는 그것을 이용하기로 했다. 왜냐하면 아무리 경계를 하며 썼다 하더라도 그의 편지가 그녀의 수중에 들어가면 두 사람의 관계에 관한 중요한 증거를 제공하는 것과 마찬가지의 결과가 되기 때문이다. 특히 그녀와 결혼하지 않기로 결심을 세운 지금 그런 짓을 하는 것은 자기도 모르는 사이에 상대방의 계략의 함정에 빠지고 마는 것이 된다. 확실히 비열하고도 교활한 방법임에 틀림없다. 그러나 로버타가 조금만 더 고분고분 내 말을 들어준다면 나도 이러한 비열한 책략은 생각도 하지 않았을 것이 아닌가. 그러나 아아, 손드라! 손드라! 트웰프스 호의 서안에 있는 훌륭한 별장! 그곳은 얼마나 아름다울까. 옳지, 꼭 가기로 하자. 무슨 일이 있어도 계획대로 가기로 하자!

그는 곧 손드라에게로 보내는 편지를 부치러 갔다. 그리고 겸해서 석간신문을 사서 심심풀이로 이 지방의 뉴스를 읽어 볼까 하고 생각하고서 앨바니의 《타임스 유니온》 지의 제1면에 눈을 준 순간 다음과 같은 기사가 관심을 끌었다.

파스 호(湖)에서 이중 비극 발생. 전복된 보트와 표류하는 두 개의 모자로써 피츠필드 부근 해수욕장에 두 개의 생명이 소실된 것으로 추측. 신원불명의 여자의 시체 발견. 동승자는 지금까지도 행방불명.

크라이드는 보트와 기타 모든 형식의 수상 생활에 관해서 매우 흥미를 가지고 있을 뿐만 아니라 보트 조종술 · 수영 · 다이빙 등에 특수한 기술을 가지고 있었기 때문에 흥미를 가지고 이 기사를 읽었다.

매사추세츠 주 팬코스트, 6월 7일발

……두 사람이 보트를 타고 놀다가 배가 뒤집혀서 물에 빠져 죽었으리라고 추측되는 운명적인 보트 전복 사고가 그저께 당지로부터 14마일 북쪽에 있는 파스 호에서 발생했다.

화요일 아침 젊은 남자 한 사람이 젊은 여자 하나를 데리고 당지에서 간이식당과 보트 하우스를 경영하고 있는 토머스 루카스를 찾아와서 자기들은 피츠필드에서 왔노라고 말하고, 오전 열 시경 조그만 보트를 세내어 가지고 호수 북쪽을 향하여 떠났는데, 그때 점심이 들어 있는 듯싶은 바구니 하나를 들고 있었다 한다. 어제 오후 일곱 시가 되도록 두 사람이 돌아오지 않았기 때문에 루카스는 그의 아들 제프리와 함께 모터 보트를 타고 그 일대를 수색해 보았더니 북쪽 호반 부근 여울에서 전복되어 있는 배를 발견했는데 타고 있던 두 사람의 자취는 전혀 찾아볼 수가 없었다. 배를 세내어 타다가 세를 물지 않고 그대로 도망을 치는 수가 간간이 있어, 이번에도 그런 것이 아닌가 생각하고 주인은 뒤집힌 보트를 끌고 자기 집으로 돌아왔다.

그러나 오늘 아침에 그것이 과연 전복사고가 아니었을까 하고 의심이 되어 배주인은 그의 아들, 그리고 또 한 사람 프레드 월슈를 데리고 다시 한 번 일대를 조사한 결과 호수 북쪽 갈대 숲속에서 여자와 남자 두 사람의 모자를 발견했다. 즉시로 인양작업대를 조직하여 활동을 개시한 결과 오늘 오후 세 시경 여자의 시체를 끌어올리는 데 성공했다. 그 여자에 관해서는 남자와 같이 이곳에 왔었다는 것밖에는 아무것도 알려져 있지 않다. 여자의 시체는 곧 당국에 인계되었다. 사고가 발생한 장소 부근의 수심은 장소에 따라서 40피트를 넘는 곳도 있으므로 과연 작업대가 또 한 사람의 시체를 인양할 수 있을는지는 의문이라 한다. 이번과 동일한 사고가 지금부터 약 5년 전에 발생했을 때에도 시체는 발견되지 않았다.

여자가 입고 있는 조그마한 재킷 속에는 피츠필드 백화점의 상표가 붙어 있었다. 또 구두 안에도 같은 도시의 자콥스 상점이라는 스탬프가 찍혀 있었다. 그러나 이 두 가지 외에 여자의 신원을 증명할 만한 아무런 증거도 없었다. 설사 여자가 무슨 가방 같은 것을 가지고 있었다 하더라도 그것은 물속에 가라앉았을 것이라고 이곳 당국자들은 추측하고 있다.

남자는 키가 크고, 얼굴이 검고, 나이는 30세 가량 되어 보였고, 연한 초록색 옷을 입고 있었고, 희고 푸른 테를 두른 맥고모자를 쓰고 있었다고 한다. 여자 나이는 25세 이상으로 보이지는 않았고, 키는 5피트 5인치고, 체중은 130파운드다. 긴 암갈색 머리를 이마에 틀고 있었다. 왼손 가운데 손가락에는 조그마한 금반지가 끼워 있었는데, 그 금반지 속에는 자수정 보석이 새겨져 있었다. 피츠필드와 부근 각 도시의 경찰에 일제히 수배되었으나 여자의 신원에 관해선 아직 아무런 보고도 없다.

여름철이 되면 으레 있게 마련인 평범한 이 사건에 크라이드는 처음엔 약간 흥미를 느꼈을 뿐이었다. 남녀가 조그마한 호수에서, 더욱이 대낮에 조그만 보트를 타고서 떠났다가 두 사람이 다 생명을 잃었다는 것은 물론 기괴한 이야기처럼 생각되었다. 그리고 두 사람 다 신원이 알 수 없다고 하는 것도 좀 이상한 일이라고는 생각했지만 사실이 그렇다. 결국 남자는 영원히 자취를 감추고 만 셈이다. 크라이드는 처음에는 이 사건에 아무런 관심도 없이 신문을 내던지고는 잠시 다른 문제를 생각하기 시작했다. 그가 이제 부닥치고 있는 문제가 머리에서 떠나지 않았기 때문이다. 그리고 이 복잡한 문제를 생각하고 머리를 썩이면서 불을 끄고 잠자리로 들어가려고 할 바로 그 순간에 그의 머릿속에 어떤 생각이 불쑥 떠올랐다. 이건 또 무슨 악마의 속삭임이냐? 무슨 악령(惡靈)의 암시냐? 만약 자기와 로버타가, 아니 나와 손드라가, 그것은 안 될 말이다. 손드라는 헤엄을 잘 치고 자기도 잘 치니까. 만약 자기와 로버타가 함께 보트를 탔다가 그 보트가 복잡한 문제로 골치가 아픈 바로 그때에 뒤집힌다면? 이 얼마나 좋은 기회랴! 참으로 자기의 장래를 파괴하려 드는 이 엄청난 문제로부터 빠져 나오는 데 얼마나 좋은 길이 되랴! 아니다, 잠깐만 기다려라. 그러한 무서운 죄를 범하는 일 없이 문제를 해결하는 방법이 없을까? 그런 무서운 일을 생각해서는 안 된다. 그런 흉악한 짓을…… 그러나 만일 우연히 그런 사고가 일어났다고 하면? 그때에는 로버타와의 모든 시끄러운 관계가 한순간에 깨끗이 끝나는 것이 아닌가. 로버타에 대해서는 이 이상 아무런 공포도 없을 것이고 손드라에 대해서도 아무런 공포나 두통거리도 없어지고 말 것이다. 그가 당면한 난문제가 아무런 어려움 없이 깨끗이 해결되어 그의 앞날은 참으로 맑게 개고 기쁨에 넘치리라. 우연한 일로, 계략적이 아닌 그러한 익사 사건만 일어난다면 그때는 찬란한 미래가 열리게 될 것이다!

그러나 이 시기에 이러한 사건을 로버타와 관련시켜 생각한다는 것은 무서운 일이었다. 어째서 나는 이렇게도 고집스럽게 이 사건과 로버타를 맞붙여서 생각하려는 것일까? 이러한 생각이 자기 마음속에 스며들어오는 것을 그대로 내버려 둬서는 안 되겠다. 절대로, 절대로, 절대로 안 된다! 그것은 무서운, 참으로 무서운 일이다. 살인을 생각하는 거나 다름없는 일이 아닌가? 살인? 그러나 그는 이제까지 고민에 고민을 거듭했지만 아무런 뾰족한 수도 머리에 떠오르지 않아, 자포자기에 가까운 심정에 몰리게 되었고, 로버타의 편지와는 극단적으로 대조적인 손드라의 편지를 읽고는 그녀가 써 보낸 두 사람의 생활의 꿈이 너무나도 아름답고 매혹적이었으므로 그의 마음은 아무리 생각해도 간단하고, 극히 자연스러운 그 해결책에 끌리는 것이었다. 별로 범죄를 획책하고 있는 것도 아니다. 내 경우에도 그러한 사고가 우연히 일어났으면

하고 다만 그렇게 생각해 보았음에 지나지 않는다……. 그러나 '그러한 사고가 우연히 일어나지 않는다고 단언할 수도 없다'고 생각하는 마음 한구석에는 어떠한 컴컴한 상스러운 생각도 없는 바는 아니었다. 그런 생각을 해서는 안 된다고 자기 마음을 책해 보기도 했지만 헛수고였다. 그는 헤엄을 잘 치니까 아무리 멀어도 둑까지 헤엄쳐 올 수 있으리라. 그러나 로버타는 작년 여름 함께 헤엄을 치러 갔을 때의 경험에서 생각해 보면 아마 둑까지 헤엄쳐 나오기는 도저히 불가능하리라. 그러면……그가 돕지 않는다면 물론……밤 아홉 시 반부터 열 시 사이에 전등불 밑에 앉아서 이런 생각에 젖어 있으려니까 그는 피부, 머리칼, 손가락끝 할 것 없이 모든 것이 근질근질했다. 생각만 해도 몸서리가 쳐졌다. 그리고 그런 생각을 암시해 준 것은 신문기사였다. 참으로 이상한 일이었다. 더구나 그가 이제 손드라를 찾아가려고 하는 지방에는 도처에 숱한 호수가 있지 않은가! 손드라가 가 있는 곳만 하더라도 한 스무 남짓 있다고 한다. 게다가 로버타는 야외를 좋아했고 헤엄을 칠 줄 모르면서도 물을 좋아했다. 더구나 그와 로버타는, 적어도 그는 호수가 있는 지방으로 갈 작정을 하고 있었다. 아니, 두 사람은 언젠가 여기를 도망칠 계획을 세웠을 때 어딘가 피서지로 갈까 하는 이야기를 한 적도 있었으므로 둘이서 그러한 장소에 간들 별로 의심을 살 것도 없을 것이다. 그와 로버타의 계획 속에는 7월 4일경 피서지에 간다는 것이 들어 있는 이상 가지 못할 이유가 없지 않은가? 그러나 안 된다, 안 될 소리다! 아무리 그녀로부터 떨어지고 싶다 하더라도 그녀를 이러한 사고와 관련해서 생각해 본다는 그 생각부터가 죄스럽고 흉칙하고 너무도 참혹하다! 아아, 그런 것을 생각해서는 안 된다! 그것은 너무도 비열하고 파렴치한 일이다! 정말 무섭다! 이러한 생각이 자기의 마음을 찾아들다니 생각만 해도 몸서리가 난다. 그나마도 그녀가 같이 어디로 도망 가자고 조르고 있는 바로 이때에!

죽음!

살인!

내가 로버타를 죽인다!

그녀로부터 도망치기 위해서——그녀의 부당한, 요지부동한, 확고불변한 요구를 피하기 위해서! 크라이드는 그 요구를 생각만 해도 이마에 식은땀이 축축이 솟아나는 것을 느꼈다. 그러나 그렇다고 해서…… 아니다, 안 될 소리다! 그것은 안 된다! 더구나 그것은 머지않아 태어날 어린애까지 죽여 버리는 것이 된다!

그러나 물론 그런 것을 계획적으로 하는 인간은 없을 것이다. 그러나 그러한 식으로 익사하는 사람이 세상에는 얼마든지 있다. 소년과 소녀와 어른 남녀들도——특히 여름에는 도처에서 그런 사고가 발생한다. 나도 결코 로버타가 조난되기를 바라고 있는 것은 아니다. 경우가 경우이니만큼 그는 더욱이 그렇게 생각하고 싶었다. 나는 아무리 타락했다 하더라도 그런 짓을 할 인간은 아닐 것이다. 생각만 해도 소름이 끼친다. 나는, 나는 그런 인간은 절대로 아닐 것이다. 정직한 제정신을 가진 인간이 그런 짓을 생각할 리는 만무하다. 그러므로 이젠 그런 생각은 그만두기로 하자! 그는 그러한 지긋지긋한 생각에 사로잡힌 자기 자신이 무서워져서 자리에서 벌떡 일어나 전등을 켜고서 또다시 그 신문을 손에 집어들었다. 그러고는 그 암시에 의하여 생긴 망집(妄執)을 몰아내기 위해서 다시 한 번 저주스러운 눈을 신문기사에 던진 다음 휙 그 신문을 버리고서 옷을 갈아입고는 산보를 나갔다. 와이키지 가로부터 센트럴 가를 지나, 다시 오크 가로 들어가 그 다음 스포르스 가로 되돌아와 또다시 센트럴 가로 나왔다. 집요하게 붙어다니는 사념(思念)을 몰아내려고 자꾸만 걸었다. 그리고 다소 기분이 풀려, 인간다운 인간이 된 기분으로 방으로 되돌아와 이제야말로 그 무서운 상념을 완전히 쫓아 버렸다는 생각에서 침대 속으로 들어갔다. 이 이상 더 생각하지 말자! 이 이상 더 그런 생각은 꿈에도 하지 말자고 마음속으로 맹세하면서…….

그 다음 꾸벅꾸벅 졸고 있는 동안에 한 마리의 검은 맹견이 그를 물려고 달려드는 꿈을 꾸고서 그만 소스라치게 눈을 떴다가, 가까스로 그 독아를 모면한 데 마음이 놓여 또다시 곧 잠이 들었다. 그러나 이내 그는 숲인지 동굴인지 높은 절벽 사이에 낀 좁다란 협곡과 같은, 참으로 기괴한 어두컴컴한 장소에 가 있었다. 거기에는 한 줄기의 오솔길이 있고, 그곳으로 가면 밝은 곳으로 나올 수 있으려니 생각되었다. 그러나 잠시 걸어가는 동안에 그것이 점점 좁고 어두워져서 나중에는 완전히 끊어지고 말았다. 그래서 이제 온 길을 되돌아오려고 뒤를 돌아다보았다. 그러자 무수히 많은 뱀들이 서로 엉키고 뒤섞이면서 마치 수북이 쌓인 땔나무와 같은 모양이 되어 바로 그의 등뒤를 따라오고 있는 것이 아닌가. 그 맨 위에 있는 두서너 마리의 뱀이 기분 나쁘게 대가리를 쳐들고는 끝이 갈라진 빨간 혀를 낼름거리면서 마노(瑪瑙)와 같은 눈으로 그를 노려보고 있었다. 그는 깜짝 놀라 뒤를 돌아다보고는 급히 도망치려고 했다. 그러나 그곳에는 뿔이 돋은 거대한 맹수가 육중한 발로 덤불을 잔뜩 짓밟은 채 길목을 막고 있었다. 그는 그 자리에 장승처럼 서서 너무나도 무서운 공포에 말라붙은 목구멍을 짜서 절망적인 비명을 올렸다. 그리고 그만 그 목소리로 눈이 뜬 것인데 더 이상 잠이 오지 않았다.

43

그 생각은 그가 당면하고 있는 문제와 너무나도 직접적인 관련이 있었으므로 어떻게 해서든지 그것을 씻어 버리려고 애를 썼지만 그리 쉽사리 잊어 버릴 수가 없었다. 파스 호에서 두 생명을 앗아간 무섭기는 하지만 보기에 조금도 나무랄 데가 없는 사건과 그를 괴롭혀 냉정하게 생각할 수조차도 없는 그의 개인적인 문제가 극히 우연한 관계에서 생겨난 변덕스러운 생각에 지나지 않았지만 그것은 극히 중대한 의미를 가지고 있었다. 그의 두뇌가 기묘한 방향으로 회전하여 그로 하여금 이렇게 생각케 하는 것이었다. 여자의 시체는 발견되었지만 남자의 시체는 애당초부터 그 호수에는 없었다고 생각할 수도 있을 것이다. 왜냐하면 세상에는 남을 없애 버리려고 흉계를 꾸미는 악한도 때로는 있는 법이니까. 그 사나이는 여자를 죽이기 위해서 그녀를 끌고 갔는지도 모르기 때문이다. 참으로 교묘한 무참한 책략이기는 하지만 어쨌든 그 사나이의 경우는 보기 좋게 성공을 거두었다고 할 수 있다.

자기인들 그 흉계를 꾸며내려고 하면 얼마든지 할 수도 있다. 하지만 그것은 안 될 노릇이다! 어째서 또 그런 생각을 하는 거야, 하고 그는 또다시 자기 자신을 책망했다. 그러나 그 자신의 문제는 시시각각으로 절망의 도를 더해 갔고, 그 동안에 거의 매일같이 적어도 하루 걸러서 로버타가 아니면 손드라에게서 편지가 왔다. 그리고 행복 그대로의 쾌활하고도 명랑한 편지와 불행과 불안과 비탄에 찬 침울한 편지의 대조가 한층 더 그를 자극했다.

로버타에게 편지를 쓰고 싶지 않은 그는 간단히 전화로, 되도록 문제가 되지 않을 만한 내용의 이야기를 할 작정이었다. 그래, 잘 있소? 하고 묻는다.

그러고 나서 편지는 고맙소. 요즘 같은 계절에는 이곳 공장에서 일을 하고 있기보다는 시골에 있는 편이 훨씬 기분이 좋겠지? 여기는 그전이나 이제나 다름없소. 다만 요새 2,3일 동안은 공장에 주문이 쇄도하여 눈코 뜰 사이 없이 바쁘다는 식으로 이야기한다. 그 밖에 그 계획을 위하여 필요한 액수라도 저금하려고 노력하고 있다는 것, 모든 것이 순조롭게 되어 가고 있으니까 걱정할 필요 없다는 것, 일이 바쁘고 여러 가지 볼일로 편지를 쓸 틈이 없으니까 그다지 편지를 낼 수는 없지만 그녀가 없어진 이래로 쓸쓸해서 견딜 수가 없고, 어서 만날 수 있었으면 하고 생각하고 있다는 것을 덧붙이기로 하자. 그리고 그녀가 리커거스로 와서 꼭 그를 만나야만 할 볼일이 있다면 어떻게 해서든지 만날 수 있도록 할 작정이지만 지금 당장은 그런 볼일은 없으리라고 생각한다. 이제는 바쁘고, 결국 조금만 더 있으면 만날 수 있을 테니까 기다리라고 핑계를 둘러대기로 했다. 그리고 동시에 그는 손드라에게 편지를 내어 18일부터 주말에 걸쳐서 꼭 한 번 만나러 가고 싶다는 통지를 했다.

이처럼 손드라에 대한 동경과 로버타와의 문제를 어떻게 할 수 없는 괴로운 나머지 복잡한 책략과 내면적인 갈등을 거쳐, 겨우 어느 주말을 손드라와 함께 보낼 특권을 얻어 난생 처음으로 상류사회의 피서 생활에 한몫 낄 수 있는 여유를 얻게 되었다.

그날 그는 트웰프스 호반에 있는 호텔의 베란다와 인접해 있는 사론의 부두로 가서, 그를 맞이하기 위해서 그랜트 가의 란치로 체인 강을 내려온 버틴과 그의 오빠와 손드라 등을 만났다. 인디언 체인 강의 맑게 가라앉은 푸른 흐름. 높다란 진한 초록색의 소나무가 양둑에 우거져 있고, 서쪽 둑의 그것이 수면에 꺼멓게 그림자를 던지고 있었다. 먼 양쪽 둑에는 백색과 핑크색, 초록색과 갈색 등 가지각색의 작고 큰 별장이 즐비해 있고, 게다가 별장에는 모두 각기 보트 하우스가 딸려 있었다. 커다란 텐트도 눈에 띄었다. 때로는 크랜스톤 가와 핀츠레이 가와 같은 굉장한 별장의 잔교(棧橋)가 길게 뻗어 있기도 했다. 초록색과 푸른 색의 카누와 란치. 파인 포인트의 아름다운 호텔과 별관은 빠른 피서객으로 벌써 한창 붐비고 있었다. 얼마 후 크랜스톤 가의 별장의 잔교에 이르렀다. 버틴이 최근 사들인 러시아산의 울프하운드 두 마리가 호반가의 풀 위에 배를 깔고 기다랗게 나자빠져서 그녀가 돌아오기를 기다리고 있었다. 그리고 이 별장에 대여섯 명쯤 와 있는 그녀의 하인 중의 하나인 존이 공손히 크라이드를 맞이하여 그가 가지고 온 테니스 라켓과 골프채를 받아들었다. 그러나 그를 가장 감동케 한 것은 광대한, 그리고 아름답게 설계된 집과 제라늄으로 가장자리를 장식한 길과 호수의 아름다운 경치를 한눈으로 바라볼 수 있는 갈색 버드나무 세공으로 장식한 넓은 베란다 등이었다. 거기서부터는 여러 가지 모양의 자가용차와 골프와 테니스 차림의 피서객과 산보 차림의 남녀들도 보였다.

버틴의 명령으로 존은 곧 호수를 내다볼 수 있는 넓은 방으로 그를 안내했다. 거기서 그는 몸을 씻고 테니스복으로 바꿔 입었다. 손드라와 버틴과 그랜트 등과 즉시 테니스를 하기로 되어 있었다. 손드라의 설명에 의하면 점심식사가 끝나면 그는 버틴과 그랜트 등과 함께 클럽 하우스로 가 거기서 모두에게 소개되고 댄스를 하기로 되어 있다는 것이다. 그리고 내일 일찍 아침식사 전에 그녀와 버틴과 스튜어트들과 함께 아름다운 숲의 길을 서쪽으로, 호수를 더욱 멀리 바라보는 인스피레이션 포인트 근처까지 배를 몰고 나갈 계획이었다. 그가 들은 바에 의하면 그 대삼림은 두서넛의 오솔길을 제외하면 길다운 길은 없고, 50마일 이상의 깊이가 있어 조그마한 나침반이나 안내인이 없으면 익숙치 않은 사람은 방향을 잃고 죽을지도 모른다는 것이었다. 그 다음 아침식사가 끝나면 수영하러 나가는데 그녀와 버틴과 니나 템플 등이 손드라의 수상 스키로 실력을 다툴 예정이었다. 그리고 점심식사가 끝난 다음은 테니스와 골프를 하고, 그 다음 클럽 하우스로 차를 마시러 가고, 그 밖에 호수 건너편 풀에 있는 유티카의 브르크쇼 가의 별장에서 저녁식사를 한 다음 댄스 파티가 개최될 예정이었다.

이처럼 크라이드는 도착한 지 한 시간 이내에 그의 주말 프로그램이 벌써 꽉 짜여져 있음을 알았다. 그러나 물론 그와 손드라는 그 사이 사이를 곧잘 이용하여 두 사람만의 시간을 가질 수 있도록 되어 있는 모양이다. 그녀의 다정다감한 성격으로 미루어 보아 새로운 열렬한 환희가 그를 기다리고 있는 것을 쉽게 상상할 수 있었다. 로버타와의 문제에 시달릴 대로 시달렸고, 참을 수 없을 정도의 무거운 짐을 짊어지고 있는 크라이드이긴 했지만 이제는 그것조차도 잊어 버리고는 천국에라도 올라간 것 같은 기분이었다.

그리고 크랜스톤 가의 테니스 코트에선 마치 처음으로 손드라를 보는 것만 같았다. 짧은 순백의 테니스용의 스커트에 블라우스를 입고, 머리를 황록색

수옥(水玉) 모양의 손수건으로 잡아맨 그녀의 모습은 자못 쾌활하고 우아하며 행복스럽게 보였다. 그리고 그 입가에 떠오른 미소! 가끔 그를 흘끗 쳐다보는 그 눈에는 약속하는 듯한 밝은 빛이 빛나고 있었다. 그리고 그에게 서브를 보내는 순간의 자태는 가볍게 공중을 나는 조그마한 새를 연상케 했다. 라켓을 높이 쳐들고 발끝이 거의 땅에 닿지 않게 전신을 쭉 뻗고 고개를 살짝 뒤로 젖히고서 서브를 넣을 때마다 가볍게 열려져 있는 그녀의 입술에는 밝은 미소가 떠돌고 있었다. 더욱이 트웬티 러브, 서티 러브, 피프티 러브 하고 소리를 지를 때 그 러브라고 하는 말에 제로의 의미와 애인이라는 의미를 함축케 하여 웃으면서 악센트를 붙여서 음성을 높이는 것이 그를 전율케 하고 슬프게 하고, 동시에 가슴을 뛰게 했다. 자기가 만일 자유로운 몸이기만 하면 그녀를 자기의 것으로 할 수 있을 텐데……. 그러나 그는 저주스러운 장벽을 자기 손으로 만들고 만 것이다.

태양이 수정과도 같은 빛을 잔디밭 위에 퍼붓고 있고, 그 저쪽에 있는 높다란 송림과 호수의 은색 파도 위에 던지고 있었다. 그리고 조그마한 요트의 흰 돛들이 둑을 떠나 제 마음대로의 방향으로 달리고 있었고, 연인들을 실은 카누의 백색·초록색·황색의 반점이 눈부신 태양 광선 속을 천천히 움직이고 있었다. 여름의 계절, 안일한 생활, 따뜻한 햇볕, 색채, 안락, 아름다움, 사랑, 이러한 것들 모두는 그가 아주 몹시 고독했던 작년 여름에는 꿈에 지나지 않았던 것이다.

크라이드는 마음대로 욕망을 채워 주는 기쁨에 취한 듯한 기분에 사로잡힐 때도 있었지만, 어떤 때에는 로버타의 모습이 마치 차디찬 바람처럼 가슴속을 스쳐 사랑과 아름다움과 행복의 꿈도 깨지고 말 정도로 무섭고도 슬픔에 잠길 때도 있었다. 저 호수에서 두 사람이 익사했다는 무서운 기사! 그는 앞으로 한두 주일 후에는, 늦어도 3주일 이내에는 그러한 미치광이 같은 계획이라도 실행하지 않는 한 이러한 모든 꿈과 영원히 결별하지 않으면 안 되리라. 문득 생각이 여기에 미치자 그는 그때마다 공을 잘못 받기도 하고 서투른 플레이를 하기도 했다. 그리고 그럴 때마다 버틴이나 손드라나 그랜트가 소리를 지르곤 했다. "아니, 크라이드, 뭘 멍하니 생각하고 계세요?" 그의 컴컴한 마음속으로부터 이러한 대답이 솟아올라 목을 눌렀다. 로버타 생각입니다!

그 날 밤 브르크쇼 가에서 손드라와 버틴, 그 밖의 사람들이 모여서 화기애

애한 파티가 개최되었다. 그는 댄스장에서 또다시 손드라와 만났는데, 그녀는 그때까지 그와는 초면이라는 듯한, 그가 여기 와 있는 것을 전혀 몰랐다는 듯한 얼굴로 그에게 미소를 보내고 있었다. 다른 사람들의 눈을 속이기 위해서였다, 특히 그녀의 부모의 눈을.

"아니, 여기 와 계셨어요? 아, 놀랐군. 크랜스톤 댁에? 아이구 기뻐라! 우리집 바로 옆이에요. 그럼, 가끔 뵐 수 있겠군요. 내일 일곱 시 전에 원거리 승마를 할 작정인데 같이 안 가시겠어요? 버틴과 난 거의 매일같이 나가거든요. 내일은 별일없으면 카누와 모터 보트로 피크닉을 하려고 해요. 말을 탈 줄 모른다고 걱정은 하지 마세요. 버틴에게 부탁해서 당신을 위해 제리를 빌려 드리도록 하겠어요. 제리는 마치 양처럼 순한 말이거든요. 승마복 걱정도 하지 마세요. 그랜트가 얼마든지 가지고 있거든요. 나 이제부터 두 번 다른 사람과 추지 않으면 안 되는데, 세 번째 곡이 되면 함께 밖으로 나가요. 발코니에 근사한 데가 있어요."

그녀는 아무렇지도 않은 얼굴로 악수를 하고 나서, "우린 서로 알고 있죠"라는 눈짓을 남기고는 떠나 버렸다. 잠시 후 바깥 그늘 속에서 아무도 자기들을 보고 있지 않는 것을 확인하자 그녀는 그의 얼굴을 끌어당기고는 뜨거운 키스를 퍼부었다. 그리고 다시 파티가 아직 끝나기도 전에 두 사람은 살며시 집을 빠져 나와 호숫가의 다른 오솔길을 조금 간 다음 달빛 아래에서 또다시 열렬히 서로 껴안았다.

"손드라는 크라이드를 만나서 기뻐서 죽겠나 봐. 당신 생각만 하고 있었지 뭐예요." 그녀는 굶주린 듯이 그녀의 입술을 찾는 그의 머리카락을 가볍게 쓰다듬었다. 크라이드는 두 사람 사이에 어둡게 가로누워 있는 지긋지긋한 그림자를 회상하면서 열광적으로, 절망적으로 그녀를 껴안았다. "고맙소. 내가 얼마나 당신을 사랑하고 있는지 그건 당신도 알 테지. 내 기분 알겠소? 난 당신에게 뭐든 다 얘기하고 싶소……. 그러나 얘기하고 싶지만……."

그러나 지금은 할 수 없었다. 아니, 영원히 할 수 없을지도 모른다. 그는 지금 두 사람 사이를 가로막고 있는 컴컴한 장벽에 관해서 한마디도 털어 놓을 용기가 없었다. 왜냐하면 그녀와 같은 가정환경 그리고 연애와 결혼에 대한 기준에서 평가하면 아마 그러한 경우는 전혀 이해가 가지 않을지도 모르며, 아무리 그를 사랑하고 있어도 그녀가 이 사랑에 큰 희생을 바칠 각오가 되어 있지는 않았기 때문이다. 그녀는 대번에 헌신짝처럼 그를 내던져 버리리라. 그 아름다운 눈이 공포로 커다랗게 열리는 것이 보이는 것만 같았다.

긴장된 그의 얼굴이 달빛에 희게 떠오르고, 눈이 전등불처럼 조그맣게 빛나고 있는 것을 손드라는 물끄러미 쳐다보면서 그의 팔에 안긴 채 떨리는 목소리로, "날 그렇게까지 사랑해 주세요? 기뻐 죽겠어요. 나도 당신을 사랑하고 있어요." 이렇게 말하고 나서 그녀는 두 손으로 그의 얼굴을 떠받들고 몇 번씩 뜨거운 키스를 퍼부었다. "손드라는 무슨 일이 있어도 크라이드를 놓치진 않을 거예요! 조금만 더 기다려 주세요. 이젠 어떻게 되든 상관없어요. 그렇게 간단히 되지 않을지 모르지만 그래도 당신을 죽어도 놓치지 않겠어요!" 다음 언제나처럼 갑자기 타산적인 말투로 돌아가, "이젠 돌아가지 않으면 안 돼요. 키스는 이 이상 안 돼요. 안 된다니까요! 필경 모두가 우리들을 찾고 있을 거예요." 그러고는 몸을 떼어 그의 팔을 잡고서 급히 집 쪽으로 돌아갔다. 마침 그때 그녀를 찾고 있던 파머 더스톤이 그녀의 모습을 발견하고서 곧 달려왔다.

다음날 아침은 그녀가 약속한 대로 일곱 시 전에 인스피레이션 포인트로 원거리 승마 여행을 떠났다. 버틴과 손드라는 빨간 승마복에다 흰 바지, 검은 승마화를 신고 있었고, 길게 늘어뜨린 머리카락을 바람에 휘날리면서 그의 앞을 저만큼 경쾌하게 달려간 후에 다시 되돌아서서 천천히 뒤를 좇고 있는 크라이드 있는 데까지 앞을 다투며 달려오곤 했다. 때로는 손드라가 어서 빨리 오라고 소리를 지르기도 하고, 채 그가 좇아오기도 전에 가로수가 쭉 늘어선 교외길 구석에 자리잡고 있는 교회당 뒤에 몸을 감추고는 그를 곯려 주기도 했다. 손드라가 최근 그에게 보통이 아닌 관심을 보여 주고 있는 것을 보고서 버틴은 만일 가족의 반대만 없으면 두 사람은 꼭 결혼하게 될 거라고 생각했다. 그리하여 그에게 각별한 호의를 보이며, 금년 여름은 쭉 자기 집에 체재해 있도록 권유해 보기도 하고, 두 사람의 사이에 어떤 훼방이 생기지 않도록 진력을 다하겠다고 맹세하기도 했다. 크라이드는 그런 말을 듣자, 가끔 예의 그 석간신문의 기사를 문득 머리에 떠올리며, 까닭 모를 전율을 느끼면서 그 생각을 좇아 버렸다. 그러나 곧 또다시 깜짝 놀라며 그것을 잊어 버리려고 애를 쓰는 것이었다.

얼마 후 손드라는 어느 지점에서 꽤 가파른 언덕길로 되어 있는 오솔길을 내려가 우거진 컴컴한 나무 그늘 아래에 있는 샘 쪽으로 갔다. 돌이 많고, 이끼가 끼여서 미끄러웠다. 그녀는 아래쪽에서 그에게 소리쳤다. "이리로 내려오세요. 제리는 이 길엔 익숙하니까 문제 없어요. 이리 데리고 와서 물을 먹여요. 그러면 곧 또다시 기운을 내거든요."

그리고 그가 아래로 가 말에서 내려 물을 먹이기 시작하자 그녀는 또다시 말을 이었다. "실은 당신에게 얘기할 게 있어요. 어젯밤에 당신이 여기 와 있다고 하는 말을 들었을 때의 어머니의 얼굴은 대단했어요. 물론 어머니는 내가 불렀다고는 생각하고 있지 않는 모양인데…… 어머니는 버틴도 당신을 좋아하고 있다고 그렇게 생각하고 있거든요. 내가 그렇게 생각케 만든 거지 뭐예요. 그렇지만 어쩌면 나도 그것에 한몫 끼여 있는 게 아닌가 하고 의심하고 있는 것 같아요, 어머니 눈치가 암만 해도. 아직 나에겐 아무 말도 하고 있진 않지만. 아까 버틴에게 의논해 보았더니 버틴이 내 편이 되어 뭐든 해주겠다고 하지만 그래도 이제부터는 여태까지보다도 더 조심을 하지 않으면 안 되겠다고 생각해요. 만일 어머니가 정말 의심하기 시작하면 무슨 짓을 할지 모르거든요. 내가 당신과 만나지 못하도록 지금이라도 당장 여길 떠나 버릴지도 몰라요. 어머니라는 사람은 자기가 좋아하는 사람 이외에는 아무도 나와 교제시키려고 하지 않으니 사고예요, 정말. 스튜어트도 그렇구. 그래도 당신이 주위에 사람이 있을 때에는 나에게 관심이 없는 척하면 어머니인들 어떻게 하겠어요, 별수 없지, 지금 상태로는. 가을이 되어 우리들이 리커거스로 돌아갈 무렵이 되면 사정이 달라질지도 모르지만…… 하지만 그때가 되면 나는 성년이 되니까 그땐 내 마음대로 할 수 있을 게 아녜요. 난 아직까지 연애라는 걸 해본 적이 없었는데 당신을 만난 후부터는 완전히 당신이 좋아졌어요. 이젠 떨어져 있지 못할 것 같아요. 누가 무슨 방해를 해도 당신과 떨어질 것 같지 않아요!"

이렇게 말하면서 그녀는 땅을 힘차게 쿵쿵 굴렀다. 승마화의 뒤축이 땅속에 박혔다. 두 마리의 말이 멍하니 그쪽을 바라보고 있었다. 크라이드는 그녀의 두 번째의 사랑의 고백에 감격하는 동시에 차라리 집을 도망쳐서 결혼을 하여 협박적으로 향해 온 칼 끝과 맞서 보자고 제안해 보고 싶은 생각에 사로잡히면서 희망과 공포가 뒤섞인 눈초리로 그녀를 쳐다보았다. 그가 별안간 그런 제안을 하면 그녀는 깜짝 놀라 도리어 거절하고는 모처럼의 사랑도 대번에 식어 버릴지도 모른다. 게다가 그녀가 승낙한다 하더라도 그에겐 돈도 없고, 어디로 가야 좋을지 갈 곳도 없었다. 그러나 그녀에게는 돈이 있다. 지금 가지고 있지 않다 하더라도 어떻게 해서든지 손안에 넣을 수 있으리라. 그러므로 그 생각만 있으면 자기를 도울 수도 있을 것이다. 어쨌든 다행인지 불행인지 몰라도 마음먹고 한 번 말해 볼까 하는 생각이 들었다.

"그렇다면 말야, 손드라. 차라리 나와 함께 집을 도망쳐 버리면 어때? 가을까진 아직 꽤 있어야 하고, 난 어서 당신과 결혼하고 싶어. 가을이 되어도 당신 어머니는 당신을 나와 결혼시키려고 하지 않을 게 아냐. 만일 우리들이 지금 도망을 쳐 버리면 어머니인들 어떻게 할 길이 없을 게 아냐. 2,3개월이 지난 후에 편지로 사정을 알려주면 꼭 용서해 줄 거야. 그렇게 합시다, 응, 손드라." 애절하게 호소하는 목소리였다. 한마디로 거절을 당하지나 않을까 하는 공포와 기약할 수 없는 미래에 대한 불안이 그의 눈에 비통한 빛을 띄워 주었다.

그녀는 그의 절박한 요구에 눌린 듯이 잠시 잠자코 있었다. 그의 제안에 공포를 느낀 것도 아니며, 오히려 그것에 감동되고, 자기가 크라이드에게 그렇게까지 저돌적인 열정을 불러일으킬 수 있었던 것에 말할 수 없는 만족감을 느낀 것이었다. 확실히 그는 지금 그녀가 던진 불에 인화되어 활활 타고 있었다. 물론 그녀의 가슴은 그의 가슴만큼 열렬하게 타고 있지 않았지만 이제까지 그가, 아니 다른 누구이건 간에 그렇게까지 열렬하게 타오른 것을 그녀는 본 적이 없었다. 더구나 지금 그와 함께 도망을 칠 수 있다면 얼마나 근사할까. 몰래 캐나다나 뉴욕이나 보스턴이나 어디로. 그녀의 도망 사건은 필경 이 지방이나 리커거스, 앨바니, 유티카 등지에서 일대 뉴스가 되어 모든 사람들의 마음을 들끓게 할 것이리라. 그녀의 양친은 펄쩍 뛰며 야단을 할 것이며, 어느 집이나 이 소문을 가지고 떠들게 되리라. 그리고 그렇게 되는 날엔 길버트는 싫어도 할 수 없이 그녀의 친척이 될 것이다. 그녀의 부모가 평소 존경하고 있는 그리피스 가와 친척 관계가 될 것이다.

그 제안을 실행해 보고 싶은 욕망과 결의에 가까운 것이 불현듯 그녀의 눈에 떠올랐다. 일단 결혼해 버리면 양친인들 어떻게 할 수 없을 게 아닌가. 게다가 크라이드는 과연 그녀나 양친과 어울리지 않는다고 할 수 있을까? 그녀 주위의 사람들은 거의 모두가, 그가 자기에게 어울리지 않는 사람인 것처럼 말하고 있지만 그 이유인즉 다만 그가 그녀의 양친만한 부자가 아니라는 것에 지나지 않는다. 그러나 그는 언젠가는 부자가 될 것이 아닌가, 그녀와 결혼만 하면. 그리고 마치 길버트 그리피스가 그의 아버지의 회사에서 훌륭한 지위에 앉아 있는 것처럼 크라이드 또한 그녀의 아버지 회사에서 상당한 지위에 앉을 수 있는 게 아닌가.

그러나 다음 순간 그녀는 즐거운 피서 생활의 일을 생각하고는, 또 만일 그런 모양으로 집을 나갈 경우 부모를 어떠한 입장에 떨어뜨리게 될까를 생각해 보았다. 여름의 피서 시즌이 이제 막 시작된 참인데 그렇게 하면 그녀의 계획이 모두 엉망진창이 되어 버릴 뿐만 아니라, 특히 어머니는 펄쩍 뛰고 화를 내며, 그녀가 아직 미성년이라는 것을 이유로 두 사람의 결혼을 방해할지도 모른다. 그녀는 잠시 생각에 잠겨 있었다. 화려한 모험에 대한 욕망이 그녀의 타산적이며 실리적인 성격 때문에 자취를 감춰 버리고 말았다. 비록 결행한다 하더라도 2, 3개월 후면 어떨까? 지금 당장 그런 짓을 하다간 두 사람은 부득이 헤어지게 될지도 모르지만 좀더 기다리면 영원히 헤어지지 않아도 될 것이 아닌가.

그녀는 잠시 후 단호히, 그러나 애정에 넘친 얼굴로 고개를 가로저었다. 크라이드는 그 순간 무참히도 패배를 당하고 만 것을 알았다. 비로소 맛본 비통한, 회복할 수 없는 패배감이었다. 그녀는 가고 싶어하지 않는 것이다. 이것으로 이제 영원히 그녀를 잃어 버리고 말았다. 아아, 이 어찌 된 셈이냐! 그녀는 여태까지 아무리 감격했을 때에도 보여 준 적이 없는 상냥한 얼굴로 다음과 같이 말했다. "가고 싶지만 지금 그런 짓을 하는 건 좋지 못해요. 아직 너무 일러요. 어머니는 지금 당장 어떻게 하겠다는 건 아녜요. 문제 없어요. 게다가 올 여름은 날 즐겁게 해주려고 여러 가지 계획을 세우고 있어요. 그런 어머니에게 미안해요. 어머니가 우리들의 사이를 방해하지 않는 한 지금 당장 어머니의 감정을 해칠 그런 짓을 할 필요는 없을 것 같아요……." 그녀는 잠시 말을 끊었다가 달래는 듯한 미소를 그에게 던졌다. "또 당신이 몇 번 여기 온들 상관없어요. 어머니나 다른 사람들에게 의심을 사게 될 까닭은 전혀 없으니까요. 당신이 우리집 손님은 아니니까 말예요. 그 점은 버틴에게 잘 부탁해 두었으니까 문제 없어요. 그러니까 서로 여름내 여기서 마음대로 만날 수 있을 게 아녜요? 그리고 가을이 되어 내가 집에 돌아갔을 때 만일 어머니가 당신을 달갑게 생각하고 있지 않거나, 우리들이 약혼하는 것을 반대하거나 하면 그때야말로 당신과 함께 집을 나가겠어요! 정말 단연코 집을 나가겠어요!"

아아, 이 무슨 말이냐! 가을이라니!

그녀는 말을 끊고서 두 사람의 앞날에 가로놓여 있는 난문제에 조금도 겁내지 않는 눈초리로 그의 얼굴을 빤히 쳐다보면서 그의 두 손을 힘껏 움켜쥐었다. 그 다음 순간 갑자기 그의 목에 매달리며 그의 얼굴을 끌어당기고는 키스했다.

"이젠 아시겠죠? 그런 슬픈 얼굴을 하면 싫어요. 손드라는 크라이드를 정말 마음속으로 사랑하고 있어요. 우리들이 하나가 되기 위해서라면 무엇이든, 무슨 짓이든 하겠어요! 무슨 짓을 해서라도 아버지와 어머니가 머리가 숙이게 하겠어요. 그러니까 조금만 더 기다려 줄 수는 없어요? 절대로 당신하고 헤어지진 않아요. 두고 보세요, 절대로!"

크라이드로서는 그녀에게 반대할 이유라곤 전혀 없었다. 만일 로버타의 문제 때문에 반대하거나 한다면 그야말로 그녀에게 의심을 사게 되고, 의혹을 품게 하는 결과가 될 뿐이다. 결과적으로는 로버타 때문에 모든 것이 엉망진창이 될지도 모른다. 그는 어두운 절망적인 눈으로 그녀의 얼굴을 쳐다보았다. 그 아름다운 얼굴! 그 완전한 아름다움! 어쩌면 그는 이것을 자기의 것으로 소유할 수 없을지도 모른다. 로버타──그녀의 요구──절박한 약속. 더군다나 이제는 도망을 치는 외에는 그것을 피할 길은 없다! 아아!

이때 그의 눈은 불안한 나머지 마치 미치기라도 한 것과 같은 이상한 빛을 띠고서 빛났다. 이성(理性)과 광기의 경계선상에 있는 사람의 눈이었다. 그리고 그것이 손드라에게 심상치 않은 불안감을 느끼게 했다. 얻어맞은 것 같은, 믿어지지 않을 만큼 절망적인 얼굴이었다. 그녀는 깜짝 놀라 소리를 질렀다.

"아니, 웬일이에요, 크라이드. 그게 무슨 얼굴이에요. 마치 자포자기하고 있는 그런 얼굴이니. 그렇게 날 사랑하고 계세요? 그 때문에 3개월 혹은 4개월을 기다릴 수 없다는 거예요? 싫어요. 기다릴 수 있죠? 당신이 생각하는 것처럼 그렇게 힘들지는 않을 거예요. 거의 같이 있을 수 있고, 당신이 여기 없을 땐 손드라는 매일같이 하루도 빼놓지 않고 당신에게 편지를 쓰겠어요."

"아니, 그게 아냐, 손드라. 어떻게 설명해야 좋을지 나도 몰라. 실은 내가 왜 그때까지 기다릴 수 없느냐면……."

그는 그때 손드라의 얼굴에 왜 그렇게 조급하게 집을 도망칠 것을 요구하는 것일까 하는 의혹적인 표정이 떠오른 것을 보고서 갑자기 말을 끊었다. 동시에 그는 상류사회의 커다란 힘이 그녀를 꽉 붙잡고 있다는 것 ──그녀가 그 사회의 일원이라는 것을 깨닫고는, 만일 그가 이것을 고집하면 그를 사랑하게 된 것이 과연 현명한 짓이었을까 하는 의혹감을 그녀에게 품게 할지도 모르겠다고 느끼고는 단념한 것이다. 만일 그가 그 이야기를 털어 놓아 버리면 확실히 그녀는 그를 신뢰하지 않을 것은 뻔한 노릇이고, 그에 대한 생각이 변하고 말 것이며, 적어도 그녀의 사랑은 대번에 식어 버릴지도 모른다.

그래서 그는 왜 그녀의 단호한 행동을 필요로 하는가를 설명하는 대신에 다음과 같은 말로 얼버무려 버렸다.

"즉 말하자면 난 한시도 당신 곁을 떨어지고 싶지 않기 때문이야. 그 밖에 다른 이유라고는 하나도 없어. 난 가끔 일 분이라도 당신이 옆에 있지 않으면 견딜 수 없는 거야. 밤낮으로 당신에게 굶주려 있어."

손드라는 이런 말을 듣자 너무도 기뻐서 어느 정도 그것에 호의적인 말로 대답하기는 했지만 결국 아까 말한 것을 되풀이했음에 지나지 않았다. 기다리지 않으면 안 된다. 가을이 되면 모든 것이 호전될 터이니까. 크라이드는 이 말에 실망을 느끼면서도 그 이상으로 무리하게 따지고 들 수도 없고, 이제 이렇게 하여 그녀와 함께 있을 수 있는 즐거움을 부정할 수도 없었으므로 곧 애써 마음을 고치기로 했다. 그러고는 어떻게 해서든지 이 궁지를 벗어나려고 결사적으로 생각해 보았다. 저 보트를 이용하는 계획을 실행할 것인가, 혹은 다른 방법을 실행할 것인가…….

그러나 이 밖에 어떠한 방법이 있을까?

안 된다, 안 된다. 그건 절대로 안 된다! 나는 살인자는 아닐 테고, 그런 짓을 할 수는 도저히 없다. 그런 터무니없는 일은 생각조차 할 수 없다. 살인자, 어림도 없는 소리다. 절대로 안 된다!

그렇다면 이 큰 손실을 어떻게 하면 좋지? 이 절박한 위기를.

이 절박한 위기를 어떻게 해서 피한단 말이냐!

아아, 무슨 수로 이 위기를 피해 손드라를 손안에 넣을 수 있단 말인가?

어떻게 해서, 어떻게 해서, 어떻게 해서?

44

월요일 아침 일찍 리커거스로 돌아와 보니 로버타에게서 다음과 같은 편지가 와 있었다.

사랑하는 크라이드에게

'흉년에 윤달'이라는 격언이 있지만 나는 오늘 비로소 그 의미를 알 수 있었어요. 실은 오늘 아침 일찍 이웃에 사는 윌콕스 아저씨가 앤스 부인의 전갈이라고 하며 우리집에 와서, 어제 우리집에 올 약속을 하고 있었지만 오늘 급히 빌츠의 딘위디 부인의 일을 돕지 않으면 안 되었기 때문에 오늘은 오지 못하겠다는 이야기입니다. 모처럼 내가 도와서 급한 바느질과 다른 일들을 끝내 버릴 작정으로 있었는데…… 그래서 그 작정으로 준비하고 있던 일이 내일도 끝내지 못하게 되었어요. 그 다음에 온 소식은 니콜라스 이모님이 급환이 생겨서 여기서부터 12마일쯤 동쪽에 있는 베이커즈폰드의 이모님 댁까지 와 달라는 소식이었어요. 그래서 톰은 지금 마침 농장의 일이 바쁘기 때문에 아버지를 돕지 않으면 안 되지만 할 수 없이 어머니를 마차로 이모님 댁까지 모셔다 드리러 갔어요. 어쩌면 일요일까지 돌아오지 못하는 게 아닌가 하고 생각됩니다. 내가 몸이 튼튼하고 이번 여행 준비에 몰려만 있지 않다면 어쩌면 나도 함께 갔었을 것입니다. 그러나 오늘 어머니가 반대해서 가지 않았어요.

다음은 에밀리와 톰이 전서부터 나를 위해서 오늘밤 남자 네 명, 여자 네 명의 손님을 불러서 일종의 달구경 파티 같은 것을 열어, 나와 에밀리와 어머니가 함께 만든 아이스크림과 과자를 한턱 내기로 했는데 그런 사정 때문에 그것도 그만 허탕이 됐지 뭐예요. 그래서 에밀리는 우리들이 가끔 전화를 빌리고 있는 윌콕스 아저씨 댁으로 가서 파티를 내주까지 연기하고 싶다는 통지를 사방으로 연락하지 않으면 안 되었기 때문에 불쌍하게도 오늘은 하루 종일 우울한 얼굴을 하고 있어요.

나는 이제 그야말로 이를 악물고서라도 참으려고 노력하고 있지만 억울해서 못견딜 때도 있어요. 당신은 여태까지 겨우 전화를 세 번 걸어 주었을 뿐이고, 게다가 7월 15일까지는 예정의 돈이 안 된다고 하니 어떡하면 좋아요. 실은 그것에 관해서 아주 곤란한 문제가 일어났어요. 오늘 비로소 안 것인데, 아버지와 어머니는 4일부터 15일경까지 해밀톤의 찰리 숙부의 집에 가기로 되어 있어, 그때까지 내가 리커거스에 돌아가지 않으면 함께 가자는 거예요.

그 동안 톰과 에밀리는 호머의 동생 집에 놀러 가기로 되어 있어요. 그러나 나는 이런 몸으로는 도저히 아무 데도 갈 수 없어요. 특히 최근 기분이 나쁘고 조금만 움직여도 곧 피로해져요. 어젯밤은 몹시 토했어요. 오늘도 하루 종일 다리가 맥이 풀리고 기운이 없어 오늘밤도 고생을 하는 게 아닌가 하고 걱정이 되는 상태예요.

어떻게 하면 좋을지 나는 정말 죽을 지경이에요. 모두가 출발하기 전에, 7월 3일까지는 나를 데리러 와 주시지 않겠어요? 여기서부터 50마일이나 떨어진 마을이고, 나는 물론 어머니와 아버지를 따라서 함께 갈 형편은 못 되니까 꼭 그 전에 당신이 와 주실 수밖에 딴 길은 없다고 생각해요. 만일 당신이 꼭 그전에 와 주신다면 우선 아버지에게는 함께 거기 가겠다고 대답을 해둘 수 있지만, 그렇게 하려면 당신이 반드시 오시겠다고 약속해 주지 않으면 곤란해요.

크라이드, 나는 여기 온 이래로 매일 눈물로 나날을 보내고 있어요. 만일 당신이 옆에 계신다면 이렇게까지 슬프지는 않을 거예요……. 물론 마음을 튼튼히 가져 보자고 노력은 합니다. 그러나 당신이 한마디도 소식을 전해 주지 않고, 이제까지 겨우 세 번 간단한 전화를 주었을 뿐으로는, 어쩌면 나를 데리러 올 작정이 아닌가 하고 그러한 불안에 사로잡힐 때도 있어요. 당신은 그런 지독한 짓을 할 사람은 아냐, 확실하게 약속을 해주었으니까, 하고 억지로 자신에게 타일러 보고는 있지만…… 정말 와 주실 테죠? 지금의 나로선 모든 게 걱정이에요. 그야말로 사는 것 같지도 않아요. 작년 여름의 일을 회상해 보기도 하고, 금년의 그것과 비교해 보기도 하며, 여러 가지 꿈을 그려 보기도 해요. 당신이 예정보다 2,3일 일찍 데리러 와 줘도 대단한 차이는 없을 거라고 생각하는데 어떠실까요? 그만큼 다소 절약해서 살아야 하겠지만 그래도 어떻게 해나갈 수 있을 것 같아요. 내 옷은 그때까지 되도록 부탁해 두겠어요. 만일 되지 않는다면 지금 가지고 있는 것으로 대신 쓰기로 하고 나중에 찾아오도록 하겠어요. 어쨌든 당신이 오셔도 결코 당신에게 폐를 끼치게는 하지 않을 테니까 꼭 와 주세요. 부탁이에요. 이런 부탁을 안 하고 될 수 있다면 참 좋겠지만 어떻게 할 수 없군요.

그때까진 꼭 데리러 가겠다는 답장이 오기를 학수고대하겠어요. 이런 시골에서 혼자 고민하고 있으면 불안과 고독으로 미칠 것만 같아요. 만일 당신이 그때까지

와 주시지 않는다면 나는 곧장 당신을 만나러 가겠어요. 이런 말씀을 올리면 당신은 기분이 아주 나쁘시겠지만 나는 물론 이대로 여기 있을 수는 없고, 그렇다고 해서 딴 데로 갈 곳도 없어요. 아버지나 어머니와 함께 갈 수도 없는 몸이니까 이렇게 된 이상은 그렇게 할 수밖엔 딴 방법도 없어요. 오늘밤도 뜬눈으로 하룻밤을 새우게 될 거예요. 꼭 답장을 주세요. 꼭 갈 테니 걱정하지 말라는 답장을 꼭 부탁하겠어요. 만일 당신이 오늘이나 혹은 금주의 주말에 와 주신다면 나는 이런 슬픔을 맛보지 않아도 될 거예요. 하지만 앞으로 2주일 이상이나 기다려야 한다면! 이젠 모든 식구들이 잠이 들었고 밤도 이슥해졌으므로 이만 줄이겠어요.

당장 답장을 주시도록, 그렇지 않으면 내일 반드시 전화를 걸어 주시도록 거듭 부탁하겠어요. 당신의 답장을 받기까지는 잠시도 마음이 놓이지 않을 거예요.

비참한 로버타 올림

추신——대단히 불쾌한 편지가 되어 버렸지만 현재의 나로서는 도저히 명랑한 편지를 쓸 수는 없어요. 매일매일이 너무도 어둡고 슬퍼서요.

그러나 크라이드는 그 편지가 도착한 날에는 리커거스에는 없었으므로 곧 답장을 낼 수가 없었다. 따라서 로버타는 크라이드가 그녀에게 한마디도 말이 없이 어디로 멀리 떠났으리라고 생각하고는, 토요일 오후에는 초조와 암담 속에 사로잡혀 다음과 같은 편지를 써보냈다. 마치 울고불고 야단을 하는 투의 편지였다.

6월 14일 토요일, 빌츠에서

사랑하는 크라이드님에게

나는 리커거스로 돌아가겠어요. 이 이상 여기 이대로 있을 수는 없기 때문이에요. 어머니는 내가 왜 이렇게 울기만 하느냐고 이상하게 생각할 정도고, 나 자신 이대로 있다간 정말 병이 날 것만 같아요. 확실히 나는 25일인가 26일까지 기다리겠다고 약속했어요. 그러나 당신은 나에게 편지를 쓰겠다던 약속은 조금도 지켜 주지 않는군요. 때로 내가 성화같이 재촉이나 해야 겨우 전화를 걸어 줄 정도고. 나는 오늘 아침 일어나자마자 곧 견딜 수가 없어서 소리를 내어 울었어요. 그리고 오후가 된 지금은 심한 두통으로 미칠 것만 같아요. 당신은 끝내 데리러 와 주지 않는구나 하는 생각 때문에 미칠 것만 같아요. 아니, 무서워서 견딜 수가 없어요. 제발 나를 어디로 데려다 주세요! 그리고 이런 고민을 덜어 주세요! 이대로 가다간 내가 부모에게 모든 걸 털어 놓거나, 그렇지 않으면 저쪽에서 저절로 모든 걸 알게 될 것입니다.

크라이드, 당신은 그것을 모르지 모릅니다. 당신은 나를 데리러 온다고 약속했고, 나도 때로는 그런 느낌이 들지 않는 바도 아니지만, 여러 가지 다른 일과 아울러 생각해 볼 때 절대로 그것이 믿어지지 않는군요. 편지도 전화도 오지 않는 판국이니 더욱 믿을 것이라곤 아무것도 없군요. 제발 부탁이에요. 꼭 데리러 갈 테니 안심하고 기다리고 있으라는 편지를 주세요. 이 편지가 도착되는 대로, 데리러 오겠다는 정확한 날짜를 알려주세요. 그러나 늦어도 1일까진 꼭 와 주시길 부탁해요. 이 이상 더 여기서 참고 있을 순 없을 것 같기 때문이에요. 이 세상에서 나만큼 비참한 여자도 아마 없을 거예요. 그리고 나를 이러한 여자로 만든 것은 크라이드, 당신이에요. 그러나 나는 별로 그것을 이러쿵저러쿵 탓할 생각은 아니예요. 당신은 과거에 아주 친절하게 대해 주셨고, 지금도 그래요. 나를 데리러 오겠다고 약속해 주었어요. 그리고 정말 와 주신다면 얼마나 기쁠지 모르겠어요. 당신이 이것을 읽으시고 지독한 말만 하는 여자라고 생각해도, 제발 너무 상심치 말아 주세요. 다만 내가 슬프고 걱정을 하는 나머지 미쳐서 어떻게 해야 좋을지 분간할 수 없는 사람이 되어 버렸다고 생각하시고는 용서해 주세요. 답장을 기다리고 있겠어요. 내가 얼마나 당신의 답장을 기다리고 있는지 제발 좀 알아주세요.

로버타 올림

리커거스로 돌아오겠다고 한 협박의 이 편지는 크라이드의 정신 상태를 로버타의 그것과 똑같은 것으로 만들어 놓았다. 그에게는 이제 로버타의 이 강제적인 요구를 거절하거나 그 실행을 늦추기 위한 구실이 전혀 없었다. 그는 온갖 지혜를 짜보았다. 어쨌든 스스로의 무덤을 파는 것과도 같은 그러한 긴 편지를 그녀에게 쓸 수는 없었다. 그녀와 결혼할 의사가 없는 그가 그녀에게 편지를 낸다고 하는 것은 우열(愚劣)한 짓이라고밖엔 할 수 없으리라. 더구나 손드라와의 포옹과 키스의 감동이 아직 식지 않은 그는 도저히 그런 생각을 가질 수는 없었다. 비록 쓰자고 별러도 쓸 수 없을지 모른다.

그러나 어떻게 해서라도 그녀의 자포자기적인 심사를 가라앉혀 줄 필요가 있었다. 그래서 그는 두 통의 편지를 모두 읽고 나서 한 10분이 지난 후 로버타에게 전화를 걸기로 결심했다. 조바심을 치면서 한 30분쯤 기다리고 있는 동안에 겨우 그녀의 목소리가 들려왔다. 너무도 가냘픈 모기소리만한 소리가 무엇에 성난 듯했는데 그것은 아마 접속이 나빠서 그랬는지도 모른다. "여보세요, 크라이드예요? 아아, 당신의 목소리를 들을 수 있으니 참 기쁘군요. 나는 걱정이 되어서 더 이상 못 견디겠어요. 편지 읽으셨어요? 나 말이에요, 오전중에 당신한테서 아무 연락이 없으면 오늘 그리로 가려고 생각하고 있었어요. 어디 갔다오셨죠? 우리 아버지와 어머니가 멀리 가신다는 얘기 읽으셨죠? 정말이에요. 정말 큰일났어요. 세 번째 편지로 부탁한 거 어떻게 됐어요? 그때 데리러 와 주시겠어요? 그렇지 않으면 당신과 어디서 만날까요? 나 요 3, 4일 동안 여간 걱정이 되지 않아 견딜 수 없었는데, 지금 이렇게 당신의 목소리를 듣고 나니 조금 마음이 놓이는군요. 하지만 가끔 편지를 주세요. 왜 편지를 주지 않는 거예요. 내가 여기 온 이래로 한 번도 편지를 주지 않는다는 건 너무 지독해요. 난 점점 견딜 수 없게 되어…… 그 기분 아시겠죠?" 분명히 로버타의 목소리에는 꽤 신경질적인, 겁먹은 듯한 여운이 느껴졌다. 그리고 마침 그때에는 그녀가 전화를 빌려 쓰고 있는 집에는 아무도 없는지 아주 탁 터놓고 있는 말투였다. 그가 조심을 하고 있는 것을 보고서 그녀는 지금 옆에 아무도 없으니까 상관없다고 대답했지만 그래도 그는 역시 불안했다. 그의 이름을 부르거나 그 편지의 내용을 대는 소리를 들었을 때에는 저도 모르게 소름이 끼쳤다.

그는 그 다음, 지금은 아주 바빠서 마음대로 편지도 쓸 수 없는 형편이라고 아무렇게나 둘러댔다. 또 되도록이면 28일이나 그 전후에 갈 작정으로 있는데 왜 그리 쓸데없는 걱정이냐고 도리어 반문하기도 했다. 그러나 되도록이면 그렇게 하고 싶지만 현재 상태로는 1주일이나 그 정도쯤 연기하여 7월 7일이나 8일쯤이 될지도 모르겠다. 계획대로 앞으로 50달러를 저축하려면 아무리 해도 그때까지 걸릴 것이며, 그만큼의 돈은 무슨 일이 있어도 모아야 하지 않겠느냐고 덧붙였다. 그러나 그것은 사실 다음 주말에 또다시 손드라와 만나기 위한 구실에 지나지 않았다. 그렇다 하더라도 그녀의 이번의 요구를 어떻게 하면 모면할 수가 있을까? 그녀는 양친과 함께 1주일쯤 거기 가 있다가, 그 다음 그가 거기까지 그녀를 데리러 가거나, 그렇지 않으면 그녀를 이리로 부르거나 이 둘 중 어느 하나로 할 수는 없을까? 그렇게만 해주면 참 편리하겠는데…….

그러나 로버타는 갑자기 격분된 목소리로 반대하며, 그런 말을 한다면 지금이라도 곧 하숙으로 돌아가겠다고 하는 말을 꺼내기 시작했다. 정말로 데리러 올지 어떨지 기약도 할 수 없는 그를 기다리면서 이런 곳에서 시간을 낭비하고 있기보다는 그 편이 훨씬 낫다는 것이었다. 그래서 그는 곧 그럼 3일에 가기로 하겠다고 고쳐 말하고는, 만일 갈 수 없을 경우에는 그때까지는 어디서 만날 수 있도록 하겠다는 말을 하려고 생각한 것인데 사실은 어떻게 해야 좋을지 본인도 잘 분간할 수 없었다. 좀더 생각해 보고 싶었다.

어쨌든 그는 180도로 태도를 바꾸어 아주 온화한 목소리로 이렇게 말했다. "그러나 로버타. 이봐, 그리 화를 내지 말아요. 당신은 마치 이 문제로 내가 전혀 아무 걱정도 안 하고 있는 것 같은 말투인데 난들 어째서 걱정을 안 하겠소? 그야 당신의 입장이 난처한 건 잘 알아. 그것도 모르고 있을 줄 알아? 그러나 내 입장도 좀 생각해 주지 않으면 너무하지 않으냐 말이야. 나는 사실은 할 수 있는 데까지 하고 있는 거야. 여러 가지 사정을 아울러 참작해서. 그러니까 3일까지 좀 참아 줘야겠어. 괜찮겠지? 제발 부탁이야. 편지는 쓰리다. 쓸 수 없다면 하루 걸러서 전화라도 하지. 그러면 되겠지? 그러나 아까처럼 내 이름을 대면 곤란해. 귀찮은 문제가 생기지 않는다고 장담할 수는 없으니까. 조심해 줘요. 그러니까 앞으로는 전화를 할 때에는 난 베이커라는 이름을 쓸 테니까 나중에 누가 묻거든 적당히 설명해 줘. 그리고 무슨 일이 갑자기 생겨서 3일에 출발할 수 없게 되면 그땐 당신이 이곳으로 돌아오는 즉시로 어딘가 이 근처에서 기다리고 있다가, 되도록 빨리 함께 떠나도록 하면 되지 않소?" 그의 말투는 다소 부자연스러운 점도 있었지만 자못 애처로운 여운을 띄우고도 있었고, 상대의 비위를 맞추려고 결사적이었다. 그리고 한때 로버타를 매혹하고 만 상냥하고도 애끓는 그 말투는 지금도 역시 그녀를 까닭 모를 감동 속으로 몰아넣고 말았다. 그리고 그녀로 하여금 끝내는 애정이 깃들인 목소리로 이렇게 대답하게 하고야 말았다. "어마, 참 미안해요. 난 그럴 작정으로 그런 건 아닌데. 다만 나 혼자서는 어떻게 할 수도 없고, 너무도 사정이 답답해서 그런 넋두리 같은 소리가 불쑥 나왔을 뿐인데 뭘 그러세요. 하지만 알아주시죠, 네, 크라이드. 사랑하고 있어요. 난 아무리 내가 지독한 경우를 당해도 당신을 미워할 수는 없어요. 언제까지나 사랑하고 있다고 생각해요. 될 수만 있다면 난 당신의 기분을 상하게 하고 싶진 않아요."

크라이드는 이 목소리에서 거짓이 없는 애정의 여운을 느꼈고 그의 지난날의 매력이 이제 또다시 그녀를 사로잡았다고 하는 것을 깨닫고는 우선 그녀를 달래 가지고 이 당장의 위기를 피하기 위하여 또다시 악한의 역을 재연해 보자는 생각이 들었다. 물론 이제는 그녀에게 도저히 애정이 가지 않았고, 그녀와 결혼해 보자는 생각은 상상조차 할 수 없는 문제로 되었지만, 또 하나의 꿈을 위해서라면 그녀에게 친절한 말을 걸어 주는 것쯤은 못 할 바도 아니었다. 연극을 꾸며대면 되는 일이니까. 이리하여 두 사람의 대화는 거짓말 위에 지어진 새로운 화해로 끝나고 말았다.

그 전날 그는 손드라와 스튜어트, 버틴, 니나 템플, 더스톤 가의 별장으로 놀러 와 있는 할리 배고트라는 청년들과 함께 드라이브를 나갔다. 그리고 맨 처음은 우선 트웰프스 호(湖)로부터 약 25마일쯤 북방에 있는 호반의 피서지인 스리마일 베이로 갔으며, 거기서부터 더욱 울창한 송림 사이를 누비며 빅비턴 호와 기타 트라인 호의 북방에 있는 대삼림 지대의 구석에 있는 이름도 모를 조그마한 호수 옆을 잇달아 지나갔다. 그 대부분은 사는 사람도 없는 쓸쓸한 호수 지대였고, 그 옆을 지나면서 크라이드는 지금 생각해 봐도 기묘한 인상을 받은 것이었다. 좁다란 기복이 심한 진창길이 소름이 끼쳐질 정도로 높다란 으슥하고 컴컴한 밀림 속을 가늘게 뻗어나가고 있었다. 그 밀림은 아마도 몇 마일씩 오지까지 뻗어 있으리라. 겨우 통과할 정도의 진창길 양쪽은 기분이 나빠 보이는 늪지로 되어 있어 덩굴이 독사처럼 땅 위를 기고 있고, 그 미끄러운 분지의 초록색 진흙 위에는 썩어 빠진 거목이 이중, 삼중으로 겹쳐 넘어져 있어 마치 황량한 전쟁터를 연상케 해주었다. 그리고 이끼와 덩굴에 덮인 그러한 썩은 나무들 위에 가끔 가다 개구리의 등과 눈알이 보이곤 했다. 따뜻한 6월의 햇빛을 받으며 한가하게 일광욕을 하고 있는 것이리라. 또 갑작스런 엔진 소리에 깜짝 놀란 듯한 한 마리의 뱀이 늪지 위에 빽빽이 우거져 있는 독기가 있어 보이는 풀과 덤불 속으로 스르르 기다란 몸을 이끌고 도망쳐 들어가는 것도 보였다.

크라이드는 이러한 호수를 보자 웬일인지 저도 모르게 파스 호의 사건이 머리에 떠올랐다. 의식적으로 그렇게 생각한 것은 아니지만 사람 그림자 하나

보이지 않는 것도 그렇고, 지형도 그렇고, 이 모든 것이 안성맞춤의 장소로만 생각되었다. 어느 지점에서 위어위어새라는 이 지방 특산의 물새가 한 마리 어디서인지 떠올라 이상한 울음소리를 지르면서 컴컴한 숲속으로 날아가 버렸다. 크라이드는 그 소리에 오싹 몸이 떨리며 저도 모르게 전신에 소름이 끼쳐졌다. 그가 이제까지 듣던 어떠한 새소리와도 다른 울음소리였다.

"저건 무슨 소릴까?" 하고 그는 옆에 앉아 있는 할리 배고트에게 물었다.

"저거라니?"

"지금 날아간 새 말이야?"

"난 못 들었는데."

"응 그래. 하지만 참 이상한 소린데. 소름이 쫙 끼치는군."

거의 사는 사람 하나 없는 이 일대의 경치 이상으로 그의 관심을 끈 것은 근처에 이름도 모를 쓸쓸한 호수가 많다고 하는 것이었다. 그들이 진창길을 달릴 수 있는 한도 내의 속력으로 차를 몰고 가는 이 지대에는 깊은 송림의 대삼림 속에 호수가 몇 개씩 여기저기 산재해 있었다. 그리고 호숫가를 지날 때마다 조심하여 사방을 둘러본 것인데, 어디에도 인가나 캠프 같은 것이라곤 하나도 눈에 띄지 않았다. 컴컴한 나무 그늘 속을 보일 듯 말 듯하며 내뻗은 이 두절된 진창길 이외에는 이 지대로 내뻗은 길이라곤 하나도 없는 것만 같았다. 어쩌다가 가장자리에 소나무가 쭉 서 있는 보석처럼 잔잔한 호수의 저 멀리로 산장이나 별장 같은 것이 보이기라도 하면 모두가 신기하다는 눈초리로 그것을 바라다 볼 정도였다.

나는 어쩌자고 그 매사추세츠 주의 보트 조난 사건 같은 것을 생각하고 있는 것일까? 여자의 시체는 발견되었지만 함께 타고 있던 사나이의 시체는 발견되지 않았다고 하는 그 사건! 아아, 이 얼마나 무서운 일이냐!

크라이드는 로버타에게 전화를 끝마친 후 멍하니 넋을 잃고 어제 생각을 되풀이하고 있었다. 그들이 탄 차는 그 후 몇 마일 간 곳에서 가늘고 기다란 호수의 북단의 경치가 탁 트인 지점에 도착했다. 그 호수의 남쪽의 조망은 자동차의 위치에서 보이기보다는 훨씬 길고 복잡하게 구부러진 갑이나 섬으로 해서 차단되어 있었다. 그리고 이 북단에는 조그마한 산장과 대여 보트 집 이외에는 인가라곤 하나도 보이지 않는 매우 쓸쓸한 장소였다. 그들의 일행이 도착했을 때에는 한 채의 란치도 카누도 호면에는 보이지 않았다. 그 날 본 다른 호수와 마찬가지로 이 호반에는 물가까지 높다란 소나무가 자라 있어, 리커거스의 그의 하숙의 창밖에 있는 소나무와 마찬가지로 가지를 길게 호면 위로 늘어뜨리고 있었다. 저 멀리 남쪽과 서쪽에는 애디론대크 산맥의 둥글고도 미끈한 초록색 등이 솟아올라 있었다. 그 전면에 있는 호수는 거의 흑색에 가까운 감청을 녹인 것 같은 색을 띠고서 산들바람에 잔물결을 일으키면서 오후의 햇빛을 반사하고 있었다. 나중에 산장 모양의 조그마한 여관의 낮은 베란다를 거닐고 있는 안내인에게 물어 보았더니, "이 호수는 매우 수심이 깊어 보트와 하우스에서 채 1백 피트 덤불 쪽으로 나가기도 전에 70피트 가량의 깊이가 된다"는 이야기였다.

할리 배고트는 아버지가 수일 내로 이 지방으로 낚시하러 오기로 되어 있었으므로 이 호수의 고기 상태에 특히 관심을 가지고서 안내인을 독점하다시피 하면서 여러 가지를 물어 보았다.

"이 호수의 길이는 얼마나 되죠?"

"한 2마일은 되겠죠."

"고기는 있습니까?"

"낚싯줄을 넣어 보면 알 수 있죠. 혹 농어 등속의 고기라면 이 근처에선 이 호수가 제일일 걸요. 저 섬의 남쪽을 조금 저쪽으로 돈 곳에 조그마한 만이 있는뎁쇼, 거긴 이 근처의 호수에서는 가장 고기가 많은 어장입죠. 바로 요 며칠 전에 손님 두 분이 불과 두 시간 사이에 일흔일곱 마리나 낚아 올렸답니다. 손님들이 우리들의 어장을 말릴 작정이 아닌 이상 그만큼 낚으면 만족할 수 있겠죠."

안내인은 키가 후리후리한 다소 마른 사나이로 얼굴이 가늘고 길며, 조그마한 날카로운 푸른 눈에 시골뜨기다운 순박한 미소를 띄우며 일행을 바라보고 있었다.

"오늘 나리들은 낚시를 하러 오신 건 아니군요?"

"그렇소. 우리 아버지가 내주쯤 이리로 낚시를 하러 오시겠다고 하시길래 어디가 좋을까 하고 온 김에 물어 본 거요."

"손님들은 모두 다 라케트 호가 아니면 낚시질은 안 된다고 생각하고 계신 모양인데 누구 할 것 없이 거길 가니까 그곳 고기는 이곳 고기처럼 잘 안 잡힐 걸요." 이러면서 그는 교활하고도 능글맞게 자기만이 다 알고 있다는 듯한 미소를 띄우며 모든 사람을 훑어보았다.

크라이드는 이러한 사나이를 본 것은 난생 처음이었다. 이제까지 익어온 도회지 생활과 크랜스톤 가와 그 밖에 그가 현재 있는 상류사회의 이국적이며 물질적인 생활과는 전혀 동떨어진 이 인적이 드문 장소의 괴벽한 주민과 그 생활에 그는 적지않게 흥미를 느꼈다. 이곳은 리커거스의 남쪽으로 백 마일도 채 떨어져 있지 않는데도 불구하고 그 활기에 넘친 번화한 공기와는 비교도 되지 않을 정도로 쓸쓸하고 황량한 것이 이상한 느낌조차 주고 있었다.

"이 근처에서 살고 있다간 나 같은 건 미쳐 죽겠군." 스튜어트 핀츠레이가 하는 말이었다. "체인 호의 바로 이웃인데 이렇게도 다른가? 거의 사람 그림자 하나도 얼씬거리지 않으니."

"그렇죠, 여름 캠프나 사슴 사냥을 하러 오는 사람은 있지만 9월이 되면 벌써 거의 아무도 오지 않으니까요." 안내인의 대답이다. "난 이 근처에서 벌써 이럭저럭 17년 동안이나 안내인 노릇을 하거나 사냥을 하고 있습니다만 저 아래 호수들은 해마다 사람들이 불어 가고, 특히 체인 호 같은 건 대단한 발전인데 여긴 전혀 발전이라곤 없습니다. 본도에서 벗어나 지름길로 가려고 하다간 여간 이곳 지리에 정통하지 않고선 길을 잃기가 일쑤니까요. 그러나 서쪽으로 5마일쯤 가면 철도가 통해 있습니다. 건 롯지라는 역에서 내립니다. 여름 동안은 거기서부터 여기까지 버스가 통합니다. 또 저쪽 남단에선 그레이 호와 스리마일 베이로 가는 길도 있습니다. 손님들도 도중까진 그 길을 통해서 여기까지 오셨을걸요. 아직까진 여기 오는 길이라곤 그 길밖에 없으니까요. 앞으로 롱 호로 빠지는 길이 생긴다는 얘기가 있는데 어느 천 년에 될지 누가 압니까. 그러나 이 근처엔 이 밖에도 호수가 많지만 대부분은 자동차로 갈 만한 길은 없으니까 자동차론 도저히 갈 수 없습니다. 사람이 걸을 만한 길뿐으로 게다가 그 중에는 캠프조차 없는 호수도 있습니다. 손님들이 손수 캠프의 준비를 하고서 가지 않으면 안 될 정도입니다. 작년 여름, 난 엘리즈와 함께 여기서부터 서쪽으로 30마일쯤 떨어진 건 호로 짐을 지고서 걸어갔는데, 그곳은 심심치 않게 낚시질도 할 수 있고, 암사슴과 수사슴이 물을 먹으러 호반으로 많이 몰려 오더군요. 그게 마치 호수 위에 걸려 있는 저 나무처럼 똑똑히 보인다니까요."

크라이드는 그런 이야기와 더불어 이 지방의 비할 데 없이 쓸쓸한 경치와 그 아름다움이라고 할까 오히려 신비적이라고 할 수 있는 감흥을 회상했고, 그 밖에 그것이 리커거스에서 비교적 가깝다는 것을 생각해 보았다. 도로로 가도 1백 마일도 못 되고, 철도로 가면 70마일 정도라고 했다.

다시 그가 리커거스로 돌아와서, 로버타에게 전화를 걸고서 저녁때에 방으로 돌아와 보니 파스 호의 사건을 보도한 예의 그 석간이 책상 위에 아직도 그대로 놓인 채 있었다. 그는 저도 모르게 그것을 손에 집어들고서 그 암시적이며 도발적인 기사를 다시 한 번 끝까지 정성껏 훑어 읽었다. 조난당한 두 사람이 우선 보트 하우스로 가서 보트를 빌려서 젓기 시작할 때까지의 태연스러운 태도, 호수의 북단으로 모습을 감춘 직후 보트가 전복되고, 노가 떠내려가고, 모자가 둑에 떠내려와 있었다는 사실. 그는 저녁의 전등빛이 비치는 한가운데 장승처럼 선 채 그 기사를 탐독하고 있었다. 창밖의 전나무의 거무튀튀한 가지가 빅 비턴 호반에 우거져 있던 소나무와 전나무를 연상케 해주었다.

그러나 아아, 나는 도대체 얼마나 철없는 생각을 하고 있는 것일까! 크라이드 그리피스—사뮤엘 그리피스의 조카라고 하는 자가! 나는 도대체 무슨 철없는 계략을 짜고 있는 것이냐? 살인! 그렇다, 정말 그렇다……. 그러나 그 무서운 기사는……그 악마적인 사건은 그의 뇌리에 붙어서 떨어지지 않았다. 무시무시한 범죄. 발각되는 날엔 물론 사형에 해당되는 범죄! 더구나 그는 도저히 살인 같은 것은 생각도 못 할 그러한 위인이었다. 하물며 어쨌든지 간에 과거엔 그처럼 사랑하고 있던 로버타를 죽인다고 하는 참혹한 짓을 어떻게 해낼 수 있단 말이냐! 그러나……그렇다면 손드라는 어떻게 되는 거지?……만일 그가 어떠한 수단을 쓰지 않으면 그는 당연히 그녀와 상류사회에 대한 모든 꿈을 버려야 할 것이다.

손이 떨리고, 눈에 경련이 일고, 머리칼 뿌리가 훅훅 달며, 등골에 오싹 오한이 느껴졌다. 살인! 말하자면 깊은 호수 위에서 보트를 전복시킨다는 것이다. 물론 흔히 있을 법한 일이다. 우연히, 파스 호의 조난 사건처럼. 그러나 로버타는 헤엄을 칠 줄 모른다. 그는 그것을 잘 알고 있었다. 그러나 만일 그녀가 보트에 매달려 비명을 지르고 다음 순간 누가 그 소리를 듣고서 돕는다면 나중에 그녀는 자초지종을 전부 털어 놓고 말지도 모른다. 이렇게 생각하자 이마에 식은땀이 배고, 입술이 떨리며 목구멍이 탔다. 그것을 방지하기 위해선 그는 단연코 그녀를…… 안 된다, 그런 짓을 할 수는 없다. 그런—여자를, 로버타를 후려갈기다니. 더구나 익사 직전에 있는 그녀를. 아니다, 아니다, 아니다. 그런 참혹한 짓을 무슨 수로 할 수 있단 말이냐!

그는 별안간 모자를 움켜잡고서 밖으로 뛰어나갔다. 이런 무서운 참혹한 생각을 하고 있다는 것을 남이 눈치챈다면 어떻게 되는 거지? 그는 자기 자신에게 그렇게 타일러 보았다. 바보! 그런 짓을 할 수 있단 말이냐! 내가 그런 인간이란 말이냐. 그럴 리는 만무하다. 그러나……그러나……생각해 보면 이것은 그가 가장 필요로 하는 해결 방법의 하나임에 틀림없었다. 이곳을 도망치지 않고서 이대로 있으면서 손드라와 결혼할 수 있는 유일한 방법이었다. 조그마한 용기만 있다면, 눈을 딱 감고 한 번 마음만 먹는다면 할 수 없는 일도 아니었다. 로버타와의 지긋지긋한 모든 관계가 그것으로 깨끗하게 해결되고 말 것이었다. 하지만, 그것은 안 된다!

그는 마구 걸었다. 리커거스를 벗어나 인가가 한적한 교외의 길을 동남쪽으로 한없이 걸었다. 혼자서 생각해 보고 싶었다. 그것보다도 머릿속에서 생각하고 있는 것을 누가 눈치챌까봐 그것이 무서웠던 것이다.

날은 점점 어둠 속으로 저물어 가고 있었고, 전등불은 여기저기서 환히 빛나기 시작했다. 들판 한가운데에 소복이 자라 있는 한무리의 나무들과 길가의 나무들이 어둠 속에 점점 녹아 가고 있었다. 공기는 미지근한 것이 생기가 없어 보이고 무더웠다. 그러나 그는 땀을 씻으려고도 하지 않은 채 아무렇게나 마구 걸음을 재촉하고 있었다. 마치 그렇게 함으로써 마음 한구석에 자리잡고 있는 생각을 털어 버리려는 것만 같았다.

저 음침한 쓸쓸한 호수!

저 남쪽에 있는 섬!

누가 보고 있을까?

누구에게 들릴 수 있을까?

이 계절에는 건 롯지 역으로부터 버스가 다닌다고 한다. 아아, 나는 그것까지 기억하고 있었던가? 마음속에 계략하는 것이 있으면 그러한 것까지도 잊지 않고 기억하고 있는 모양이다. 무서운 일이다! 생각해 본다면 차라리 좀더 쓸만한 걸 생각해 보라고 그는 자기 자신을 힐책했다. 그렇지 않으면 생각하는 건 그만두란 말이다, 이제 당장 영원히. 그러나 아아, 손드라! 물론 이것이 발각되어 체포된다면 사형일 테지. 하지만 그렇다면 현재의 비참한 상태를 어떻게 하면 좋단 말이냐? 이 난문제를 어떻게 뚫고 나가면 좋단 말이냐? 우물우물하는 동안에 손드라를 그만 잃고 말 작정인가? 그러나 그렇다고 해서 살인 행위를 하다니…….

그는 걸음을 멈추고 얼굴의 땀을 훔치면서 들판 한가운데에 있는 나무들을 바라보았다. 그 순간 문득 그 호수의 나무가 연상되었다. 그러자 그 길이 싫었다. 사방은 점점 어두워 갈 뿐이다. 되돌아오고 싶었다. 그 길을 똑바로 남쪽으로 가면 스리마일 베이와 그레이 호로 나올 수 있다. 사론으로도, 크랜스톤 가의 별장으로도, 그 밖에 저 빅 비턴 호로도! 해질 녘이 되면 그 호반의 나무도 이 모양으로 음침하고도 흐릿한 모양으로 보일 테지……. 그렇다고 하면 물론 일몰시를 택하지 않으면 안 될 것이다. 설마 백주에 그런 짓을 하겠다는 놈도 없을 테지. 있다고 하면 그놈이야말로 여간 바보가 아닐 것이다. 우선 밤이거나 일몰시, 바로 이맘때거나, 그렇지 않으면 좀더 늦거나…… 안 될 소리다, 그만두자, 그런 생각을 해서는 안 된다고 그는 강하게 고개를 가로저었다. 그러나 저 호수라면 아무에게도 들키는 일 없이 해낼 수 있을 것만 같다. 신혼여행을 가장하고서──독립제의 날이거나 혹은──옳지, 그 다음날이 좋을지도 모른다. 그 편이 피서객이 적을지도 모를 테니까. 그리고 들켜도 바닥이 드러나지 않도록 가명을 쓴다. 그 다음 한밤중에 사론으로 돌아와서 그랜스톤 가에서 그 날 밤을 보낸다. 아니다, 다음날 아침이 좋을지도 모른다. 그렇다면 아침 열 시경에 도착하는 기차로 온 것만 같은 태도를 취할 수 있을 것이다. 그리고 그 다음…….

안 된다, 안 된다. 어찌하여 그런 생각을 하는가! 나는 정말로 그런 짓을 할 작정으로 있단 말인가? 바보! 그럴 리는 만무하다! 내가, 크라이드 그리피스라는 전도유망한 청년이 그런 쓸데없는 짓을 진심에서 생각한단 말인가? 어림도 없는 소리다. 그만둬라, 제발. 그만두라니까! 될 까닭이 없지 않은가, 그런 잔인한 짓을! 그러나 그렇다면…….

크라이드는 자기를 유혹하려는 죄의 무서움에 새삼스럽게 전율을 느끼고는 곧 지금 온 길을 리커거스 쪽으로 되돌아갔다. 어서 사람이 많은 곳으로 가고 싶었던 것이다.

45

상상력이 지나치거나 병적일 만큼 시대착오적인 생각에 사로잡혀 있는 인간은 정신력이 여간 강인하지 않는 한, 곤란하고 복잡한 문제에 봉착했을 경우 이성이 그 왕좌에서 전락까지는 하지 않는다 하더라도 몹시 동요하거나 비틀거리거나 하여, 정말로 불합리한 오류투성이의 계획을 가장 의지할 수 있는 것처럼 생각하게 되는 것이다. 이러한 경우 의지도 용기도 해결 불가능한, 혹은 참아 낼 수 없는 난문제 앞에 애처롭게 사라져 버리고, 다만 격렬한 공포감과 무분별만이 남게 된다.

그리고 크라이드의 경우 그의 정신 상태는 대군을 만나 패주하는 소부대의 병사와 닮아 있었다. 퇴각하면서 몇 번씩 걸음을 멈추고서 그 어떤 전멸을 막을 길은 없을까 하고 생각해 보거나, 절대로 피할 수 없는 운명을 눈앞에다 놓고서 기적이 나타나기를 빌어 보기도 했다. 그의 눈은 광인의 그것처럼 핏줄이 서 있고, 조바심을 치면 칠수록 시시각각으로 몰리게 되어 그저 어찌할 바를 모르며 서둘러 대기만 할 뿐이었다. 그리고 예의 《타임스 유니온》 지의 기사에서 힌트를 얻은 것이 이러한 저돌적이며 광기 어린, 절망적인 정신 상태와 한덩어리가 되어 한층 더 집요하게 그를 충동했다.

그것은 하늘에서 내려왔는지 땅에서 솟아올랐는지, 어쨌든 그가 추측할 수 없는 세계——이 현세와는 전혀 다른 세계에서 갑자기 나타난 것이었다. 알라딘의 램프를 무심코 문질렀기 때문에 출현한 요정(妖精)인가, 어부의 그물에 걸린 마법의 항아리에서 구름처럼 나타난 것인가. 어쨌든 그 악마적인 욕구 혹은 지혜는 본질적으로는 그 자신의 본성 속에 숨어 있는 것임엔 틀림없다. 그리고 그를 위협하기도 하고, 달래기도 하면서 너를 파멸시키고 말 테다 하는 도깨비와, 하기 싫은 무서운 생각을 하지 않으면 안 될지 모르지만 그것을 참아 내면 자유와 성공과 사랑의 기쁨을 주겠다고 충동하는 제2의 도깨비 중 어느 쪽을 선택할 것이냐고 그 선택을 그에게 강요하는 것이었다.

이때의 그의 두뇌의 사고 작용을 주재하는 부분은, 말하자면 고요히 잠든 밀실과 같은 것으로 그는 그 속에 고요히 앉아서 컴컴한, 죄 많은, 원시적인 자기의 본성에 악마적인 욕구 혹은 목소리에 귀를 기울이고 있는 것이었다. 그 소리를 듣지 말자고 해도 헛수고였다. 그에게는 그 욕구를 거절할 힘도 없고, 그 장소에서 도망칠 수도 없고, 무엇을 실행에 옮길 용기도 없었다.

그의 마음속 가장 어두운 구석에 있는 악마가 이렇게 속삭였다. 너는 로버타의 요구에서 어떻게 해서든지 피하고 싶다고 생각하고 있으면서도 어떻게 할 수 없어 쩔쩔 매고 있는 게 아닌가. 그렇다면 좋은 것을 가르쳐 주마. 피할 길은 있다. 예의 파스 호의 조난 사건의 방법이다. 네가 읽은 그 기사인데, 너는 모처럼 생각해 낸 그것을 허사로 돌려 버릴 작정인가? 생각해 보란 말이다. 저 빅 비턴 호를, 그 길고도 푸른 물, 그 남쪽에 있는 섬, 스리마일 베이로 통해 있는 쓸쓸한 길. 정말 안성맞춤이 아닌가. 저런 호수에서 보트나 카누를 전복시키기만 하면 로버타는 너의 옆에서 일생 동안 모습을 감춰 버릴 것이 아닌가. 그녀는 헤엄을 칠 줄 모르니까 말이다. 그 호수, 네가 보고 온 그 호수, 내가 너에게 보여 준 그 호수는 그 목적에 안성맞춤이 아닌가. 그런 오지(奧地)이니 찾아오는 사람도 드물 뿐만 아니라 비교적 가까운 거리에 있다. 여기서 채 1백 마일도 떨어져 있지 않다. 그리고 네가 로버타를 데리고 그곳으로 가는 것도 지극히 간단하지 않은가. 곧장 그곳으로 가지 말고 언젠가 얘기해 둔 대로 신혼여행이란 이름을 팔아서 들르는 김에 가는 것으로 하면 된다. 다음은 요컨대 네가 가명을 쓰는 것만으로 족하다. 그녀도, 아니다, 어쩌면 그녀의 이름은 그대로 두고서 네 이름만 가명으로 하면 좋을지도 모른다. 너는 지금까지 그녀에게 너의 일과 두 사람의 관계에 관해서 입밖에 내지 말라고 주의해 왔고, 그녀도 그것을 충실하게 지키고 있다. 또 너는 그녀에게 극히 형식적인 편지 외에는 쓴 적이 없다. 그러므로 이미 양해가 되어 있는 것처럼 어디서 아무에게도 들키지 않도록 몰래 만나면 그전에 폰다에 갔을 때의 요령대로 빅 비턴이나 그 근처의 호반으로 갈 수 있을 터이다.

그러나 빅 비턴에는 호텔 같은 것은 없지 않은가 하고 크라이드는 곧 자신에게 반문했다. 별로 손님도 오지 않는 오두막집이 한 채 있을 뿐이다.

그쪽이 더 좋지 않은가? 손님도 없을 테구.

그러나 우리들이 기차로 그곳으로 가는 것을 누가 볼지도 모른다. 그러면 그녀와 함께 갔다는 것이 만천하에 알려지게 될 것이 아닌가.

쓸데없는 걱정. 아직까지 몇 번씩 폰다와 글로버즈빌과 리틀 폰즈에 갔을 때에도 누구에게 들킨 적이 없지 않은가. 아직까지는 늘 다른 찻간에 탔거나, 자리를 따로따로 잡았거나 하고 있었으니까 이번에도 그렇게 하면 되지 않나? 말하자면 내밀적인 결혼이니까 신혼여행도 역시 사람들에게 들키지 않게 하면 안 될 까닭이 만무할 것이다.

옳지. 그것도 그렇군.

그런 식으로 해서 빅 비턴 호나, 그 밖에 그 부근의 그것과 비슷한 호수에 도착하면…… 그 근처에는 호수가 얼마든지 있다. 그 다음은 보트를 젓고 나가기까지는 문제가 없지 않은가. 쓸데없는 이야기를 지껄이지 않도록 하는 것이 상책이다. 그리고 이름을 쓸 때에는 네 본명도 그녀의 본명도 일체 밝히지 않는다. 보트는 한 시간 또는 반나절, 하루라도 빌려 준다. 저 쓸쓸한 호수의 남쪽으로 섬이 보인다. 아름다운 섬이다. 구경을 갈 만한 가치가 있다. 결혼 전의 즐거운 여행으로 그런 곳에 한 번 가 볼 만하다. 그녀도 기뻐할 것이다. 요즘은 매일같이 우울한 날을 보내고 있으니까. 새로운 시련의 생활에 들어가기 전의 행락(行樂), 혹은 위안의 의미도 있을 테구. 그렇게 해두면 자못 근사하게 들릴 것이다. 그 다음 보트를 젓고 나간 후엔 영원히 그대로 돌아오지 않는다. 너도 그녀도 익사하고 만 것일 테니까. 본 사람이라곤 아무도 없을 것이다. 거기에는 안내인이 한 사람인가 두 사람밖엔 없을 것이다. 너에게 보트를 빌려 주는 사나이나 가게 주인 따위는 있을 테지만 네가 누구라는 걸 그 자들이 알 까닭이 없다. 그녀가 누구라는 것도 알 까닭이 없다. 게다가 호수 깊이는 네가 이미 알고 있는 대로가 아닌가.

그러나 나는 그녀를 죽이고 싶진 않다. 그녀를 죽이다니…… 나는 그녀를 때리는 것조차 싫다. 그녀가 나하고의 관계만 끊어 주면 나는 기꺼이 그녀와 헤어져서 행복하게 살 수 있을 테니까. 그렇게만 되면 물론 그녀는 혼자서 살아갈 것이다.

그런 말을 해도 그녀는 너하고 헤어지려고 하지 않을 테지. 너하고 결혼하지 않으면 도저히 살아갈 수 없다고 말하리라. 만일 네가 그 말을 그대로 받아들인다면 너는 손드라와 그녀가 준 모든 것을 상실하고 마는 결과가 되고 말 테지. 리커거스에 있어서의 즐거운 생활도, 너의 백부와의 관계, 그의 친구, 자가용차, 댄스, 호반의 별장을 찾아가는 것 등, 이 모든 것이 수포로 돌아가고 말 것이다. 그리고 너는 어떻게 되지? 보잘것없는 일자리에 앉아, 싼 급료로 만족하지 않으면 안 될 테지. 캔자스시티의 그 사건이 있은 후 여기저기를 떠돌아다니던 시절과 마찬가지로 고생을 하지 않으면 안 될 테지. 그리고 어디를 가든 이런 찬스는 두 번 다시 오지 않을 것이다. 너는 그래도 좋단 말이냐?

그렇지만……마침 캔자스시티에 있었을 때와 마찬가지로 그 무슨 뜻하지 않은 돌발적인 사고가 일어나서 모처럼의 계획이 엉망진창이 되고 마는 경우가 있을지도 모른다.

그야 사고라는 것도 전혀 생각 못 할 바는 아니지만, 요전번과 같은 사고는 다시 없을 테지. 이번 경우는 네가 마음대로 계획을 세워서 하는 것일 테니까. 더구나 극히 간단하단 말이다. 보트가 전복하여 타고 있던 사람이 헤엄칠 줄 모르기 때문에 익사한 예는 매년 여름이 되면 상당히 그 수가 많다. 더욱이 로버타 올든과 함께 타고 있던 사나이가 헤엄을 칠 줄 아는 사나이라는 것을 누가 알 수 있을 것이냐? 그리고 살인 방법 중에서 익사시키는 방법보다 간단한 방법도 없을 것이다. 소리를 지르게 할 필요도 없고, 비명을 지를 여유조차도 없을 것이다. 보트가 전복되었을 때 우연히 노나 보트의 가장자리에 머리를 부딪치는 경우도 있으니까. 어쨌든 곧 끽소리도 못 하고 죽어 버릴 것이 확실하다. 그리고 이쪽은 자유의 몸이 된다. 시체조차도 눈에 띄는 일 없이 끝나고 말지도 모른다. 또 비록 시체가 떠올라 이것이 그녀라고 하는 것이 확인되었을 경우에도 네가 트웰프스 호에 가기 전에 다른 호수를 구경하기 위해서 잠깐 들른 것처럼 공작을 해놓으면 절대로 발각될 리는 만무하다. 어때, 이러면 만사가 잘 될 것이 아니냐. 아직도 마음에 걸리는 점이 있다는 것인가?

그러나 가령 내가 보트를 전복시킨다 하더라도 그녀가 익사하지 않으면 그땐 어떻게 한다? 보트를 붙잡고 늘어져서 구원을 요청하여 결국 구제된 후에 자초지종을 전부 낱낱이 털어 놓으면…… 아니다, 난 그런 짓은 할 수 없다. 그런 짓은 하고 싶지 않다. 그녀를 때리다니, 천만에…… 그것은 너무도 가혹한 일이다. 너무도 참혹한 일이다.

뭘 조금 때릴 뿐인데…… 그런 상황이라면 아주 가볍게 때릴 정도로도 그녀는 깜짝 놀라 어리둥절하고 있는 동안에 그만 익사하고 말 것이리라. 불쌍한 일임에는 틀림없지만 그녀는 자기가 좋아서 그런 길을 택한 것이니까. 그녀가 너하고 헤어지려고 하지 않는 것이 나쁘다. 너를 놓아 주려고 하지 않는 것이 나쁘다. 이봐, 정신 차려, 뒤에서 손드라가 기다리고 있다는 것을 잊어서는 안 돼, 저 아름다운 손드라가. 게다가 리커거스의 굉장한 저택, 재물, 훌륭한 지위 등 어쨌든 네가 이 기회를 놓치면 두 번 다시 손안에 넣을 수 없는 것이 너를 기다리고 있는 것이다, 사랑과 행복이. 너는 이 도시의 누구보다도 행복한 사나이가 될 것이다. 네 사촌인 길버트를 위에서 내려다볼 수도 있게 될 것이다.

그 목소리가 일시적으로 언뜻 끊어지고는 어둠과 정적과 꿈속으로 꼬리를 길게 끌고 사라져 버렸다.

크라이드는 아직도 믿을 수 없다는 듯이 지금 자기가 뇌까린 독백을 다시 한 번 회상해 보았다. 커다란 방에 울리고 있던 그 소리가 일단 뚝 끊어지자 한층 더 격렬한 공포와 흥분이 그것에 대치되었다. 그러나 얼마 후 손드라와 그녀에게서 얻을 수 있는 모든 것과 더욱이 로버타의 일을 생각하기 시작하자, 또다시 컴컴한 본성이 머리를 쳐들고는 상냥한 목소리로 속삭였다.

아니, 아직도 생각하고 있는 것인가? 그만큼 해두면 어때? 아무리 생각해 봐도 소용 없어. 내가 가르친 방법이 제일 상책이다. 도대체 그 밖에 다른 방법이라곤 없잖아. 긴 호수를 이용하란 말이다. 그렇게 하면 젓고 가는 동안에 우연히 적당한 장소가 눈에 띌지도 모른다. 저 호수의 남쪽 둑에는, 사람 눈에 띄지 않는, 그러면서도 바닥이 깊은 포구가 틀림없이 있을 것이다. 그리고 거기서부터 저 숲속의 길을 걸어서 스리마일 베이와 어퍼 그레이 호로 빠지는 건 극히 간단한 일이 아닌가? 거기서부터 크랜스톤 가의 별장으로 가면 될 터이다. 확실히 거기서부터는 선편이 있을 것이다. 쳇, 이 병신아, 미인과 재물과 지위와 그 밖에 너의 물심양면의 욕망이 전부 충족될 절호의 기회를 손안에 넣고 있으면서도 너는 그것을 자진해서 획득할 만한 용기가 없단 말이냐. 그 대신 꾀죄죄한 일에 매일같이 몰려서 평범한 가난뱅이 살림에 쪼들릴 작정인가?

그러나 너는 둘 중 하나를 선택해야만 한다. 어서 선택하라! 그 다음엔 행동만이 있을 뿐이다. 어서! 어서! 어서 행동을 취하라!

그 목소리가 커다란 방 저쪽 구석에 메아리치고는 되울려왔다.

크라이드는 처음엔 공포에 부들부들 떨면서 무서움에 가라앉은 속삭임 소리에 귀를 기울이고 있었지만 나중에는 그것이 마치 철인(哲人)과도 같은 초연한 태도로 바뀌고 말았다.

마치 자기가 살기 위해서라면 어떠한 광포하고도 악마적인 방법이라도 허용되어야만 한다는 그러한 배짱을 이미 세워 버린 것같이도 보였다. 사실 그는 단념하려 해도 단념할 수 없는 꿈과 환락을 앞에다 놓고서 그만 그 유혹에 지고 말아, 그 방법이 자못 그럴 듯하다고 생각한 것이었다. 확실히 그 독백은 조금도 나무랄 데라곤 없다. 그저 한 번만 그 흉행을 결행하면 모든 욕구와 꿈이 실현되고 마는 것이 아닌가? 그러나 그는 본시 의지가 박약하고 동요하기 쉬운 사나이였으므로 좀더 앞으로 열흘 동안만 더 기다려 보자는 것이 되고 말아 문제는 좀처럼 해결되지 않았다.

사실 그는 자진해서 그런 짓을 감행할 생각이라곤 좀처럼 없었고, 해낼 수 있을 것 같지도 않았다. 그의 성격에서 판단하면 억지로 몰려서 부득이하게 되거나 그렇지 않으면 단념하거나 이 두 가지 이외에는 딴 길이 없었다. 그러나 그 동안에 로버타에게서 일곱 통, 손드라에게서 다섯 통의 편지가 계속 그에게 전달되었다. 로버타의 편지는 비탄에 젖어 있고, 손드라의 그것은 자못 명랑한 다채로운 내용에 가득 차 있어 그에게는 그 둘이 마치 매우 대조적인 말로 엮어진 수수께끼같이만 느껴졌다. 그러나 그는 로버타의 애원에도 협박에도 의견에도 대답하려고는 생각하지 않았다. 전화조차도 하지 않았다. 왜냐하면 그가 만일 그것에 대답한다면 결국 로버타를 죽음으로 이끌어들이게 되는 것이 무서웠기 때문이다. 파스 호의 비극에서 힌트를 얻은 무시무시한 계략에 그녀를 유인하지 않고서는 배길 수 없기 때문이었다.

동시에 손드라에게는 열광적인 필치로 몇 번씩 애처로운 연정을 호소하는 편지를 보냈다. 독립기념일의 오전중에는 꼭 트웰프스 호에 가고 싶다고 생각하고 있다는 것, 그녀를 다시 만날 수 있다고 생각하는 것만으로도 가슴이 뿌듯해진다는 것, 그러나 유감스럽게도 회사의 일로 해서 어쩌면 2, 3일 늦을지도 모르지만 아직 어떻게 될지 정확한 것은 알 수 없으므로 어쨌든 확실한 것을 알게 된 후에 다시 편지를 보내겠노라. 그는 그렇게 쓰면서 만일 회사의 일로 해서라고 속이지 않을 수가 없었던 이 사정이 그녀에게 알려지게 되면 어떻게 될 것인가 하고 생각해 보았다. 그러나 로버타에게서 온 최후의 중대한 편지에 아직 답장을 내지 않고 있던 그는 손드라에게 그런 거짓말을 쓰면서도 이 거짓말은 자기가 로버타를 데리러 가기 위한 것은 아니라고 자기 자신에게 타일렀다. 혹은 설사 데리러 간다 하더라도 그것은 단연코 그녀를 죽이기 위한 것은 아니라고 자기 자신을 납득시키려고 했다. 그는 실제로 그러한 극악무도한 범죄를 진심에서 계획해 본 것은 아니었다. 그렇다기보다는 정면에서 그러한 계획을 짜낼 만큼의 용기가 없었던 것이다. 또 최종적인 해결의 필요성이 절박할수록 그 계획은 한층 더 참혹한, 그리고 실현 불가능한 것으로만 보여 그런 터무니없는 짓을 해낼 수 있으리라고는 도저히 생각되지 않았다. 그는 끊임없이 자신과 싸웠으며, 마음속에서 기름땀을 흘리면서 그 공포에서 벗어나려고 결사적으로 발버둥쳤다. 그리고 때로는 그녀를 타일러서, 당장의 집요한 요구와 협박에서 벗어나 그가 취해야만 할 올바른 길을 생각할 수 있는 시간의 여유를 줄 수 있게 하기 위해서라면 빅 비턴 호에 가도 되지 않겠느냐고 구실도 타협도 아닌 것을 생각해 보곤 했다.

그 호수로.

그 호수로.

그러나 일단 거기 가는 날엔, 아니, 그렇게 하는 것이 현명할지 어떨는지는 모를 일이지만, 어쨌든 로버타를 설득하여 그녀의 생각을 바꿔 놓을 수 있을는지도 모른다. 요컨대 그녀가 하는 방식은 극히 부당하며, 자기 일은 무턱대고 털어 놓고서 남의 일만 지나치게 책한다. 그녀는 그와 손드라와의 찬란한 앞날에 마치 거대한 산처럼 방해물이 되어 있는데, 도대체 무슨 권리가 있어서 그를 이렇게까지 괴롭히는 것일까? 이러쿵저러쿵 타박이 많지만 그녀의 입장은 그의 누이 에스타의 경우와 그다지 다를 것이 없지 않은가? 에스타는 이미 본 바대로 누구에게도 결혼을 강요하지는 않았다. 그러나 그의 양친과 비교해 보면 아무리 가난하다 하더라도 올든 집 쪽이 훨씬 나은 편이다. 가난한 선교사와 비교해 보면 아무리 가난하다 하더라도 아직 농부 쪽이 훨씬 낫다. 그러한 환경에 놓인 에스타조차도 양친에게 폐를 끼치기를 그다지 상심하지 않았거늘, 하물며 그가 그녀의 양친의 일까지 걱정해 줄 필요가 어디 있단 말이냐? 로버타는 극구 그를 비난하지만, 자기 자신은 조금도 비난을 받을 만한 점이 없을 만큼 그렇게 깨끗하다고 생각하고 있는 것일까? 확실히 그는 그녀를 유혹했고, 싫다는 그녀를 억지로 구슬렸을지는 모르지만 그렇다고 해서 그녀에게 전혀 책임이 없다고 할 수 있을까? 그녀가 그렇게까지 정숙하고 훌륭한 여자라면 그때 벌써 딱 거절할 수 있었을 것이 아닌가? 그런데 그녀는 그렇게 하지 않았다. 더구나 이렇게 된 이상은 어떻게 해서든지 그녀를 도우려고 그는 온갖 노력을 아끼지 않았던 것이다. 그러나 그는 그다지 돈도 없기 때문에 결국 이러한 괴로운 입장에 몰리고 만 것이다. 요컨대 그녀 또한 그와 마찬가지로 비난받아 마땅한 것이다. 그런데 지금 그녀는 그를 위협하고 억지로 자기와 결혼하자고 강요하고 있다. 그런 무리한 요구를 하지 않고, 점잖게 자기 혼자 살아가리라 생각하고 있다면 그도 그녀를 도와 줄 작정으로 있었으니까 충분히 행복하게 살 수 있고, 결국 둘 다 살아날 수 있을 텐데…….

그러나 그녀로서는 그렇게 할 생각이 없는 모양이고, 그 또한 그녀와 결혼할 생각은 애당초부터 눈꼽만큼도 없었다. 그녀가 제아무리 무리하게 그렇게 시키려고 해도, 하면 할수록 헛수고가 될 뿐이다. 딱 질색이다! 크라이드는 여기까지 생각이 미치자 이젠 무슨 짓을 해도 상관없을 것 같은 생각조차 들었다. 그녀를 익사시키는 일조차도 간단히 해낼 수 있을 것만 같았다. 그녀는 그렇게 된 후에야 비로소 후회할 것이다.

그러나 이런 생각을 채 끝마치기도 전에, 만일 그것이 탄로나면 세상은 어떻게 생각하고 어떠한 태도를 취할까, 자기는 그 후 어떠한 기분에 사로잡히게 될까 하는 겁먹은 생각이 점점 그의 결심을 흐리게 하여, 생명이 아깝거든 그런 위태로운 행동을 하지 말고 이대로 도망쳐 버리는 것이 결국 가장 좋은 길일 것 같다고 단념하고는 달리 생각해 보기도 했다.

이렇듯 월요일에 로버타의 편지를 받은 후 화요일 · 수요일 · 목요일을 헛되이 보내고 그도 로버타도 서로서로 다른 입장에서 번민의 하루를 보낸 그 목요일 밤, 그는 또다시 다음과 같은 편지를 받았다.

6월 30일 수요일, 빌츠에서

사랑하는 크라이드님에게

당신이 금요일 정오까지 편지나 전화를 주지 않는다면 나는 그 날 밤 리커거스로 가겠어요. 그리고 당신이 나에게 어떠한 대우를 해주었는지를 세상 사람들에게 알리겠어요. 이러한 방법을 취하지 않으면 안 되게 된 것을 유감스럽게 여기지만 당신에게선 전혀 아무런 소식도 없고, 금주 토요일이 3일이라고 하는데 아무런 계획도 세워 주시지 않으니 이 이상 참을 수도 없어요. 나는 내 일생을 망치고 말았어요. 확실히 당신도 다소 손해를 보게 되겠죠. 그러나 나에겐 전혀 죄가 없었어요. 나는 오늘날까지 되도록 당신의 부담을 가볍게 해드리려고 최선을 다해 왔어요. 나는 물론 부모나 친구나 당신과 친한 사람들에게 이것을 알려서 슬프게 해드리고 싶진 않았어요. 그렇지만 이 이상 괴로운 생각을 하고 싶지는 않아요.

로버타

그는 이 편지를 받아들고서 마침내 최후의 결단을 내릴 때가 왔다는 것을 알자 전신에 차디찬 전율을 느꼈다. 그녀는 정말로 온다는 것이다. 무슨 방법으로라도 그녀를 달래서 단념케 할 수가 없다면 그녀는 내일, 2일에는 리커거스로 돌아오겠다는 것이다. 그러나 2일 혹은 3일, 혹은 4일의 독립기념일에 그녀와 함께 출발한다는 것은 불리하다. 휴일 이용의 소풍객들이 산더미처럼 몰려들 것이 분명하다. 여러 사람들과 만날 가능성이 있다. 좀더 사람 눈에 띄지 않는 날을 택하지 않으면…… 게다가 준비할 시간도 필요하다. 어쨌든 그는 조급히 생각을 가다듬어 가지고 실행에 옮기지 않으면 안 되었다. 자, 이젠 곧 준비다! 그녀에게 전화를 걸어 예정의 돈이 되지 않았기 때문에 걱정된 나머지 편지를 쓸 생각이 통 나지 않았다는 둥, 몸이 아팠다는 둥 적당한 이유를 붙여서 사과를 한 다음, 4일의 독립기념일에는 백부한테서 그린우드호로 오라는 초대를 받았노라고 해두면 어떨까? 백부한테서 말야? 혹은 불리할까? 지금까지 너무 빈번히 백부를 지나치게 이용한 것 같은 생각이 들고, 지금의 두 사람에겐 그가 백부를 만나든 안 만나든 그다지 별 차이는 없을 것 같다. 다시는 돌아오지 않을 각오로 이곳을 떠나 버리는 것이니까. 적어도 그녀에게는 그럴 작정으로 있다는 말을 벌써 해둔 지 오래다. 그러니까 또다시 백부를 이용한다고 하면, 1년이나 2년이 지난 후에 다시 돌아올 수 있도록 이곳을 떠나는 이유를 백부에게 근사하게 설명하기 위해서 꼭 만나야만 되겠다고 해두는 편이 타당할지도 모른다. 이거라면 그녀도 믿어 줄 테지. 어쨌든 그녀를 4일까지 그대로 가만히 있게 할 수 있는 방법을 강구하지 않으면 안 된다. 적어도 그가 그 어떤 계획을 끝마칠 때까지라기보다는 둘 중 어느 쪽을 택하느냐 하는 것을 확실히 정할 때까지 그녀를 이곳에 오지 못하도록 그곳에 붙잡아 매둘 필요가 있다.

그는 그 이상의 것을 생각할 여유도 없이, 비교적 말이 샐 염려가 없는 근처의 전화 있는 데로 걸음을 재촉했다. 그러고는 잠시 기다리고 있다가, 그녀가 전화를 받으러 나오자, 곧 언제나 하는 식에 따라 엉터리 수작을 이번만큼은 극히 애교를 띄워 가며 기다랗게 늘어놓았다. 입에서 나오는 대로 이제까지 쭉 감기로 누워 있어 전화를 걸을 수 없었다는 이야기서부터 시작해서, 장차 언젠가 또다시 이곳으로 돌아오지 않으면 안 될 일이 있을지도 모르니까 그때를 위해서 백부에게 지금 미리 적당한 설명을 해두는 것이 좋겠다고 말했다. 동정 어린 목소리라고는 할 수 없어도 아주 애처로운 말투로 이쪽 입장도 좀 생각해 줘야 할 것이 아니냐고 그녀에게 애원했다. 이런 식으로 말한 것은, 출발을 자꾸만 연기한 것과 답장을 내지 않은 것에 그만큼의 이유가 있었다고 생각케 하고 싶었을 뿐만 아니라, 그의 머릿속에 있는 계획을 그녀로 하여금 승낙케 하고 싶었기 때문이기도 했다. 그녀가 6일까지 기다려 주면 그녀의 마음에 드는 장소 ──호머나 폰다나 리커거스나 리틀 폰즈──에서 만나기로 하자. 그저 사람 눈에 띄지 않도록 해야만 하는 까닭으로 6일 오전중에 폰다로 와서, 유티카행의 정오 열차를 타는 것이 가장 좋을 것 같은데 어떻겠느냐고 제안했다. 그리고 그 다음 어떻게 해야 하는가를 지금 전화로 의논하는 것도 좀 이상하고 하니 그 날 밤은 거기서 자며 천천히 이야기하기로 하자. 실은 굉장히 경치가 좋은 곳이 있으니까 결혼하기 전이나 후에──어느 쪽을 택하느냐에 관해서는 그녀 마음대로 해도 좋다──둘이서 그곳으로 여행을 하면 어떨까 하고 생각하고 있다고 덧붙였다. 이렇게 말했을 때의 그의 목소리는 이상하게 가라앉고, 무릎과 손은 다소 떨렸지만 그녀는 갑자기 그를 엄습한 이 동요를 알 까닭이 없었다. 그러나 전화로는 자세한 이야기는 할 수 없었으므로 만나서 이야기하기로 하고, 그 밖에 이렇게 약속하기도 했다. 나는 6일 정오 틀림없이 폰다의 역 플랫폼에서 당신을 기다린다. 거기서 만나면 각자 유티카까지의 차표를 사고, 나는 당신이 타는 찻간의 하나 앞이 아니면 뒤칸에 타기로 한다. 만일 그전에 플랫폼에서 내 모습을 찾아낼 수가 없다면, 나는 그 차에 타고 있다는 것을 알리기 위해서 도중에 음료수를 사기 위해서 당신이 타고 있는 찻간을 통과하기로 한다. 그러나 그때는 절대로 나에게 이야기를 걸지 않도록 주의해 주면 좋겠다. 유티카에 도착하면 당신은 가방을 소화물계에다 맡기고, 나는 당신 뒤를 따라 역을 나가 사람 눈에 띄지 않는 가까운 장소에서 만나기로 하자. 그 다음 내가 맡겨 둔 당신의 가방을 찾으러 간 뒤 함께 어느 조그마한 호텔로 들어가기로 한다. 다음은 내가 모든 책임을 진다.

나를 믿고서 꼭 그렇게 해주면 좋겠다. 만일 당신이 그것을 승낙해 주면 나는 바로 내일인 3일에 전화를 걸겠다. 6일 아침에도 서로 준비가 다 되어 출발할 만반의 준비가 다 되어 있는가를 확인하기 위해서 전화로 연락하기로 하자. 그러면 어떨까? 트렁크? 조그만 것? 좋아, 꼭 필요하다면 가지고 가도 좋아. 그러나 소지품은 되도록 어딘가에 정착한 후에 부쳐 달라고 하는 편이 좋을 테니까 일부러 힘들여 많이 가지고 갈 필요는 없을 것 같다…….

크라이드가 근처의 조그마한 약방의 전화 앞에 서서 이렇게 지껄이고 있었을 때――한가해 보이는 그 집주인은 구석진 약병과 유리병 뒤에서 시시한 소설을 읽고 있었지만――언제가 그의 한적한 두뇌 한구석에 나타난 적이 있었던 거대한 악마가 이제 또 그의 바로 옆에 서서 공포에 부들부들 떨고 있는 그에게 쉬지 않고 다음과 같이 속삭였다.

내가 손드라와 함께 간 그 호수로 가란 말이다!

그 호수 지대의 안내서를 리커거스의 여행 안내소나 역에서 사라.

그 호수의 남단으로 가서, 돌아올 때에는 그곳에서부터 남쪽으로 걸어오면 된다.

되도록 전복하기 쉬운 보트를 빌릴것――네가 크럼 호나 그 밖의 호수에서 본 적이 있는 그 바닥이 두꺼운 놈이 좋다.

특별히 새 모자를 사서 그것을 호수 위에다 버리란 말이다. 되도록 단서가 잡히지 않을 모자를. 단서를 잡히지 않기 위해서 모자 안쪽을 뜯어 버리는 것도 좋은 한 방법일 것이다.

하숙에 있는 네 소지품은 다 싸 두는 것이 좋다. 그렇게 해두면 만일의 경우 무슨 실수가 생겼을 때 곧 다시 돌아와서 그것을 들고 도망칠 수도 있으니까.

너는 다만 트웰프스 호로 놀러 가는 것처럼 그런 차림으로 가는 것이 좋다. 그렇게 하면 네가 트웰프스 호로 갔을 때에도 그저 그 때문에 온 것처럼 보일 것이다.

그녀에게 결혼할 작정이라고 해야 할 테지만 그것은 이 유산여행(遊山旅行)이 끝난 후에 하기로 하면 된다. 그 전엔 안 된다.

그리고 만일 필요하다면 그녀를 기절케 할 정도로 가볍게 때릴 것——몹시 때릴 필요는 없다. 그렇게 하면 그녀를 한층 더 간단히 익사케 할 수 있으니 말이다.

어쨌든 무서워해서는 안 된다!

배짱을 두둑이 가지란 말이다!

그 숲은 낮이 아니라 밤에 걸을 것. 새벽녘에 스리마일 베이나 사론에 도착할 수 있도록. 그렇게 하면 남쪽에 있는 라케트 호나 롱 호에서 왔다고도 할 수 있을 것이다.

가명을 쓰고, 서명할 경우에는 되도록 필적을 바꿔서 쓰도록 주의할 것.

우선 이쯤 되면 성공할 것이라고 가정해도 좋다.

되도록 친절하게 속삭이란 말이다. 애인처럼 달콤한 말투로. 네 생각대로 하려면 절대로 그렇게 할 필요가 있다.

그의 마음속에 살고 있는 그 악마의 속삭임도 역시 달콤하고 친절했다.

46

7월 6일 화요일 정오경, 폰다로부터 유티카로 달리는 기차 정거장 플랫폼. 로버타는 빌츠에서 남행하는 차에서 내려서 크라이드를 기다리고 있었다. 그들을 태우고서 유티카로 갈 기차가 도착하기까지에는 아직도 삼십 분의 여유가 있었다. 십오 분 후에 크라이드는 역전의 샛길에서 나타났다. 남쪽으로부터 정거장을 향해서 걸어왔다. 이쪽에서 로버타는 그를 볼 수 없었지만 창고 서쪽 모퉁이를 돌아서 나무상자가 잔뜩 쌓여 있는 뒤에 숨어서 크라이드는 그녀의 모습을 볼 수 있었다. 아, 얼마나 살이 빠지고 안색이 창백하냐——일부러 이때를 위해서 새로 지은 푸른 여행복을 입고 조그마한 갈색 모자를 쓴 그녀의 복장을 손드라의 그것과 비교해 볼 때 얼마나 초라한 행색이냐, 하고 생각했다. 그녀의 모습만 보아도 손드라가 약속해 주는 화려한 생활에 비교해 너무도 궁색하고 따분한 생활을 보내지 않으면 안 된다는 것을 이제 새삼스럽게 연상케 했다. 그러면서도 그녀는 손드라를 버리고 자기와 결혼하라고 그를 압박하고 있다. 그리고 손드라와 손드라가 약속해 준 모든 것이 다만 꿈에 지나지 않을 때까지 그녀의 속박에서 벗어나서는 안 된다고 그를 가두어 두려는 것이다. 이 두 여성의 태도에는 너무나 큰 차이가 있었다. 이 두 여성의 태도를 비교해 볼 때 손드라는 그에게 모든 것을 주는 반면에 그로부터 아무것도 요구하지 않는데, 로버타는 아무것도 주는 것 없이 요구만 하는 것이다.

독살스러운 엉큼한 원한과 같은 감정이 그의 전신으로 퍼졌다. 그는 파스 호의 사건을 일으킨 이름도 모를 사나이를 은근히 동정하며 그 성공을 기원해 주고 싶은 생각조차 들었다. 그 사나이도 필경 이러한 판국에 빠진 것일 테지. 그리고 그 사나이는 결국 묘하게 해치운 셈이 된다. 그러니까 들키지 않은 게 아닌가. 그는 이상한 흥분을 느꼈다. 눈에는 컴컴한 분노의 빛이 실려 있고, 불안을 참아 내지 못해 가늘게 떨렸다. 이번에도, 내 경우도 그러할 것인가?

그러나 그는 그녀의 부당한 집요한 요구에 몰려 할 수 없이 이렇게 그녀와 똑같은 플랫폼에 서 있으면서도 과거 4일간——아니, 막연하기는 하지만 그녀에게 전화를 건 이래 벌써 열흘 동안이나 머리를 짜내고 짜낸 계획을 어떻게 해서든지 실현해야만 되겠다고 새삼스럽게 자기 자신을 채찍질하는 것이었다. 일단 결정한 이 계획은 무슨 일이 있어도 실행해야 한다! 실행만이 있을 뿐이다! 무서워져 도중에 계획을 바꾸거나 해서는 안 된다!

잠시 후 그는 그녀에게 보이도록 짐더미 그늘에서 나와 자못 친밀하게도, '자, 내 말대로 여기에 와 있지 않나' 하는, 여봐라는 듯한 시선을 그녀에게 던졌다. 그러나 그 눈 속에는…… 만일 그녀가 그 눈 속을 들여다볼 수 있고, 그의 컴컴한 번민을 간파할 수만 있었다면 아마도 혼비백산 도망을 치고 말았으리라. 그러나 그가 약속한 대로 거기 와 있는 것을 본 순간 그때까지 그녀의 눈을 덮고 있던 컴컴한 그림자는 삽시에 사라지고 무겁게 뒤틀린 입가가 순식간에 먼저대로의 형체로 돌아가, 모르는 체하면서도 얼굴이 명랑하게 빛나는 것을 느끼면서, 곧 그의 지시대로 창구로 가 유티카 행의 차표를 샀다.

역시…… 역시 그는 와 주었구나. 그리고 나를 데려가 주려고 하는구나. 이렇게 생각하자 감사에 가까운 뜨거운 것이 뭉클하게 가슴속으로 치밀어올랐다. 이것으로 이제부터 앞으로 7,8개월 동안은 그와 함께 살 수 있겠구나. 안정될 때까지는 아직도 꽤 많은 인내와 노력이 필요하겠지만 이럭저럭 해나갈 수 있겠지. 그는 의당 이번 일로 그다지 기분이 좋지 않을 테니까 앞으로는 그의 기분을 상하게 하는 말을 하거나, 기분을 상하지 않게 하도록 주의하자. 그러나 그는 이럭저럭 체념을 하고는 쾌히 모든 책임을 질 각오를 한 모양으로 그녀에 대한 기분이 전과는 상당히 변모된 모양이다. 그녀를 보는 눈에 친밀감이 넘쳐 있었다. 동정의 기색이 비쳤다. 또 그의 밝은 회색 양복과 새로 산 밀짚모자, 번쩍번쩍하게 닦은 구두, 진한 갈색의 슈트케이스, 게다가 이러한 경우치고는 아주 기묘한 변덕스러운 소지품이지만 최근에 산 카메라의 삼각다리와 케이스에 넣은 테니스 라켓을 슈트케이스의 옆에다 붙들어 매놓고 있는 것을 보면──그 케이스의 C.G.라고 하는 이니셜을 감추기 위해서 부심한 듯한 결과 같은데──그녀는 지나간 날의 사랑이 또다시 소생되어 오는 것만 같았고, 그의 용모와 기질에 새로운 매력을 느꼈다. 최근 그녀에게 냉담해진 그이기는 했지만, 그는 아직도 그녀의 크라이드임에는 틀림없었다.

그녀가 차표를 산 것을 확인하자, 그도 자기 표를 사고는 이젠 문제없다는 시선을 그녀에게 보낸 후에 플랫폼의 동쪽 끝으로 걸어갔다. 그녀는 먼저 자기 자리로 돌아갔다.

저 해져빠진 갈색 동복을 입고, 헌 모자를 쓰고, 갈색 종이로 싼 새장을 들고 있는 저 영감은 왜 자꾸만 흘끗흘끗 내 쪽을 쳐다보고 있는 것일까? 나를 알고 있는 것일까? 리커거스에서 일한 적이라도 있어서 나를 기억하고 있는 것일까?

그는 오늘 유티카에서 밀짚모자를 살 작정이었다. 지금 쓰고 있는 밀짚모자 대신으로 유티카의 가게의 마크가 든 것을. 그리고 그녀가 보고 있지 않을 때에 헌 모자를 슈트케이스 속에 처넣어 버리려고 생각하고 있었다. 그 때문에 유티카에 도착하면 역이나 도서관 같은 곳의 밖에다 잠깐 기다리게 해둔다. 그 다음 최초의 계획대로 그녀를 조그만 호텔로 데리고 가서 칼 그레이엄 부처가 아니면 크리포드 골덴 혹은 게링그 부처라는 이름으로 숙박부에 서명할 작정으로 있었다. 그의 공장에 그런 이름의 여공이 있었던 것이다. 그렇게 하면 만일의 경우 경찰이 타살의 혐의로 수사를 시작해도 그녀와 함께 투숙한 사나이는 그러한 이름의 사나이였다고 생각케 할 수가 있을 것이다.

아, 기적소리가 들린다. 온 모양이다. 시계는…… 열두 시 이십칠 분.

그럼, 유티카에선 그녀에게 어떠한 태도를 취할까. 친절하게 굴 것인가, 혹은 그와는 반대로 고답적으로 나가야 할 것인가도 작정해 두지 않으면 안 되겠다고 생각했다. 전화로는 할 수 없이 매우 친절한 말투로 이야기를 했지만…… 아마 그런 말투로 계속 나가는 것이 가장 무방할 테지. 서투른 태도로 나왔다가 그녀의 화를 돋우거나 의혹을 품게 하거나, 말을 듣지 않게 건드리는 날엔 만사가 불리하게만 될 것이다.

저 기차는 왜 저렇게 빨리 못 오는 것일까?

그러나 그녀가 만일 역시 고집만 부리고 뭣이나 다 자기 생각대로만 하려고 들면 이쪽도 그렇게 굽실거리고만 있을 수는 없을지도 모른다……. 그때에는 호통을 쳐 줄까.

그러나 그런 짓을 하는 것은 극히 위험스러운 일이다. 만일 그녀가 그의 의도를 눈치채고는 함께 가기 싫다고 버티면 그땐 어떻게 한다? 모처럼의 계획이 수포로 돌아가고 말 것이다.

자꾸만 무릎과 손이 떨리지 않으면 좋을 텐데…….

그러나 그렇게는 되지 않을 것이다. 그 자신이 아직도 확실히 계획을 정한 것은 아니니까 그녀인들 그 계략을 눈치챈 것은 아닐 테지. 그가 분명히 결심을 한 것은 그녀와 함께 도망을 칠 작정은 아니라는 것뿐이니까. 어저께 일단 계획을 세우기는 했지만 어쩌면 보트를 전복시키지 않을지도 모른다. 요컨대 그는 그녀와 함께 도망치고 싶지 않다는 그것뿐이다.

어쨌든 기차가 도착했다. 로버타가 트렁크를 집어들었다. 그 가방은 지금 그녀의 몸으로는 꽤 무겁지 않을까? 좀더 있다가 사람 눈에 띄지 않는 장소에 가거든 내가 들어 주자. 그녀는 그가 타는 것을 확인하려는 듯한 눈초리로 그의 쪽을 쳐다보고 있다. 최근 그에 대하여 의심하는 태도가 부쩍 는 것만 같다. 그 차량 뒤쪽에 알맞는 빈 자리 하나가 있었다. 그는 안도의 숨을 내쉬고 거기 앉아서 밖을 내다보았다. 리커거스의 공장 앞을 흐르고 있는 모호크 강이 한두 마일 저만큼 앞에 보였다. 작년 이맘때 그는 그 강둑 길을 로버타와 함께 곧잘 걸었다. 그러나 이제는 그 기억마저 괴롭기만 했다. 그는 그쪽에서 눈을 떼어, 가지고 온 신문을 펴들고서 그것으로 얼굴을 가리고는 빅 비턴 호의 지형을 머릿속에 그리며 계획을 짜기 시작했다. 로버타와 최후의 중요한 이야기를 한 이래로 그에게는 그것이 세계의 어느 곳보다도 관심을 끌었다.

실은 로버타에게 전화를 건 금요일 밤, 그는 리커거스의 여행 안내소로 가서 빅 비턴 호와 롱 호, 더욱 오지에 있는 호수 지대와 호텔과 산장과 캠프

등을 설명한 안내서를 세 종류쯤 사온 것이었다. 빅 비턴 호의 안내인은 그 지대에는 그다지 사람들이 잘 가지 않는 호수가 많이 있다고 했으므로 그쪽으로 가는 길을 조사해 보고 싶었던 것이다. 그리고 토요일에는 정거장으로 가서 다시 다른 안내서를 네 권쯤 더 샀다. 그것은 지금 포켓 속에 들어 있다. 그러한 안내서에 의하면 빅 비턴 호의 북쪽을 달리는 철도의 연변에는 허다한 조그마한 호수와 여관들이 있었다. 그러니까 빅 비턴 호나 그라스 호에 가기 전에 하루나 이틀쯤, 그 근처를 구경하는 것도 좋을지 모른다. 그 중에는 아름다운 호수로, 게다가 역에서 아주 가깝고 아담한 여관이 적어도 세 채는 있고, 숙박료는 1주일에 20달러라고 쓰여 있었다. 그러니까 하룻밤이라면 둘이서 겨우 5달러로 투숙할 수 있을 것이다. 그래서 그는 낯선 곳에 아주 틀어박히기 전에 다소 기분전환의 뜻으로 여행이나 좀 해볼까 하고 이쪽에서 자청해 볼 작정이었다. 여기에는 비용이 그다지 들 것도 없을 터이었다. 유티카에 도착하여 1박 하고, 그 후 또다시 그라스 호에서 1박 한다 하더라도 15달러 정도면 족할 것이다. 그래서 그는 이 계획을 결혼 전의 위안 여행, 혹은 신혼여행을 겸한 것으로 하면 어떻겠느냐는 식으로 그녀를 그곳으로 끌어내려고 생각한 것이었다. 만일 그녀가 그전에 결혼하자고 한다면 물론 그것을 거절하지 않으면 안 된다. 절대로 거절할 작정이다.

새가 다섯 마리 저쪽 구릉 기슭의 숲 쪽으로 날아갔다.

유티카에서 그 날 중으로 곧장 빅 비턴 호로 가서 보트를 탄다는 것은 신통치 못한 일이리라. 70마일이나 된다. 그녀뿐만 아니라 누가 생각해도 무리한 이야기라고 생각할 것이다. 이상하게 생각할지도 모른다. 그러니까 유티카에 도착하면 우선 그녀를 어디서 기다리게 하고서 모자를 산 다음, 그다지 훌륭하지 못한 요금이 싼 호텔에서 1박을 하고, 그 동안에 그라스 호에 가자는 이야기를 꺼내는 것이 상책일 것이다. 거기서라면 오전중에 빅 비턴 호에 갈 수도 있다. 그리고 빅 비턴 호 쪽이 훨씬 훌륭하다고 하며 그쪽으로 가자고 권하거나, 혹은 자기는 스리마일 베이 연안의 조그마한 촌락을 알고 있으니까 거기서 결혼하기로 하고, 그 도중에 기분전환으로 빅 비턴 호를 구경하고 가자는 이야기를 꺼내기로 한다. 또 당신에게 꼭 그 호수를 보여 주고 싶고, 거기서 둘이서 기념사진을 찍고 싶다는 이야기도 꺼낼 작정이었다. 실은 그 구실로 쓰기 위한 것과 나중에 손드라의 사진을 찍기 위해서 일부러 카메라를 가지고 온 것이었다.

이 얼마나 흉칙한 계략이랴!

저 푸른 언덕의 중턱에 흑백의 반점이 박힌 소가 아홉 마리…….

그러나 슈트케이스 옆에 카메라의 다리와 테니스 라켓을 달고 가면 누구나 다 두 사람을 어딘가 멀리서 온 여행가로 생각할 터이니까 둘 다 모습을 감추었을 경우 이 근처를 조사할 것도 없으리라. 그 안내인의 이야기에 의하면 그 호수의 수심은 75피트나 된다고 한다. 그러니까 어쩌면 파스 호의 사건과 똑같이 생각될 수도 있다. 그 다음, 참, 로버타의 트렁크는 어떻게 하면 좋지? 아직 생각하고 싶지 않았지만…….

저 3대의 자동차는 마치 기차와 경주하려는 듯이 달리고 있구나.

그렇다면 그라스 호반에서 1박 하고 거기를 나온 후──그레이 호의 북단에 있는 스리마일 베이 근처에 잘 아는 목사가 있기 때문이라고 하고서──빅 비턴 호로 가는 버스를 탈 때 건 롯지 역에서 트렁크를 맡기게 하자. 그러나 내 슈트케이스만큼은 가지고 가자. 운전수나 보트맨에게 카메라가 그 속에 들어 있다는 것을 넌지시 알리고는 가장 경치가 좋은 곳이 어디냐는 식으로 질문을 꺼낸다. 그렇지 않으면 도시락이 들어 있다고라도 해볼까? 그렇다, 그것이 좋을지도 모른다. 도시락을 넣어 가지고 간다면 로버타도 별로 수상하게 생각할 것도 없을 테고 운전수를 속이는 데에도 한층 더 유리할 것이다. 호수에서 보트를 타는데 카메라를 슈트케이스에다 넣어 가지고 가는 사람도 사실 많이 있을 것이다. 어쨌든 내 슈트케이스만큼은 꼭 가지고 가지 않으면 안 된다. 그렇지 않으면 보트로 그 남쪽 섬으로 가서, 거기서부터 더욱 숲속 길을 지나 도망치는 계획에 지장이 생기게 되기 때문이다.

아, 이 얼마나 참혹한, 무서운 계획이냐! 나는 과연 그런 짓을 해낼 수 있을까?

그러나 빅 비턴 호의 그 새의 울음소리, 참 무서운 소리였다. 그리고 그를 아직까지 기억하고 있을지도 모르는 그 안내인에게 전혀 말을 건네지도 않았고, 차 밖으로 나가지도 않았다. 차 속에 있으면서 그저 창밖을 보고 있었을 뿐이었고, 그가 기억을 더듬어 보아도 그 안내인은 한 번도 그의 쪽으로 시선을 돌린 적이라곤 없었다. 차에서 내려 여러 가지 질문을 꺼낸 그랜트 크랜스톤과 할리 배고트 두 사람하고만 이야기하고 있었으니까. 그러나 만일 그 안내인이 거기 있어 가지고 내 얼굴을 아직 기억하고 있다면…… 천만에, 그 사나이는 전혀 나를 보지도 않았다. 게다가 이젠 거기 없을지도 모를 일이 아닌가? 그런데도 손과 얼굴이 얼음처럼 차고, 흥건히 땀이 배어나오며, 게다가 이렇게 무릎이 부들부들 떨리는 것은 도대체 어찌 된 셈일까?

이 기차는 저 강의 흐름을 따라 구부러져 가는 모양이다. 작년 여름 내가 로버타와 함께…… 쳇, 이젠 그런 생각은 집어치워라.

유티카에 도착하면 먼저 세운 계획대로 하는 것이다. 실패하지 않도록, 계획을 잘 기억해 둬야 한다. 알았나, 우선 역에서 내리거든 그녀를 먼저 걸어가게 하고, 1백 피트 간격을 두고서 그녀 뒤를 따라간다. 내가 그녀 뒤를 따라가는 것을 아무에게도 눈치채지 않도록 조심하면서. 그 다음 어딘가 두 사람만이 있을 수 있는 장소에 가거든 곧 그녀에게 가까이 가 되도록 친절하게 이번 계획을 설명한다. 그 다음──가만있자, 아, 그렇다──그녀를 기다리게 하고서 밀짚모자를 하나 더 사자. 호수에 버리고 올 놈을. 그땐 물론 노도 떠내려 보낸다. 그리고 그녀의 모자도……무슨 놈의 기적이 저렇게도 길고 구슬프게 울린담. 웬일인지 지금부터 벌써 마음이 자꾸 떨리는데.

그러나 호텔로 가기 전에 역으로 되돌아와서 새 모자를 슈트케이스 속에 넣거나, 그렇지 않으면 알맞는 호텔을 찾고 있는 동안에 슈트케이스를 들고 다니다가 모자를 사서 그것을 슈트케이스 속에다 넣고서, 로버타를 찾아 호텔로 가서 현관에서 기다리고 있으라고 해놓은 다음, 다시 역으로 되돌아가서 그녀의 트렁크와 그의 슈트케이스를 가지고 온다는 식으로 하는 편이 좋겠다고 생각했다. 그 다음 물론 주위에 사람이 없을 때를 노려서 함께 호텔로 들어가서 그녀를 부인용 휴게실이나 어딘가에서 기다리라고 해놓은 다음 그 사이에 숙박부에 서명한다. 찰스 골든 부부라는 이름으로 해두자. 그리고 내일 아침이나 오늘밤 적당한 기차가 있거든──그 점 잘 조사해 두지 않으면 안 되지만──그 호텔을 나와서 그라스 호로 가기로 하자. 물론 각기 다른 찻간에 탄다. 적어도 트웰프스 호와 사론을 지날 때까지는 그렇게 한다.

저 아름다운 크랜스톤 가의 별장과 손드라.

그러고 나서……그러고 나서…….

저 커다란 빨간 광과 그 옆에 붙은 조그마한 흰 집, 풍차. 일리노이 주와 미주리 주에도 저런 집과 광이 있었다. 시카고에서도 본 적이 있었다.

한편 그의 한 칸 앞 찻간에 타고 있던 로버타는 크라이드가 뜻밖에도 불친절하지 않았던 것에 마음이 놓였다. 이런 모양으로 리커거스를 나와 버린다고 하는 것은 그에게도 물론 쓰라린 일일 것이다. 특히 그는 제 마음껏 즐거운 생활을 할 수 있는 신분이고…… 그녀는 그에게 매달릴 수밖에 딴 길이 없기 때문에 할 수 없지만. 이제부터는 그에게 절대로 무리한 것을 강요하지 말자. 그러나 그렇다고 해서 극단적으로 비굴한 태도를 취할 필요는 없을 것이다. 자기를 이런 꼴로 만들어 놓은 것은 역시 그이기 때문에 이 정도의 수고를 하는 것은 당연한 일이 아니겠는가. 그녀는 이제 머지않아 애를 낳고, 그 다음 여러 가지 고생을 해야만 한다는 것을 생각하자 그런 생각이 들었다. 게다가 만일 크라이드가 이제부터 그녀와 결혼해 준다면 조금만 더 있다가 양친에게 모든 사정을 고백하지 않으면 안 될 것이다. 어쨌든 유티카에 도착하면, 혹은 다음 곳으로 간다면, 그 즉시로 그와 결혼하여 결혼증명서를 작성케 하여 애를 위해서도 그렇고, 그녀 자신을 위해서도 그것을 소중히 간직해 두어야겠다고 생각했다. 그 다음 그가 이혼하고 싶어한다면 헤어져도 좋다. 그래도 역시 자기는 그리피스 부인이고, 크라이드와 그녀 사이에 태어난 애도 역시 그리피스라는 성을 붙일 수 있을 테지. 그것만으로도 대단한 일이다.

아, 아름다운 강! 작년 여름 그와 처음으로 만났을 무렵, 마치 이 강과 아주 비슷한 모호크 강의 둑의 길을 그와 함께 몇 번씩 거닐었거늘…… 아, 작년 여름! 이것이 이제는 이런…….

앞으로 어딘가 방 하나를 빌려 가지고 그곳에서 살게 될 테지. 그러나 그는 어느 마을 어느 도시로 갈 작정일까? 리커거스와 빌츠──특히 빌츠로부터는 되도록 떨어지는 편이 좋다. 그녀는 되도록 빨리 안정되어서 다시 한 번 양친을 만나보고 싶었다. 그러나 빌츠의 근처에는 있고 싶지 않았다. 더구나 그와 결혼하여 함께 살게 되는 것이니까 아무리 먼 곳으로 간들 상관없었다.

그는 내 이 푸른 슈트와 갈색 모자를 봤을까? 그리고 그가 늘 함께 놀고 있는 부잣집 딸과 비교하여 내가 훨씬 아름답다고 생각해 주었을까? 이제부터는 절대로 그의 신경을 건드리지 않도록 그럴 듯하게 순종하지 않으면 안 되겠다. 그가 조금이라도 좋으니 나를 사랑만 해준다면 나는 그것으로 정말 행복해질 수 있을 텐데…….

얼마 후 두 사람은 유티카에 도착했다. 어떤 한적한 거리에서 크라이드는 겨우 로버타를 뒤따라 잡았다. 그의 얼굴에는 아무렇지도 않은 쾌활한 표정과 선의(善意)와 고민과 반감이 뒤섞여 있었다. 그것은 자기가 계획하고 있는 행동에 대한 공포와 과연 그것을 근사하게 실행해 낼 수 있을까, 실패하면 큰일이라고 하는 불안을 없애기 위한 가면이었다.

47

그 다음날 아침, 두 사람은 어젯밤에 의논해 둔 대로 따로따로 기차를 타고 그라스 호까지 가기로 계획을 세웠는데, 막상 가 보니 예상했던 이상으로 번잡한 것을 보고 크라이드는 내심 적잖이 당황했다. 여기까지 와도 이렇듯 번잡한 것을 보고 불안과 공포심을 품게 되었다. 빅 비턴 호와 마찬가지로 여기도 대단히 한적한 곳이려니 하고 상상하고 있었기 때문이다. 그러나 이곳은 그 어느 조그마한 종교 단체——펜실바니아의 와인브레나리안 파(派)인 듯했다——의 하기집회지인지 정거장에서 호반으로 가는 길가에는 예배당과 무수히 많은 인가가 즐비해 있었다. 그리고 로버타는 그것을 보자 큰 소리로,

"아, 근사한 교회인데. 이봐요, 저곳 목사에게 부탁해서 결혼하도록 해요."

크라이드는 이 뜻하지 않은 불만스러운 발전에 깜짝 놀라 아무렇게나 입에서 나오는 대로,

"글쎄…… 나중에 가 봅시다." 그러나 무심결에 말은 이렇게 했지만 마음속으로는 어떻게 해서 그녀를 속여 낼까 하고 곰곰이 궁리하고 있었다. 보트를 빌려서 모르는 체하고 언제까지 선유를 하며 놀거나, 그렇지 않으면 멀리까지 배를 젓고 나가서 사람 눈에 띄지 않는 적당한 장소가 있거든…… 그러나 그것은 안 된다. 이 호수에는 너무도 사람이 많다. 게다가 호수 그 자체가 그리 크지도 못하고 깊어 보이지도 않았다. 그리고 또 호수의 물빛이 컴컴하며, 동쪽과 북쪽 호반에는 거뭇거뭇한 소나무가 마치 창을 겨누고 있는 거인 파수병처럼 쭉 즐비해 있어 그것이 자못 기괴한 음침한 느낌을 북돋워 주었다. 어쨌든 사람이 너무 많다. 호수 위에는 보트가 10척 이상이나 떠 있었다.

이렇게 되면 모두 다 틀렸다…….

여기서부터 숲속을 걸어 스리마일 베이까지 간다는 건 좀 무리일 테지. 남

쪽으로 30마일이나 된다. 게다가 이 호수는 예상 외로 사람들로 혼잡을 이루고 있어서 어디를 가도 종교 단체의 사람들의 눈을 피할 곳이라곤 없을 것만 같다. 이곳은 틀렸다. 그만두자, 그만두자. 그렇다면 어떻게 무슨 말로 속여 낸다? 목사에게 부탁해 보았더니 이 교회에선 결혼식은 일체 취급하지 않더라고 해둘까? 혹은 목사가 마침 지금 없다고 해둘까? 혹은 무슨 증명서가 필요한데 나에겐 그것이 없으므로 여기서 식을 올리기란 불가능하다고 해둘까. 어쨌든 뭐라고 구실을 붙여 가지고 로버타를 내일 이맘때까지 달래 두기로 하자. 사론에서라면 꼭 결혼할 수 있을 테니 걱정하지 말라고 해두고서 이럭저럭 더욱 남쪽에 있는 빅 비턴 호로 가는 기차를 타는 것이다.

도대체 왜 그녀는 이렇게 집요하게 재촉을 하는 것일까? 왜 나는 이렇게도 강경한 그녀의 요구에 얽매여 마치 고문이라도 받고 있는 것처럼 우왕좌왕 끌려 다니고 있는 것일까? 아, 그녀를 어떻게 해서든지 몰아내 버리고 싶다! 손드라, 네가 있는 높은 지위에서 손을 뻗쳐 나를 구해 다오! 이 이상 거짓말을 하기 싫다! 이 이상 고통을 받기 싫다! 이런 비참한 생각을 더 이상 하고 싶지 않다!

그러나 그는 거짓말을 늘어놓을 수밖에 딴 길이 없었다. 호수 위를 정처도 없이 이리저리 젓고 돌아다니며 수련을 꺾기도 하면서 시간을 보냈지만 끝내는 그 자신의 침착하지 못한 태도가 로버타를 어리둥절하게 하고 말았다. 점점 그녀는 그가 지금이라도 곧 할 수 있는 결혼을 일부러 질질 끌고 있는 것 같이 생각되었던 것이다. 할 생각만 있었다면 어제 유티카에서 결혼을 할 수 있었을 게고, 그렇게 한 편이 이 여행을 한층 더 즐거운 것으로 할 수도 있었을 것이다. 오히려 의당 그렇게 해야 했다. 그런데도 불구하고 크라이드는 언제나처럼 미지근한 태도를 취하고, 핑계만 대면서 결혼식을 영 올리려고 하지 않는다. 그녀는 또다시 그의 진의를 의심하기 시작했다. 과연 그는 약속한 대로 결혼할 작정인가?…… 그러나 그것도 내일이나 모레는 알 수 있겠지. 좀더 돼 가는 꼴을 두고 보기로 하자.

이튿날 정오 때, 크라이드는 건 롯지 역에서 기차를 내려 로버타를 데리고 버스가 기다리고 있는 데까지 갔다. 그때에 로버타에게 어차피 이 길로 되돌아올 테니까 손에 든 가방은 두고 가는 것이 좋지 않은가, 그리고 자기의 가방 속엔 사진기랑 호수에서 먹으려고 그라스 호에서 준비한 점심이 들어 있으니 불가불 가지고 갈 수밖에 없다고 말했다. 그 다음 버스를 타려고 했을 때 그 버스 운전수가 요전 빅 비턴 호에서 그의 일행에게 여러 가지로 설명해 준 그 안내인인 것을 보고서 그는 깜짝 놀라 발을 멈추고 말았다. 만일 이 운전수가 그때의 호화로운 핀츠레이 가의 자가용차를 기억하고 있어, 버틴과 스튜어트가 앞자리에 앉고, 크라이드와 손드라가 뒷자리에 앉고, 그랜트와 할리 배고트가 밖으로 나가서 그와 이야기하고 있던 그때의 일행의 얼굴을 기억하고 있다면……?

지난 2, 3주일 동안 불안과 공포를 느낄 때마다 스며 나오는 식은땀이 지금 또다시 그의 얼굴과 손을 축축이 적시기 시작했다. 도대체 나는 무엇을 생각하고 있었단 말이냐? 이러한 것을 계획 속에 넣지 않았다니 이 얼마나 어리석은 계획이냐! 대체로 내가 리커거스로부터 유티카까지, 즉 새 모자를 살 때까지 모자를 슈트케이스에서 꺼내어 쓰고 있었다는 것부터가 벌써 어리석은 수작이다. 계획적으로 유티카에서 밀짚모자를 샀다는 것이 대번에 탄로나고 말 것이 아닌가?

그러나 다행히도 그 안내인은 그를 기억하고 있지 않았다. 안내인은 도리어 다소 신기하다는 얼굴로 처음 만나는 사람에게 이야기를 건네는 듯한 말투로 이야기를 걸었다. "빅 비턴 호 방면의 여관으로 가시는 길입니까? 손님께선 이 고장에 처음이시군요?" 크라이드는 후우 마음이 놓였다. "그렇습니다" 하고 대답하고 나서 사뭇 머뭇머뭇거리며 이렇게 물어 보았다. "오늘쯤은 거기도 대단하겠죠, 사람들이?" 이 말을 한순간 어이쿠 하고 후회했다. 참 어리석은 질문을 했다. 왜 그렇게 많은 질문 중에서 하필 이런 질문을 했을까? 왜 이렇게 실수만 하는 것일까?

그는 당황한 나머지 안내인의 대답조차 귀에 들어오지 않았다. 멀리서 이야기하고 있는 목소리를 듣는 것만 같았다. "아뇨, 대단할 것도 없습니다. 한 7, 8명이나 될까요. 독립기념일에는 한 50명쯤 모였지만. 대개 이제 돌아들 갔죠."

버스가 지나가는 축축한 진흙길 양쪽에 울창하게 우거져 있는 불쾌할 정도로 한적해 보이는 소나무들, 차디찬 공기, 죽음과 같은 정적, 대낮에도 컴컴한 자회색 그림자에 싸여 있는 숲. 밤은 말할 것도 없고, 대낮에 이 길을 도망쳐 가도 아마 아무와도 만날 리는 없으리라. 저 멀리 숲속에서 여치 한 마리가 금속적인 울음소리로 울고 있었고, 어느 나뭇가지에서 지저귀고 있는 들새의 아름다운 목소리가 은색 그림자 속으로 녹아들어 가는 것처럼 사방으로 퍼져 가고 있었다. 로버타는 버스가 가끔 골짜기에 걸린 통나무 다리 위를 지나갈 때마다 깨끗한 흐름에 그만 넋을 잃고 바라보기도 하고, 탄성을 지르기도 했다.

"아, 저런 물 속에 한번 들어가면 얼마나 기분이 좋을까? 아, 저 물소리! 공기도 신선하고."

그런데 그녀도 어쨌든 얼마 후엔 죽을 몸이라니…… 아아!

그러나 빅 비턴 호의 그 여관과 보트 하우스도 사람들로 혼잡을 이루고 있을지도 모른다. 그리고 호수에는 여기저기 낚시꾼이 흩어져 있어, 사람 눈에 띄지 않는 장소라곤 어디를 찾아도 없을 것이다. 이제 와서 보면 그것을 예상 못 한 것이 오히려 이상하게 생각되었다. 그라스 호와 마찬가지로 적어도 오늘쯤은 상당히 사람들이 모여 있으리라고 생각하지 않을 수가 없다. 과연 그렇다면 어떻게 하면 좋지?

할 수 없다. 단연코 해치울 뿐이다. 그는 생각만 해도 심장이 터질 것 같았다. 나는 어쩌자고 이런 살벌하고도 참혹한 책략까지 써서 행운을 잡아 보려는 것일까? 그녀를 죽여 놓고서, 자기도 그녀도 익사한 것처럼 보이려고 하다니! 살인을 하고서, 그것을 그럴싸하게 속이고서 행복을 누려 보겠다고 생각하다니. 이 얼마나 무서운 생각을 하기 시작한 것이냐! 그러나 그렇다면 그 밖에 어떻게 하면 좋지? 어떻게 한다는 것이냐? 너는 그것을 해치우기 위해서 여기 온 것이 아니냐? 그만두고 갈 셈인가?

한편 그의 옆에 앉아 있는 로버타는 다만 그와 결혼하는 것이 목적이어서 떠나온 것이니까 그때까지는 결혼 생각 외에는 아무 생각도 없었지만, 이제는 그가 마치 두 사람의 인생에 있어 이처럼 중대한, 그러면서도 이처럼 통쾌한 일이라곤 이 밖에는 아무것도 없다는 듯한 말투로 설명한 이 아름다운 풍경에 완전히 마음을 빼기고 말았다.

얼마 후 안내인이 또다시 그에게 말을 건네왔다. "손님께선 묵고 가시는 건 아니시죠? 아까 같이 오신 분이 트렁크를 역에다 맡기고 오시는 것 같던데요." 이러면서 그는 턱으로 건 롯지 역 쪽을 가리켰다.

"그렇소. 오늘밤 여덟 시 십 분 차로 돌아갈 예정입니다. 그 기차에 연락이 닿는 버스가 있을까요?"

"암, 있구말구요."

"그라스 호에서 버스의 연락 시간을 대강 듣고 왔지만."

아니, 어쩌자고 그라스 호에서 묻고 왔다는 말을 한 것일까? 여기 오기 전에 두 사람이 그라스 호에 갔었다는 것을 일부러 알린 거나 다름없지 않은가? 그건 그렇다 하더라도 '같이 오신 분의 트렁크'를 역에 맡기고 왔다는 둥의 말에는 아찔할 수밖에 없었다. 쳇, 세상에 남의 일에 참견하기 좋아하는 작자도 있군! 혹은 우리를 부부가 아니라고 보고 있는 것일까? 너무도 마음을 쓰는 작자다. 여행가방이 둘 있었는데 그 중에서 그의 것만 가지고 온 것을 묘하게도 이상하게 생각하고 있는 듯한 말투가 아닌가? 도대체 무엇을 생각하고 있는 것일까? 그러나 결혼하고 있건 없건 간에 전혀 상관없는 일이 아닌가. 만일 그녀의 시체가 발견되지 않는다면 결혼하고 있느냐 없느냐 하는 것은 문제도 되지 않을 것이겠고, 설사 시체가 발견되어 그녀가 결혼하고 있지 않다는 것을 알게 된다 하더라도, 어떤 사나이하고 함께 놀러 왔다가 조난을 당했으려니 하고 생각될 뿐일 테지. 어쨌든 조금도 마음을 쓸 필요는 없다.

그러자 그때 로버타가 말을 건넸다. "그 호수에는 우리들이 가는 여관 외에도 호텔 같은 게 있나요?"

"아뇨, 호텔이라곤 전혀 없습니다. 어젠 젊은 남녀가 많이 몰려와서 동쪽 둑에다 캠프를 치고 있더군요, 여관에서 한 마일 정도 간 곳에서. 그러나 지금도 있을는지 어떨는지는 알 수 없는데요. 오늘은 하나도 만나지 못했으니까요……."

젊은 남녀가 많이 왔다? 아니, 이건 또 어찌 된 셈일까? 지금쯤은 그 작자들이 모두 호수로 나가 보트를 젓기도 하고 요트를 달리기도 하고 있을지도 모른다. 그는 두 주일쯤 전에 손드라와 해리에트, 스튜어트, 버틴 등과 함께 놀며 돌아다녔으니까 크랜스톤, 해리에트, 핀츠레이 가의 친구 중의 누군가 여기로 놀러 와 있다고 하면 물론 그들은 그를 기억하고 있을 테지. 따라서 들키는 날엔 결국 대번에 모든 것이 탄로나고 말 것이 아닌가. 그리고 지금의 이야기에 의하면 이 호수에는 동쪽 둑으로 가는 길도 있는 모양이다. 만일 그쪽에도 길이 있고, 거기도 많은 사람이 있다고 하면 그가 수고를 하여 여기까지 온 것도 결국 헛수고가 될 것이 아닌가. 이 얼마나 어리석은 계획을 세웠던 것이냐. 좀더 생각해서 이곳보다 먼 호수를 택했어야만 했을 것을 최근 너무도 계속해서 고민을 해왔기 때문에 두뇌의 움직임이 좀 이상해졌나 보다. 그러나 이렇게 된 이상 안 갈 수도 없지 않은가? 만일 많은 사람이 있다면 그리 사람이 많지 않은 곳으로 젓고 가서, 거기서 보트를 전복시키고는 그라스 호나 다른 곳으로 되돌아갈 방법을 생각하지 않으면 안 된다……. 그러나 어떠한 방법이 있다는 것이냐? 어디서 어떻게 한다는 것이냐? 사람이 많다고 하는데.

그러나 이럭저럭하는 동안에 널따란 잔디밭 광장과 가지를 길게 늘어뜨리고 있는 소나무와 먹물처럼 새까만 빅 비턴 호와 그것에 면한 여관의 베란다가 또다시 보이기 시작했다. 물가의 보트 하우스의 조그만 낮은 빨간 지붕도 보였다. 로버타는 그 경치를 보고서 함성을 올렸다. "아, 아름답군! 참 좋다." 크라이드는 저 멀리 남쪽으로 거뭇거뭇하게 얕게 떠 있는 섬을 바라보며 호수 위에도 호반에도 사람의 그림자 하나 없는 것을 확인하면서 건성으로 이렇게 대답했다. "응, 참 경치가 좋군." 목구멍이 질식한 듯한 목소리였다.

곧 어깨가 널따랗고 얼굴색이 벌건 여관집 주인이 나와서 싱글벙글 애교 있는 목소리로 그에게 말을 걸었다. "2,3일 묵어 가시렵니까?"

크라이드는 안내인에게 1달러를 주고 나서 이 뜻하지 않은 질문에 멋없이 괜히 화를 내며 대답했다.

"아뇨, 당일치기입니다. 오늘 기차로 돌아갑니다."

"그러시다면 저녁은 여기서 하시겠군요? 기차는 여덟 시 십 분까진 없으니까요."

"글쎄요…… 그럼, 그렇게 할까요."

로버타는 신혼여행을 겸해서 온 것이니까 으레 여기서 저녁식사를 하는 것으로 생각하고 있는 모양이다. 쳇, 쓸데없는 소리를 하는 놈도 있다!

"자, 그럼 가방을 맡아 두겠습니다. 숙박부에 서명해 주시면 좋겠습니다. 부인께선 꽤 피로하실 텐데요. 자, 이쪽으로 어서들 이리 와서 좀 쉬십시오."

주인은 재빨리 그의 가방을 받아들고 안내하기 시작했다. 크라이드는 차라리 그것을 되빼앗아 가지고 도망을 쳐 버릴까 하고 생각했다. 숙박부에 서명하고 싶지 않을 뿐더러, 그 가방을 여관에다 맡기고 갈 수도 없었기 때문이다. 그것을 되빼앗아 가지고 당장 보트를 빌려 타고 내빼고 싶었다. 그러나 또다시 그 슈트케이스를 손안에 넣기 전에 그는 여관 주인이 하라는 대로 크리포드 골덴 부부라고 서명하지 않으면 안 되었다.

이러저러한 일로 당황했고, 이제부터 앞으로 어떠한 뜻하지 않은 일이 발생할지 몰라 잔뜩 불안해진데다가, 이번에는 로버타가 오늘은 무덥고, 결국 저녁을 먹으러 돌아와야 하니까 모자와 저고리는 여관에다 두고 가겠다고 했다. 그는 그 모자에 리커거스의 브라운스텐 상점의 상표가 붙어 있는 것을 벌써 알고 있었다. 그러므로 그대로 둬두고 가거나, 몰래 그 상표를 떼어 버리는 것 중 어느 쪽으로 할까 망설였지만 결국 그런 것에 구애를 받을 필요는 없겠다고 내심 그렇게 결정했다. 그녀의 시체가 발견될 경우에도 그런 모자의 상표 따위는 시체의 확인상 그다지 유력한 단서는 되지 않을 것이고, 만일 시체가 발견되지 않는다면 모자가 남아 있어도 어느 누구의 것인지 알 길이 전혀 없을 게 아닌가.

그는 완전히 머리가 뒤죽박죽이 되어 이제부터의 행동을 정돈할 생각의 여유조차 잃은 채 곧 슈트케이스를 손에 들고 보트 하우스의 잔교로 갔다. 그리고 슈트케이스를 보트에 실은 후 사진을 찍고 싶은데 가장 경치가 좋은 장소는 어디냐고 관리인에게 물었다. 그리고 관리인의 무의미한 설명을 모두 듣고난 후 로버타를 부축하여 보트에 태웠다. 그녀의 모습이 마치 꿈의 호수에 떠 있는 환상의 보트를 타려고 하는 환영처럼 보였다. 그 다음 그는 배의 한복판에 앉아 노를 집어들었다.

거울과 같은 호면은 물이니 기름이니 하는 느낌이 아니라, 방대한 무거운 유리의 용액이 저 아래 밑바닥의 지표 위에 두껍게 엉켜 있는 것만 같은 느낌을 주었다. 가끔 가볍고도 부드러운 상쾌한 산들바람이 호면에 잔물결 하나 일지도 않은 채 살며시 뺨을 스쳐 갔다. 둑에 울창하게 우거져 있는 높다란 소나무의 부드러운 그림자. 어디나 사방은 소나무뿐이었다. 그 위에 저 멀리 애디론대크 산맥의 언덕 모양의 기복이 진하게 떠 있었다. 호수에는 보트를 젓는 사람의 그림자 하나 보이지 않았다. 인가와 산장도 보이지 않았다. 그는 안내인이 이야기한 캠프를 찾아보았지만 어느 곳에도 그런 것이라곤 그림자도 보이지 않았다. 그 방향에서 사람들의 목소리가 들리지나 않을까 하고 귀를 기울여 보았지만 아무 소리도 들리지 않았다. 그가 젓는 노소리 외에는 보트 하우스의 관리인과 안내인이 지껄이고 있는 목소리가 2백 피트, 3백, 4백,

1천 피트 멀어져 감에 따라 희미해져 얼마 후에는 그것조차 들리지 않게 되었다.

"아휴, 고요해라." 로버타의 감탄이다. "정말 고요한데. 요전 호수보다도 훨씬 아름답고…… 아아, 저 나무는 얼마나 큰가! 그리고 저 산도 근사하고, 아까 온 길은 좀 나빴지만, 정말 시원하고 고요했지 뭐야."

"당신은 아까 그 여관에서 누구하고 얘길 했지?"

"아뇨, 왜요?"

"아니, 그저 누구하고 만났는가 해서. 근데 오늘은 그다지 사람이 많지 않은 것 같군."

"그렇군요. 호수엔 아무도 나와 있는 것 같진 않군요. 아까 그 여관의 구석 당구장에서 남자를 두 사람 본 것하구 변소에서 젊은 여자를 한 사람 만났을 뿐이에요. 이 물 찰까?" 이러면서 그녀는 보트 가장자리에서 팔을 뻗치고는 노로 인해 약간의 파도가 생긴 새파란 물 속에 손을 담갔다.

"어때? 차?"

그는 젓던 손을 쉬고는 노를 손에서 놓았다. 남쪽 섬으로 곧장 가고 싶지 않았기 때문이다. 너무 멀고, 게다가 시간도 아직 좀 빨랐다. 그녀가 이상하게 생각할지도 모른다. 조금 뒤에 가는 것이 좋을 것만 같다. 좀더 생각할 시간이 필요하다. 그 사이에 정세를 타진해 볼 필요도 있다. 로버타는 점심을 먹고 싶은 눈치였다. 최후의 점심을! 1마일쯤 서쪽에 경치가 좋아 보이는 곶〔岬〕이 있었다. 그리로 가서 우선 도시락을 먹기로 하자. 그 자신은 배가 조금도 고프지 않았지만 그녀는 먹을 것이다. 그리고 그것을 죄다 먹은 후에…….

그녀는 마침 그때 그곳을 바라보고 있었다. 육지가 남쪽으로 길게 세모꼴 모양으로 뻗어 있고, 하늘을 뚫을 듯이 높이 솟아 있는 소나무가 그 끝까지 아름답게 죽 늘어서 있었다. 그러자 그녀가 입을 열었다.

"여보, 당신 어딘가 둑으로 가서 점심 먹지 않겠어요? 나는 배가 고파 죽겠어요." 어찌하여 이럴 때 여보라고 부르는 것일까?

북쪽에 있는 조그만 여관과 보트 하우스가 점점 작아져 갔다. 그는 문득 크럼 호로 맨 처음 카누 놀이를 갔을 때의 그 보트 하우스와 휴게소가 머리에 떠올랐다. 그때는 애디론대크 산맥 속에 있는 이러한 호수에 가고 싶다고 얼마나 동경하고 있었는지 모른다. 그리고 거기서 로버타와 같은 여성을 만날 꿈을 꾸고 있었던 것이다. 생각해 보면 그 운명의 날에도 역시 이런 뭉게구름이 맑게 가라앉은 여름 하늘 아래에서 호수는 모양을 헝클어뜨리지 않은 채 흐르고 있었다.

아아, 이 얼마나 무서운 계략을 짜내고 있는 것일까!

오늘은 여기서 수련을 꺾으며 시간을 보낼 수도 있을 것이다. 그 다음 나중에…… 아니, 이 이상 그런 생각은 말자! 설사 한다고 하더라도 지금부터 생각할 필요는 없지 않은가.

로버타가 반색을 한 그 곳의 앞쪽 끝은 조그만 만으로 된 꿀색이 도는 물가로, 북쪽과 동쪽으로부터는 남의 눈에 띌 걱정이 없는 장소였다. 두 사람은 언제나처럼 보트에서 내려서 육지로 올라갔다. 크라이드가 슈트케이스에서 조심조심 도시락을 꺼내자, 그녀는 그것을 모래 위에 펼쳐 놓은 신문지 위에 펴놓았다. 한편 크라이드는 그 근처를 어슬렁어슬렁 걸어다니면서 억지로 경치를 칭찬하곤 했지만, 자꾸만 눈이 저 멀리 덤불 쪽에 있는 섬으로 미치게 되어, 그 어딘가에 있는 만을 생각하고는 자꾸만 식어 가려는 마음에 채찍질을 하면서 무슨 수를 써서라도 이 계획을 관철하지 않으면 안 되겠다고 자기 자신에게 타이르고 있었다. 뜻을 성취하려면 절대로 이 기회를 놓쳐서는 안 된다…….

그러나 이제는 계획을 눈앞에다 놓고서 볼 때 무서울 뿐만 아니라 매우 위험할 것도 같았다. 만일 무슨 실수라도 생겨서, 예를 들면 보트가 마음대로 전복되지 않는다면, 혹은 마음먹고 그녀를 때릴 수가 없다면…… 아아! 만일 실수를 하면 나는 살인범으로 체포되어 재판에 회부될 것이 아니겠는가! 그런 짓은 할 수도 없고, 하기도 싫다. 안 된다. 안 된다, 안 된다!

그러나 모래 위에 앉아 있는 로버타는 아무것도 모르고서 태연한 마음으로 경치를 즐기고 있는 모습이었다. 낮은 목소리로 콧노래까지 부르기 시작했다. 그러더니 다음엔 두 사람의 이번 모험에 관해서 조언 비슷한 말을 꺼내기 시작했다. 앞으로의 경제적인 문제와 이제부터 어디로 가면 좋을지——시라큐스가 좋을 것 같은데 어떻겠느냐고 묻기도 하고, 거기 가서 어떻게 살면 좋겠느냐는 것에 관해서 자기 의견을 말하기도 했다. 그녀는 동생의 남편인 프레드 가벨에게서 시라큐스에 칼라와 셔츠 공장이 새로 건설중에 있다는 이야기를 들은 적이 있었다. 그러므로 당분간 그가 그 회사에서 일을 하고, 그녀도 몸이 그전처럼 회복되면 그 공장에 근무하거나 다른 회사에 나갈 수도 있겠다고 생각했다. 또 앞으로 잠시 동안은 돈 때문에 고생을 하게 될 터이니까 조그만 방을 공동으로 하나 얻거나, 만약 그것이 싫다면 어쨌든 이제까지도 떨어져서 살고 있었으니까 방이 둘 붙은 큰 방을 얻어도 좋다고 말했다. 그는 지금 꽤 동정심이 있는 태도를 보이고는 있었지만 그녀는 그 밑바닥에 불만이 숨겨져 있는 것만 같아 걱정이 되었다.

한편 그는 이런 생각을 하고 있었다. 이제 그런 이야기를 해서 무슨 소용이 있겠느냔 말이다. 내가 찬성하건 말건 이 여자는 어쨌든 그때까지 살아 있을 리는 만무하니까 말한 만큼 헛수고가 아닌가. 이 여자가 내일도 살고 있을 것만 같은 말투로 지껄이고 있지만 그때까지 살아 있을 리가 만무하다.

그런데 어찌하여 이렇게 무릎이 떨리는 것일까. 게다가 뺨과 등골이 식은땀으로 흠뻑 젖어 있다.

두 사람은 잠시 후에 보트로 서쪽 둑을 떠나 섬 쪽으로 향했다. 크라이드는 불안한 눈으로 쉴 새 없이 사방을 둘러보고 있었지만 육지에도 호수에도 사람 그림자 하나 보이지 않았으며 사방은 다만 쥐죽은 듯이 잠잠할 뿐이었다. 만일 그에게 용기만 있다면 지금 곧 여기서, 혹은 이 근처의 어디서 당장 해치울 수 있을 것만 같았다. 그러나 그에게는 아직 그러한 용기가 없었다. 로버타는 손으로 물을 헤치면서 어느 둑에서 수련이나 들꽃을 꺾자고 제안했다. 이런 판국에 수련이라니…… 그는 보트를 저으면서 솔밭 속에는 길도 인가도 텐트도, 거의 사람이 살고 있는 흔적이라곤 전혀 없다는 것을 확인하고 있었다. 또 호수 위에도 보트도 사람 그림자도 없고, 다만 밝은 여름의 햇빛을 받고서 수면이 아름답고도 푸르게 뻗어 있을 뿐이었다. 그러나 저 숲인가 저 둑의 어딘가에 사냥꾼이나 낚시꾼이나 안내자가 있을지도 모른다. 만일 정말로 누가 있어 가지고 그의 범행을 목격한다면……!

끝장이다!

파멸이다!

죽음이다! 그러나 주위에는 아무 소리도 없고 연기도 보이지 않는다. 다만 초록색 창과 같은 모양의 소나무 숲속에 여기저기 흩어져 있는 죽은 나무가 따가운 오후의 햇볕에 모습을 드러내 놓고 그 소름이 끼쳐질 정도로 불쾌한 팔을 하늘 높이 쳐들고 있을 뿐이었다.

죽음!

어딘가 숲속에서 들려오는 여치의 시끄러운 금속적인 울음소리. 언제나 혼자 있는 딱따구리의 구슬프고 기분 나쁜 나무를 두들기는 소리. 가끔 빨간 선을 그으며 날아오르는 휘파람새. 잔등만 누런 흑조(黑鳥)가 황색과 흑색의 선을 그으며 날아갔다.

"나 살던 그리운 내 고향 켄터키의 옛 집――."

로버타가 손에 물이 들 것처럼 푸른 물을 손으로 저으면서 노래를 불렀다.

얼마 후 그녀는 이제 유행중인 댄스곡인 〈또다시 만납시다〉를 부르기 시작했다.

이렇듯 한 시간 가까이 여기저기를 젓고 돌아다니며 노래를 부르기도 하고, 아름다운 곳에 들러서 경치를 바라보기도 하며, 수련이 자라 있는 포구로 들어가 보기도 했지만 로버타는 시간에 마음을 쓰는 나머지 그다지 오랫동안 같은 곳에 있으려고는 하지 않았다. 섬 남쪽은 아름답지만 어쩐지 불쾌한 소나무 숲이 덮여 있는 만과 같은 느낌으로, 호수 건너편의 둑과의 사이에 조그마한 호수가 있고, 거기서부터 커다란 호수와 연결되어 있는 수로가 마치 포구처럼 섬을 건너다보고 있었다. 그러나 작다고 해도 20에이커는 충분히 되고, 거의 원형에 가까우며, 사방이 소나무로 덮여 있었다. 부들과 수련이 여기저기 산재해 있는 것이 보였다. 생활에 지치고, 고민에 젖은 사람이 세상사의 어지러움을 피하여 쉬기에는 알맞은 장소였다.

크라이드는 그 호수로 보트를 몰고 들어갔을 때 진한 푸른 색의 물이 갑자기 그의 마음을 사로잡았으며, 그때까지의 기분을 일변시키고 만 것만 같았다. 그 죽은 듯이 고요한 물을 따라 이리저리 돌아다니고 있는 동안에 마치 그 호수에 매혹되어, 아무런 계략도 계획도 해결해야 할 문제도 없는, 다만 끝없이 마냥 뻗은 공간을 떠내려가고 있는 것만 같았다. 아름다운 침엽수에 둘러싸여 있는 이 호수의 요기(妖氣)가 그의 혼을 빼버리고 만 것만 같았다. 분노에 미쳐 날뛰고 있는 변덕쟁이인 전능하신 신이 거대한 검은 진주를 초록색 벨벳의 깊은 골짜기에 던져서 만든 것만 같은 호수였다. 사실 아래를 보니 그 호수의 밑바닥은 측량할 수 없을 만큼 깊었다.

그러나 그것은 어딘지 모르게 강렬한 암시를 주고 있는 것만 같았다. 무엇일까? 죽음……죽음이다! 그러나 그 죽음은 고요한, 저항이 없는, 자는 것과 같은 죽음이었다. 혹은 지칠 대로 지쳐서 자기 스스로 죽을 때와 같은 그러한 죽음이었다. 그만큼 호수도 조용히 가라앉아 있었다. 로버타도 깊은 감동에 젖어 있는 성싶었다. 그는 그 어떤 힘찬, 그러면서도 동정 어린 손으로 어깨를 꾹 누르고 있는 것만 같았다. 그는 그 손에 몹시 흔들리는 것을 느끼면서 그 힘과 믿음성에 넋을 잃고 있었다. 그 손이 제발 그대로 가만히 있어 주었으면 싶었다. 친밀감이 깃들인 손이 언제까지 거기 있어 주옵소서 하고 빌었다. 이런 위로에 가득 찬 감동을 그는 아직까지 아무데서도 느껴 본 적이 없었던 것 같았다. 웬일인지 몹시 침착한 안온한 마음에 사로잡혔다. 그리고 모든 현실로부터 도망쳐 버린 것만 같은 느낌이었다.

틀림없이 로버타는 그의 앞에 있었지만 다음 순간에는 그 모습이 그림자처럼 사라져 버렸다. 환상으로밖엔 보이지 않았다. 그녀에게는 실재의 것이라는 것을 보여 주는 색채와 형태는 있었지만 웬일인지 그것은 현실과는 동떨어진 것으로 보였다. 그리고 또다시 그는 다만 혼자서 있는 것만 같은 환상에 사로잡혔다. 그 힘찬 손이 그를 내버리고 사라져 버렸기 때문이다. 그는 이 유현(幽玄)한 도원경에 유인된 채 고립 상태로 남겨지게 된 것이다. 등골에서 기괴한 차디찬 전율을 느꼈다. 이 호수의 요정(妖精)이 그를 사로잡아 전신을 얼게 한 것만 같았다.

나는 도대체 무엇 때문에 여기 온 것일까?

무슨 필요가 있어서?

로버타를 죽이기 위해서인가? 아니다, 그렇지 않다!

그는 또다시 고개를 푹 숙이고는 자석에 끌린 것처럼 그러한 자세로 푸른 호수의 무시무시한 밑바닥을 들여다보았다. 그러자 그것이 만화경처럼 변화하여 삽시간에 커다란 수정알이 되고 말았다. 그러나 그 수정 속에서 움직이고 있는 저것은 무엇일까? 아아, 사람이다! 그것이 점차로 가까이 와 점점 그 윤곽이 뚜렷해짐에 따라 그것은 로버타라는 것을 알 수 있었다. 물 속에서 마른 창백한 팔을 내놓고서 허위적거리면서 그에게 매달리려고 죽을 기를 쓰고 있는 것이었다. 아, 이 무슨 무참한 광경이냐! 그녀의 저 표정을 보라. 나는 도대체 무엇을 하고 있는 것일까? 그것은 살인 행위가 아닌가! 그 순간 그는 이제까지 겨우 자기를 버텨 온 용기가 갑자기 사라져 버리는 것을 느끼고는 허겁지겁 자기 마음속을 헤치고서 그것에 매달리려고 했다.

킷, 킷, 킷, 카아——아!

킷, 킷, 킷, 카아——아!

킷, 킷, 킷, 카아——아!

이 세상의 울음소리라고는 도저히 생각되지 않을 만큼 불쾌하고도 기괴한 울음소리가 또다시 사방에서 공기를 흔들며 울려왔다. 귀에 거슬리는 오싹 소름을 끼치게 하는 목소리였다. 그는 질겁을 하며 혼이 잠을 깨고는 눈앞에 다가온 문제에 다시 생각이 미쳐 또다시 번민하기 시작했다.

킷, 킷, 킷, 카아——아!

킷, 킷, 킷, 카아——아!

저것은 무슨 울음소리일까? 경고인가, 항의인가, 비난인가? 이 무정한 계획이 비로소 분명한 형체로 나타나게 되었을 때 울고 있던 새와 똑같은 새였다. 이제 저 죽은 나뭇가지에 앉아 있다. 지긋지긋한 새다! 아, 이번엔 좀더 구석에 있는 나무, 역시 고목으로 옮겨앉아 또다시 처참한 목소리로 울었다.

크라이드는 저도 모르는 사이에 또다시 둑으로 보트를 갖다 대었다. 왜냐하면 슈트케이스를 가지고 온 체면도 있고 해서 이 경치와 로버타와 될 수만 있다면 그 자신의 사진을 둑과 보트 위에서 찍지 않으면 안 되었기 때문이다. 또 그러면 또다시 그녀를 보트에 태울 때 슈트케이스를 적시면 안 되겠다는 이유로 둑에다 놓고 갈 수도 있으리라……. 둑에 내리자 그는 적당한 경치를 선정하는 체하면서 나중에 되돌아왔을 때에 곧 알 수 있도록 슈트케이스를 어느 나무의 뿌리 밑에다 놓고는 그 장소를 정확하게 기억해 두었다. 그는 곧 또다시 이곳으로 되돌아와야만 할 것이 아닌가! 두번 다시는 둘이서 보트에서 이 둑으로 내리는 일은 없을 테지. 아니, 있어서는 안 된다! 로버타는 아주 녹초가 되었으므로 이젠 슬슬 돌아가자고 했다. 벌써 다섯 시는 지났으리라. 그러나 크라이드는 그 전에 보트를 타고 있는 당신의 모습을 두서너 장 찍고 싶다고 말했다. 저 훌륭한 숲과 섬과 그녀 주위와 아래의 먹물처럼 새파란 호수를 배경으로 하여.

흥건히 땀이 밴 떨리는 손!

새삼스럽게 그녀를 쳐다보는 것을 피하고, 침착성을 잃은 눈초리로 사방을 둘러보는 어둡고 불안한 눈!

다시 보트는 둑을 떠나 약 5백 피트쯤 물 가운데로 나갔다. 보트가 호수 한 가운데로 접근해 감에 따라 그는 들고 있는 조그만, 그러나 묵직한 카메라를 아무렇게나 주무르기 시작했다. 그리고 바로 그 지점까지 왔을 때 그는 겁먹은 눈초리로 사방을 둘러보았다. 이제다──이제──기다리고 기다리던 결정적인 순간이 드디어 왔다. 사방에는 사람의 목소리도 그림자도 없고, 새 우는 소리 하나 들리지 않는다. 도로도 인가도 없고, 그림자 하나 보이지 않는다! 이것이야말로 그가 계획한, 혹은 누군가가 그를 위해서 계획해 준 순간이었다! 그저 보트의 왼쪽 끝이나 오른쪽 끝에다 체중을 걸치고 재빨리 난폭하게 보트를 전복시키면 되는 것이다……. 그것으로도 안 되면 보트를 몹시 옆으로 흔들어, 그녀가 그것을 못 하게 하면 손에 들고 있는 카메라나 오른쪽 노로 그녀를 때리면 된다. 인정이 있건 없건 간에 마음먹고 하면 못 할 것도 없을 것이다. 간단히 해치울 수 있을 것이다. 그 다음 그는 재빨리 도망을 쳐서 자유의 몸이 되어 성공을 하고, 물론 손드라와 함께 행복을 손안에 넣고는 아직껏 알지 못한 새로운 위대한 즐거운 생활을 보낼 수 있을 것이다.

왜 주저하고 있는 거지?

어찌 된 거야?

무엇 때문에 우물쭈물하고 있는 거야!

이 중대한 순간에, 단호한 행동이 가장 필요한 이때에 용기도 의지도 적절한 노여움과 증오조차 갑자기 마비되어 버리고 말았으니. 그의 얼굴은 어찌할 바를 모르고 다음 순간 비통한 모양으로 뒤틀렸다. 그것은 노여움과 원한에 사무친 얼굴이 아니라, 공포와 당연히 사형이 되고 말 잔인한 범행에 대한 본능적인 반발과 그것을 강행하려는 억압된 번민에 가득 찬 욕망과 힘이 서로 맞부딪친 그 두 감정을 진정시키려는 무의미한 발버둥과 당황에 위축된 표정이었다. 로버타는 이물에 앉은 채 그의 얼굴을 물끄러미 쳐다보고 있었다.

그의 동공은 자꾸만 크게 부풀어오르고, 눈에는 핏기가 어리고, 얼굴과 손과 몸은 긴장되고 굳어져 갔다. 그는 꼼짝도 할 수가 없었다. 아직 어느 쪽이 이길지 모를 상태에 있는 그의 내면적 투쟁은 점차로 숨막힐 것만 같은 요기(妖氣)를 띠기 시작하고 있었지만, 아직 파괴적인 양상을 띠는 경지에까지는 이르지 못했다. 마치 갑자기 격렬한 실신 상태에 몰린 것처럼 보일 뿐이었다.

로버타는 갑자기 그의 이상한 태도──이 고요한 호수의 풍경과는 너무도 어울리지 않는 요괴(妖怪)한 그 무엇——를 번개같이 느끼자 저도 모르게 소리를 질렀다.

"왜 그러세요? 크라이드! 크라이드! 무슨 일이에요? 당신의 얼굴이 참, 참 이상해요. 그런 얼굴 처음 보아요. 네? 왜 그러세요?" 로버타는 별안간 벌떡 일어서서 다시 앞으로 고꾸라져 배 밑바닥을 엉금엉금 기어서 그에게 접근하려고 했다, 바로 그 순간에 그가 보트의 한편으로 쓰러져 배를 뒤집어엎을 듯한 기세를 보였기 때문이다. 크라이드는 순간적으로 자기가 실패했다는 것을 심각하게 직감했고, 이러한 일을 단행하기에는 자기가 너무 겁이 많고 능력이 부족하다는 것을 깨달았다. 그렇게 직감하는 동시에 깊이 쌓이고 쌓인 증오감을 느꼈는데, 그 증오감은 자기 자신의 무능력에 대한 것인지, 로버타에 대한 것인지, 자기를 이렇게 막는 인생 전체에 대한 것인지, 얼른 분간할 수 없었다. 그러면서도 크라이드는 어떠한 행동도 취하기가 무서웠다. 다만 자기는 절대로 로버타와 결혼할 의사가 없을 뿐이다. 설혹 여자가 비밀을 세상에 폭로한다 할지라도 그렇게 하고 싶지는 않다. 자기는 지금 손드라와 연애하고 있다. 앞으로 손드라에게 매달리고 싶다——이렇게 말하고 싶은 것뿐이었다. 그러나 그 말조차도 할 수가 없었다. 다만 노기가 등등하고 머리가 뒤범벅이 되어 앞을 흘겨볼 뿐이었다. 그녀는 그의 앞으로 다가들었다. 그러고는 그의 손을 붙잡고 그 손에서 카메라를 빼앗으려고 했다. 크라이드는 홱 손을 뿌리쳤다. 그 순간에도 그는 그녀로부터 떨어지고자 하는 생각——그녀의 살이 와 닿고 애걸을 하고 동정을 얻고자 하는 짓을 하지 못하도록 영원히 그녀 앞에서 떠나자는 생각밖에 다른 생각은 없었다. 하나님이시어! 그러나 무의식중에도 카메라를 여전히 꽉 쥐었다.

그러나 몹시 그녀를 떠다 미는 바람에 손에 쥐었던 카메라가 그녀의 코와 입술과 턱을 치고 나갔을 뿐만 아니라, 그녀의 몸 전체를 왼쪽으로 떠미는 바람에 배는 흐느적거리며 뱃전이 물에 찰랑찰랑 닿을 정도로 기울었다. 그녀가 고함을 치는 바람에——그 고함은 코와 입이 찢어진 탓도 있겠지만 더욱 배가 기우뚱한 때문이었다——크라이드는 문득 정신이 들어 벌떡 일어서 팔을 내밀었다. 물에 빠지려는 여자를 붙잡아올리고 그를 때린 것은 자기의 본의가 아니었다고 사죄한다는 생각이 그의 마음속 어느 한구석에 잠재해 있기는 했지만 팔은 반까지밖에는 가지 않았고, 실지로는 도리어 완전히 배를 뒤집고 말았다. 이리하여 그 자신과 로버타는 물에 빠지고 말았다. 로버타가 물 속에 들어갔다가 솟아오를 때에 전복되는 보트의 왼쪽 뱃전이 그녀의 머리를 호되게 때렸다. 그녀는 죽을 기를 다 써서 떠올라, 겨우 물 속에서 자세를 갖춘 크라이드 쪽으로 비통한 얼굴을 돌렸다. 공포와 고통 때문에 거의 실신 상태가 되어 있었다. 평소에 물만 보면 빠져 죽는 것을 연상하는 로버타는 그 공포심과 천만뜻밖에 남자에게서 받은 타격의 고통이 한데 겹쳐서 정신을 잃고 말았던 것이다.

"사람 살려! 사람 살려!

아, 빠져 죽는다! 살, 살려 줘! 아아.

크라이드, 크라이드!"

그러자 예의 그 목소리가 그의 귓전에서 또다시 속삭였다.

"만사는 끝났다. 만사는 끝났다. 이 일이야말로 네가 필요에 몰려 오랫동안 생각하고 바라오던 그 일이 아니었던가? 그런데 너의 공포심과 겁에도 불구하고 너를 위하여 이 일은 이루어졌다. 우연한 사고――그렇다, 여자를 때린 것은 고의가 아니었으니까 우연한 사고다――는 네가 열심히 구하면서도 실행할 용기가 없었던 그 일의 수고를 덜어 주었다. 우연한 사고였으니까 그렇게 할 필요는 없지만, 너는 지금 여자를 구해 주러 갈 의사는 없느냐? 여자를 구해내면 너는 또다시 이때까지 너를 괴롭혔고, 지금 겨우 벗어나게 된 저 공포――패배와 실패의 공포로 뛰어들어가게 될 것이 아닌가. 이제라면 그녀를 구할 수도 있다. 보라, 그녀는 이제 아무 정신 없이 팔다리만 허위적거리고 있지 않은가? 그녀 자신의 그릇된 공포심 때문에 저러고 있으니 스스로 구할 도리가 없다. 그녀를 구해 내려고 가까이 가다간 도리어 너 자신이 물에 빠져 죽게 될는지도 모른다. 너는 살고 싶을 테지? 그녀 또한 살고 싶은 일념에서 너에게 매달릴 것이 아닌가. 그런데 그녀가 살게 되면 그것은 앞으로 너의 일생을 아무 가치도 없는 것으로 만들 것이 아닌가. 잠깐만 참아라. 일 분의 몇 분의 1만 참아라! 애처로운 호소를 모르는 체하라! 그러면 그러면, 앗, 끝나고 말았다. 그녀는 이제 물 속에 가라앉는 중이다. 그녀를 보지는 못할 것이다. 자, 보라, 네가 원한 대로 네 모자가 물 위에 떠 있구나. 그리고 보트 위에는 그녀의 베일이 노걸이에 걸려 있다. 그것은 그대로 내버려 두는 것이 좋다. 그쪽이 도리어 조난 사고처럼 보일 테니까 말이다." 그 밖에는 아무것도 없었다. 있는 것은 다만 잔잔한 잔파도와 이 놀랄 만한 장면의 평화스럽고 장엄한 여운뿐이었다. 그러자 또다시 저 지긋지긋한 불길하며 구슬픈 새의 시끄러운 울음소리가 고요히 가라앉은 공기를 뒤흔들어 놓았다.

킷, 킷, 킷, 카아──아!

킷, 킷, 킷, 카아──아!

킷, 킷, 킷, 카아──아!

썩은 나무의 가지에 앉아 있는 저 악마와도 같은 새──위어위어하고 우는 새소리!

로버타의 마지막 고함소리가 아직도 귀에 쨍쨍 울리고 그녀의 미친 것만 같은 창백한 얼굴과 호소하는 것만 같은 눈이 아직도 눈앞에 어른거리는 것을 느끼면서 크라이드는 무거운 몸과 침울하고 암담한 마음으로 호반을 향하여 헤엄쳐 갔다. 그와 동시에 자기가 실제로 그녀를 죽인 것은 아니라는 생각도 머리에 떠올랐다. 여자를 죽이다니, 천만에! 하나님 덕분에 그렇지는 않았다. 사실 내가 죽인 것은 아니다. 그러나──그는 가까운 둑에 기어올라가 젖은 양복의 물을 짜면서 고쳐 생각했다──사실상 그 여자를 죽인 것은 나였던가? 혹은 내가 아니었던가? 나는 그녀를 능히 구해 낼 수 있었을지도 모를 일이었는데 일부러 구해 내려고 하지 않았고, 비록 우연일망정 그녀를 호수에 밀친 것은 내 실수가 아니었던가? 그러나──그러나──.

사방은 저물어 가는 저녁의 어둠과 정적 속에 싸여 있었고, 그 깊은 숲의 구석진 은신처에서 크라이드는 홀로 슈트케이스를 옆에다 놓은 채 옷이 마르기를 기다리고 있었다. 그러나 그것이 채 모두 마르기도 전에 슈트케이스 옆에 매달아 놓은 카메라의 다리를 끌러서 그것을 더욱 깊은 숲 속 썩은 나무 뿌리에다 감췄다. 아무도 보지 않았을까? 그 다음 그는 방향을 염두에 두면서 귀로를 재촉했다. 처음엔 서쪽으로 갔다가 다음은 동쪽으로 구부러질 작정이었다. 방향을 잘못 잡으면 큰일이다. 그러나 저 귀에 거슬리는, 오싹 소름이 끼쳐지는 새소리가 줄곧 그의 마음을 흔들어 놓았다. 여름 하늘에는 별이 총총히 박혀 있는데도 사방은 암흑 속에 싸여 버렸다. 인기척 하나 없는 컴컴한 숲속의 길을 마른 밀짚모자를 쓰고 슈트케이스를 손에 든 청년이 혼자 경쾌한, 그러나 조심성 있는 걸음걸이로 남쪽으로, 남쪽으로 걸어가고 있었다.

제3부

1

카타라키 군(郡) 남쪽은 스리마일 베이라고 알려져 있는 촌락의 북단의 선으로부터 북쪽은 캐나다 국경까지 50마일에 걸쳐 뻗어 있다. 그리고 동쪽의 세나셰트 호와 인디언 호로부터 서쪽의 로크 강과 스카프 강에 이르기까지 군의 폭은 30마일에 이르고 있다. 그 대부분은 사람이 살지 않는 대삼림과 호수에 이루어져 있지만 여기저기 쿤스니, 그라스 호니, 노스 윌레이스니, 브라운 호 등의 크고 작은 촌락이 있고, 특히 군청 소재지인 브리지버그는 군 전체 인구 1만 5천 명 중 2천여의 주민이 있다. 그리고 조그마한 도시의 중앙 광장에는 낡긴 했지만 우아한 군청 사무소가 서 있다. 그 둥근 지붕에는 시계탑이 있고, 몇 마리의 비둘기가 앉아 있으며, 네 개의 중심가가 그것에 면해 있다.

7월 9일, 금요일. 이 건물의 구석에 있는 군검시관(郡檢屍官)의 사무실에는 검시관인 프레드 하이트가 앉아 있었다. 모르몬 교의 장로 같은 회갈색의 구레나룻을 기르고 있는 어깨가 넓고 몸집이 큰 인물이었다. 그는 얼굴과 손발 모두가 컸다. 허리의 둘레도 그것에 비례하여 컸다.

연극의 막이 시작되는 오후 두 시 반경에는 그는 아내가 졸라댄 통신 판매의 카탈로그를 따분한 기분으로 한 장 한 장 들춰보고 있는 중이었다. 그리고 한창 먹어 대는 다섯 명 아이들의 구두와 재킷과 모자의 가격을 계산하면서 언뜻 눈에 띈 하이 칼라, 폭이 넓은 벨트, 인상적인 큰 단추가 달린, 자기 체구에 맞을 것 같은 외투를 들여다보고 있었다. 3년 이전부터 아내 엘라가 모피 외투를 부러워하고 있다는 사실에 생각이 미치자 일년 3천 달러의 가계 예산으로는 도저히 그러한 사치품은 어림도 없다고 혼자 쓸쓸히 생각을 했다.

그때 마침 전화 벨 소리로 그 생각은 중단되고 말았다.

"네, 하이트입니다……. 빅 비터의 윌레이스 어프함인가? 음, 그래서……

젊은 남녀가 익사…… 좋아, 조금만 기다려 줘…….”

하이트는 '검시관 비서'라는 직명으로 군에서 급료를 받고 있는 정치에 관심이 많은 청년을 돌아다보며 “알, 요점을 적어 줘” 하고는 다시 전화 있는 데로 돌아섰다.

“자, 그럼 월레이스, 하나씩하나씩 얘기해 봐. 전부 말야…… 옳지, 여자 시체는 발견되었지만 남편 시체는 아직 발견되지 않았다고…… 응……보트가 남쪽 둑에서 전복…… 음…… 안이 없는 밀짚모자…… 응…… 여자 입과 눈 둘레에 상처 자리…… 여자의 저고리와 모자는 여관에 있다고……음…… 그 저고리 포켓에 한 통의 편지…… 그 주소는……미미코 군 빌츠 읍 타이터스 올든 부인……음…… 아직 사나이의 시체는 수색중이라고?……음, 현재까지 사나이의 행적은 전혀 눈에 띄지 않는다고, 알았어. 이봐, 월레이스, 그럼 말야, 그 저고리와 모자는 그대로 놔 둬. 글쎄 지금이 두 시 삼십 분이니까 네 시에는 그쪽 역에 도착할 수 있겠지. 그 여관에서 나오는 버스는 역에서 연락해 두었겠지? 그럼, 곧 가지, 틀림없이…… 그리고 말야. 월레이스, 시체가 끌어 올려졌을 때 현장에서 보고 있던 사람들의 이름을 전부 적어 놔 둬. 뭐라고? 수심은 적어도 18피트?…… 그런가……보트의 노걸이에 여자의 베일이 걸려 있었다고……음…… 갈색 베일이 말야…… 음 확실히 그뿐이지 …… 자, 그럼, 무엇이든 발견됐을 때 다 그대로 내버려 둬, 월레이스. 이제 곧 떠날 테니까. 음, 고마워……자, 그럼…….”

하이트는 천천히 수화기를 놓고, 커다란 갈색 의자에서 일어나서 그럴 듯한 구레나룻을 만지작거리면서 타이피스트 겸 잡무일을 보고 있는 알 뉴콤 쪽으로 시선을 주었다.

“알, 전부 써 놨지?”

“네.”

“그럼, 저고리를 입고 날 따라와. 세 시 십 분 차로 갈 테니. 두서너 장의 소환장을 쓰는 정도는 기차 속에서도 능히 해낼 수 있겠지. 열댓 장 가지고 가 봐, 현장에서 얻는 증인들의 이름을 써 넣을 준비용으로 말야. 그리고 우리집사람에게 전화를 걸어서 오늘밤 식사 전에는, 또 내려오는 차보다 전에 돌아올 것 같지 않다고 일러 줘. 어쩌면 아마 내일까지 못 돌아오게 될지도 모를걸. 사건이란 건 어떻게 될지 가 봐야 아니까 크게 보는 게 언제나 상책이야."

하이트는 곰팡이 냄새가 나는 오래 된 방 한구석에 있는 탈의실로 들어가서 커다란 차양이 있는 밀짚모자를 꺼내 썼다. 아래쪽으로 곡선을 그리고 수그러진 차양의 한 끝이 그의 툭 튀어 나온 두 눈과 위대한 구레나룻의 효과를 온순한 마음과는 180도로 다르게 식인귀(食人鬼)와도 같이 드러내 놓았다. 이렇게 몸치장을 끝마치자 그는, "난 잠깐 보안관 사무소에 들러갈 테니까 말야, 알, 자넨《공화신문》과《민주신문》에 전화를 해서 이 사건을 알리고 그들을 무시하고 있지 않다는 증거를 보여 주도록 하는 것이 좋을 거야. 나중에 역에서 다시 만나세" 하고는 몸을 흔들며 밖으로 나갔다.

알 뉴콤은 열아홉 살 정도의 키가 큰 난발(亂髮)의 날씬한 청년으로 때로 허둥대기도 하지만 만사를 진지하게 생각하는 인물이었다. 즉시로 한 다발의 소환장을 움켜쥐고는 포켓 속에 처넣으면서 하이트 부인에게 전화를 걸었다. 그 다음 보고되어 온 빅 비턴 호의 남녀 익사 사건을 두 신문사에 알린 다음, 지나치게 한두 사이즈 큰 푸른 밴드가 달린 밀짚모자를 집어들고 빠른 걸음으로 복도 밖으로 나가려고 했다. 그때 갑자기 넓게 열어젖힌 지방검사의 사무실 문앞에서 질라 손더스와 마주쳤다. 올드 미스인 그녀는 다소 지방에서 알려져 있는 민첩한 지방검사 오빌 W. 메이슨의 유일한 속기사로, 이제 회계 검사관의 사무실로 가려던 참이었다. 평상시 침착한 태도를 취하고 있던 뉴콤이 오늘 따라 무턱대고 서두르고 있는 것에 깜짝 놀란 그녀는 그에게 소리를 질렀다. "아니, 미스터 알, 무슨 일이라도 생겼어요? 그렇게 바쁘게 어딜 가는 거예요?"

"빅 비턴에서 남녀 익사 사건이 있었어요. 어쩌면 아마 악질적인 범죄일지도 몰라요. 하이트 씨가 출장 가는 바람에 나도 함께 세 시 십 분 차로 가지 않으면 안 돼요."

"누가 알려왔는데? 익사한 건 이 마을 사람인가?"

"아직 잘 모르겠는데, 그렇다고 생각되지 않아요. 여자 포켓에 미미코 군 빌츠 읍의 타이터스 올든 부인에게 보낼 편지가 들어 있었다니까요. 돌아오면 자세히 알려 드리죠. 전화를 해도 괜찮구요."

"그게 범죄 사건이라면 메이슨 씨도 신바람나는 일거리가 생기겠군요."

"그렇구말구요. 내가 메이슨 씨에게 전화를 걸죠. 그렇지 않으면 하이트 씨가 걸 테죠. 만일 버드 파커나 카렐 바드넬을 만나게 되면 난 출장을 갔다고 전해 주시고 우리 어머니에게도 전화를 걸어서 말씀을 해주실 수 없을까요? 나에겐 지금 그럴 시간조차도 없을 것 같군요."

"알았어요. 전해 줄게요, 알."

"고맙습니다."

그리고 그는 보잘것없고 따분하기만 한 검시관의 생활에 이제야말로 변화를 일으키기 시작한 사건에 대단한 흥미를 느끼면서 카타라키 군청의 남쪽 계단을 쾌활한 걸음걸이로 뛰어 내려갔다. 미스 손더스는 그녀가 근무하고 있는 지방검사가 앞으로 다가온 공화당의 군 대회에 관계된 용건으로 출타중이어서 이제 사무실에는 아무도 이야기 상대가 없었으므로 그대로 회계검사관의 사무실로 갔다. 그러고는 거기 모여 있는 모든 사람들에게 어쩌면 대사건 같은 호수의 비극에 관해서 자기가 들은 대로의 경위를 전부 털어 놓았다.

2

하이트 검시관과 조수가 얻은 정보는 특이하고도 기괴한 것이었다. 우선 그 발단은 유람을 온 듯한 행복해 보이는 매력적인 남녀가 보트놀이를 하다가 실종된 후 여관집 주인이 주동이 되어 수색이 이루어졌다. 그 결과 '달의 포구'에서 전복된 보트와 모자와 베일이 발견되었다. 여관의 종업원과 흥분한 안내인과 손님들도 가담하여 물 속으로 헤엄쳐 들어가기도 하고, 갈고리가 달린 긴 장대로 휘젓기도 하여 어쨌든 그들의 시체를 건져내기로 했다. 안내인인 심 슈프뿐만 아니라, 여관집 주인과 보트 하우스의 관리인도 하이트에게 보고한 바에 의하면, 모습을 감춘 여자는 젊고 매혹적이었으며, 같이 온 사나이도 상당히 돈이 있어 보이는 청년이었다고 했다. 때문에 이 호반의 숲의 주민과 여관의 종업원들은 몹시 호기심이 끌리기도 했지만 비통한 생각에 젖기도 했다. 그뿐만이 아니라 바람도 없는 좋은 날씨에 어찌하여 그러한 기묘한 사건이 일어났을까 하고 매우 이상하게 여겼다.

그러나 잠시 후 훨씬 더 큰 흥분으로 들끓게 되었다. 한낮에 시체를 찾아 돌아다니고 있던 수색대의 한 사람인 주민 존 폴이 마침내 로버타의 드레스의 깃을 붙잡고 수면 위로 끌어올려 놓았을 때 여자의 입술과 코와 오른쪽 눈 아래위에 분명히 타박상이 있었던 것이다. 이 사실은 수색에 협력하고 있던 사람들의 의혹을 불러일으켰다. 노를 젓고 있던 조 레이너와 함께 끌어올린 존 폴도 여자의 모습을 보자마자 소리를 질렀던 것이다. "정말 불쌍하군. 무겁지도 않은 것 같은데 이 여자가 도대체 왜 빠져 죽었는지 알 수가 없어."

그러고는 그는 팔을 뻗쳐서 물이 뚝뚝 떨어지는 생기가 없는 여자의 시체를 보트 안으로 끌어올렸다. 한편 그의 동료들은 수색중에 있는 사람들에게 신호를 했기 때문에 모두가 재빨리 몰려왔다. 진한 긴 살색 머리카락이 호수의 파동에 의하여 그녀의 얼굴을 감추려는 듯이 걸려 있는 것을 걷어올리면서 그는 다시 말했다. "어이, 조, 이걸 좀 봐. 무엇으로 몹시 얻어맞은 것 같은데. 이걸 좀 보란 말야, 조!" 얼마 후 보트로 몰려든 주민들과 여관의 손님들도 로버타의 안면에 시퍼렇게 멍이 든 상처를 바라보았다.

그리고 로버타의 시체가 북쪽에 있는 보트 하우스로 운반되고, 또다시 실종된 사나이의 시체의 수색이 시작되고 있는 동안에도 다시 의혹의 목소리는 계속되었다. "암만 해도 이상해, 상처 자리도 그렇고…… 모두가 말이야. 어저께같이 좋은 날 보트가 뒤집히다니, 참 이상해." "그 사나이가 가라앉았는지의 여부도 이제 곧 알게 될 게 아냐." 그 후 몇 시간씩 사나이의 시체의 수색이 계속되었지만 아무런 성과도 없었다. 그러자 모든 사람들의 생각은, 결국 그 사나이는 죽지 않은 것 같다는 결론에 도달했다. 그리하여 모든 사람의 가슴에 격렬한 전율을 일으켰다.

그래서 크라이드와 로버타를 건 롯지로부터 안내해 온 안내인이 빅 비턴의 여관집 주인과 그라스 호의 여관집 주인과 의논한 끝에 다음과 같은 사실이 명확해졌다. 첫째 익사한 여자는 건 롯지에 그녀의 여행가방을 놓고 왔는데 크리포드 골덴은 자기의 여행가방을 가지고 왔다. 둘째 그라스 호의 숙박계의 서명과 빅 비턴의 숙박계의 서명은 이상하게도 서로 다르고, 한편은 칼 그레이엄, 다른 한편은 크리포드 골덴이라고 되어 있지만, 양쪽 여관의 주인이 신중하게 의논해 본 결과 그와 같은 이름을 사용한 사람은 그 용모로 봐서 동일인이라는 것이 판명되었다. 셋째 크리포드 골덴 혹은 칼 그레이엄이라고 일컫는 인물은 빅 비턴으로 안내해 온 안내인에게 오늘 호수에 사람들이 많이 나와 있느냐고 물었다. 그러한 것으로 미루어 보아 지금까지의 의혹이 거의 명확한 것으로 되어 버려, 악질적인 범죄가 그 속에 잠재해 있음은 거의 의심할 여지도 없을 만큼 명확한 것이 되고 말았다.

이러한 실정 속에 출장한 하이트 검시관은 숲속의 주민들이 몹시 관심을 가지고 있을 뿐만 아니라, 의혹을 품고 있다는 사실을 알게 되었다. 그들은 크리포드 골덴 혹은 칼 그레이엄이라고 일컫는 인물의 시체가 호수 밑바닥에 가라앉아 있으리라고는 꿈에도 믿고 있지 않았다. 하이트 검시관도 보트 하우스의 간이침대 위에 조심스럽게 눕혀 놓은 신원불명의 시체를 보고, 그녀가 젊고 매혹적이라는 것을 알게 되자, 그녀의 용모에서뿐만 아니라 주위 사람들이 의혹의 분위기에서 심증을 굳게 했다. 더욱이 여관 사무소로 돌아와서 로버타의 저고리 포켓에서 발견된 편지를 받아 보자, 한층 더 어두운 의혹은 굳혀졌다. 그 편지에는 이러한 사연이 적혀 있었다.

7월 8일, 뉴욕 주 그라스 호에서

그리운 어머니에게——

우리들은 이곳에 와서 결혼하려고 하고 있어요. 이 편지는 어머니만 읽어 주세요. 제발 이것을 아버지에게도 누구에게도 보여서는 안 돼요. 이 일은 아직 아무에게도 알려서는 안 되기 때문이에요. 그 까닭은 작년 크리스마스 때 벌써 어머니에게 이야기했을 거예요. 걱정하시거나 여기저기 찾아보시지 말고, 나에게서 소식이 있었다는 것과 행선지를 알고 있다는 것 외에는 아무에게도 그 이야기는 하지 마세요. 정말 누구에게도 말예요. 나는 잘해 나갈 테니까 지레 걱정은 제발 말아 주세요. 어머니를 꼭 껴안고 양쪽 뺨에다 커다란 키스를 보내겠어요. 정말로 나에 관해서는 문제 없다고 하는 것을, 어떤 사정도 말하지 말고 아버지가 이해하시도록 잘 말씀해 주세요. 그리고 에밀리와 톰과 기포드에게도. 알아주시겠죠? 마음으로부터 큰 키스를 보냅니다.

로버타 올림

추신——또다시 알려 드릴 때까지 이것은 어머니와 나만의 비밀로 해두면 좋겠어요.

이 편지지의 오른쪽 위와 봉투에 '뉴욕 주, 그라스 호, 여관 경영자 자크 에반스'라고 인쇄되어 있었다. 이것은 분명히 두 사람이 칼 그레이엄 부부로서 그라스 호에서 하룻밤을 보낸 다음날 아침에 쓰여진 편지임에 틀림없었다.

이 편지에서 보여 주고 있는 것처럼 두 사람은 아직 결혼하지 않은 채 이 여관에 부부로서 투숙한 것은 사실이었다. 그는 읽으면서 가슴이 메는 것만 같았다. 그 자신에게도 몹시 귀여운 딸들이 있었기 때문이다. 그러나 그는 문득 고쳐 생각해 보았다. 4년에 한 번씩 있는 군의 선거가 임박해 있었다. 그 자신을 포함한 군의 관리 전부가 11월의 투표로 앞으로 3년간의 임기에 들어갈 뿐만 아니라, 임기 6년의 군 판사도 선거하기로 되어 있었다. 이제부터 6주가 지나면 8월에는 공화당과 민주당의 군 대회가 거행되어 각기 후보자가 정식으로 지명될 예정으로 있었다. 그리고 지금까지의 정세로는 현재의 지방검사는 군 판사의 후보자로밖에는 지명되지 않았다. 이미 그는 지방 정치가처럼 웅변가일 뿐만 아니라, 군의 검찰 당국자로서 친구들에게 은혜를 베풀 수 있는 입장에 있었기 때문에 연속 2기에 걸쳐 지방검사의 지위를 차지해 온 것이었다. 그러나 이번에 그가 운 좋게 군 판사의 후보자에 지명되었는데 그것에 선출되지 않는 한, 그의 패배와 정치적 몰락은 앞날을 어둡게 할 것이 명백했다. 왜냐하면 그의 임기중에는 이제까지 실제에 있어 그다지 대단한 사건도 없었고 해서 민완을 휘둘러 보일 기회가 없었으므로 그는 정면으로 민중에게 이 이상의 지지를 바랄 수도 없었기 때문이다. 하지만 지금의 이 사건이야말로 다시 없는 좋은 기회였다.

검시관의 날카롭게 앞을 내다보는 안목에 의하면 이 지금의 사건이야말로 사람들의 주의와 인기를 하나의 사나이 ―― 현재의 지방검사 ―― 아직까지 검시관의 친구로서 잘 조력해 준 인물 ―― 에게 집중하여 그의 신용과 세력을 확대하고 그를 통하여 자기 당이 후보자들에의 투표수를 늘여, 이번 선거에 전부가 선출되게 하는 데 안성맞춤의 사건으로 만들 수 있을지도 모를 일이었다. 이 사건을 잘 활용하면 현재의 지방검사는 자기 자신을 위해서 지명을 획득할 수 있을 뿐 아니라 임기 6년의 판사에 선출될 것이었다. 기적적이라고는 하더라도 정계에서는 이것 이상으로 기적적인 사건이 얼마든지 일어나고 있는 것이다.

검시관은 그 편지의 내용에 관한 질문에는 아무 대답도 하지 않기로 내심 작정했다. 그 편지는 범죄가 숨어 있다면 그 범인을 급속히 색출해 내는 열쇠가 될 수 있을 것만 같았고, 표면에 나서서 수완을 발휘할 인물이 누구든 간에 그는 현재의 정국(政局)에서 비상한 신뢰를 반드시 획득할 수 있을 것이라고 생각했기 때문이다. 동시에 검시관은 알 뉴콤에게 명령하여 로버타와 크라이드를 빅 비턴으로 안내해 온 안내인과 함께 그 남녀가 하차한 건 롯지 역으로 보내여, 그곳에 맡겨 둔 가방은 무슨 일이 있어도 검시관 자신이나 지방검사의 대리가 아니거든 누구에게도 주어서는 안 된다는 말을 전달케 했다. 그 다음 그가 마침 빌츠에 전화를 걸어서 그곳에 버트, 어쩌면 앨버타라고 하는 이름의 처녀가 있는 올든이라는 집안이 있는가 없는가의 유무를 확인해 보려고 하던 참에, 마침 신조(神助)라고나 할까, 이 지방에서 올가미로 사냥을 하기도 하고 총으로 사냥을 하기도 하는 두 사나이와 소년이 벌써 사건을 알고 있는 사람들의 안내를 받으며 소란스럽게 그에게로 안내되어 왔다. 이 세 사람은 자진해서 정보를 제공하러 온 것이었다. 그들이 몇 번씩 심문을 받으며 진술한 바에 의하면, 로버타가 익사한 날 오후 다섯 시경 빅 비턴의 남방 약 12마일쯤 떨어진 스리마일 베이를 출발한 그들은 이 호수에서 낚시질도 하고, 부근의 숲에서 사냥도 할 생각으로 온 것이었다. 그리고 그들이 이구동성으로 증언하는 바에 의하면 그 날 밤 아홉 시경 그들이 빅 비턴의 남쪽 둑에 접근했을 때 ── 아마 3마일쯤 남쪽으로 왔을 때 ── 빅 비턴 여관의 남쪽에 있는 스리마일 베이의 마을 쪽으로 가는 낯선 젊은 사나이를 만났다. 그 사나이는 이 근처에선 보기 드문 미끈한, 굉장히 훌륭한 복장을 한 청년으로 밀짚모자를 쓰고 있고 여행가방을 들고 있었으므로, 그때 그들은 내일 아침 일찍 한 시간 정도로 스리마일 베이에 도착하는 남행 열차가 있는데 어째서 이 시각에 걸어가는 것일까 하고 이상하게 생각했다는 것이다. 그리고 그들은 만났을 때 그 사나이가 무척 당황해하자 그것도 이상하게 생각되었다. 그들의 이야기에 의하면 숲속에서 그들을 만나게 된 그 순간 사나이는 깜짝 놀라 나자빠지며, 아니 공포에 부들부들 떨며 도망치려는 듯이 뒤로 물러서더라는 것이다. 달빛이 밝았기 때문에 그들 중의 하나가 들고 있는 등불 심지를 낮추고 있었던 것은 확실하고, 더구나 그들은 어떠한 종류의 새나 짐승의 기색에도 귀를 기울이는 직업적인 사람답게 조용히 걷고 있었다. 그렇다 하더라고 이 근처는 대체로 그들 자신과 같은 주민이 통과하는 곳으로 매우 안전한 지방이라는 것도 확실하였으므로, 젊은 사나이가 잡목 속으로 몸을 감출 듯이 뒤로 물러설 것도 없지 않은가. 그러는 사이에 등을 들고 있던 소년 버드 브루니그가 불을 밝게 하자 그 낯선 사나이는 침착성을 회복한 듯 잠시 후 그들이, “안녕하십니까?”하고 말을 건네자. 이에 대답하며, “아, 안녕하십니까. 스리마일 베이까지는 얼마나 됩니까?” 하고 물었다.

“7마일은 될 걸요” 하고 그들은 대답했다. 그리고 그 사나이가 사라지자 그들은 그 사나이와 만난 이야기를 하면서 걸어왔다.

이렇게 그들이 지껄인 그 젊은 사나이의 모습이 건 롯지로부터 크라이드를 안내해 온 안내인과 빅 비턴과 그라스 호의 여관집 주인들의 이야기와 거의 완전히 일치하고 있었으므로, 그것이 수수께끼를 간직한 채 죽은 처녀와 함께 보트를 타고 있던 젊은 사나이와 동일인이라는 것은 거의 의심할 것도 없이 확실한 것이 되고 말았다.

알 뉴콤이 검시관의 허가를 얻어 스리마일 베이의 한 채밖에 없는 여관의 주인에게 전화를 걸어, 혹시 그 수상한 젊은 사나이가 그곳에 모습을 나타내거나 혹은 투숙하고 있는지 알려 달라고 조회해 보았다. 그러나 헛수고였다. 그 젊은 사나이는 그 시각까지는 자진해서 온 세 사람 이외의 사람에게는 모습이 눈에 띄지 않은 것만 같았다. 마치 허공 속으로 모습이 사라져 버린 것과도 같았다. 그러나 그날 저녁때가 되어 세 사람이 낯선 젊은이를 만난 다음 날 아침, 거의 동일인일 거라고 생각되는 젊은이가 여행가방을 들고 캡을 쓰고──밀짚모자가 아니었다──스리마일 베이로부터 사론 왕래의 소형기선 시그나스 호를 타고 있었다는 사실이 판명되었다. 그러나 사론으로부터의 다음의 일에 대해선 다시 오리무중이었다. 적어도 그때까지는 사론에서는 아무도 그런 인물이 도착한 것도 출발한 것도 기억하고 있는 사람이 없었다. 기선의 선장 자신조차도 나중에 증언한 것처럼 그 인물이 상륙한 것을 특별히 눈여겨보지는 않았다. 그 날은 그 밖에도 열네 사람쯤 호수를 건넜으므로 선장은 어느 선객도 똑똑히 기억하고 있지 않았던 것이다.

그러나 빅 비턴에 모인 사람들에게는 그 인물이 어떤 사람이건 간에 그 자야말로 틀림없이 독사와 같은 악당이라고 하는 것이 점점 명확해진 것만 같았다. 그리고 사람들의 마음에 그놈을 잡아 체포해야만 하겠다는 절박한 욕구가 걷잡을 수 없이 늘어나고 있었다. 악한이다! 살인귀다! 순식간에 이 지역 일대에 입에서 입으로 퍼져 전화와 전보로 앨바니의 《아거스》 지와 《타임스 유니온》 지와 리커거스의 《스타》 지 등의 신문에 이 애수에 찬 비극적인 뉴스가 전달되어, 여기에는 반드시 극악한 범죄가 숨겨져 있는지도 모르겠다는 이야기가 떠올랐다.

3

우선 해야 할 일을 끝마친 하이트 검시관은 호반열차에 몸을 싣고 남쪽으로 돌아가면서 이제부터 앞으로 어떻게 행동해야 좋을까 곰곰이 생각하고 있었다. 이 가슴 아픈 사건에 대하여 그는 어떠한 수단을 취해야 할 것인가? 빅비턴을 떠나기 전에 로버타의 시체를 보았던 검시관은 몹시 충격을 받았다. 그녀는 젊고 순진한 표정을 하고 있었고 게다가 아름다웠다. 귀여운 푸른 사지 드레스는 물에 젖어 찰싹 그녀의 몸에 달라붙어 있었고, 조그마한 두 손을 가슴 위에다 포개었고 있었다. 온기가 있어 보이는 갈색 머리카락은 24시간이나 물 속에 잠겨 있었으므로 젖어 있었지만 어쩐지 살아 있었을 때의 그녀에게 넘쳐 있는 활기와 정열을 연상케 해주는 그 무엇이 있었다. 그 모든 것이 범죄와는 아무런 관계없는 우아함을 보여 주고 있는 것만 같았다.

그러나 이러한 사건은 슬퍼해야만 할 일인지도 모르지만, 아니 틀림없이 그렇기는 하겠지만, 이 사건에는 그 자신에게 한층 더 중대한 관계가 있는 다른 일면이 있었다. 그는 빌츠로 가서 그 편지의 주소가 적혀져 있는 올든 부인에게 딸의 비참한 죽음을 전달하고, 동시에 그녀와 함께 지내던 사나이의 성격과 주소를 물어야 할 것인가, 혹은 우선 브리지버그의 지방검사 메이슨의 사무소로 가서 사건의 상세한 점을 낱낱이 설명한 후에 전혀 나무랄 데라곤 없을 훌륭한 가정을 비탄에 빠지게 할 괴로운 역할을 그 신사에게 맡겨야 할 것인가? 거기에는 고려해야 할 정치적인 사정이 있었다. 하이트 혼자서 해치우면 개인적인 인망은 얻을 수 있을지 모르지만 역시 당 전체의 사정도 생각하고서 착수하지 않으면 안 되었다. 뭐니뭐니해도 역시 강력한 인물이 선두에 서서 이번 가을의 선거에 대한 당의 세력을 강화하지 않으면 안 되는 것인데, 지금 눈앞에 그 절호의 기회가 출현한 것이다. 후자를 택하는 편이 상책인 것처럼 생각되었다. 그렇게 하면 친구인 지방검사에게 절호의 기회를 제공해 주는 것이 될 것이다. 그러한 생각으로 브리지버그에 돌아온 그는 지방검사 오빌 W. 메이슨의 사무실로 무거운 걸음을 옮겨 놓았다. 검시관의 태도에 그 무슨 중대한 것을 눈치챈 메이슨은 고쳐 앉으며 얼굴에 긴장감이 감돌았다

메이슨은 작달막한 체구에 어깨폭도 동체도 넓고 정열적인 인상을 주는 인물이었지만, 소년 시절에 쾌활하고 매혹적이기도 한 얼굴과 코를 다쳤기 때문에 몹시 보기 흉한 용모가 되어 버렸다. 그러나 결코 그는 흉악하지 않았다. 오히려 로맨틱하고 감동되기 쉬운 성품이었다. 소년 시절의 그는 가난하고 세상에서 버림을 당하고 있었으므로, 후년에 다소 성공하자 자신이 부유한 환경에 있는 사람들로부터 지나치게 총애를 받고 있다고 생각하게 되었다. 농사를 짓는 가난한 과부의 아들인 그는 모친이 갖은 고생을 다하지 않으면 안 되었던 것을 자기 눈으로 보고 자랐으므로, 열두 살이 되었을 무렵에는 소년다운 즐거움도 거의 모두 버리고는 모친을 도왔다. 그리고 열네 살이 되었을 때 스케이트를 타다가 그만 넘어져 코를 다치게 되어 영원히 보기 흉한 얼굴이 되고 만 것이다. 그 후부터는 청춘의 상대를 다루는 경쟁에서 그가 열렬히 정열을 태우던 여성들을 다른 젊은이의 손에 뺏기고 마는 일을 직접 당하게 되자, 그는 자신의 핸디캡을 느끼고는 자기의 얼굴에 극도로 민감하게 되었다. 그리고 마침내 정신분석학자로부터 그것을 정신적인 성적 장애라고 불리게 된 것이다.

그러나 열일곱 살 때, 그는 브리지버그의 《리퍼블리칸》 지의 경영자 겸 주필자에게 지대한 관심을 끌게 되어 마침내는 읍의 취재기자로 채용되었다. 그 후 앨바니의 《타임스 유니온》 지와 유티카의 《스타》 지 등 신문의 카타라키 군 담당 통신원이 되었고, 열아홉 살 때에는 브리지버그의 전 판사 데비스 리초퍼의 사무소에서 법률을 배우는 특권을 얻게 되었다. 수년 후 재판소 소속 변호사가 된 후부터 그는 군의 몇 사람의 정치가와 상인에게 발탁되어, 주 의회의 하원의원에 추천되어 연속 6년 동안 의원 생활을 보내게 되었다. 주 의회에서는 겸손하면서도 동시에 날카롭고 훈령된 대로 실행하려는 야심적인 적극성을 보인 데서, 그는 주의 수도 출신의 의원들의 호감을 사게 된 것과 동시에 선출구 마을의 스폰서들의 호의도 살 수 있었다. 나중에 브리지버그에 돌아온 후 다소 웅변의 재능을 겸비하고 있던 그는 우선 지역검사보의 지위를 얻게 되어 4년 동안 근무한 후 회계검사관에 선출되었고, 다음 임기 4년의 지방검사를 두 번 지냈다. 그리고 지방에서는 대단히 높은 지위를 획득하고 있

었으므로 그는 그 지방의 상당한 재산을 갖고 있는 약방집 딸과 결혼하여 두 아이를 보게 되었다.

이번의 특이한 사건에 관해서는 이미 그는 미스 손더스로부터 그녀가 알고 있는 대로의 익사 사건의 경위를 듣고 있었고, 검시관과 마찬가지로 자신도 이러한 사건에 으레 따라다니는 대대적인 보도선전이야말로 흔들리고 있는 정치적 신망을 재건하는 데 있어 필요한 것이며, 그것에 의하여 자기 장래의 문제도 어쩌면 해결될지도 모르겠다고 강하게 느끼고 있었다. 어쨌든 그는 하이트의 모습을 본 그 순간 이 사건에 대해 굉장한 관심을 나타내었다.

"어어, 하이트 대장, 그래 재미는……?"

"음, 이제 막 빅 비턴에서 돌아왔는데 이번 사건은 자네에게 대단히 수고를 끼칠 것 같군."

하이트의 커다란 두 눈초리는 모호한 이 첫마디보다는 훨씬 의미심장한 느낌을 풍겨 주는 것만 같았다.

"그곳 익사 사건 말인가?" 하고 지방검사는 물었다.

"그래, 바로 그거야."

검시관이 대답했다.

"뭔가 수상하게 생각되는 근거라도 있는가?"

"그래, 실은 말일세, 오빌. 이것이 살인 사건이라고 하는 것은 의심할 여지도 없단 말이야." 하이트의 무거운 두 눈이 뜻있게 빛났다. "물론 안전책을 취하는 것이 최상의 방책이니까 나는 다만 자네에게만 비밀로 말해 둘 뿐이야. 나로서도 그 젊은 사나이의 시체가 호수에 가라앉아 있지 않다고는 아직 단언할 수 없으니까 말야. 그렇지만 수상쩍은 데가 있어, 오빌. 어제부터 오늘에 걸쳐 적어도 열다섯 명의 사람들이 보트를 타고서 호수의 남부를 수색중에 있단 말야, 아직도, 나는 몇 사람의 젊은이들을 시켜서 여기저기 수심을 재보곤 했지만 25피트 이상 되는 곳은 없었어. 그런데도 그 젊은이의 흔적은 전혀 오리무중이란 말야. 여자 쪽은 어제 불과 몇 시간의 수색으로 한 시경에 인양되었는데. 그게 또 말야, 절세의 미인이야, 오빌. 아직 젊고 불과 열여덟이나 스물을 넘고 있지 않아. 그건 그렇구, 매우 수상스러운 점이 몇 가지 있는데 말이야, 암만 해도 내 생각 같아서는 그 사나이는 익사한 것 같지 않아. 사실 이만큼 악질적인 범죄라고 생각되는 사건을 난 경험해 본 적이 없어."

이렇게 말하며 낡은 리넨 양복 오른쪽 포켓을 뒤지기 시작한 그는 얼마 후 로버타의 편지를 꺼내어 그것을 메이슨에게 주고 나서, 그 옆으로 의자를 바싹 끌어당겨 앉았다. 그 사이에 지방검사는 그 편지를 읽었다.

"음, 확실히 이건 수상한데." 편지를 읽고 난 메이슨이 말했다. "그 사나인 아직 발견되지 않았단 말이지? 음, 그럼 자넨 이 주소의 여자에게 연락하여 어떤 내용인지 물어 보았나?"

"아니, 아직 안 했어." 하이트는 무엇을 깊이 생각하고 있는 듯한 말투로 이야기를 꺼내기 시작하였다. "그 까닭인즉 이렇단 말야. 실은 어제 거기서 내가 손을 대기 전에 자네와 의논하는 편이 좋겠다고 작정했단 말일세. 그리고 이러한 사건을 잘 취급하면 이번 가을의 여론에 영향을 줄 거라는 것도 알고 있어. 물론 나도 정치와 범죄를 혼합해서는 안 되겠다고 생각하지만, 그렇다고 해서 이것을 우리 당에 도움이 되도록 취급해서 안 될 이유도 물론 없을 게 아니냔 말야. 그래서 나는 우선 자네부터 만나봐야겠다고 생각한 거란 말일세. 물론 자네가 원한다면 난 기꺼이 발을 맞춰 나갈 작정이야. 다만 나로선 자네가 손수 나가서 그 사건을 깨끗이 조사하는 편이 좋지 않을까 하고 생각했을 뿐이란 말일세. 이러한 사건은 잘 해결만 되면 정치적으로 대단한 의미를 가지게 될 것은 자네도 잘 알고 있을 터이고, 자네가 그것을 능히 해낼 수 있는 인물이라는 것을 내가 모를 줄 아나, 오빌."

"고맙네, 프레드, 고마워." 메이슨은 편지로 책상을 두들기면서 프레드를 곁눈으로 바라보고는 무거운 목소리로 대답했다. "난 자네 의견에 대해서 사의(謝意)를 표하네. 자네는 최선의 방법을 제시해 주었다고 생각해. 자네 외엔 아무도 아직 이 편지를 본 사람이 없다는 건 확실하지?"

"봉투만 보았을 뿐이지. 그것도 그곳 여관집 주인 하버드만이 보았을 뿐이야. 그 사람은 이걸 여자 포켓에서 발견하고는 내가 도착할 때까지 분실되거나 개봉되지나 않을까 하고 무척 걱정을 하며 보관해 두었다는 거야. 익사했다는 이야기를 들었을 때 그 무슨 좋지 못한 일이 숨어 있는 것만 같은 예감이 들더라는 거야. 젊은 사나이는 아주 침착성이 없는 태도여서 모든 게 이상하게만 느껴졌다네."

"좋아, 그렇다면 이 편지의 건은 당분간 아무에게도 절대로 말하지 말게. 물론 나는 곧 가기로 할 테야. 한데 그 밖에 뭐 발견된 거라도 없나?" 벌써 메이슨은 활발하고 탐색적이며 정력적이 되어 프레드에 대해서도 다소 거만한 태도를 취하고 있었다.

"있구말구. 정말로 한두 가지가 아냐." 극히 성자다운 말투로 엄숙하게 검시관은 대답했다. "그 처녀의 오른쪽 눈 위와 관자놀이 위에 수상한 상처 자리가 있단 말이야. 그리고 입술과 코에도 말야. 암만 해도 그 불쌍한 처녀는 뭘로 얻어맞았나봐. 돌이나 나무 토막이나, 아니면 현장에 떠 있던 노였을까. 처녀는 아직 어린애야, 오빌. 얼굴 생김새나 체격도 아직 어린 티가 가시지 않았고, 어쨌든 굉장한 미인인 것만은 틀림없어. 그러나 그다지 선량하지 못했다는 것은 어쨌든 언젠가 자네에게도 똑똑히 밝힐 작정이지만." 여기서 검시관은 일단 말을 뚝 끊고는 커다란 손수건을 꺼내어 굉장히 큰 소리를 내며 코를 풀고 나서 아주 점잖은 솜씨로 구레나룻을 쓰다듬었다. "난 시간이 없어서 그곳으로 의사를 부르진 못했어. 헌데 말야, 될 수만 있다면 월요일에 여기서 시체 검증을 하고 싶다고 생각하기 때문에 루스의 젊은이들에게 부탁해서 그 처녀의 시체를 이쪽으로 운반하도록 수배해 두었어. 그건 그렇구, 아직까지 판명된 것 중에서 가장 유력한 용의를 뒷받침해 주는 건 스리마일 베이에 살고 있는 두 사나이와 한 소년의 증언이야. 난 알 뉴콤으로 하여금 그들의 이름을 써 놓게 하여 다음 월요일의 시체 검증시에 그 사람들을 소환하도록 수배를 해놓았어."

그 다음 검시관은 그들이 우연히 크라이드를 만난 전말에 관한 증언을 상세하게 설명했다.

"잘했어. 잘했어!" 지방검사는 반색을 하며 큰 소리를 질렀다.

"그리고 다른 한 가지 것은 말야, 오빌." 검시관은 말을 이었다. "난 알 뉴콤으로 하여금 스리마일 베이의 사람들에게 전화를 걸게 했어. 그리고 여관주인과 우편국장과 읍장에게도 물어 보게 했는데, 그 젊은이를 본 듯한 사람은 스리마일 베이에서 사론을 왕래하는 소형기선의 선장뿐인 것 같더군. 자네도 알고 있지? 그 사람, 무니 선장 말야? 난 그 사람도 소환하도록 알 뉴콤에게 일러 두었어. 선장의 이야기에 의하면 금요일 아침, 여덟 시 삼십 분경, 즉 그 사람의 배가 사론을 향해서 첫번째 출발을 하려는 직전에 그 젊은 사나이, 혹은 소문에 떠돌고 있는 그 젊은이와 똑같은 인상의 인물이 여행가방을 들고 캡을 쓰고서 ―아까 그 세 사람이 만났을 땐 밀짚모자를 쓰고 있었던 모양인데——배 안으로 들어와서 사론 행의 요금을 지불하고는 거기 닿자 하선했다는 거야. 미남인데다 활발했고 복장도 훌륭하고, 어느 면으로 보더라도 사교계의 젊은 신사답고, 잔뜩 거만을 부리고 있더라는 것이 선장의 이야기야."

"음……음" 하고 메이슨은 머리를 끄덕였다.

"또 난 알 뉴콤에게 명령하여 사론의 사람들에게도 전화를 걸게 했어. 연락이 닿는 모든 사람들에게 말야. 그리고 그 젊은이가 하선하는 걸 목격했는지의 여부를 물어 보게 했는데, 어제 저녁 내가 거길 떠날 때까진 그런 심증을 얻은 사람이라곤 하나도 없었어. 그러나 난 알 뉴콤에게 명해서 부근 일대의 유원지의 모든 호텔과 역으로 그 젊은이의 인상착의를 전보로 알리고는, 그 자가 어슬렁어슬렁 기어갈지도 모를 일이니까 엄중하게 감시를 하도록 수배해 두었어. 내가 그렇게 한 것은 자네도 원할 거라고 생각했기 때문이야. 그건 그렇구, 저 건 롯지 역에 있는 가방 말인데, 그건 암만 해도 자네에게서 압수영장을 받아두는 것이 좋을 것만 같아. 그 속에는 우리들이 꼭 알아야만 할 것이 안에 들어 있을지도 모르니까. 내가 가서 그 가방을 가지고 올 테야. 그리고 그라스 호와 스리마일 베이와 사론에도 가서 손 닿는 데까지 여러 가지 일을 조사해 와야겠어. 그건 그렇다고 하고, 이봐, 오빌. 어쩐지 암만 해도 이건 살인 사건임에 틀림없어, 분명해. 그 젊은이가 저 젊은 여자를 다른 이름으로 서명한 것 등을 보더라도, 또 처녀의 가방은 놓고 가게 하고, 자기 가방만 가지고 간 것을 봐도 말야." 그는 자못 엄숙한 표정으로 고개를 가로저었다. "이러한 짓은 정직한 사나이가 할 짓은 아냐. 그건 자네도 잘 알고 있잖아. 다만 알 수 없는 것은, 도대체 어찌하여 처녀의 양친이 알지도 못하는 사나이와 함께 그런 꼴로 자기 딸을 놓아 두었느냐 하는 거야."

"글쎄 말야." 메이슨도 맞장구를 쳤다. 그러나 문제의 처녀가 품행이 방정하지 못했다는 것이 적어도 어느 정도까지 확인되어 있는 한 이 사실은 몹시 탐색적인 그의 호기심을 자극하고 있었다. 밀통! 그리고 그 상대는 틀림없이 남쪽 어딘가의 대도시에서 온 부유한 청년일 것이 틀림없다. 이 사건에 관련된 메이슨 자신의 활약상은 아마 대대적으로 중시되고, 센세이션을 불러일으킬 것이 분명하다. 그는 정력적인 의욕에 차서 분연히 일어섰다. 만일 자기가 이러한 잔인한 살인 사건이 선동하기 쉬운 일반 사회의 감정의 한복판에서 그런 독사와 같은 범인을 체포할 수만 있다면! 8월의 당 대회와 지명. 가을의 선거.

"옳지, 어떻게 해서든지 해내야지." 그는 이런 소리를 저도 모르게 부르짖었다. 종교적이며 보수적인 하이트 앞에서는 메이슨은 차마 그 이상 격렬한 말을 쓸 수는 없었다. "정말 우리들은 어떤 중대한 것을 쫓기 시작하고 있는 것만 같군, 프레드. 암만 해도 그렇게 생각돼. 그건 정말로 흉악한, 세상에서 보기 드문 지독한 범행 같군, 암만 생각해도. 우선 제일 먼저 해야 할 것은 그곳으로 전화를 걸어서 올든이라는 집안이 있는가 없는가를 확인하여 그 주소를 확실히 파악해 두어야 하는 거야. 거기까지 자동차로 곧장 달리면 고작해야 50마일 정도일 거야. 하기야 길은 그리 좋지 못하지만." 그는 이렇게 덧붙이고 나서 다시 말을 이었다. "그래도 참 불쌍한 여자군. 그 여자를 보면 나도 소름이 끼칠걸. 참아 내기 힘든 일이라고 각오하고 있지만."

그러고 나서 그는 질라 손더스를 불러서 빌츠 근처에 타이터스 올든이라는 사람이 살고 있는가를 확인케 하고, 거기 가는 길도 분명히 알아두게 했다. 그리고 그는 다시 말했다. "우선 버튼을 돌아오도록 해야겠군(버튼이란 그의 법률 관계의 조수〔助手〕인 버튼 버얼리를 가리키는 말인데, 지금 그는 주말휴가를 즐기고 있는 중이었다). 그리고 내가 그 불쌍한 여자한테로 나가 있는 동안, 그에게 사무일을 맡아 보게 해. 자네가 필요로 하는 압수영장이니 뭐니 하는 것을 모두 만들어 주도록 하지. 그리고 자네가 알 뉴콤을 그리로 보내서 문제의 여행가방을 가지고 오게 해주면 참 고맙겠네. 나는 돌아올 때 피해자의 부친도 데리고 와서 시체를 확인케 할 테니까. 헌데 말야. 이 편지 건도 그렇고 내가 떠났다는 것도 나중에 자네를 만날 때까진 절대로 비밀로 해둬야겠어. 알겠나?" 그는 친구의 손을 꼭 쥐었다. "우선 말야" 하고 그는 벌써 대사건의 기미를 느끼면서 다소 과장된 말투로 말을 이었다. "난 자네에게 감사하네, 프레드. 난 말야, 마음속으로 진정으로 감사하며, 이 일을 절대로 잊진 않겠네. 자네도 그건 알아주겠지?" 그는 그의 옛 친구의 눈을 정면으로 들여다보았다. "이 사건은 우리들에게 예상 외의 좋은 결과를 가져올지도 몰라. 내 모든 임기중에서도 이건 가장 거창하고 중대한 사건일 것 같아. 그러니까 이 가을의 선거전까지 이 사건을 보기 좋게 급속도로 해결할 수만 있다면 우리들 전체에게 약간의 이익이 올지도 모르네."

"그렇구말구, 오빌. 정말 그 말이 옳아." 프레드 하이트도 맞장구를 쳤다.

"그것도 아까 내가 얘기한 것처럼 사건과 정치를 연결할 것은 아니라고는 생각하지만 우연히도 이렇게 일이 겹치고 말았으니까……" 생각에 빠진 듯이 말을 맺지 못하던 지방검사가 말을 이었다.

"그리고 내가 거기 가 있을 동안, 자네가 알에게 명령하여 보트와 노와 모자가 발견된 정확한 위치, 그리고 그 시체가 발견된 현장을 표시하는 약도를 만들게 하고, 되도록 많은 증인을 소환할 수 있도록 수배해 줄 수 없겠나? 그렇게 하면 나는 그 전체에 대한 경비 지불 증명서가 회계검사관의 결재를 쉽게 통과할 수 있도록 해줄 테니까. 그리고 난 내일이나 월요일에는 내 일에 피치를 올려야겠어."

이렇게 말하고 나서 그는 하이트의 오른손을 꼭 쥐었다. 그러고는 어깨를 툭 쳤다. 여기서 하이트는 이제까지 자기가 계획해 온 여러 가지 방책에 크게 만족하고, 그 결과 장래에도 희망을 품고는 이상하게 생긴 모자를 집어들고 엷은 허술한 저고리의 단추를 끼면서 자기 사무실로 되돌아갔다. 그러고는 충실한 알 뉴콤에게 장거리 전화를 걸어 일을 지시하고는, 자기 자신도 또다시 범죄 현장으로 돌아갈 예정이라고 알렸다.

4

오빌 메이슨은 언뜻 본 순간에 아마도 그 자신과 마찬가지로 사회의 채찍과 냉소와 모욕을 참아온 것처럼 생각되는 가족에게 즉시로 동정을 느낄 수 있었다. 토요일 오후 네 시경 브리지버그에서 공용차로 그가 갔을 때, 그곳에는 낡고 썩어빠진 농가가 있고, 속저고리 바람으로 작업복을 입은 타이터스 올든이 언덕 밑 돼지우리에서 막 돌아오는 중이었다. 타이터스의 용모와 체격은 자기가 몹시 가난한 살림을 하고 있다는 사실을 늘 마음에 두고 있는 사람을 연상케 하는 무엇이 있었다. 이제 와서 메이슨은 브리지버그를 떠나기 전에 미리 전화로 연락을 해두지 않은 것을 후회했다. 타이터스와 같은 사람에게는 딸의 죽음의 통지가 더할 나위 없이 충격을 주리라는 것은 말할 것도 없는 일이었기 때문이다. 그러나 타이터스는 딸의 운명은 전혀 모르고 메이슨이 가까이 접근해 오는 것을 보자 길이라도 묻는 사람일지도 모르겠다고 생각했는지 정중하게 이쪽으로 다가왔다.

"댁이 타이터스 올든 씨입니까?"

"네, 그게 내 이름인뎁쇼."

"올든 씨, 나는 메이슨이라고 합니다. 브리지버그에서 온 카타라키군의 지방검사올시다."

"네" 하고 타이터스가 대답하면서 무슨 이상한 인연에서 그렇게 먼 지방의 지방검사가 자기에게 다가와서 말을 묻는 것일까 하고 이상하게 생각하는 듯한 눈치였다. 그리고 메이슨도 어떻게 말문을 열어야 좋을지를 몰라 그저 덤덤히 타이터스를 쳐다보고 있을 뿐이었다. 메이슨이 알려야만 할 사건의 참혹함—그 타격은 이렇게도 약하고 무력해 보이는 인간을 단번에 끽소리도 못하게 해놓을 것같이 생각되었다. 그들은 집 앞에 늘어서 있는 커다란 거뭇거뭇한 전나무 한 그루 아래에 서 있었으며, 그 잎을 스쳐 가는 바람은 태고적부터 속삭이는 소리를 여전히 그대로 전하고 있었다.

"올든 씨." 메이슨은 여느 때보다는 몇 배 엄숙하고도 세심히 주의를 하면서 말을 이었다. "댁은 저 버트…… 아마 앨버타라고 할지도 모르겠는데…… 그런 딸이 있지 않습니까? 앨버타라는 이름이 맞는지 안 맞는지는 똑똑히 알 수 없습니다만."

"로버타라고 하는뎁쇼." 타이터스 올든은 올바른 이름을 댄 것인데, 그때 문득 웬일인지 불길한 예감이 전신에 퍼지는 것을 느꼈다.

메이슨은 자기가 알고 싶은 모든 것을 이 사나이가 똑똑히 대답할 수 없게 될 우려가 있을 것만 같이 생각되었으므로 그렇게 되기 전에 묻기 시작했다.

"그건 그렇구, 이 근처에 사는 크리포드 골덴이라는 이름의 젊은이를 모르십니까?"

"그런 이름은 들은 적도 없는뎁쇼."

타이터스는 느릿느릿 대답했다.

"그럼, 칼 그레이엄이라는 사나이는?"

"그런 이름도 전혀 들은 적이 없습니다."

"그럴 줄 알았어." 메이슨은 이렇게 혼잣말을 하고 나서 이번에는 날카롭게 명령조로 이렇게 물었다. "그런데 당신 따님은 지금 어딨죠?"

"네, 딸애는 지금 리커거스의 공장에 있습니다. 헌데 왜 그런 걸 묻는 겁니까? 왜 내 딸애가 뭐 잘못한 거라도 있습니까? 무슨 일로 선생님을 찾아갔다는 겁니까?" 억지로 그는 비뚤어진 미소를 보이긴 했지만 그 회색이 도는 푸른 눈은 까닭 모를 상대방의 질문에 불안의 그림자를 띄우고 있었다.

"잠깐만 기다려 주십쇼" 하고 메이슨은 온순하고도 단호하게 따지고 드는 말투로 말을 이었다. "이제 곧 모든 것을 설명해 드리겠습니다. 그보다 먼저 두서너 가지 필요한 질문을 하고 싶은데……" 하며 그는 동정하는 듯한 눈초리로 타이터스를 쳐다보았다. "당신이 마지막으로 따님을 본 것이 언제쯤이죠?"

"그 애는 전주 화요일 아침 여기를 떠나서 리커거스로 돌아갔습니다. 그곳 그리피스 칼라 셔츠 회사에 다니고 있는데. 헌데……?"

"잠깐만 기다려 주십쇼." 지방검사는 말을 가로막았다. "이제 곧 모든 걸 설명해 드릴 테니까. 그럼 따님은 주말 휴가로 여기 와 있었다는 것인가요. 그렇습니까?"

"딸애는 한 달쯤 휴가를 맡아 가지고 와 있었습죠." 타이터스는 겁먹은 무거운 말투로 대답했다. "몸이 시원치가 않아서 좀 쉬러 온 것이죠. 그렇지만 돌아갈 땐 몸이 아주 튼튼해져서 돌아갔는뎁쇼. 설마 딸애에게 무슨 잘못이라도 생긴 건 아니죠?" 가느다란 한 손을 턱에서 뺨으로 올리면서 그는 신경질적으로 물었다. "그런 일이 생겼다면……?" 그의 손은 숱이 많지 않은 백발이 섞인 머리카락을 쓸어올렸다.

"따님이 여길 떠난 후에 무슨 소식이라도 있었습니까?" 메이슨은 상대방이 큰 타격으로 충격을 나타내기 전에 되도록 많이 실제적인 정보를 끌어내야겠다고 결심하고는 그런 내색은 조금도 보이지 않으면서 조용히 질문을 계속했다. "따님이 리커거스로 돌아가지 않고 딴 데 어디로 가려고 했다는 그런 얘길 듣진 못했습니까?"

"아뇨, 그런 얘긴 전혀 못 들었는뎁쇼. 딸애가 상처라도 입은 건 아닐 테죠? 무슨 짓을 하다가 성가신 사건에 휘몰려 들어간 건 아닐 테죠? 설마 그 애가 그런 일은 없을 텐데. 헌데 선생님이 묻는 품이 어쩐지 좀……." 벌써 그는 다소 몸이 떨리고 있어 창백한 엷은 입술에 손을 갖다대고는 아무렇게나 입 근처를 만지작거리고 있었다. 그러나 지방검사는 그 말에는 대답도 하지 않고, 포켓에서 로버타가 어머니에게 쓴 편지를 꺼내어 봉투의 필적만 보이고서 다시 물었다. "이건 당신 따님 필적입니까?"

"네, 그렇습니다." 타이터스는 다소 음성을 높이면서 대답했다. "헌데 검사님, 이건 도대체 어찌 된 셈입니까? 어찌하여 그게 선생님 수중에 들어가 있습니까? 무슨 얘기가 쓰여 있습니까?" 벌써 그는 메이슨의 눈 속에서 그 무슨 흉사를 명백히 간취하고는 신경질적으로 두 손을 움켜쥐었다. "이건……이건 도대체 어찌 된 셈입니까? 딸애는 그 편지에 무슨 말을 쓰고 있는 겁니까. 어서 얘기해 주십쇼. 내 딸에게 무슨 일이 생겼다면!" 그는 집으로 들어가서 구원을 구하려는 듯이 ―자기를 엄습하려는 무서운 사건을 아내에게 고하려는 듯이 ―신경질적인 눈초리로 사방을 둘러보기 시작했다. 순간 메이슨은 자기가 이 사나이를 고뇌의 함정으로 빠뜨리게 했다는 것을 깨닫고는 즉시로 그의 두 팔을 꽉, 그러나 친절하게 붙잡고 이렇게 말하기 시작했다.

"올든 씨, 우리들 인간의 생애는 있는 전력을 다하여 대처해야 할 경우도 적지않은데, 지금이 바로 그러한 경우입니다. 내가 당신에게 얘기하기를 주저하는 것은 나도 다소는 인간 세상이라는 것을 봐 온 인간이므로 당신이 얼마나 괴로워할까를 알고 있기 때문입니다."

"딸애는 부상을 입은 것일 테죠. 설마 죽은 것은……." 타이터스는 날카롭게 부르짖었다. 두 눈의 동공이 크게 열려 있었다.

오빌 메이슨은 고개를 끄덕였다.

"로버타! 내 맏딸! 아, 하나님! 하늘에 계신 주 아버지시여!" 지칠 대로 지친 듯이 그의 몸은 비틀거리며 옆의 나무에 기대었다. "하지만 어떻게 해서? 어디서? 공장에서 기계에라도 당한 것입니까? 아아, 하나님!" 그는 아내에게로 가려는 듯이 홱 몸을 돌리려고 했지만, 코에 상처 자리가 있는 지방검사는 그것을 막으려는 듯이 소리를 질렀다.

"잠깐, 올든 씨, 잠깐만 기다려 주십쇼. 아직 부인한테 가서는 안 됩니다. 너무도 놀랄 만한 일이어서 참을 수 없다는 건 알고 있지만 그 전에 경위를 설명할 테니 들어보십쇼. 따님은 리커거스에서 기계로 죽은 게 아니라 익사를 당한 것입니다! 빅 비턴에서. 목요일에 따님은 거기까지 간 것입니다. 아시겠어요? 목요일에 말입니다. 따님은 빅 비턴에서 보트를 타다가 익사를 당했습니다. 보트가 전복된 거죠."

여기까지 이야기를 하자 흥분한 타이터스의 손짓과 말이 너무도 격렬해졌기 때문에 지방검사는 우연한 사고에 인한 익사 사건으로 꾸며 댄다 하더라도 그 말조차도 마음대로 조용히 말할 수 없겠다는 것을 알았다.

로버타에 관련하여 메이슨 검사가 죽음이란 말을 입에 올린 순간부터 올든의 정신 상태는 마치 미친 사람처럼 되어 버린 것이다. 조금 전까지는 그래도 이것저것 따지고 있던 그도 이미 육체에서 숨이 완전히 빠져 버린 사람처럼 짐승과도 같은 신음소리를 쉴 새 없이 내고 있었다. 동시에 고통에 시달릴 대로 시달린 것처럼 몸을 웅크리고는 손바닥을 서로 맞때리더니 양쪽 관자놀이 근처를 쥐어박았다.

"내 딸 로버타가 죽었다고! 내 딸이! 로버타일 수는 없어! 아아, 하나님! 그 애가 익사했다고! 설마 그럴 수가 있나! 바로 한 시간 전까지만 해도 그 애 어머니는 그 애 얘길 했는데. 그런 말을 들으면 그 사람은 죽고 말 거야. 나도 죽을 것만 같은데 오죽할라구. 아아, 불쌍하고 귀엽고 귀여운 내 딸. 내가 제일 귀여워하던 딸이었는데. 난 마음이 독하지 못해 이런 일은 참을 수가 없습니다, 검사님."

그는 아주 완전히 녹초가 된 것처럼 힘껏 그를 부축하고 있는 메이슨의 팔에 매달려 있었다. 그러나 다음 순간 타이터스는 무슨 일이라도 있는 것처럼 집 쪽으로 정신 없이 눈길을 돌렸다.

"누가 그 얘길 마누라에게 하지? 무슨 수로, 어떻게 그 얘길 마누라에게 하냔 말야?"

"그러나 말입니다, 올든 씨" 하고 메이슨은 달래기 시작했다. "당신 자신을 위해서도 그렇고, 아주머니를 위해서도 마음을 조용히 가라앉히고는 이것이 당신의 딸이 아닌 경우에 당신이 어떻게 하겠느냐는 것처럼, 이 문제를 진지하게 생각하고 있는 나를 좀 도와 달라는 겁니다. 지금까지 내가 얘기한 사건뿐만 아니라, 이 사건에는 아직도 앞으로 할 일이 많이 남아 있거든요. 그러니까 당신은 우선 마음을 가라앉히고 나에게 설명해 주세요. 이건 정말로 딱한 사건이며, 나도 전적으로 당신을 동정하고 있습니다. 그것이 얼마나 참기 어려운 일이라는 것도 난 잘 알고 있습니다. 그러나 당신이 아직 알아야만 할 무서운 비통한 사실이 그 밖에도 더 있습니다. 그래서 잘 들어 달라는 거죠."

그 다음 그는 타이터스의 팔을 꽉 붙잡은 채 되도록 빨리 그리고 힘차게 로버타의 죽음을 둘러싼 그 밖의 여러 가지 사실과 의혹에 관해서 설명한 후 타이터스에게 로버타의 편지를 읽게 한 다음 이렇게 결론을 내렸다.

"말하자면 하나의 범죄란 말입니다! 올든 씨! 브리지버그에선 누구나 다 그렇게 생각하고 있습니다. 적어도 그렇지 않을까 하고 생각하고 있습니다. 냉혹하게 말하면 명백한 살인 사건입니다, 올든 씨." 그가 열을 내어 강조하자 올든은 그 범죄라는 말에 그만 질려 마치 무슨 영문인지 전혀 알 수 없다는 표정으로 물끄러미 검사를 쳐다보고 있었다. 메이슨은 말을 이었다. "나는 당신의 감정을 퍽 존중하기는 하지만, 군의 법률의 주요 책임자로서 오늘 이곳으로 와서 당신이나 아주머니나 집안 식구의 누군가가 따님을 유혹하여 호수로 데리고 간 인물, 그것이 크리포드 골덴인지, 칼 그레이엄인지, 어떠한 이름이건 간에 그 인물을 알고 있는지 없는지를 확인하는 것이 나 자신의 의무라고 생각한 것입니다. 지금 당신이 이루 말할 수 없는 고뇌의 함정 속에 빠져 있다는 것을 나도 잘 알고 있지만, 나로서는 역시 이 문제를 해결하기 위해서 당신이 할 수 있는 데까지 우리에게 협조를 해주는 것이 당신에게 바라는 바일 뿐만 아니라, 당신의 의무라고까지 주장하고 싶습니다. 이 편지에 의하면 적어도 아주머니께선 그 인물에 관해 뭔가 알고 있는 것 같군요. 적어도 이름 정도는"하며 그는 그 편지를 탁탁 두드렸다.

자기 딸에게 가해진 폭력과 사악 행위의 요소가 드러나고, 그것이 딸을 잃게 된 고뇌 속에 주입된 순간, 타이터스의 내부에 숨어 있는 동물적 본능과 분노와 유전적인 추적 욕구는 그의 마음의 평형을 회복케 하여 조용히, 그리고도 열심히 지방검사가 하는 말에 귀를 기울이게 하고 있었다. 자기 딸은 단순히 익사한 것이 아니라 피살된 것이다. 그것도 그녀의 편지에 의하면 딸이 결혼하려던 젊은 사나이의 손에 의해서 말이다! 게다가 부친인 그는 그러한 사나이가 있다는 것조차 모르고 있었으니! 그의 아내가 알고 있으면서 그가 모르고 있다는 것도 이상하고, 로버타가 부친인 그에게 알리기를 원하지 않았다는 것도 이상하게 생각되었다.

그리고 종교와 관습에서, 모든 도회 생활과 복잡다단한 상스러운 소행에 대한 일반 농민의 견해에 의해 그의 마음속에는 도회의 호색가일 거라고 하는 생각이 문득 머리에 떠올랐다. 어쩌면 그 사나이는 로버타가 리커거스로 간 후에 알게 되어, 그리고 거짓말투성이의 결혼 약속으로 그녀를 설득했음이 틀림없다. 그렇게 생각하자 별안간 자기 딸에게 그러한 무서운 범죄를 획책한 사나이에 대한 견딜 수 없는 복수심이 활활 타올랐다. 악당! 호색가! 살인자!

집에선 그도 아내도, 로버타는 리커거스에서 부모와 자기 자신의 생활을 위하여 얌전하고 열심히, 행복스럽게, 근실하고도 정직하게 일을 하고 있는 것으로만 알고 있었다. 그런데 목요일 오후부터 금요일까지 딸의 시체는 호수 밑바닥에 가라앉아 있었던 것이다. 그런데도 불구하고 자기들은 딸의 그러한 무참한 처사는 꿈에도 모르고서 편안히 잠자리에서 잠을 자기도 하고, 이리저리 돌아다니기도 했다. 그리고 이제는 딸의 시체는 알지도 못할 그 어느 오두막집이 아니면 시체 보관소에 딸과는 아무런 관계도 없는 사람들의 손에 의하여 놓여져 있고 내일은 그러한 사람들의 손에 의하여 또다시 브리지버그로 운반되어 갈 예정으로 있는 것이다.

"이 세상에 신이 계시다면 반드시 벌을 주시고야 말 테지!" 하고 그는 비통에 젖은 흥분된 목소리로 부르짖었다. "그렇구말구! '나는 더욱 보리라'." 갑자기 성서의 한 구절을 부르짖었다. "옳은 자의 자식들은 버림을 당하고 그 후에는 먹을 것을 애걸하리라." 동시에 행동을 촉구하는 무서운 강박관념에 몰려 그는 이렇게 덧붙였다. "어서 이 사실을 집사람에게 알리지 않으면 안 돼. 정말이지, 그렇게 해야겠어, 꼭. 안 됩니다, 안 돼, 노형은 여기서 기다리고 계슈. 우선 나 혼자서 얘기하지 않으면 안 됩니다. 왜 이럽니까, 금방 돌아올 텐데. 반드시 돌아올 텐데. 틀림없이. 잠깐만 여기서 기다리고 계십쇼. 설마 마누라가 질겁을 하여 죽는 한이 있더라도 이 일만큼은 꼭 알려야 합니다. 어쩌면 마누라는 그놈이 누군지 얘기할지도 모를 일이니까. 그렇다면 그놈이 멀리 도망을 치기 전에 붙잡을 수 있을지도 모를 일이 아닙니까. 그렇다 하더라도, 아아, 어쩌다 네가 그런 꼴을 당했단 말이냐! 아이구. 불쌍한 귀여운 로버타야! 정말 부모를 끔찍이도 생각하던, 효성이 지극한 딸이었는데!"

이렇게 뭐가 뭔지 건잡을 수 없는 말을 지껄이면서 눈과 얼굴에 정신이 나간 비참한 표정을 싣고 있는 그는, 뼈만 앙상한 몸을 돌려 자동기계 모양으로 발을 질질 끌며 아내가 있는 방으로 걸어갔다. 그 안에서 아내가 내일의 일요일을 위해 특별한 음식을 만들 준비를 하고 있는 것을 그는 알고 있었다. 그러나 문앞에까지 가자, 그만 안으로 들어갈 용기가 꺾이고 말아 그는 덤덤히 그 앞에서 걸음을 멈추고 말았다. 인생의 까닭 모를 냉혹함, 무정한 힘에 직면하여 인간의 모든 슬픔과 무력함을 한몸에 짊어지고 있는 사나이의 모습이었다!

얼핏 뒤돌아본 아내는 그의 고뇌의 표정을 보자, 힘없이 두 손을 떨어뜨렸다. 그의 두 눈이 전해 주는 것을 간취하자, 그녀의 소박한, 피곤하기는 하지만 고요하고도 생각에 젖은 표정은 삽시에 사라져 버렸다.

"타이터스! 도대체, 아니 어찌 된 거예요?"

그는 두 손을 쳐들고, 입을 절반 연 채 무의식적으로 눈까풀을 꿈틀거리고 나서 눈을 커다랗게 떴다.

"로버타가 글쎄!"

"로버타가 어찌 됐다는 거예요? 어찌 됐다는 거예요? 타이터스…… 로버타가 어찌 됐다는 거예요?"

그는 대답도 못 하고 다만 입과 귀와 두 손을 부들부들 떨고 있을 뿐이었다. 그러고 나서 한참만에 체념한 듯 말했다.

"죽었다우! 로버타가…… 물에 빠져 죽었어!" 하고 겨우 이 한마디를 하고는 그만 문간 바로 안쪽에 놓여 있는 벤치 쪽으로 엎어지고 말았다. 한순간 아내는 눈을 홉뜨고는, 처음엔 전혀 무슨 영문인지 모르겠다는 눈치였으나 다음 순간에는 그 말뜻을 똑똑히 알게 되자, 한마디 말도 못 하고는 마루 위로 쓰러지고 말았다. 그리고 아내를 보고 있던 타이터스는 머리를 끄덕이면서 속삭이듯 이렇게 중얼거렸다. "딴은 그래. 의당 그래야지. 그러고 있으면 잠시라도 이런 무서운 생각을 잊게 될 테니까." 그 다음 천천히 일어서서 아내 옆으로 가서 무릎을 꿇고는 똑바로 눕혔다. 그리고 천천히 문에서 밖으로 나와 집 앞쪽으로 돌아갔다. 메이슨은 깨진 계단에 앉아 서쪽으로 기운 오후의 태양과 더불어 이 의지할 곳 없는 무력한 농부가 딸의 죽음을 자기 아내에게 알리는 비참한 상황을 이리저리 머릿속에서 그려보고 있었다. 그리고 한순간 이런 일이 발생하지 않았다면——비록 자기 자신에게 얼마만큼 이익은 된다 할망정 이런 사건이 발생하지 않았다면——얼마나 좋았을까 하고 생각해 보았다.

그러나 타이터스 올든의 모습을 보자, 부리나케 메이슨은 일어나서 그 해골 같은 모습 앞에 서서 곁채로 들어갔다. 그리고 그의 아내가 그 딸과 마찬가지로 조그맣게 힘없이 쓰러져 있는 것을 보자, 메이슨은 굳센 팔로 그녀를 안아들고는 식당을 빠져 나가 낡은 침대가 있는 안방의 침대 위에 눕혔다. 그 다음 그녀의 맥을 짚어 보고는 황급히 물을 뜨러 나갔다. 그는 아무라도——아들도, 딸도, 동네 사람이라도——좋으니 거기 있기만 하면 좋겠다고 생각하고는 주위를 둘러보았지만 아무도 눈에 띄지 않았기 때문에 급히 물을 들고 돌아와, 그것을 조금 그녀의 얼굴과 두 손에다 끼얹어 주었다.

"이 근처에 의사는 없습니까?" 그는 타이터스에게 물었다. 타이터스는 아내 옆에 무릎을 꿇고 있었다.

"빌츠에 있습죠. 크레인이라는 의사가."

"이 근처에, 누구네 집에 전화는 없습니까?"

"윌콕스 집에 있습니다" 하며 그는 윌콕스 집 쪽을 손으로 가리켰다. 그곳 전화를 로버타는 바로 최근까지 사용하고 있었던 것이다.

"잠깐 부인을 보고 계십쇼. 곧 돌아올 테니."

곧장 그는 크레인도 좋고 다른 의사도 좋으니 불러야겠다고 말하고는 집을 나갔다. 그러고는 재빨리 윌콕스 부인과 그 딸을 데리고 돌아왔다. 얼마 후 기다리고 있는 동안에 이웃 사람이 나타났고 마침내 크레인 의사도 도착했다. 메이슨은 자기가 이곳에 오게 된 불가피한 문제를 이제 곧 올든 부인과 이야기해도 무방하겠느냐고 의사에게 물었다. 메이슨의 엄숙하고 법률지상주의적인 태도에 몹시 감동된 크레인 의사는 그렇게 해도 좋을지 모르겠다고 대답했다.

진정제를 마신 올든 부인은 뭐라고 입속에서 중얼거리고 있었다. 거기 모인 사람들은 모두 그것을 불쌍하게 생각했다. 그리고 여러 사람들의 간호를 받고서 겨우 사람소리를 알아듣게 되자, 우선 첫째로 대책을 수립하지 않으면 안 되겠다는 사정이 설명되었다. 그 다음 로버타의 편지 속에 암시돼 있는 비중(秘中)의 인물의 신분에 관한 질문이 있었다. 올든 부인이 기억해 낼 수 있는 것은 로버타가 크리스마스에 자기에게 특별히 친절하게 해주고 있다고 말한 사나이에 관한 것뿐이었다. 그리고 그것은 리커거스의 부호 사뮤엘 그리피스의 조카로, 로버타가 다니고 있는 공장의 계장인 크라이드 그리피스라고 올든 부인은 말했다.

그러나 그러한 사실만으로는 그러한 지위가 높은 사람의 조카를 로버타를 죽인 장본인이라고 단정할 수는 없다고 메이슨도 올든 부부 자신도 그 순간 그렇게 느꼈다. 부(富)! 지위! 사실 메이슨도 그런 사람에게 그런 죄상을 씌우는 것은 좀 생각해 볼 문제라고 생각하지 않을 수 없었다. 그의 관점에 의하면 그 사나이와 그 처녀의 사회적인 차이가 너무나도 큰 것으로 보였기 때문이다. 그러나 그것은 그렇다고 하더라고 전혀 있을 수 없는 일도 아닌 것만 같았다. 그러한 대단한 지위에 있는 젊은 사나이는, 처녀가 대단히 매혹적이었다고 한 하이트의 말로 미루어 보더라도, 다른 처녀보다도 오히려 로버타와 같은 그러한 처녀를 기분파적인 심심풀이로 건드려 보고 싶은 생각이 나는 것이 아닐까? 그녀는 그의 백부의 공장에 나가고 있었다. 그리고 그녀는 가난했다. 그뿐만 아니라 프레드 하이트가 이미 설명하고 있는 것처럼 그 처녀가 죽을 때 함께 있던 사나이가 누구든 간에 그녀는 결혼 전에 그 사나이와 동침하지 않을 수가 없었던 것이다. 그리고 그것이야말로 나쁜 꾀가 들어 있는 돈 많은 젊은 사나이의 가난한 처녀에 대한 태도의 중요한 부분이 아니었을까? 메이슨 자신이 젊었을 때 강대한 재력과 운명의 장난에 쓰디쓴 고뇌를 맛본 만큼 그는 이러한 생각에 굉장한 매력을 느끼고 있었던 것이다. 비열한 부호! 무정한 부호! 게다가 그녀의 부모는 모두 그녀의 순진무구한 단정한 품행을 굳게 믿고 있는 모양이었다.

또 그는 올든 부인에게서 그녀는 한 번도 젊은 사나이를 만나 본 적도 없고, 하물며 다른 사나이의 이야기는 더욱 들어본 적도 없다는 사실을 알았다. 올든과 그 아내가 추가할 수 있었던 참고자료는 다음과 같은 것이었다. 로버타는 한 달 동안 고향에 돌아와 있을 때 몸의 상태가 극히 좋지 못했다. 집 근처에서 고개를 푹 숙이고는 곧잘 쉬고 있었다는 것이다. 또 그녀는 많은 편지를 써서 그것을 우체부에게 주기도 하고, 아래 네거리에 있는 우체함에 넣기도 했다는 것이다. 올든 부부는 아무도 그 편지가 누구에게 부쳐진 것인지 전혀 몰랐다. 그러나 우체부라면 알 수 있을 것이라고 메이슨은 재빨리 생각해 보았다. 또 그녀는 고향에 돌아와 있을 때 열심히 드레스를 만들고 있었다. 적어도 네 벌은 만들었을 것이다. 그리고 그녀에게 몇 번씩 전화가 걸려왔다. 그것은 윌콕스 씨가 말하는 것을 올든이 들은 바에 의하면 베이커라는 사나이에게서였다. 또 그녀가 출발할 때에는 처음에 집으로 가지고 왔던 소형 트렁크와 가방만을 가지고 갔다. 그 트렁크는 역에서 그녀 자신이 소화물로 부친 것인데 리커거스 이외의 어디로 부친 것인지 올든도 알 수 없다는 것이었다.

듣고 있던 메이슨은 베이커라는 이름을 상당히 중시하기 시작한 것인데 갑자기 그의 마음속에 '크리포드 골덴! 칼 그레이엄! 크라이드 그리피스!'라고 떠올라, 이 세 이름의 머릿글자가 모두 C.G.일 뿐만 아니라, 그 유쾌한 음조도 동일한 데 생각이 미치자 깜짝 놀랐다. 만일 크라이드 그리피스라는 청년이 이 범죄에 아무런 관계도 없다고 하면 참으로 놀랄 만한 우연의 일치라고 하지 않을 수가 없다. 갑자기 메이슨은 우체부에게로 가서 물어보고 싶은 생각이 났다.

그러나 타이터스 올든은 로버타의 시체와 그녀가 건 롯지에 맡겨 둔 가방의 내용을 확인하는 증인으로서 중요할 뿐만 아니라, 우체부에게 숨길 것 없이 털어 놓도록 설복할 사람으로서 중요했다. 그래서 메이슨은 타이터스 올든에게 곧 동행해 주었으면 좋겠다고 하고는, 내일은 돌아올 수 있도록 할 테니 걱정하지 말라고 안심시켰다.

이것에 관해서는 절대로 비밀을 지킬 것을 올든 부인에게 단단히 주의를 시켜 놓고서, 메이슨은 우체부를 만나기 위해 우체국으로 향했다. 얼마 후 그 우체부가 발견되고, 지방검사 옆에 마치 전기를 통해 놓은 시체처럼 서 있는 타이터스 앞에서 질문이 시작되었다. 우체부는 로버타가 최근 돌아와 있는 동안에 열두 통에서 열다섯 통에 가까운 편지를 그녀에게서 받았을 뿐 아니라, 그러한 편지는 리커거스 우체국의 유치 우편으로 되어 있고 상대방의 이름은 크라이드 그리피스가 틀림없다고 했다. 그 즉시 메이슨은 그 지방의 공증인(公證人)의 사무소로 우체부를 데리고 가서 거기서 선서 증언이 작성되었다. 그런 다음 자기 사무소로 전화를 걸어서 로버타의 시체가 브리지버그로 운반된 것을 알자 전속력으로 차를 몰고 되돌아갔다. 브리지버그에 도착하자 타이터스와 버튼 버얼리, 하이트와 알 뉴콤 등의 면전에서 아직도 타이터스가 시체를 앞에다 놓고서 절반 미친 것만 같은 눈초리로 딸의 죽은 모습을 쳐다보고 있는 동안에도 메이슨은 쉬지 않고 꾸준히 자기 일을 해나갔다. 우선 첫째로 그녀가 로버트 올든임에 틀림없다는 사실이 판명됐고, 다음은 과연 그녀가 그라스 호반에 투숙한 사실에서 상상할 수 있는 것처럼 그러한 관계에 무턱대고 몸을 맡길 만한 그러한 형의 여자인가를 고찰했다. 하지만 그렇지 않다고 그는 단정했다. 이것은 교활하고 악랄한 유인 사건이며, 모살 사건이다. 아아

악당놈! 그놈은 아직 잡히지도 않았고, 제 마음대로 네 활개를 펴고서 활보하고 있다. 그러한 부유층의 사람들 전반에 대한 사회적인 분노에 의하여 이 사건 전체의 정치적 가치는 이제야말로 거의 흐려지고 말았다.

시체와의 대면은 밤 열 시에 장의사인 루스 형제 상회의 응접실에서 이루어졌다. 자기 딸 옆에 무릎을 꿇고 있던 타이터스 올든은 애처롭게 딸의 조그마한 차디찬 손을 자기 입술에다 끌어당기면서 긴 갈색 머리칼에 둘러싸인 그녀의 밀랍처럼 희멀건 얼굴을 열띤 눈초리로 원망스럽다는 듯이 쳐다보고 있었다. 이러한 분위기 속에서는 편견이 없는 판단도, 법적인 판단조차도 거의 할 수 있을 것 같지도 않았다. 그곳에 있던 모든 사람들의 눈에 눈물이 흥건히 고였기 때문이었다.

타이터스 올든은 극적인 가락을 띠게 해주었다. 마침 루스 형제가 이웃에서 자동차 영업을 하고 있는 세 사람의 친구와 브리지버그의《리퍼블리칸》지의 대표자 에베레트 비커와《데모크라트》지의 주필 겸 경영자인 샘 택선과 함께 루스네 차고 옆문 밖에서부터 겁먹은 눈초리로 머리 너머로 혹은 머리 사이로 안을 들여다보고 있을 때, 갑자기 타이터스가 일어나서 미친 사람처럼 그쪽으로 다가가 부르짖었기 때문이었다. "이런 짓을 한 악당놈을 어서 빨리 잡아 주십쇼, 검사님. 그놈도 이 순진무구한 천사 같은 내 딸애가 괴로움을 당한 것처럼 괴롭혀 주십쇼. 딸애는 피살된 겁니다. 그렇습니다. 살인자 놈이 아니고선, 딸을 이런 호수로 끌어내어 이렇게 때리진 않습니다. 누가 봐도 당장에 알 수 있습니다." 이렇게 말하며 그는 죽은 딸을 몸짓으로 가리켰다. "그런 악당놈을 고소하여 재판에 걸 만한 돈이 나에겐 없습니다. 하지만 난 일을 하겠어요. 땅이라도 팔겠어요."

그의 목소리는 끊어졌다. 또다시 로버타 쪽으로 가려는데 거의 쓰러질 것만 같이 보였다. 이 부친의 비통과 보복을 애원하는 그의 애걸에 감염되면서도 오빌 메이슨은 성큼 한걸음 앞으로 다가서며 말했다. "가만히 계십쇼, 올든씨. 우리들도 이젠, 그게 당신의 따님이라는 것을 알았습니다. 나는 여기 계신 모든 신사 여러분을 증인으로서 확인을 선서합니다. 그리고 확실히 의심되고 있는 것처럼 이 처녀가 피살되었다는 사실만 입증된다면 나는 본군의 지방검사로서 성실하고도 충실하게 약속합니다, 반드시 그 악당을 사직(司直) 앞에 끌어내 놓고 말겠다는 것을. 그렇게 하면, 카타라키 군의 정의(正義)가 내가 생각하는 대로의 것이라면, 당지의 법정이 선정하는 어떠한 배심원에게도 당신은 그 악당의 처리를 맡길 수가 있겠죠. 그러면 당신은 땅을 팔 필요도 없게 될 테죠."

메이슨은 비록 그것이 아주 간단하게 일으켜진 것이라 하더라도 그의 비통한 감동 때문에, 또 감동을 받은 청중을 앞에다 놓고 있기 때문에 극히 강력한 최선의 웅변을 다할 수 있었다.

그러므로 이 군의 검시관이 관계하는 일을 전부 맡고 있는 루스 형제 중의 한 사람인 에드는 감격한 나머지 다음과 같이 목멘 소리로 부르짖었다. "바로 그 정신입니다. 오빌 검사님, 당신 같은 사람이 우리들이 좋아하는 지방검사입니다." 다음은 에버레트 비커가 다음과 같은 목소리로 부르짖었다. "소신대로 하십시오, 미스터 메이슨. 그러면 우리들은 하나도 빠지지 않고 당신에게 협력할 테니까요." 또 프레드 하이트도, 그의 조수도 그 순간의 메이슨의 극적인 입장, 극히 회화적이면서도 영웅적으로 보이는 풍모에 감동했다. 그는 가까이 가서 친구인 메이슨의 손을 움켜쥐었다. 그러자 이번에는 알 뉴콤이 부르짖었다. "세력을 확대해 주십쇼, 미스터 메이슨. 우리들은 전력을 다할 테니까요. 그리고 피해자가 건 롯지에 맡기고 있던 가방이 검사님 사무소로 옮겨졌다는 것을 잊으셔선 안 됩니다. 나는 두 시간 전에 버튼에게 주었습니다."

"그건 참 고맙군. 아, 난 그 가방 생각을 깜박 잊고 있었군." 자못 침착하고도 사무적인 말투였다. 바로 그 순간 조금 전의 그 웅변과 감동의 폭발이 그의 마음속에서 예외적인 칭찬의 폭발과 미묘하게 뒤섞여 있었다. 이와 같은 칭찬은 지금까지 관여해 온 어떠한 사건의 경우에도 전혀 경험한 적이 없는 그러한 성질의 것이었다.

5

올든과 사건의 관계자들을 데리고 가서 사무실로 가면서 메이슨은 이 극악한 범죄의 동기를 머릿속에서 추궁하고 있었다. 그 동기. 젊었을 무렵 성적(性的) 능력이 결핍된 것이 원인이 되어 지금 그의 마음은 자꾸만 그 문제로 달려가곤 했다. 그리고 로버타의 미모와 매력에 생각하고 있던 그는, 그녀의 빈곤과 엄격한 도덕적·종교적인 가정교육을 견주어 보아, 어쩌면 상대의 사나이는 그녀를 유혹하여 관계를 맺고는 나중에 싫증이 나 마침내는 그녀를 없애 버리기 위해서 이러한 방법——결혼하겠다고 속이고는 호수로 데리고 간다는 방법——을 썼음에 틀림없을 거라고 단정했다. 이렇게 단정하자 그 순간 그는 사나이에 대하여 강렬한 개인적인 증오를 느꼈다. 부르주아! 방탕한 부자놈! 보잘것없는 사악한 부자놈! 그 일문, 그 대표가 바로 이 크라이드 그리피스라는 젊은 사나이인 것이다. 이놈만 잡아낼 수 있다면…….

그 순간 문득 그의 머리에 떠오른 무엇이 있었다. 이 사건의 특수한 사정으로 미루어 보아 그런 모양으로 사나이와 관계를 맺고 있는 처녀는 으레 임신하고 있을지도 모르겠다는 돌발적인 생각이었다. 이러한 의혹이 번개같이 머리에 떠오르자 그는 이와 같은 결말로 접어 들어간 생활의 방법과 구애(求愛)의 상세한 점에 대하여 성적인 호기심을 불러일으켰을 뿐 아니라, 자기의 의혹이 진실인가 아닌가를 스스로 실증해 보고 싶어서 견딜 수가 없었다. 당장 그는 적당한 의사에게——이 마을에서 안 된다면 유티카나 앨바니에서——해부케 해야겠다고 생각했다. 또 그의 의혹을 하이트에게 전하여 시체를 해부케 하는 것과 동시에 그녀의 안면의 타박상의 중요성도 결정짓게 해야겠다고 생각했다.

사무실에 도착하여 가방의 내용을 조사한 그는 다행히도 극히 중요한 증거를 또 하나 발견했다. 로버타가 만든 드레스와 모자와 내의와 리커거스의 브라운스텐 상점에서 사서 상자에 그대로 들어 있는 빨간 비단 양말대님 외에 크라이드가 크리스마스에 선물로 준 한 세트의 화장품이 있었기 때문이다. 그리고 그것과 함께 조그만 흰 카드가 한 장 들어 있었는데, 거기에는 크라이드의 필적으로 '메리 크리스마스——버트에게, 크라이드로부터' 라고 쓰여져 있었다. 하지만 성은 없었다. 그리고 그 필적은 바삐 갈겨쓴 필적이었다. 그것은 크라이드가 그녀와 함께 있기보다도 다른 데로 가고 싶어서 서두르고 있을 때에 쓴 것이었기 때문이다.

이러한 화장품이 카드와 함께 이 가방 속에 들어 있다는 것이 그 살인범에게 짐작이 가지 않았다고 하는 것은 참으로 기묘한 일이다, 라고 메이슨은 생각했다. 깨닫고 있으면서도 크라이드가 이 카드를 빼버리지 않았다면 과연 크라이드라는 인물을 살인범이라고 할 수 있을까? 살인을 계획하고 있는 사나이가 자기 자신이 쓴 카드를 그대로 내버려 둘 수 있을까? 그것은 도대체 어떠한 종류의 모살자일까? 메이슨는 다음과 같이도 생각해 보았다. 가령, 이 카드의 존재를 공판일까지 감춰 두었다가 범인이 그 처녀와의 관계를 부정하거나, 화장품을 주었다는 사실을 부정하거나 했을 경우 별안간 이 카드를 내보인다면 어떻게 될 것인가? 그렇게 생각한 그는 우선 그 카드를 집어 자기 포켓 속에 살며시 넣어 버렸다. 그러자 그 전에 벌써 그 카드를 주의 깊이 바라보고 있던 알 뉴콤이 의견을 제출했다. "단언할 순 없지만, 검사님, 어째 그건 저 빅 비턴의 여관집에 사인한 그 필적과 근사한 것 같군요." 그러자 서슴지 않고 메이슨은 대답했다.

"그래, 그 사실을 입증하기에는 그다지 시간이 많이 걸리진 않을 거야."

그리고 메이슨은 하이트에게 흘끗 눈짓을 하고는 그를 다음 방으로 끌고 들어갔다. 엿들을 사람도 없고, 볼 사람도 없는 그 방에 단둘이만 있게 되자 메이슨은 입을 열었다. "확실히 프레드, 그건 역시 자네가 생각하던 그대로였어." 그는 올든 부인이 범인에 관하여 정확한 정보를 제공했다고 빌츠에서 그 자신이 전화로 프레드에게 전한 것이다. "그러나 아무리 자네인들 내가 알리지 않았다면 1천 년이 가도 깜깜 무소식이었을걸." 그는 의자에 기대어 빈틈없이 하이트를 바라보았다.

"그야 그렇지, 오빌. 전혀 알 길이 있어야지, 난."

"이봐, 자넨 리커거스의 그리피스 회사를 알고 있지?"

"저 칼라 회사는 아닐 테지?"

"아냐, 바로 그 칼라 회사야."

"하지만 설마 그 집 아들은 아닐 테지." 프레드 하이트의 두 눈은 몇 년 이래 처음으로 크게 열려졌고, 그 널따란 갈색 손으로 구레나룻 끝을 붙잡았다.

"그래, 아들은 아니야. 조카야!"

"조카? 사뮤엘 그리피스의 조카라구? 설마 그럴 리가!" 나이 먹은 검시관은 또다시 구레나룻을 비틀면서 눈을 커다랗게 흡떴다.

"사실은 그 방면을 가리키고 있는가봐, 적어도 지금 현재는 말일세. 하기야 오늘밤 나는 그곳으로 가서 내일 좀더 많은 내용을 수중에 넣어야겠다고 생각하고 있지만. 어쨌든 저 올든의 딸은——뭐니뭐니해도 그 집안은 극빈한 농가가 아니냔 말야――리커거스의 그리피스 회사에서 일하고 있었고, 그 조카인 크라이드 그리피스가 내가 아는 한도 내에선 그 처녀가 일하고 있던 직장을 관리하고 있었다는 거야."

"쯧! 쯧! 쯧!" 검시관은 혀를 차며 감탄했다.

"그 처녀는 한 달쯤 집에 돌아가 있었다는 거야, 병으로 말야." 그는 병이라는 말을 특히 강조했다. "화요일에 여행을 떠날 직전까지 집에 와 있었대. 그리고 귀향중에 그 처녀는 그에게 적어도 열 통 내지 그 이상의 편지를 쓰고 있었다더군. 그 사실을 난 그 지방의 우체부에게서 들었어. 그 선서공술서(宣誓供述書)를 지금 여기 가지고 있네" 하며 그는 저고리를 두들겨 보였다. "그 편지는 전부가 크라이드 그리피스에게 보낸 거야. 난 그가 살고 있는 집의 번지도 그녀가 하숙하고 있던 집의 이름도 전부 알아두었어. 빌츠에서 그리고 전화를 걸었어. 오늘밤 난 저 노인을 데리고 갈 작정이야. 그가 알고 있는 어떤 사실이라도 나올지 누가 알아."

"옳지, 그것도 그럴 법하군. 알았어, 오빌. 그래. 그렇다 하더라도 그리피스 가문의 일족이라니!" 다시 한 번 그는 혀를 찼다.

"헌데 말야, 내가 자네에게 얘기하고 싶은 건 시체 검증에 관한 얘긴데" 하고 메이슨은 빠른 말로 엄숙하게 말을 이었다. "이건 쭉 지금까지 내가 생각해 온 건데 말야, 그 자가 여자를 살해하려고 생각한 것은 다만 그 처녀하고 결혼하기를 원하지 않았다는 그것만이 이유 같지는 않은 것 같아. 그건 암만 해도 나에겐 합리적인 것같이 생각되지 않아." 그리고 그는 로버타가 임신하고 있다고 결론을 내리게 된 여러 가지 고찰을 덧붙여서 말했다. 즉석에서 하이트도 그것에 동의했다.

"자, 그렇게 되면 다음은 해부하는 것이 될 텐데." 메이슨은 말을 이었다. "저 타박상의 성질에 관해서도 의학적인 의견이 필요하단 말야. 우리들은 시체가 치워지기 전에, 과연 그녀는 보트에서 물 속에 던져지기 전에 죽어 있었는지, 혹은 기절한 것을 물 속에 던졌는지, 혹은 보트가 전복된 것인지, 그 사정을 분명히 의심의 여지가 없을 정도로 확실히 해두어야겠단 말야. 이 사건에선 그것이 아주 중대한 점이거든. 그러한 것을 명확하게 해두지 않는 한 우리들은 전혀 손댈 길이 없을 거야. 그건 그렇구, 이 근처의 의사들은 어떨까? 그들 중에 이러한 일을 전부 깨끗이 해치우고, 법정에서 맺고 끊은 듯이 딱 그러한 감정서를 작성할 수 있는 인물이 있을까, 어때, 자네 생각은?"

메이슨은 회의적이었다. 벌써 그는 자기 생각대로의 사건을 짜고 있었던 것이다.

"글쎄, 그것에 관해선 말야, 오빌." 매우 무거운 말투였다. "나도 확실한 말은 못 하겠는데. 나보다도 자네 쪽이 잘 알고 있을 게 아냐. 미첼 의사에게는 내일 잠깐 와서 시체를 봐 주었으면 좋겠다고 부탁은 해놓았지만. 베스에게도 그랬고. 그러나 만일 그 밖에 자네가 부르고 싶은 의사 가 있다면 골드워터의 링컨도 있고, 베이보도 있고…… 옳지, 베이보 쪽이 어떨까?"

"내 생각 같아선 유티카의 웹스터 정도가 좋을 것 같은데. 그렇지 않으면 비미스거나, 혹은 양쪽을 다 불러도 좋구. 이러한 사건의 경우엔 네 사람 혹은 다섯 사람에게 그 의견을 들어 봐도 나쁠 것은 없으니까."

그러자 하이트는 괜히 이러다간 자기가 장차 짊어져야 할 큰 책임의 중대성을 의심하였던지 꽁무니를 빼려는 듯이 말했다.

"그래, 역시 자네 의견이 옳을 것 같군, 오빌. 하기야 그렇게 되면 그 사람들이 도착할 때까지 시체 부검은 하루 이틀쯤 연기해야 되겠지."

"그렇지! 하지만 그것도 무방할 게 아냐. 난 오늘밤 어떤 정보라도 좀더 입수하기 위해서 리커거스로 가기로 했으니까 말야. 뭐가 걸릴진 그야 모르지. 운이 좋으면 놈의 꼬리를 붙잡게 될지도, 어쨌든 난 그렇게 되기를 바라지만, 비록 그렇게 되지 않는다 하더라도 이 사건에 특이한 빛을 던져 주는 것이 걸려들지 누가 아느냔 말야. 어쨌든 이 사건은 굉장히 큰 사건이 될 것만 같아. 나에겐 어쩐지 그렇게만 생각되는데. 내가 손대는 사건 중에서 난사(難事) 중의 난사 같군. 자네들에게도 마찬가지지, 앞으로 대책을 강구할 땐 신중에 신중을 기해서 해야겠단 말이야. 상대방은 부자 같고, 그렇다면 놈도 기를 써서 싸울 게 아냐. 게다가 그 부호의 일가가 배후에 버티고 있고."

산발 머리칼을 거칠게 한 손으로 아무렇게나 치켜올리면서 메이슨은 또다시 말을 이었다.

"음, 그것도 좋아. 그런데 다음에 해야 할 일은 유티카의 비미스와 웹스터를 부르는 일인데, 오늘밤 당장에 전보를 치면 어떨까? 그렇지 않으면 전화를 걸거나. 그러고 나서 앨바니의 스프룰과 다음 이 근방의 가정을 안정시키는 의미에서 베스와 링컨도 부르는 편이 좋겠구먼. 베이보도 괜찮겠구" 하고 그는 보일까 말까 한 엷은 웃음을 띄웠다. "어쨌든 내 갔다올 테니까 의사들에게 내일이 아니라 월요일이나 화요일에 와 주도록 좀 이야기를 해줘. 될 수 있으면 월요일에 오게 하는 것이 좋겠군. 알겠나, 빠르면 빠를수록 좋을 테니까. 그리고 그때에 우리가 어떤 사실을 파악하게 되는가를 기다리기로 하세."

그는 서랍에서 여분의 영장을 꺼냈다. 그런 다음 바깥방으로 나간 그는 여행에 관해서 올든에게 설명했다. 다음 버얼리에게 명령하여 아내를 전화로 부르게 하여 일이 긴급을 요하는 것이므로 월요일까지는 집에 가지 못할지도 모르겠다고 손수 설명했다.

그리고 유티카에 가는 데 세 시간이 걸렸고, 리커거스행 기차를 한 시간쯤 기다렸다가 그것을 타고서 한 시간 이십 분 걸린 일곱 시경에 목적지에 도착했으나, 그 동안 오빌 메이슨은 기가 죽어 침울한 얼굴을 하고 있는 타이터스에게서 그 자신과 로버타의 불행한 과거의 여러 가지 경위를 물었다. 그녀의 너그러운 마음씨, 충실한 마음씨, 나무랄 데 없는 품행, 아름다운 마음씨. 그 전에 그녀가 나가고 있던 직장, 그 조건, 보수. 그리고 그 돈을 그녀가 어떻게 처리했는가 하는 그 겸손한 이야기는 메이슨에게는 지나칠 정도로 가슴에 사무쳤다.

타이터스를 데리고 리커거스에 도착한 메이슨은 되도록 빨리 리커거스 하우스로 가서 방을 잡고는 타이터스를 쉬게 했다. 그 다음 이 지방의 지방검사 사무소로 가서 그곳에서 일을 할 수 있는 권한과 그의 의지를 대행할 계원 하나를 얻었다. 그리고 튼튼한 사복형사를 데리고 메이슨은 크라이드를 발견할지도 모르겠다는 헛된 희망을 품고서 테일러 가에 있는 크라이드의 하숙을 찾았다. 그러나 현관에 나타난 페이톤 부인은, 크라이드는 여기 살고 있지만 지금은 집에 없다는 말을 했다. 화요일에 트웰프스 호의 친구의 집으로 놀러 간 것 같다고 그녀는 말했다. 할 수 없이 메이슨은 다소 난처했지만 우선 자기는 카타라키 군의 지방검사라는 것을 알리고는, 다음 빅 비턴 호에서의 한 여자가 익사 사건──그때 크라이드는 그 여자와 함께였음이 틀림없는 것 같은데──을 둘러싼 어떤 일 때문에 자기들은 부득이 그의 방에 들어갈 필요가 있다는 말을 했다. 그 말에 페이톤 부인은 깜짝 놀라 뒤로 물러서며 놀람과 공포와 불신이 한데 섞인 표정이 얼굴에 떠올랐다.

"설마 크라이드 그리피스님이! 그런 어이없는 애기가 세상에 어딨습니까!

그분은 사뮤엘 그리피스 씨의 조카님으로 이곳에선 유명한 분이랍니다. 그분 얘길 알고 싶다면 그리피스 씨댁에 가시면 낱낱이 얘기해 주실 겁니다. 하지만 설마 그런 일이 있을라구, 안 될 소리죠!" 하며 페이톤 부인은 메이슨과 형사를 쳐다보았다. 형사는 자기의 신분을 나타내는 신분증을 보였지만 부인은 그들을 가짜 형사가 아닌가 하는 눈초리로 흘겨보았다.

그러나 그러한 것에는 이미 눈치가 빠른 형사는 페이톤 부인의 옆을 빠져 2층으로 올라가는 계단 아래에 와 있었다. 여기서 메이슨은 미리 준비해 온 수색영장을 신중한 솜씨로 포켓에서 꺼냈다.

"죄송하지만 부인, 그 사람 방으로 안내해 주시지 않으시겠습니까? 이것이 수색영장입니다. 그리고 이분은 내 지휘하에 있는 경찰입니다." 법률에 항거해도 소용없다 하는 것을 깨달은 부인은 무슨 얼토당토않은 부당한 모욕적인 잘못이 이루어지고 있다고 느끼면서도, 잔뜩 불안한 표정을 지으며 그들을 크라이드의 방으로 안내했다.

크라이드의 방으로 들어간 두 사람은 여기저기를 둘러보기 시작했다. 그들은 방 한구석에 조그맣지만 아주 튼튼해 보이는 트렁크가 있고 거기 자물쇠가 채워져 있는 것을 보았다. 폰스 형사는 곧 그것을 쳐들어 보며 그 중량과 견고함을 확인해 보기 시작했다. 메이슨은 방안에 있는 물건 하나하나와 모든 서랍과 상자의 내용문서부터 모든 의복의 포켓에 들어 있는 물건까지 조사하기 시작했다. 그러자 화장농 서랍 속에서 내던져 버린 하의와 셔츠, 트럼불과 스타크와 그리피스와 해리에트에게서 온 몇 장의 낡은 초대장과 함께 크라이드가 공장 책상에서 쓴 그의 필적으로 된 메모가 눈에 띄었다—'2월 20일, 수요일, 스타크 가 만찬' —그 아래에 '22일, 금요일 트럼불 가' —그 필적을 곧 메이슨은 자기 포켓에 들어 있는 예의 카드의 필적과 비교해 보았다. 그리고 동일하다는 것을 알자, 이것이 자기들이 노리는 사나이의 방임에 틀림없다는 확신을 얻었다. 그는 그 초대장을 압수한 다음, 지금 형사가 지켜보고 있는 트렁크 쪽으로 시선을 주었다.

"이걸 어떻게 할까요, 검사님? 가지고 갑니까, 혹은 여기서 열어 봅니까?"

"글쎄." 자못 엄숙한 말투였다. "당장 여기서 열어 보는 게 좋겠지. 어쨌든 나중에 누굴 시켜서 가져오게 하겠지만 지금 그 속에 있는 걸 보았으면 좋겠는데." 이 말에 형사는 곧 포켓에서 튼튼한 끌을 꺼내면서 해머는 없을까 하고 주위를 둘러보았다.

"그리 대단한 것도 아니니까 웬만하면 걷어차도 열릴 것 같은데요."

그때 일이 되어 가는 꼴에 간이 콩알만해진 페이톤 부인이 그런 난폭한 짓을 해서 되겠느냐는 마음에서 버럭 소리를 질렀다. "필요하시다면 망치를 빌려 드려도 좋겠지만 그것보단 열쇠 만드는 사람을 부르시면 어떨까요? 원 참, 그런 난폭한 짓은 난생 처음 봅니다, 난."

그러나 형사는 망치를 구해다 자물쇠를 부수고 열었다. 그러자 위층 조그마한 칸 속에는 크라이드의 의류 등의 이것저것 지저분한 물건들——양말, 칼라 넥타이, 머플러, 양복바지의 멜빵, 못 입게 된 스웨터, 그다지 고급이 아닌 겨울용 구두, 파이프, 빨간 옻칠을 한 재떨이, 스케이트 구두 등——이 들어 있었다. 그러나 그러한 것뿐만 아니라 한구석에는 로버타가 빌츠에서 써 보낸 최후의 열다섯 통의 편지가 한 다발 들어 있었고, 작년 그녀가 준 그녀 자신의 사진도 들어 있었다. 또 손드라가 파인 포인트에 떠나기 전에 써 보낸 편지도 전부 들어 있었고, 각종 초대장을 조그맣게 묶어 놓은 것도 있었다. 파인 포인트에서 그녀가 보낸 편지는 크라이드가 몸에 붙이고 다녔던 것이다. 이 밖에 범죄를 확증하는 듯이 보인 것은 그의 어머니에게서 온 열한 통의 편지 다발이었다. 몹시 의혹을 자극한 점은 최초의 두 통이 시카고 유치, 해리 테네트 앞으로 되어 있고 그 밖의 편지는 시카고의 유니온 리그 유치로 되어 있는 것은 말할 것도 없고, 리커거스로 온 것도 모두 크라이드 그리피스 앞으로 되어 있다는 것이었다.

그 밖에 무엇이 트렁크 속에 들어 있든지 간에 그것을 확인하는 것은 뒤로 미루기로 하고 우선 지방검사는 편지부터 열어 보기 시작했다. 우선 로버타에게서 온 최초의 세 통의 편지를 읽었다. 그러자 그녀가 빌츠로 돌아가 있어야만 했던 이유가 분명해졌다. 다음은 그의 어머니에게서 온 세 통을 읽었다. 일별만으로도 벌써 참으로 애통하리만큼 평범한 초라한 편지지에 쓰여 있었다. 내용은 캔자스시티에서 크라이드를 도주케 한 사건의 성질과 그 어리석은 생활을 암시하는 것과 동시에 매우 열성적으로 친절하게 이제부터 그가 걸어야 할 올바른 길에 관해서 충고를 해준 것이었다. 메이슨과 같은 억제된 기질과 제한된 경험의 인간에게 이러한 편지가 주는 전체적인 효과는, 애당초부터 이 사나이는 주책이 없고, 고집쟁이고, 잘못을 저지르기 쉬운 성격의 인물이라는 인상이었다.

그리고 메이슨이 놀란 것은, 부자인 백부가 당지에서 크라이드에게 어떠한 처우를 했건 간에 분명히 크라이드는 가난할 뿐만 아니라 극히 종교적인 그리피스 가문의 분가 출신이라고 하는 것이었다. 이 사실을 안 메이슨은 보통때라면 다소 크라이드에게 호의를 가지고 싶은 심정의 변화를 일으켰을지도 몰랐다. 그러나 손드라의 편지뿐만 아니라 애절한 로버타의 편지를 눈앞에다 놓고서, 어머니가 캔자스시티에서의 이전의 범죄에 관해서 언급하고 있는 것을 생각하고 있던 메이슨은, 크라이드는 다만 그러한 범죄를 꾸밀 수 있을 뿐 아니라 그것을 냉혹하게 수행할 수 있는 인물이라고 생각하게 되었다. 캔자스시티에서의 범죄. 그곳 지방검사에게 전보를 쳐서 상세한 보고를 받지 않으면 안 되겠다고 메이슨은 생각했다.

그렇게 마음속으로 생각하면서 그는 아까보다도 더욱 재빠르면서도 정밀하게 손드라의 여러 가지 편지와 초대장과 사랑의 메시지 등을 조사해 나갔다. 그 모두가 낱낱이 짙은 향수 냄새가 나며, 이름의 머릿글자를 새겨넣은 편지지에 쓰여져 있었지만 편지의 횟수가 늘어감에 따라 점점 친밀감이 증가하고 애정이 두터워져 끝내는 어느 편지의 서두에도 '내가 가장 좋아하는 크라이드님' 이니, '가장 귀여운 까만 눈을 가진 님' 이니, '내가 가장 귀여워하는 사람' 이니 하고 쓰여져 있고, 말미에도 '손드라' 니 '당신의 손드라' 니 하고 서명되어 있었다. 그리고 그 중 몇 통은 5월 10일, 5월 15일, 5월 26일이라는 식으로 아주 최근 날짜의 것들이었다. 즉 로버타의 비애에 가득 찬 편지가 도착하기 시작하는 시기에 가까운 날짜의 것임을 그 즉시 메이슨은 깨달았다.

이제는 모든 것이 명백해졌다. 자기가 배반한 처녀를 몰래 사람 눈에 띄지 않는 곳으로 방해되지 않게 치워 놓은 뒤에 뻔뻔스럽게도 크라이드는 분명히 이 지방의 사회적 지위가 높은 명문집의 딸에게 파고들어가려는 배짱이었구나 하고 메이슨은 생각했다.

이처럼 재미난 새로운 사실의 발견에 깜짝 놀라 그것에 마음을 빼앗기고는 있었지만, 이제는 가만히 앉아서 생각하고 있을 때가 아니라는 것을 그는 깨달았다. 이렇게 있을 때가 아니었다. 이 트렁크를 빨리 호텔로 운반케 하지 않으면 안 되었다. 그 다음 여기를 나가서 될 수만 있다면 크라이드의 행선지를 추궁하여 체포를 서두르지 않으면 안 되겠다. 그는 형사에게 명령해서 경찰에 전화를 걸게 하여 트렁크를 리커거스 하우스의 자기 방으로 옮기게 하는 동시에 자기는 급히 사뮤엘 그리피스의 저택으로 갔다. 그러나 현재는 집안 식구 모두 그린우드 호로 피서를 가 있다는 것을 알았다. 그러나 그곳으로 전화를 걸어서 물어 본즉 조카 크라이드 그리피스는 사론에 가까운 트웰프스 호의 핀츠레이 가의 별장에 인접한 크랜스톤 가의 별장에 있다는 것을 알았다. 핀츠레이라는 이름은 사론의 마을과 더불어 이미 메이슨의 마음속에서 크라이드와 연결되어 있었으므로 그의 머리에 떠오르는 그 무엇이 있었다. 크라이드가 아직 그 지역에 있다면 아마 거기 있을 것이 분명하다. 그런 여러 가지 편지와 초대장을 보내 준 명문 집의 딸 손드라 핀츠레이의 피서지에 있을 것이 분명하다. 시그나스 호의 선장도 스리마일 베이에서 승선한 젊은 사나이가 그곳에서 하선했다고 하지 않았나? 됐다! 이젠 체포할 수 있겠다!

즉각 자기가 취해야 할 현명한 방법을 깊이 궁리한 그는 자기가 직접 사론에서 파인 포인트로 가기로 마음먹었다. 그리고 크라이드의 인상과 풍채를 정확하게 마음속에 새겨넣은 메이슨은 그것뿐만이 아니라 크라이드가 용의자로서 체포해야겠다는 사실을 리커거스의 지방검사와 경찰서장에게 보고했다. 또 브리지버그의 경찰과 뉴톤 슬래크와 하이트와 버튼에게도 이 사실을 알려 그 세 사람으로 하여금 사론으로 급행케 하여 거기서 메이슨은 그들과 합류하기로 했다.

그리고 그는 페이톤 부인의 대리인을 가장하여 파인 포인트의 크랜스톤 가의 별장으로 장거리 전화를 걸어 집사를 불러내어 거기 크라이드 그리피스가 와 있지 않느냐고 물었다. "네, 와 계시죠만 지금 이곳에 안 계십니다. 호수 오지로 여러분들과 함께 캠핑을 가신 것 같습니다. 네, 무슨 전언이 계십니까?" 그것에 따라 더 질문을 하자, 분명한 건 알 수 없지만 아마 캠프를 하고 있는 사람들은 30마일쯤 떨어진 베아 호로 가 있는 모양 같다는 것과 언제 돌아올지 모른다, 하루 이틀 중으로는 돌아올 것 같지 않다는 대답이었다. 그렇다 하더라도 크라이드가 그 무리 속에 끼여 있다는 것만은 확실히 짐작이 갔다.

곧 메이슨은 또다시 브리지버그의 경찰에 전화를 걸어, 경찰관 4, 5명을 데리고 가서 사론에서 수색대를 편성하여, 크라이드가 어디에 있든지 간에 체포할 수 있도록 만반의 준비를 다해 달라고 의뢰했다. 그리고 크라이드를 브리지버그의 유치장에 처넣기만 하면 합법적으로 모든 수속을 다하여, 지금까지의 조사 결과 크라이드가 로버타 올든의 살인범이라고 단정할 수 있는 놀랄만한 사실을 어떻게 해서든지 해명할 작정이라고 전했다.

6

그 동안 크라이드는 로버타가 물 속으로 모습이 보이지 않자 둑을 향해 헤엄쳐 가서, 옷을 바꿔입은 후 사론으로, 그리고 호반의 크랜스톤 가의 별장에 이르기까지 거의 정신착란에 빠져 있는 것만 같았다. 그것은 주로 공포와 과연 자기가 그녀에게 때 아닌 죽음을 준 것이었을까 어떠했을까 하는 마음속의 동요와 혼란에서 온 것이었다. 더욱이 이 우연한 사고라고도 생각되는 사건을 빅 비턴의 여관으로 돌아가서 보고하기 위하여 북으로 갈 생각은 하지 않고, 몰래 남쪽으로 향하고 있는 자기의 모습을 이제 누구에게라도 들키는 날엔, 자못 냉혹하고 무정한 소행으로만 생각되어 누구나 다 자기를 살인범이라고 확신할 테지 하고 생각되자 무서운 고뇌에 사로잡혔다. 왜냐하면 점점 그는 정말로 자기는 죄를 범한 것은 아니라는 생각이 머리를 쳐들었기 때문이다 ——그 마지막 순간에 심정의 변화를 일으켰으니 내가 죄를 범했다고는 할 수 없는 것이 아닌가?

그러나 내가 돌아가서 설명하지 않은 이상 누가 그것을 믿을 것이냐? 더구나 이제 되돌아간다는 것은 단연코 좋지 못하다! 내가 공장의 여공과 호수 위에서 보트를 탔거나 부부로서 투숙했다는 사실이 만일 손드라에게 알려지기라도 한다면…… 아아, 하나님!

그리고 그 다음에 백부와 냉혹한 사촌에게 열심히 설명하거나 약삭빠르고 냉소적인 리커거스의 모든 사람들에게 설명해야 한다니! 천만에! 천만에! 이미 여기까지 온 이상 무슨 일이 있어도 남쪽으로 향하지 않으면 안 된다. 반대 방향에는——죽음은 아닐지라도——큰 불행이 기다리고 있는 것이 아닌가. 나는 이 무시무시한 사태를 최대한으로 활용하지 않으면 안된다. 나로선 너무도 기묘하게 죄를 범하는 일이 없이 무상하게 끝난 것만 같은 이 계획을 최대한으로 멋있게 활용하지 않으면 안 된다.

그렇게는 생각했을망정 이 숲! 그리고 이제 다가오는 밤! 오싹 몸서리가 쳐지는 삼라만상의 쓸쓸함과 위험! 만일 누구를 만나게 되면 어떻게 하면 좋을까? 무슨 말을 꺼내면 좋을까? 그는 몹시 당황하여 정신과 신경이 병적으로 일변되어 있었다. 작은 나뭇가지 하나만 흔들려도 깜짝 놀라서 토끼처럼 뛰어올라 도망치곤 했다.

그러한 상태로 가방을 손에 들고, 옷을 갈아입고, 젖은 옷을 짜서 말리다가 그 아래에다 마른 가지와 솔잎을 깔고서 그것을 가방 속에 처넣고, 썩은 통나무 밑에 카메라의 다리를 묻은 다음 해 저문 숲속으로 그는 뛰어든 것이었다. 그리고 그는 참으로 기묘한 위험스러운 처지를 더욱 깊이 생각하지 않을 수가 없었다. 이를테면 만일 내가 무의식적으로 그녀를 때려 두 사람이 물 속으로 빠지게 되고, 그녀는 귀를 뚫고 말 것 같은 비명을 올리며 구원을 외쳤을 때, 만일 누가 둑에 있어—낮에 서성거리고 있던 튼튼하게 생긴 사나이 중의 누가 지켜보고 있다가—지금 이 순간에도 경종을 울리며, 똑같이 튼튼하게 생긴 사람들을 한 스무 명쯤 모아 가지고 지금 당장 오늘밤에라도 뒤쫓는다면 어떻게 한다? 사람 사냥! 그렇게 되는 날엔 그들은 나를 체포하여 끌고 돌아갈 것이리라. 그리고 내가 그녀를 고의로 때린 것이 아니라고 하는 것을, 아무도 믿어 주지 않으리라. 공정한 재판을 받기도 전에 그들은 날 때릴지도 모른다. 그것은 있을 법한 일이다. 지금까지도 그러한 예는 얼마든지 있었다. 나는 로프로 교살을 당하게 될 것이다. 이 숲속에서 총살을 당하게 될지도 모른다. 어쩌다가 이런 결과가 되고 말았단 말인가? 얼마나 오랫동안 내가 고뇌를 했는가를 설명할 기회조차도 주지 않겠지. 그들에게 그런 것이 이해될 리 없다.

그렇게 생각하면서 그는 점점 걸음을 재촉하며 걸어갔다. 그 잎이 바늘처럼 생긴 독살스럽게 옹기종기 모여 있는 전나무 묘목들과 가끔 자못 불길한 소리를 내는 마른 가지 사이를 되도록 빨리 뛰다시피 하며 걸어갔다. 그리고 머릿속에서는 계속 생각을 달리고 있었다. 스리마일 베이로 나가는 길은 오른쪽에 있는 것이 틀림없다. 달이 뜨면 달은 왼쪽에 나타날 것이 틀림없다.

그렇다 하더라도 저건 무엇일까?

아아, 그 무서운 소리!

마치 암흑 속에서 울부짖는 유령과도 같지 않은가!

저것 봐라!

저것은 무엇일까?

그는 가방을 떨어뜨리고는 식은땀을 흘리면서 높다란 굵은 나무 그늘에 웅크리고 꼼짝도 않고 앉아서 공포에 부들부들 떨고 있었다.

저 소리!

그러나 그것은 한 마리의 올빼미에 지나지 않았다. 몇 주일 전 그는 크랜스톤 가의 별장에서 그 소리를 들은 적이 있었다. 그런데 이런 곳에서! 어서 여기를 빠져 나가지 않으면 안 되겠다. 그것에 의심의 여지는 없다. 이런 불쾌하고 무서운 생각에 사로잡혀 있어서는 안 된다. 그렇지 않으면 용기도 원기도 전혀 지속시켜 나갈 길이 없지 않은가. 그러나 저 로버타의 눈초리! 저 최후의 애소하는 듯한 동공! 아아, 하나님! 그것을 보지 않을 수가 없었다! 그녀의 애절하고도 처참한 울부짖음! 저 소리를 듣지 않고 배길 수는 없을까……. 비록 여기서 빠져 나가는 동안만이라도?

내가 그녀를 때렸을 때 그것은 고의가 아니었다. 다만 노여움과 항의의 몸짓에 지나지 않았다는 것을 그녀는 이해했을까? 지금 그녀는 호수 밑바닥이거나, 그렇지 않으면 이 숲의 어둠 속이거나, 어디에 있다고 하더라도 그것을 알고 있을까? 유령! 그녀의 유령! 그러나 나는 그것에서 떠나 버리지 않으면 안 된다! 무슨 수를 써서라도 그렇게 하지 않으면 안 된다. 그러나 이 숲은 안전하다. 너무 경솔하게 가도로 뛰어나갔다가는 큰 봉변을 당하게 될지도 모른다. 통행인과 맞부딪치게 된다! 잘못하다간 나를 찾고 있는 사람들과 정면으로 맞부딪치게 될지도 모른다! 그러나 사람은 죽은 후에도 정말로 살아 있는 것일까? 유령이라는 것은 정말로 존재하는 것일까? 그리고 유령은 진심을 알고 있는 것일까? 그렇다고 하면 그녀는 그것을 알고 있을 것임이 틀림없다. 그리고 그녀는 그것을 어떻게 생각하고 있을 것인가? 지금 그녀는 그릇된 죄상을 추구하면서, 힐책하는 듯이, 원망하는 듯이 나를 쫓고 있는 것일까? 맨 처음 내가 그녀를 죽이려던 것을 그대로 죄상으로 하고 있는 것일까? 나는 사실 그렇게 원하고 있었다! 물론 그것은 큰 죄다. 비록 내가 직접 손을 대어 그녀를 죽이진 않았다 하더라도 무엇인가가 대신 그것을 해치운 것이다! 그것은 사실이다.

그러나 유령…… 아아, 하나님…… 죽은 후에도 그 유령이 뒤를 쫓아다니며 죄를 폭로하고 벌을 주려고 하며, 추적자들에게 내가 있는 곳을 가르쳐 주고 있을까? 사실인지 아닌지 누가 알 수 있단 말이냐. 어머니는 나와 프랭크와 에스타와 줄리아에게 신령을 믿는다고 한 적이 있지만. 이렇게 하여 그가 고꾸라지기도 하고, 엿듣기도 하고, 걸음을 멈추기도 하고, 식은땀을 흘리기도 하고, 부들부들 떨기도 하면서 세 시간을 보내고 있는 동안에 겨우 달이 떠올랐다. 사방을 둘러보니 아무 모습도 눈에 띄지 않았다. 머리 위에는 별이 손드라가 있는 파인 포인트처럼 찬란하고 부드럽게 비치고 있었다. 만일 그녀가 그 자신의 모자를 그 호수 위에 둥둥 뜨게 한 채 거기서 죽어 있는 로버타로부터 살며시 몸을 피해 도망치는 나를 본다면! 만일 그녀가 저 로버타의 비명을 듣고 있었다면! 내가 그녀를 위해서――그녀의 아름다움, 그녀에 대한 열정, 그리움에 못 견디게 된 그녀를 위해서 저런……저런……저런 무서운 짓……한 번은 그래도 사랑했던 처녀를 죽여 버리려고 계획했고, 실행할 수 있었던 사실을 절대로, 절대로 그녀에게 고할 수가 없다니 이 얼마나 기묘한 일이냐. 그리고 나는 평생 이것을――이러한 생각을 짊어지고 갈 테지! 절대로 이 생각을 버릴 수는 없을 테지――언제까지, 언제까지, 언제까지도. 이런 일이란 아직까지 생각해 본 일조차 없었다. 또 이것은 자체로써 정말로 무서운 일이 아닌가?

그러는 동안에 열한 시가 되어――시계가 물에 빠졌기 때문에 서 있는 동안 그 정도의 시각일 거라고 추측한 것이지만――그가 서쪽 가두로 나가 1, 2 마일쯤 걸어갔을 때, 별안간 숲의 어둠 속에서 유령처럼 세 사나이가 불쑥 나타났다. 처음 그는 자기가 로버타를 때린 순간이거나 그 다음 순간에 현장을 들키게 되어, 그들이 자기를 잡으러 온 것으로만 생각했다. 갑자기 오싹하고 식은땀이 배어 나왔다. 그러자 그 중의 소년이 초롱을 쳐들고는 그의 얼굴을 자세히 보려고 했다. 확실히 그는 몹시 의혹을 살 만한 공포와 당황의 표정을 띄우고 있었다. 왜냐하면 마침 그 순간 그는 호수에서 일어난 모든 사건을 상세하게 낱낱이 머릿속에서 다시 그려 보면서 지금이라도 곧 자기에게 추적의 손이 뻗쳐 올 것만 같은 단서라도 남기고 온 것이 아닌가 하고 마음속으로부터 부들부들 떨고 있는 중이었기 때문이다. 그래서 그는 사나이들이 자기를 체포하기 위해서 온 것임에 틀림없다고 느끼고는 뒤로 물러섰다. 그러나 그때 선두에 서 있던 키가 크고 뼈대가 굵은 사나이는 겁을 먹고 어쩔 줄을 몰라하는 태도를 재미있다고 생각했던지, “어디 양반인진 모르지만 안녕하슈!” 하고 소리를 질렀다. 소년은 조금도 의심하는 빛이 없이 앞으로 걸어나와 불빛을 밝게 했다. 크라이드도 그들이 자기를 추적해 온 무장대가 아니라 시골 사람들이거나 안내인들로 이쪽에서 가만히 점잖게 있기만 하면 살인범이라고 의심할 리는 없겠다고 생각했다.

그러나 나중에 그는 혼자 중얼거렸다. 그렇다 하더라도 이런 쓸쓸한 길을 이런 시각에 이런 가방을 들고서 걷고 있던 나를 저 사람들은 기억하고 있는 것이 아닐까? 어서 서두르지 않으면 안 되겠다. 이젠 누구에게도 들키지 않도록 해야겠다고 그는 결심했다.

몇 시간이 지난 후, 달이 서쪽으로 기울고, 음산하고 창백한 빛이 숲으로 퍼져 밤 경치가 한층 더 음산하고 우울하게 보이기 시작할 무렵, 그는 드디어 스리마일 베이에 당도했다. 이른바 인디언 연산(連山)의 북단에 민가와 여름용 별장이 다닥다닥 모여 있는 조그마한 마을이었다. 길모퉁이에서 보니 아직도 뿌연 전등불이 껌벅거리고 있었다. 가게들, 주택들, 가로등. 그러나 뿌연 새벽녘의 여명 속에서 모든 것이 몽롱하게만 보였다. 너무도 몽롱하여 그에겐 불쾌하게 느껴질 정도였다. 다만 한 가지만은 분명히 알 수 있었다. 그것은 이 시각에 그와 같은 복장을 하고서 가방을 손에 들고서는 이곳으로 들어설 수 없다는 것이었다. 만일 누구와 만나는 일이라도 있다면 필경 그는 상대방의 호기심뿐만 아니라 의혹을 사게 될 것이 뻔했기 때문이다. 그리고 그로서는 사론에서 파인 포인트로 갈 작정이었는데 여기서부터 사론으로 왕래하는 작은 기선은 여덟 시 삼십 분이 되어야만 출범한다. 그때까지 그는 어디서 몸을 감추고 있으면서 되도록 의심을 사지 않을 만한 차비를 갖추고 있지 않으면 안 되겠다고 생각했다.

그는 마을의 교외까지 쭉 뻗어 있는 송림 속으로 다시 기어 들어가서 거기서 아침까지 기다리기로 했다. 조그마한 교회의 탑 측면에 시계가 달려 있었으므로 출범 시각이 되면 자연히 알 수 있을 터였다. 그러나 그때까지 그는 여러 가지로 궁리해 보았다. 그렇게 하는 것이 과연 현명한 노릇일까? 누군가가 기다리고 있을지도 모를 일이 아닌가? 그 세 사람이나 그 밖에 그를 보고 있던 사람들이나, 어디서 지령을 받은 경찰이. 그러나 그는 잠시 후 역시 그렇게 하는 것이 가장 좋겠다고 생각했다. 이 호수의 서쪽에 있는 숲속을 몰래 빠져 나가자면——낮에는 누구에게 들키게 될 우려가 있으니——밤에나 해야 할 일이고, 기선을 타고 가면 한 시간 반이나 두 시간이 걸려서야 사론의 크랜스톤 가의 별장에 당도할 수 있을 텐데, 걸어간다고 하면 내일까지 걸릴 것이 아닌가. 그것은 현명한 노릇이 아니다. 도리어 더 위험한 노릇이 아닌가. 더구나 손드라와 버튼에게 화요일에는 간다고 약속해 두었다. 그런데 벌써 금요일이 되었으니, 또 내일이 되면 내 몽타주가 이곳저곳으로 발송되어 추적의 고함소리가 드높이 나를 체포하기 위한 추격이 전개될지도 모른다. 그러나 오늘 아침이라면——어쨌든 아직 로버타의 시체가 발견될 리는 만무하다. 음, 역시 기선이 좋아. 이 지방의 아무도 나를 모르고——아직 칼 그레이엄 혹은 크리포드 골덴이 사실은 크라이드라고 짐작이 갈 사람은 없지 않은가? 기선으로 가는 것이 가장 좋겠다. 로버타의 건에 관해서 어떤 새로운 사태가 발생하기 전에 재빨리 해치우는 것이 상책이다. 그렇다. 시곗바늘이 여덟 시 십 분을 가리키자 그는 몹시 두근거리는 심장을 안고 송림에서 나왔다.

사론으로 가는 란치는 거리를 끝까지 간 그 막바지에 있었다. 그는 어슬렁어슬렁 걸어가면서 라케트 호발 버스가 가까이 다가오는 것을 보고서 문득 이렇게 생각했다. 만일 나루터나 배 안에서 아는 사람이라도 만나게 되면, 그때에는 나는 지금 손드라와 버틴의 친구들이 많이 있는 라케트 호에서 방금 온 것이라고 하면 되지 않는가? 만일 그 친구들이 배를 타게 되는 경우에는 어제 나는 거기 가 있었다고 둘러대면 되겠지. 행선지의 이름이니 별장은 아무래도 상관없다. 만일의 경우엔 아무렇게나 둘러 대면 된다.

잠시 후 그는 란치 있는 데로 가서 올라탔다. 이런 식으로 해서 사론으로 가서 배를 내렸다. 어디서도 특별히 사람들의 주의를 끈 것 같지는 않다고 그에게는 생각되었다. 열한 명 정도의 선객이 있었지만 모두가 모르는 사람들이었을 뿐 아니라, 한 사람의 시골 처녀 외에는 아무도 별로 그에게 관심을 두고 있지 않는 것만 같았다. 푸른 드레스에 흰 밀짚모자를 쓰고 있는 그 시골 처녀는 이 근처에 살고 있는 듯 동경에 가까운 눈초리로 그를 보고 있었지만, 그 밖엔 별다른 의미도 없는 것같이 보였다. 그러나 연방 사람의 눈을 피하고 있던 그는 이 시골 처녀의 눈초리조차도 참아 낼 수 없어서 다른 쪽으로 몸을 피했다. 다른 승객들은 앞 갑판 쪽이 마음에 든 모양이었다. 그리고 사론에 도착하자 대부분의 사람들이 하행(下行) 아침 첫차를 타려고 역으로 가는 것을 보고서 그도 그 뒤를 종종걸음으로 따라갔다. 그러나 돌아서자마자 바로 눈에 띄는 식당으로 들어가 일행에게서 종적을 감추어 버렸다. 그러나 어제는 오후 내내 보트를 저었고, 로버타가 준비해 온 도시락을 그라스 호에서 먹는 체만 했을 뿐이며, 빅 비턴에서 스리마일 베이까지 긴 거리를 걷고 있으면서도 아직도 공복을 느끼지 않았다. 때마침 역 쪽에서 낯선 몇 명의 승객이 접근해 오는 것을 보자, 그도 열차에서 내려서 여관이나 기선 쪽으로 가는 체하면서 그 사람들 사이에 섞이고 말았다.

그때 그는 유티카발과 앨바니발의 남행 열차가 이 시각에 도착한 것을 타고 온 것처럼 보이는 것이 극히 자연스럽겠다고 생각했기 때문이다. 그 다음 그는 우선 역으로 가는 체하다가 도중에서 걸음을 멈추고는 버틴과 손드라에게 전화를 걸어 여기 있다는 것을 알리고, 란치보다는 자동차를 보내겠다는 확답을 얻자 그렇다면 여관의 서쪽 베란다에서 기다리고 있을 테니 그리 알라고 전했다. 도중에서 그는 신문 매장으로 가서 조간신문을 샀다. 그가 여관의 베란다로 들어가서 채 앉기도 전에 크랜스톤 가의 자동차가 다가왔다.

잘 알고 있는 크랜스톤 가의 운전기사가 아주 애교 있는 얼굴로 환영의 인사를 하는 것에 답하고서 겨우 크라이드는 가볍고도 상냥하게 미소를 지을 수 있었지만 아직 마음속에서는 커다란 공포가 파도 치고 있었다. 벌써 지금쯤은 도중에서 만난 세 사나이들이 필경 빅 비턴에 도착했을 테지, 하고 자꾸만 그는 그 생각을 했다. 벌써 지금쯤은 로버타도 크라이드도 모습을 감춘 것이 반드시 사람들의 머릿속에 떠올랐을 테지. 어쩌면 그 전복된 보트와 그의 모자와 그녀의 베일도 발견되었을지도 모른다. 그렇다면 그 사나이들은 크라이드 같은 사람이 가방을 들고서 밤중에 남쪽으로 걸음을 재촉하고 있는 것을 보았노라고 이미 보고하고 있는 것이 아닐까? 그렇다면 시체가 발견되건 말건 남녀의 익사 여부에 관해서 의혹을 사게 될 것이 아닌가? 그리고 그녀의 시체가 물 위에 떠오르게 된다면 그땐 어떻게 되지? 그녀를 세게 때린 상처 자리가 남아 있는 것이 아닐까? 남아 있다고 하면 타살이라는 의혹을 받게 되지는 않을까? 그리고 크라이드의 시체가 떠오르지 않고 그 사나이들이 도중에서 만난 사람의 인상을 지껄인다면 크리포드 골덴 혹은 칼 그레이엄이 살인범이라는 의혹을 받게 되는 판국에 빠지게 되는 것이 아닐까?

그러나 크리포드 골덴도 칼 그레이엄도 전혀 크라이드 그리피스와는 다르다. 아마 당국자들도 크리포드 골덴 혹은 칼 그레이엄이 크라이드 그리피스와 동일인이라고는 단정하지 못할 것이다. 그 때문에 크라이드는 모든 점에 세심한 주의를 다하여 그라스 호에서 아침식사 후 로버타에게 도시락 이야기를 하러 보낸 후 그녀의 가방과 지갑을 낱낱이 조사한 것이 아니었던가? 테레사 바우저라는 여자가 빌츠의 로버타 앞으로 낸 두 통의 편지가 눈에 띈 것인데 확실히 그것은 건 롯지를 떠나기 전에 크라이드가 처분해 버렸다. 저 '리커거스-화이틀리' 라는 상표가 붙어 있는 상자에 넣은 대로의 화장품은 그대로 남겨 두지 않을 수가 없었지만 누구나 다──크리포드 골덴 부인도 그렇고, 칼 그레이엄 부인도 그렇고──화이틀리 상점에서 물건을 사지 않는다는 법도 없으니까 그것이 크라이드와 직결될 가능성은 없지 않은가? 절대로 없다. 그녀가 입은 옷도 비록 그것 때문에 그녀의 신분이 판명되는 경우가 생긴다 하더라도 그녀의 양친도 다른 사람들도 그녀가 골덴 혹은 그레이엄이라는 모르는 사나이하고 함께 여행을 나간 것으로 생각하고는 사태를 더욱 시끄럽게 하지 않고 그만 뭉개 버릴 작정으로 있는 것이 아닐까? 어쨌든 나로선 모든 것이 유리하게 진전되기를 바랄 뿐이다. 용기를 내어 원기왕성한, 쾌활한, 명랑한 얼굴을 하여 누구에게도 내가 그 하수인이라고 생각되지 않도록 조심하자, 내가 그녀를 죽인 것은 아니니까.

지금 나는 이 훌륭한 차를 타고 있다. 그리고 손드라도 버틴도 나를 기다리고 있다. 나는 앨바니에 갔다왔다고 하지 않으면 안 될 것이리라──백부의 용무로 거기 가서 화요일부터 쭉 그쪽에 시간을 뺏기고 있었노라고 해두자. 그리고 나는 손드라와 함께 천국과 같은 행복을 맛보게 될 것이지만, 한편으로는 저 무서운 생각이 여전히 마음 한구석에 도사리고 앉아서 나를 괴롭힐 테지. 어쩌면 단서가 될 만한 행적을 완전히 지워 버리지 못하고 그대로 남겨 두고 있을지도 모른다. 만일 그렇다고 하면? 폭로! 체포! 그리고 어쩌면 성급한 불공정한 유죄 판결! 마침내는 처형! 내가 로버타를 때린 것이 우연이라는 것을 변명할 수 없는 한 그렇게 될 테지. 그리고 손드라를 둘러싼 모든 꿈도, 리커거스와 나 자신을 위해서 갈망한 위대한 인생도 그 즉시 수포로 돌아가고 말 테지. 그러나 나는 그것에 관해서 변명할 수 있을까? 과연 할 수 있을까? 아아, 하나님!

7

금요일 아침부터 다음주의 화요일 정오까지, 그전 같으면 마음을 몹시 들뜨게 하고 기쁘게 해줄 정경이었건만 이제는 똑같은 정경 속을 크라이드는 처참한 공포와 전율에 떨면서 돌아다니지 않으면 안 되었다. 크랜스톤 가의 별장의 현관에서 손드라와 버틴에게 마중을 받고서 그가 기거할 방으로 그들이 안내해 준 후에도 그는 현재의 이 모든 환희와 이제 곧 엄습해 올지도 모르는 파괴적인 파국(破局)과를 비교해 보지 않을 수가 없었다.

그가 들어갔을 때 손드라는 버틴에게 들리지 않게 입을 비쭉거리며 속삭였다. "지독해, 너무! 벌써 먼 옛날에 여기 오기로 되어 있는 사람이 1주일씩이나 꼬박 처박혀 있다니! 손드라는 당신을 위해서 여러 가지로 계획을 세웠는데. 당신은 실컷 좀 맞아야 해. 오늘은 전화를 걸어서 당신이 어딨는지 그걸 확인하려던 참이었어요." 이렇게 말하면서도 잔뜩 흥분하고 있는 그녀의 눈은 마음속의 생각을 그대로 전해 주는 것만 같았다.

그러자 그는 고뇌 속에서도 쾌활한 미소를 띄우는 것이었다. 일단 그녀 앞으로 나서자 로버타의 죽음의 공포도 그 자신 현재의 위구(危懼)도 사라져 버리는 것같이 생각되었기 때문이다. 모든 것이 잘만 된다면! 몰리게 될 단서만 없다면! 거리낄 것 하나 없는 대도(大道)! 찬란한 미래! 그녀의 아름다움? 그녀의 사랑? 그녀의 부(富). 그러나 안내된 방에 자기 가방이 운반되어 있는 것을 보자 그 즉시로 예의 양복이 그의 머릿속에 되살아나 그를 괴롭혔다. 젖어서 쑤세미가 되어 있으렷다. 골방 위 선반 같은 데에다 감춰 두지 않으면 안 되겠다. 그는 혼자가 되자 곧 문을 잠그고는 젖어서 쑤세미가 되어 있는 옷을 꺼냈다. 바짓가랑이 아래에 빅 비턴 호의 둑에서 묻은 진흙이 아직도 그대로 있었다. 아니다. 지금 그렇게 할 것이 아니라 밤까지 가방 속에 넣어 두었다가 천천히 어떻게 해야 좋은가를 정하기로 하자. 그렇게 생각하면서 그는 그날 입었던 자질구레한 옷가지들을 한데 뭉쳐서 세탁소에 보내기로 했다. 그렇게 하면서도 그는 가슴이 터질 것 같은 불쾌감으로 까닭 모를 극적인 비애에 찬 자신의 인생을 의식하고 있었다. 동부로 와서 자기가 접촉한 모든 것을, 어렸을 때의 자기가 아무런 혜택도 받지 못했다는 것을. 현재도 실제에 있어선 그때와 다를 것이 없지 않은가. 널따랗고 호화로운 이 방과 자기가 리커거스에서 살고 있는 방과의 차이. 어제 그런 사건이 있은 후의 오늘, 이런 곳으로 와 있는 자기의 이상한 운명. 창밖의 찬란한 호수의 푸른 물과 빅 비턴의 거무튀튀한 물과의 차이. 그리고 둑까지 죽 줄무늬의 차일을 치고 넓은 베란다가 있는 이 광대하고 화려한 환락의 집에 딸려 있는 초록색 잔디밭에선 스튜어트 핀츠레이와 바이올레트 테일러가 프랭크 해리에트와 와이난트 팬트 들과 함께 테니스를 하고 있고, 버틴과 할리 배고트는 줄무늬의 대형 텐트 아래에서 한가하게 시간을 보내고 있었다.

신경은 풀리지 않고 마음은 불안했지만, 어떻게 해서든지 명랑한 얼굴을 지어 보이려고 애를 썼다. 그리고 손드라와 버차드 테일러와 질 트럼불이 어제 모터 보트를 타고 나갔을 때 겪은 재미난 일들을 얘기하고 있는 데로 그는 나갔다. 그가 나타난 것을 보고서 질 트럼불이 소리를 질렀다. "아니, 크라이드, 무단결석이 너무 심하시군요? 얼굴을 잊어 버릴 정도로 오래간만이에요." 그는 침울한 표정으로 손드라에게 미소를 던져 일찍이 보인 일이 없을 정도로 그녀의 동정과 애정을 구하면서 베란다의 난간에 걸터앉아 되도록 부드러운 목소리로 대답했다. "화요일부터 계속 앨바니에서 할 일이 너무도 많아서요. 그래 올 수가 있었어야죠. 거긴 참 덥습니다. 오늘 여기 와서 비로소 알겠는데 여긴 낙원이군요. 어떤 사람들이 와 있습니까?" 질 트럼불이 생긋 미소를 지으면서 말했다. "거의 전부가 다 왔죠. 어제 랜달의 집에서 반다를 만났고, 스코트는 내주 화요일에는 포인트로 온다고 하는 편지를 버틴에게 주었다니까요. 금년엔 아무도 그린우드에 가지 않나 봐요." 그 다음 왜 그린우드가 그전처럼 인기를 끌지 못하고 있느냐에 대한 길고도 열렬한 토의가 계속되었다. 그러자 손드라가 끼여들었다. "그러니까 생각나는군요. 오늘 난 벨라에게 전화를 걸지 않으면 안 돼. 저 브리스톨에서 열리는 말 전시회에 다음다음주에 가겠다고 약속했는데." 이렇게 해서 이번엔 화제가 말과 개 이야기로 바뀌었다. 그리고 크라이드는 자기가 중요한 하나로 생각될 수 있도록 열심히 귀를 기울이고 있었다. 그러나 역시 머릿속에서는 자기와 관련된 그 처참한 사건이 떨어지지 않았다. 저 세 사나이, 로버타. 벌써 그녀의 시체는 발견되었을지도 모른다. 틀림없이 발견되었을 것이다. 그러나 이렇게 부들부들 떨고 있을 것은 없잖은가. 어쨌든 그곳 수심은 50피트나 된다니까 그런 데서 손쉽게 발견될 리도 만무하다. 또 크리포드 골덴 혹은 칼 그레이엄이 크라이드라고 그렇게 간단히 짐작이 갈 수 있을까? 전혀 안 될 소리다. 그 세 사나이만 아니면 사실 나는 완전히 단서가 잡힐 리는 만무할 텐데. 그러나, 아아, 저 세 사나이들! 그는 오한이라도 든 것처럼 저절로 몸이 부들부들 떨렸다.

손드라는 그가 우울하다는 것을 의식했다. 제일 먼저 그가 찾아왔을 때 아무런 준비도 하지 않고 온 것 같은 모습으로 추측하여, 아마 지금 이렇게 수심에 잠겨 있는 것도 결국엔 돈이 없기 때문일 거야, 하고 생각했다. 그래서 그녀는 이번 그의 체재중에 돈이 필요할 때 그가 당황하지 않도록 나중에 자기 수중에서 75달러쯤 꺼내어 그에게 억지로 쥐어 주려고까지 생각하고 있었다. 잠시 후 그녀는 골프라도 하며 여러 장해 지역의 그늘에서 몰래 키스와 포옹이라도 즐기자는 생각에서 얼른 일어서며 이렇게 말했다.

"남녀 혼합 포섬을 안 할래? 자, 질 크라이드 · 버치, 어서들 가. 나와 크라이드가 한조가 되면 당신들한텐 절대로 안 져. 내기를 걸어도 좋아……."

"좋아, 도전이다! 하고 버차드 테일러는 황색과 청색 무늬의 스웨터를 끌어내리면서 일어섰다. "비록 내가 새벽 네 시까지 한잠도 못 잤다 하더라도 흥, 지나 보자. 어이, 질, 안 할래. 란치를 건다고 한다면 나는 도전에 응하지, 손드라."

이때 별안간 크라이드는 짜릿하며 전신이 식어 가는 것을 느꼈다. 저 소름끼치는 여로 끝에 자기 포켓에 겨우 남은 25달러라는 돈을 그는 비참하게 생각하고 있었던 것이다. 여기서 네 사람분의 란치 값이라고 하면 적어도 8달러에서부터 10달러까지는 할 테지! 더 비쌀지도 모른다. 그 순간 손드라가 그의 표정을 알아채고는,

"좋아, 그걸로 해요!" 하고 소리를 지르면서 크라이드에게로 다가와 가볍게 손가락 끝으로 그를 쿡 찌르며, "하지만 난 옷을 바꿔입고 와야겠어요. 곧 내려올게요. 그 동안에 이봐, 크라이드, 앤드루를 찾아서 클럽을 가지고 오라고 좀 일러 주시겠어요? 우리들이 당신 보트를 타고 가도 괜찮죠, 버치?" 여기서 크라이드는 급히 앤드루를 찾으러 가면서 자기와 손드라가 지는 경우 란치에 얼마나 돈을 뺏기게 될까 하고 생각했다. 그러나 곧 손드라가 쫓아와서 그의 팔을 붙잡았다. "잠깐만 기다리고 있어요, 곧 돌아올 테니." 이 말을 남기고

는 계단을 뛰어올라 자기 방으로 가서 몇 장의 지폐를 꺼내 손안에 쥐고서 곧 또다시 돌아왔다. "자, 어서!" 하고 그녀는 크라이드의 포켓을 붙잡고 그 돈을 틀어 넣어 주면서 속삭였다. "쉿! 아무 말 말아요! 어서요! 이건 우리들이 졌을 때의 란치대와 그 밖의 비용이에요. 나중에 얘기할게요. 정말 난 당신을 사랑해요." 그녀의 열띤 갈색 눈은 깊숙이 찬미를 지닌 채 잠시 동안 그를 지켜보았다. 그러더니 또다시 계단을 뛰어 올라가면서 소리쳐 말했다.

"바보처럼 그런 데 언제까지 서 있지 말고, 어서 골프 클럽이나 가져다 줘요, 골프 클럽을!" 하고는 모습을 감춰 버렸다.

크라이드는 포켓을 겉에서 만져 보고서 꽤 돈이 많이 들어 있다는 것을 알 수 있었다. 확실히 여기 체재중의 모든 비용을 충당할 수 있을 뿐만 아니라 만일의 경우엔 도망치기에도 족할 만한 액수였다. 귀여운 그녀! 나의 사랑 아름답고, 따뜻한, 너그러운 손드라! 저렇게까지 그녀는 나를 사랑하고 있구나. 정말 사랑하고 있구나. 그러나 만일 그녀가 저 사건을 안다면? 아아, 하나님! 그러나 이 모든 게 그녀를 위해서 한 일이 아니냐. 그것을 그녀가 알아주기만 한다면. 그렇다, 모든 것은 그녀를 위해서 한 일이었다. 얼마 후 앤드루를 찾은 그는 골프백을 가지고 함께 되돌아왔다.

그러자 또다시 손드라가 스마트한 초록색 운동복을 입고 춤을 추는 듯한 가벼운 걸음걸이로 나타났다. 새 모자에 블라우스 차림의 질은 경마의 기수처럼 보였다. 그녀는 모터 보트의 타륜을 쥔 버차드를 상대로 하여 깔깔거리며 웃고 있었다. 손드라는 가는 도중에 대형 텐트 아래에 있는 버틴과 할리 배고트를 뒤돌아보며 소리쳤다. "이봐, 당신들은 안 가?"

"어디?"

"카지노 골프 클럽으로."

"싫어, 너무 멀어. 점심 후 호반에서 다시 만나."

그 다음 버차드는 보트 소리를 드높이 울리면서 마치 보트를 돌고래처럼 건들건들 통로를 열게 하면서 호수 위를 사정 없이 몰았다. 크라이드는 꿈꾸는 듯이 호수를 쳐다보며 환희와 희망을 느끼면서, 또 한편에선 어쩌면 배후로 스며들어 있을지도 모르는 체포와 죽음을 머릿속에 그려 보고는 우울과 공포에 사로잡혔다. 여러 가지로 생각해 본 끝에 단행한 것이긴 했지만, 오늘 아침 그 숲에서 버젓이 나오다니 큰 실수를 했구나 하고 그는 새삼스럽게 후회

비슷한 것을 느끼기 시작했다. 그러나 그렇게 하지 않으면 낮에는 피신하고, 밤이 되어서 호반길을 사론을 향해 걸어올 수밖에 딴 방법이라곤 없었으니까 결국 그렇게 한 것이 상책이 아니었을까. 걸어서 오다간 이틀 사흘씩이나 걸렸을 것이 분명하다. 그리고 손드라는 그렇게 늦게 오는 것을 걱정한 나머지 이상하게 생각하고는 리커거스로 전화를 걸었을지도 모를 일이다. 그렇게 하면 자신의 소재에 관해서 의혹을 사게 되어 그것이 도리어 나중에 위험한 일이 되고 말는지도 모를 일이다.

그러나 이 밝은 날의 이 호수 위에서는 그가 짊어지고 있는 배경이 아무리 어둡고 쓸쓸한 것이라 하더라도, 적어도 다른 사람들만큼은 아무런 구속도 없이 명랑한 것만 같았다. 그가 와서 한층 더 명랑해진 손드라는 가볍게 일어서서 색깔이 선명한 스카프를 조그마한 기처럼 한 손으로 높이 쳐들고는 멋쩍은 듯이, 그러나 쾌활하게 큰 소리를 지르기 시작했다. "이제 클레오파트라는 출영(出迎)의 배를 내몰고 있습니다. 그녀가 맞으러 가고 있는 것은…… 에에, 도대체 누구였을까요?"

"찰리 채플린" 하고 테일러가 재빨리 받아 넘기고는 그녀를 쓰러뜨리려는 듯이 되도록 거칠게 보트를 흔들기 시작했다. "에이, 바보!" 하고 손드라도 지지 않으며 두 다리로 넓게 버텨서서 균형을 잡으려고 애를 쓰면서 버차드를 흘겨보며, "당신은 정말 엉터리야" 하고 책한 다음 다시 말을 이어, "……클레오파트라는 이제야말로…… 에에…… 파도타기에 한참 재미를 보고 있는 중입니다." 그리고 그녀는 머리를 뒤로 젖히고는 두 팔을 좌우로 넓게 폈다. 보트는 깜짝 놀란 말처럼 뛰어오르기도 하고 비틀거리기도 했다.

"날 쓰러뜨릴 수 있을는지 어디 마음대로 해보시지, 버치."

이 말에 질쏘냐는 듯이 버차드도 되도록 빨리 보트를 좌우로 흔들었다. 그러자 이번에는 질 트럼불이 자기 자신의 안전에 마음을 쓰는 듯이 "아니, 어떻게 할 셈이야? 모두를 익사시킬 판인가?" 이 말에 크라이드는 가슴이 뜨끔해지며 얼굴이 창백해졌다.

순간적으로 그는 기분이 불쾌해지고 온몸의 기운이 탁 풀리는 것만 같았다. 이러한 결과가 되리라곤――이렇게 마음의 고통을 당해야만 되리라곤―― 그는 전혀 상상도 못 했다. 모든 것이 이것과는 전혀 다른 결과가 되리라고만 상상하고 있었던 것이다. 그런데 이제는 어쩌다가 우연히 무의식적으로 나온 말에도, 그만 가슴을 졸여야만 할 결과가 되고 말았으니! 이런 상태라면, 정말로 진짜 시련에 부딪치면──난데없이 경관이 나타나서 어제 어디 있었느냐, 로버타의 죽음에 관해서 무엇을 알고 있느냐 하는 따위의 질문을 받게 되면, 나는 입속에서 우물거리고 부들부들 떨며 말 한마디 똑똑히 하지 못한 채 머리를 푹 숙이고 마는 결과가 되는 것이 아닐까? 용기를 내어 자연스러운 아무렇지도 않은 태도를 취하지 않으면 안 된다. 그렇지 않은가? 이 최초의 하루 동안만이라도.

다행히도 다른 사람들은 눈이 빙빙 돌 듯한 쾌속조의 흥분에 끌려들어 그와 같은 말이 그에게 끼친 영향을 전혀 모르는 눈치였다. 그리고 그도 점점 표면적인 평정을 되찾아보려고 무한히 애를 썼다. 보트가 카지노에 접근했을 때 손드라는 마지막으로 어떤 멋진 장난을 해보이려고 잔교(棧橋) 난간에 매달려 기어 올라갔다. 그러자 보트는 휙하고 한쪽으로 기울며 전진하더니 얼마 후 반대 방향으로 되돌아갔다. 손드라의 자못 즐거워하는 미소를 받고 있던 크라이드는 억누를 수 없는 그녀에의 욕망에 사로잡혔다. 그녀의 사랑, 동정, 너그러운 마음씨, 용기 등에 마음이 끌렸다. 그래서 그도 그녀의 미소에 응답하기 위하여 가볍게 일어서서 질을 부축하여 계단을 올라가게 한 다음, 이번엔 손드라가 한 것처럼 재빨리 잔교 난간으로 기어올랐다. 그 동안 쭉 쾌활한 정열적인 태도를 지으며 표면상으로는 조금도 빈틈없는 표정을 지어 보였지만 속은 텅 비어 있었다.

"어머나, 당신도 상당한 운동가셔!"

얼마 후에 그녀와 함께 골프 링크로 나온 그는 그녀의 지도와 지시하에 별로 경험도 없고, 더구나 고민이 있는 사람치고는 곧잘 게임을 해낼 수 있었다. 그리고 그녀는 사람 눈에 띄지 않는 장해 지역에서 그를 독점하여 키스와 포옹을 할 수 있는 더할 나위 없는 환희에 몰려 캠핑의 계획을 그에게 이야기하기 시작했다. 그것은 그녀와 프랭크 해리에트, 와이난트 팬트, 버차드 테일러, 그녀의 오빠 스튜어트, 그랜트 크랜스톤, 버틴, 할리 배고트, 펄리 헤인즈, 질 트럼불, 바이올레트 테일러 등이 1주일 예정으로 준비하고 있는 계획이었다. 내일 오후 출발하여 란치로 호수를 한 30마일쯤 깊숙이 들어갔다가 다음 동쪽으로 40마일의 베아 호로 간다. 그 다음 그 호반을 따라 텐트와 도구를 준비해 가지고 할리와 프랭크만이 알고 있는 호숫가와 경치가 좋은 곳으로 카누를 젓고 간다. 매일같이 캠프지를 변경한다. 남자들은 다람쥐를 잡고, 고기를 낚아서 부식을 제공한다. 또 카누로 갈 수 있는 여관으로 달빛을 받아가며 여행도 한다. 각기 자기 집에서 한두 사람 혹은 세 사람의 하인과 샤프롱을 데리고 간다. 더욱이 아아, 숲속의 산책! 사랑을 속삭이기에는 다시 없는 기회다! 호수에서의 선유──적어도 1주일 동안은 누구에게도 방해를 받는 일 없이 즐길 수 있는 사랑!

지금까지 생긴 일을 생각해 볼 때 선뜻 내키진 않았지만, 어떠한 일이 앞으로 일어나든 간에 역시 함께 가는 것이 가장 좋지 않겠느냐고 크라이드는 생각하지 않을 수 없었다. 그녀의 사랑을 마음껏 받아 본다는 것은 얼마나 근사한 일이냐! 게다가 나는 여기서 무슨 일을 할 수 있다는 거냐? 그 캠핑은 나를 여기서 끌어내 주는 것이 아닌가. 저──저──우연한 사고 현장으로부터 더욱 멀리, 멀리로. 그리고 예를 들면 자기 같은 사람을 누가 찾고 있다고 하더라도 자기는 들키거나, 이 소리 저 소리 들을 만한 곳에는 있지 않게 된다. 그러나 아아, 저 세 사나이들.

옳지, 하고 그는 이 순간 무엇을 느꼈다. 우선 이미 누구에게 의혹이 가 있는가 어떤가를 되도록 분명히 확인할 수 없는 동안은 절대로 여기를 떠나서는 안 된다. 그렇게 생각한 그는 카지노로 돌아와서 혼자가 되자 곧 신문 매장으로 조회하여, 앨바니와 유티카와 다른 지방 신문의 석간도 일곱 시나 일곱 시 반이 안 되면 여기 오지 않는다는 것을 알았다. 그는 그때까지 기다리지 않으면 안 되었다.

점심이 끝난 후 헤엄도 치고 춤도 춘 다음 그는 할리 배고트와 버틴과 함께 크랜스톤 가의 별장으로 되돌아갔다. 손드라는 나중에 해리에트 가의 만찬회에서 만나자는 약속을 하고는 파인 포인트로 가 버렸다. 그러나 그의 마음은 되도록 빨리 신문을 구했으면 하는 생각으로 가득 찼다. 만일 크랜스톤 가의 별장에서 해리에트 가로 가는 도중에 들러서 일부 혹은 모든 신문을 구할 수 없다면 아침에 베아 호로 떠나기 전에 어떻게 해서든지 카지노에 가도록 하지 않으면 안 된다. 그리고 어떻게 해서든지 신문을 구해서 저 익사한 남녀에 관해서 지금까지 어떠한 이야기가 떠돌고 있고, 어떠한 조치가 취해져 있는가를 알아야 한다.

그러나 해리에트 가로 가는 도중에서 그는 신문을 구할 수가 없었다. 아직

와 있지 않았던 것이다. 해리에트 가에도 그가 도착했을 때에는 아직 와 있지 않았다. 그러나 반 시간쯤 지나서 베란다에 앉아서 그 일을 곰곰이 생각하며 다른 사람들과 이야기를 하고 있자니까 손드라가 나타나서 이런 말을 했다. "이봐, 모두들 들어 봐. 오늘 아침인가 어제인가에 빅 비턴에서 남녀의 익사 사건이 있었대. 방금 브란치 로크에게서 전화가 와서 그 얘길 들었어. 오늘 브란치는 스리마일 베이에 가 있는데 여자 시체는 발견되었지만 남자의 시체는 아직 감감 무소식이라더군. 필경 그 호수의 남쪽 어디서 익사했을 것이라고 하던데, 그 애 얘기가."

이 말에 갑자기 크라이드는 벌떡 자리에서 일어났다. 몸이 뻣뻣해지고 창백해져 입술은 핏기가 없는 한 일 자로 굳어졌으며 두 눈은 한 곳에 못박히고 말았다. 눈앞의 것들보다도 저 먼 빅 비턴의 경치──높은 소나무들, 거무튀튀한 물이 로버타를 삼키고 있는 광경들을 지켜보고 있는 것이었다. 그렇다면 그녀의 시체가 발견되었다는 거지. 그러면 내가 계획한 대로 내 시체도 거기 가라앉아 있다고 사람들은 그렇게 믿고 있을 것인가? 하지만 좌우간 들어보자. 그는 현기증이 났지만 그들의 이야기에 귀를 기울이지 않을 수가 없었다.

"허, 거 사고인데!" 하며 버차드 테일러가 만돌린을 켜고 있던 손을 멈췄다.

"누구지, 우리들이 아는 사람일까?"

"그건 아직 그 애도 듣지 못했다고 하던데."

"난 어째 그 호수가 싫더라." 프랭크 해리에트가 끼여들었다. "거긴 너무 쓸쓸해. 작년 여름 난 우리 아버지와 미스터 랜달, 이렇게 셋이서 그리로 낚시를 갔는데 오래 있을래도 있을 수 없더군. 우울해져서 견딜 수가 있어야지."

"우리들도 3주일 전에 거기 갔었어. 기억하고 있겠지, 손드라?" 할리 배고트도 한마디 했다. "당신도 그리 좋아하지 않았지."

"기억하구말구." 손드라의 대답이었다.

"참 쓸쓸한 곳이었지. 뭘 찾아 먹으려고 그런 곳에 가고 싶어하는 사람이 있는지 난 통 모르겠어."

"좌우간 이 근처의 우리들이 아는 사람이 아니면 참 좋겠군. 그뿐이지 뭐야." 버차드가 자못 생각에 젖은 표정을 지으며 이렇게 말했다. "아, 글쎄 아는 사람이라고 해봐, 어쨌든 잠시 동안은 이 근처의 쾌활하고 유쾌한 분위기가 깨지고 말 게 아냐."

저도 모르게 크라이드는 혀로 마른 입술을 핥고 꿀꺽 침을 삼키고는 마른 목구멍을 적셨다.

"아직 신문에는 아무것도 안 났겠지. 누구 봤어?" 와이난트 팬트가 물었다. 손드라가 처음에 한 말을 그는 듣고 있지 않았던 것이다.

"신문은 아직 안 왔어." 버차드 테일러였다. "벌써 신문에 그 기사가 나와 있을라구. 브란치 로크한테서 전화로 방금 들었노라고 손드라도 그러지 않아. 브란치 로크는 지금 그 근처에 가 있다고."

그러나 저 사론의 조그마한 지방 석간신문——《배너》라고 하던가——에는 그 기사가 나와 있지 않을까? 오늘밤중으로 그 기사를 볼 수 있다면!

그러나 이때 다른 상념이 비로소 그의 머리에 번개같이 떠올랐다. 저런, 내 발자국! 그 호반의 진창 속에 발자국이 나 있지 않았을까? 그렇게 허둥지둥 기어오르는 바람에 보지도 않았지만 거기다 발자국을 남기고 온 것은 아니었을까? 그리고 경찰이 그것을 발견하고서 추격해 오지 않을까?——저 세 사나이가 본 사람을, 크리포드 골덴을! 오늘 아침 저런 모양으로 배로 호수를 건너서 크랜스톤 가의 자동차로 별장으로 온 것이지만 저 별장의 방에 있는 젖은 양복! 이렇게 밖으로 나와 방을 비우고 있는 동안에 누가 벌써 그 방으로 들어가서 가방을 열어 본 것은 아닐까? 경찰이…… 아아, 하나님! 그 양복은 가방 속에 있다. 그러나 어쩌자고 나는 그것을 가방 속에 넣었단 말이냐? 어찌하여 아직까지 어디다 그것을 감추어 버리거나 돌을 묶어서 이곳 호수에라도 던져 버리지 않았을까? 그렇게 해두면 설마 떠오르는 일은 없을 테지. 이런 죽느냐 사느냐 하는 순간에 도대체 나는 무엇을 생각하고 있었을까? 그렇다, 어쩌면 그 양복이 필요할지도 모르겠다고 생각하고 있었던 것이다!

이제 그는 완전히 정신적으로도 육체적으로도 얼어붙은 채 그대로 서 있었다. 그의 두 눈은 그 순간 몸이 오므라질 정도로 심한 공포를 띠고 있었다. 나는 이 집에서 나가지 않으면 안 된다. 당장 그리로 돌아가서 저 양복을 처분하지 않으면 안 된다. 호수에 던져 버리거나, 어딘가 저 별장의 숲속에라도 감추거나. 그러나 그건 그렇게 급속도로 할 수는 없다. 두 익사자의 이야기가 나오자마자 여기를 떠났다고 하면 의심을 사게 될지도 모른다.

그래서 그는 달리 생각해 보았다. 아니다, 침착하게 굴어라. 어떠한 종류의 흥분된 기색도 되도록 보이지 않도록. 냉정하게 버티고는 될 수만 있다면 아무렇지도 않은 듯한 말투로 말하기만 하면 된다.

그래서 그는 최대의 기력을 다 짜내어 손드라 앞으로 가까이 다가가면서 입을 열었다.

"참 안됐군". 그 목소리는 태연스럽게 흘러나왔지만 그 구석구석이 어쩐지 다소 떨리고 있었다. 두 무릎과 두 손도 마찬가지로 떨리고 있었다.

"정말 그래요." 손드라도 맞장구를 치면서 그를 돌아다보았다. "난 언제나 이런 소린 참 듣기 싫거든요. 그렇지 않아도 엄마가 이 근방 호수를 제 집처럼 돌아다니듯이 싸질러 다니고 있는 오빠와 나에게 귀가 닳도록 설교를 하고 있잖아요, 글쎄."

"그렇겠죠." 그의 목소리는 맑지가 못하고 육중하며, 거의 말이 되지 않고는 목구멍에 찬 채 꺼지고 말았다. 입술은 아까보다도 더욱 가는 창백한 한 일 자가 되었고, 얼굴은 새파랗게 질려 있었다.

"어마, 웬일이세요, 크라이드?" 그를 응시하고 있던 손드라가 갑자기 물었다.

"얼굴색이 여간 나쁘지 않아요! 더구나 그 눈, 웬일이세요? 오늘밤은 어디 몸이라도 편치 않으세요? 그렇지 않으면 여기 광선 탓일까요?"

그녀는 다른 사람들을 쳐다보고는 그것을 확인해 보려고 했다. 또다시 그를 바라보았다. 그는 이 순간이 극히 중대하다고 느끼면서 되도록 용기를 내어 이렇게 대답했다.

"그렇죠, 광선의 탓이죠. 틀림없이 그것 때문입니다. 물론 광선 탓이죠. 저, 난……어제……아주 일이 심해서, 그게 아마 이제 오는가 보군요, 피곤이. 그것뿐입니다. 도대체 오늘밤 여기 온다는 것부터가 무리한 짓이었는지도 모르죠." 이렇게 말하고는 이 세상의 것으로는 도저히 보이지 않는 기괴한 미소를 띄웠다. 손드라는 매우 동정 어린 눈초리로 그를 쳐다보면서 다시 말을 이었다.

"그럼, 어제 일로 아주 녹초가 되었군요? 그럼, 오늘 아침 왜 그렇다는 말을 내게 하지 않았어요? 그리고 힘든 놀이를 하지 말았으면 좋았을 텐데. 내가 프랭크에게 애길 해서 당신을 크랜스톤 댁으로 바래다 드리도록 할까요?

그러잖으면 프랭크의 방에 올라가서 쉬시겠어요? 프랭크는 그런 건 조금도 상관하지 않으니까 프랭크에게 그 얘길 해볼까요?"

그녀는 프랭크에게 이야기하려는 듯이 그쪽으로 얼굴을 돌렸다. 크라이드는 그녀의 제안에 당황하여 여기를 떠나려는 구실을 만들려고 하면서도 떨리는 목소리로 "제발 그건 그만두십쇼. 난…… 난…… 거기까진 원하지 않습니다. 문제 없습니다. 그렇게 하고 싶다면 조금 있다가 프랭크 방으로 가서 쉬도록 하죠. 또 당신이 조금 있다가 집으로 돌아간다면 나도 좀 일찍 돌아갈지는 모르지만, 지금은 그럴 필요가 없습니다. 최상의 기분은 아니더라도 문제 없습니다."

손드라는 그의 열심인, 고집이라고까지 생각되는 말투에 눌려 그만 자기의 제안을 철회했다. "그럼, 좋아요. 그래도 기분이 나쁘시다면 나에게 그렇다는 말을 해서 프랭크에게 바래다 달라거나 혹은 2층으로 안내해 달라거나 둘 중 하나를 택하세요. 프랭크는 절대로 그런 일을 싫어하지 않으니까. 그리고 조금 있다가, 열한 시 반쯤이 되거든 난 실례할 작정이니까 함께 당신 숙소로 갈 수 있어요. 내가 집에 돌아가기 전에 당신을 거기까지 바래다 드릴게요. 또 다른 분도 원하시면 겸해서 바래다 드리겠어요. 그렇게 하면 어떻겠어요, 네, 크라이드?"

"글쎄요, 좌우간 난 2층으로 올라가서 물을 마시고 오겠습니다." 이렇게 말하고서 크라이드는 해리에트 가의 널따란 욕실 하나로 몸을 감추고는 문을 잠그고서 열심히 생각해 보기 시작했다. 인양된 로버타의 시체에 무슨 상처 자리라도 남아 있지 않을까? 크랜스톤 가의 별장에 두고 온 저 양복. 숲속에서 만난 저 세 사나이들. 로버타의 가방 · 모자 · 상의. 저 호수에 남겨두고 온 안이 없는 모자. 그리고 지금부터 어떻게 하면 좋을까? 어떻게 행동을 하면 좋을까? 어떻게 이야기를 하면 좋을까? 이제 곧 아래층에 있는 손드라에게로 가서 함께 돌아가자고 설득시킬 것인가? 그렇지 않으면 그대로 여기 있으면서 고민할 것인가? 내일 신문에는 어떠한 기사가 나올까? 도대체 어떠한 기사가? 최후에는 나에게로 추적의 손이 뻗칠 듯한 그러한 기사거나, 그것에 어떤 관계가 있는 기사가 나왔을 경우 내일로 예정되어 있는 캠핑에 나간다는 것은 과연 현명한 처사라고 할 수 있을까? 여기서 도망을 쳐 버리는 것이 보다 더 현명한 처사라고 할 수 있을까? 이제는 다소의 돈이 있다. 뉴욕으로도 보스턴으로도, 저 래터러가 있는 뉴올리언스로도 갈 수 있다. 그러나 아는 사람이 있는 곳은 피하는 것이 좋다.

아아, 하나님! 지금까지의 계획은 모두가 엉터리였다. 실수투성이였다. 도대체 처음부터 딱 계획을 짜고 있었을까? 예를 들면 그 깊은 물 속에서 로버타의 시체가 발견될 것이라고 정말로 생각해 본 일이 있었을까? 그런데 사실은 이토록 빨리 첫날부터 인양되어 그에게 불리한 증거를 제공하고 있으니 말이다! 그리고 나는 그런 모양으로 숙박계에 서명은 했지만 저 세 사나이들과 소형 기선을 타고 있던 시골 처녀의 증언에 의하여 벌써 추적을 당하고 있는 것이 아닐까? 생각해 보지 않으면 안 되겠다! 그리고 저 양복에 엉켜 실제로 치명적인 무슨 사고라도 일어나기 전에 되도록 빨리 여기를 빠져 나가지 않으면 안 되겠다.

점점 기력이 빠지고, 공포에 시달려 온 그는 마침내 마음을 정하고는 아래층 손드라가 있는 데로 가서 정말로 자기는 몸이 불편해서 어떻게 할 수 없으니까 상관없다면 함께 돌아가 줄 수 없겠느냐고 사정해 보았다. 그래서 열 시 반에, 아직 몇 시간씩이나 더 즐길 수 있는 시각에 손드라는 버차드에게 자기는 몸이 좀 불편하니 크라이드와 질과 함께 집까지 바래다 주면 좋겠노라고, 또 내일은 베아 호로 떠나는 시간에 알맞도록 모두가 있는 곳으로 갈 테니 그리 알라고 말했다.

그리고 크라이드는 내일 이른 아침의 출발도 그로서는 아직까지 거쳐 온 결사적인 계획의 모든 단계가 시사하는 것처럼 비참한 실패의 한걸음이 아닐까 하고 생각하면서 이내 쾌속의 란치에 몸을 싣고 크랜스톤의 가의 별장으로 향했다. 도착하는 즉시로 그는 아무렇지도 않은 체하며, 아주 미안하다는 얼굴로 버차드와 손드라와 헤어져 급히 자기 방으로 뛰어 올라갔다. 들어가 보니, 그 양복은 그때의 그대로——누가 들어와서 뒤져 본 것 같은 흔적이라곤 조금도 눈에 띄지 않았다. 그래도 역시 침착성을 잃은 의심스럽다는 눈초리로 그는 잠시 그 양복을 바라보았다. 그 다음 그것을 가방에서 꺼내어 조그맣게 뭉쳤다. 그리고 귀를 기울이고는 들키지 않게 빠져 나갈 수 있는 인기척이 없는 순간을 노리고 있다가 그는 잠깐 산보라도 나가는 체하고는 방을 빠져 나갔다. 별장에서 4분의 1마일쯤 떨어진 호반으로 가서 무거운 돌을 하나 찾아 그것을 양복에다 비끄러맸다. 그러고는 힘껏 멀리 던져 양복을 물 속에 가라앉게 했다. 그 다음 나갈 때와 마찬가지로 덤덤히 우울에 잠긴 채 침착성을 잃고 방으로 돌아와, 내일 어떠한 기사가 나올까, 누가 심문을 하러 오면 어떻게 대답을 하면 좋을까 하고 궁리를 거듭했다.

8

로버타를 둘러싼 양심의 가책과 고민과 자기를 체포하기 위해서 온 사나이들의 악몽에 시달려 거의 한잠도 잠을 이루지 못하고 온밤을 뜬눈으로 보냈다. 새벽에 그가 겨우 자리에서 일어났을 때에는 신경도 눈도 쑤셔 대고 아파서 견딜 수가 없었다. 그 다음 한 시간쯤 지난 후에 용기를 내어 아래층으로 내려가 보았다. 어제 자기를 태우고 온 운전기사 프레드릭이 자동차를 닦고 있었다. 그래서 앨바니와 유티카의 조간 신문의 전부를 사다 달라고 부탁했다. 아홉 시 반경에 운전기사는 돌아와서 크라이드의 방으로 신문을 가지고 왔다. 크라이드는 문을 닫아 걸고는 신문 하나를 펴보았다. 그 순간 놀랄 만한 표제가 눈에 확 들어왔다.

수수께끼에 싸인 여자의 죽음
어제 애디론대크 산중의 호수에서 시체 발견
동반의 사나이는 현재 수색중

그 즉시로 긴장하여 새파랗게 질려 버린 그는 창가 의자에 걸터앉아 단숨에 훑어 읽기 시작했다.

〔뉴욕 주 브리지버그, 7월 8일발〕

어제 정오 직전, 빅 비턴 호 남단의 수중에서 신원불명의 여자 시체 하나가 인양되었다. 아마 함께 온, 처음 수요일 아침에는 뉴욕 주 그라스 호의 여관에서 칼 그레이엄 부처라고 서명했고, 다음날 목요일 정오 빅 비턴의 여관에서는 크리포드 골덴이라고 서명한 젊은 사나이의 아내라고 추정된다. '포구'에 보트가 전복되어 있을 뿐만 아니라, 사나이의 밀짚모자도 물 위에 떠 있는 것이 발견되었기 때문에 갈고리와 그물로 수저(水底)의 수색 작업이 진행중에 있음.……그러나 어젯밤 일곱 시까지 아직 그 사나이의 시체는 인양되지 않았다. 두 시에 비극의 현장에 급거 출동한 하이트 검시관의 의견에 의하면 사나이의 시체가 발견될 가망은 전혀 없다는 것이다. 여자의 시체의 두부와 안면에는 여러 곳에 걸쳐 타박상과 찰상이 있었다. 또 수색이 진행중에 현장에 출두한 세 사나이들은 전날 밤 그 호수의 남쪽에 있는 숲속에서 골덴 혹은 그레이엄이라고 서명한 인물과 용모가 흡사한 젊은 사나이를 만났다고 증언하고 있다. 그 때문에 많은 사람들은 이것을 살인이라고 간주하고, 그 살인범은 도주를 계획중일 것이라고 추측하고 있다.

여자의 갈색 가죽 여행가방과 모자와 저고리가 남아 있지만 가방은 빅 비턴 동방 5마일의 건 롯지 역의 차표 매장에, 또 모자와 저고리는 빅 비턴의 여관방에 남겨져 있었다. 그러나 그레이엄 혹은 골덴이라고 자칭하는 사나이는 자기의 가방을 보트로 가지고 갔다는 것이다.

빅 비턴의 여관집 주인의 이야기에 의하면 그 남녀는 도착 당시 앨바니 시의 크리포드 골덴 부부라고 서명했다. 불과 몇 분도 되지 않아 그 여관을 나가 바로 옆에 있는 보트 하우스로 가서 보트를 빌려서 가방을 든 채 여자와 함께 보트를 타고서 호수로 나갔다. 그 후 두 사람은 돌아오지 않았다. 그리고 다음날 아침, 이 호수의 최남단으로 깊숙이 들어가 있는 조그마한, 통칭 '달의 포구'에 보트가 완전히 거꾸로 전복되어 있는 것이 발견되었고, 얼마 후 그 수중에서 젊은 여자의 시체가 인양되었다. 그 근방의 호수에는 암초도 없고, 더구나 시체의 안면의 상처는 누가 보더라도 분명할 정도이므로 대번에 여자의 사인에 의혹이 생겼다. 이 밖에 세 사나이의 증언이 있었을 뿐만 아니라, 현장 근처에서 발견된 사나이의 모자에는 안도 없고 신원을 추궁할 단서도 없어 현재의 형편으로는 그 사나이의 시체가 발견되지 않는 한 살인 행위라고밖에는 볼 수 없다고 하이트 검시관은 주장하고 있다.

그라스 호와 빅 비턴의 여관집 주인들, 그 밖에 안내인들의 이야기에 의하면 골덴 혹은 그레이엄이라고 칭하는 사나이는 연령은 24, 5세 정도, 다소 체구가 가늘고 피부색은 약간 검은 편이며, 신장은 5피트 8, 9인치 정도, 도착했을 때에는 엷은 회색 양복에 빨간 구두를 신고 있고, 밀짚모자에다 갈색 가방을 들고, 가방에는 우산인가 스틱 같은 것을 달아매고 있었다는 것이다.

여자가 여관에다 남겨 놓고 온 모자는 암황갈색, 저고리색도 역시 엷은 황갈색 그리고 암청색 드레스를 입고 있었다.

부근의 모든 역에는 지시가 전달되어 있어, 골덴 혹은 그레이엄이라고 칭하는 사나이가 살아 있어 도망을 계획하는 경우 그를 체포하게끔 만반의 경계망이 쳐져 있다. 여자의 시체는 군청의 소재지인 브리지버그에 이송되어 얼마 후 그곳에서 시체 검증이 이루어질 예정으로 있다.

마치 얼어붙은 것처럼 목소리를 삼키고 주저앉은 채 그는 생각에 젖어 있었다. 이 기사가 시사하는 것과 같은 비열한 살인이 바로 인접된 지역에서 이루어졌다는 뉴스는 이 지방의 사람들에게도 대단한 흥분을 불러일으킬 것이다. 그리고 많은 사람들, 아마도 모든 사람들이 거기 쓰여져 있는 대로의 그러한 인상착의의 사나이를 찾아내려고 도처에서 왕래하는 모든 사람들을 눈이 빠지도록 살필 것이 아닌가? 그렇다면 벌써 추적의 손길이 바로 눈앞에 다가와 있는 이상 빅 비턴이나 이곳 경찰에 자수하여 지금까지의 경위, 당초의 계획에서부터 그 이유까지 낱낱이 고백한 뒤에, 다만 마지막 순간에는 정말로 그녀를 죽이려고 하지 않았다, 심경의 변화를 일으키고 계획한 대로는 할 수 없었다고 하는 것을 쭉 조리 있게 설명하는 편이 낫지 않을까? 가만있자, 그래선 안 된다. 그런 방법을 쓰다간 자기와 로버타와의 사이에 있던 관계를 전부 손드라와 그리피스 가의 사람들에게 알리게 될 판국에 빠지고 말 위험성이 있다. 여기서의 자기의 모든 희망이 이미 종말을 고했다고는 아직 절대적으로 결정지을 수 있는 것도 아닌데. 더구나 이미 이렇게 도망을 치고 있는 이상 그 상처 자리에 관해서 아무리 변명을 해본들 경찰에선 과연 그 말을 믿어 줄 것인가? 제아무리 자기가 하지 않았다고 변명을 해본들 실제로는 자기가 그녀를 죽인 것처럼 보일 것이 아닌가?

그리고 자기를 본 모든 사람들 중의 몇 사람은 이 신문기사의 인상착의에서, 비록 현재 자기가 회색 양복과 밀짚모자를 쓰고 있지 않다 하더라도 자기에게 의혹의 화살을 대어 볼지도 모른다. 아아, 하나님! 이제야말로 그들은 살인죄를 고발하려고 자기를, 아니, 오히려 자기를 닮은 크리포드 골덴 혹은 칼 그레이엄을 혈안이 되어 찾아 돌아다니고 있는 것이다! 그리고 자기가 크리포드 골덴으로 보여 저 세 사나이들이 이리로 온다면? 그는 떨리기 시작했다. 더욱 불길한 생각이 머리에 떠올랐다. 새로운 전율을 자극하는 사실이었다. 그것은 이 순간 비로소 그의 가슴속에 번득인 것인데——그 두 가명의 머럿글자가 그 자신의 이름과 동일하다고 하는 사실이었다! 지금까지 그는 그러한 가명들이 자기에게 불리하리라곤 꿈에도 생각하지 않았는데 이제는 그것이 화근의 씨가 되었음을 알았다. 어찌하여 지금까지 그것에 생각이 미치지 못했단 말이냐? 어찌하여? 어찌하여? 아아, 하나님!

마침 그때 손드라에게서 전화가 걸려 왔다. 그녀라는 것을 알면서도 그는 침착하게 대답을 하는 데에도 대단한 노력을 하지 않으면 안 되었다.

"몸이 불편하신 도련님, 오늘 아침 기분은 어떠세요? 좀 나셨어요? 어젯밤 그렇게 갑자기 병이라고 해서 얼마나 걱정을 했는지 모르겠어요. 정말 이젠 문제 없어요? 캠핑 갈 수 있을 것 같아요? 그것 잘됐어요, 당신 병이 심해서 못 가게 되는 것이 아닌가고 나는 밤새도록 얼마나 걱정한 줄 아세요. 하지만 당신이 갈 수 있다니까 모든 게 다 먼저대로 돌아갔어요. 귀여운, 소중한 내 도련님! 내 도련님은 정말 날 사랑하고 계세요? 이 캠핑에선 필경 당신에게 정말로 좋은 일이 많을 테니 두고 보세요. 점심 때까진 난 모든 시간을 바쳐서 준비를 하겠어요. 그러나 한 시 반에는 모두가 카지노의 잔교에 모이게 될 테죠. 그리고……아아, 거기서 어저께 보인 재주는 정말 근사했지 뭐예요! 당신은 거기서 오는 버틴이나 그랜트들과 함께 와서 잔교에서 스튜어트의 란치로 바꿔 타면 될 거예요. 정말 이번 캠핑은 여간 유쾌하지 않을 거예요. 재미난 일이 산더미처럼 있을 거예요. 하지만 이젠 실례하지 않으면 안 되겠어요. 안녕."

그리고 선명한 빛깔의 새처럼 그녀는 다시 한 번 사라져 버렸다.

그러나 이 별장을 나가서 크리포드 골덴 혹은 칼 그레이엄을 찾고 있는 누구와 부딪칠 위험을 피하기까지에는 아직도 세 시간을 기다리지 않으면 안 된다! 그때까지는 호반을 걸어서 숲속으로 들어가 있어도 괜찮을 것이다. 혹은 가방을 챙겨 놓고 아래층에 앉아서 누가 도로에서, 혹은 호수를 건너서 온 란치에서 뜰안의 구부러진 긴 오솔길로 들어서는 것을 지켜보고 있는 것도 하나의 방법일지도 모른다. 그렇게 하면 조금이라도 수상한 사람이 나타나면 곧 도망을 칠 수도 있지 않은가. 이렇게 생각한 그는 그 후 다음과 같이 실행했다. 우선 몰리고 있는 짐승처럼 뒤를 돌아다보면서 숲속으로 걸어들어갔다. 잠시 후에 다시 되돌아와서 근처에 앉아 보기도 하고 걸어 보기도 했다. 그 동안 조금도 감시를 게을리하지 않았다. 저건 어떠한 인간일까? 저 보트는 무엇일까? 저건 어디로 가려는 작정일까? 어쩌면 이쪽으로 오고 있는 것은 아닐까? 저건 누굴까? 나를 체포하러 온 형사는 아닐까? 그럼, 도망을 쳐야겠구나. 물론, 아직 시간이 있다는 가정에서지만.

드디어 한 시가 되었다. 버틴과 할리와 와이난트와 그랜트 들과 함께 그는 크랜스톤 가의 란치를 타고서 잔교로 향했다. 잔교에 도착하자 일행의 다른 사람들과 하인들과 합류했다. 그리고 그들은 30마일 북방의 동쪽 둑 리틀 피시 포구에서 배고트 가와 해리에트 가, 그 밖의 자동차의 출영을 받고는 거기서부터 짐과 카누 따위 들과 함께 동쪽으로 40마일의 육로로 베아 호까지 운반되었다. 그것은 빅 비턴과도 견줄 만큼 고요하고도 매혹적인 호수였다.

이 여행도 저 사건만 마음을 누르고 있지 않다면 얼마나 즐거운 여행이 되랴! 손드라의 근처에 있을 수 있는 더할 나위 없는 기쁨. 그녀의 눈은 쉴 새 없이 그에게 얼마나 그녀가 넘칠 듯한 애정을 품고 있는가를 말해 주고 있었다. 지금 그와 함께 있기 위하여 그녀의 정열의 불꽃은 진분홍색으로 활활 타고 있는 것이었다. 그러나 로버타의 시체는 발견되었다. 크리포드 골덴, 칼 그레이엄의 수사. 이 사람들, 란치로 온 사람도 자동차로 온 사람도 모두 저 기사를 읽었을 테지. 그러나 그들은 나를 알고 있고, 나의 관계——손드라와의 관계, 그리피스 가의 사람들과의 관계——를 알고 있는 까닭으로 나를 의심하고 있지는 않다. 인상착의 따위는 생각도 하려고 하지 않는다. 그러나 만일 그들이 그것과 연관짓는다면? 전율! 도망! 폭로! 경찰! 그렇게 되는 날엔 우선 제일 먼저 나를 버릴 것은 이 무리들일 것이 틀림없다. 손드라만은 그렇지 않을지도 모르지만. 천만에, 그녀라 할지라도…… 그럼, 물론 그녀도 그렇구말구. 그녀의 눈에 나타난 공포.

그날 저녁 일몰경, 일행은 이 베아 호의 서쪽 둑에 노숙했다. 잘 손질이 되어 있는 잔디처럼 부드러운 한 널따란 초원에 모닥불을 중심으로 해 인디언 부락처럼 가지각색의 다섯 개의 텐트가 쳐졌다. 거기서부터 좀 떨어진 곳에 요리사와 하인들의 텐트가 쳐졌다. 그리고 여섯 척의 카누는 풀이 우거진 호반에 빛깔이 선명한 물고기들처럼 나란히 한 줄로 늘어서 있었다. 얼마 후 모닥불에 모여앉아 저녁을 먹었다. 배고트와 해리에트·스튜어트와 그랜트는 악기를 뜯었고, 다른 무리들은 춤을 추었다. 그 다음 그들은 커다란 가솔린 램프를 켜놓고, 포커를 하기 시작했다. 또 캠프 노래와 대학 교가를 합창으로 부르기도 했다. 크라이드는 그러한 노래는 하나도 몰랐지만 그래도 합창에 한 몫 끼려고 애를 썼다. 터져 나오는 웃음소리. 누가 제일 먼저 고기를 잡는가, 누가 제일 먼저 다람쥐와 자고새를 쏴서 경쟁에 이길 것인가 하는 내기가 이루어졌다. 맨 마지막으로 내일 아침식사를 끝마친 후 적어도 더욱 10마일쯤 동쪽으로 캠프를 옮긴다는 것에 관한 중대 회의가 열렸다. 그리로 옮기면 이상적인 호반이 있고, 5마일 이내의 지점에는 흑백 혼혈아가 경영하는 여관도 있으며, 마음껏 먹고 춤을 출 수 있다는 것이었다.

밤이 깊어져서야 일동은 잠이 들었다. 그 후의 캠프의 고요함과 아름다움. 반짝거리는 별들! 산들바람에 잔물결을 일고 있는 신비스럽기만 한 널따란 어둠에 싸인 호수. 산들바람에 서로 속삭이고 있는 신비에 싸인 그림자와 같은 소나무들. 밤새들과 올빼미의 우는 소리──고민에 찬 크라이드는 귀를 기울이면 기울일수록 천 가지 만 가지의 괴로운 생각이 머리를 쳐들고 그의 가슴속에 떠오를 뿐이었다. 이 모든 경이와 환희──다만 로버타에 엉켜 해치운 사건의 공포뿐 아니라, 그를 살인범으로 하는 관헌(官憲)의 위협에 몰리고만 있지 않다면! 끝도 없이 이런 생각을 달리고 있는 동안에 다른 사람들이 모두 잠자리에 들고, 또는 나무 그늘에 모습을 감춘 후 손드라는 별이 총총히 박힌 밖으로 몰래 빠져 나와 오늘 하루의 마지막 말을 속삭이며 그에게 키스했다. 그리고 그도 얼마나 자기가 행복하며, 그녀의 애정과 성실에 얼마나 감사하고 있는가를 속삭였다. 문득 이때 그는, 만일 자기가 지금 그녀가 생각하고 있는 만큼 선량하지 않더라도 역시 조금이라도 자기를 사랑해 주며, 전적으로 미워하지 않겠느냐고 물어 보고 싶은 충동에 사로잡혔다. 그러나 어젯밤 그렇게까지 공포를 보인 직후인지라, 자기의 현재의 기분을 그녀는 그것에다 연결시키거나, 혹은 자기의 생명의 근원을 좀먹고 있는 무서운 파멸적인 비밀과 연결시킬지도 모르겠다고 생각되자, 그는 겁이 나 차마 물어 볼 수 없었다.

나중에 네 개의 침대가 만들어져 있는 텐트 속에서 배고트와 그랜트와 해리에트와 함께 몸을 눕히면서도 크라이드는 침착성을 잃고는 몇 시간씩 누가 침입해 들어오는 것이 아닐까 하고 발소리에 귀를 기울이고 있었다. 비록 자기가 이런 데 와 있어도 그와 같은 발소리는 어쩌면, 아아, 하나님, 법률! 체포! 폭로! 죽음으로 이끄는 것일지도 모르지 않는가. 그리고 밤중에 무서운 파멸적인 꿈으로부터 두 번씩이나 잠이 깨어──자기가 자고 있는 동안에 비명을 올린 것만 같아——어쩔 줄을 몰랐다.

그러나 또다시 찬란한 아침이 찾아와——화려한 누런 태양이 호수 위로 불쑥 솟아올랐다——호수 저쪽의 포구 하나에선 들오리들이 이리저리 날고 있었다. 잠시 후에 그랜트와 스튜어트와 할리가 반나체로 엽총을 들고서 들새맞히기 기술을 서로 뽐내면서 장거리 사격으로 반드시 들오리를 몇 마리 잡아 가지고 오겠다고 하고는 카누로 떠났다. 그러나 단 한 마리도 잡지 못하고 돌아와 모든 사람들이 홍소(哄笑)를 자아냈다. 화려한 색의 수영복과 비단 비치로브를 입은 남녀들이 물가로 나와 쾌활하게 물 속으로 뛰어들기도 하며, 떠들기도 하고, 이 캠핑의 즐거움에 관해서 웅변을 토하기도 했다. 그리고 아침식사를 끝마친 후 빛깔도 선명한 카누의 소함대는 밴조와 기타와 만돌린의 합주를 선두로 하여 노랫소리, 떠들어 대는 소리, 웃음소리를 마음껏 올리면서 호수의 남쪽 둑을 따라 동쪽으로 동쪽으로 흥겹고도 아름다운 진항(進航)을 계속했다.

"아니, 오늘은 웬일이에요? 그런 우거지상을 하고 계시니. 손드라와 유쾌한 사람들과 함께 떠나 왔는데도 마음이 풀리지 않으세요?" 이런 말을 듣고 보니 그 순간 크라이드는 거리낄 것 없는 쾌활한 얼굴을 지어 보여야겠다고 생각했다.

정오경이 되어 할리 배고트와 그랜트와 해리에트가 바로 눈앞에 보이는 것이 그들의 목적지인 굉장한 호반, 램숀이라고 지적했다. 그것은 하나의 곶이었으며 그 가장 높은 지점으로부터는 이 호수의 모든 것이 내려다보였다. 그 아래 호반에 일행의 텐트가 쳐졌고, 설비가 갖추어졌다. 그리고 그 더운 즐거운 일요일 오후 내내 예의 행사가 계속되었다——식사·수영·댄스·산보·트럼프·음악. 크라이드와 손드라는 다른 연애중의 남녀와 마찬가지로——손드라는 만돌린을 손에 들고——몰래 빠져 나와 캠프에서 멀리 동쪽에 있는 으슥한 바위 있는 데로 갔다. 그곳 소나무 그늘에 기다랗게 드러누워 손드라는 크라이드의 두 팔 속에 꼭 안기면서, 비록 그녀의 어머니가 이번 여행이 끝나면, 이번 여행 동안에 크라이드와의 사이에서 계속된 그러한 친밀한 교제는 이젠 절대로 그만두지 않으면 안 된다고 선언한다 하더라도 자기들로서 앞으로 하지 않으면 안 될 일에 관해서 이야기했다. 크라이드는 너무도 가난하다, 그리피스 가의 친척일지 모르지만 우선 정체를 알 수 없는 인간이다——손드라는 좀더 완곡한 표현을 사용했지만 그녀의 어머니는 실제로 그런 식으로 말하고 있었다. 그러나 그녀는 덧붙였다. "참 우스꽝스러운 얘기도 세상엔 다 있지. 하지만 걱정할 건 없어요. 우선 어머니 화를 건드리고 싶지 않았기 때문에 난 그저 웃으며 고개만 끄덕이고 있었지 뭐예요. 하지만 난 어머니에게 이런 말을 해줬지 뭐예요. 무슨 수로 내가 크라이드와 같은 인기 있는 사람과 만나지 않고 배길 수가 있겠느냐고. 정말로 당신은 굉장한 미남자야. 모두가 그렇게들 생각하고 있어, 남자들까지도."

마침 그 시각에 사론의 실버 여관의 베란다에서 메이슨 지방검사는 협의중에 있었다. 거기 모여 있는 사람들은 그의 조수 버튼 버얼리, 하이트 검시관, 알 뉴콤 그리고 배가 몹시 나오고 우거지상을 하고 있지만, 보통 교제 때는 매우 지나칠 정도로 온후한 슬래크 경찰서장과 그 밖에 조수 세 사람――크로트 경찰관, 시셀 경찰관, 스웬크 경찰관――등으로, 즉시 체포할 수 있는 가장 확실하고 훌륭한 방법을 협의하고 있는 중이었다.

그는 현재 베아 호에 가 있다. 우리들은 그의 뒤를 좇아가서 전혀 그가 추격을 당하고 있다는 것을 모르는 사이에 감쪽같이 함정에 빠뜨리지 않으면 안 된다.

이런 방침하에 그들은 떠났다. 제1그룹――버얼리와 알 뉴콤――은 사론 시내를 걸어가면서 조금이라도 크라이드의 발자취를 확실히 할 수 있는 사람들과 이야기도 하고, 그러한 사람들을 소환하기도 하여 금요일에 크라이드가 당지에 도착하여 크랜스톤 가의 별장으로 출발한 것에 관한 새로운 자료를 모으기 시작했다. 하이트도 대체로 같은 용무를 띠고서 시그나스 호의 무니 선장과 예의 세 사나이들을 만나 보기 위하여 스리마일 베이로 향했다. 그리고 메이슨은 경찰서장과 세 명의 경찰을 데리고 빌린 쾌속정으로 바로 어제 떠난 캠핑단들에 대해 현재 알고 있는 코스를 따라 우선 리틀 피시 포구에 가서 그 추적의 선에 잘못이 없다고 하는 것이 확인되면 즉시로 베아 호로 향한다는 계획을 세우고 있었다.

이리하여 월요일 아침 램숀 곶에 있던 일행이 이미 캠프를 거두고서 14마일 동쪽의 셀터 비치로 향하고 있을 때 메이슨은 경찰서장과 세 명의 경찰관과 함께 그 전날 아침 일행이 떠난 캠프지에 도착했다. 거기서 경찰서장과 메이슨은 의논하여 수색대를 분할하여, 쓸쓸한 그 지방에 살고 있는 주민으로부터 세 척의 카누를 빌려 메이슨은 크로트 경찰관과 남쪽 둑을 따라, 슬래크는 시셀 경찰관과 북쪽 둑을 따라 각기 전진해 갔다. 또 젊은 스웬크는 누구를 체포하여 수갑을 채우고 싶은 욕망에 불타면서도 우선 외로운 사냥꾼 혹은 산사람처럼 차리고는 호수의 한복판을 똑바로 동쪽으로 저어 갔다. 그러고는 그것 비슷한 연기나 불이나 텐트나 서성거리고 있는 사람 등을 둑에서 발견하려고 혈안이 되어 있었다. 살인범을 체포하고 싶다는 거대한 꿈——크라이드 그리피스, 법의 이름으로 너를 체포한다! 그렇게 말하고 싶은 충동에 넘친 스웬크이긴 했지만, 메이슨 과 슬래크의 지령에 의하여 슬프게도 그는 그 무슨 수상한 기색이라도 발견하면 가장 멀리 떨어진 위치에 있는 것이니까 목표 인물을 깜짝 놀라게 하거나 놓치지 않도록 하여 그 단서를 잡고는, 어딘가 범인에게 눈치채지 않을 만한 장소에서 8연발총을 한 발만 발사하게 되어 있었다. 그렇게 하면 그때 가장 가까운 거리에 있는 어느 쪽의 수색대원이 그것에 호응하여 한 발을 쏜 후 되도록 빨리 스웬크가 있는 방향으로 달려간다는 방침으로 되어 있었다. 그러나 어떠한 이유가 있더라도 스웬크는 단독으로는 범인을 체포하는 것은 금지되어 있었다. 다만 크라이드의 몽타주에 일치하는 수상한 인물이 배나 도보로 도망치려고 하는 것을 보았을 경우에는 예외로서 인정하기로 되어 있었다.

바로 그 시각에 크라이드는 할리 배고트와 버틴 그리고 손드라들과 함께 소함대 중의 한 척의 카누를 타고 동쪽으로 저어 가면서 뒤를 돌아다보고서는 여러 가지로 궁리를 하곤 했다. 벌써 경관이나 누군가가 사론에 도착하여 이리로 추적해 온다고 하면 어떻게 하지? 당국이 내 이름만 알고 있다면 내가 어디로 갔다는 것쯤 캐어 내는 것은 문제도 아닐 것이다.

그러나 당국은 내 이름을 알 리가 없다. 그 신문 기사는 그것을 증명하고 있는 것이 아닌가? 어찌하여 넌 그렇게 쉴 새 없이 조바심을 치는가? 특히 이 더할 나위 없이 굉장한 여로의 길에서 이제 겨우 또다시 손드라와 함께 있게 된 이 시점에. 더욱이 만일의 경우가 생기면 사람이 그리 살고 있지 않는 저 숲속으로 혼자 들어가서 둑을 따라 동쪽으로 호수 저쪽 대안에 있는 여관으로 가서 그대로 모습을 감출 수도 있지 않은가? 그 토요일의 오후 시치미를 딱 떼고서 나는 할리 배고트와 다른 사람들에게 이 호수의 동쪽 끝에서 남쪽이나 동쪽으로 나가는 길은 없느냐고 물어 두지 않았던가? 드디어 월요일 정오, 이 여행의 계획자들이 세번째의 관광지로 상정하고 있던 셀터 비치에 도착했다. 여기서도 크라이드는 텐트를 치는 것을 도왔고 그 동안 여자들은 그 주위에서 놀고 있었다.

그러나 같은 시각에 램숀의 캠프지에서는 젊은 스웬크가 모닥불의 재가 호반에 남아 있는 것을 발견하고는 먹이를 노리는 짐승처럼 몹시 열의에 타 그곳으로 가까이 가서 재를 조사하고 나서 급속도로 추적을 계속했다. 그 다음 한 시간 후에 메이슨과 크로트가 동일한 지점을 정찰했지만 벌써 먹이가 그곳을 피해 버린 것이 확실했으므로 흘끗 한 번 쳐다보는 데 지나지 않았다.

그러나 스웬크는 되도록 빨리 배를 몰아 네 시에는 셀터 비치에 당도했다. 그리고 저 멀리 물 속에 5,6명 정도의 젊은이들의 모습을 바라본 그는 동료들에게 신호를 하기 위해서 곧 반전하여 수색대가 있는 방향으로 후퇴하기 시작했다. 2마일쯤 후퇴하여 그는 한 발을 발사했다. 그것에 응하여 메이슨도 슬래크 경찰서장도 발사했다. 그 후 남북 양쪽의 추적대원은 쏜살같이 동쪽으로 배를 젓기 시작했다.

그때 물 위에——손드라 바로 옆에——있던 크라이드는 곧 그 총성을 듣고는 이상한 기분에 사로잡혔다. 불길한 최초의 총성! 계속해서 두 발의 총성, 그것은 훨씬 후방에서 들려온 것인데 어쩐지 최초의 총성에 호응하고 있는 것 같이 생각되었다. 그 다음 몸서리쳐지는 침묵! 저건 무엇일까? 그렇게 생각하면서 농담 비슷하게 할리 배고트에게 이렇게 말했다.

"수렵 계절도 아닌데 짐승을 쏘고 있는 작자들의 총소리가 들립니까? 저건 법률 위반이 아닐까요?"

"어이, 임마!" 그랜트 크랜스톤이 총소리가 들려온 쪽을 향해 소리를 질렀다. "거기 있는 오리들은 내 거야! 손 대지 마!"

"그 사람들의 총 솜씨가 당신 솜씨만 못하다면 그 사람들은 아예 손을 못 댈 게 아네요." 버틴이 비꼬는 소리였다.

크라이드는 미소를 지으려고 하면서도 총소리가 난 쪽을 바라보고는 몰린 짐승처럼 귀를 기울였다.

그때 별안간 그 무엇이 물에서 나와서 옷을 입고 도망을 쳐라 하고 그에게 속삭였다. 어서! 어서! 텐트로! 숲으로! 어서! 마침내 그 소리에 몰린 그는 거의 아무도 자기를 보고 있지 않을 때 급히 텐트 있는 데로 가서 평범한 푸른 사무용 옷으로 바꿔 입고 아직 갖고 있던 캡을 쓰고서 캠프 뒤의 숲속으로 몰래 들어갔다. 모든 사람에게 눈에 띄지 않고, 소리가 들리지 않는 곳까지 피한 뒤 잘 생각하여 마음을 정할 작정이었다.

물 위에서 직접 보이지 않게 구석진 안전한 나무 그늘을 찾아서 걸어갔다. 도대체 저 총소리는 무엇을 의미하는 것일까? 그렇게 생각하자 더럭 겁이 났다.

그러나 손드라! 토요일도 어제도 오늘도 그녀가 되풀이한 말! 아직 이렇다 할 만한 확고한 결정도 내려지지 않은 상태인 채로 그녀를 뒤에다 남기고서 떠나 버릴 수 있을까? 아아, 그녀의 키스! 장래는 문제 없다고 단언한 귀여운 그녀의 말! 만일 자기가 되돌아가지 않으면 그녀는 어떻게 생각할 것인가. 그리고 다른 사람들은? 자기의 실종은 사론과 그 밖의 신문에 귀찮을 정도로 보도될 것이며, 그렇게 되면 자기가 크리포드 골덴 혹은 칼 그레이엄이라고 칭하는 인물과 동일인물로 간주될 것이 뻔하지 않은가!

천만에, 천만에——이러한 공포는 근거가 전혀 없는 것이 아닐까. 저 총소리는 호수 위이나 숲속을 지나가게 된 사냥꾼들이 무턱대고 쏘아 본 총성에 지나지 않을지도 모르겠다고 그는 생각해 보았다. 그는 걸음을 멈추고는 이대로 그냥 가야 할 것인가 어떤가를 자문자답했다. 그러나 하늘을 찌를 듯이 높이 솟아 있는 나무들이 주는 안도감——땅 위에 깔린 갈색 소나무 잎의 부드러움, 그 고요함——나무들과 우거진 덤불들, 그 아래에 나자빠져 있으면 밤의 장막이 내려올 때까지 안전하게 몸을 피할 수 있지 않은가. 그러나 그는 또다시 전진을 계속했다. 그래도 다시 한 번 캠프로 되돌아가서 누가 왔는지를 확인해 보고 싶은 충동에 몰려 연방 뒤를 돌아다보면서. 그녀들에게는 잠시 숲속으로 산보를 나갔다가 길을 잃었노라고 둘러대면 되지 않겠느냐고도 생각해 보았다.

그러나 그 시각에 캠프에서 적어도 2마일 서쪽에 있는 나무 그늘에서는 메이슨이 슬래크와 그 밖의 수색대원들과 이마를 맞대고 협의중에 있었다. 그 결과 잠시 후에 우물쭈물하고 있던 크라이드가 좀더 캠프 가까운 곳으로 갔을 때 스웬크에게 카누를 젓게 하여 캠프에 도착한 메이슨은 호숫가에 있는 젊은이들에게 여기 크라이드 그리피스라는 사람이 있는가, 있으면 만나고 싶다는 말을 했다. 가장 가까운 곳에 있던 할리 배고트가 대답했다.

"네, 있습니다. 지금 어디를 산보중이겠죠." 이번엔 스튜어트 핀츠레이가 불렀다. "어이, 그리피스!" 그러나 대답이 없었다.

그러나 크라이드는 그러한 말소리가 들릴 만한 거리에 있지 않았지만 오들오들 겁을 먹고 조심성 있게 캠프 있는 데로 되돌아오고 있는 중이었다. 메이슨은 아마 크라이드는 이 근처에 있으며, 물론 아직 아무것도 모르고 있음에 틀림없다고 생각하고는 어쨌든 몇 분 동안 기다려 보기로 했다. 그 동안 스웬크에게 지시하여 다시 한 번 숲속으로 들어가서 슬래크나 누구를 만나면 수색대원 하나를 둑을 따라 동쪽으로, 또 하나는 서쪽으로 보내도록 하라고 명령했다. 그리고 스웬크 자신은 아까 하던 것처럼 카누로 동쪽으로 향해, 동쪽 끝에 있는 여관으로 가서 그 지역에 용의자가 있나 없나를 조사하여 전대원에게 알리도록 하라고 메이슨의 명령을 따랐다.

그렇게 하고 있는 동안에 벌써 크라이드는 4분의 3마일쯤 동쪽으로 다가와 있던 것인데 아직도 무엇이 그대로 속삭이고 있었다. 도망쳐라! 도망쳐라! 우물쭈물하지 마라! 그러나 그는 여전히 우물쭈물하면서 생각에 잠겨 있었다. 손드라! 이 굉장한 인생! 그런데 나는 여기를 떠나야만 하나? 그러나 차라리 머무르지 않고 가 버리는 편이 더욱 큰 과오를 범하는 결과가 될지도 모른다. 저 총성이 아무것도 아니었다면──사냥꾼들의 들뜬 기분이거나 장난 사격으로 자기에게는 아무런 의미도 없는 것이며, 게다가 자기에게 모든 것을 잃게 하는 것이라면? 그렇게 생각하면서도 드디어 또다시 몸을 돌리고는 어쩌면 지금 당장은──적어도 훨씬 뒤에 가서 어두워진 후가 아니라면──저 이상한 총성이 무엇이었나를 확인하기 위하여 되돌아가지 않는 편이 가장 좋을지도 모르겠다고 혼자 중얼거렸다.

그러나 그 다음 순간 다시 한 번 의심스럽다는 듯이 걸음을 멈췄다. 저녁 참새와 숲속 참새가 시끄럽게 울어 댔다. 그는 주위를 둘러보면서 신경질적으로 사방을 엿보고 있었다.

그때였다. 별안간 앞쪽에 쭉 늘어선 높다란 나무들 사이로부터 50피트도 떨어져 있지 않은 곳에 구레나룻을 기른 산사람 같은 몸차림을 한 사나이가 나타나 빠른 걸음으로 잠자코 이쪽으로 다가왔다. 몸이 마른 장신의 눈이 날카로운 사나이로 갈색 펠트 모자를 쓰고 있었고, 갈색이 도는 회색의 색이 바랜

더부룩한 옷을 기다란 몸에 허술하게 걸치고 있었다. 별안간 그 사나이는 소리를 질렀다. 그 부르는 소리에 크라이드의 피는 공포에 떨어 식어 버렸고, 그는 그 자리에 꼼짝도 못 하고는 그만 장승처럼 우뚝 서고 말았다.

"잠깐, 젊은이! 움직이지 마. 젊은이의 이름이 크라이드 그리피스지!" 이 낯선 사나이의 탐색적인 날카로운 눈초리뿐만 아니라, 벌써 권총을 꺼내 쳐든 손을 멈추고서 단호하고도 늠름하게 버티고 서 있는 태도를 보고서 크라이드는 골수까지 피가 식어 가는 것을 느꼈다. 정말로 나는 체포되는 것일까? 아아, 하나님! 이 이상 도망의 가망성은 없다! 어찌하여 나는 그냥 그대로 계속 도망을 치지 않았단 말이냐? 삽시간에 그는 맥이 탁 풀리며 부들부들 떨면서도 자진해서 죄인이 되고 싶지 않다고 생각하고는, "아뇨" 하는 말이 언뜻 무심코 나왔지만 더욱 양심에 호소하여 이렇게 고쳐 대답했다. "그렇습니다. 내 이름입니다."

"당신은 요 바로 서쪽 둑에 있는 캠핑단의 일행이오?"

"그렇습니다."

"좋아, 미스터 그리피스. 권총을 들이대서 안됐지만, 난 무슨 일이 있어도 당신을 체포하라는 명령을 받고 있으므로 할 수 없소. 난 크로트, 니콜라스 크로트라는 사람으로 카타라키 군의 경찰관이오. 당신의 구속영장은 여기 있소. 이미 당신은 그 이유는 알고 있을 테고, 순순히 나와 동행할 각오는 되어 있을 테지."

이렇게 말하고서 크로트는 묵직하고 위엄 있어 보이는 권총을 한층 더 꽉 움켜쥐고는 몹시 단정적인 눈초리로 크라이드를 노려보았다.

"뭣이……뭣이……천만에……난 전혀 모릅니다." 크라이드는 새파랗게 질려 창백한 얼굴로 약하고도 풀이 죽어 대답했다. "그러나 구속영장을 가지고 있다면 물론 당신하고 함께 가야죠. 하지만 무슨……무슨 영문인지 전혀 모르겠군요." 그의 목소리는 다소 가냘프게 떨렸다. "왜 날 체포하려는 겁니까?"

"모르겠단 말인가? 전주 수요일인가 목요일에 당신은 빅 비턴 호와 그라스 호에 가지 않았단 말이지?"

"네, 안 갔습니다."

"그리고 당신은 당신과 함께 갔다고 생각되는 처녀, 확실히 뉴욕 주 빌츠의 로버타 올든의 익사에 관해서는 아무것도 모른다는 거지?"

"전혀 모릅니다." 크라이드는 신경질적으로 드문드문 대답했다. 이 낯선 사나이가 이렇게도 빨리 로버타의 주소와 이름을 꺼내는 데에 크라이드는 그만 질리고 말았다. 그렇다면 당국자들은 모든 것을 알아 버렸구나! 그들은 단서를 쥐고 말았구나! 내 본명도 그녀의 본명도 알아 버렸구나! 아아, 하나님!

"그렇다면 내가 살인을 범했다고 생각하고 있는 것입니까?" 힘없는 말로 덧붙였는데, 마치 속삭이는 듯한 목소리였다.

"그럼, 전주 목요일에 그 여자가 익사한 걸 당신은 모른다는 거지? 그때는 여자와 함께 아니었던가?" 이렇게 말하면서 크로트는 탐색적인 불신의 눈초리로 뚫어지도록 크라이드를 노려보았다.

"그럼요, 물론이죠, 난 함께는 아닙니다." 크라이드는 다만 한 가지—어떻게 행동하고 어떻게 말해야 좋을지를 생각하고, 그것을 알 수 있을 때까지 모든 것을 부정하지 않으면 안 되겠다고 생각하면서 이렇게 대답했다.

"그리고 당신은 전주 목요일 밤 열한 시경 빅 비턴으로부터 스리마일 베이를 향해 남쪽으로 걸어가는 도중 세 사나이들을 만나지 않았던가? 좋아, 그리피스 군. 나로선 이 이상 말할 것이 없어. 내가 해야 할 일은 로버타 올든의 살인범로서 체포할 뿐야. 그럼, 체포하겠소." 이렇게 말하고서 그는 강철 수갑을 꺼내었다. 그것은 권력을 과시하기 위한 몸짓에 지나지 않았지만 크라이드는 마치 죽도록 얻어맞은 것처럼 몸이 오므라들며 떨리기 시작했다.

"그런 걸 내 손에 채울 필요는 없습니다. 그런 짓은 하지 말아 주시오. 난 아직 한 번도 그런 걸 차 본 적은 없으니까요. 그런 걸 차지 않더라도 난 당신을 따라가겠습니다" 하면서 그는 동정을 구하듯 슬픈 듯이 나무들을 바라보았다. 그 나무 그늘의 덤불 속으로 뛰어들어 몸을 피했어야만 했다.

"그럼, 좋아." 크로트는 험상궂은 얼굴로 쏘아붙였다. "그쪽이 순순히 나온다면 수갑은 차지 않아도 좋다." 이러고서 그는 거의 마비되어 있는 크라이드의 한 팔을 붙잡았다.

"잠깐 딴 걸 물어도 괜찮습니까?" 함께 걸어가면서 크라이드는 겁먹은 말투로 이렇게 물었다. 손드라와 동료들에 관한 상념이 눈앞에 떠올라 눈이 멀 정도로 몹시 아물거리고 있었다. 손드라! 오오, 손드라! 체포된 살인범으로서 거기, 그녀와 버틴 들이 있는 앞으로 끌려 간다고 하는 것이 어찌 있을 수 있는가? 아아, 어림도 없는 소리다! "당신은 날 저 캠프 있는 데까지 데리고 갈 작정입니까?"

"그렇소, 그리로 데리고 갈 작정이오. 난 그런 명령을 받고 있소. 지금 카타라키 군의 지방검사와 경찰서장이 그곳에 있으니까."

"그렇습니까? 알았습니다. 알았습니다." 벌써 크라이드는 거의 평정을 잃고는 히스테리컬하게 호소했다. "부탁이니 이런 꼴로 안 가도 되지 않습니까? 당신 하라는 대로 이렇게 동행하는 이상. 거기 있는 사람들은 내 친구들입니다. 그러니까 난 그곳에 가기가 정말 죽기보다도 싫습니다. 그 캠프를 피해서 당신이 원하는 데로 날 데리고 갈 수 없겠습니까? 나에겐 특별한 이유가 있습니다. 그건……난……난……지금 날 그리로 데리고 가는 것만은 제발 피해 주십쇼. 제발, 크로트 씨, 내 부탁을 들어주지 않으시렵니까?"

크로트의 눈에는 크라이드가 여간 어린애답고 약하게 보이지 않았다. 생김새는 깨끗하게 생겼고, 눈도 순진해 보였고, 복장도 훌륭하고, 태도도 훌륭하며, 예상하고 있던 것과 같은 그러한 흉악망측한 살인범형과는 얼토당토않았다. 실로 크로트가 존경을 느끼고 있는 형의 계급에 해당되는 인물이었다. 이 크라이드는 대단히 세력이 있는 일가(一家)를 친척으로 가지고 있는 청년이 아닌가. 지금까지 들은 말투를 보더라도 이 청년이야말로 리커거스에서 가장 상류층에 속하는 일족의 인간이라는 것을 분명히 가리키고 있다. 그렇게 생각한 크로트는 다소 호의를 보여 주고 싶은 생각에 사로잡혔기 때문에 이렇게 덧붙였다. "좋소, 난 당신을 그다지 가혹하게 다루고 싶은 생각은 전혀 없으니까. 결국 나는 보안관도 아니고 지방검사도 아닌 범인 체포 조수에 지나지 않으니까 말요. 저기 당신을 어떻게 취급해야 될까를 지휘할 수 있는 사람들이 있소. 그 사람 있는 데로 가서 당신이 직접 부탁해 보구려. 그렇게 하면 그리로 당신을 데리고 가지 않아도 좋게 될지도 모르니까. 그건 그렇구, 당신의 소지품 등은 어떻게 할 작정이지? 그런 건 거기 놔두었을 게 아뇨?"

"그렇습니다. 그러나 할 수 없죠." 침착성을 잃은 목소리로 진지하게 대답했다.

"그런 건 나중에 얼마든지 부쳐 달랄 수도 있습니다. 다만 난 지금 그리로 돌아가고 싶지 않습니다. 그렇게 안 해도 괜찮다면……."

"좋아, 그럼 쫓아와." 끝내는 크로트도 수그러들고 말았다.

그리하여 두 사람은 묵묵히 걷기 시작했다. 높이 솟아 있는 나무들의 줄기는 다가온 황혼 속에 엄숙한 통로를 만들고 있었다. 그 속을 두 사람은 대사원의 복도를 걸어가는 예배자들처럼 뚫고 나갔다. 크라이드의 두 눈은 나무들 사이로부터 아직 서쪽 하늘에 보이는 자색이 도는 빨간 희미한 색을 슬프고도 수심에 잠긴 눈초리로 바라보고 있었다.

살인죄! 로버타는 죽었다! 그리고 손드라도 죽었다――나에게는 죽은 거나 마찬가지다! 그리고 저 그리피스 가의 사람들도! 백부도! 어머니도! 그리고 저 캠프의 모든 사람들도! 아아, 하나님! 비록 저것이 무엇이었든간에 그 무엇이 그처럼 나를 재촉했을 때 내가 도망을 치지 않았던 것은 어찌 된 까닭이었을까?

9

크라이드가 돌아오기를 기다리고 있는 동안 그가 움직이고 있던 세계를 관찰하고 있던 메이슨은 리커거스와 사론에서 받은 인상을 더욱 굳게 했다. 당초 메이슨은 아마도 용이하게 크라이드를 유죄 판결로 할 수 있겠다고 자부하고 있었던 것인데, 막상 당하고 보니 그 취한 듯한 기분을 깨우지 않을 수가 없었다. 이제 메이슨을 둘러싸고 있는 정경에는 이러한 종류의 스캔들을 지워 버리려는 움직임과 자력을 충분히 암시하는 무엇이 있었다. 부, 사치, 지켜야만 할 중요한 가문의 명예와 연고 관계. 돈이 많고 세력이 강한 그리피스 일가는 이런 모양으로 조카가 체포되었다고 하면 그의 범죄가 어떠한 것이든 간에 가문을 지키기 위해서 동원할 수 있는 한의 가장 우수한 변호사를 얻으려고 혈안이 될 것은 뻔한 일이다. 물론 틀림없이 그렇게 할 것이다. 그렇게 되면 그러한 법률가들의 상투수단인 연기 전술에 의하여 이쪽이 그를 유죄로 만들 수 있기 전에 자동적으로 검사의 지위에서 물러나게 되어, 갈망하고 갈망하던 판사의 후보에도 지명되지 못하고, 선출될 가망이 전혀 없는 판국에 빠지고 말 것이 아닌가.

호수에 면하여 둥글게 늘어서 있는 아름다운 텐트 앞에 선명한 색채의 스웨터에다 프란넬 바지를 입은 할리 배고트가 앉아서 낚싯대와 실을 정성을 들여

손질하고 있었다. 텐트 자락을 걷어올린 몇 개의 텐트 속에는 몇 명의 젊은 처녀들의 모습이 힐끗 눈에 띄었다. 손드라, 버틴, 와이난트, 그 밖의 처녀들이 아까 헤엄을 쳐서 지워진 화장을 하기에 바빴다. 그 사람들이 너무나도 스마트했으므로 메이슨은 자기의 중대 임무를 공공연히 고하는 것이 정치적으로도, 사회적으로도 과연 현명할까 어떨까를 결정짓지 못하고 잠시 침묵을 지키면서, 자기의 젊었을 때와 로버타 올든의 경험한 것과 눈앞에 있는 젊은이들의 차이를 비교해 보고 있었다. 그리고 그는 그리피스와 같은 일족의 청년이 로버타와 같은 처녀를 무참하게 취급하고는 도망을 치려고 하는 것도 무리는 아니라고 생각했다. 그러나 어떠한 불리한 운명이 자기에게 엄습해 온다 하더라도 되도록 그것에 대항해 나가야겠다고 결심을 굳게 한 메이슨은 다음 순간 배고트 앞으로 가까이 가서 극히 신랄하게, 그러면서도 애교 있는 사교성을 보이려고 하면서 이야기를 건넸다.

"여기는 캠핑하기에 안성맞춤의 장소군요."

"그렇죠, 우리들도 그렇게 생각하고 있습니다."

"당신들은 사론 부근의 별장과 호텔에서 이리로 온 것이죠?"

"그렇습니다. 대개 그곳 남안과 서안이죠."

"미스터 크라이드 이외에는 그리피스 가의 사람들은 아무도 없죠?"

"그렇죠, 그 사람들은 아직 그린우드에 체재하고 있는 중일걸요."

"당신은 미스터 크라이드 그리피스를 개인적으로 알고 계십니까?"

"그렇죠, 그야. 그 사람도 동료의 하나니까요."

"이번에 그 사람은 언제부터 여기 와 있었는지 모르시겠습니까? 말하자면 아마 크랜스톤 가의 별장에 와 있었으리라고 생각합니다만."

"금요일부터일 거라고 생각합니다, 어쨌든 금요일 아침에 난 그 사람을 만났으니까요. 그러나 머지않아 그 사람은 여기 돌아올 테니까 직접 그 사람에게 물어보도록 하세요." 배고트는 메이슨이 너무 따지고 들고, 그가 자기나 크라이드의 세계의 인간 같지 않다는 것을 느끼자 이 대화를 그만둬 버리려고 이렇게 말문을 막고 말았다.

마침 그때 프랭크 해리에트가 라켓을 겨드랑이에 끼고서 큰 걸음으로 앞을 지나가고 있었다.

"어디 가, 프랭크?"

"오늘 아침 해리슨이 새로 연 코트를 조사하러 가는 거야."

"누구하고?"

"바이올레트와 나딘과 스튜어트와 함께."

"코트를 하나 더 만들 만한 여유가 있나?"

"둘 있어. 자네도 버트와 크라이드와 손드라를 데리고 오면 되잖아."

"글쎄, 그렇게 할까. 이 낚싯대 준비가 끝나거든."

이 말에 곧 메이슨은 생각했다. 크라이드와 손드라. 크라이드 그리피스와 손드라 핀츠레이—이 처녀야말로 지금 자기 포켓에 들어 있는 편지와 초대장을 낸 바로 그 처녀다. 여기서 크라이드뿐만 아니라, 그녀도 만나서—어쩌면 나중에 그녀하고 그의 일에 관해서 여러 가지로 이야기할 수도 있는 게 아닐까?

그때 손드라와 버틴과 와이난트가 각기 자기 텐트에서 나왔다. 버틴이 소리를 질렀다. "이봐요, 할리, 어디서 나딘을 못 보셨어요?"

"못 봤는데. 그러나 지금 프랭크가 이 앞을 지나가면서 그녀와 바이올레트와 스튜어트가 테니스를 하러 코트로 간다던데."

"그래요? 그럼 우리들도 가 볼까, 손드라. 너도 가 봐, 와이난트. 어떻게 생긴 코트인지 가 봐."

버틴은 손드라에게 말을 건네면서 그녀의 팔을 잡았다. 이러한 사실은 메이슨에게 그가 갈망하던 정확한 정보와 기회를 주었다는 것을 알았고, 참으로 비극적으로, 의심할 것도 없이 전혀 아무것도 모르고서 로버타 대신으로 크라이드의 애정의 대상이 된 처녀를 다소 관찰할 기회를 주었다. 그리고 그가 자기 자신의 눈으로 확인한 것은, 손드라는 로버타로선 전혀 바랄 수도 없을 만큼 사치스러운 옷을 입고 있으며, 보다 더 아름답고, 지금 로버타는 죽어서 브리지버그의 시체공시장에 놓여 있는 데 반하여 손드라는 생생히 살아 있다는 것이었다.

그러나 그가 바라보고 있는 동안에 서로 팔짱을 낀 세 처녀는 가볍게 달려가면서 손드라가 뒤돌아보며 할리에게 소리쳤다. "크라이드를 보거든 저리로 오라고 좀 일러 주세요?" 이 말에 할리는 말했다. "마치 그림자처럼 따라다니는 그 사람에게 그런 말을 할 필요가 있을까?"

메이슨은 화려한 극적인 전개에 몹시 마음의 동요를 일으키고 흥분까지 느끼면서 사방을 둘러보았다. 이제야말로 크라이드가 로버타를 죽여 버리려고 한 이유——참된 근본적 동기가 완전히 분명해졌다. 그가 손안에 넣으려고 희망을 건 저 미모의 명문집 딸, 그리고 이와 같은 영요영화(榮耀榮華). 그와 같은 연령으로 좋은 기회를 얻고 있는 젊은 사나이가 한편 또 그와 같은 비참한 운명에 처해 있다니! 정말 믿을 수 없는 일이다! 그리고 그 불쌍한 처녀를 죽인 지 불과 나흘 후에 이 모양으로 이러한 아름다운 처녀와 함께 돌아다니며 놀면서 로버타가 그와 결혼하려고 갈망했던 것처럼 그녀와 결혼하려고 갈망하고 있는 것이다. 믿을 수 없을 만큼 극악한 짐승이다!

좀처럼 크라이드의 모습이 나타나지 않자 메이슨은 지금 자기의 용무를 말하고 캠프에 있는 크라이드의 소지품을 수색하여 압수할까 생각하고 있었다. 바로 그때 에드 스웬크가 또다시 나타나 메이슨에게 쫓아오라는 듯이 고개를 끄덕 하여 보였다. 그가 주위를 둘러싸고 있는 나무 그늘로 들어가자 에드 스웬크는 다른 사람 아닌 니콜라스 크로트를 가리켰다. 그 옆에 날씬한, 훌륭한 몸차림의 크라이드만한 청년이 있었다. 밀랍처럼 창백한 그 얼굴색으로부터 대번에 메이슨은 그가 크라이드임에 틀림없다고 생각했다. 메이슨은 걸음을 멈추고 크라이드가 어디서 누구에게 체포되었는가 하는 것만을 스웬크에게 묻고는 곧 성난 말벌이나 호박벌처럼 크라이드에게로 돌진해 갔다. 그리고 법의 힘과 위엄을 대표하는 사람처럼 사나운 눈초리로 크라이드를 노려보았다.

"응, 자네가 크라이드 그리피스인가?"

"네."

"음, 그리피스 군. 난 말야 오빌 메이슨으로 빅 비턴과 그라스 호가 있는 군의 지방검사야. 이젠 자네도 이 두 장소야 잘 알고 있을 테지?"

이 조롱하는 듯한 말의 효과를 확인하려는 듯이 메이슨은 잠시 말을 끊었다. 필경 크라이드가 쭈뼛거리며 겁먹은 눈초리를 하고 있으려니 하고 그는 예상하고 있었는데, 크라이드는 침착성을 잃은 까만 눈을 크게 뜨고서 긴장된 표정으로 물끄러미 메이슨을 바라보고 있을 뿐이었다. "천만에요, 그런 일은 없습니다."

숲속으로 연행되어 오는 동안에 크라이드의 마음속에는 아무리 그럴 듯한 증거와 죄상이 나타난다 하더라도 절대로 자기 자신의 이야기도 로버타와의 관계도 빅 비턴과 그라스 호로 갔었다는 사실도 입밖에 내놓지 말자고 하는 확고부동한 결의를 하고 있었다. 절대로 입밖에 내지 말자. 입 밖에 내놓는 날엔 사실 유죄도 아닌 사건에 관련하여 나는 유죄라고 고백하는 것과 다름없는 결과가 되고 마는 것이 아닌가. 그리고 누구에게도—손드라는 물론, 그리피스 가의 사람들에게도 저 굉장한 친구들에게도 내가 그러한 범죄를 계획했다고 믿게 해서는 안 된다. 그러나 그들 모두는 부르면 곧 대답할 수 있는 거리에 있다. 언제 다가와서 나의 체포의 이유를 알게 될지 모를 일이다. 이리하여 그는 이번 사건에 관해서는 아무것도 모른다고 모든 것을 부정할 필요를 통감하면서도 지금 이렇게 자기 앞에 딱 서 있는 사나이를 몹시 무서워하며 장승처럼 서 있었다. 나의 이러한 태도는 이 사나이의 가슴속에 반발과 초조감을 불러일으킬지도 모른다. 이 사나이의 일그러진 코, 커다란 차가운 두 눈.

메이슨은 전대미문의, 그러나 결사적으로 달려드는 야수를 대하는 것처럼 흘끗흘끗 크라이드를 바라보면서, 사실을 부정하려 드는 크라이드의 태도에 참을 수 없을 만큼 조바심이 쳐졌다. 그러나 크라이드의 창백해진 표정에서, '이내 죄를 범한 사실을 자백할 테지' 생각하고는 그대로 말을 이었다. "물론 자넨 어떤 죄의 심문을 받고 있는지는 알 테지, 그리피스군?"

"이분한테서 들었습니다."

"그것을 자네는 인정하는가?"

"네, 아뇨, 물론 난 인정하지 않습니다" 하고 크라이드는 대답했다. 그의 창백해진 엷은 입술은 고른 이빨 위에 꼭 닫혀 있고, 두 눈은 바닥 깊이 떨리는 듯한, 그러면서도 도피적인 공포에 가득 차 있었다.

"쯧, 쓸데없는 소리! 뻔뻔스러운 데도 한도가 있어! 자넨 전주 수요일과 목요일에 그라스 호와 빅 비턴 호에 갔었다는 걸 부정할 작정이냔 말야?"

"그렇습니다."

"그래, 그럼 말야." 메이슨은 화를 내는 것과 동시에 규명하려는 듯이 긴장된 표정을 지어 보였다. "그럼, 자넨 로버타 올든을 알고 있는 것도 부정하려는 건가. 말하자면 자네가 그라스 호로 데리고 갔다가 다시 목요일에 역시 보트로 빅 비턴 호수로 끌고 나간 저 처녀 말야. 길핀 부인의 집에 하숙하고 있고 그리피스 회사의 자네 부서에서 자네 밑에서 일하고 있으며, 작년 내내 리커거스에서 자네와 친히 사귀고 있던 그 처녀 말야. 작년 크리스마스에 자네가 화장품을 한 벌 선사한 그 처녀 말야! 자네의 이름은 크라이드 그리피스가 아니고, 테일러 가의 페이톤 부인의 집에도 하숙하고 있지 않고, 이 편지와 초대장——로버타 올든과 미스 핀츠레이한테서 온 이러한 편지와 초대장——도 그 하숙방에 있는 자네의 트렁크 속에 들어 있지 않았다고 딱 잡아뗄 작정이란 말이지." 이렇게 말하면서 메이슨은 그 편지와 초대장들을 꺼내어 크라이드의 얼굴 앞에서 흔들어 보였다. 그리고 이러한 장광설의 요소요소에서 넓적한 일그러진 코와 다소 침략적인 턱이 달린 널따란 얼굴을 쑥 정면으로부터 크라이드의 눈앞에다 내밀고서 지극히 경멸적인 눈에 광채를 일면서 크라이드를 노려보았다. 크라이드는 곁에서 보더라도 알 수 있을 만큼 겁먹은 태도로 메이슨으로부터 몸을 비키고는 얼음과 같은 오한을 등골에서 느끼면서 심장도 뇌수도 얼어붙었다. 그 편지들! 저기 텐트 속에 있는 가방에는 손드라한테서 최근 온 편지가 좀더 들어 있으며, 그 편지에는 이번 가을 함께 집을 도망치자는 사연이 상세하게 그녀의 손으로 쓰여져 있는 것이다. 그 편지들을 찢어 버릴걸! 지금 곧 이 사나이는 그 편지들도 발견해 낼지도 모른다. 필경 발견해 낼 것이다. 그리고 손드라를 심문하고 다른 사람들도 심문할지도 모른다. 그는 정신적으로 위축되고 얼어붙었다. 참으로 졸렬하게 구상되고 수행된 계획의 뜻밖의 놀랄 만한 결과가 그만한 힘도 없는 아틀라스 신(우주를 짊어지고 있는 신)의 양어깨에 걸려 있는 지구처럼 그에게 중압을 가해 온 것이다.

그러나 그는 무슨 말을 해야만 되겠다고 생각했다. 결국에 가서 그는 이렇게 대답했다. "내 이름은 확실히 크라이드 그리피스지만 그 밖의 일은 사실이 아닙니다. 나는 그런 일에 관해서는 아무것도 모릅니다."

"흥, 이봐, 그리피스! 엉터리 수작은 제발 그만두시지. 그런 수작으로 결말이 날 줄 알아? 날 그따위 수작으로 속여 보려고 한들 조금도 자네에게 이익이 될 것은 하나도 없고, 현재의 나로선 자네의 속임수에 걸려들고 있을 시간의 여유도 없단 말이야. 여기 있는 사람들은 자네 말에 대한 증인들이야. 그걸 잊어선 안 돼. 난 리커거스에서——페이톤 부인의 자네 방에서 직행해 온 거야. 그리고 나는 자네 트렁크와 자네에게 보내온 미스 올든의 편지도 모두 가지고 있어. 그런 편지들은 따질 것도 없는 증거란 말야. 자네는 그 처녀를 알고 있고, 그녀에게 바싹 달려들어 사랑을 구했고, 작년 겨울 그 처녀를 유혹했으며, 그 후부터 쭉—그리고 금년 봄—그녀가 임신했을 때 자네는 우선 그녀를 고향으로 보낸 다음 결혼을 미끼로 그 여행길로 끌어냈단 말야. 그렇지, 확실히 자네는 그녀를 결혼시켰어. 무덤과 말야. 자넨 그런 식으로 그녀를 결혼케 했단 말야. 빅 비턴 호의 밑바닥의 물과 말야! 그런데 자네는 지금 실제로 내 앞에 서서, 내가 모든 필요한 증거를 가지고 있다고 말하는데도 불구하고 여전히 그녀를 전혀 모르겠다고 딱 잡아떼고 있단 말이지! 정말 언어도단이야!"

말하는 동안에 메이슨의 목소리는 아주 음성이 높아졌으므로 크라이드드는 그것이 저쪽 캠프에까지 똑똑히 들려 손드라가 그 말을 듣고서 이쪽으로 달려오지나 않을까 하고 가슴이 조마조마하여 견딜 수가 없었다. 그리고 메이슨이 빠른 말로 지껄여 댄 파멸적인 사실에 만신창이가 된 그는 목구멍이 바싹 타며 꽉 두 손을 서로 움켜쥐고 싶은 충동을 가까스로 참고 있다가 얼마 후 메이슨의 말이 끝나자, "그렇습니다, 모릅니다" 하고 대답했을 뿐이다.

"정말 언어도단인데!" 메이슨은 펄쩍 뛰었다. "자네가 그런 모양으로 처녀를 죽이고, 그녀를 그 모양으로 내버려 둔 채 아무런 가책도 없이 도망쳐 올 수 있는 인간이라는 것을 이젠 알겠군! 그런데 아무리 그렇다 하더라도 자기에게 온 편지마저 부정하다니! 이러다간 아마 자기가 살고 있다는 사실마저 부정할지도 모르겠군. 그렇다면 이 편지니 초대장이니 이건 다 어떻게 되는 거지? 그럼, 이것도 미스 핀츠레이한테서 오지 않았단 말인가? 어때? 이것들도 그녀한테서 온 것이 아니라고 자넨 버틸 셈인가?"

이러면서 그는 그 편지들을 크라이드의 눈앞에서 흔들어 보였다. 크라이드는 이제 손드라가 당장 소환되어 그 편지들의 진실성이 즉석에서 입증될 수 있다는 것을 깨닫고는 이렇게 대답했다. "아아뇨, 이것들이 그녀한테서 온 거라는 것은 부정하지 않습니다."

"됐어. 그러나 똑같은 방에 있는 자네 트렁크 속에 들어 있는 이러한 다른 편지는 미스 올든한테서 자네에게 부쳐 온 건 아니라는 말이지?"

"그것에 관해선 나로선 얘기하고 싶지 않습니다."

하고 그는 메이슨이 로버타의 편지를 눈앞에서 흔들어 대는데도 허약하게 눈을 깜박거리면서 대답했다.

"쯧! 쯧! 쯧! 하고많은 말 중에서." 메이슨은 크게 분개하여 연거푸 혀를 찼다. “그걸 얘기라고 해! 흥, 뻔뻔스러운 소리가 잘도 나오는군! 좋아, 지금은 이건 추궁하지 않기로 하자. 어쨌든 그때가 오면 용이하게 증명할 수 있을 테니까. 그런데 내가 증거를 딱 쥐고 있다는 것을 알고 있으면서 어찌하여 자네는 태연히 그것을 부정할 수 있는지 그게 나에겐 전혀 알 수 없단 말야! 자네가 자기 가방만을 가지고 가고 그녀 가방은 건 롯지에 맡겨 두었는데, 그 맡겨 둔 가방 속에 자네가 빼버리기를 감쪽같이 잊어 버린 것 같은 자네 필적으로 된 카드가 있어. 이봐, 칼 그레이엄 군, 크리포드 골덴 군, 아니, 크라이드 그리피스 군. ‘메리 크리스마스──버트에게, 크라이드로부터’ 라고 쓴 카드를 자넨 아직 기억하고 있는지? 자, 이거야.” 포켓에 손을 꽂은 그는 예의 화장품 세트에서 꺼내 가지고 온 조그마한 카드를 꺼내어 크라이드의 바로 얼굴 앞에서 흔들어 보였다. “이것도 잊어 버렸나? 자네 필적인데!” 그러고는 잠시 말을 끊고 기다렸다가 아무 대답도 없자 다시 말을 이었다. “그만둬, 이 벽창호야! 모살자(謀殺者)라면 좀 꾀를 써야 할 게 아냐. 가면을 쓰려고 꾸며 낸 가명에 자기 자신의 두문자를 사용하지 않을 만큼의 재치도 없이 칼 그레이엄, 크리포드 골덴이라는 가명을 쓰다니.”

동시에 지금 여기서 자백케 하는 것이 중요하다는 것을 충분히 알고 있는 메이슨은 그렇게 하려면 어떻게 해야 좋을까를 계속 곰곰이 궁리하고 있었다. 그러나 문득 얼어붙은 얼굴을 하고 있는 크라이드의 공포에 질린 표정을 보고서, 너무 겁에 질려서 말을 못 하는 것일지도 모르겠다고 생각한 그는 곧 전술을 바꿨다. 적어도 목소리를 낮추고 이마와 입가로부터 험준한 주름살을 일소해 버렸다.

“이봐, 그리피스.” 이번엔 훨씬 조용하고도 부드럽게 말하기 시작했다. “이런 실정하에선 거짓말을 하거나 터무니없이 무분별하게 부정해 보려고 해도 조금도 자네에게 도움이 될 것은 없어. 그건 자네에게 손해만 가져다 줄 뿐이야. 그것만큼은 틀림없어. 지금까지의 내 태도가 좀 거칠었다고 자네는 생각할지 모르지만 그건 내가 이 사건에 관하여 매우 긴장하여, 자네 자신과는 아주 다른 형의 인물을 상정하여 그놈을 붙잡고 늘어지려고 생각했기 때문이야. 그러나 나는 지금 자네라는 인물을 알았고, 이 모든 것을 자네가 어떻게 느끼며, 이 사건 때문에 자네가 마음속으로부터 얼마나 깜짝 놀라고 있는가를 알았단 말야. 그래서 이 사건에 관해서 그 어떤 사실, 그 어떤 정상을 참작해야 할 점이 있을지도 모르겠다고 생각한 거야. 그것을 지금 자네에게 이야기해 버리면 다소 색다른 빛을 사건 전체에다 던져 줄지 모르겠다고 생각해. 물론 그건 내 알 바가 아냐. 자네 자신이 최선의 판단을 해야 할 일이지만. 다만 나로선 그렇게 자네가 말해 버리는 편이 어떠한 가치를 가지고 있는가 하는 것을 자네에게 제시하려고 할 뿐야. 물론 여긴 이만한 편지들이 있어. 게다가 내일 우리들이 예정하고 있는 대로 스리마일 베이로 가면 그 날 밤 빅 비턴에서 자네가 남쪽으로 걸어가는 도중에 만난 세 사나이들이 있단 말야. 그 사람들뿐만 아니라 그라스 호와 빅 비턴의 여관집 주인들도, 그리고 거기서 보트를 빌려 준 보트 하우스의 관리인도, 자네와 로버타 올든을 건 롯지에서 태우고 온 운전기사도 있어. 그들은 모두 자넬 알아볼 게 아냐. 자넨 그 사람들이 자넬 모를 거라고 생각하나? 그 사람들 중 아무도 자네가 그녀와 함께 떠났다는 걸 증언 못 할 줄 아는가? 그걸 법정에서 배심원이 믿지 않을 줄로 생각하는가?"

이 모든 말을 크라이드는 금전을 기록하는 기계처럼 마음속에 기록하고 있었다. 그리고 다만 눈을 홉뜨고는 마치 얼어붙은 것처럼 말이 없었다.

"그뿐만이 아냐" 하고 메이슨은 아주 상냥하고 매우 애교 있는 말투로 말을 이었다. "페이튼 부인도 있어. 자네 방 트렁크와 옷장 제일 위칸에서 이 편지들과 초대장을 내가 꺼내는 것을 부인은 보고 있었거든. 또 자네와 미스 올든이 일하고 있는 공장의 여공들도 있어. 그녀가 죽었다는 것을 알면 여공들은 자네와 그녀를 둘러싸고 있는 모든 사건을 생각해 내지 못할 거라고 자넨 생각하나? 천만에! 비록 자네가 어떠한 생각을 궁리하고 있든 그런 것쯤은 자기 자신이 능히 알아채야 할 게 아냐. 무슨 수를 써도 자넨 도망치긴 다 글렀어. 그건 자네 자신도 잘 알게 아니냔 말야." 그는 여기서 또다시 말을 끊고는 자백을 기다리고 있었다. 그러나 역시 크라이드는 로버타와 빅 비턴의 경위에 관련하여 뭐라고 지껄이면 반드시 파멸이 오고야 말 것이라고 생각하고 있었으므로 다만 눈만 크게 홉뜨고 메이슨이 또다시 말을 잇기만을 지켜보고 있을 뿐이었다.

"좋아, 그리피스. 그럼, 난 하나만 더 자네에게 말해 두지. 비록 자네가 내 자식이거나 동생이어서, 다만 진실을 말하지 않게 할 뿐 아니라, 이 사건에서 구해 내려고 한다 하더라도 난 이 이상의 충고는 주지 않을걸. 이제 자네가 조금이라도 자기 이익이 되는 일을 하고 싶다면 절대로 자네가 지금 하고 있는 대로 꿀먹은 벙어리처럼 입을 꾹 다물고 모든 걸 부정하면 안 돼. 자넨 다만 일을 귀찮게 하여 남의 심증(心證)을 해치고 있을 뿐야. 왜 자넨 그 처녀를 알고 있었다고 말하지 않지? 왜 그녀와 함께 거기 갔다는 것도, 그녀가 이런 편지를 자네에게 부쳤다는 것도 싹 털어 놓고는 깨끗이 모든 걸 청산하려고 하지 않지? 다른 일은 피할 수 있어도 이런 일만큼은 절대로 피할 길이 없어. 제정신의 사람이라면, 자네 자신의 어머니가 여기 와 있다 하더라도 역시 똑같은 것을 자네에게 권고할 걸세. 꿀먹은 벙어리처럼 꾹 입을 다물고 버티고 있어 봐도 그건 우스꽝스럽기만 한 수작이고 무죄보다도 오히려 유죄가 될 뿐야. 어쨌든 정상 참작의 여지가 있다고 하면, 늦기 전에 그것을 제시하기 위하여, 어찌하여 지금 여기서 그러한 사실에 관해서 똑똑히 말해 버리지 않느냔 말이냐? 이제 자네가 똑똑히 사실을 털어 놓아 준다면, 나로서 어떤 면에서 자네를 도와 줄 수가 있다면 나는 기꺼이 그렇게 하고 싶다는 것을 지금 여기서 자네에게 약속하네. 결국 내가 여기 와 있는 것은 하나의 인간을 괴롭혀 죽이거나, 범하지도 않은 죄를 자백시키기 위해서가 아니라, 다만 사건의 진실을 파악하기 위해서일 뿐이니까. 그러나 내가 모든 증거를 손안에 쥐고 있고 얼마든지 입증할 수 있다고 하는데 자네가 그 처녀를 알고 있었던 것조차 부정하려고 들면 벌써……" 하고는 지방검사는 몹시 싫증이 나서 견딜 수 없다는 듯이 두 손을 폈다.

그러나 여전히 크라이드는 창백한 얼굴로 짐짓 말이 없었다. 메이슨이 여러 가지 사건을 끌어내어 표면적으로 친절하게 보이는 호의적인 충고를 해주어도 역시 크라이드에게는 로버타를 알고 있었다고 하는 것을 인정하는 것조차 자기에게 비참한 운명을 가져다 주는 것으로밖에는 생각되지 않았다. 그와 같은 고백은 다른 사람들의 눈에는 치명적인 것으로만 보일 것이다. 그리고 손드라와 그와 같은 생활을 둘러싸고 있는 자기의 모든 꿈은 종지부를 찍게 될지도 모른다. 이렇게 생각하고서 역시 그는 짐짓 침묵을 지키고 있었다. 그것을 바라보고 있으려니까 메이슨은 저도 모르게 화가 치밀어올라 견딜 수 없어 마침내 호통을 치고 말았다.

"음, 그래, 넌 입을 열지 않기로 결정했단 말이지." 크라이드는 여전히 창백한 얼굴과 허약한 목소리로 대답했다. "난 그 여자의 죽음과는 아무런 관계도 없습니다. 이제 말할 수 있는 건 그것뿐입니다." 이런 말을 하면서도 그는 어쩌면 이런 말을 하지 않는 편이 좋지 않을까, 저런 말을 하는 편이 좋지 않을까 하고 생각하고 있었다. 저런 말이라니? 그건 어떠한 말인가? 물론 자기는 로버타를 알고 있으며 그녀와 거기 간 것은 사실이지만, 나는 절대로 그녀를 죽일 생각은 하고 있지 않았다. 그녀의 익사는 우연한 사고였다고 하는 것이다. 사실 나는 우연에 의해 그녀를 때렸다. 그러나 빈말이라도 그녀를 때렸다고 고백하지 않는 편이 최선의 방편이 아닐까? 그런 사정하에서는 우연히 카메라로 그녀를 때렸다고 하는 것을 믿어 줄 사람은 아무도 없을 것이 아닌가. 카메라 이야기는 입밖에도 내놓지 않는 편이 최선의 방법일 것이다. 자기가 카메라를 가지고 있었다고는 신문의 어디에도 나와 있지 않았으니까.

이렇게 그가 생각을 하고 있으려니까 메이슨은 또다시 참다못해 소리를 질렀다. "그럼, 그 여자를 알고 있었다는 건 넌 인정한단 말이지?"

"아뇨."

"좋아, 그럼." 여기서 메이슨은 동료들을 돌아다보면서 덧붙였다. "이 작자를 저 캠프로 데리고 가서 저 사람들이 이 작자에 관해서 어떤 것을 알고 있는지 그걸 캘 수밖에 이젠 다른 방도는 없겠군. 아마 그렇게 하면, 그땐 이 굉장한 새장의 새도 뭐라고 불고 말 테지. 친구들과 얼굴을 맞대게 하면 말야. 저 캠프의 텐트 속에 아직도 이 작자의 가방과 짐이 있을 거야. 그럼, 이봐, 모두들 이 작자를 저리로 끌고 가서 저 친구들이 이 작자에 관해서 알고 있는 바를 확인하도록 하세."

그러고는 메이슨은 재빨리, 그리고 냉정한 태도로 몸을 돌렸다. 크라이드는 머지않아 다가오려는 전율에 벌써부터 몸이 오그라들고 부들부들 떨며 입을 열었다. "아아, 제발, 아닙니다! 설마 그런 짓을 할 작정은 아니실 테죠. 제발, 그런 짓만은 마세요! 제발, 부탁입니다!"

이때 크로트가 끼여들었다. "이 친구 저기 저 숲속에서 캠프에만은 제발 데리고 가지 말도록 검사님께 부탁해 달라고 나에게 애원했답니다."

"어라, 그런 풍세였던가, 벌써?" 역시 메이슨이 큰소리로 받아넘겼다. "트웰프스 호의 별장지의 숙녀와 신사들 앞에 끌려나가기에는 낯가죽이 얇지만 자기 아래에서 일하고 있던 가난하고 가련한 여공은 알고 있으면서도 모르는 척을 한다는 거지. 좋아, 그럼, 이제 자네가 정말로 알고 있는 것을 대강 쭉 얘기해 보면 어때, 그렇지 않으면 캠프로 가거나." 잠시 여기서 메이슨은 말을 끊고는 그 말이 어떠한 효과를 가지고 올 것인가를 보았다. "우린 저 사람들 앞에서 모든 것을 부정할 용기가 있나 없나를 시험해 보기로 합시다!"

그러나 아직 크라이드가 쭈뼛거리고 있는 것을 보자, 메이슨은 쏘아붙였다. "자, 제군, 이 작자를 끌고 가." 그러고는 캠프 쪽으로 천천히 걸어가기 시작했다. 크로트가 크라이드의 한쪽 팔을 붙잡고 스웬크가 다른 쪽 팔을 붙잡고 앞으로 걸어가기 시작하자 마침내 크라이드는 비명을 올리고 말았다.

"제발! 그런 짓만은 그만둬 주십쇼. 부탁입니다, 메이슨님. 될 수만 있다면 난 죽어도 그리로 돌아가고 싶진 않습니다. 그건 내가 죄를 범하고 있기 때문이 아니라 내가 가지 않더라도 내 물건을 전부 찾아올 수가 있기 때문입니다. 더욱이 지금의 상황을 나로선 견딜 수 없습니다." 구슬과 같은 식은땀이 그의 창백한 얼굴과 두 손에 배어나와 그는 마치 죽은 사람처럼 온몸이 얼음덩어리가 되고 말았다.

"가고 싶지 않다고?" 메이슨은 크라이드의 말을 듣자 걸음을 멈추고서 큰 소리로 부르짖었다. "저 사람들에게 알려지게 되면 자네 자존심이 상하게 된단 말이지. 좋아, 그럼 내가 알고 싶은 몇 가지 일에 대답하란 말야. 솔직하고도 빨리빨리 말야. 그렇지 않으면 그곳으로 가는 거고. 이젠 한순간도 어물거리고 있을 수 없어! 자, 대답하겠나, 어때?" 메이슨은 또다시 크라이드와 대면하고 섰다. 크라이드는 입술을 부들부들 떨고 혼란된 눈을 번득이면서 신경질적으로 뭐라고 열심히 중얼거렸다.

"물론 난 그 여자를 알고 있었습니다. 그건 사실입니다. 아까 그 편지가 그걸 증명하고 있습니다. 그러나 그게 어쨌단 말입니까? 난 그 여자를 죽이진 않았습니다. 또 죽일 의도를 가지고 그곳으로 그 여자와 함께 간 것도 아닙니다. 그렇습니다. 정말 그렇습니다! 그건 모두가 우연한 사고였습니다. 나는 그녀를 데리고 가려고는 꿈에도 생각하지 않았습니다. 그 여자가 나더러 가자고 한 것입니다. 어디로 함께 도망을 치고 싶다고 한 것입니다. 그건 당신도 아시다시피 그 여자의 편지에 있는 대로의 이유에서입니다. 그래서 나는 그녀를 혼자서 어디로 가게 하여 나와 관계를 끊게 하려고 생각한 것입니다. 난 그녀와 결혼하고 싶지 않았기 때문입니다. 그뿐입니다. 그리고 절대로 그 여자를 죽이기 위해서가 아니라 그 여자를 설득하기 위해서 그곳으로 데리고 갔을 뿐입니다. 난 보트를 전복시키는 짓은 하지 않았습니다. 적어도 그럴 생각은 없었습니다. 바람에 내 모자가 날렸기 때문에 우리들은……그 여자와 나는……그것을 붙잡으려고 동시에 일어섰기 때문에 보트가 전복된 것입니다. 그뿐입니다. 그리고 보트의 한쪽이 그 여자의 머리를 쳤습니다. 난 그것을 보았습니다. 다만 그 여자가 물 속에서 허위적거리고 있는 꼴에 그만 겁을 집어먹고 난 그 여자 쪽으로 접근해 갈 수가 없었습니다. 가까이 가면 그 여자가 날 물 속으로 끌어 잡아당기면 어떡하나 하고 그것이 무서웠기 때문입니다. 그러는 동안에 그녀는 가라앉아 버렸습니다. 그래서 난 둑으로 헤엄쳐 갔습니다. 이것이 거짓 없는 진실입니다!"

이렇게 이야기하고 있는 동안에 갑자기 그의 얼굴과 두 손이 새빨개졌다. 그러나 그의 두 눈에는 비참한 고뇌와 공포가 넘쳐 있었다. 그는 생각하고 있었던 것이다. 어쩌면 그 오후는 전혀 바람이 없었을지도 모른다. 그리고 그 사실이 나중에 입증될지도 모른다. 그리고 저 통나무 아래에 감춰 둔 카메라 다리. 그것이 발견되었다고 하면 그걸로 그녀를 때렸다고 생각하지는 않을까? 그는 땀에 젖어 떨고 있었다.

그러나 메이슨은 또다시 질문을 시작하고 있었다.

"그렇다면 그걸 좀 검토해 보기로 할까. 자넨 그 여자를 죽일 의도를 가지고 그곳으로 데리고 간 것은 아니란 말이지?"

"그렇습니다."

"그렇다면 어찌하여 자넨 빅 비턴과 그라스 호의 숙박계에다 각기 다른 두 이름으로 서명했지?"

"그건 내가 그 여자와 함께 그곳으로 간 것을 누구에게도 알리고 싶지 않았기 때문입니다."

"음, 그래. 그 여자의 그 육체 상태에 관한 스캔들이 퍼지는 것을 원하지 않았기 때문일 테지?"

"아아뇨……그렇습니다."

"그러나 나중에 그 여자의 시체가 발견되었을 경우 그 여자의 이름이 스캔들에 싸이게 돼도 자넨 상관없었단 말이지?"

"하지만 난 그 여자가 익사하리라곤 꿈에도 몰랐습니다." 재빨리 올가미를 의식하고는 크라이드는 아무렇지도 않은 낯으로 교활하게 대답했다.

"그러나 자넨 두 번 다시는 여관으로 되돌아가지 않았지? 그러니까 역시 자넨 그 일을 알고 있었을 게 아냐?"

"아뇨, 되돌아가지 않을 것은 몰랐습니다. 난 되돌아갈 작정이었습니다."

음, 말하는 투가 교묘한데, 교묘해. 메이슨은 이렇게 속으로 생각은 했지만, 입밖으로는 내놓지 않고 빠르게 다음과 같이 말했다.

"그러니까 되돌아가는 데 되도록 만사가 용이하고도 자연스럽게 되도록 자넨 자신의 가방을 가지고 가고, 여자 가방을 거기다 남겨 놓고 갔단 말이지. 그러자는 배짱이었지? 어때?"

"그러나 난 도망을 하기 위해서 가방을 가지고 간 것은 아닙니다. 미리 우린 그 속에다 도시락을 넣어 가지고 갔습니다."

"자네들인가, 혹은 자네 혼자서인가?"

"우리들입니다."

"그럼, 자넨 조그만 도시락 하나를 가지고 가는 데 그 큰 가방을 가지고 가지 않으면 안 되었단 말이지? 도시락은 신문지나 그녀의 가방에 넣어선 안 됐단 말인가?"

"그 여자의 가방은 꽉 차 있었고, 난 신문지에 무엇을 꾸려서 들고 다니기를 싫어하는 성격이어서요."

"응, 딴은 그래. 너무도 자존심이 높으시고, 지나치게 점잖은 양반이 무거운 가방을 밤중에 12마일씩이나 스리마일 베이까지 들고 가. 그 꼴이 남의 눈에 띄어도 부끄럽다고는 느끼지 않았단 말이지?"

"그건 그녀가 물에 빠진 후, 난 그 여자와 함께였다는 것이 알려지고 싶지가 않았고, 난 꼭 가야만 했으니까……."

크라이드는 다음 말이 얼른 나오지 않았다. 메이슨은 다만 물끄러미 크라이드를 응시하면서 물어 보아야 할 질문을 머릿속에서 궁리하고 있었다. 아직도 물어 봐야 할 질문이 얼마든지 있었다. 그리고 그러한 질문들이 크라이드로서도 아마 변명이 불가능하리라고 메이슨은 추측하기도 하고, 알고도 있었다. 그러나 벌써 날이 저물어 가고 있었고, 아직 저기 저 캠프에도 크라이드의 소지품——가방과 어쩌면 그날 빅 비턴에서 입고 있던 옷 등——을 압수하러 가지 않으면 안 되었다. 이러한 모양으로 어두컴컴한 어둠 속에서 질문을 하는 것도 충분히 긴 시간을 두고서 할 수만 있다면 크게 성과가 오를지도 모를 일이었지만 귀로도 있을 터이고 그 도중에서도 질문의 시간은 충분히 있을 거라고 메이슨은 생각했다.

그래서 한순간 그렇게 하기가 몹시 싫었지만 메이슨은 이런 말로써 결론을 내리고 말았다. "좋아, 그리피스, 우선 이 근처에서 좀 쉬게 해주지. 그래, 자네 말이 맞을지도 몰라. 그건 모르겠지만 자네를 위해서 그렇기를 바라네. 어쨌든 자네는 미스터 크로트와 함께 가기로 해. 자네가 가야 할 곳으로 데려다 줄 테니까."

그 다음 메이슨은 크로트와 스웬크 쪽을 바라보며 말했다. "그럼, 자네들, 이렇게 해주게. 너무 늦었으니까 오늘밤에 어디서 좀 쉬어 가려면 다소 서둘러야 하겠어. 어이, 크로트, 자넨 이 젊은이를 데리고 다른 두 척의 카누 있는 데로 가 줘. 가는 도중에 소리를 질러서 경찰서장과 시셀에게 이쪽은 출발 준비가 모두 되었다고 알려주게. 스웬크와 나는 되도록 빨리 다른 한 척의 카누로 갈 테니까."

이 명령에 크로트가 대답하자, 메이슨은 스웬크와 함께 스며 들어오는 황혼 속을 헤치며 캠프 쪽으로 향했다. 크로트는 크라이드를 데리고 서쪽으로 향하면서 고래고래 소리를 질러 경찰서장과 시셀을 응답이 있을 때까지 불렀다.

10

또다시 캠프에 나타난 메이슨은 우선 프랭크 해리에트에게, 다음 할리 배고트와 그랜트 크랜스톤에게 크라이드가 체포된 경위를 알렸다. 크라이드가 로버타를 죽였다고는 하지 않았어도 그녀와 함께 빅 비턴에 갔다는 것을 자백했다고 말했다. 그리고 자기는 스웬크와 함께 크라이드의 소지품을 압수하러 왔다고 말했다. 이 뉴스는 이 화려한 캠핑을 엉망진창으로 만들어 버렸다. 그들은 그 뉴스에 그만 질려 믿을 수 없다는 듯이 야단이었다. 그러나 메이슨이 크라이드의 소지품이 놓여 있는 장소를 알고 싶다고 요구하고, 크라이드가 자기의 소지품을 확인하기 위해서 이곳으로 연행되지 않은 것은 그 자신의 애원에 의한 결과에 지나지 않는다고 주장했다.

이 무리 중에서도 가장 실제적인 프랭크 해리에트가 메이슨의 말의 진실성과 권위를 간취하고는 곧 크라이드의 텐트로 안내했다. 거기서 메이슨은 크라이드와 가방의 내용물과 의류 등을 조사하기 시작했다. 그랜트 크랜스톤과 배고트는 크라이드에 대한 손드라의 열렬한 관심을 알고 있었으므로 우선 스튜어트를 불렀고, 다음은 버틴을, 최후에는 손드라를 불러내어 다른 사람들과 떨어진 곳으로 데리고 가서 지금 일어나고 있는 사태를 넌지시 그녀에게 알렸다. 그 말을 듣자 그녀는 새파랗게 질려 그만 그랜트의 팔에 쓰러지고 말았다. 그 후 그녀는 텐트로 운반되었다. 의식을 회복하자 그녀는 부르짖었다. "난 그런 말은 한마디도 믿지 않아! 진실이 아냐! 그럴 리가 없어. 불쌍한 크라이드! 아아, 크라이드! 그 사람은 지금 어딨어? 어디로 연행된 거야?" 그러나 스튜어트와 그랜트는 절대로 그녀처럼 감정적으로 움직이지는 않았다. 그들은 그녀더러 조용히 하라고 주의시켰다. 어쩌면 그건 사실일지도 모르지 않아? 만일 사실이라면 어떻게 하지? 다른 사람들이 이 사실을 알 게 아닌가. 또 만일 사실이 아니라면, 곧 그는 자신의 결백함을 증명하고는 석방될 것이 아닌가. 지금 그렇게 떠들어 본댔자 소용 없는 일이 아닌가.

그러나 손드라는 내심 도대체 그런 일이 어떻게 있을 수 있을까 하고 생각해 보았다. 여자 하나가 빅 비턴에서 크라이드에게 피살되었고, 그는 체포되어 경찰에게 연행되었다. 그리고 나는 이렇게 공공연히, 적어도 이 그룹의 무리들에게는 그에게 깊은 관심을 갖고 있었다는 것이 널리 알려져 있다. 그러는 중에 우리 양친도 알게 될 테지. 일반 사람들도 알게 될 테고. 어쩌면…….

그래도 크라이드는 결백할 것임에 틀림없어. 모든 것이 잘못된 걸 거야. 그렇게 생각하는 그녀의 머릿속에 비로소 해리에트 가에서 그 익사한 처녀의 뉴스를 전화로 들었을 때의 정경이 떠올랐다. 그때의 크라이드의 창백한 얼굴──발병──거의 완전히 지칠 대로 지쳐 버린 그의 모습. 천만에, 그렇지가 않아! 그럴 리가 없어! 그래도 그가 리커거스에서 온 것은 예정보다도 늦은 금요일이었다. 거기서 그는 편지를 주지 않았다. 그렇게 생각해 보니 살인죄의 공포가 전면적으로 되살아나 갑자기 머리가 아찔해졌다. 창백해진 그녀가 꼼짝도 않고 드러누워 있는 동안 그랜트와 다른 사람들은 지금 곧 또는 내일 아침 일찍 캠프를 철수하여 사론으로 돌아가는 것이 상책이겠다고 의견의 일치를 보았다.

잠시 후 의식을 회복한 손드라는 두 눈에 눈물을 담고서 여기선 차마 있을 수 없으니까 곧 여길 떠나 버리고 싶다고 애원했다. 그리고 버틴과 다른 사람들에게 자기 가까이에 있어 주었으면 좋겠다고 애원하며, 여러가지 좋지 못한 소문만 퍼뜨리게 될 테니까 자기가 실신했다거나 울었다는 이야기는 전혀 하지 말아 달라고 애원했다. 그리고 그녀는 계속 혼자서 생각해 보았다. 이 모든 것이 사실이라고 하면 자기가 그에게 써 보낸 편지는 어떻게 하면 되찾을 수 있을까? 만일 지금쯤 그 편지가 경찰이나 신문사의 손으로 넘어가 있어 공표되는 일이라도 있다면? 그러나 그녀는 그에 대한 애정 때문에 마음의 동요를 일으켰고, 그녀의 젊은 생애 중 처음으로 그 쾌활한 꿈 같은 눈앞에서 인생의 참혹하고도 냉혹한 현실에 몰리게 된 것이었다.

그래서 즉시로 그녀는 스튜어트와 버틴과 그랜트의 부축을 받으며 호수 동쪽 끝에 있는 흑백 혼혈아 경영의 여관으로 갈 차비가 마련되었다. 배고트의 이야기에 의하면 거기서부터 새벽녘에 앨바니를 향해서 출발할 수가 있다, 그리고 우회로를 취하여 사론으로 돌아갈 수 있다는 것이었다.

그 동안에 크라이드의 소지품 전부를 압수한 메이슨은 서쪽으로 급행하여 리틀 피시 포구에서 스리마일 베이로 향했다. 첫날 밤 농가에 머물렀을 뿐으로 화요일 밤늦게 스리마일 베이에 도착했다. 그러나 미리 계획을 짜고 있던 대로 그 도중에서 그는 크라이드에게 질문을 하지 않을 수가 없었다. 특히 캠프의 텐트 속에 있던 크라이드의 소지품을 전부 조사해 보아도 빅 비턴에서 입고 있었다고 일컬어지는 회색 양복이 눈이 띄지 않았으므로 한층 더 따지고 물었다.

이러한 새로운 국면의 전개에 마음이 괴로워진 크라이드는 자기가 회색 양복을 입고 있었다는 것을 부인하고는 지금 입고 있는 양복이 그때 입고 있던 양복이었다고 완강히 주장했다.

"그러나 그때 입고 있던 옷은 완전히 젖었을 게 아냐?"

"그렇습니다."

"그렇다면 그 후 어디서 그걸 세탁했지?"

"사론에서요."

"사론에서?"

"그렇습니다."

"그곳 세탁소에 맡겼다는 건가?"

"그렇습니다."

"무슨 세탁소지?"

크라이드는 유감스럽게도 기억하고 있지 않다고 대답했다.

"그렇다면 자넨 빅 비턴에서 사론까지 젖어서 걸레가 된 옷을 입고 있었단 말인가?"

"그렇습니다."

"그리고 물론 아무도 그것을 눈치챈 사람은 없었다는 거지?"

"내가 기억하고 있는 한으로는…… 그렇습니다."

"자네가 기억하고 있는 한으로라면 말이지. 좋아, 그건 나중에 조사해 보면 알 테니까." 메이슨은 이 크라이드가 책략가며 동시에 살인범이라고 하는 것은 의심의 여지가 없다고 단정했다. 또 어쨌든 언젠가는 크라이드에게 그 양복을 감춘 장소와 세탁을 맡긴 장소를 자백케 해야겠다는 생각도 했다.

다음은 저 호수 위에서 발견된 밀짚모자 건이었다. 저건 어찌 된 셈인가? 바람이 자기 모자를 날려 버린 사실을 인정한 크라이드는 자기는 호수에서 모자를 쓰고 있었지만 반드시 수상에서 발견된 밀짚모자가 그것이라고는 단정할 수 없다고 암시하고 있었던 것이다. 그러나 지금 메이슨은 주위에서 증인들이 듣고 있는 데서, 물 위에서 발견된 밀짚모자의 주인공과 그 후에 쓴 제2의 모자의 존재를 분명히 해두고 싶어서 혈안이 되어 있었다.

"바람이 물 위로 날려 버렸다고 하는 자네 밀짚모자 건인데 말야. 그때 자넨 그걸 주우려고 하지 않았단 말인가?"

"그렇습니다."

"아마 흥분하고 있었기 때문에 그것에 생각이 미치지 않았나 보군?"

"그렇습니다."

"그러나 저 숲속을 걸어가고 있을 때 자넨 또 하나의 밀짚모자를 쓰고 있었다는데 그건 어디서 구한 것이지?"

크라이드는 함정에 빠지고 말아 어리둥절하여 한순간 망설이며 지금 자기가 쓰고 있는 밀짚모자가 저 숲속에서 쓰고 있던 것이냐는 추궁을 받게 되지나 않을까, 또 그 물 위에 버리고 온 밀짚모자가 유티카에서 사 가지고 온 것이 아니냐는 추궁을 받게 되지나 않을까 하고 부들부들 떨면서 생각에 잠겨 있었다. 그리고 거짓말을 하기로 결심했다. "나는 또 하나의 밀짚모자는 가지고 있지 않았습니다." 이 대답에는 아무런 주의도 하지 않고, 메이슨은 손을 뻗쳐 크라이드의 머리에서 밀짚모자를 벗겨, 그 안을 조사해 보기 시작했다. 거기에는 리커거스의 스타크 상점의 상표가 붙어 있었다.

"이것엔 안이 있군. 리커거스에서 샀단 말이지?"

"그렇습니다."

"언제?"

"6월입니다."

"그래도 자넨 이것이 그 날 밤 숲속에서 쓰고 있던 것은 아니라는 말이지?"

"그렇지 않습니다."

"그럼, 이건 어딨더랬어?"

크라이드는 또다시 함정에 빠진 사람처럼 쭈뼛거리면서 생각했다. 아아, 하나님! 그것을 지금 어떻게 변명하면 좋단 말인가? 어찌하여 나는 저 호수에서의 밀짚모자를 내 것이라고 단정해 버렸단 말이냐? 그러나 얼핏 그는 자기가 부인을 하건 말건 저 그라스 호와 빅 비턴에는 자기가 호수 위에서 밀짚모자를 쓰고 있었던 것을 기억하고 있는 사람이 반드시 있을 거라고 생각했다.

"그럼, 이건 어디 있었지?" 메이슨은 추궁했다.

잠시 후 크라이드는 겨우 입이 떨어졌다.

"난 전에도 한 번 여길 온 적이 있었는데, 이건 그때 쓰고 있던 것입니다. 그때 여길 떠날 때 그만 잊어 버렸던 것인데 다음에 왔을 때——바로 그게 그 때죠——이걸 도로 찾은 것입니다."

"음, 그런가. 일이 척척 잘 되어 가는군그래" 하며 메이슨은 속으로, 이놈은 아주 꽁무니를 잡기가 힘든 놈인데. 좀더 교묘한 올가미를 생각해 내지 않으면 안 되겠다고 생각하면서 크랜스톤 가의 사람들과 베아 호에서 캠핑하던 무리 전부를 소환하여 이번에 크라이드가 도착했을 때 밀짚모자를 쓰고 있었던가의 여부를, 또 전에 왔을 때 밀짚모자를 잊어 버리고 갔는지의 여부를 조사해 봐야겠다고 결심했다. 물론 크라이드는 거짓말을 하고 있는 것이 뻔하니까 단서를 잡게 될지도 모르겠다고 메이슨은 생각했다.

그리하여 크라이드는 캠핑에서 브리지버그로, 그리고 군의 유치장에 도착할 때까지 한순간의 마음의 평화도 가질 수 없었다. 아무리 대답하기를 거절해도 쉴 새 없이 메이슨은 그에게로 달려들어 질문의 화살을 계속 퍼부었기 때문이다. 호반에서 도시락을 먹을 작정에 지나지 않았다면 왜 자네는 다른 장소만큼 경치도 좋지 못한 남단까지 일부러 보트를 몰고 가지 않으면 안 되었는가? 그 다음의 오후의 시간을 어디서 보냈으며, 물론 저 현장에선 아닐테지. 그 밖에 메이슨은 크라이드의 가방 속에서 발견한 손드라의 편지로 화제를 옮겼다. 얼마 동안이나 그녀와 친하게 지냈는가? 그녀는 자네를 사랑하고 있는 것 같은데 그녀가 이번 가을에 자네와 결혼하자고 약속했기 때문에 자네는 미스 올든을 죽이자고 결심한 것인가?

그러나 크라이드는 이 최후의 힐문(詰問)을 부정할 때에는 심한 고뇌를 느꼈지만 대부분의 경우에는 그저 묵묵히 슬프게 괴로운 듯한 슬픈 눈으로 물끄러미 앞만을 바라보고 있었다.

베아 호의 서쪽 끝 농가의 마루에다 깐 짚 이불 위에서 몹시 처량한 하룻밤을 보냈을 때에는 시셀과 스웬크와 크로트는 권총을 빼어들고 교대로 크라이드를 감시했고, 메이슨과 경찰서장은 다른 사람들과 함께 아래층에서 잤다. 새벽녘 무렵에 어떻게 정보를 알아들었는지 지방의 주민 몇 사람이 와서 물었다. "빅 비턴에서 처녀를 죽였다는 녀석이 여기 와 있다는데 사실입니까?" 그리고 그들은 새벽에 메이슨이 확보한 보트로 일행이 떠나는 것을 전송했다.

또 리틀 피시 포구와 스리마일 베이에선 글자 그대로 많은 사람들이——농부와 상점 주인과 피서객과 숲의 주민들과 아이들이 모여들었다. 아마 전화로 미리 알려 놓았던 모양이다. 그리고 스리마일 베이에서는 버얼리와 하이트와 뉴콤이 이미 전화로 보고를 받고 있었으므로 몹시 몸이 마른, 성미 급한, 소심한 게이브리엘 그레그라는 치안판사 앞에 크라이드를 전면적으로 확인하는데 필요한 빅 비턴의 사람을 전부 소환해 놓고 있었다. 그래서 메이슨은 이 지방의 치안판사 앞에서 크라이드의 로버타 살인 사건의 죄상을 진술하고, 중요 용의자로서 그를 브리지버그의 군 유치장에 수용하기 위한 적절한 법적 수속을 취했다. 그 다음 메이슨은 버튼과 경찰관들과 함께 크라이드를 브리지버그로 데리고 가서 그 즉시로 유치장에 넣었다.

감방에 갇히는 신세가 되자, 크라이드는 쇠 침대 위에 몸을 던지고는 일종의 절망적인 고뇌 속에서 두 손으로 머리를 쥐어뜯었다. 유치장에 도착한 것은 오전 세 시였는데, 일행이 가까이 갔을 때 유치장의 밖에는 벌써 5백 명 정도의 군중이 모여 있었다. 조소하기도 하고, 위협하기도 하며 떠들고 있었다. 부잣집 딸과 결혼하고 싶은 나머지 무참하게도, 지나치게 사랑한 것밖에는 아무 죄도 없는 매력적인 젊은 여공을 때려서 참살한 사나이, 그러한 소문이 널리 퍼져 있었던 것이다. 군중들은 험악하고도 위협적인 함성을 올리고 있었다. "에이, 이 더러운 짐승 같은 놈아! 이놈, 이제 당장 교살이 될 테니 두고 봐라! 이 젊은 흉칙한 악한 놈아, 각오하고 기다리고 있어!" 하고 외친 것은 스웬크와 비슷한 체구의 숲에 사는 젊은 주민으로 군중 속에서 몸을 앞으로 불쑥 내밀고는 무시무시한 두 눈에 살기등등한 독기를 띄우고 있었다. 이 밖에 조그만 마을의 빈민가의 심술쟁이 소녀가 긴 드레스 차림으로 어두컴컴한 아크등의 불빛 속으로 뛰어나와 욕설을 퍼부었다.

"엣, 이 더러운 구렁이 같은 비겁한 놈아, 살인자! 그러면서도 빠져 나갈 줄 알았더냐!"

크라이드는 슬래크 경찰서장에게 몸을 기대면서 생각했다. 정말로 그들은 내가 그녀를 죽였다고 생각하고 있구나! 나를 때리려고 하면 얼마든지 할 수 있을 만한 기세다. 그는 지칠 대로 지쳤고, 머리가 뒤죽박죽이 되었고, 비참한 생각에 사로잡혀 있었기 때문에 유치장의 강철 바깥문이 그를 맞이하기 위하여 열리는 것을 보았을 때 그것이 보호를 제공해 준다고 하는 생각에 불현듯 살았다 하는 긴 한숨을 실제로 내쉰 것이었다.

그러나 감방에 들어가도 역시 고뇌가 떠날 새가 없었고, 긴 밤을 뚫고 내내 그의 머리를 괴롭혔다. 지금까지 그가 당해 온 갖가지의 모든 사건을 둘러싼 생각에서 생겨나온 고뇌였다. 손드라! 그리피스 가의 사람들! 버틴. 아침이 되어 이 일을 알게 되면 리커거스의 모든 사람들은 어떻게 생각할 것인가? 얼마 후에는 어머니도, 아니 누구나가 다 이 일을 알게 될 테지. 지금 손드라는 어디 있는 것일까? 물론 메이슨은 내 소지품을 가지러 갔을 때 그녀에게도, 그 밖의 다른 사람들에게도 필경 이야기했을 테지. 그러므로 그들은 필경 나를 모살자라고 생각할 테지! 저 사건이 어떠한 동기에서 생겨나게 되었는지를 누군가 알아주기만 한다면! 손드라나, 우리 어머니나, 아무라도 좋다, 정말 알아주기만 한다면!

모든 것이 이 이상 진전하기 전에 그 경위를 정확하게 저 메이슨이라는 사나이에게 설명하는 편이 나을지도 모른다. 그러나 그렇게 하려면 내 계획도, 당초의 의도도, 저 카메라의 이야기도, 내가 헤엄을 쳐서 현장을 피한 이야기도 모두 이야기하지 않으면 안 될 테지. 전혀 그럴 의사도 없이 그녀를 때린 것도──그것을 누가 믿어 줄 것이냐?──나중에 카메라 다리를 감춘 것도 전부 이야기하지 않으면 안 될 테지. 더욱이 일단 모든 것이 알려지게 되면 역시 자기는 손드라와 그리피스 가의 사람과의 관계에 있어선 끝장나고 말 것이 아닌가. 모든 사람들과의 관계에 있어서도 역시 마찬가지가 아닌가. 그리고 십중팔구, 역시 나는 살인범으로 기소되어 처형되고 말 테지. 아아, 하나님. 살인, 그런 죄 때문에 재판을 받게 되고, 그녀에 대해서 무서운 죄를 범한 사실이 입증되어 역시 나는 전기의자에서 사형을 받게 될 테지. 그렇지 않을까? 그것도 살인죄 때문에. 그는 꼼짝도 않고 앉아 있었다. 죽음! 아아, 하나님! 저 페이톤 부인 집의 내 방에 로버타와 어머니에게서 온 편지를 그대로 남겨두지만 않았다면. 저 트렁크를 떠나기 전에 다른 방으로 옮겨 놓기만 했더라면. 어찌하여 나는 그 생각이 머리에 떠오르지 않았을까? 그러나 순간적으로, 만일 그렇게 하고 있었다면 그 무슨 수상한 짓을 하고 있는 것같이 생각되어 그것도 결국 하나의 실패가 되지 않았을까? 그런데 어떻게 경찰 당국은 내 주소와 이름을 알았을까? 이렇게 생각되자 그는 또다시 그 트렁크 속의 편지 생각이 머리에 떠올랐다. 어머니한테서 온 편지의 한 통에는 캔자스시티에서의 사건에 관한 이야기가 쓰여져 있는 것을 그는 생각해 내고는 메이슨은 그것을 필경 알았을 것이라고 생각했다. 그 편지들을 찢어 버렸다면. 로버타의 것도 어머니의 것도 전부! 왜 나는 그렇게 하지 않았을까? 그러나 그에게는 그 이유가 분명치 않았지만──어쩌면 여러 가지 사물을──자기에게 관련된 어떤 것이라도──자기에 대한 동정과 애정을──보존해 두고 싶은 이상한 욕망 때문이었을지도 모른다. 그런 두번째의 밀짚모자 같은 것은 쓰지도 않고, 숲속에서 저 세 사람을 만나지만 않았더라면! 아아, 하나님! 그들이 어떤 방법으로 나의 발자취를 뒤져낼 것이라는 사실을 나는 이미 그때 눈치채고 있었을지도 모른다. 다만 자기의 가방과 손드라의 편지만을 가지고 저 베아 호의 숲속을 계속해서 걷고 있었다면. 그렇게 하면, 어쩌면…… 어쩌면…… 보스턴이나 뉴욕이나 어디로 몸을 감쪽같이 감출 수 있었을지도 모른다.

여러 가지로 마음이 산란해지고, 고민에 몸부림친 그는 전혀 잠이 오지 않아 방안을 왔다갔다하기도 하고, 튼튼하고 이상하게 생긴 침대 가장자리에 걸터앉기도 하면서 생각에, 또 생각에 잠겼다. 그러는 동안에 먼동이 틀 무렵 콧물을 훌쩍거리는, 뼈대가 굵은 늙은 간수 하나가 다 낡은 헐렁한 푸른 제복을 입고서 검은 쇠 쟁반에다 함석 컵 한 잔의 커피, 몇 조각의 빵, 조그맣게 썬 햄 한 조각에 달걀 한 개를 놓고서 나타났다. 그러고는 무엇을 뒤지는 듯한 눈초리로, 그러면서도 다소 무관심한 듯한 표정으로 크라이드 쪽을 보면서 가로 세로가 겨우 쟁반 하나 들어갈 만한 구멍으로 그것을 밀어 넣었다. 그러나 크라이드는 전혀 식욕이 없었다.

잠시 후에 크로트와 시셀과 스웬크가 나타났다. 그리고 나중에는 경찰서장이 나타났다. 그들은 하나씩 와서는 감방 안을 기웃거리며, "야아, 그리피스, 오늘 아침은 기분이 어때?" "여어, 뭐 부탁할 건 없나?" 하고 말을 건네면서 살인 용의자에게 대한 각자의 관점에서 경악과 혐오와 의혹과 증오를 눈에 나타내고 있었다. 하지만 그래도 그들은 크라이드가 이 감방 안에 있다는 것에 관해서는 일종의 흥미, 혹은 소극적인 자랑이라고 할 만한 것을 나타내고 있었다. 뭐니뭐니해도 크라이드는 그리피스 가의 일족——남부의 큰 중앙 도시에서 저명한 상류계급의 일원이 아닌가. 그리고 그들에게 있어선 굉장한 관심을 보여 주고 있는 외부의 일반 민중에 있어서와 마찬가지로 그는 함정에 빠져서 잡힌 짐승으로서, 그들의 탁월한 법망에 걸린 것으로서 이제야말로 그것을 실증하고 있는 것이 아닌가. 더구나 신문과 세상 사람들의 화제에 오를 것은 뻔한 일이니까 그들을 위해서는 굉장한 선전이 될 것이다. 신문에는 그의 사진과 더불어 그들의 사진이 나올 것이고 그들의 이름은 그의 이름과 함께 끊임없이 자리를 차지하게 될 것이기 때문이다.

그리고 크라이드는 철창 사이에서 그들을 바라보면서, 벌써 자기는 그들의 수중에 빠지고 만 이상 그들 마음대로 된다는 사실을 생각하고는 그들에게 예의바르게 굴어야겠다고 생각했다.

11

시체 해부와 그 결과에 관련하여 결정적인 역전(逆轉)이 초래되었다. 5명의 의사의 공동 보고에 의하면 '입과 코에 대한 상해는 코끝이 약간 무뎌져 있고, 입술이 부어올랐고, 앞니 하나가 약간 흔들리며 입술 안쪽의 점막(粘膜)에 찰상 하나가 있다'로 되어 있었는데 이러한 상해는 결코 치명적인 것은 아니라는 점으로 모든 의사의 의견은 일치되어 있었던 것이다. 주요한 상해는 두개골에 대한 것이었다. 이것은 바로 크라이드가 최초의 자백에서 주장하고 있던 그대로였다. 이것은 '그 어떠한 기구'로 얻어맞은 격렬한 타박상으로, '골절과 내출혈의 징후가 보이며 이것이 사인이 되었을지도 모른다.' 그러나 이 경우 매우 불리한 것은 이 타박상은 보트에 몹시 부딪쳐서 생긴 것이다.

그러나 폐(肺)는 수중에서는 가라앉는 것이지만——이 사실은 로버타가 수중에 내던져졌을 때에는 아직도 죽어 있지 않고, 살아 있다가 익사했다는 절대적인 증거가 되어 크라이드의 주장을 뒷받침해 주는 것이었다. 그리고 그녀의 팔과 손가락은 손을 뻗치고서 무엇을 붙잡으려고 하고 있을망정 그 밖에는 폭력이니 격투니 하는 흔적은 아무것도 눈에 보이지 않는다는 것이다. 보트로 맞은 상처란 말인가? 그러나 그럴 수가 있을까? 결국 크라이드의 진술에 의하여 진실의 경위가 잘 감춰져 있는 것은 아닐까? 확실히 이 해부의 결과는 다소 크라이드에게 유리하게 보였다. 그러나 메이슨과 그 밖의 사람들의 의견은 비록 크라이드가 그녀를 수중에 던지기 전에 죽이지 않았다 하더라도 역시 그녀를 구타하여 의식불명으로 해놓은 뒤에 수중으로 던졌음에 틀림없는 사실을 해부의 결과는 명백하게 증명하고 있는 것처럼 생각된다고 하는 것에 일치했다.

그러나 무엇으로 구타했단 말이냐? 흉기는 무엇이냐? 그것을 크라이드로 하여금 자백시킬 수만 있다면!

여러 가지로 궁리하고 있던 메이슨의 머리에 갑자기 영감(靈感) 하나가 떠올랐다. 용의자에게 자백을 강요할 수 없다고 하는 것은 특히 법률이 보증하고 있는 바이지만, 크라이드를 데리고 다시 한 번 범죄 현장으로 가자. 그렇게 하면 비록 그에게 모든 것을 고백케 할 수는 없다 할망정, 일단 범죄 현장에 직면한 경우 그의 행동은 아마 그 옷, 혹은 그녀를 구타한 기구의 소재에 관해서 무엇인가를 폭로할지도 모른다.

그 영감의 결과로서 크라이드는 감금된 지 사흘째 되는 날에 크로트, 하이트, 메이슨, 버튼 버얼리, 알 뉴콤, 슬래크 경찰서장 등에게 끌려 빅 비턴을 찾고는 그 무서운 날에 비로소 취한 행정(行程)을 다시 한 번 천천히 되풀이 하면서 돌아다녔다. 그러는 도중 크로트는 메이슨의 지령에 따라, '살살 달래서' 크라이드의 비위를 맞춰 낱낱이 자백케 하려는 계획을 세웠다. 즉 크로트는 이러한 방책을 사용한 것이었다. "지금까지 수집된 증거는 명백하게 크라이드의 범행을 가리키고 있기 때문에 당연코 자네는 자네가 하지 않았다고 배심원에게 믿게 할 수는 없을 거야. 하지만 만일 자네가 메이슨에게 모든 걸 자백해 버리면 누구보다도 그 사람은 재판관과 지사에게 자네에게 유리하도록 진력할 수 있는 입장에 있으니까, 어쩌면 종신 또는 20년 정도의 형으로 끝나게 해줄지도 모르거든. 그렇지 않고 언제까지 지금과 같은 식으로 나간다면 필경 갈 곳은 결국 전기의자밖에는 없을 걸세."

그러나 크라이드는 베아 호에서 그의 지침이 된 경계심에 따라 여전히 깊은 침묵을 계속 지키고 있었다. 나는 적어도 고의적으로 그녀를 때린 것은 아닌데, 어찌하여 때렸다고 하지 않으면 안 되는가? 게다가 아직 카메라의 건도 모르고들 있는데 이러이러한 것으로 때렸다고 할 필요는 없지 않은가!

빅 비턴 호수에서 로버타가 익사한 장소로부터 크라이드가 헤엄쳐 올라간 지점까지의 거리를 군의 측량계가 정확하게 측량해 낸 후에 갑자기 알 뉴콤이 중요한 발견물을 메이슨에게 제시했다. 크라이드가 젖은 옷을 벗기 위해서 서 있던 지점으로부터 그다지 머잖은 통나무 아래에 카메라의 다리가 감추어져 있는 것을 발견한 것이다. 다소 습기를 먹어 녹이 슬어 있었지만 상당히 무거웠으므로 이것으로 크라이드가 로버타의 두개골을 때려서 그녀를 때려눕힌 뒤 보트로 운반하여 익사케 한 것임에 틀림없다고 그 즉시 메이슨을 위시한 모든 다른 사람들은 그렇게 생각했다. 그러나 크라이드는 그것이 제시되는 바람에 한층 더 창백해지면서도 카메라와 다리를 가지고 있었던 것을 부인했다. 그러나 곧 메이슨은 모든 증인들에게 다시 질문하여 크라이드가 다리와 카메라를 소지하고 있는 것을 본 사람이 있는가 없는가를 물어 보기로 결정했다.

그리고 그날도 저물기 전에 크라이드와 로버타를 안내한 안내인뿐만 아니라 보트에 크라이드가 가방을 가지고 들어가는 것을 본 관리인도, 그라스 호에서 출발한 아침 크라이드와 로버타가 여관에서 역으로 출발하는 것을 본 그라스 호의 젊은 여급도, 그의 가방에 비끄러맨 '막대기 같은 기다란 누런 다발'을 생각해 내고는, 그것이 필경 그 다리임에 틀림없었을 것이라고 증언했다.

그러나 버튼 버얼리는 크라이드가 그녀를 구타한 것은 다리가 아닐지도 모르겠다고 생각했다. 아마 좀더 중량이 있는 카메라로 때렸을 것이다. 그 몸의 한 끝이 저 머리 위의 상처를 만들었고, 평면이 안면의 상처를 만들었다고 하면 그 설명이 꼭 들어맞는 셈이 된다. 그러한 결론이 났으므로 메이슨은 크라이드에게는 아무것도 알리지 않고 그 근처의 잠수부를 모아 로버타의 시체가 발견된 장소 근처를 잠수케 했다. 그리고 잔뜩 보수를 준다는 약속에 끌려 6명의 잠수부가 종일 찾아다닌 결과 보트가 전복됐을 때 크라이드가 떨어뜨린 카메라를 자크 보가트라는 사나이가 발견했다. 그것을 조사해 보자 그 속에 필름의 두루마리가 들어 있는 것을 알 수 있었다. 그것을 전문가에게 주어 현상시켜 보았더니 얼마 후에 몇 장의 로버타의 영상이 나타났다. 호반에서 찍은 것으로 한 장은 통나무 위에 걸터앉은 것, 두 장째는 기슭의 보트 옆에서 포즈를 취한 것, 석 장째는 나뭇가지 하나에 손을 걸친 것으로 모두가 물에 젖어 있어, 매우 몽롱하기는 했지만 역시 알아볼 수 없을 정도의 것은 아니었다. 그리고 그 카메라의 몸체의 가장 넓은 면을 재어 보았더니 대개 로버타의 안면의 상처의 가로 세로의 넓이와 일치했다. 그래서 그들은 크라이드가 구타에 사용한 기구를 이제야말로 확실히 발견했다고 생각했다. 그러나 그 카메라 자체에는 전혀 피의 흔적은 없었다. 또 조사를 위해서 브리지버그로 운반된 보트의 현측(舷側)과 밑바닥에도, 그 바닥에 깔려 있는 모포에도 피의 흔적은 없었다.

본래 버튼 버얼리의 내부에는 이런 삼림 오지의 군에서 흔히 눈에 띄는 그러한 교활한 근성이 뿌리 박고 있었다. 그래서 그는 즉시로 간계를 짜내기 시작했다. 논의의 여지가 없는 증거가 필요하다고 하면 자기든 누구든 약간 손가락을 베어서 그 피를 저 모포나 보트의 현측이나 카메라의 가장자리에다 발라 두기만 하면 모든 게 그럴 듯하게 될 것이 아니냐는 것이다. 또 로버타의 머리에서 머리칼을 두서너 개 뽑아서 그것을 카메라의 측면이나 그녀의 베일이 걸려 있던 노받이에다 붙여 놓는 것도 쉬운 일이 아닌가. 속으로 충분히 간계를 짠 뒤에 그는 실제로 루스 형제 상회의 시체 유치소로 가서 로버타의 머리칼을 몇 개 얻기로 했다. 그는 크라이드가 냉혹하게도 그 처녀를 죽였음에 틀림없을 거라고 확신하고 있었던 것이다. 죽어도 실토하려고 하지 않는 저런 흉칙한 젊은 악당놈이 벌을 받기에 필요한 사소한 증거가 결핍되어 있다고 해서 뻔뻔스럽게 죄를 모면하게 되어서야 되겠느냔 말이다. 천만에, 단연코 나는 그녀의 머리칼을 노받이나 카메라의 뚜껑의 안쪽에다 붙여 놓아 가지고 눈에 띄지 않은 증거물로서 메이슨의 주의를 환기시켜 주어야겠다! 그리고 그날 하이트와 메이슨이 그들 자신의 처지에서 로버타의 안면과 두부의 상처를 재조사하고 있을 때 버얼리는 교활하게 이리저리 돌아다니며 로버타의 머리칼 두 개를 카메라의 뚜껑과 렌즈 사이에다 교묘하게 꽂아 놓았다. 그러므로 잠시 후 메이슨과 하이트는 의외로 그 머리칼을 발견하고서 어찌하여 지금까지 이것을 몰랐을까 하고 이상하게 생각하면서도 그 즉시 그것을 크라이드의 유죄의 결정적인 증거로서 받아들였다. 사실 메이슨도 자기에게 관한 한 이 사건의 승산은 이미 결정된 거나 다름없다고 공언한 것이었다. 지금이야말로 범행의 단계를 모두 구명할 대로 구명했으니까 자기로서는 필요하다면 내일이라도 법정에 설 용의가 있다고까지 공언했다.

그러나 그 증거가 결정적인 것을 고려하여 적어도 당분간은 그 카메라에 관해선 아무 말도 말고, 될 수만 있다면 그것을 알고 있는 모든 사람의 입을 막아 놓자는 데 의견의 일치를 보았다. 왜냐하면 크라이드가 카메라를 가지고 있었다고 계속 부인하거나 그의 변호사가 그와 같은 증거의 존재를 모르고 있을 경우, 이 카메라와 그가 찍은 로버타의 사진과 카메라의 한쪽 면의 면적이 그녀의 안면의 상처의 범위와 일치하는 증거를 법정에다 제시한다면 그 얼마나 청천 벽력적인 효과를 발휘할 것인가. 그 얼마나 결정적으로 복죄(服罪)로의 위력을 발휘하게 될 것인가, 생각하고 있었기 때문이다.

또 그 자신이 수집한 증거는 제출하기에 가장 알맞는 것이었으므로, 메이슨은 주지사와 연락하여 이 지방의 최고재판소의 특별개정과 그것에 수반하는 군의 대배심특별회의(大陪審特別會議)를 요청하여 그것을 언제나 이용할 수 있도록 하기로 결심했다. 그것이 허가되면 그는 대배심원을 선정할 수 있고, 크라이드에 대한 기소장이 시인되면 1개월이나 6주일 이내에 공판으로 끌어갈 수 있게 될 것이다. 그러나 오는 11월의 선거에 대한 자기 자신의 지명일이 다가오는 것을 생각하자, 이 방법을 취하는 것이 가장 유리함에 틀림없을 것이라는 사실을 그 자신의 가슴속에 깊이 간직해 두고 있었다. 어쨌든 그러한 특별개정이 없다고 하면, 아마 이 사건은 내년 1월 최고재판소의 정기 개정까지는 공판에 회부할 수는 없을 것이며, 그때가 되면 이미 그는 검사의 지위에는 없을 것이고, 비록 이 지방의 판사에 선출되어 있다고 하더라도 자기 자신이 이 사건의 재판에 관여하게 될지는 단언할 수 없는 일이다. 게다가 굉장한 기세로 맹렬하게 크라이드를 규탄하고 있는 세론의 동향을 본다면 이 도시의 모든 사람의 눈에는 신속한 재판이야말로 공정하며 조리에 맞을 것이라고 그는 생각한 것이다. 그리고 우물쭈물하고 있을 이유가 없지 않은가. 저런 범인을 그대로 내버려 둬 도망칠 간계의 궁리를 짜게 하는 것도 이치에 전혀 닿지 않는 수작이다. 메이슨의 손으로 재판에 걸면 그것이 반드시 군 전체에 걸친 그의 법률적·정치적·사회적 명성으로 되돌아오리라는 것을 생각할 때 특히 그렇게 하지 않을 수 없었다.

12

북방 숲속에서 최대급의 살인 범죄 사건이 발생했을 때, 그것은 음모의 색채가 농후한 동시에 도덕적·정신적으로 흉악한 모든 요소――연애와 로맨스, 부와 빈 그리고 죽음 등――를 골고루 갖추고 있는 사건이었다. 사건이 발생하자마자 크라이드는 리커거스의 어느 거리에서 살고 있었으며, 어떤 생활을 해왔으며, 어떠한 사람들과 교제했고, 어떻게 한 여자와의 관계를 숨겨 가면서 교묘히 딴 여자와 도망칠 계획을 짜고 있었는가 등에 관한 상세한 보도가 이러한 사건에 대하여 전국적인 뉴스 가치를 기민하게 알아챌 만한 편집자들에게 타전되는 동시에 전국 각 신문에 게재되었다. 뉴욕, 시카고, 보스턴, 필라델피아, 샌프란시스코, 기타 동서 아메리카의 각 도시로부터 좀더 자세한 내용을 알려 달라는 조회전보가 직접 메이슨에게, 또는 이 지방의 AP와 UP의 지국장 앞으로 홍수처럼 쏟아져 들어왔다. 그리피스라는 청년과 사랑하고 있었다고 하는 아름다운 부호의 딸이란 누구인가? 어디 살고 있는가? 크라이드와의 관계는 사실 어떠했나? 그러나 메이슨은 핀츠레이 가와 그리피스 가의 세력에 위압을 느끼고 있었으므로 손드라의 이름을 대고 싶지 않았으며, 우선 그녀는 리커거스의 대단히 부유한 어떤 공장주의 딸이지만 그 이름을 발표할 생각은 전혀 없다고 말했다. 그러나 그는 크라이드가 소중하게 리본으로 꼭꼭

묶어 두었던 편지 다발만큼은 주저할 것 없이 제시했다.

한편 로버타의 편지에 관해서는 상세하게 설명되었다. 몇 통의 편지가 발췌되어, 특히 시적으로 우울한 것을 골라서 보도기관에 공급되었다. 누가 그녀를 보호해 줄 사람이 있을 테지 하는 심보에서였다. 그리고 그것이 발표되자 크라이드에 대한 증오의 파도, 그녀에 대한 연민의 파도――의지할 사람이라곤 그 하나밖에 없었던 불쌍한 고독한 시골 처녀――성의가 없는 참혹한 사나이――살인까지 감행한 놈, 그를 교수형 정도로 그친다는 것은 너무도 우대하는 것이 아닌가. 있는 대로 까놓고 얘기하면 메이슨은 베아 호에서 돌아오는 길에, 또 그 후에도 로버타의 편지를 숙독하고 있었다. 그리고 그녀의 가정에서의 생활과 미래에 관한 어두운 고뇌, 분명히 고독한 쓸쓸한 마음을 둘러싸고 있는 생각을 애절하게 적어 보낸 눈물겨운 편지에 그는 몹시 감동하고 있었다. 그러므로 나중에 그는 그 감정을 다른 사람들에게――아내와 하이트와 지방 신문기자들에게 전달할 수 있었다. 특히 과장해서 이야기를 들은 신문기자들은 크라이드의 침묵, 그 무뚝뚝함, 냉혹함 등 그에 관한 생생한, 그러면서도 곡해되어 있는 정보를 브리지버그에서 계속 내보내고 있었다.

그리고 유티카의 《스타》 지의 특히 로맨틱한 젊은 기자는 일부러 올든의 집까지 가서 지쳐 말할 기력도 없는 어머니를 충동하여 그 담화를 꽤 정확하고도 넓게 보도했다. 어머니는 지칠 대로 지쳐 버려 불복이나 불평을 말할 만큼의 기력도 없이 그저 정직하게, 그리고 눈앞에서 보는 것처럼 선명하게 이야기했을 뿐이었다――양친에 대한 로버타의 깊은 애정, 그녀의 소박한 생활 태도, 상냥한 마음씨, 나무랄 데 없는 소행, 열렬한 신앙――지방의 메도디스트 교회의 목사가 로버타만큼 영리하고, 아름답고 친절한 처녀는 없다고 했을 정도였다. 외지로 일하러 나가기까지 로버타는 어머니의 오른팔이 되어 일하고 있었다. 리커거스에서는 필경 가난과 고독의 쓸쓸함에서 이 악한의 감언과 결혼의 약속에 끌려 그만 로버타로서는 생각도 못 할 엄청난 관계에 끌려 들어가게 되어 결국엔 죽음까지 당하게 되었으리라. 언제나 로버타는 선량하며, 순진하고, 상냥하고, 동정심이 많았다. "그 애가 죽었다고는 도저히 믿어지지 않습니다."

그리고 어머니는 마지막으로 이런 말을 했다고 보도되었다.

"불과 1주일 전의 월요일에 그 애는 여기 있었는데…… 다소 침울한 얼굴을 하고 있는 것 같았지만 역시 웃는 얼굴이었습니다. 그리고 어찌 된 셈인지 그 때 나에겐 이상하게만 생각되었는데, 월요일 오후부터 저녁에 걸쳐 집 주위를 여기저기 빙빙 돌아다니며 여러 가지 것을 바라보기도 하고 꽃을 꺾기도 하더군요. 한참 있다가 그 앤 나에게로 돌아와서 두 팔을 벌리고 달려들면서 큰 소리로 이렇게 말하지 않겠어요. '다시 한 번 소녀로 돌아가고 싶어요, 어머니. 그리고 옛날처럼 어머니에게 안겨 귀염을 받고 싶어요.' 그래서 난 이런 말을 했지요. '아니 로버타야, 어찌하여 오늘밤은 그렇게 슬픈 얼굴을 하고 있느냐?' 지금 생각해 보니 그때 그 앤 그 여행 생각을 하고 있었나 봐요. 아마 모든 것이 자기 생각대로 되지 않을 거라는 예감이 들었나 봐요. 저 귀여운 딸애를……전혀 아무것도 괴롭힌 적이라곤 없고, 파리 한 마리 때려 죽이지도 못한 저 애를 때리다니 그놈은 정말…….″ 슬픔에 잠긴 타이터스가 등뒤에 있었지만 어머니는 참지 못하고 목소리를 삼키며 소리 없이 울기 시작했다.

그러나 그리피스 가의 사람들과 이 지방 상류사회의 사람들은 완전히 거의 믿을 수 없을 정도로 침묵을 계속 지키고 있었다. 사뮤엘 그리피스가 처음으로 이 소문을 들었을 때 적어도 그로서는 무슨 영문인지 얼른 이해할 수가 없었고, 더구나 크라이드가 그러한 범죄를 범할 수 있다고는 도저히 믿어지지 않았다. 뭐라고? 저런 온순하고, 수줍은 편이며, 그가 생각하기엔 분명히 신사적인 그 청년이 살인죄로 기소되다니! 그때 마침 사뮤엘은 애디론대크 산중의 어퍼 새라나크라고 하는 리커거스에서 매우 멀리 떨어진 호반에 가 있었기 때문에 길버트는 연락을 취하는 데 무척 애를 썼다. 아들한테서 처음 전화로 보고를 받았을 때 그는 이 사건에 대해서 무슨 행동을 취하기는 고사하고, 생각해 볼 마음의 준비조차 없었다. 그럴 수가 있나! 무엇이 잘못되었겠지. 딴 사람과 혼동된 것일 테지.

그러나 길버트는 죽은 여자가 공장에서 크라이드 밑에서 일하던 여자였고, 지방검사에게도 연락을 취해 보았더니 검사는 이미 그 죽은 여자가 크라이드에게 써보낸 여러 장의 편지를 압수했는데, 크라이드는 별로 부인하려고도 하지 않았다고 말하고 있으니 사실임에 틀림없을 거라고 그의 아버지에게 설명했다. 이 설명을 듣고 나자 사뮤엘은 이렇게 말했다.

"그러면 잘 알았다. 너무 서두르지 말아라. 그리고 무엇보다 내가 돌아가서 만나기 전에 스밀리나 고트보이 이외에는 아무에게도 말하지 말아라. 그런데 브루카트는 지금 어디 가 있느냐?" 브루카트란 그리피스 회사의 고문 변호사였다.

"오늘은 보스턴에 가 있습니다"라고 아들은 대답했다. "내주 월요일이나 화요일 전에는 돌아오지 않으리라는 말을 전주 금요일에 들은 것 같습니다."

"좋다. 그럼, 곧 돌아오라고 내가 그러더라고 전보를 쳐라. 그리고 스밀리더러 《스타》와 《비콘》의 주필을 찾아가서 내가 돌아올 때까지 아무 기사도 내지 말도록 교섭을 해보라고 해라. 난 내일 아침에 갈 테니 스밀리에게 될 수 있으면 자동차를 타고 브리지버그까지 와 달라고 해라. 모든 보고를 직접 듣고 싶다. 될 수 있으면 크라이드도 만나보고, 검사도 만나보고 해서 될 수 있는 데까지 자세한 뉴스를 모아 가지고 오라고 해라. 그리고 신문도 모두 가지고 오도록 하고. 어떤 기사가 나와 있는지 내 눈으로 직접 보고 싶단 말이다."

거의 같은 시각에 포드 호의 핀츠레이 가에서는, 크라이드에 대한 소녀다운 연정에 종지부를 찍은 놀라울 만한 최고조의 장면에 48시간 동안 내내 몸이 지칠 대로 생각을 달리고 있던 손드라 자신이 겨우 아버지에게 모든 것을 털어 놓으려고 막 결심한 참이었다. 그녀는 어머니보다도 아버지를 더 좋아하고 있었다. 그래서 그녀는 서재에 있는 아버지에게로 갔다. 대개 아버지는 저녁을 끝마친 후 거기 틀어박힌 채 독서도 하고, 여러 가지 문제를 생각해 보기도 하는 것이 예사였다. 아버지에게 가까이 갔을 때 그녀는 훌쩍훌쩍 흐느껴 울기 시작했다. 사실 그녀는 크라이드에 대한 애정의 문제뿐만 아니라, 그녀 자신의 높은 사회적 지위를 둘러싸고 있는 여러 가지 허영과 환상의 탓으로 해서, 지금 그녀와 그녀의 집안에 떨어지려는 스캔들에 속을 썩이고 있었던 것이다. 아아, 그렇게까지 충고해 주시던 어머니는 이번에는 뭐라고 할 것인가? 그리고 아버지는? 그리고 길버트 그리피스와 그의 약혼자는? 그리고 자기가 버틴을 충동하지만 않았더라면 저렇게 크라이드와 친밀한 사이가 되었을 리는 만무한 크랜스톤 가의 사람들은?

딸이 흐느껴 우는 소리에 문득 주의가 쏠린 아버지는 곧 그쪽으로 눈을 쳐들었다. 전혀 그 이유는 알 수 없었지만 곧 그 무슨 큰일이 일어날 것만 같다고 느낀 아버지는 그녀를 껴안고서 위로하려는 듯이 낮은 목소리로, "아니,

웬일이냐? 내 귀염둥이에게 누가 뭐라고 했단 말이냐?" 그리고 충격을 받았다는 표정으로 변하면서 지금까지의 사건의 고백에 짐짓 귀를 기울였다. 맨 처음 크라이드를 만난 후부터 그녀가 그에게 흥미를 갖게 되었다는 것, 그리피스 가의 태도, 그녀의 편지, 그녀의 애정, 그리고 이번의 무서운 사건, 체포. 이것이 사실이라고 한다면! 그녀의 이름도 신문에 나게 될 것이고, 아버지의 이름도 나게 될 것이다! 그리하여 그녀의 가슴이 터져라 하고 울기 시작했다. 그러나 아버지가 고민을 하고, 어떠한 기분에 사로잡히게 될망정 결국엔 아버지의 동정과 용서를 얻을 수 있다는 것을 그녀는 잘 알고 있었다.

본래 가정에서는 평화와 질서와 재치와 분별을 가훈으로 하고 있는 핀츠레이는 깜짝 놀란, 엄격한, 그러면서도 무자비하지 않은 태도로 딸을 지켜보면서 소리를 질렀다. "아니 얘야. 하고많은 것 중에서! 정말 어쩌다가 그런 짓을 저질렀단 말이냐? 어처구니가 없구나! 정말 놀랐다! 그리고 너 자신의 필적으로 된 편지가 그 사람 수중에 있거나, 혹은 지금쯤은 벌써 그 지방검사의 수중에 들어가 있을지도 모르겠다는 말이지? 쯧! 쯧! 쯧! 얘, 손드라야. 어쩌다가 그런 어리석은 짓을 저질렀단 말이냐! 네 어머니가 벌써 몇 달 전부터 그 얘길 나에게 해왔다만 난 네 얘기만 믿고 어머니 말은 귀기울여 듣지 않았더니, 나도 참. 결국 이 모양이 되고 말았구나. 어찌하여 넌 나에게 말하거나 어머니 말을 듣거나 하지 않았단 말이냐? 어찌하여 이렇게 되기 전에 나에게 모든 걸 털어 놓지 않았단 말이냐? 너와 나는 그래도 모든 게 잘 통하고 있다고 생각하고 있었는데. 어머니와 나는 언제나 너에게 도움이 되도록 해오지 않았더냐. 그건 너도 잘 알고 있을 테지. 그뿐만 아니라, 난 좀더 그럴 듯한 분별이 너에게 있으리라고 생각하고 있었는데. 정말이다. 그런데 이게 무슨 꼴이냐. 살인 사건이라니. 그리고 네가 그것에 관계가 있다니! 어떻게 해야 한단 말이냐!"

그는 일어섰다. 블론드의 단정한 신사로, 몸에 잘 맞는 옷을 입고 있었다. 성급하게 신경질적으로 손가락을 튀기면서 그는 마루 위를 뚜벅뚜벅 걸어다녔다. 손드라는 자꾸만 울고 있었다. 갑자기 그는 걸음을 멈추고는 또다시 딸 쪽을 바라보며, "그러나 얘야, 손드라야, 자, 우는 건 그만둬라. 울어 본들 무슨 소용이 있겠느냐. 울어서 무슨 해결책이 있겠느냐. 물론 우린 무슨 방법으로든 그걸 잊어 버릴 수야 없겠지. 난 모르겠다. 정말 모르겠다. 이게 너

개인에게 어떠한 영향을 끼쳐 줄지 나로선 예측도 못 하겠구나. 그러나 한 가지만은 확실하다. 그건, 그 편지에 관해서 좀 알아 둘 필요가 있다는 것이다."

그리고 손드라가 계속 울고 있는 동안에도 그는 당장 아내를 불러들여 이 사건을 설명하기로 했다. 그것은 이제부터 앞으로의 생애 중 내내 망령처럼 그녀의 기억 속에 스며들어 있을 사회적 타격이었다. 다음에 그는 변호사며 주 상원의원이며 공화당 주 중앙위원장으로 다년간에 걸쳐 그 자신의 사적 고문으로 되어 있는 리게아 애터베리에게 전화를 걸어 지금 딸이 연루되어 있는 매우 귀찮은 문제에 관하여 설명했다. 그리고 어떻게 하는 것이 가장 현명한 방책이겠느냐고 물었다.

"글쎄올시다" 하고 애터베리는 대답하고 나서, "나라면 그다지 걱정하지 않겠는데요. 사회적으로 실제적인 손해가 오기 전에 어떻게 처리가 될 수 있을 것만 같군요. 글쎄올시다. 도대체 그 카타라키 군의 지방검사는 누구입니까? 난 그걸 조사하여 그 사람에게 연락한 후에 다시 당신에게 전화하기로 하겠습니다. 걱정할 것 없습니다. 내가 어떻게 해서든 그 편지를 신문에 내지 않도록 하겠습니다. 약속하겠습니다. 공판에도 나오지 않게 할 수도 있을지 모르지만, 그건 좀 단언할 수 없습니다. 따님 이름이 나오지 않게는 어쨌든 확실히 할 수 있을 것 같군요. 걱정하실 건 없습니다."

그리고 법조계 명부에서 메이슨의 이름을 발견한 애터베리는 곧 메이슨에게 전화를 걸어 회견의 약속을 정했다. 메이슨은 그 편지가 이번 사건에 극히 중요하다고 생각하고 있는 것 같았기 때문이다. 하기야 애터베리의 목소리에 몹시 위압을 느낀 메이슨은 곧 설명에 들어가 아직 자기는 결코 손드라의 이름도 편지도 공표하려고는 생각하고 있지 않지만, 크라이드가 자백하여 공판을 생략하도록 하지 않는 한 대배심원에게 내사(內査)시키기 위해서 그 실재(實在)를 보류해 두고 싶다고 말했다.

그러나 애터베리가 재차 핀츠레이 씨에게 전화를 걸자 핀츠레이 씨는 어떠한 형식으로든 편지가 공표되는 것도 손드라의 이름이 공표되는 것도 반대라고 단호히 말했다. 그래서 애터베리는 내일이나 모레 어떤 계획과 정치적 정보를 가지고 손수 브리지버그로 가야겠다고 결심했다. 그렇게 하면 필경 메이슨도 공적으로 넌지시 손드라에게 언급하고 싶은 경우가 있더라도 그전에 부득이 다시 생각을 할 것임에 틀림없을 거라고 핀츠레이에게 단언했다.

핀츠레이 가에서는 여러 가지로 궁리를 거듭한 후에 아무에게도 설명도 변명도 없이 핀츠레이 부인과 스튜어트와 손드라는 곧 메인 주의 해변 가나 어디로 마음에 드는 곳으로 떠나기로 했다. 핀츠레이 자신도 리커거스나 앨바니로 돌아가겠다고 했다. 가족의 누구라도 신문기자의 공세를 받거나, 우인들의 질문의 공세를 받는 곳에 그대로 머물러 있는 것은 현명한 노릇이 아니기 때문이다. 그래서 핀츠레이 가의 사람들은 로드 아일랜드 동부의 나라간세트 해변으로 도피하여 윌슨이라고 이름을 고쳐 그 후 6주일 동안 세상에서 숨어서 나날을 보냈다. 또 같은 이유에서 크랜스톤 가의 사람들도 즉시로 온타리오 호의 사우러드 아일랜드의 피서지로 옮겼지만 그곳은 결코 그다지 재미가 없는 곳은 아니었다. 그러나 배고트 가와 해리에트 가의 가족들은 그다지 시끄러운 죄를 진 것도 아니라는 이유에서 그대로 트웰프스 호에 체류해 있었다. 그러나 누구나 만나기만 하면 으레 크라이드와 손드라의 이야기——이번의 무서운 범죄 이야기——로 꽃을 피웠으며, 아무것도 모르고 있었다고는 할망정 조금이라도 이 사건과 관련이 있는 자는 모두 아마도 사회적인 파멸을 당하게 될 것이라고 서로 찧고 까불고 있었다.

한편 그리피스의 지시를 받은 스밀리는 곧 브리지버그로 가서 메이슨 검사와 두 시간 동안이나 회담한 다음 크라이드를 만나러 감옥으로 갔다. 검사의 허가장이 있었기 때문에 그는 감방에서 크라이드와 단독 면회를 할 수 있었다. 그리피스 가의 의도는 크라이드를 변호해 주자는 것이 아니라, 현재와 같은 사정하에서 변호의 가능성이 있는가 없는가의 여부를 타진하는 데 있다는 것을 스밀리가 미리 설명하자, 메이슨 검사는 크라이드에게 자백하도록 권고하는 편이 현명할 거라고 대답했다. 크라이드의 유죄에 관해서는 추호도 의심할 여지가 없고, 재판을 해보았자 크라이드에게는 아무런 성과도 없이 괜히 군의 지출만 늘리게 될 테니까 자백하는 편이 현명하다. 그 반면에 있어 만약 자백을 하면 현재에 나타나 있지는 않지만 앞으로 관대한 처분을 내릴 수 있는 어떤 것이 발견될는지도 모른다. 물론 현재로는 사회가 매우 떠들썩하니까 그런 것을 신문지상에 발표할 수는 없지만. 이것이 메이슨 검사의 견해였다.

이 말을 듣고 스밀리는 감방으로 크라이드를 찾았다. 감방 안에서 크라이드는 암담한 절망적인 표정으로 어떻게 하면 좋을까 묵상에 잠겨 있었다. 그리고 스밀리라는 이름만으로도 그는 벼락이라도 맞은 것처럼 깜짝 놀라며 흠칫 했다. 그리피스—사뮤엘 그리피스와 길버트! 그리고 그들 의 대리자! 그는 무슨 말을 꺼낼까? 메이슨 검사를 만나서 모두 이야기를 들었을 테니까 반드시 자기를 유죄라고 생각하고 있을 테지. 그러면 나는 뭐라고 말하면 좋을까? 사실대로 말할까? 다른 혹은 말을 꾸며 댈까? 이렇게 자문자답하고 있었다. 그러나 오래 생각할 여유도 없었다. 좀 생각을 해보려고 하는데 벌써 스밀리는 안내를 받고 자기 앞에까지 와서 딱 걸음을 멈추고 말았기 때문이다. 그때에 크라이드는 마른 입술을 혓바닥으로 축이면서 겨우 이렇게 말할 수 있었을 뿐이었다. "아아, 미스터 스밀리, 안녕하십니까?" 이 말에 스밀리도 애써 친절한 태도를 꾸며 보이며 대답했다. "여, 안녕하시오? 이런 데서 만나 보게 되니 참 유감입니다." 말을 잠깐 끊었다가 다시 계속하면서, "신문들과 이곳 지방검사는 당신이 지금 관계되어 있는 사건에 관해서 상당히 떠들고들 있는 모양입니다. 그러나 그런 건 대단한 문제라곤 생각하지 않습니다. 물론 무슨 오해가 있을 테니까요. 내가 이렇게 당신을 찾게 된 것도 바로 그 때문입니다. 백부께서 오늘 아침 전화를 거시고, 나더러 여기 와서 직접 당신을 만나 보고 어떻게 해서 당신이 구금되었는지 그걸 자세히 듣고 오라고 하셔서 이렇게 왔습니다. 그분께서 지금 얼마나 근심하고 계시는지 그것쯤은 당신도 잘 아실 겁니다만. 그래서 나에게 가서 사건을 정리하고 될 수만 있다면 석방까지라도 힘써 보라고 하셨습니다. 그러니 어떻게 된 일인지 모두 숨기는 것 없이 말씀해 주셨으면 좋겠습니다. 다시 말하면……저, 어떻게 해서……."

여기서 그는 잠시 말을 끊었다. 검사가 바로 전에 자기에게 한 말도 있을 뿐만 아니라 크라이드의 태도가 특히 초조하고 회피적인 점으로 보아, 별로 변호 재료가 될 만한 사실을 발견할 수는 없겠다고 확신했기 때문이다.

크라이드는 또다시 입술을 축이며 말하기 시작했다. "모든 사태가 나에게 불리하게 보인다고 생각합니다. 내가 로버타 올든을 만났을 때에는 나는 이런 경우에 빠지리라고는 꿈에도 생각하지 않았습니다. 어쨌든 내가 그 여자를 죽인 것은 아닙니다. 이건 하나님이 증명해 주실 수 있는 사실입니다. 나는 그 여자를 죽일 의사가 전혀 없었고, 무엇보다도 그 여자를 그 호수까지 끌고 갈 생각조차도 없었습니다. 그것은 사실이고, 그 사실을 저는 저 검사에게도 말씀드렸습니다. 지방검사가 나에게 보낸 그 여자의 편지를 압수해 가지고 있는 것을 나는 잘 알고 있지만, 그 편지들은 여자 측에서 나와 함께 어디로 달아나고 싶어했다는 것을 증명할 뿐이지, 내가 여자를 데리고 어디로든 달아나려고 했다는 것을 증명하지는 못합니다."

크라이드는 자기의 말에 대해서 스밀리가 옳다고 지지해 줄 것을 기대하면서 말을 끊었다. 스밀리는 크라이드의 의견과 메이슨의 주장이 서로 일치하는 것을 발견하고는 다음과 같이 대답했다. "네, 나도 압니다. 마침 그 편지들을 내게도 보여 줍디다."

"그럴 줄 알았습니다." 크라이드는 약한 목소리로 말을 이었다. "그러나 당신도 잘 아시겠지만……" 하고 말을 꺼내다가 혹 경찰이나 크로트가 듣고 있지나 않을까 목소리를 낮추면서, "남자들은 여자와 교제를 하게 되면 처음부터 그러한 의사가 없으면서도 자연히 끌려 들어가서 궁지에 빠지게 되는 수가 많습니다. 그건 당신도 잘 아실 겁니다만. 처음에 내가 로버타를 좋아한 건 사실입니다. 그래서 나는 그 편지들이 증명하는 바와 같이 그 여자와 같이 지내게 된 겁니다. 그러나 당신도 잘 알고 계시는 사실입니다만 저희 회사에서는 자기 밑에서 일하고 있는 여자와 관계를 가져서는 안 된다는 규칙이 있습니다. 그 규칙이 나에게 모든 시끄러운 문제를 일으키게 하는 시초가 된 것 같습니다. 우선 다른 사람들이 우리 두 사람의 관계를 알까봐 무서워했습니다."

"잘 알겠습니다."

스밀리가 분명히 동정심을 가지고 자기의 이야기를 들어주는 눈치를 보고 크라이드도 점점 긴장이 풀려, 처음 로버타를 알게 된 때부터 현재의 자기 변호에 이르기까지의 모든 경위를 차례차례 변명했다. 그러나 저 카메라와 두 개의 모자와 호수에 가라앉은 양복에 관해서는 전혀 언급하지 않았다. 그러나 이러한 것들은 지금 그를 끊임없이 괴롭히고 있는 것이었다. 도대체 어떻게 하면 이치에 들어맞도록 설명할 수가 있을까? 그러나 스밀리는 메이슨한테서 그 이야기를 듣고 있었으므로 마침내 마지막으로 그 이야기를 끌어내었다. "근데 말입니다, 크라이드, 두 개의 모자 건은 어떻게…… 된 겁니까? 지방검사는 당신이 모자 두 개를 가지고 있었다는 걸 시인했다고 하던데…… 호수에서 발견된 것과 거기서 당신이 쓰고 온 것과……."

크라이드는 무슨 말이든 해야 할 판국에 빠졌지만 뭐라고 둘러대야 좋을지 몰라 이렇게 대답했다. "하지만 거기서 내가 밀짚모자를 쓰고 왔다고 그 사람들이 생각하고 있는 것은 잘못입니다. 스밀리 씨, 내가 쓰고 온 건 캡이었거든요."

"옳지, 그래도 당신은 베아 호에서 밀짚모자를 쓰고 있었다고 지방검사는 그러던데."

"그렇습니다. 거기서는 쓰고 있었습니다. 그러나 지방검사한테도 얘기한 것처럼 그건 맨 처음에 크랜스톤 가의 별장에 갔을 때 쓰고 있던 것입니다. 그 얘긴 벌써 지방검사에게 모두 했을 겁니다. 난 그 모자를 크랜스톤 가의 별장에다 모르고 두고 온 것입니다."

"잘 알겠습니다. 근데 양복——거기서 당신이 입고 있고, 현재는 발견되어 있지 않다는——회색 양복이라고 하던가, 그건 어찌 된 거죠? 당신은 그 양복을 입고 있었습니까?"

"아뇨, 난 하늘색 양복을 입고 있었습니다. 그걸 입고 여기 왔는데 감옥에서 그 옷을 뺏고는 이 옷을 주더군요."

"그러나 검사 얘기에 의하면 당신은 그 양복을 사론에서 드라이크리닝했다고 하는데 조사해 본 결과 그 사실을 알고 있는 사람은 하나도 없더라는데. 그 점에 관해선? 당신은 사론에서 드라이크리닝했습니까, 정말로?"

"하구말구요."

"누구에게 시켰죠?"

"그건 지금 얼른 생각나지 않습니다. 하지만 다시 한 번 거기 가면 시킨 사나이를 알 것 같습니다. 역 근처입니다." 이렇게 말하면서도 얼굴을 스밀리로부터 돌렸다.

그 다음 스밀리는 전에 메이슨이 한 것과 똑같이 보트로 가지고 간 가방에 관한 것을 물어 보았고, 그 밖에 크라이드가 구두도 옷도 입은 채 둑까지 헤엄칠 수 있다면 로버타에게로 헤엄쳐 가서 그녀를 도와 전복한 보트를 붙잡게 하는 것쯤은 능히 할 수 있는 일이 아니냐고 물었다. 크라이드는 그녀에게 끌려 수중에 가라앉게 되지나 않을까 그것이 무서웠다고 그 전처럼 대답하고 나서, 그때 자기는 그녀를 향해서 보트를 붙잡으라고 큰 소리를 질렀다고 비로소 이 말을 덧붙였다. 전에는 보트가 떠내려가 버렸다고 한 것이다. 그리고 스밀리는 그렇게 메이슨한테서 듣고 있었던 것을 생각해 냈다. 또 바람에 모자가 날렸다는 크라이드의 이야기도 메이슨은 많은 증인들뿐만 아니라, 아메리카 정부의 공보에 의해서도 저 고요한 날에 바람기 하나 없었다는 것을 증명할 수 있다고 주장하고 있었다. 확실히 크라이드는 거짓말을 하고 있다. 이 사나이의 이야기는 너무도 경박하다. 이렇게 생각했지만 스밀리는 크라이드를 당황케 해서는 안 되겠다고 생각하고서, "잘 알겠습니다", "정말 그렇군요", "그랬습니까" 하고 맞장구를 쳤다.

그리고 맨 마지막으로 그는 로버타의 안면과 두부의 상처 자리에 관해서 물어 보았다. 메이슨이 특히 그것을 강조하여, 보트에 얻어맞은 것이라면 절대로 양쪽에 찰상이 생겼을 리는 만무할 것이 아니냐고 주장하고 있었기 때문이다. 그러나 크라이드는 보트는 한 번만 그녀를 때렸고, 모든 상처는 그 때문에 생긴 것이며, 그렇지 않다고 하면 어째서 생겼는지 도무지 이해할 수 없다고 단언했다. 그러나 그러한 변명이 모두 그 얼마나 절망적인 것인지 그로서도 알 수 있었다. 자신이 침착성을 잃고 괴로워하는 태도를 보고, 스밀리가 자기의 말을 믿고 있지 않다는 것을 대번에 알 수 있었다. 확실히 스밀리는 자기가 로버타를 돕지 않았다는 것을 그녀를 죽게 하기 위한 비열한, 속이 환히 들여다보이는 핑계로밖에는 생각하고 있지 않는 모양이다. 그렇게 생각하자 크라이드는 지루하고 낙심이 되어 이 이상 더 거짓말을 계속할 기력도 잃게 되어 그만두고 말았다. 스밀리도 그 이상 질문을 하거나 그를 당황케 하는 것은 너무도 불쌍하고 초조한 일이라는 생각에 손을 비벼 보기도 하고, 호주머니 속을 뒤져 보기도 하며 어쩔 줄을 모르고 있다가 마침내 이렇게 끊어서 말했다. "자, 이제 난 가 보아야겠습니다. 하여튼 당신의 이야기를 듣게 되어 매우 기쁩니다. 당신이 나에게 이야기한 대로 백부님께 전해 드리겠습니다. 그리고 한 가지 부탁하고 싶은 일이 있는데…… 요 다음 번 내가 올 때까지 될 수 있는 대로 아무에게도 이야기를 하지 마십쇼. 될 수 있으면 여기서 당신을 변호해 줄 변호사를 찾아보라는 것이 내가 받은 지시지만 오늘은 이미 시간도 늦었고, 내일이면 우리 회사 고문 변호사인 브루카트 씨도 돌아오실 테니까 내가 요 다음 번에 다시 찾아올 때까지 그대로 두고 봅시다. 그러니까 브루카트 씨나 혹은 나한테서 무슨 통지가 있을 때까지 아무 말도 하지 마시오. 브루카트 씨가 직접 오거나 대신 누굴 보낼 테죠. 누가 오든지 나의 소개장을 가지고 올 것입니다. 그래서 그 사람이 여러 가지로 당신에게 조언해 줄 것입니다."

이런 충고를 작별 인사말 삼아 던지며 홀로 번민에 잠겨 있는 크라이드를 감방에 그대로 남겨 둔 채 스밀리는 가 버렸다. 그 자신은 크라이드의 유죄를 추호도 의심할 여지는 없다고 생각했던 만큼 그리피스의 백만 재산을 기울인다면 모를까 그렇지 않으면 크라이드를 지금의 운명으로부터 구해 낼 수는 도저히 없겠다고 생각했다.

13

그 이튿날 아침, 사뮤엘 그리피스는 와이키지 가 저택의 넓은 응접실에서 아들 길버트를 옆에 세우고 크라이드와 메이슨을 만나보고 온 스밀리의 보고를 듣고 있었다. 스밀리는 듣고 보고 온 모든 것을 상세히 보고하고 있었다. 그 모든 것에 믿어지지 않을 만큼 충격을 받은 길버트 그리피스는 부들부들 떨며 한 가지 점에 부딪쳤을 때 부르짖었다. "첫, 악마놈! 짐승 같은 놈! 그 때 내가 뭐라고 그랬어요, 아버지. 아버지가 그놈을 데리고 오시겠다는 것에 대해 내가 경고하지 않았습니까?"

사뮤엘 그리피스는 자기의 동정에서 저지른 우행 때문에 아들한테서 이런 말을 듣고, 그것을 한참 생각해 본 후에 아주 시사적이며 몹시 괴로운 눈초리로 길버트를 쳐다보았다. 그 눈은 이런 말을 하는 것만 같았다. 여기서 우리는 비록 어리석지만 선의에서 나온 나의 과거의 부덕한 소치를 따지고만 있을 것이냐? 그렇지 않다면 현재의 중대 문제를 논의해야 할 것이냐? 길버트는 길버트대로 생각에 젖어 있었다. 살인범! 저 바보 같은 말괄량이 계집애인 손드라 핀츠레이가 나에게 앙갚음을 하려는 배짱에서 어떻게 해서든지 그 녀석을 사교계의 신사로 만들어 내려고 기를 쓰고 있더니 끝내는 자기 자신이 오욕의 함정에 빠지고 말았으니 꼴 좋다! 바보 같은 계집애! 하지만 참 통쾌한 일이다. 그 여자도 이 사건의 자기 몫은 받아야 할걸. 다만 한 가지 귀찮은 것은 그 때문에 나도 아버지도 집안 식구 전체가 터무니없는 폐를 단단히 맛보게 될 거란 말야. 이 사건은 모든 사람들을——나 자신도, 내 약혼자도, 벨라도, 미라도, 부모도——영원히 씻을 수 없는 오욕 속에 끌어 넣고 말 것이며, 어짜면 리커거스는 상류사회에서 추방되고 마는 것이 아닐까? 아아, 이 비극! 크라이드는 어쩌면 사형이 될 테지! 일족 전체가 사형이 되는 결과가 될 테지!

그러나 사뮤엘 그리피스는 크라이드가 리커거스로 온 이후의 모든 일을 곰곰이 생각해 보았다.

처음에 크라이드는 지하실에서 일을 하게 되었고, 그리피스 가의 가족들로부터 무척이나 무시를 당하고 있었다는 것, 꼬박 8개월 동안 아무런 혜택도 받지 못한 채 방치되어 있었다는 것, 그러한 것도 이러한 무서운 문제를 일으키는 원인의 하나가 된 것이 아니었을까? 그 다음 저런 여자들만 있는 직장에 있었다는 것, 그 인사는 잘못이 아니었을까? 지금이야말로 사뮤엘은 모든 것을 이해할 수가 있었다. 그러나 그는 결코 크라이드의 행위를 용서해 주자는 것은 아니었다. 그뿐만이 아니다. 건져 낼 수 없을 만큼 깊이 빠진 욕정——그 비참한 정신 상태! 그런 처녀와 자제심도 없이 짐승처럼 정을 통하고, 쾌활하고 마음씨가 착한 귀여운 손드라를 위하여 그 처녀를 없애 버리려고 그런 흉칙한 계략을 짜내다니! 그리고 지금은 투옥되어 있고, 그 어처구니없는 사건에 대하여 스밀리의 보고를 들어도 알 수 있는 것처럼 똑똑히 변명 하나도 하지 못하고, 그녀를 죽일 생각은 통 없었다는 둥 그런 계략은 짜 보지도 않았다는 둥 바람에 모자가 날라갔다는 둥 되지도 않은 소리만 떠들고 있다! 이 얼마나 박약하기 짝없는 변명이냐! 그리고 두 개의 모자에 관해서도, 행방불명이 된 양복에 관해서도, 물에 빠져 허위적거리는 여자를 도우러 가지 않은 것에 관해서도 수긍이 갈 만한 변명이라곤 아무것도 없다. 또 처녀 안면의 상처 자리에 관해서도 전혀 변명이 되어 있지 않다. 이러한 모든 사태는 자못 강하게 그의 유죄를 지적하고 있는 것같이 생각되었다.

"정말," 길버트가 버럭 소리를 질렀다. "그 바보는 그래 지껄인다는 게 겨우 그것밖엔 안 돼요." 이에 대답하여 스밀리는 자기가 크라이드한테서 끌어낼 수 있는 것은 그것뿐이며, 메이슨은 절대적으로 끝까지 냉정하게 크라이드의 유죄를 확신하고 있더라는 말을 덧붙였다. "참 무서운 일이야! 무서운 일이야!" 사뮤엘이 끼여들었다. "난 암만 해도 알 수 없어. 내 친척 중에 이런 죄를 저지르는 사람이 있다니 참 모를 일이야!" 그러고는 벌떡 일어서서 금방이라도 하늘이 무너질 듯이 큰 한숨을 내쉬면서 공포에 몰린 사람처럼 마루

위를 왔다갔다하기 시작했다. 우리 가족! 길버트와 그 장래! 벨라 그리고 그 애의 모든 야심과 꿈! 그리고 손드라! 그리고 핀츠레이 가의 사람들!

사뮤엘은 두 손을 꽉 움켜쥐었다. 이마에 주름살을 모으고 입술을 한 일 자로 만들었다. 그는 스밀리를 쳐다보았다. 빈틈이 없고 요령이 좋은 스밀리이긴 했지만 무서운 눈초리로 자기를 쏘아보는 그리피스 부자에게 그때마다 쓸쓸히 절망적으로 고개를 가로젓고 있을 뿐이었다.

그 후 한 시간 반 가까이나 스밀리가 제공한 자료 이외에 그 어떤 다른 질문이 반복된 후에 사뮤엘 그리피스는 천천히 입을 열었다. "아무리 생각해 봐도 사태는 불리할 것만 같네. 그러나 자네가 하는 말을 잘 알았네만 현재 이상의 자료를 갖지 않고선 그 녀석만을 비난할 이유를 난 발견할 수 없을 것 같은데. 아직도 드러나지 않은 사실이 있을지도 모를 일이고…… 자네도 말하지 않았나. 대체로 사실에 대하여 그 녀석이 솔직히 말하려고 하지 않는다고. 혹은 무슨 사소한 구실이 있을지도 모르고. 이러한 자료를 철저히 알기 전에는 이 사건을 단순히 범죄 사건으로만 취급할 수는 없단 말이야. 브루카트는 보스턴에서 돌아왔는가?"

"네, 돌아왔습니다." 길버트의 대답이다. "스밀리 씨에게 전화가 왔습니다."

"그럼, 오늘 오후 두 시에 날 만나러 오라고 일러라. 지금은 너무도 피곤해서 이 이상 이야기할 기력도 없다. 그리고 스밀리 군. 그 사람을 만나거든 지금 나에게 이야기한 것을 그대로 전부 말하게. 그리고 두 시에 같이 와 주게. 미리 뭐라고 말할 순 없지만, 혹 무슨 가치 있는 조언이라도 해줄는지 알 수 있나? 다만 또 한 가지 하고 싶은 말은……그 녀석이 제발 무죄가 되어 주었으면 좋겠단 말이야. 그리고 난 모든 적당한 수단을 강구하여 그 녀석이 유죄인가 아닌가를 알고, 유죄가 아니라면 최대한의 법률로써 그 녀석을 변호해 주고 싶단 말이야. 그러나 그 최대한을 넘을 짓은 안 할 작정이야. 그와 같은 죄를 정말로 저지른 인간을 구하겠다고는 절대로 생각하지 않아! 비록 그 상대가 내 조카라 할지라도! 절대로 안 해! 난 그런 인간이 아냐! 귀찮은 일이건 아니건, 치욕이건 아니건 그 녀석이 결백하기만 하다면 추호라도 그렇게 믿을 만한 기색만 있어도 난 할 수 있는 데까지의 일을 다해 그 녀석을 도와줄 작정일세. 그러나 유죄라면 도와 주진 않아! 아무것도 안 해줘! 그 녀석이 정말로 죄를 저질렀다면 스스로 그 결과를 달게 한 몸에 받아야지. 그런 죄를 범한 자에 대해선 비록 그것이 내 조카라도 난 내 돈을 1달러라도, 아니 단 한푼이라도 쓸 수 없어!"

그리고 몸을 돌린 그는 천천히 무거운 걸음걸이로 뒤쪽 계단 쪽으로 걸어갔다. 그 기세에 질린 스밀리는 눈을 크게 뜨고서 물끄러미 그 뒷모습을 바라보고 있었다. 사뮤엘 그리피스의 위력! 그 결단! 이 무서운 위기에 몰려 있으면서도 이 얼마나 멋진 공명정대한 처사냐? 길버트도 똑같이 감동을 느끼면서 그대로 앉은 채 눈만 크게 뜨고 있었다. 우리 아버지는 정말로 그릇이 큰 인간이다. 아버지인들 무참히도 상처를 입고, 괴로워하고 있을 것이 뻔하지만 역시 나와는 달리 쩨쩨하게 굴지도 않고 보복적으로 나오지도 않는다.

잠시 후 다라 브루카트가 등장했다. 그는 기골이 장대하고, 옷맵시가 훌륭하고, 몸이 뚱뚱하고 그러면서도 조심성이 많은 회사의 고문 변호사였다. 밑으로 처진 눈썹 때문에 한쪽 눈이 절반쯤이나 감추어져 있고, 다소 배가 튀어나온 이 인물은 고도로 희박해진 분위기 속에서 육체적이 아니면 정신적으로 마치 기구(氣球)처럼 둥실 떠올라, 어떠한 종류의 것일망정 종래의 법률적 해석이니 판례(判例)니 하는 따위의 가장 가벼운 숨결의 사이사이에 이리저리 둥실둥실 떠돌아다니고 있는 듯한 인상을 주었지만, 그는 현재 이상의 사실이 발견되지 않는 한 크라이드의 유죄는 명백하다고 생각하고 있었다. 하기야 그렇게 단언하기를 주저하고 있었지만, 스밀리가 모든 의혹의 실정을 되풀이해서 설명하는 것을 신중히 듣고 난 뒤에 브루카트는 가만히 생각해 보니, 아직까지 나타나지 않은 무슨 유리한 사실이 나타나기 전에는 크라이드를 위하여 부분적으로나마 만족할 만한 변호를 구성해 본다는 것은 지극히 곤란하겠다고 생각되었다. 두 개의 모자·가방, 그처럼 크라이드가 도망쳐 버린 것, 그리고 그와 같은 편지. 그러나 그 편지만큼은 읽어 보고 싶었다. 지금까지 제공되어 있는 자료로 판단해 볼 경우, 일반 민중의 감정이 크라이드에게 결정적으로 불리하고, 죽은 처녀와 그 가정의 빈곤과 그 계급에 대하여 유리하게 되어 있기 때문이다. 이러한 실정에서는 브리지버그와 같은 벽지의 군청 소재지에서는 배심원의 유리한 판결을 거의 기대하기 힘들었다. 크라이드 자신은 가난하지만 그는 부호의 조카며, 지금까지 리커거스에서 높은 사회적 지위를 확보하고 있었으므로, 시골 태생의 사람들이 크라이드에게 편견을 품을 것은 거의 확정적이었다. 그러한 편견의 세력을 무력화하기 위해서 재판지의 변경을 요구하는 것이 양책(良策)일지도 모르겠다고 브루카트는 생각했다.

그 다음 우선 크라이드에게 숙달된 심문자를 파견한다고 하는 것이었다. 그리고 지금부터 변호를 당하는 자로서 크라이드의 참된 답변이 그의 생명을 좌우한다는 구실로써 그에게서 사실을 끌어 낸다는 것이다. 이렇게 하지 않고서는 가망이 있을지 없을지는 단언하기 힘들다고 브루카트는 말했다. 자기 사무소에 캐추만이라는 매우 유능한 인물이 있는데, 이 사나이라면 그러한 역을 맡기에는 안성맞춤이며, 그의 결정적인 보고를 기초로 하면 어쩐지 적당히 입증이 될 것만 같았다. 그러나 그가 생각한 바에 의하면 이러한 사건의 경우에는 그 밖에도 신중히 검토하고 결정하지 않으면 안 되는 면이 여러 가지 있었다. 왜냐하면 그리피스 부자도 잘 알고 있으리라고 생각하지만, 유티카에도, 뉴욕 시에도, 앨바니에도――그렇지, 특히 앨바니에서는 수상한 인물이긴 하지만 그곳에 유능한 카나반 형제도 있다――형법의 심오한 조작성과 맹점에 통달되어 있는 형사, 변호사들이 있기 때문이었다. 그들 중의 어떤 사람은 물론 변호비용만 충분히 주면 이러한 종류의 사건 당초의 양상이 어떠한 것이건 간에 변호를 맡게 할 수 있을지도 모른다. 그리고 재판지의 변경도 가능할 것이고, 재정(裁定)신청과 상고 등의 방법을 쓰면 물론 연기도 할 수 있을 것이다. 그리고 결국엔 사형보다는 다소 가벼운 판결을 얻을 수 있을지도 모른다. 만일 그것이 이 부호 일가의 가장이 원하는 바라면. 그러나 이와 같은 격렬한 논쟁을 불러일으키는 재판은 반드시 보도기관이 대대적으로 보도할 것임은 부정할 수 없는 사실이지만 과연 사뮤엘 그리피스 씨는 그것을 원할 것인가? 또 그러한 경우 물론 부당하기 짝없는 말투이긴 하지만 정의를 때려눕히기 위하여 그는 자기의 거대한 재력을 사용하고 있다는 비난을 받게 되지는 않을까? 왜냐하면 이러한 경우에는 일반 민중은 부(富)에 대하여 대단한 편견을 품게 되기 때문이다. 그러나 그리피스 가가 어떠한 종류의 변호를 할 것을 일반 민중은 기대하고 있다. 나중에 그 변호의 필요에 관하여 혹평하건 말건 간에 일반 대중은 그것을 기대하고 있었다.

따라서 이제 그리피스 부자로서는 어떠한 모양으로 사태가 진전하기를 희망하는가――아까도 이름을 든 카나반 형제와 같은 발군(拔群)의 형사, 변호사에게 의뢰하기를 원하는가, 혹은 그다지 강력하지 않은 변호사를 원하는

가, 혹은 아무것도 원하지 않는가를 결정하지 않으면 안 된다. 왜냐하면 물론 극히 눈에 띄지 않도록 유능한, 그러면서도 극히 보수적인 법정 변호사에게 의뢰할 수도 있기 때문이다. 그것은 브리지버그에 살고 있는 개업 변호사라도 무방하다. 그의 임무는 시끄럽고도 부당하게 그리피스 가가 신문지상에 이름이 오르내리는 것을 최소한도로 막는다는 데 있다. 브루카트는 대략 이상과 같은 의견을 개진했다.

이처럼 그 후에도 세 시간을 계속해서 협의한 결과 마침내 사뮤엘 자신이 이러한 결론을 내렸다. 브루카트는 곧 캐추만을 브리지버그로 파견하여 크라이드와 면회하게 할 것. 그리고 그 결론이 유죄건 무죄건 간에 이 지방의 유능한 변호사들 중에서——어쨌든 우선——가장 공정하게 크라이드를 위해서 진력해 줄 수 있는 변호사를 택할 것. 그러나 고소 사실에 대한 크라이드의 관계를 크라이드의 구술로부터 끌어 내는 이상의 일을 부탁할 필요도 없고, 그 이상의 보수를 약속해서도 안 된다. 그리고 그러한 사실이 일단 확인된 후에는 피고인을 변호하되 오직 공정한 의미에 있어서——다시 말하면 법률을 곡해하거나 혹은 무슨 궤변을 쓰거나 술책을 쓰지 말고——진정으로 크라이드에게 유리할 만한 사실만을 설정하는 그러한 변호에 치중한다. 요컨대 허위의 무죄를 설정하거나, 또는 정의의 목적을 좌절시키는 변호를 해서는 절대로 안 된다는 결정이 내려진 것이다.

14

캐추만도 메이슨이나 스밀리 이상의 것은 절대로 크라이드로부터 끌어낼 수 없다는 것을 알았다. 크라이드의 횡설수설을 서로 연결시켜서 그 속에서 그럴 듯한 자료를 만들어 내는 데에는 어느 정도 똑똑한 변호사였지만, 크라이드의 사건처럼 다분히 감정이 지배하는 사건에 있어서는 성공하지 못했다. 크라이드의 경우엔 그것이 필요한 것인데, 캐추만은 너무도 법률일변적이었고, 지나치게 냉철하며, 전혀 정에 호소하는 바가 없었다. 그래서 아주 더운 7월 어느 날 오후, 네 시간이라는 긴 시간을 두고 철저히 심문한 결과 마침내 단념할 수밖에 없다고 생각하지 않을 수가 없었다. 그리고 이 크라이드라는 사나이는 모살자 중에서도, 자기가 경험한 중에서도 가장 의지가 박약하고, 능력이 불충분한 모살자의 전형적인 실례라는 결론을 내렸다. 이러한 결론이 내려지게 된 데에는 다음과 같은 사건이 있었다.

스밀리가 출발한 후 메이슨은 빅 비턴 호로 가서 거기서 카메라의 다리와 카메라를 발견했고, 크라이드의 거짓말도 좀더 들었다. 그리고 이번에 메이슨이 캐추만에게 이야기한 바에 의하면 크라이드는 카메라를 소유하고 있었던 것을 부인했지만 사실은 그가 소유하고 있었고, 그것을 리커거스를 떠날 때에 가지고 떠났다는 확실한 증거가 있다는 것이다. 그래서 캐추만이 크라이드를 심문할 때에 이 사실에 관해서 질문하였더니 크라이드는 자기는 카메라를 가지고 있지는 않았다, 발견한 다리는 전혀 자기의 카메라에 붙은 부속물은 아니다——이런 어림없는 수작만 늘어놓았던 것이다. 이 뻔한 거짓말에 화가 나서 캐추만은 이 이상 심문을 계속하지 않기로 결심했던 것이다.

그러나 캐추만의 개인적인 결론이 어떻든 간에 크라이드를 위해서 변호사 한 사람쯤은 달아 주라는 지시를 브루카트에게서 받고 있었다. 그리피스 가족이 이만큼 관계되는 이상, 명예를 위해서가 아니라 자비심을 위해서라도 그렇고, 서부에 사는 그리피스——크라이드의 친가——의 일족은 재정적으로는 아무런 능력도 없을 뿐더러 일부러 불러들이기도 싫으니까, 라고 브루카트는 설명하고 있었다. 그래서 캐추만은 이곳을 떠나기 전에 적당한 변호사를 한 사람 구해 보아야겠다고 결심했다. 그는 이 지방의 정치적 정세에 대해서 전혀 예비 지식이 없었기 때문에 우선 카타라키 군 내셔널 은행장 아리라 켈로그의 사무소를 찾아갔다. 캐추만은 몰랐지만 이 켈로그라는 인물은 이 지방의 민주당의 유력한 간부였다. 그리고 종교적·도덕적 관점에서 크라이드가 용의자가 되어 있는 범죄에 대해서는 이미 몹시 분개하고, 흥분하고 있었다. 그러나 한편에선 이 사건이 박두해 있는 예비 선거전에서 또다시 공화당의 압도적 승리의 길을 열어 줄 것만 같다는 것을 그는 잘 알고 있었기 때문에 메이슨을 분쇄할 만한 그 어떤 선수를 써두는 것도 시기에 알맞는 방법이라고 느끼지 않을 수가 없었다. 운명의 신이 크라이드라는 인물과 그가 범한 범죄로 말미암아 너무나도 명백히 공화당의 편을 드는 것만 같았다.

이 살인 사건이 발생한 이래, 당지의 지방검사로서는 멀리 과거로 소급해도 그 예가 없을 만큼 메이슨은 굉장한 저널리즘의 각광을 받고, 전국적인 평판과 명성을 독차지하고 있었다. 신문의 특파원과 삽화가가 멀리 버팔로, 로체스터, 시카고, 뉴욕, 보스턴 등의 도시에서 속속 밀려들고 있는 중이었다. 그것은 천하가 주지하고 있는 사실이었다. 그들은 크라이드와 메이슨과 올든의 유족을 만나서 스케치를 그리기도 하고 사진을 찍기도 했다. 그리고 이 지방에선 지금이야말로 전면적인 절찬을 받고, 전군하(全郡下)의 민주당의 지지자까지 공화당원들과 한덩어리가 되어 메이슨의 탁월한 수완을 칭찬하고 있는 상태였다. 메이슨은 저 풋내기 살인자를 그럴 듯한 수법으로 다루고 있었고, 그리피스 가의 재력도, 풋내기가 침을 흘리고 있었던 것만 같은 부잣집 딸의 재산도 이 젊은 민중의 보호자 메이슨에게는 조금도 영향을 주지 못한다. 그야말로 참다운 검사다. 그는 절대로 '자기 발 아래에다 잡초를 우거지게 내버려 두지는 않는다.' 이러한 실정이었다.

사실 캐추만이 오기 이전에 벌써 검시배심원(檢屍陪審員)이 소집되었고, 거기 출석한 메이슨은 배심원에 대하여 죽은 처녀는 크라이드 그리피스라는 젊은이에 의하여 모살된 것으로 판결되어야 한다고 지시까지 한 것이었다. 그리고 그 크라이드 그리피스는 현재 브리지버그의 군 유치장에 수용되어 있는데, 머지않아 그 죄상이 군의 대배심원에 제출되어 그 판결을 기다리는 몸이 되어 있다고 메이슨은 말했다. 이 메이슨이 주지사에게 요청했고, 최고재판소의 특별개정을 계획하고 있다는 것은 벌써 모든 사람들에게 알려져 있었지만 그것이 실현되면 자연히 대배심원회를 즉시로 열게 될 터이고, 그 자리에서 증거를 심리하여 크라이드의 기소와 석방 여부를 결정짓게 될 것이다. 이런 판국에 캐추만이 와서 크라이드를 위하여 적당한 변호를 의뢰할 수 있는 실로 유능한 변호사가 이 지방에서는 누구냐고 문의해 온 것이다. 켈로그가 이 말을 들었을 때 메이슨 검사에 대항이 될 만한 인물로서 그의 마음속에 떠오른 이름은 앨빈 벨크납이었다. 그는 이 도시에 사무소를 가지고 있는 벨크납-젭슨 법률사무소의 일원이었는데, 과거에 주 상원의원 당선 2회, 주 하원의원 당선 3회라는 경력을 가졌고, 최근에 이르러 민주당 정치가들은 민주당이 주정권(州政權)을 잡을 수 있게끔 문제의 낙착을 지을 수 있게 되면 곧 좀더 명예 있는 지위를 그에게 만들어 주어야겠다고들 생각하고 있었다. 사실 3년 전만 하더라도 벨크납은 지방검사 선거전에 민주당 공인 입후보자로 출마하여 메이슨과 접전한 결과 다른 어느 입후보자보다 당선에 가까이 접근했던 것이다. 사실상 그는 정치적으로 원숙한 인물이었기 때문에, 금년에는 메이슨도 노리고 있는 군의 주 판사 선거전에 민주당 입후보자로서 추천을 받게 되어 있었다. 그리고 이번 이러한 돌발적이며 놀라운 발전만 없었더라면 으레 벨크납이 당선되리라고 일반 사람들은 믿고 있었다. 켈로그는 지극히 흥미진진한 이 정국의 복잡미묘한 내용을 일일이 캐추만에게 설명을 하지는 않았지만 만약 메이슨과 대항이 될 만한 인물을 구하려면 벨크납이야말로 보통으로 구할 수 없는 거의 이상적인 인물이라고 설명했다.

이렇게 간단히 설명을 하고 나서 켈로그는 스스로 앞장서서 길 건너편에 있는 법률사무소로 캐추만을 안내했다.

벨크납의 사무소의 문을 노크하자, 안에서 주인이 나와서 맞아들였는데, 주인은 마흔여덟 살 가량 되어 보이는 활발하고 중키의 붙임성이 있어 보이는 인상을 주는 사람이었다. 회청색의 두 눈알이 곧장 캐추만을 쏘아보았는데, 그 눈의 주인공은 대가다운 폭이 넓은 인물은 아닐지 모르나 지극히 명민한 법률가라는 인상을 캐추만의 마음속에 새겨넣어 주었다. 벨크납은 그를 본 사람이라면 누구나 존경을 하게 되는 위풍을 지닌 인물이었다. 그는 대학을 나왔으며, 청년 시절에는 그 용모와 재산과 사회적 지위──그의 아버지는 판사인 동시에 뉴욕 주 출신의 미국 상원의원이었다──때문에 유사적(類似的) 도시 생활이라고 할 만한 것을 상당히 경험하고 있었다. 그러니만큼 시골티라든지 여자에 대한 지나치게 엄격한 태도가 없는 반면에 여자에 대한 지나친 흠모심도 없었다. 이러한 여성관은 메이슨과 같은 서생(書生) 기질의 사람에게는 언제나 번민의 재료가 된 동시에 행동의 동기도 되는 것이다. 하지만 벨크납에 있어선 그러한 서생적 여성관은 사라진 지가 이미 오래였고, 그 대신 안이한 태도와 사교적인 이해성이 그 인격을 원만하게 만들었으며, 인간 생활에 나타나는 상당히 복잡한 도덕적 혹은 사회적 문제를 파악할 만한 상당한 능력을 그에게 부여한 것이었다.

실제에 있어 그는 자연히 메이슨만큼은 격렬하게 흥분하는 일도 없이 크라이드와 같은 사건에 접근할 수 있는 인물이었다. 그 자신도 스무 살 때에 두 여자로 인하여 함정에 빠지게 된 일이 있었다. 한 여자와는 희롱 정도였고, 다른 한 여자와는 진정으로 사랑에 빠졌다. 그리고 먼저 여자와 육체 관계를 맺은 후에 약혼이냐 가출이냐 하는 판국에 직면하여 가출을 결행하기로 했다.

그러나 그것을 결행하기 전에 아버지에게 그 사실을 털어 놓았더니 아버지는 휴양지에 가는 것이 좋겠다고 권유했다. 그 동안에 집안 주치의가 교섭에 나서 1천 달러와 그 임신한 여자를 유티카에 살게 하는 데 필요한 비용을 지출케 하여 결국 결말을 짓고 만 것이었다. 이리하여 아버지는 아들을 궁지에서 건져내어 집으로 돌아오도록 하고 다른 여자와 결혼케 한 것이다.

그러므로 그는 크라이드가 여자에게서 도망을 치기 위해 그 자신의 경우보다도 참혹한 거친 수단을 썼다는 점——적어도 용의 사실은 그러했다——에는 전혀 동정이 가지 않았다. 오랜 세월에 걸친 그의 변호사 생활 중 살인범의 심리만큼은 전혀 그로서 이해가 가지 않았다. 그러나 이름은 아직 공표되어 있지 않지만 소문에 떠돌고 있는 부잣집 딸의 존재와 그 연정의 영향을 아울러 생각해 볼 때 크라이드라고 하는 젊은이는 감정적으로 그릇된 행위에 빠졌거나, 혹은 그 처녀의 마력에 끌려 들어간 것이 아니었을까 하고 벨크납은 생각했다. 크라이드는 가난하고, 허영심이 강하며, 야망을 품고 있었던 것은 아닐까? 자기가 들은 바에 의하면 그렇게 생각된다. 또 현재의 정치적 정세에 있어서는 자기 자신에게 유리하게——그리고 아마도 메이슨 씨의 꿈을 분쇄할 수 있는 타격을 주면서——변호를 할 수도 있는 것이 아닐까. 적어도 이것저것 법적 논쟁과 지연 전술을 써 가지고 메이슨 씨가 상상하고 있는 것처럼 용이하게 군 판사의 지위를 뺏기지 않도록 할 수도 있는 것이 아닐까? 지금 신속하게 법적 행동을 일으킨다면——이처럼 일반 민중의 감정이 비등해져 있어도, 아니, 그러니만큼——재판지의 변경을 요청할 수 있는 것이 아닐까. 혹은 더욱 새로운 증거가 발견될 때까지 연기를 요청하면 메이슨 씨가 검사의 지위를 떠날 때까지는 공판은 열리게 되지 않을지도 모른다. 그러한 방법을 벨크납은 최근 바몬트 주에서 새로 온 젊은 공동 경영자 루빈 젭슨과 함께 연구하고 있었던 것이다.

바로 이때 켈로그 씨의 안내를 받고 캐추만 씨가 나타났으므로 그 즉시 벨크납은 캐추만 씨와 의논했다. 켈로그 씨는 끝까지 정치적인 입장에서 이 변호를 맡는 것이 현명하다고 역설했다. 벨크납으로서는 손수 이 사건에 관심을 가지고 있던 참이었고, 젊은 공동 경영자와 협의한 후에 그다지 시간을 끄는 일도 없이 이 사건을 맡기로 결심했다. 자기가 변호를 맡았다고 하는 것을 지금 일반 대중이 어떻게 생각하든 간에 결국은 자기를 정치적으로 손상케 할

리는 만무할 것이라고 그는 생각한 것이다.

그래서 캐추만은 변호비용과 크라이드에의 소개장을 벨크납에게 주었다. 벨크납은 젭슨에게 명하여 메이슨에게 전화를 걸게 하여 벨크납-젭슨이 사뮤엘 그리피스의 의뢰에 의하여 그의 조카의 변호를 맡았다는 것을 통고했다. 그리고 크라이드의 용의와 이제까지 수집된 모든 증거품의 상세한 문서 보고와 시체 해부의 기록과 시체 검증의 보고를 메이슨에게 요구했다. 또 최고재판소의 특별개정의 요청은 이미 수리되었는지의 여부와 만일 수리되었다고 하면 누가 담당 재판관에 임명되었으며, 언제 어디서 대배심원회의가 열리는지에 관한 정보를 요구했다. 그리고 벨크납은 문득 생각난 것처럼 벨크납-젭슨이 들은 바에 의하면 미스 올든의 시체는 고향의 집으로 보내져 매장되었다고 하는데, 이번 피고측이 요구하는 의사들에 의해 검증을 받기 위하여 그것을 파내야 하게 될지도 모르는 것에 대하여 곧 동의를 얻어 두었으면 좋겠다는 뜻을 전했다. 즉석에서 메이슨은 이 제안에 반대하려고 생각했지만 최고재판관의 명령에 굴복하는 판국에 빠지게 되기보다는 차라리 그쪽이 낫다고 생각하고서 마침내 동의했다.

이리하여 사무적인 용무가 모두 끝난 후에 벨크납은 이제부터 크라이드를 만나러 감옥으로 가겠다고 말했다. 이미 시간도 늦고, 그는 아직 저녁도 먹고 있지 않았다. 어쩌면 먹지 못하게 될지도 모르지만 그로서는 그 젊은이와 '마음과 마음을 터놓고' 얘기해 보고 싶었던 것이다. 캐추만의 의견으로는 그렇게 되기란 극히 곤란할 거라는 것이었다. 그러나 메이슨에 대항하는 투지에 불타 있는 벨크납은 크라이드를 이해하는 절호의 정신 상태에 있다고 확신하는 것과 동시에 고도의 법적 호기심에 가득 차 있었다. 이 범죄의 로맨스의 극적 전개! 이미 그는 비밀의 정보망을 통하여 그 이름을 들어서 알고 있었지만 그 손드라 핀츠레이라는 처녀는 어떤 처녀일까? 어떤 수를 써서 그 처녀를 크라이드의 변호에 끌어낼 수는 없을까? 고등 정책상의 필요에서 그녀의 이름을 입에 올릴 수 없다는 건 이미 그도 알고 있었다. 사실 그는 흉금을 털어놓고 그 야망적인 잔재주를 부리다가 결국 헛다리만 짚은 이 젊은이와 여러 가지로 이야기해 보고 싶은 충동에 몰렸다.

그러나 감옥에 도착하여 캐추만의 편지를 슬래크 경찰서장에게 제시하고서 우선 크라이드에게 들키지 않고서 그를 관찰하고 싶으니까 먼저 면회하기 전에 2층에 있는 크라이드의 감방 근처의 어느 곳으로 안내해 주도록 특별히 주선을 해주었으면 고맙겠다는 뜻을 전했다. 그 다음 벨크납은 천천히 2층으로 안내되어, 크라이드의 감방이 면해 있는 복도로 통하는 바깥 문앞으로 갔다. 다음 그 문이 열려 혼자 안으로 들어가도 좋다는 허락을 받았다. 그리고 크라이드의 감방 몇 피트 앞에까지 걸어들어가자 크라이드의 모습이 보였다. 그때 그는 쇠 침대 위에 얼굴을 파묻고 누워 있었으며, 두 손으로 머리를 부둥켜안고 있었다. 창입구에는 손도 대지 않은 음식물 쟁반이 놓여 있었다. 축 늘어진 것이 아주 힘이 없어 보였다. 캐추만이 가 버리고, 자기의 헛된 무의미한 거짓말이 또다시 사람을 납득시키는 데 실패했으므로 그는 한층 더 낙심하고 말았던 것이다. 몹시 비관한 그는 조용히 어깨를 들먹거리면서 울고 있었던 것이다. 그 모습을 바라보고서 자기 자신의 젊었을 때의 과실을 생각해 낸 벨크납은 무척 측은한 생각이 들었다. 혼이 없는 살인범이라면 이렇게 울지는 않으리라고 생각했다.

크라이드의 감방 문으로 가까이 가서 잠깐 망설였다가 벨크납은 말을 건넸다. "이봐, 크라이드! 이게 뭐야. 그렇게 단념해선 안 돼. 자네의 처지는 자네가 생각하는 만큼 절망적이 아닐지도 몰라. 자, 일어서서 자네를 위해서 무엇을 해줄 것만 같다고 생각하는 변호사인 나에게 얘길 좀 안 해주겠느냔 말야. 난 벨크납, 앨빈 벨크납이라는 사람으로 부탁을 받고서 지금 온 거야. 부탁을 한 사람은 캐추만이라는 사람이었지? 자넨 그 사람과는 그다지 호흡이 맞지 않았던 모양 같더군. 실은 나도 그랬어. 그 사람은 우리들과 같은 종류의 인간은 아닐지도 모르지. 그 사람이 나에게 권한을 맡긴다는 자네에게 보낸 편지를 여기 가지고 왔는데, 자네 보겠나?"

그는 상냥하게, 그러면서도 위엄을 잃지 않은 채 좁다란 철창 사이로 그 편지를 밀어 넣었다. 크라이드는 이상하다는 듯이 의심스러운 표정으로 그쪽으로 가까이 갔다. 이 사나이의 목소리에는 어딘지 정이 어린데다 정적이며 자기를 이해해 주고 있는 듯한 무엇이 느껴졌다. 그리하여 크라이드는 원기를 다시 회복해 주저할 것도 없이 그 편지를 받아들고 바라보았다. 그 다음 미소를 지으며 그것을 돌려 보냈다.

"음, 그렇게 할 줄 알았어." 벨크납은 확신에 넘친 말투로 이렇게 말을 이었다. 효과가 있자 만족을 느끼고 있었는데 그것은 자신에게 사람을 끌어당기는 매력이 있는 것이라고 생각했다.

"그게 나야. 우린 잘해 나갈 거야. 어째 나에겐 그렇게 생각되는군. 나에게라면 자네도 어머니에게 대하듯이 마음 놓고 정직하게 얘기할 수 있을 테지. 그리고 자네가 그것을 원하지 않는 한, 나에게 얘기하는 건 절대로 다른 사람에겐 얘기하지 않을 테니까. 이봐, 난 자네의 의지에 의하여 자네 변호사가 되고, 자넨 내 의뢰인이 되는 거야. 그리고 우린 내일이라도, 아니 언제라도 자네가 원할 때엔 같이 무릎을 맞대고 앉아서, 자넨 내가 알아야겠다고 하는 모든 걸 나에게 얘기하고, 나는 자네가 알아야겠다고 생각하는 모든 것을 자네에게 이야기하며, 자넬 구해 낼 수 있는 방법을 이야기하도록 하세. 자네가 모든 방면에서 나를 돕는다는 것은 결국 자신을 돕는 것이야. 그걸 난 자네에게 증명할 작정일세. 알겠나. 그리고 난 사력을 다하여 자네를 이 사건에서 건져낼 작정일세. 어때 알았나, 크라이드?"

그는 가장 고무적으로, 동정적으로 마치 애정이라도 느낀 듯이 미소를 지었다. 크라이드는 여기 들어오게 된 이래로 비로소 불안을 느끼지 않고 털어 놓을 수 있는 사람을 만났다는 생각에서 이제는 모든 것을, 뭐든 다 이 사람에게 이야기하는 것이 가장 좋을지도 모르겠다고 생각했다. 왜 그런지 그 까닭은 확실히 말할 수 없었지만 그는 웬일인지 벨크납에게 호의를 느낄 수 있었다. 막연하지만 직감적으로 그는 이 사람이 모든 것을 안다면 반드시 자기를 이해해 주고 동정도 해줄 수 있겠다고 느낀 것이었다. 그리고 벨크납이 자기의 적——메이슨——이 크라이드를 유죄로 만들려고 얼마나 혈안이 되어 있으며, 자기가 적당한 변호만 하면 그 사나이가 검사의 지위를 떠날 때까지 심리를 질질 끌 수도 있다는 것을 자세히 설명하자, 크라이드는 하룻밤 잘 생각해 볼 시간의 여유만 주면 내일이라도, 언제라도 벨크납이 올 때 모든 것을 털어 놓고 싶다고 대답했다.

그 이튿날 벨크납은 의자 위에 걸터앉아서 초콜릿을 씹으면서 크라이드의 이야기에 열심히 귀를 기울이고 있었다. 크라이드는 쇠로 만든 간이침대 위에 앉아서 그가 리커거스에 도착한 이래로 겪어 온 모든 체험담을 이야기하고 있었다. 어떤 절차로, 또 무엇 때문에 이 도시로 오게 되었는지——캔자스시티에서 애를 치어 죽인 사건으로부터 리커거스로 오게 된 경위에 관해서도 이야기했지만 사건에 관한 편지를 보존해 두고 있으면서도 그것을 까맣게 잊어 버리고 있었다는 것에 관해서는 끝내 언급하지 않았다——로버타를 만나게 된 사연, 그녀에 대한 열렬한 욕정, 그녀의 임신, 이러한 상태에서 그녀를 끌어내려고 무한히 애를 썼다는 것, 몹시 애를 쓰는 가운데 그녀는 사건을 폭로해 버리겠다고 자꾸만 위협해 고통과 공포에 잠겨 있을 적에 마침《타임스 유니온》지의 기사를 읽었던 이야기, 그리고 나도 한번 그렇게 해볼까 하고 막연히 그렇게 생각해 보았다는 이야기 등을 변호사 앞에 털어 놓았다. "그러나 나는 직접적으로 그러한 계획을 짜 본 일은 한 번도 없습니다. 이 점만은 잘 이해해 주십시오. 또 끝판에 가서 고의적으로 여자를 죽인 것도 아닙니다. 천만에, 절대로 그렇지는 않습니다. 다른 점에 대해선 어떤 생각을 하시든 이 점만은 저의 말을 믿어 주십시오. 고의적으로 여자를 공격한 것은 아닙니다. 절대로, 절대로, 절대로 아닙니다. 그것은 우연한 사고였습니다. 그때 나는 확실히 카메라도 가지고 있었습니다. 메이슨이 발견했다고 보고한 다리도 틀림없이 제 것입니다. 우연히 카메라로 로버타를 때리고 나서 그 카메라가 물 속에 가라앉는 것을 보고 다리를 통나무 밑에다 숨겨 두었습니다. 카메라가 물 속에 가라앉는 것을 보았으니까 그 카메라는 아직도 물 속에 있을 것입니다. 또 물에 녹아 없어지지만 않았다면 그 카메라 속에 나와 로버타의 필름이 그대로 들어 있을 것입니다. 그러나 고의적으로 로버타를 때린 것은 아닙니다. 천만에, 절대로 그렇지 않습니다. 보트가 전복되었던 것입니다. 이렇게 되기 바로 전에 나는 아마도 실신 상태에 빠졌던 모양입니다. 그 후의 일은 도무지 알 수가 없습니다……."

그러나 이야기를 듣고 있는 동안에 벨크납은 마침내 피로를 느꼈고, 기괴한 이야기에 머리가 혼란해지고 말았다. 이러한 흉측한 계획과 행동을 하게 된 크라이드가 무죄하다는 것을 범속한 이 지방 배심원들에게 확신시키기는 고사하고, 그런 의견을 제출해 보는 것조차도 불가능하다고 생각한 그는, 끝내는 그만 피로에 지쳐 머리가 혼란해지고 모든 것이 막연해져 자리에서 일어나 두 손으로 크라이드의 어깨를 짚고는 이렇게 말했다. "자, 오늘은 이만해 둡시다. 자네가 지금 어떤 생각으로 있는지, 또 이 사건이 어떻게 해서 발생했는지 이젠 잘 알겠군. 또 자네가 몹시 피로하다는 것도 알 수 있고. 그래도 이처럼 솔직히 뭐든 털어 놔 줘서 고맙소. 솔직히 털어 놓는다는 것이 쉬운 일이 아니라는 건 나도 알고 있소. 그러나 오늘은 이 이상 이야기하는 건 그만듭시다. 남은 얘긴 나중에 합시다. 앞으로 많은 날이 있을 터이고, 내일이건 모레건 다시 만나 이야기를 계속하기 전에 내가 참여해야 할 사건도 몇 가지 있고 하니 우선 푹 쉬시오. 앞으로 우리가 해야 할 일이 많으니까. 지금 단단히 쉬어 두어야 한단 말야. 우선은 염려할 건 없어. 그럴 필요가 없단 말야. 아시겠소? 나하고 동업자 한 사람과 협력해서 석방되도록 힘써 보리다. 나중에 동업자를 이리로 보낼 텐데 만나 보면 알겠지만 자네도 꼭 마음에 들 걸세. 그런데 여기서 자네도 잘 생각해서 어김없이 지켜 줘야 할 것이 한두 가지 있단 말일세. 첫째는 누가 와서 무슨 위협을 한다고 해서 함부로 말을 해서는 안 돼. 내가 못 오면 내 동업자라도 하여튼 하루에 한 차례는 출두할 테니까. 하고 싶은 말, 혹은 알고 싶은 말이 있거든 우리를 상대로 하여 꼭 하란 말야. 둘째는 내 말이 없이는 아무에게도, 메이슨이나 경찰관이나 간수들이나를 막론하고 아무 말도 해선 안 돼. 쓸데없는 말을 해선 안 된다는 거야. 알았지? 그리고 무엇보다도 그렇게 울진 말란 말야. 자네가 천사같이 결백하든, 혹은 악마처럼 흉악하든 간에 자네가 해서 안 될 첫째 일은 사람 앞에서 절대로 울어서는 안 된다는 거야. 세상 사람들과 여기 있는 간수들은 그런 것을 절대로 이해해 주지 않거든. 그들은 으레 그것을 약점으로 보거나 죄의 자백으로밖에는 보지 않아. 그들이 자네에게 그런 생각을 가지게 되는 것은 조금도 탐탁한 일이 아니거든. 자네가 무죄하다는 것을 내가 알게 된 이상 더욱 그렇단 말야. 자네가 무죄하다는 걸 나는 지금 잘 알고, 또 믿고 있소. 자, 기운을 내시오! 그리고 메이슨 앞에서나 누구의 앞에서도 입을 딱 다물고 대담한 태도를 보이란 말야. 지금부터 좀 웃어 보도록 해. 어쨌든 여기 있는 친구들과 웃어 가며 나날을 보내도록 해보란 말야. 무죄를 자각하면 마음이 편하다는 것은 옛날부터 법률가들이 흔히 쓰는 격언이니까. 나는 무죄하다는 태도를 취해 보란 말야. 그렇게 우두커니 쭈그리고 앉아서 마지막 친구마저 잃어 버린 것 같은 그런 얼굴을 하고 있지 말고. 자넨 절대로 마지막 친구마저 잃어 버린 건 아니잖아. 우선 내가 있지 않으냔 말야. 또 나의 동업자 젭슨 씨도 있고. 하루 이틀 내로 그 사람을 데리고 오리다. 그 사람을 만나거든 오늘 나에게 한 거와 꼭같은 표정과 태도를 짓도록 해야 해. 그 사람을 믿으시오. 그 사람은 법률 문제에 있어서는 나보다도 몇 갑절 똑똑한 사람이니까. 내일 내가 몇 권의 책과 잡지와 신문을 갖다 줄 테니 그것을 읽거나 그림이나 보면서 시간을 보내도록 해. 그러면 얼마간 어지러운 생각도 가시게 될 테니."

여기서 겨우 크라이드는 허약한 미소를 보이며 머리를 끄덕였다.

"또 이제부터는——자네에게 종교심이 있는지 없는지 모르지만——어쨌든 일요일에는 이 감옥 내에서 예배가 있으니까 거기 빼놓지 말고 참석하도록 하란 말야. 이 고장은 종교적인 고장이니까 자네로선 되도록 좋은 인상을 주도록 하는 편이 좋을 거란 말일세. 사람들이 무슨 말을 하든, 어떤 얼굴을 하고 있든 그런 것은 아랑곳도 할 것 없이 내가 하라는 대로만 해. 만일 저 메이슨이나 여기 사람 중 누가 자네를 괴롭히는 그런 짓을 하면 그땐 나에게 말하란 말야. 그럼, 이걸로 실례할 테니까 내가 갈 때에 명랑한 미소를 한 번 지어 봐. 그리고 들어올 때도 그렇구. 그리고 알았지, 누구에게도 아무 말도 해선 안 된다는 걸."

그러고는 힘차게 크라이드의 어깨를 흔들고 등을 두드린 다음 벨크납은 큰 걸음으로 나가 버렸다. 그러나 그는 속으로는 이렇게 생각하고 있었다. 그러나 본인의 말대로 정말로 저 사나이가 무죄라고 나는 믿는가? 한 사나이가 아무 생각도 없이 그처럼 여자를 때릴 수가 있을까? 그 다음에 여자에게로 가까이 가면 자기 자신도 익사할지 모르기 때문에 할 수 없이 헤엄쳐 가 버렸다고 한다. 안 될 소리다. 정말 안 될 소리다! 과연 열두 명의 배심원들이 그것을 믿어 줄까? 게다가 저 가방이다. 그리고 두 개의 모자, 행방불명이 된 양복! 그러면서도 그는 고의로 그녀를 때리지 않았다고 단언하고 있다. 그건 그렇구, 그의 저 모든 계획——의향(意向)——은 법의 눈에서 볼 때에는 불리하다고 하는 점에 있어선 조금도 다름이 없다. 그는 진실을 말하고 있는 것일까. 어쩌면 자기 자신까지도 속이고 있는 것이 아닐까? 그리고 저 카메라——그건 메이슨이 발견해 가지고 가 버리기 전에 이쪽에서 먼저 압수해야만 할 물건이었다. 그리고 양복——그것은 이쪽에서 발견하여 계획적으로 감춰 둔 것이 아니라는 것을 분명히 해두기 위해서 쭉 가지고 있었다고 말하고는 크리닝 때문에 리커거스에 보냈노라고 해두어야겠다. 그러나 아니다, 아니다, 그것에 관해서는 다시 한 번 잘 생각해 보지 않으면 안 되겠다.

이런 식으로 하나씩하나씩 검토해 나가자 동시에 그만 진절머리가 나고 그와 같은 크라이드의 이야기 같은 것은 전혀 없는 것으로 하고는 다른 이야기를 새로 꾸며 내거나 크라이드의 이야기에 각색을 하거나, 혹은 좀더 부드럽게 고쳐 가지고 좀더 참혹하지 않고, 법적으로도 그다지 흉악하게는 생각되지 않는 것으로 해버리는 것이 좋을지도 모르겠다고 생각했다.

15

루빈 젭슨은 벨크납과도 캐추만과도 메이슨과도 스밀리와도 전혀 다른 사람이었다. 사실상 오늘까지 크라이드를 찾아와서 만나게 된 모든 사람이나, 이 사건에 대하여 법률적인 흥미를 가지고 찾아온 어느 사람과도 판이한 점이 있었다. 그는 젊고, 키가 후리후리하고, 여위고, 억세고, 얼굴빛이 거무스레하고, 냉정하면서도 정신적으로 냉정하지는 않으며, 마치 강철과 같은 탄력성이 있는 의지력과 결단력을 가지고 있는 인물이었다. 그의 정신적인 소질과 법률적인 수련은 예민하고 자기 중심적인 점에 있어 삵괭이나 족제비와 비슷한 데가 있었다. 거무스레한 얼굴 속에서 반짝이는 아주 총기 있고, 강철처럼 차디찬 담청색의 두 눈, 뾰족하게 내민 코가 풍겨 주는 그 힘과 호기심, 두 손과 전신에 가득 찬 힘! 그는 이 사건을 자기들──벨크납-젭슨──이 담당하자, 시간을 다투어 검시 기록은 말할 것도 없고, 의사의 보고서며, 로버타와 손드라의 편지며 할 것 없이 온갖 재료를 검토하기 시작했다. 그 다음에 벨크납을 만나서 설명을 들었다. 치명적인 최후 순간에 이르러 정신병인지 양심의 가책인지는 알 수 없으나 하여튼 이상한 정신 상태가 나타나서 그의 행동을 방해하고, 그래서 무의식적으로 여자를 때린 결과가 되고 말았으니까 실지로 범행을 가한 것은 아니지만 그가 그녀를 죽이기 위하여 음모를 한 것은 사실이었다고 크라이드 자신이 자백했다는 말을 벨크납이 했을 때에, 젭슨은 얼굴에 미소의 그림자도 없이 다만 앞을 노려 볼 뿐 짐짓 아무런 의견도 말하지 않았다.

"그러나 그가 그녀와 함께 호수으로 나갔을 때엔 그런 심적 상태는 아니었을 게 아닙니까?"

"그렇지."

"나중에 그가 헤엄쳐 가 버렸을 때에도?"

"그렇지."

"숲속을 걸어가고 있을 때에도, 다른 양복과 모자로 갈아입었을 때도 그렇고, 다리를 감췄을 때도요?"

"그렇지."

"그렇다면 물론 다른 사정, 행동 등으로 추정하여 법률가의 눈으로 볼 때, 만약 우리가 피고인 자신의 이야기를 그대로 사용한다면 그는 고의적으로 여자를 공격한 거나 다름없이 유죄입니다. 또 판사도 그런 해석을 내릴 수밖에 없을 것입니다."

"그야 그렇지. 나도 그 점을 잘 생각해 보았어."

"그렇다면……."

"바로 그거야. 정말 이 사건이 어려운 사건인 것만은 틀림없는 사실일세. 그리고 내 생각으로는 모든 증거품이 메이슨의 수중에 있는 것만 같아. 우리가 이놈만 이길 수 있다면 그때엔 무서운 놈이라곤 없을 거야. 천하무적이라는 상표가 굳건히 붙게 될 거란 말일세. 그러나 내가 보기엔 끝판에 가서 정신이상이 생겨났다는 말은 해야 옳을는지 어떨는지 자신이 없어. 이를테면 해리도 사건 때와 마찬가지로, 적어도 우리가 피고인의 정신 상태나 감정 상태의 이상, 혹은 그와 유사한 점을 들어 변론을 제기할 각오가 없다면 이건 곤란한 문제란 말야."

"물론 당신은 그가 유죄라고 생각하신단 말씀이죠?" 이렇게 말하는 젭슨의 말투는 여간 냉랭하지 않았다.

"천만에, 자네가 들으면 놀랄지 모르나 그렇지 않아. 적어도 그렇다고 단정할 순 없어. 사실을 말하면 이 사건은 내가 겪은 것 중 가장 난처한 사건이란 말이야. 그는 자네가 생각하듯이 그렇게 냉혹 무참한 사나이는 아니야. 한편에서 여간 단순하고 순한 인물이 아냐. 반드시 자네 자신도 나중에 그걸 알게 되겠지만. 즉 그의 태도에서 판단해서 말야. 나이는 이제 겨우 스물하나나 둘일 테지. 저 그리피스 가문과 혈족 관계는 있지만 지극히 가난해. 사실 일개 사원에 지나지 않으니까. 또 그 부모들도 그의 말에 의하면 아주 가난하고, 전도사업 같은 것을 서부에서 하고 있는 모양이야. 아마 이젠 덴버 시에서 하고 있는가 보더군. 그 전엔 캔자스시티에서 살고 있었대. 집에 가 본 지는 벌써 4년이나 된다고 하더군. 실은 캔자스시티의 어느 호텔에서 보이 노릇을 하고 있을 적에 그 어떤 어린애다운 난치소동(難治騷動) 사건을 이미 알고 있는지 없는지는 모르지만 어쨌든 앞으로 우리가 메이슨과 대결할 때에 이건 우리가 경계해야 할 한 가지 점일세. 그는 다른 보이놈들과 한패가 되어서 어떤 부잣집 자동차를 몰래 끌어내 가지고 놀러 다니다가 시간이 너무 늦어 발각될까봐 겁이 나서 전속력으로 몰고 돌아오는 도중에 어떤 계집애를 치어 죽였다더군. 이 사건도 우리가 좀더 철저히 조사하여 미리 준비해 두지 않으면 안 될걸. 만약 메이슨이 이 사실을 알게 된다면 공판석상에서 우리가 생각지도 않고 있을 때에 불쑥 끄집어 낼지도 모르니까."

"글쎄요, 그 문젠 끄집어 내지 않을 겁니다. 진상을 조사하러 캔자스까지 가야 할는지는 모르나 검사가 그 사건까지 끄집어 내지는 않을 걸요." 냉철한 푸른 두 눈을 전기처럼 반짝이고 있었다.

그 다음 벨크납은 자기가 알고 있는 현재까지의 크라이드의 생활에 관한 모든 것을 얘기했다──접시닦기를 하고, 급사 노릇을 하고, 소다 파운틴에서 일하기도 하고, 짐마차를 끌기도 하며 리커거스로 옮겨 올 때까지의 모든 일──얼마나 그가 늘 여자에게 마음을 끌리고 있었나, 어떻게 해서 그가 처음에 로버타와 알게 되었고 다음에 손드라와 알게 되었나. 그리고 마지막으로 그가 로버타와 헤어질 수 없는 관계에 빠지면서 한편으로는 손드라를 결사적으로 연모하고는 로버타를 제거하지 않는 이상 손드라를 수중에 넣을 수 없게 된 경위를 벨크납은 상세하게 이야기했다.

"그래도 그가 그녀를 죽였는지 어떠했는지에 관해서 당신은 의혹을 품고 있는 것입니까?" 마지막에 가서야 젭슨은 이렇게 물었다.

"글쎄, 역시 그가 했다고는 나로선 확신할 수 없어. 그러나 아직도 그 작잔 두번째 처녀에겐 맥을 못 쓰고 있는 것 같던데그래. 내 입에서든 자기 입에서든 조금이라도 그 처녀 얘기만 나와도 그때마다 그의 태도가 달라질 정도라니까. 이를테면 내가 그와 그녀의 관계를 물은즉 또 한 처녀를 끌어내어 죽였다고 하는 인물인데도 불구하고 마치 내가 못 할 소리라도 입에 올린 것처럼 날 빤히 쳐다보는 게 아냐. 마치 내가 그 자나 그 처녀를 모욕이라도 한 것처럼 말야." 여기서 벨크납은 고소를 지었다. 젭슨은 기다란 뼈가 앙상한 다리를 자기 앞 호두나무 테이블에다 걸치고서 물끄러미 상대를 쳐다보고만 있었다.

"그렇습니까." 한참만에 이 한마디를 했을 뿐이었다.

"그뿐이 아냐." 벨크납은 말을 이었다. "그 작자 하는 소린 이거야. '그런 일은 물론 없었습니다. 그녀는 그런 걸 허락할 리는 만무하고 게다가……' 여기서 말을 뚝 끊길래, 내가 '게다가……뭐란 말야, 크라이드?' 하고 묻지 않았겠느냔 말야. 그런데 어처구니없게도 그 작잔 그녀의 이름이나 편지가 신문이나 재판에 나오지 않을 방법은 없겠느냐고 애원하는 게 아냐. 그녀의 집에 관해서 일반에게 알려지지만 않는다면 그녀도 집안 식구도 그렇게까지는 명예 손상은 되지 않을 것이라는 눈치 같더군."

"정말입니까? 근데 또 하나의 처녀에 관해선 어떻습니까?"

"그건 지금 검토해 보려는 중이야. 내가 아는 한에선 그는 한 처녀와 육체관계를 맺은 후에 그녀를 죽일 계획을 세웠고, 혹은 죽였을지도 모르지만, 또 하나의 처녀의 호화로운 꿈에 끌려 다니고 있었기 때문에 전혀 자기가 무엇을 하고 있는지 모른 것이 아니었을까? 그 또래의 젊은 친구들, 특히 그 동안 그다지 여자와 돈과 인연이 없었던 친구가 그 어떤 호화로운 생활을 할 수 있는 신분이 되고 싶다고 원할 경우에는 대개 그렇게 되기가 쉬우니까 말이야."

"그래서 그 친구는 다소 돌아 있었다는 겁니까?"

"그렇지. 그건 그렇다고도 생각할 수 있지. 혼란·매혹·광기 이 세 가지에 걸렸을걸세. 즉 뉴욕 등지에서 흔히 말하는 정신착란이라는 거야. 그런데 그 친구는 확실히 아직도 한 처녀에게 정신을 빼기고 있거든. 사실 그 친구가 감방에서 울고 있는 것은 대개 그 처녀를 생각하고 있기 때문일 거야. 내가 그 친구를 만나러 갔을 때도 마치 가슴이 터져라 하고 울고 있었으니까."

무엇을 깊이 생각하는 듯이 벨크납은 오른쪽 귀를 긁고 나서, "하지만 역시 그와 같은 모든 사정, 즉 한편에선 올든이라고 하는 처녀가 결혼을 강요하고 있고, 한편에선 또 하나의 처녀가 결혼하자고 졸라대고 있다는 것이 그 친구의 마음을 산란하게 했다는 사고방식에는 확실히 무언가 있거든. 나는 짐작이 가. 나도 그런 궁지에 몰린 적이 있었으니까, 과거에" 하고 그는 무심코 하지 않아도 좋을 말을 하고 말았다. "참고로 하는 말인데, 그 친구가 본 남녀의 익사 사건의 기사는 6월 18일인가 19일경의 《타임스 유니온》 지에 나와 있다고 그 친구가 그러더군."

"알았습니다. 내가 직접 그것을 찾아보겠습니다."

"근데 말일세, 자네에게 내일 부탁하고 싶은 것은." 벨크납은 말을 이었다.

“나와 함께 내일 가서 자네가 받는 인상은 어떤지 그걸 확실히 해달란 말이야. 그 친구가 자네에게도 나에게 한 것과 똑같은 얘기를 할는지 그걸 볼 작정일세. 그 친구에 관한 자네의 개인적인 견해를 알고 싶어서.”

“그야 아주 쉬운 일이죠.” 젭슨은 퉁명스럽게 대답했다.

다음날 벨크납과 젭슨은 감옥으로 크라이드를 찾았다. 그리고 젭슨은 크라이드와 면담하며 그가 말하는 기괴한 이야기를 다시 한 번 검토해 보았다. 그러나 역시 크라이드가 말하는 것처럼 고의로 로버타를 때리지 않았는지의 여부는 젭슨도 명확하게 단정할 수 없었다. 고의로 때린 것이 아니라면 그 다음에 그녀가 물에 빠지는 것을 잠자코 내버려 두고서 어찌하여 자기만 혼자서 뒥으로 헤엄쳐 올 수 있었단 말이냐? 이것을 배심원들이 납득한다고 하는 것은 물론 젭슨 자신이 납득하기보다도 곤란한 일임에 틀림없을 것이다.

동시에 벨크납이 말한 것처럼 크라이드가 《타임스 유니온》의 기사를 자기 계획의 기초로 하여 그것을 실행에 옮겼을 때에는 그는 정신적으로 착란되어 있었고, 마음의 평행을 잃은 것이 아니었을까 하고도 생각되었다. 물론 그것이 진실이라고 하더라도, 적어도 현재의 크라이드는 두뇌가 명석하고 완전히 제정신인 것같이 생각되었다. 젭슨이 본 바에 의하면 크라이드는 벨크납이 믿으려고 하고 있는 것 이상으로 냉혹하고 교활한 것같이 생각되었으며, 그 교활성은 물론 일종의 부드럽고도 사교적인 애교를 끌고도 남음이 있을 만큼 감춰져 있었기 때문에 거의 그에게 호의를 느끼지 않을 수가 없을 정도였다. 그러나 크라이드는 벨크납에 대해서처럼 결코 젭슨에게 뭐든 털어 놓으려고는 하지 않았다. 그러한 태도를 취하고 있었으므로 그는 맨 처음 젭슨의 마음을 그다지 끌 수는 없었던 것이다. 동시에 젭슨이라는 사나이로부터는 열렬하고도 완전한 진지성이 느껴졌다. 그래서 다음 순간 크라이드는 그것이 감정적인 관심이라고는 할 수 없어도 극히 열렬한 기술적인 관심이라는 것을 깨닫게 되었다. 그러므로 잠시 후에는 크라이드는 자기를 위해서 최대의 것을 해줄지도 모르는 인물로서 벨크납보다는 오히려 이 젊은이에게 관심을 갖게 된 것이다.

“물론 당신은 미스 올든이 당신에게 써보낸 편지는 당신에게 매우 중요한 것이라는 것은 알고 있을 테죠?” 젭슨은 크라이드가 다시 한 번 한 이야기를 들은 후에 묻기 시작했다.

“알고 있습니다.”

"그 편지는 모든 사실을 모르는 사람들에게는 여간 슬픈 것으로 생각되지 않을 겁니다. 그 때문에 그 편지는 어떠한 배심원에게도 당신에게 대해서 편견을 품게 할 것만 같습니다. 특히 그 편지가 미스 핀츠레이의 편지와 동시에 읽혀지는 경우에는 말입니다."

"그럴지도 모르죠. 하지만 그 여자에 대해서 늘 그랬던 것은 아닙니다. 그런 편지를 보내게 된 것은 그녀가 곤궁에 빠지게 되어, 내가 그녀에게 이젠 날 제발 좀 자유의 몸으로 해주었으면 좋겠다는 말을 하기 시작한 후부터입니다."

"압니다, 그건 압니다. 그건 우리들이 연구해 될 수만 있다면 진상을 분명히 하고 싶다고 생각하고 있는 점의 하나입니다. 그 편지를 문제에서 제외시킬 그러한 어떤 방법이 있으면 참 좋겠다는 것입니다." 그는 벨크납에게 말하고 나서 또다시 이번에는 크라이드에게 말을 이었다. "그러나 지금 내가 당신에게 묻고 싶은 것은 이러한 것입니다. 당신은 그 여자와 한 일 년쯤 친히 교제하고 있었지요?"

"그렇습니다."

"그 동안 혹은 그 전에 그 여자가 가깝게 지냈다거나, 아주 친밀하게 지냈다거나 한 그러한 젊은이는 없었을까요? 그 점에 관해서 뭐 생각나는 거라도 없습니까?" 젭슨은 피할 길만 만들 수 있다면 어떤 생각이라도, 어떠한 책략이라도 꺼내기를 주저하지 않았다. 혹은 그런 것을 염려할 만큼 섬세한 신경의 소유자는 아니었을지도 모른다. 그것은 크라이드로서도 알 수 있었다. 그러나 그 암시에 힘을 얻었다기보다는 실은 크라이드는 덜컥 가슴이 내려앉았다. 로버타와 그녀의 품성에 관해서 그런 거짓을 끌어내라니 정말 부끄러운 일임에 틀림없었다. 그러한 허위는 내비칠 수도 없는 노릇이고, 그런 생각조차도 들지 않는다. 그렇게 생각하고서 그는 이렇게 대답했다.

"아뇨, 그녀가 다른 어떤 남자하고 교제를 하고 있었다는 얘긴 전혀 들어본 적도 없습니다. 사실 그녀는 그런 짓을 하고 있진 않았습니다. 그건 내가 잘 압니다."

"알았읍니다. 잘 알았습니다! 그럼, 그건 그걸로 끝이 났습니다." 젭슨은 어디까지나 냉정하게 대답했다. "그녀의 편지로 판단해 볼 때, 난 당신의 말이 사실이라고 생각되는군요. 동시에 우리로선 모든 사실을 알아야만 하거든요. 누구 당신 이외에도 당신과 같은 사나이가 있었다고 하면 사건에 대하여 아주 큰 변화가 생기게 될지도 모른단 말입니다."

젭슨이 이런 방법으로 이 일의 가치의 중대함을 느끼게 하려고 애를 쓰고 있는지의 여부에 관해서는 크라이드로서는 잘 알 수 없었지만, 역시 그러한 것을 생각하는 것만으로도 옳지 못한 일이라고 크라이드는 생각했다. 그러나 그는 더욱 생각해 보았다. 이 사나이가 자기를 위해서 참된 변호를 해주기만 한다면! 이 사나이는 참으로 영리한 얼굴을 하고 있다.

"옳지, 그렇다면" 하고 젭슨은 역시 따가운 메스를 넣는 것만 같은 말투로 말을 이었다. 그 말투에는 아무런 감정도 연민도 없다는 것을 크라이드는 느꼈다. "이 밖에 물어 보고 싶은 것이 있는데, 당신이 그 여자와 친밀하게 사귀고 있던 기간중에, 친하게 사귀기 전이라도 좋고, 그 후라도 좋지만, 좌우간 그 여자가 당신에게 그 무슨 야비한, 또는 비루한, 혹은 강압적인, 그렇지 않으면 협박적인 편지라도 써 보낸 일이 있습니까?"

"아뇨, 그런 적은 없었습니다. 사실 그녀는 그런 짓을 하지 않았습니다. 그건 사실입니다. 그러나 최후의 몇 통은 그렇지도 않았죠만. 제일 나중의 것은 특히 그랬죠."

"그리고 당신은 전혀 그 여자에게 편지를 주지 않았겠죠?"

"그렇습니다. 난 전혀 낸 적이 없습니다."

"왜?"

"그건 그녀가 나와 같은 공장에 있었기 때문입니다. 더구나 최후로 그녀가 집에 가 있을 때에는 난 편지를 내는 것이 무서웠습니다."

"음."

동시에 크라이드는 사실대로 이야기하기 시작했다. 로버타는 때로는 상냥하기는커녕 실제로 몹시 고집도 세졌을 뿐더러 완고하기까지 했다. 그녀의 간청대로 결혼한다면 그는 사회적으로도, 다른 모든 면에 있어서도 파멸되고 말 것이라고 아무리 그가 설명해도, 자기가 일을 해서 계속 그녀의 생활비를 부담하겠다고 해도, 그녀는 막무가내로 전혀 귀를 기울이려고 하지 않았다. 그러한 그녀의 태도가 모든 문제의 시발점이 되었다고 그는 설명했다. 그것에 반비례하여 미스 핀츠레이는――그때 그가 경의(敬意)와 열정의 기색을 나타내는 것을 젭슨은 재빨리 간파할 수 있었다――그를 위하여 모든 것을 바치려고 하고 있었다고 그는 말했다.

"그래서 당신은 정말로 미스 핀츠레이를 마음으로부터 사랑하고 있었단 말이죠?"

"그렇습니다."

"그리고 당신은 그 여자를 만난 뒤로는 로버타에겐 애정을 느낄 수 없었다는 거군요?"

"그렇죠, 아무리 노력해도 할 수 없더군요."

"옳지." 엄숙하게 머리를 끄덕이면서 젭슨은 말을 이었다. 동시에 이것을 배심원에게 알린다는 것은 무익할 뿐만 아니라, 위험한 노릇인지도 모르겠다고 그는 생각했다. 그리고 먼저 벨크납이 암시한 것처럼 현재의 관습적인 법적 수속에 의하여 크라이드가 무시무시한 입장에 놓여 있다고 생각했기 때문에, 정신이상 또는 정신착란의 상태에 빠지게 되었다고 주장하는 것이 최선의 대책일지도 모르겠다고 생각했다. 그러나 그것은 그렇다 치고, 그는 여전히 질문을 계속했다.

"그 마지막 날에 그녀와 보트를 타고 호상으로 나와 있었을 적에 당신은 무엇에 몰려, 그 때문에 당신은 그녀를 때렸을 때 무엇을 하고 있는지조차 정말 자기로선 몰랐다는 거죠?"

"그렇습니다, 정말 그렇습니다" 하고 크라이드는 그때 자기가 어떠한 상태에 있었는가를 설명했다.

"됐습니다, 됐습니다. 난 당신 말을 믿습니다." 젭슨은 크라이드의 말을 믿겠다는 얼굴을 지어 보이며 대답했다. 그러나 실제로는 아무리 해도 그 말이 믿어지지 않았다. 그래서 그는 이런 말을 하지 않을 수가 없었다. "그러나 당신도 아시겠지만 다른 모든 사정을 아울러 생각해 볼 때 아마 어떠한 배심원도 그건 믿어 주지 않을 겁니다. 변명해야 할 사태가 너무나도 많으며, 현재의 상태로는 우리들로서도 그다지 잘 변호해 낼 수 있을 것 같지 않군요. 그런데 말입니다. 저 방식은 어떨까요?" 그는 벨크납을 돌아다보며 그에게 화제를 돌렸다. "두 개의 모자, 혹은 가방 따위의 문제는 정신이상이니 뭐니 하는 그런 걸 우리들이 신임하지 않는 한 전혀 손댈 길이 없는 것만 같은데요. 그런 방법에 난 그다지 자신이 없는데요. 혹시 당신 일가 중에 정신이상자가 있었다는 얘기는 못 들어보셨습니까?" 그는 마지막으로 크라이드 쪽을 바라다보며 물었다.

"못 들었는데요."

"발작이니 기묘한 생각이니 그런 것에 홀린 백부나 사촌이나 조부라도 없었단 말입니까?"

"들은 적이 없는데요."

"저 리커거스의 친척은 내가 발벗고 나서서 그런 것을 확인하려고 하면 그다지 좋아하지 않을 테죠?"

"그리 좋아하진 않을 걸요." 크라이드는 길버트 생각이 문득 머리에 떠올라 이렇게 대답했다.

"음, 그렇다면." 잠시 말을 끊었다가 젭슨은 다시 말을 이었다. "그러면 다소 힘들게 되겠는걸. 그렇다고 해서 그 밖에 그렇게 안전한 방법이 있을 것 같지도 않고……." 여기서 그는 또다시 벨크납 쪽을 돌아다보며 한 방법으로 자살설을 끄집어 내면 어떻겠느냐고 물었다. 로버타의 편지 그 자체가 우울한 경향을 보이고 있어 자살과 연결지어 생각해 보는 것도 용이한 일이니까, 그녀가 크라이드와 함께 호수로 나가 결혼해 달라고 호소하고는 그가 거절하자 느닷없이 보트에서 뛰어들고 말았다. 그래서 그는 너무도 깜짝 놀라 정신이 나가 그녀를 구하려고 하는 일조차도 하지 못했다고 주장할 수 있는 것이 아닐까.

"그러나 바람에 모자가 날려서 그것을 집으려다가 보트를 전복시키고 말았다는 그 자신의 자백은 어떻게 처리하면 좋지?" 벨크납이 말했다. 마치 크라이드가 옆에 있는 것을 잊어 버리고 있는 것만 같은 말투였다.

"그렇죠. 확실히 그것도 있지만 그로서는 그녀의 임신에 대하여 도덕적으로 책임을 느끼고 있고, 그 때문에 그녀는 생명을 버리게 되었으므로 그녀가 자살한 사실은 고백할 생각이 나지 않았다고 주장할 수는 없을까요?" 이 말을 듣고 크라이드는 가슴이 뜨끔했다. 그러나 두 변호사들은 그쪽으로 마음을 빼앗기고 있었으므로 크라이드에게는 주의도 하지 않았다. 두 사람은 마치 그가 거기 있지 않은 것처럼, 그리고 그 문제에는 아무런 의견도 말할 수 없는 것처럼 말을 계속하고 있었다. 이것에는 크라이드도 놀라기는 했을망정 감히 반대할 기력도 없었다. 몹시 고독한 초연한 마음이 되고 말았기 때문이다.

"그러나 숙박계의 가명! 두 개의 모자 …… 양복…… 가방!" 하고 벨크납이 띄엄띄엄 말을 이었다. 그 말투는 벨크납이 크라이드의 곤경을 얼마나 용이한 것이 아니라고 생각하고 있는가를 크라이드 자신에게 말해 주는 것만 같았다.

"어쨌든 우리가 어떠한 방법을 쓰든 간에, 모든 건 무슨 방법으로든 변명되어야만 할 것이 아닙니까?" 젭슨은 자신 없는 말투로 대답했다. "어쨌든…… 내가 보는 바로는…… 정신이상이라고 하지 않는 한 그 사람이 계획했다는 일건(一件)은 우린 사실로서 받아들일 수 없겠군요. 그러나 비록 어떠한 방법을 쓰든 그런 증거류를 어떻게 해서든지 처리해야만 할 것이 아닙니까?" 그는 이것을 어떻게 해야 좋을지 모르겠다는 듯이 두 손을 쳐들었다.

"그러나" 하고 벨크납은 주장을 계속했다. "그러한 사실이 있을 뿐만 아니라 그녀의 편지에 약혼의 약속에 관한 사연이 적혀 있는데 그것을 그 친구가 거절했다는 것은, 그리고 자살설을 꺼냈다가는 도리어 역효과를 초래하게 될 뿐으로, 그러다간 정말로 그 친구에 대한 세론의 편견을 강화하게 하는 결과가 될 뿐일걸" 하고 그는 여기서 결론을 내려 버리고 말았다. "그것보다도 그 친구에게 무슨 동정을 일으킬 만한 그런 방법을 쓰지 않으면 안 되지."

그 다음 마치 그런 논의 따위는 전혀 하지도 않았다는 듯이 크라이드 쪽을 바라보며, 세상엔 정말 귀찮은 놈도 다 있군 하는 얼굴로 그를 쳐다보고 나서 젭슨은 입을 열었다. "옳지, 당신이 크랜스톤 가의 별장 근처의 호수에 가라앉힌 양복 건 말인데, 양복을 던진 장소를 되도록 자세하게 얘기해 줄 수 없겠습니까. 그 별장에서 얼마의 거리인지?" 크라이드는 시간과 정경 등 여러 가지의 대답을 기다리고 있는 젭슨에게 띄엄띄엄 쭈뼛거리면서 대답했다.

"내가 거기만 갈 수 있다면 대번에 찾아낼 수 있을 텐데요."

"그건 압니다. 하지만 메이슨이 동행이 아니라면 저 친구들은 당신을 보내줄 리는 만무할 겁니다. 아니지, 그래도 안 될지도 모르지. 지금 당신은 투옥되어 있단 말야. 그러니까 주의 승인 없이는 여기서 나갈 수 없단 말야. 그러나 우린 무슨 일이 있어도 그 양복을 수중에 넣어야만 할 텐데" 하면서 벨크납 쪽으로 얼굴을 돌리고는 목소리를 떨어뜨리면서 덧붙였다. "우린 그 양복을 수중에 넣어 크리닝을 해서 저 사람이 크리닝을 주었다고 주장해 보는 거죠. 은닉한 것이 아니라고."

"글쎄," 벨크납은 흥미 없다는 듯한 말투였다. 그러한 엉터리와 기만적인 계획이 자기 대신으로 대대적으로 날조되어 있다는 것을 크라이드는 기묘하게 생각했으며, 다소 어처구니없다는 기분에 사로잡혀 있었다.

"다음은 호수에 떨어진 카메라 건인데. 그것도 어떻게 해서든지 찾아내야만 하겠단 말야. 어쩌면 메이슨도 그것에 관해서 알고 있거나, 혹은 거기 있는 것이 아닐까 하고 의심하고 있을 것같이 생각돼. 어쨌든 그 사람보다도 먼저 우리들이 그걸 찾아내는 게 극히 중요하단 말야. 자네가 거기 간 날에 장대가 있는 근처에서 보트를 전복했단 말이지?"

"그렇습니다."

"잘 찾아낼 수 있을지 없을지 어쨌든 해봐야겠군요." 이번엔 그는 벨크납 쪽을 바라보며 말을 이었다. "될 수만 있다면 그걸 공판 때에 내놓고 싶진 않으니까요. 메이슨들은 그것이 손안에 들어오지 않는다면 다리니 뭐니 하는 어쨌든 사실과는 전혀 다른 것으로 그가 때렸다고 단언해야만 하게 될 테죠. 그래서 우린 그 자들의 딴지를 걸 수 있을지도 모른단 말입니다."

"음, 그것도 그럴 듯해."

"다음은 메이슨이 가지고 있는 가방입니다. 이건 아직 내가 못 봤지만 내일 보기로 하겠습니다. 당신은 물에서 나왔을 때 입고 있던 옷을 젖은 채 그 가방에 넣었습니까?"

"아니죠, 우선 물을 짜서 되도록 말린 다음에 도시락을 쌌던 종이에 싸서 마른 솔잎을 가방 속에다 깔고서 거기다 양복을 넣고, 그 위에다 또다시 솔잎을 덮은 거죠."

"그렇다면 당신이 알기에는, 그 양복을 꺼낸 가방 속에는 젖은 흔적은 나있지 않았다는 거죠?"

"그렇습니다. 나 있지 않은 줄 압니다."

"확실친 않군요?"

"그다지 확실친 않지만, 나 있진 않았습니다."

"그럼, 내일 내가 가 보도록 하죠. 그리고 다음은 그 여자의 안면의 상처 자리인데, 당신은 어떠한 방법으로든 그 여자를 때렸다는 건 누구한테도 시인하지 않았죠?"

"시인하지 않았습니다."

"그리고 그 여자의 머리 위의 상처 자리는 당신의 말대로 보트에 얻어맞은 자리란 말입니까?"

"그렇다고 생각하는데요."

"음, 그렇다면 나는 이렇게 생각되는데요." 젭슨은 또다시 벨크납을 쳐다보며 이렇게 말했다. "그 시기가 오면 우리로선 그 흔적은 전혀 이 사람의 행위가 아니라고 마음 놓고 단언할 수 있겠단 말입니다. 즉 호수에서 그 여자의 시체를 찾고 있었을 때 수색 대원들이 휘젓는 데 사용하고 있던 갈고리와 장대로 해서 생긴 것으로 하면 될 게 아닙니까. 어쨌든 그 수는 쓸 수 있을 겁니다. 갈고리와 장대의 탓이 아니라면……." 그는 다소 침울하고도 냉담한 기분으로 말을 이었다. "그 여자의 시체를 호반에서 철도 역까지 날라가거나 거기서부터 여기까지 기차에 싣고서 온 탓이라고 하는 것도 물론 생각해 볼 수 있겠죠."

"글쎄, 그렇게 해서 생긴 상처가 아니라는 것을 입증하기 위해서는 메이슨도 기를 써야만 할걸."

"카메라 다리에 관해선 우리들의 손으로 시체를 발굴하여 우리들의 손으로 측정하고, 보트의 현측의 두께도 측정하여, 현재 메이슨의 수중에 들어 있는 다리를 그리 쉽사리 이용할 수 없는 판국에 몰아 넣어 버리게 하는 것이 좋을 것만 같습니다."

이렇게 말했을 때 젭슨의 두 눈은 여간 조그맣지가 않고, 여간 이글이글 타오르지 않고, 여간 푸르지 않았다. 머리도 동체도 말라빠진 족제비처럼만 보였다. 그 모든 것을 무서워하면서 젭슨의 얼굴을 지켜보기도 하고, 그의 말에 귀를 기울이기도 하고 있던 크라이드에겐 이 젊은 축의 변호사야말로 자기를 도와 줄 인물일지도 모르겠다고 생각되었다. 젭슨은 무서우리만큼 날카롭고, 실제적이며, 아주 단도직입적이며, 냉혹하고도 유유히 버티고 있으면서도 사람에게 신뢰의 마음을 일으키게 하며, 어떤 힘이 생기게 하는 제거하기 힘든 기계와도 비슷한 점이 있었다.

드디어 그들이 떠나려고 하는 것을 보자, 크라이드는 웬일인지 마음이 슬퍼졌다. 사실 두 사람이 옆에서 자기 자신에 관해서 계획을 세우기도 하고 책략을 짜기도 하고 있는 동안 쭉 그는 안도감을 느꼈고, 마음이 든든하고, 희망에 차 언젠가는 자유의 몸이 될 수 있을 것만 같다고 희망을 더욱 굳게 한 것이다.

16

그러나 이 모든 결과로서 최후로 결정된 것은, 만일 리커거스의 그리피스 가가 승인한다면, 정신이상 또는 '정신착란'——손드라 핀츠레이를 향한 애정과 그녀가 불러일으킨 호화로운 환상, 로버타의 협박에 의한 모든 꿈과 계획의 붕괴 따위들 때문에 크라이드의 마음에 야기된 일시적인 착란을 문제로 삼는 것이 가장 용이하고 착실한 변호의 방법이 아닐까 하는 것이었다. 그러나 리커거스에서 캐추만과 다라 브루카트와 의논하고, 그 밖에 캐추만이 사뮤엘 그리피스와 길버트와 협의한 결과 그 방법은 좋지 못하다고 단정지었다. 정신이상 또는 '정신착란'을 확인하기 위해서는 크라이드의 출생 이래 오늘날까지 절대로 건전한 정신 상태에 있었던 것도 아니고, 늘 상궤(常軌)를 벗어난 상태에 있었다는 실제적인 증거와 증언이 필요하며, 그가 이상한 성질의 소유자라는 특수한 실례를 제시하지 않으면 안 된다. 그렇게 되면 혈족의 모두가——아마 리커거스의 그리피스 가의 가족들 자신도——그 증언에 나와야만 한다. 그러나 그와 같은 증언은 필연적으로 많은 사람에게 거짓말과 위증(僞證)을 요구할 뿐만 아니라, 그리피스 가의 혈통과 정신 계통에도 영향을 끼쳐 주게 되는 셈이 된다. 그러므로 사뮤엘도 길버트도 이와 같은 변호 전술에는 관심을 보이려고 하지 않았다. 그래서 브루카트가 이러한 변호의 전술은 포기하는 편이 좋겠다고 벨크납에게 전했다.

이와 같이 결말이 나고 말았으므로 벨크납도 젭슨도 다시 한 번 쭈그리고 앉아서 머리를 짜내야 했다. 어느 쪽이 짜낸 다른 변호 방법도 이제는 분명히 절망적으로만 생각되었기 때문이다.

"또 한 가지 말하고 싶은 것이 있습니다." 로버타와 손드라의 편지를 다시 한 번 뒤적뒤적하다가 불굴의 젭슨이 입을 열었다. "이 로버타라는 처녀의 편지가 우리가 당면한 가장 난처한 두통거리올시다. 이 편지를 그대로 낭독한다면 울지 않을 배심원이 하나도 없을 것입니다. 게다가 이 또 한 처녀, 손드라의 편지까지 소개해 놓는다면 그야말로 치명적입니다. 내 생각 같아서는 손드라의 편지에 관해서는, 메이슨이 지적하지 않는다면 우리도 이 손드라의 편지만은 지적하지 않는 것이 좋을 줄로 압니다. 만약 소개하게 되면 그것은 마치 피고인이 로버타와 헤어지기 위해서 일부러 그 여자를 죽인 거나 다름없이 되고 말 테니까요. 그래서 이러한 회의를 여러 번 거듭한 결과 이것이야말로 자기 자신의 재능을 발휘하는 절호의 기회라고 생각한 젭슨은 다음과 같은 결론을 내렸다. 변론을 하기에도 제일 좋고, 크라이드 자신의 혐의와 그 독특한 행동과도 잘 들어맞는 가장 안전한 변호 방법은 그가 전혀 살인을 계획하지 않았다고 주장하는 것이다. 그런 흉행을 결심하기는커녕 그는 겁쟁이였다. 비록 육체적으로는 아닐지라도 적어도 도덕적으로는 겁쟁이였다. 그것은 그 자신의 이야기만 들어봐도 알 수 있는 일이다. 한편으로는 로버타와의 관계가 폭로되어 리커거스로부터 쫓겨나고, 손드라의 사랑도 잃고 말 것을 두려워하는 반면에, 또 한편으로는 손드라에 대한 열렬한 사랑을 로버타에게 고백한 일이 없었는데 만약 이러한 사실을 알게 된다면 로버타는 자기로부터 물러나려고 생각하게 될지도 모른다고 생각하여, 그렇다면 여자를 어디로 데리고 가서 모두 이야기를 하고 일신의 자유를 얻는 것이 좋겠다고 생각하여 여자를 근처의 유람지로 끌어낸 것이지, 그 이상 무슨 흉측한 계획이 있었던 것은 아니다. 또 장소도 꼭 그라스 호나 빅 비턴을 예정했던 것도 아니다. 그리고 모든 것을 로버타에게 털어놓고 그녀로부터 떨어져서 자유의 몸이 되어 보고 싶었다. 뿐만 아니라 그녀가 대단히 곤란한 처지에 빠져 있는 동안의 생활비는 전부 자기가 부담하겠다고 자진해서 말한 사실도 있다.

"모두 다 그럴 듯한 의견이군" 하고 벨크납은 맞장구를 치고 나서 다시 말을 이었다. "하지만 그렇게 되면, 그것은 남자가 여자와 결혼하는 것을 거절하는 것이 되지 않나? 그렇다면 그러한 남자에 대해서 동정할 배심원이 어디 있으며, 그가 여자를 죽이고 싶어했다고 믿지 않을 배심원이 어디 있겠는가?"

"잠깐만……잠깐만 기다려 주십쇼." 젭슨의 다소 흥분된 목소리였다. "아직까지의 이야기로서는 그러합니다. 그렇지만 난 얘길 모두 한 건 아닙니다. 난 아까 무슨 계획이 있다고 했지요?"

"음, 그 계획이란 무엇인데?" 벨크납은 비상한 흥미를 느낀 모양이다.

"그럼, 이야기하죠. 저 내 계획이란 이렇습니다. 모든 사실을 현상태대로, 피고인이 말하는 그대로 인정해 버립니다. 그리고 여자를 물론 고의로 공격했다는 점만은 빼고, 지금까지 메이슨이 논고한 그대로 인정해 둡니다. 그러고 나서 그 모든 사실, 편지와 여자의 상처와 가방과 두 개의 모자와 기타 모든 것을 설명합니다. 전혀 아무것도 부정하지 않습니다." 여기서 그는 잠시 말을 끊고는 좀 마른, 기다란, 주근깨가 있는 두 손으로 색이 흐린 머리칼을 쓱 한 번 추켜올린 뒤에 광장의 잔디밭 너머로 크라이드가 있는 감옥 쪽을 바라보다가 다시 벨크납 쪽으로 시선을 돌렸다.

"다 좋은 의견인데 방법은 어떻게 한다?"

"다른 방도는 없을 겁니다."

선배를 무시하고는 마치 자기 혼자의 일처럼 하는 말투였다. "또 이 방법을 쓰면 되리라고 믿습니다." 그는 창밖을 내다보면서 마치 밖에 있는 사람에게 이야기나 하는 것처럼 말을 다시 이었다. "제 말씀을 잘 들어 주십시오. 저 친구가 그 장소까지 간 것은 어쨌든 무슨 일이든 하지 않으면 폭로되리라는 것을 두려워했기 때문이고, 호텔의 숙박계에다 현재와 같은 거짓 기입을 한 것은 그의 행동이 리커거스에 탄로날까봐 무서워서 그렇게 했던 것입니다. 먼저 여자를 그곳까지 끌어 낸 목적은 또 한 여자에 대한 그의 사랑을 고백하려는 것이었습니다. 그렇지만……." 여기서 일단 말을 끊고는 그는 벨크납의 얼굴을 뚫어져라 하고 쏘아보았다. "지금부터 말씀드리는 것이 우리 두 사람의 변론 전체의 주춧돌이 되는 중요한 점입니다. 이것이 흔들리면 우린 붕괴되고 맙니다! 자, 제 말씀을 잘 들어 주십시오! 크라이드는 공포심에 몰려서 여자를 데리고 그 장소까지 갑니다. 그러나 그것은 여자와 조용히 토론하기 위해서 간 것이지, 여자와 결혼하거나 또는 여자를 죽이기 위해서 간 것은 아닙니다. 그러나 일단 목적지까지 와 보니 여자는 몸이 괴롭고 피곤하고 비관하고 있는 걸 알게 됩니다. 여자는 아직도 남자를 사랑하고 있으니까 비관한다는 것도 무리는 아니지요. 그래서 피고인은 또 이틀 밤을 여자와 함께 지내게 됩니다. 아시겠습니까?"

"잘 알겠네" 하고 벨크납은 대답했지만 아직도 의혹이 풀리지 않는 듯한 표정이었다. "그건 이틀 밤에 대한 설명은 될는지 모르지만……."

"될는지도 모른다고요? 꼭 됩니다." 젭슨은 태연한 표정으로 조용히 대답했다. 히아신스와 같은 두 눈은 냉랭하고 강렬한 실제적인 논리를 표시할 뿐이지 감정이나 심지어 동정심 같은 것은 그림자도 없었다. "그러한 상태에서 그는 그녀와 함께 호수로 가서 또다시 그녀와 친밀하게 접촉하고 있었던 것입니다." 이렇게 말할 때 그의 얼굴은 주름살 하나 까딱도 하지 않았다. "그는 심경의 변화를 일으킵니다. 제 말뜻을 아시겠습니까? 그는 여자에게 미안하다는 생각을 갖게 됩니다. 그리고 자기의 행동──여자에 대한 죄──을 부끄럽게 생각합니다. 이쯤 말해 두면 이 지방의 종교적이고 도덕적인 인간들의 심정을 다소 건드릴 것이라고 생각합니다만."

"그야 그럴지도 모르지." 벨크납은 이제는 대단히 흥미를 느끼고는 조용히 맞장구를 쳤다.

"그는 지금 자기가 여자에 대하여 몹쓸 짓을 했다는 것을 알고 있습니다." 젭슨은 마치 줄을 늘이고 있는 거미 모양으로 자기의 계획에 정신 없이 말을 이었다. "그리고 다른 여자에게 애정은 있지만 로버타에게 의무를 이행할 각오를 가집니다. 아시겠습니까? 그것은 그가 그녀에게 미안하다고 생각하고는 자기 자신을 부끄러워하기 때문입니다. 이런 심경의 변화에 의하여 그가 유티카와 그라스 호에서 이틀 밤을 그녀와 함께 보내면서 그 동안 그녀를 죽이려고 한 그 음모로부터 그 흉한 면을 지워 버리게 됩니다."

"그렇지만 그는 아직도 또 한 여자를 사랑하고 있지 않은가?"

"물론 그렇습니다. 하여튼 그 여자를 좋아합니다. 그 여자가 소속되어 있는 상류사회에 매혹되어 정신을 잃고 영 딴 사람이 되고 말았습니다. 그렇지만 이제야말로 그는 로버타와 결혼할 각오를 가집니다. 만일 그가 또 한 여자에 관한 이야기와 그 여자에 대한 사랑을 모두 고백한 뒤에도 여전히 로버타가 그와 결혼하기를 원한다면 그 자신도 결혼할 각오를 가집니다."

"알았네. 그러나 보트와 가방과 또 나중에 그가 핀츠레이의 딸이 있는 데까지 찾아갔다는 사실은 어떻게 하지?"

"잠깐만 기다려 주십쇼, 잠깐만. 지금부터 그것에 관해서 설명할 테니까요." 그의 파란 두 눈은 마치 강력한 전광처럼 허공을 뚫어지게 쏘아보고 있었다. "물론 그는 그녀와 함께 보트를 타고서 호수로 나갑니다. 물론 가방도 가지고 있고, 가명으로 서명도 합니다. 그리고 로버타가 익사한 뒤에 숲속을 헤치며 또 한 여자를 찾아도 갑니다. 그러나 그것은 어째서일까요? 무엇 때문일까요? 그 이유를 아시고 싶습니까? 그럼, 제가 설명해 드리죠. 그는 로버타에게 미안하게 생각하고, 그 여자와 결혼하려고 했습니다. 그리고 적어도 끝판에 가서도 그는 그녀에 대한 의무를 이행하려고 했습니다. 그러나 그 이전에는 절대로 그렇진 않았습니다. 그 전은 아니란 말예요. 이 점을 잘 기억하십쇼. 그렇게 결심한 것은 유티카에서 하룻밤, 그라스 호에서 또 하룻밤, 이렇게 그녀와 함께 지낸 뒤의 일입니다. 그러나 일단 그녀가 익사하고 나니──그리고 그건 그의 말대로 우연입니다──새삼스럽게 또 하나의 처녀에 대한 그의 애정이 움직이기 시작한 것입니다. 로버타에 대한 의무를 이행하기 위하여 기꺼이 자기를 희생할 각오를 했다고 해서 또 한 여자에 대한 사랑을 그만두었던 것은 아니니까요. 아시겠습니까?"

"알구말구."

"그리고 만약 그가 심경의 변화를 일으켰다고 말하고 끝끝내 그 주장으로 버틴다면 검사로서는 그렇지 않다는 증명을 해낼 수 있겠습니까?"

"알겠네. 그렇지만 여간 그럴 듯하게 이야길 하지 않고선 안 될걸." 다소 무거운 말투로 말했다. "그럼, 그 두 개의 모자는 어떻게 한다? 그것에 관한 설명을 듣고자 할 텐데."

"지금 설명하죠. 그가 전에 쓰고 있던 모자는 좀 더러웠습니다. 그래서 그는 새것을 사기로 했습니다. 그는 캡을 쓰고 있었다는 말을 메이슨에게 했다는데 그 점은 이렇게 설명이 가능합니다. 그는 겁이 나서 어떻게 해서든지 빠져 나오려고 거짓말을 했다고 하면 되지 않을까요. 그런데 이제 이런 문제가 또 하나 있습니다. 또 한 여자한테로 가기 전에, 다시 말하면 로버타가 아직도 살아 있는 동안에 그 또 한 여자와의 관계를 어떻게 처리하느냐 하는 문제입니다. 그는 로버타에게 모든 것을 이야기해 버리는 것으로 해둡시다. 그때에 딴 여자와의 관계를 적당히 처리해야겠는데…… 그러나 내 생각 같아서는 어려울 건 조금도 없습니다. 물론 심경의 변화가 생겨서 로버타에 대한 의무를 이행하려고 결심한 뒤니까 그로선 딴 여자에게 편지를 쓰거나 그녀에게로 가거나 하여 자기가 로버타에게 많은 죄를 졌다고 해두면 그만입니다."

"그렇지."

"결국 이렇게 생각해 보면, 그 여자를 이 사건의 권외에 그대로 둔 채 사건을 처리할 순 없을 것 같습니다. 장차 그 여자까지도 끌어들이지 않을 수 없지나 않을까 염려됩니다만."

"글쎄 말야. 암만 해도 그렇게 해야만 할 것 같군."

"즉 로버타가 아직도 그는 자기와 결혼해야 된다고 생각하고 있다면, 우선 그는 핀츠레이네 딸한테 가서 자기는 다른 여자와 결혼해야 할 테니까 당신과는 결혼할 수 없다고 말하는 것으로 해둘 작정입니다. 그러나 이것은 그 동안만이라도 남자가 자기 곁에서 떠나는 것을 로버타가 반대하지 않아야만 됩니다. 아시겠습니까?"

"음, 알겠어."

"그녀가 그것에 반대한다면 그는 스리마일 베이나 어디서 그녀와 결혼하기로 합니다."

"옳지."

"그러나 그녀가 아직 살아 있는 동안은, 그는 당황하고 고민하고 있었습니다. 얼마나 자기의 모든 행위가 옳지 못했는가를 그가 깨닫기 시작한 것은 이틀째 되는 날 밤, 즉 그라스 호에서 그녀와 함께 지내고 난 뒤부터입니다. 그때에 무슨 사건이 일어납니다. 그녀가 울든지, 또 그 편지 속에서 말한 것처럼 죽겠다고 야단을 치든지. 좌우간 그런 일이 생깁니다."

"옳지."

"그래서 그는 아무도 보지도 못하고 듣지도 못하는 곳으로 가서 조용히 앉아서 평화스럽게 이야기할 수 있는 조용한 곳을 찾습니다."

"옳지, 옳지…… 그래서?"

"그래서 그는 빅 비턴을 생각해 봅니다. 전에 한 번 가 본 일도 있었고, 여기서 가깝기도 하고, 거기서 조금만 더 가면——거기서 불과 20마일만 내려가면 스리마일 베이니까 둘이서 결혼하기로 작정하면 거기서 결혼할 수도 있으니까요."

"그렇지."

"그러나 그가 모든 걸 고백한 뒤에 만일 그녀가 결혼을 원하지 않는다면 그는 보트로 그녀를 여관으로 데리고 와 어느 쪽이 거기서 투숙해도 좋고, 혹은 그대로 헤어질 수도 있습니다."

"옳지."

"그때까진 우물쭈물하거나 여관에 붙잡혀 있지 않으려고, 아시다시피 그런 짓을 하고 있다간 비용이 많이 드는데다가 가진 여비도 얼마 안 되고 하여, 그는 점심을 가방 속에다 넣어 가지고 여관을 나옵니다. 또 사진을 찍을 생각이었으니까 카메라도 가지고 나옵니다. 만약 메이슨이 카메라의 건을 끌어낸다고 하면 우리로선 그것에 관해서 어떻게 해서든지 설명해야만 하는 것인데, 이 식으로 나가면 메이슨보다는 도리어 우리 쪽이 더 근사하게 설명을 할 수 있는 게 아닐까요?"

"암, 그렇지 그래." 벨크납은 힘있게 응했다. 그는 벌써 매우 흥미를 느끼고 있어 싱글벙글 웃으면서 두 손을 비비기 시작했다.

"그래서 두 사람은 호수로 가게 됩니다."

"음."

"여기저기로 돌아다닙니다."

"옳지."

"둑에 올라가서 점심도 먹고, 사진도 몇 장 찍고……."

"그래서."

"그는 실정을 그녀에게 고백하려고 결심합니다. 딱 결심을 세우고서……."

"옳지, 옳지."

"다만 그렇게 하기 전에 그는 둑에서 조금 떨어진 보트를 타고 있는 그녀의 사진을 한두 장 더 찍어 두고 싶은 생각이 납니다."

"그래서."

"그 다음 그는 그녀에게 고백하고 싶은 생각이 문득 듭니다. 알겠습니까?"

"그래서."

"그래서 두 사람은 또다시 보트를 타고 좀더 멀리 나갑니다."

"그래서."

"그러나 두 사람은 꽃을 꺾기 위해서 다시 한 번 둑으로 되돌아올 작정이었으니까 그는 가방을 둑 위에 그대로 두고 갑니다. 자, 이러면 가방에 대한 설명은 된 거죠?"

"됐어."

"그러나 보트를 타고 호수 가운데로 나와서 사진을 찍기 바로 전에 그는 또 한 여자에 대한 사랑을 고백하기 시작합니다. 만일 로버타가 원한다면 지금 자기는 로버타와 결혼하고 손드라에게는 편지로 그 뜻을 알리기로 합니다. 그러나 다른 여자를 사랑하고 있는 나 같은 남자와 결혼하기를 로버타가 원하지 않는다면……."

"알겠네, 어서 이야기하게!" 벨크납이 갑갑해 죽겠다는 듯이 말을 가로막았다.

“그렇다면.” 젭슨은 말을 이었다. “그는 그 부잣집 딸과 결혼하여 수중에 들어오는 돈으로 로버타의 생활비를 보조해 주면서 극진히 보호해 주기로 하겠다는 얘길 합니다.”

“그래서.”

“그러나 그녀는 자기와 결혼하여 미스 핀츠레이를 버리라고 호소합니다.”

“옳지.”

“그것에 그는 동의합니다. 그렇겠죠?”

“물론 동의할 테지.”

“그러자 그녀는 너무도 기쁘고 흥분해서 벌떡 뛰어올라 그의 앞으로 달려옵니다. 아시겠어요?”

“알구말구.”

“그러자 보트가 조금 흔들립니다. 그래서 그는 그녀가 물 속에 빠지지나 않을까 그게 걱정이 되어 얼른 일어서서 그녀를 도우려고 합니다.”

“응, 그래서.”

“그런데 그때에 우린 그의 손에 카메라를 가지고 있게 해도 좋고, 가지고 있지 않게 해도 상관없습니다. 우리가 필요하다면 들고 있었던 것으로 하고, 그렇지 않다면 안 들고 있던 것으로 하면 됩니다.”

“그런가. 어쩐지 이젠 자네 생각을 알 것 같네.”

“그가 카메라를 손에 가지고 있건 말건 그가 주장하는 것처럼 여자측 혹은 남자 측에서 잠깐 실수를 하거나, 혹은 두 사람의 몸이 부딪치는 바람에 보트가 뒤집힙니다. 그때에 남자가 여자의 얼굴을 쳤다고 해도 좋고 치지 않았다고 해도 좋은데, 만약 쳤다고 하면 그건 물론 실수라고 해두는 게 좋겠죠.”

“음, 잘 알았네. 정말 기발한 생각이군.” 벨크납은 음성을 높였다. “잘됐어, 루빈! 참 훌륭한 생각일세. 참 놀라운 아이디어군!”

“보트가 뒤집히는 바람에 노로 여자와 남자를 다같이 약간 때립니다.” 자기 자신이 꾸며 낸 연극 각본에 열중한 젭슨은 벨크납의 탄성 같은 것에는 아랑곳도 하지 않고 자기 이야기만 신이 나서 계속했다. “그 때문에 그도 아찔하여 잠시 정신을 잃고 맙니다.”

“옳지.”

"그의 눈에 여자의 비명이 들려 그쪽을 바라봅니다. 아시겠어요? 그러나 그 자신도 다소 정신이 없습니다. 한참 있다 정신을 차리고 보니……."

"여자는 벌써 물 속에 들어가 있단 말이지!" 벨크납이 조용히 결론을 내렸다. "물에 빠져 죽었단 말이지! 자네의 연극 각본을 잘 알겠네."

"그러고 나서 생각해 보니 그 밖에 여러 가지로 의혹을 살 만한 사정도 있고, 여관의 숙박계에는 허위 기입을 했고, 어차피 여자는 죽은 뒤라 다시 여자를 위해서 어떻게 해줄 수도 없고, 또 한편 여자의 친척들은 그녀의 소식을 알고 싶어하지 않을는지도 모를 일이고, 이래저래…… 아시겠습니까?"

"알구말구."

"원체 겁쟁이라 무서워서 그는 슬그머니 도망을 칩니다. 이건 우리가 애당초부터 강력히 주장하지 않으면 안 될 점이지만, 그는 백부에게 잘 보이고, 자기의 사회적 지위를 잃지 않으려고 그야말로 열심일 테죠. 이쯤 해두면 모든 사실이 다 설명되지 않습니까?"

"그렇지, 그 이상 더 잘 설명할 수야 없겠지. 참 그럴 듯한 설명이군. 근사하네. 누가 하든지 이 이상 훌륭한 변론 방법을 바란다는 건 무리일 테지. 그런 변론으로는 무죄를 얻을 수 없든지, 혹은 법정 내의 이의(異議)를 일으키지 못한다 하더라도, 적어도 20년 징역 정도로는 낙착이 되지 않을까?" 너무도 기분이 통쾌해진 벨크납은 자리에서 벌떡 일어나서 키가 후리후리하고 여윈 동료를 한참 동안 감탄의 눈초리로 바라보다가 마지막으로 다음과 같이 덧붙였다. "정말 근사해!"

그러자 젭슨은 바람도 없는 고요한 연못처럼 파란 두 눈을 까딱도 하지 않으며 동료를 뚫어져라 쏘아보고 있었다.

"그러나 이것이 과연 무엇을 의미하는지는 물론 아시겠지요?" 젭슨은 조용하고도 부드러운 목소리로 덧붙여 말했다.

"그건 피고인을 증인석에 세운다는 말이지? 물론 그건 나도 잘 알고 있어. 하지만 그것이 피고인의 유일한 기회일 테니까."

"그런데 피고인은 너무도 흥분을 잘하고 감정적이니만큼, 침착하고 그럴 듯하게 구는 사람처럼 듣는 사람들을 감복시키지 못할 것이 걱정입니다."

"음, 그 점도 내가 모르는 바는 아냐" 하고 벨크납은 재빠르게 대답했다. "내가 보니 걸핏하면 잘 흥분하더군, 사람이. 그리고 메이슨은 미친 소처럼 그를 몰아칠 게구. 그러나 우린 이 점에 관해선 철저히 지도를 하고, 훈련을 해두어야지. 이것이 그의 유일한 기회라는 것을 철저히 이해시켜 둬야지. 그의 생명은 이 점 하나에만 달려 있다고. 여러 달 두고 훈련시켜야지."

"만일에 실패하면 피고인은 죽은 사람입니다. 그러나 우리가 피고인에게 용기만 줄 수 있다면, 그리고 연극을 잘 연출할 수 있도록 가르칠 수만 있다면…… 젭슨은 마치 법정 안에서 메이슨 검사 앞에 서 있는 피고인을 직접 보고 있는 것처럼 똑바로 앞을 노려보고 있었다. 한참 있다가 그는 로버타의 편지――메이슨에게서 받은 복사판――를 꺼내어 그것을 들여다보고 있다가 이렇게 말을 이었다. "이것만 없다면……문젠 이겁니다" 하면서 편지를 아래위로 힘껏 휘둘렀다. "쳇! 젠장!" 하고 암담한 표정으로 그는 마지막 결론을 내렸다. "참 빌어먹을 사건도 다 세상에 있습니다! 그러나 우린 아직 진 것도 아니고, 비참한 처지에 놓여 있는 것도 아닙니다! 천만에요, 아직 싸움은 시작도 되어 있지 않은 게 아닙니까? 뿐만 아니라 어차피 우리 두 사람은 굉장히 선전될 것입니다. 겸해서 말씀드리자면" 하고 그는 덧붙였다. "오늘 저녁 빅 비턴에 사는 사람에게 그 카메라를 찾게 하겠습니다. 행운이나 빌어 주십시오."

"내가 말인가?" 하고 벨크납은 대답했을 뿐이다.

17

일대 살인 사건을 둘러싸고 있는 투쟁과 흥분! 벨크납과 젭슨이 브루카트와 캐추만에게 의논을 했더니, 그리피스 가로선 젭슨의 계획을, '아마 유일한 방법'이라고는 생각하지만, 되도록 그리피스 가를 표면에 내놓지 않게 하는 것이 좋겠다고 했다.

그래서 즉시로 벨크납과 젭슨은 예비 성명을 발표했는데, 그 취지는 크라이드에 대한 그들의 신뢰를 뚜렷이 나타내고, 사실상 그는 몹시 비방을 받고 있으며, 오해를 받고 있는 청년이라는 것을 지적하고, 미스 올든에 대한 그의 행동과 의도는 메이슨 검사의 해석과는 천양지판이라는 것을 강조하는 데 있었다. 그리고 지방검사가 최고재판소의 특별개정을 그렇게까지 서두르고 있는 것은 순전한 법적 의미보다도 오히려 다분히 정치적 의미에 의한 것일지도 모르겠다고 시사했다. 그렇지 않다면 박두해 있는 지방선거를 앞에다 두고서 무엇 때문에 그렇게 서두를 필요가 있는가? 이와 같은 공판의 결과를 이용하여 어느 특정한 인물, 또는 특정한 일파의 정치적 야망의 달성을 도모하려고 하는 음모가 그 뒤에 있는 것이 아닐까? 벨크납-젭슨은 그것이 기우이기를 바라는 바이다. 이렇게 그들의 설명은 끝났다.

그러나 그러한 어느 특정한 인물 또는 특정한 일파의 음모·편견·정치적 야망 여하에도 불구하고, 크라이드와 같은 청순·결백한 젊은이가 주위의 사정에 의해 함정에 빠져——그 사정은 변호인들에 의해 머지않아 공표될 것이지만——다만 11월에 공화당이 승리를 획득하기 위해서 부랴부랴 전기의자로 보내진다는 것을 본건의 변호인들은 허락할 수가 없다. 더욱이 이와 같은 기괴한, 그러면서도 허위의 실정과 싸우기 위해서는 본건의 변호인들은 상당한 준비 기간을 필요로 한다. 따라서 변호인들로서는 지방검사가 최고재판소의 특별개정을 획책하여, 이것을 지사에게 요청한 것에 대해서는, 앨바니의 주 당국에 정식으로 항의를 제출하지 않으면 안 된다. 이와 같은 사건의 공판에는 1월의 정기개정이 적당하며 그러한 특별개정은 전혀 불필요하다. 또 변호인측으로도 그만큼의 시간을 충분히 필요로 한다.

다소 시기는 늦은 감이 있었으나 이와 같은 유력한 성명서가 발표되자, 각 신문의 대표자들은 상당히 중요한 뉴스로서 받아들였다. 그러나 메이슨은 크라이드가 무죄라는 말과 검사의 기소 배후에 무슨 정치적인 음모가 있다는 터무니없는 주장을 힘있게 일소에 붙여 버렸다. "이 군 전체 군민의 한 대표자인 내가 무슨 이유가 있어서 이 인간을 부랴부랴 어느 곳으로 보내 버리거나 죄도 없는데 죄를 씌워 버리려고 하겠는가? 증거는 분명히 그가 로버타라는 처녀를 죽였다는 것을 가리키고 있지 않은가? 그리고 크라이드라는 젊은이는 용의를 조금이라도 은폐하기 위해서 단 한 가지의 사태라도 자진해서 진술한 적이 있었던가? 그런 때라곤 전혀 없었다! 꿀 먹은 벙어리처럼 잠자코 있거나, 거짓말만 늘어 놓고 있을 뿐이 아닌가. 저 비상하게 유능한 신사 제위가 이 용의의 잘못을 입증하기까지는 나 또한 전진할 생각이다. 이제야말로 나는 젊은 범죄자를 유죄로 하기에 필요한 증거를 완전히 구비하고 있다. 이것을 1월까지 연기한다는 것은, 그들도 이미 알고 있는 바와 같이 그때에 나는 현직에 있지 않아서 새로운 후임자가 내가 잘 알고 있는 모든 증거를 다시 검토하지 않으면 안 되겠기 때문에 거대한 경비를 군에 부과하는 결과가 될 것이다. 현재라면 내가 수집한 모든 증인이 당지에 그대로 있으니까 군에 그다지 큰 경비를 과하지 않더라도 브리지버그로 용이하게 소환할 수가 있다. 그러나 내년 1월 또는 2월이 되면, 또 피고측이 전력을 다하여 증인들을 분산시킨 후에는 과연 그 증인들을 어디서 찾아낼 수 있단 말인가? 나는 연기하는 데에는 전혀 동의할 수 없다. 그러나 지금부터 10일 내지 2주일 이내에, 내가 제시하고 있는 죄상의 어느 하나라도 만일 진실로 믿어지지 않는 것이 있다면 그 반증(反證)을 내 앞에 제출해 주기 바란다. 그렇게 하면 나는 자진해서 그들 변호인들과 더불어 재판장 앞으로 출두할 작정이다. 그리고 그들이 재판장 앞에서 그 입수한 증거를 제시하거나, 혹은 그 젊은이의 무죄를 증명하는 데 필요한 증인들이 먼 곳에 있다는 것을 확실히 알고서 그들을 소환하고 싶다고 신청한다면 그것도 지당한 노릇이다. 그때에는 나도 재판장에게 그들이 적당하다고 생각할 만큼의 시간을 그들에게 주도록 신청할 작정이다. 가령 그 때문에 내가 현직에 있지 않게 될 때까지 공판이 연기되는 한이 있더라도 나는 단연코 그렇게 할 작정이다. 그러나 내가 마음으로부터 열망하고 있는 것처럼, 내 재직중에 공판이 열리게 된다면 나는 최선을 다하여 소추(訴追)할 작정이다. 그것은 내가 무슨 종류의 지위를 요구하고 있기 때문이 아니다. 지금 나는 지방검사며, 그렇게 하는 것이 나의 책무이기 때문이다. 또 내가 정치에 관여하고 있다는 점에 관해서 말하자면, 벨크납 역시 정치에 관여하고 있잖은가? 요전번에 그는 나에 대항하여 선거전을 했으며, 이번에도 출마할 작정으로 있다는 이야기를 듣고 있다."

그래서 그는 앨바니까지 일부러 가서 최고재판소의 특별개정이 극히 긴요하다는 것을 거듭 지사에게 역설하여 크라이드의 기소를 촉진하려고 도모했다. 그래서 메이슨과 벨크납 두 사람의 진정을 친히 듣고 나서 지사는 메이슨의 의견에 찬성하기로 결정했다. 그 이유는 변호인측에서 현재까지 제출한 재료를 가지고 판단한다면, 지금 특별개정을 허가한다 해도 사건심리에 필요한 시간을 획득하는 데 하등 방해가 되리라고는 생각되지 않는 이상, 특별개정의 허가는 사건 심리에 필요한 시일 여부에 대하여 하등 반대 재료가 되지 않는다는 것이었다. 뿐만 아니라 이러한 진정을 심리하는 것은 임명된 최고재판관이 할 일이지 자기의 직책은 아니라는 것도 그 이유의 하나였다. 이리하여 최고재판소의 특별개정이 발령되고 제11재판 관할구의 프레데릭 오버왈처 판사가 재판장으로 선임되었다. 메이슨은 그에게 출두하여 크라이드를 기소할 특별 대배심원회의의 기일의 결정을 요청했다. 그리하여 그 날짜는 8월 5일에 소집하기로 결정되었다.

그것이 개정된다면 메이슨으로서는 아무런 수고도 할 것도 없이 크라이드는 기소되는 셈이다.

벨크납과 젭슨이 전력을 기울인 것은 전(前) 지사의 후원으로 현직에 있는 민주당원인 오버왈처에게로 가서 어떻게 해서든지 재판지를 변경시키도록 설득시킨다는 것이었다. 배심원이 될 사람은 열두 사람이지만 그것이 모두 이 카타라키 군 내에 살고 있는 사람이고 보면 지금까지의 메이슨의 공사에 걸친 발표에 의하여 이미 절대적으로 크라이드에게 반감을 품고 있는 실정이니까, 아무리 생각해 봐도 이와 같은 배심원으로는 피고측이 변호도 하기 전부터 벌써 크라이드에게 유죄 판결이 내려지게 될 것이 뻔하다고 그들은 생각한 것이었다.

"그렇다면 어디서 열면 좋겠다는 겁니까?" 매우 공정한 오버왈처 판사는 물었다. "똑같은 재료의 기사가 사방에서 발표되지 않았습니까."

"그러나 재판장님, 이 범죄는 여기 계신 메이슨 지방검사께서 이곳을 위주로 하여 크게 과대선전을 해왔기 때문에……." 여기서 메이슨은 열렬한 반론을 기다랗게 진술하기 시작했다.

"그러나 역시 우리로선 일반 민중이 부당하게 선동되고 기만되어 있다고 주장하지 않을 수가 없습니다. 이러한 상태에선 크라이드를 공정하게 심리할 수 있는 열두 명의 배심원의 선정은 불가능합니다."

"쓸데없는 소리 마십쇼!" 메이슨은 버럭 화를 내며 부르짖었다. "그거야말로 정말로 잠꼬대 같은 소리입니다! 그 점에선 신문사가 발표한 기사 쪽이 상당히 상세하고, 훨씬 더 과장되어 있는 것이 아닙니까. 가령 어떠한 편견이 민중 사이에 나타났다면, 그건 이 사건에 관하여 사람들 속에서 발견된 사실에 의하여 나타난 것입니다. 그러나 그것이 편견이 아니라고 나는 단언합니다. 그뿐만 아니라 대부분의 증인들은 이 지방에 살고 있는데 만일 이 사건이 먼 다른 지방으로 옮겨지게 된다면 이 군은 더욱 막대한 비용을 부담해야만 할 것입니다. 그와 같은 지출은 불가능하며, 이것을 정당화할 사실도 없습니다."

오버왈처 판사는 원래가 침착하고 다분히 도덕적 경향을 가지고 있는, 모든 면에 있어 보수적인 방식을 지지하는 인물이었으므로 메이슨에게 동의할 심적 상태로 기울었다. 그리고 대단한 열의도 없이 아무렇게나 그 문제를 생각했을 뿐으로, 그 후 5일 후에 재판지 변경의 신청을 기각하기로 결정했다. 만일 이 결정이 잘못되었다고 하면 피고측은 상고하여 항쟁할 수도 있겠다고 그는 생각했다. 재판 수속의 연기에 관해서는 공판 날짜를 10월 15일로 결정했다. 이것은 변호인이 변론을 준비하는 데 충분한 시간의 여유가 필요하리라는 그 자신의 생각에서 나온 결정이었다. 그리고 그 동안 블루마운틴 호반의 별장에서 나머지 여름철을 보내기로 작정했다. 그 동안 지방 재판소로서 검사측에서도 피고측에서도 해결짓기가 곤란한 문제가 발생할 때엔 언제든 찾아와서 직접 자기의 의견을 들을 수 있으리라는 생각에서 나온 것이었다.

그러나 벨크납과 젭슨 이 두 사람이 등장하자, 메이슨은 크라이드의 유죄를 되도록 결정적인 것으로 해두기 위해 노력을 배가(倍加)하는 것이 현명하다고 생각했다. 그는 벨크납 못지않게 젊은 젭슨을 크게 무서워하고 있었던 것이다. 그 때문에 그는 버튼 버얼리와 알 뉴콤을 데리고 또다시 리커거스로 가서 다음과 같은 것을 발견할 수 있었다.

① 크라이드가 카메라를 산 상점. ② 빅 비턴으로 출발하기 사흘 전에 크라이드는 페이톤 부인에게 카메라를 가지고 갈 작정인데 필름이 필요하다는 말을 했다는 사실. ③ 오린 쇼트라는 양품점 주인이 크라이드를 잘 알고 있어, 4개월 전에 임신한 직공의 아내에 관해서 무슨 좋은 방법이 없겠는가 묻기에 글로버즈빌 근처에서 개업하고 있는 글렌이라는 의사를 소개해 주었다는 사실—이 사실을 캐낸 건 버튼 버얼리의 큰 공적이었다. ④ 글렌 의사를 찾아가서 크라이드와 로버타의 사진을 보였더니, 의사는 크라이드 쪽은 확인할 수 없었지만 로버타 쪽은 확인하여 그녀가 찾아왔을 때의 심리 상태를 말하고, 의사한테 로버타가 털어 놓은 이야기에 관해서도 설명했다. 그러나 이것은 크라이드나 로버타를 유죄로 만들 만한 이야기는 못 되었기 때문에 적어도 당분간은 불문에 붙여 두는 것이 상책이겠다고 메이슨은 생각했다. ⑤ 이와 같은 열성적인 노력에 의하여 크라이드에게 모자를 팔았다는 유티카의 모자 상인

이 표면에 나타나게 되었다. 유티카에 갔을 때 버튼 버얼리가 신문기자들과 회견했는데, 그때 그의 사진이 크라이드의 사진과 함께 신문에 게재되었다. 그러자 즉시로 그것을 본 모자 상인이 문득 생각해 내고는 곧 메이슨에게 연락을 취했다. 그 결과 모자 상인의 증언을 타이프로 찍어 증인 선서의 사인까지 받은 뒤에 그것을 메이슨에게로 가지고 돌아왔다.

이 밖에 예의 작은 기선 시그나스 호를 타고 가는 도중 뱃간에서 크라이드에게 마음을 뺏기고 있던 시골 처녀도 메이슨에게 편지를 보내 왔는데, 그 처녀의 말에 의하면 그때에 크라이드가 밀짚모자를 쓰고 있었다는 것도, 사론에서 배를 내렸다는 것도 기억하고 있다는 말을 써 보냈다. 이것은 사소한 증언이기는 하지만 선장의 증언을 강력하게 뒷받침해 주는 것이었다. 그래서 메이슨은 신(神)과 운명이 자기를 돕고 있다는 생각을 갖게 되었다. 그리고 마지막으로 이것은 그를 위해서는 가장 중요한 사실이었는데, 펜실베이니아 주 베드포드에 사는 어떤 부인으로부터 투서가 들어왔다. 그 부인 내외는 7월 3일부터 10일까지 1주일 동안 그 호수의 남쪽 끝에 가까운 빅 비턴 동쪽 둑 위에서 캠핑을 하고 있었다. 그리고 7월 8일의 오후 여섯 시경, 호수에서 배를 젓고 있노라니까 별안간 위급한 지경에 빠진 부인이나 처녀가 지르는 듯한 비명이 들려왔다. 우는 것만 같은 처량하고도 애처로운 비명이었다. 그것은 희미한 목소리였는데, 마침 그들이 낚시를 하고 있는 포구의 서남쪽에 있는 섬 저쪽에서 들려왔다는 것이다.

메이슨은 이러한 여러 정보와 카메라와 필름, 캔자스시티에서의 크라이드의 경범(輕犯)의 자료 등에 관해서는 공판의 날이 접근하거나, 혹은 공판에 들어서서 피고측이 반론(反論)과 수정이 불가능하게 될 때까지는 절대로 외부에 발표하지 않기로 했다.

한편 벨크납과 젭슨은 꾸준히 크라이드와 훈련을 계속했다. 그라스 호에 도착한 후부터 심경의 변화를 일으켰다는 것을 기초로 하여 범행 전체를 부인해 버린다는 계획과 두 개의 모자와 가방에 대해서 설명하는 것 등이다. 그 외에는 별로 할 일도 없다고 생각했다. 하기야 크랜스톤 가의 별장 근처의 포드 호수에 던진 양복의 건이 있지만, 그 장소까지 가서 마침 낚시를 하고 있던 어부에게 부탁하여 오랫동안 낚시를 끌고 다니다가 결국 건져낸 끝에, 그것은 깨끗이 빨고 다리미질을 해서 지금은 벨크납-젭슨 법률사무소의 자물쇠가 잠긴 밀실 속에 걸려 있었다. 또 빅 비턴에서 물 속에 던진 카메라를 건져내려고 일부러 잠수부를 물 속에 들여보내 보았으나 그들은 끝내 발견하지 못했다. 젭슨은 필경 메이슨이 먼저 건져다가 보관해 두었을 것이 분명하다고 단정했다. 그래서 공판이 개시되면 되도록 빨리 이 문제를 끄집어 내리라고 결심했다. 그러나 비록 우연일망정 크라이드가 그것으로 로버타를 때렸다는 사실에 관해서는 적어도 당분간은 절대로 그런 사실이 없다고 주장해 두는 것이 좋겠다고 결정했다. 그렇지만 나중에 로버타의 시체를 빌츠에서 파내어 검시해 보았더니 그 얼굴 위에 남아 있는 상처가 아직까지도 어느 정도까지 카메라의 사이즈와 모양이 일치해 있다는 사실이 판명되었다.

그들로서는 우선 크라이드를 증인으로 내세운다는 데 대해서 몹시 불안을 느꼈다. 이 사건이 도대체 어떻게 해서 발생했는가를 설명할 때, 크라이드는 과연 그가 고의적으로 그녀를 때린 것이 아니라는 사실을 어느 배심원도 납득시킬 수 있도록 솔직하고도 강력하게, 그리고 진지하게 설명할 수 있을까? 그것에 의하여 상처 자리의 유무에도 불구하고 배심원이 크라이드의 진술을 믿느냐 안 믿느냐 하는 점이 결정된다. 만일 그가 우연히 때렸다는 사실을 배심원이 믿어 주지 않는다면 물론 유죄 판정이다.

그렇다고 해서 지금 어떻게 할 수도 없는 일이어서 그들은 다만 크라이드의 선행에 관한 증언이나 증거를 모으면서 공판날을 기다리는 수밖에 없었다. 그러나 리커거스에서는 표면적으로는 모범적인 청년인 체하면서도 이면에 있어서는 딴 행동을 취하고 있었고, 캔자스시티에서는 최초의 직업적인 노력이라는 것이 그런 스캔들로 끝나고 만 실정이어서 자연히 그들의 활동범위도 한정되지 않을 수가 없었다.

그러나 크라이드와 그의 투옥에 관련하여 두 변호인이나 검사가 보기에 제일 딱한 문제는 아직까지 피고인의 가족이나 숙부의 가족들 중 한 사람도 그를 옹호해 주기 위하여 나타나지 않았다는 사실이었다. 그의 양친이 지금 어디서 살고 있는지를 크라이드는 벨크납과 젭슨 두 사람 이외에는 아무에게도 말한 적이 없었다. 그러나 적어도 피고인을 위하여 어떤 변호를 해주려고 한다면 어머니나 아버지, 그렇지 않으면 적어도 누이동생이나 동생이라도 와서 뭐라고 한마디 좋은 말을 해주어야 할 것이 아닌가? 벨크납과 젭슨은 가끔 둘이서 이런 이야기를 하곤 했다. 만약 그렇지 않으면 크라이드는 부랑자며, 처음부터 천하에 의지할 곳 없는 무뢰한으로, 지금은 그를 알고 있는 모든 사람에게 버림을 받는 위인으로밖에는 보이지 않을지도 모른다.

그러한 이유에서 그들은 다라 브루카트와 회담했을 때 크라이드의 양친에 관한 이야기를 물어 보았다. 그러자 그 답변은 적어도 리커거스의 그리피스 가족이 관계되는 한 서부의 크라이드의 직계 가족을 불러 온다는 데 대해서는 절대 반대라는 것이었다. 브루카트의 설명에 의하면 이 두 가족 사이에는 커다란 사회적 신분의 차이가 있다. 그러한 사실이 여기서 악용되는 것을 리커거스의 그리피스 가에선 좋아하지 않는다. 그뿐만이 아니라 만약 크라이드의 양친에 관한 사실이 발표되거나, 혹은 선정적 저널리즘에게 발견되거나 한다면 그 양친 자신이 이러한 악선전에 스스로 재료가 되지 않는다고 누가 단언할 수 있겠는가? 사뮤엘도 길버트도 크라이드만 반대하지 않는다면 양친들을 표면에 내세우지 않는 편이 상책이라고 말했다는 것이다. 그 점을 어떻게 하느냐에 따라 적어도 어느 정도까지는 그리피스 가의 크라이드에 대한 재정적 원조의 대소가 결정될 가능성이 있다고 브루카트는 벨크납에게 설명했다.

크라이드도 이 점에 관해서는 그리피스 부자와 의견이 일치했다. 하기야 그와 만나서 충분히 이야기해 본 사람이라면, 이 사건 때문에 그가 그의 어머니에 대하여 얼마나 죄송하게 생각하고 있는가, 또 그 모자간의 혈연과 애정이 얼마나 순정한 것인가를 의심할 사람은 한 사람도 없었을 것이다. 그러면 그가 어머니를 기피하는 진정한 이유는 무엇일까? 그의 어머니에 대한 그의 현재의 태도는 공포와 부끄러움이 뒤섞인 감정이었다. 현재 자기가 빠져 있는 곤경을 어머니는 사회적 실패라고까지는 몰라도 도덕적으로는 완전한 실패라고 보리라고 생각했기 때문이다. 벨크납과 젭슨에 의하여 만들어진 자신의 심경의 변화에 관한 설명을 어머니는 믿어 주실까? 그러나 그것은 고사하고라도 지금 이리로 어머니를 불러서, 이와 같은 굴욕을 받고 있는 자신의 모습을 철창 너머로 보이며, 매일같이 어머니와 얼굴을 맞대며, 여러 가지로 사건에 관한 이야기를 하지 않으면 안 된다니 그러한 짓을 무슨 수로 해낼 수 있겠는가? 어머니의 맑게 가라앉은 무엇을 물어 보고 싶은 고뇌에 시달린 눈! 아들의 결백에 대한 어머니의 의혹. 벨크납과 젭슨은 모든 계획까지 세우고 있으면서도 자기가 무의식적으로 때렸다고 하는 말에는 아직도 얼마간 의혹을 품고 있는 듯한 눈치였다. 그들은 그것을 정말로 믿고 있지 않다. 그들은 그것을 어머니에게 말할지도 모른다. 그리고 종교심이 두텁고, 신을 무서워하며, 범죄를 싫어하는 어머니가 그들보다도 쉽게 믿어 주리라고는 도저히 생각되지 않는다.

그의 양친에 대해서는 어떻게 하는 것이 좋겠느냐고 재차 질문을 받자, 그는 아직도 어머니와 대면할 수는 없습니다, 대면한댔자 부모님을 괴롭힐 뿐이고 아무 소용도 없습니다, 하고 대답했다.

그리고 다행히도 자기 몸에 일어난 이 모든 불행에 관한 소식이 한마디도 덴버에 있는 그의 양친의 귀에 들어가지 않은 모양인데 그것은 도리어 고마운 일이라고 그는 생각하고 있었다. 그 특이한 종교적·정신적 신념 때문에 속세적이며 퇴폐적인 신문 따위는 그들의 가정으로부터도 전도관으로부터도 일체 철저하게 배제되어 있었다. 그리고 리커거스의 그리피스 가에서도 그들에게 알려주려고는 꿈에도 생각하지 않아 이 사건은 언제까지 그들에게 알려지지 않은 채 그대로 있었다.

그런데 어느 날 밤, 벨크냅과 젭슨이 크라이드의 양친이 한 사람도 나타나지 않으니 어떻게 하면 좋겠느냐고 이 문제를 진지하게 논의하고 있을 무렵 때마침 에스타가《로키 마운틴 뉴스》지를 읽고 있었다. 크라이드가 리커거스에 도착한 지 얼마 후에 결혼한 그녀는 당시 덴버 시의 동남구에 살고 있었다. 그것은 브리지버그에서 대배심원회의에 의하여 크라이드의 기소가 결정되었다는 것을 보도한 기사였다.

여공살인범 기소〔뉴욕 주 브리지버그, 8월 6일발〕

뉴욕 주 리커거스의 부유한 칼라 공장주의 조카 크라이드 그리피스는 지난달 7월 8일, 애디론대크 산중의 빅 비턴 호에서 뉴욕 주 빌츠의 미스 로버타 올든을 살해한 혐의로 수용중이라 함은 이미 보도했거니와, 이 사건을 심리하기 위하여 최근 스타우더백 본주 지사의 지령에 의한 특별 대배심원회의는 오늘 사건을 심리한 결과 제1급 살인범으로 피고인을 기소하기로 결정했다.

종래의 거의 압도적인 증거에도 불구하고 범행은 우연한 것이었다고 주장해 온 피고인 그리피스는 당지의 변호사 앨빈 벨크냅과 루빈 젭슨과 함께 오버왈처 최고재판소 판사 앞에 소환되어 무죄를 주장했다. 그는 심리를 위하여 재수감되었는데 공판 일자는 10월 15일로 결정되었다.

크라이드 그리피스는 당년 겨우 22세의 젊은이로 체포 당일까지 리커거스 사교계에서 존경을 받고 있었던 청년이었는데, 같은 공장의 애인인 여공을 기절케 하여 익사시켰다는 것이다. 심문한 바에 의하면 피고인은 그 여자를 사랑하여 임신까지 시켰다가 후에 다른 부호의 딸과 결혼하기 위하여 버릴 계획을 했었다고 한다. 이 사건을 맡은 변호사들은 지금까지 전혀 사건에 관여하지 않은 리커거스의 부유한 백부의 의뢰에 의하여 변호를 하기로 되었다. 그러나 이것을 제외하고는 한 사람의 육친도 그를 변호해 주려고 나타난 사람이 없다는 것이 당지에서는 화젯거리로 되어 있다.

에스타는 즉시로 어머니의 집으로 달려갔다. 기사의 내용이 단독직입적이고 지극히 명백한데도 불구하고 에스타는 아무리 해도 그것이 크라이드라고는 믿고 싶지 않았다. 그러나 지명과 인명들——리커거스의 부호 그리피스, 그 자신의 육친이 누구 하나도 출두하지 않는다는 사실 등——은 너무나도 처참하게 에스타의 가슴에 육박해 들어왔다.

시내 전차가 실어다 주는 대로 에스타는 '희망의 문'이라는 간판을 건 하숙집과 전도관을 겸한 비스웰 가의 집에 다다랐다. 그 집은 그들이 전에 캔자스 시티에서 살고 있던 집보다도 별로 나을 것이 없었다. 꽤 방이 많았고, 1박에 25센트씩 받고 무숙자들에게 방을 제공했고, 외부에서는 그것으로 자급자족의 생활을 하고 있는 것처럼 보였지만, 그들은 해야만 할 일이 너무나도 많았고, 그다지 이익도 많지 않은 실정이었다. 뿐만 아니라 벌써부터 이 쓸쓸한 세계에 진절머리가 난 프랭크와 줄리아는 하루바삐 이런 세계에서 떠나려는 궁리만 하면서 전도사업의 모든 중책을 부모에게 떠맡겨 버리려 하고 있었다. 현재 열아홉 살이 된 줄리아는 상가의 어떤 요리점에서 현금출납계 일을 맡아보고 있었고, 곧 열일곱 살이 되는 프랭크는 겨우 최근에 어떤 청과대리점에 나가고 있었다. 사실상 낮에 집에 있는 애라고는 어린 러셀밖에는 없었다. 아직 채 네 살도 되지 않을 이 애는 에스타의 사생아인데, 그 할머니와 할아버지는 캔자스에서 살 때에 얻어다 기르는 애라고 주위에다 꾸며 대고 있었다. 그 애는 머리칼이 새까만데다 어느 모로는 크라이드를 닮고 있었다. 이 어린 나이에 벌써 어렸을 때의 크라이드를 그렇게 괴롭히던 근본 교리의 교훈을 받고 있었다.

이제는 완전히 자아(自我)를 죽이고 겸허한 남의 아내가 되어 있는 에스타가 집에 들어왔을 때에는 그리피스 부인은 한창 분주하게 방을 쓸고, 걸레질을 하고, 침대를 정돈하고 있는 중이었다. 그러나 이 때 아닌 시각에 딸이 얼굴에 핏기도 없이 찾아와서 아무도 없는 빈 방안으로 좀 들어오라는 눈짓을 해보이는 것을 보자, 그리피스 부인은 허고헌 날 많은 갖가지의 곤란을 겪어와서 이런 장면에는 익숙해진 터라, 또 무슨 일이 났는가 하고 의심하면서 일하던 손을 멈추었다. 근심의 안개가 순식간에 그녀의 눈을 가리고 말았다. 무슨 새로운 불행이냐 흉사냐? 에스타의 약하디약한 회색 눈과 태도가 분명히 고민을 표시하고 있었기 때문이다. 손에 접어들고 있던 신문을 펼치고, 아주 동정하는 듯한 눈초리로 어머니를 쳐다본 후 조금 전의 그 기사를 가리켰다. 그리피스 부인의 시선은 자연히 그리로 끌려갔다. 그러나 이것은 도대체 무엇이냐?

'여공 애인을 살해한 살인범 기소 사건.'

'지난 7월 8일 애디론대크 산중의 빅 비턴 호에서 미스 로버타 올든을 살해한 혐의.'

'제1급 살인범으로 기소하기로 결정.'

'무죄를 주장했다.'

'10월 15일 공판에 회부.'

'여공 애인을 인사불성에 빠지게 한 후 익사케 했다.'

'육친이라곤 한 사람도 나타나지 않았다.'

이런 식으로 그녀의 눈과 마음은 자동적으로 가장 중요한 어구만을 띄엄띄엄 주워 읽었다.

'뉴욕 주 리커거스의 부유한 칼라 공장주의 조카 크라이드 그리피스.'

크라이드! 내 아들! 바로 최근에 일어난 일이 아닌가. 아니, 편지를 보내온 지 한 달이 좀더 지났구나. 어쩐지 뚝 소식이 없길래 그 애의 아버지와 함께 걱정을 하고 있었는데. 7월 8일! 그리고 오늘은 8월 11일이다! 그렇다면 날짜가 딱 들어맞지 않는가! 그래도 그것은 내 아들이 아니다! 그럴 리가 없다! 크라이드가 자기 애인을 죽인 살인범이라니! 크라이드는 그런 짓을 할 애가 아니다! 요전번 편지만 해도 커다란 한 부의 부장이 되어서 잘 지내고, 장래성도 있다는 말뿐이지 어떤 여자가 생겼다는 말은 한마디도 없었는데. 그런데 지금 이게 웬 말이냐? 하기야 캔자스시티에서는 소녀를 자동차에 치어 죽인 사건도 있기야 있었지. 아이구 하나님! 그리고 리커거스에 사는 그리피스는 자기 남편의 형이 아닌가? 그런데 이 사실을 알고 있으면서도 편지 한 장 없어? 필경 수치스럽고, 화가 났을 테지. 그건 틀림없어. 그러나 무관심한 것 같진 않다. 그렇다는 증거로 변호사를 두 사람씩이나 댔다고 하지 않는가? 그러나 무서운 일이다. 남편 아서! 다른 애들! 신문이 오죽이나 떠들까? 그리고 이 전도사업! 아마도 걷어치우고 다시 한 번 이사를 가야 할까 보다. 그런데 대관절 그 애는 유죄란 말이냐, 무죄란 말이냐? 사물을 판단하거나 생각하기 전에 우선 난 그것부터 알아야겠다. 이 신문에는 아들이 무죄를 주장한다고 쓰여 있다. 아아, 저 캔자스시티의 빌어먹을 저속하고 속되게 화려한 호텔! 그리고 그 못된 놈의 친구들! 해리 테네트라는 가명으로 이리저리 싸다니면서 편지 한 장 보내지 않은 2년간. 그 동안 크라이드는 무슨 짓을 하고 있었으며, 무엇을 배웠을까?

맹렬한 고통과 공포심이 치밀어올라서 어머니는 잠시 말을 끊었다. 그것은 언제나 그녀가 설교하고 있는 하나님의 계시(啓示)도, 인간에게 위안을 주는 하나님의 진리와 자비와 구원도 그 순간에는 어떻게 할 수 없는 고통과 공포심이었다. 내 아들! 내 크라이드가 아닌가! 그 애가 살인 혐의로 이제 투옥되어 있다니! 편지를 주지 않으면 안 되겠다! 가지 않으면 안 될지도 모르겠다! 그런데 무슨 수로 그 돈을 만든단 말이냐? 거기 도착하면 어떻게 하지? 어떻게 용기를 내어 신념을 가지고, 그것을 참아 내느냔 말이다. 그러나 남편에게도 프랭크에게도 줄리아에게도 알려서는 안 된다. 남편은 항의할 신념을 가지고 있을지는 모르지만 어쨌지 그 신념은 지칠 대로 지쳤고, 눈은 약해졌고, 몸도 전혀 기력이 없다. 프랭크도 그렇고, 줄리아도 그렇고, 이제 겨우 인생을 내디딘 그 애들에게 이와 같은 비참한 짐을 떠맡겨서 되겠느냔 말이다. 이러한 낙인을 찍어 놔도 괜찮겠느냔 말이다.

아아, 인자하신 하나님! 저의 근심은 영원히 끝날 때가 없나이까?

험한 일에 거칠어진 커다란 손이 와들와들 떨며 손에 쥐고 있던 신문을 흔들면서 어머니는 딸에게로 얼굴을 돌렸다. 딸은 묵묵히 그 옆에 서 있을 뿐이었다. 에스타도 최근에 와서는 어머니가 참아 가야만 할 모든 쓰라린 신세에 대하여 마음속으로부터 동정하고 있었다. 때때로 몹시도 피곤하게 보이는 어머니가 지금 또 이와 같은 사건으로 해서 고통을 당해야만 하다니! 그러나 역시 어머니는 그러면서도 가족 중에서 제일 강한 사람이라는 것을 에스타는 잘 알고 있었다. 그렇게도 꿋꿋하고 태연하고, 대담하고, 질기고 굳센 진정한 정신적인 영혼의 지도자였다.

"어머니, 난 그것이 우리 크라이드라곤 전혀 믿어지지 않아요." 에스타로서는 자기가 할 수 있는 최선의 말이었다. "그럴 리가 없지 않아요."

그러나 어머니는 불길한 기사의 큰 활자의 표제를 물끄러미 바라보고 있을 뿐이었다. 그리고 회색이 도는 푸른 눈으로 얼핏 방안을 둘러보았다. 폭이 넓은 창백한 얼굴은 강렬한 긴장과 고통 때문에 한층 더 품위 있게 보였다. 그릇된 방향으로 인도되어 결국 몸을 망쳐 버린 아들, 정말로 불운한 아들이다. 열심히 노력하여 출세해 보려고 무모한 꿈을 꾸면서 지금은 죽음의 위험에 직면하고, 범죄 때문에──살인죄 때문에──사형에 처해지려는 순간에 있는 것이다! 그는 누군가를 죽였다──불쌍한 여공을 죽였다고 신문에 나 있다.

"쉿!" 어머니는 입술에다 손가락을 갖다 대면서 잠자코 있으라는 시늉을 했다. "아버지가 계셔. 아직은 아무 말씀도 드려선 안 된다. 우선 전보를 치든지 편지를 하든지 해서 알아보자. 회답은 네게로 보내도록 하는 게 좋을 게다. 돈은 내가 주마. 아이구, 어디 좀 앉아야겠구나. 아이구, 왜 이리 기운이 없지. 여기 좀 앉자. 성경 좀 이리 다오."

조그만 경대 위에 성경이 있었다. 그 책을 받아들고 무쇠로 만든 평범한 침대에 걸터앉아서 본능적으로 '시편(詩篇)' 제3편과 제4편을 펼쳤다.

"주 여호와여, 나를 해치려는 자가 어찌 그리 많소이까. 오, 나의 의로운 하나님이시여, 내가 부를 때에 응해 주시옵소서."

그 다음 묵묵히, 조용히 침착한 얼굴까지 보이면서 제6편·제8편·제10편·제23편·제91편으로 읽어 내려갔다. 에스타는 서글프고도 놀라운 마음으로 그 옆에 가만히 서 있을 뿐이었다.

"어머니! 난 아무래도 믿어지지 않아요. 너무도 무서운 일이에요." 그러나 어머니는 성경만 계속 읽어 내려갔다. 이렇게 성경을 읽고 있는 동안은 인간 사회의 악이 자기를 쫓아올 수 없는 조용한 곳에 은신해 있을 수 있다고 생각하고 있는 것만 같았다. 마침내 조용히 성경책을 덮고 일어나면서 그녀는 말을 이었다.

"자, 그럼 전보에다 무어라고 쓸까? 그리고 그 전보를 누구 앞으로 치지? 물론 크라이드한테 보내는 거지만 지금 그 애가 있는 곳을 모르니 말이다. 뭐라더라 그곳이……브리지버그라던가, 그 애 있는 곳이" 하고 그녀는 신문을 보면서 이 말을 덧붙이고 나서 성경의 문구를 또다시 인용한다. "'오, 주여, 주께서 의를 좇아 엄위하신 일로 우리에게 응답하시리라.' 혹은 두 변호사 앞으로 보내 보면 어떨까? 여기에 그 사람들 이름이 있으니. 아버지의 형님 앞으로 보내면 회답을 아버지한테로 직접 보내면 큰일이고. 그건 안 돼." 그러곤 다시 성경을 인용했다. "'주님은 나의 성곽이며 힘이오니 나는 주님을 믿사옵니다.' 그렇지만 판사나 변호사의 주소로 보내면 그 애에게 전해 줄 테지. 그러나 직접 그 애한테로 보내는 것이 좋을 것도 같구나. '주님은 내 영혼을 쉴 만한 물가로 인도하시도다.' 전보에다간 이렇게 써 다오. 난 너에 관한 신문기사를 읽었다. 그러나 아직도 너를 믿고 사랑하니 사실을 알려주고, 앞으로 어떻게 해야 좋을는지 통지해 달라고 써라. 만일에 돈이 필요하다면 마련해 보내겠다고 말해 두어라. '주님은 내 영혼을 소생시키도다.'"

그리피스 부인은 이렇게 잠시 동안 마음의 평정을 얻었으나 또다시 흥분이 치밀어올라 그 거칠고 큰 손을 서로 비벼대기 시작했다. "아, 그럴 리가 없다. 그렇구말구 뭐니뭐니해도 그 앤 역시 사랑하는 내 아들이다. 우리들은 모두 다 그 앨 믿고 사랑한다. 그렇다. 우린 그걸 믿어야만 한다. 하나님이 그 앨 필경 구해 주시겠지. 감찰하고 기도하라. 신념을 가져라. 하나님의 날개 밑에 너의 몸을 맡겨라."

자신을 잊어 버리고 있던 그녀는 자기가 무슨 말을 하고 있는지 전혀 모르고 있는 상태였다. 옆에서 에스타가 입을 열었다. "그래요, 어머니! 물론이에요! 네, 그렇게 하겠어요! 정말 크라이드는 문제 없어요. 그것은 뻔해요." 그러나 마음속으로는 이렇게 뇌까리고 있었다. '아아, 하나님! 하나님! 아아, 이 이상 나쁜 일이 어디 있겠습니까. 살인죄로 기소되다니! 하지만 물론 그럴 리가 없어. 정말일 리가 없어. 만일 이 사실을 그이가 안다면!' 하고 여기서 그녀는 자기 남편 생각을 해보았다. "러셀의 사건이 있었던 바로 후의 일이고…… 그리고 캔자스시티에서 저지른 크라이드의 그 추태. 아, 불쌍한 어머니, 정말 늘 고생만 하고 계시니……."

잠시 후에 모녀는 그 옆방에서 아직도 방청소를 거들고 있는 아버지 모르게 아래층 넓은 전도관의 집회실로 내려갔다. 그곳은 조용했다. 여러 곳에 벽보가 붙어 있는데, 거기에는 하나님의 자비와 총명과 영원한 정의가 고시되어 있었다.

18

어머니가 일러 준 대로 문구를 적은 전보가 곧 벨크납-젭슨 사무소로 발신되었다. 이 두 사람은 즉시 그 회답에 관해서 크라이드와 상의했다. 그 결과 다음과 같은 회전을 치기로 했다. 감사하다. 변호사의 최선의 조언을 받고 있으며, 재정적 원조는 필요 없다. 자기를 돕기 위하여 할 수 있는 일은 이미 모두 다하고 있으니 변호사의 말이 있을 때까지 가족은 일부러 오지 않아도 좋다. 전보를 치는 동시에 두 변호사는 그리피스 부인에게 친히 편지를 써 보냈다. 자기 두 사람은 크라이드를 위해서 지대한 관심을 가지고 있으니 안심하고 맡겨 주십시오. 그러니 사건은 안심하고 당분간 그대로 내버려 두는 것이 좋을 것입니다. 이런 내용의 편지였다.

이렇게 크라이드의 가족이 동부로 나오는 것을 방비해 놓기는 했지만, 한편 벨크납도 젭슨도 신문이 크라이드가 고립무원(孤立無援)하다는 것을 자꾸만 역설하고 있었기 때문에 그의 육친의 존재와 소재, 그러한 사람들의 그에 대한 신뢰와 동정의 기사가 다소는 신문에 나와도 나쁘지 않겠다고 생각했다. 그러던 차에 어머니에게서 전보가 온 것이었다. 전보가 배달되자 특히 이 사건에 흥미를 가지고 있는 몇몇 사람에게 읽어 주었더니, 그들이 돌아가서 소문을 퍼뜨렸다. 그 소문이 신문사 귀에 들어갔고, 그 결과 덴버의 신문은 곧 그 가족이 있는 곳을 찾아내어 인터뷰를 하게 되었다. 그러자 전국 각 신문에 크라이드의 가족 상태에 관한 비교적 상세한 기사가 쫙 돌고 말았다. 크라이드의 가족들의 현황, 그 양친이 경영하고 있는 전도사업의 내용, 그들의 편협하고도 몹시 개인주의적인 종교적 신앙과 실천, 소년 시절의 크라이드가 거리로 끌려 나가서 노래를 부르고, 기도하면서 외쳤다고 하는 기사까지도 나왔다. 이 뜻밖의 보도는 리커거스와 트웰프스 호의 사교계를 아연케 했는데, 크라이드 자신에 대해서도 거의 마찬가지였다.

그러나 그리피스 부인은 정직한 여자였고, 자기의 신앙과 사업의 정당성에 관해서는 열성을 다하는 진지한 부인이었기 때문에 조금도 위축되는 일 없이, 연거푸 밀려드는 신문기자들에게 그녀의 남편과 그녀 자신이 덴버와 그 밖의 지방에서 해온 전도사업에 관해서 상세하게 모든 것을 이야기했다. 그러고 나서 크라이드뿐만 아니라 나머지 애들도 남부럽지 않은 행복한 생활을 맛볼 기회는 전혀 없었다고 설명했다. 그러나 자기 아들은 지금 비록 어떠한 혐의가 걸려 있다 하더라도 본래는 나쁜 인간은 아니고, 그러한 죄를 저질렀다고는 믿어지지 않는다. 그것은 불운하고 우연한 사정이 모이고 모인 탓에 지나지 않을 것이다. 자기 아들은 그것을 반드시 법정에서 설명해 줄 것이다. 그러나 자기 아들이 어떠한 어리석은 짓을 했다 하더라도 그것은 모두 수년 전에 캔자스시티에서 불운한 사건 때문에 전도사업을 할 수 없게 되어, 일가가 덴버로 이사를 하지 않으면 안 되게 되었고, 크라이드가 독립해서 살아나가지 않으면 안 되었던 것에 그 원인이 있다. 그리고 크라이드가 리커거스로 간 것은 아버지의 형이 되는 부호인 백부에게 어머니의 권고에 따라 편지를 써 보냈기 때문이다. 이와 같은 어머니의 담화가 연거푸 신문에 발표되었기 때문에 감방 속에서 크라이드는 일종의 자랑스러운 비참한 마음과 비분에 견딜 수 없게 되어 마침내 어머니에게 편지를 내어 자기 심정을 털어 놓았다. 어찌하여 어머니는 그렇게까지 집안의 과거의 일과 아버지가 하고 있는 사업의 이야기를 늘어 놓을 필요가 있습니까? 내가 결코 전도의 일을 좋아하지 않아 가두에 나가는 것을 싫어했다는 것은 어머니도 잘 알고 계시지 않습니까? 많은 사람들과 특히 백부나 사촌이나 자기가 교제하게 된 부잣집 사람들, 전혀 우리들과는 판이한 호화로운 생활을 할 수 있는 사람들은 절대로 부모님들처럼 그 사업을 보고 있지 않습니다——이런 내용의 편지를 써 보낸 그는, 필경 손드라도 자기가 비밀로 해두고 싶다고 원하고 있던 모든 내용을 신문에서 읽었을 테지, 하고 혼자 중얼거리는 것이었다.

그러나 어머니의 외곬으로 나가는 진지한 마음씨와 굳은 결의에 접하고 보면, 그도 애정과 경의를 가지고 어머니를 생각하지 않을 수가 없었고, 어머니의 그칠 줄 모르는 변함없는 사랑에 부딪치고 보면 감동하지 않을 수가 없었다. 그의 편지에 대한 답장으로 어머니는 이런 편지를 보내 왔다. 내가 조금이라도 너의 감정을 해쳤거나 너의 명예를 해쳤다고 하면 나는 진정으로 너에게 사과한다. 하지만 어떠한 경우일망정 진실은 세상에 결국 나타나고야 마는 것이 아니겠느냐 ? 하나님의 길은 최선을 지향하는 길이며, 하나님께의 봉사로부터는 절대로 해독이 생겨날 수 없다. 너는 나에게 거짓말을 하려고 해서는 안 된다. 그래도 네가 그런 말을 써보낸다면 기꺼이 나는 필요한 돈을 장만해 가지고 너를 도우러 가겠다. 그리고 네 감방 앞에 앉아서 네 두 손을 꼭 붙잡고 금후의 대책을 잘 의논하기로 하자. 그러나 크라이드로서는 이미 모든 것을 잘 알고 있어서 지금 어머니를 오지 못하도록 한 것인데, 어머니가 그 맑게 가라앉은 파란 눈으로 자기의 눈을 응시하며 참된 고백을 요구한다는 것은 정말로 참을 수 없는 노릇이 아닐 수 없었다.

지금 그의 앞에는 광란노도의 바다 위에 솟아 있는 거대한 현무암의 절벽처럼 재판과 재판이 의미하는 모든 것이 눈을 흘기며 서 있는 것이었다. 크라이드에 대해서 재판이 의미하는 것, 그 중에서도 제일 무서운 것은 메이슨 검사의 공격이었다. 메이슨 검사는 반드시 맹렬한 공격을 가해 올 터인데 그 공격에 대하여 크라이드는 젭슨과 벨크납이 그를 위하여 꾸며 낸 거짓말을 가지고 대항하는 외에는 아무런 도리가 없었다. 최후 순간에 이르러 그는 감히 여자를 때릴 만한 용기가 없었다는 생각으로 자기의 양심을 마비시키려고 애를 썼으나, 그 자신이 진술하고 변론하기는 참으로 힘든 일이었다. 변호인들은 이미 이것을 눈치챘기 때문에 젭슨은 자주 감방에 나타나서는 크라이드를 보고 이렇게 묻곤 했던 것이다.

"그래, 오늘 연습은 어떤가?"

유난히도 퇴색하고 뒤죽박죽이 된, 원체 아무렇게나 되는대로 지어 입은 젭슨의 양복! 낡아서 형체가 없어지다시피 된 그 흑갈색 중절모자를 푹 이마 아래까지 눌러 쓴 모습! 굉장한 탄력성을 암시하는 길고 뼈가 솟아나오고 매듭이 진 두 손, 거만하고 단호한 간교와 용기가 가득 찬 쌀쌀하고도 새파란 조그만 두 눈, 젭슨은 이 무서운 시선을 가지고 크라이드에게 예방주사를 놓아주려고 애를 썼는데, 어느 정도 성공한 것이다.

"오늘도 선교사들이 왔는가? 시골 처녀와 메이슨의 부하들도 왔는가?" 젭슨은 찾아올 때마다 이런 질문을 하게 되었다. 최근 로버타가 가엾은 죽음을 당했다는 데 대한 동정도 있었지만, 그 연애 경쟁자가 부호의 딸이었다는 데 흥미가 끌려 별의별 사람이 다 크라이드를 찾아왔다. 천박한 범죄적·성적 호기심을 불러일으킨 모든 종류의 시골 얼치기 변호사·의사·상인, 시골의 선교사와 목사, 도시의 무슨 관청의 우인이니 지기니 하는 패들이 속속 그칠 사이 없이 크라이드를 찾아왔다. 그들은 아침 일찍부터 전혀 뜻밖의 시간에 찾아와서 감방 문앞에 서서 호기심 어린, 혹은 분개한, 혹은 공포의 눈으로 크라이드를 훑어보다가는 불쑥 이런 질문을 내던지곤 했다.

"당신은 기도를 올리는가? 똑바로 무릎을 꿇고 앉아 기도를 올리는가?" 이 말을 들을 때마다 크라이드는 부모를 회상하지 않을 수가 없었다. "벌써 마음의 평온을 얻었는가? 로버타 올든을 죽인 것을 정말로 당신은 부정하는가?" 또 세 시골 처녀는 이런 질문을 했다. "당신이 사랑하고 있었다는 그 애인의 이름을 가르쳐 주세요. 그리고 그녀가 지금 어디 있는지 그 주소도 가르쳐 주세요. 우린 아무 얘기도 하지 않겠어요. 그 사람은 공판 때 나옵니까?" 크라이드는 이런 질문을 묵살하거나 그렇지 않으면 될 수 있는 대로 애매한 말로, 무시하진 않더라도 자못 무관심한 태도를 지어 보이면서 대답할 수밖에 없었다. 그로서는 그러한 패들과 만나기 싫었지만 벨크납과 젭슨은 언제나 그에게 타이르기를, 그 자신의 입장을 유리하게 하기 위해서는 면회인에 대해서 쾌활하고도 애교 있게 낙관적인 태도를 취하지 않으면 안 된다고 했다. 또 어떤 때에는 신문기자와 여기자들이 화가나 카메라맨을 데리고 와서 인터뷰를 청하여 그를 못 살게 구는 때도 있었다. 그러나 이러한 때에는 대개 그는 벨크납과 젭슨의 의견에 따라 지껄이는 것을 거부하거나, 또는 할 수 없는 경우에는 변호사들이 해도 좋다고 한 말만 했다.

"중요한 의미를 갖는 말만 아니라면 당신은 아무 말을 해도 상관없습니다." 젭슨은 상냥하게 일러 주었다.

"말을 할 땐 윗입술을 삐죽이 내밀고 늘 미소를 지어야만 합니다. 알겠죠? 그리고 내가 적어 준 문답요령은 다 잘 복습해 두었을 테죠?" 그는 크라이드가 증인석에 서게 될 때에 심문이 됨직한 모든 질문을 적고 그 아래에다 거기에 대한 일람표를 타이프로 찍어서 그에게 주었던 것이다. 크라이드는 그것에 따라서 대답하거나, 그렇지 않으면 그 이상의 명문구를 짜내지 않으면 안 되었다. 그 문답들은 모두 다 빅 비턴에 갔었을 때의 이야기, 무엇 때문에 여분의 모자를 가져갔나, 또 어째서, 언제, 어디서 심경의 변화를 일으켰는가 하는 것에 관한 것들이었다. "그 문답은 바로 당신의 기도문입니다. 잘 기억해두십시오." 이렇게 말하고서 젭슨은 담배를 꺼내어 불을 붙이곤 했는데 크라이드에게는 한 번도 담배를 권하는 일이 없었다. 그것은 감옥 안에서 근엄하다는 평판을 얻기 위하여 크라이드는 담배를 피우지 않기로 해두었기 때문이다.

이리하여 면회인들이 나타났다가 사라질 때마다 크라이드는 젭슨이 지시한 대로 할 수 있고, 또 하리라고 결심하고 있는 자기 자신을 발견했다. 쾌활하고도 활발한 걸음걸이로 법정 안으로 들어간다. 모든 사람, 모든 눈, 심지어는 메이슨 자신의 눈앞에서도 위축되는 일 없이 딱 버티고 서며, 증인석에서도 메이슨을 무서워하고 있다는 사실까지도 잊어 버린다. 일람표의 답변의 요령으로 설명해야 할 허다한 사실을 메이슨이 쥐고 있다는 공포도 완전히 잊어버리며, 로버타도, 그녀의 최후의 비명도 그리고 손드라와 그녀를 둘러싼 화려한 세계를 잃어 버린 것에서 생겨난 심통과 비참도 모두 잊어 버린 것만 같았다.

그러나 또다시 밤이 된다거나, 지루한 날이 계속되는 낮에 오직 사람이라곤 구레나룻을 기르고 있는 키가 큰 크로트가 아니면, 간사하고 빤들거리는 시셀만이, 또는 그 둘만이 감방 앞에서 빙빙 돌 뿐 이따금씩 자기 앞으로 와서 "안녕하시오?" 하는 인사말을 던지고 가거나 그렇지 않으면 좀 오래 서서 세상 이야기를 하거나, 때로 장기도 두고 가는데, 이럴 때에는 크라이드의 기분은 더욱더 우울해져서 결국 아무 희망도 자기에겐 없을지도 모르겠다고 단정해 버리는 것이었다. 두 사람의 변호사와 어머니와 동생과 누이를 제외하고는 결국 자기는 이 세상에 아무도 없는 고독한 존재가 아닌가? 역시 손드라로부터는 아무런 소식도 없었다. 그러나 그녀는 처음에 받은 쇼크와 공포에서 어느 정도 회복되어 감에 따라 그에 대한 생각이 다소 달라지기 시작했다. 결국 그가 로버타를 죽이고 현재와 같이 세상에서 버림을 당한 희생자가 되어 버린 것은 결국 자기에 대한 사랑 때문이 아니었던가? 그렇게는 생각했지만 세상이 그에게 대해서 표명한 편견과 공포심이 너무나도 컸기 때문에 손드라는 감히 그에게 소식을 전할 수 없었다. 그는 살인범이 아니냐? 그뿐만 아니라 서부에 있는 그 가난한 그의 집안 식구들──가두 설교사 그리고 그 자신도 설교단의 한 사람으로서 거리에서 찬송가를 부르고 기도를 올리는 소년이었다고 한다. 그러나 가끔 그녀는 저도 모르게 그의 필사적인, 이성을 몰각한, 모든 것을 태워 버릴 듯한 그녀를 사랑한 열정을 회상하지 않을 수가 없었다. 얼마나 자기를 생각해 주었으면 그런 짓까지 해치울 수 있었을까? 그래서 그녀도 언젠가 이 사건이 세상 사람의 눈에 좀더 평범하게 비치게 되면 몰래 익명의 편지를 내어, 그 커다란 애정 때문에 이러한 범죄를 저질렀으니만큼 나는 결코 당신을 잊어 버리고 있지 않다는 사실을 당신에게 알려드리고 싶습니다, 하고 간단히 알려 줄 수는 없을까? 그러나 이렇게 마음속에서 결심하기가 무섭게 다음 순간 '안 돼' 하는 소리가 들려왔다. 만일에 부모가 그것을 알게 된다면, 안 된다, 적어도 지금은 안 된다. 좀더 있다가 만일 그가 석방되거든, 또는 유죄판결을 받게 된다면…… 그러나 그것이 어떻게 결정될지 그녀로선 알 수 없었다. 그리고 그녀는 그가 그녀를 수중에 넣으려고 저지른 이 무서운 범행은 소름이 끼치고 비위가 상하는 일이었지만 생각해 보면 가슴이 저린 노릇이 아닐 수 없었다.

이러는 동안에 크라이드는 감방 안에서 단조로운 생활을 보내고 있었다. 방안을 왔다갔다하거나, 육중한 철창 밖으로 쓸쓸한 광장을 내다보기도 하고, 신문을 몇 번씩 고쳐 읽기도 하고, 변호사가 넣어 준 잡지와 책을 초조하게 책장만 들춰보기도 하고, 간혹 장기나 체커를 해보기도 하고, 때가 되면 식사를 하기도 했다. 식사는 그의 백부의 의뢰로 벨크납과 젭슨이 특별히 차입해 주었는데 보통 죄수들에게 주는 것보다는 좋은 음식이었다.

그러나 그는 이미 화해도 부활도 바랄 수 없는 손드라의 애정의 상실을 생각해 보면 과연 자기는 이 투쟁을 해낼 수 있을까, 때로는 거의 무익하다고까지 생각되는 이 투쟁을 끝까지 해낼 수 있을까, 하고 다시금 되풀이해서 생각해 보는 것이었다.

때때로 한밤중에, 혹은 먼동이 트기 전에 감옥 안이 죽은 듯이 고요할 때 꿈을 꾸는 수가 있었다. 그것은 그가 가장 무서워하고 전신에서 용기의 마지막 흔적까지도 빼앗아 가는 처참한 광경이었다. 별안간 깜짝 놀라 그는 자리에서 벌떡 일어나며 가슴은 방망이질을 하고, 눈엔 핏줄이 서고, 식은땀이 얼굴과 손 위에 축축이 솟아 있곤 했다. 그것은 주 형무소의 어딘가에 있는 전기의자! 사형수들이 그 위에서 어떻게 죽어 넘어지는가, 그 기사를 읽은 기억이 났기 때문이다. 그 다음 그는 감방 안을 왔다갔다하면서 생각해 보는 것이었다. 이 사건이 젭슨이 확신하고 있는 것처럼 호전되어 가지 않고 유죄 판결을 받고 공소도 기각되는 경우, 그때에는 어떻게, 어떻게 하면 이런 감옥을 뚫고 탈주할 수 있을까? 이 오래 된 벽돌담! 두께는 얼마나 될까? 망치나 돌로 깨뜨려 버릴 수 있을까? 동생 프랭크나 누이동생 줄리아나 래터러나 헤글런 등에게 부탁하여 그러한 종류의 것을 가지고 오게만 할 수 있다면! 이 철창을 잘라 버릴 수 있는 톱만 수중에 넣을 수 있다면! 그러면 달아날 수 있다. 저 베아 호의 숲속에서 했어야만 했던 것처럼 도망칠 수가 있다! 그러나 어떻게 그리고 어디로?

19

1910월 15일. 회색 구름이 덮이고, 마치 1월 달 같은 쌀쌀한 바람이 낙엽을 한데 몰아다 놓았다가는 다시 몸을 홱 돌리고서 나는 새 떼처럼 이리저리로 불어 흐트러뜨리고 있었다. 그리고 많은 사람들은 막연히 전기의자를 심리적인 배경으로 하여 고투(苦鬪)와 비극을 의식하고 있었지만, 수백 명의 농민과 숲속의 주민들, 상인들은 마치 무슨 명절날이나 축제일 같은 기분으로 포드와 비크 차를 몰고서는 모여들었다. 마누라, 아들, 딸 심지어는 젖먹이까지도 안고 왔다. 재판소 개정 시간은 아직도 멀었는데 벌써 군중은 재판소 앞 광장에서 무료히 시간을 기다리고 있었다. 시간이 가까워지자 크라이드의 모습을 잠깐 엿보려고 차츰 감옥 앞으로 모여들기 시작했다. 그리고 가까운 재판소 앞으로 모여드는 패도 있었다. 그것은 법정이 열릴 때에 크라이드와 군중이 법정 안으로 들어갈 수 있는 문이었다. 또 그 자리에 서 있으면 시간이 되면 빨리 법정 안으로 들어갈 수 있다고 해서 거기들 모여서 기다리고 있는 패도 있었다. 고색이 창연한 법정 처마 끝과 지붕 위에서는 이 광경에 놀란 비둘기 떼가 행렬을 지어 꾸꾸거리고 있었다.

법정 안에서는 벌써 메이슨과 그 부하 직원——버튼 버얼리, 알 뉴콤, 질라 손더스, 매니골트라는 법과대학 졸업생──이 모여서 증거품을 정리하는 한편, 지금이야말로 전국적으로 유명해진 민중을 대표하는 메이슨 검사의 대합실로 차츰 모여들기 시작하는 여러 증인들과 소환자들에게 주의도 하고 지시도 하는 데 조력하고 있었다. 창밖에서는 각종 장사치들이 물건 이름을 부르며 시끄럽게 고래고래 소리를 지르고 있었다. "땅콩 사려!" "옥수수 튀김 사려!" "호떡이요, 호떡!" "크라이드 그리피스의 이야기가 실린 책이 한 권에 25센트! 로버타 올든의 편지도 전부 실려 있습니다." 이것은 메이슨의 사무소로부터 버튼 버얼리의 친구가 훔쳐내다가 빙감톤의 엉터리 출판사에다 팔아먹은 것인데, 그 출판사는 이 편지 복사에다가 '대음모 사건'이라고 제목을 붙인 뒤 사건의 개요와 로버타와 크라이드의 사진을 합쳐서 팜플렛처럼 낸 것이었다.

한편 감옥의 응접실 및 회의실이라고도 할 수 있는 방에서는 앨빈 벨크납과 루빈 젭슨이 크라이드와 나란히 자리에 앉아 있었다. 크라이드는 트웰프스 호의 물 속에 영원히 가라앉히려고 했던 바로 그 양복을 말쑥하게 다려 입고 있었고, 그 밖에 그가 모양을 내고 리커거스 사교계에 드나들던 전성 시대의 모습 그대로 나타나기 위해서 새 넥타이와 와이셔츠와 구두를 신고 있었다. 몸이 마르고 키가 큰 젭슨은 여전히 초라한 양복을 입고 있었지만 그의 풍모의 모든 선, 그리고 육체의 모든 동작과 몸짓에는 늘 크라이드에게 강렬한 인상을 주는 강철과 같은 강인성과 정력이 넘쳐 흐르고 있었다. 앨바니의 멋쟁이처럼 생긴 벨크납은 오늘의 개정 진술과 반대 심문의 중책을 맡고 있었으므로 연방 크라이드에게 충고를 주고 있었다. "이봐, 법정에서는 어느 때 누가 무슨 말을 하든지, 또 무슨 일을 하든지 간에 겁을 내거나 초조해서는 안 됩니다. 아시겠소? 공판중엔 우리 두 사람이 이렇게 딱 붙어 있으니까. 자넨 우리 두 사람 사이에 끼여앉는 거야. 그리고 싱글싱글 미소를 짓든지, 태연한 태도를 취하든지, 무관심한 척을 해보이든지 그건 맘대로 할 일이지만, 공포만은 절대로 표시해선 안 돼. 금물이야. 그렇다고 해서 지나치게 대담한 태도를 취한다든가 불쾌한 표정을 짓는 것도 금물이야. 그러면 보는 사람들이 자넨 이 사건을 전혀 중대시하고 있지 않다는 인상을 갖게 될 게 아니냔 말야, 아시겠소? 시종일관 쾌활하고 신사적이고 동정적인 태도를 취하란 말야. 제발 겁을 내선 안 돼. 겁을 내면 우리들에게나 당신에게나 이로울 것이라곤 아무것도 없으니까. 결백한 이상 단연코 자넨 겁을 낼 건 없을 거란 말야. 물론 후회는 하고 있겠지만. 이젠 이 모든 것을 다 잘 이해하고 있으리라고 생각하고 있지만 다짐을 두는 의미에서 다시 한 번 부탁하는 거요."

"네, 잘 알고 있습니다. 꼭 말씀대로 하겠습니다. 더구나 난 절대로 고의로 그녀를 때린 것은 아니니까요. 그건 사실입니다. 그러니까 무서워할 이유라곤 조금도 없지 않습니까" 하며 그는 젭슨의 얼굴을 쳐다보았다. 그는 정신적으로 이렇게 젭슨에게 매어 살았다. 사실상 지금 한 이 말도 과거 두 달 동안 젭슨이 그의 머릿속에 주입시켜 주었던 바로 그 말이었다. 크라이드의 이 눈치를 알아채고 바싹 다가앉은 젭슨은 날카로우면서도 용기를 불어넣어 주고 격려하는 듯한 파란 눈으로 크라이드를 쏘아보며 말하기 시작했다.

"당신은 유죄가 아닙니다! 유죄가 아니란 말예요, 크라이드, 아시겠어요? 그것쯤은 이젠 충분히 이해하고 계실 테죠. 그걸 당신은 늘 믿고, 마음에 새겨 두지 않으면 안 됩니다. 그건 사실이니까요. 당신은 그녀를 때릴 의사는 없었으니까요. 아시겠소? 당신은 그건 맹세하고 있죠. 벌써 당신은 그걸 나와 벨크납 앞에서 맹세하고 있었고, 우린 그걸 믿고 있습니다. 이제 주위의 환경이 좀 달라졌더라도 여러 배심원들에게 당신이 진술하는 대로 그 말을 이해케 하여 믿게 할 수 없다는 그런 이론이 있을 순 없습니다. 그건 여기서고 저기서고 간에 성질이 다른 문제는 아닙니다. 전에도 내가 그것에 관해선 단단히 주의를 시켜 놓았죠. 진실이란 것이 어떠한 것인지를 당신은 잘 알고 있죠. 우리들도 마찬가지입니다. 그러나 당신에게 공정한 판결이 내려지기 위해서 우리들은 다소 별종의 것을 만들어 놓은 것이 아닙니까. 말하자면 참된 사실의 대용 구실을 하는 대용품이라고 할 수 있는 것을 말입니다. 즉 당신은 고의로 그녀를 때리진 않았지만, 그것을 다소 변모시키지 않으면 남을 이해시킬 수 없을 것 같았기 때문이란 말입니다. 내 말 아시겠죠?"

"알고 있습니다." 이처럼 크라이드는 언제나 젭슨에게는 위압을 당하고 농락되어 있었다.

"그리고 그러한 이유 때문에 우리들은 그때의 당신 심경의 변화를 둘러싼 별종의 연극을 꾸며 낸 게 아닙니까. 시간에 관해선 그건 진실 그대론 아니지만 당신이 보트 속에서 심경의 변화를 일으킨 것만은 진실이니까. 그 점에서 우린 정당화할 수 있단 말입니다. 그러나 그 특수한 사정을 고려하면 절대로 사람들은 믿지 않을 테니까 우린 심경의 변화의 시간을 조금만 소급시키고 있을 뿐이란 말입니다. 아시겠죠? 다시 말하면 그걸 당신이 아직 보트를 타고 있지 않은 이전의 일로 돌리고 있을 따름입니다. 그 점에선 진실이 아니라는 건 뻔히 알고 있지만, 한편 당신이 고의로 그녀를 때렸다는 죄상도 진실은 아니거든요. 따라서 당국은 진실이 아닌 것 때문에 당신을 전기의자에다 앉힐 순 없을 것입니다. 적어도 난 승인하지 않습니다." 여기서 그는 잠시 크라이드의 두 눈을 들여다보고 나서 다시 말을 이었다. "그건 이렇게 생각해도 좋겠죠, 크라이드 씨. 우리들이 돈으로 지불해야 할 경우에 상대방이 우리들이 가지고 있는 돈은 진짜 돈이 아니라고 생각하기 때문에 할 수 없이 감자나 양복의 대가로서 옥수수와 콩으로 지불하는 것과 마찬가지란 말입니다. 감자를 사지 않게 하거나 혹은 콩을 준다거나 하는 것이 되겠는데 우리로선 콩을 주려고 하는 거죠. 당신은 유죄가 아니라는 것을 정당화할 수 있단 말입니다. 당신은 유죄가 아닙니다. 맨 처음은 어떠한 행동의 충동을 받았다 하더라도 최후의 순간에는 그녀를 때릴 생각은 없었다고 당신은 나에게 맹세했죠. 나로선 그것만으로 충분합니다. 당신은 유죄가 아닙니다."

그리고 그는 크라이드의 어깨를 힘있게 꽉 붙잡으면서 확신과 신뢰감을 표시했는데, 사실을 말하자면 그것은 젭슨이 크라이드의 마음속에 그것을 주입해 주고자 일부러 꾸며 보이는 일종의 환영(幻影)이었다. 그리고 그는 크라이드의 긴장되고 약간 흥분된 눈 속을 한참 똑바로 바라다보고 나서 덧붙였다. "법정 안에서 약한 마음이 생기거나 초조한 생각이 들든지 할 경우엔, 또는 증인석에 서서 메이슨이 자기를 이겨내려고 기를 쓰고 있구나 하고 생각될 경우엔 당신은 항상 내가 하던 말을 기억해 내고는 혼자 이렇게 중얼거리란 말입니다. '나는 무죄다! 나는 무죄다! 내가 유죄가 아닌 이상 그들인들 정당하게 나를 유죄라고 할 수는 없지 않은가?' 만일 그래도 용기가 생기지 않거든 그땐 내 쪽을 보시오. 난 언제나 저기 버티고 있으니까요. 무서워서 떨릴 때엔 그저 나만 보면 됩니다――내 눈을 똑바로――내가 당신의 눈을 들여다보듯이 말입니다. 내 눈만 똑바로 들여다보면 그만입니다. 그러면 당신은 내가 당신이 용기를 내어 지금 내가 당신에게 이르는 대로 실행하기를 원하고 있다는 것을 알게 될 것입니다. 다시 말하면 우리 두 사람이 지금 당신에게 서약하라고 요구하고 있는 일――그것이 비록 거짓말일지라도, 또 그 거짓말에 대해서 당신의 배짱이 어떻든지 간에——그 일을 굳게 맹세하란 말이오. 나는 당신이 단지 진실을 설명할 방도가 없었다는 이유로써 자기가 하지도 않은 일 때문에 유죄 판결을 받게는 하지 않을 겁니다. 될 수만 있다면 그렇게 하진 않을 결심입니다. 자, 내 이야기는 이뿐입니다."

이렇게 말하고서 그는 가볍게, 그러나 진심에서 크라이드의 등을 두들겨 주었다. 이상하게도 용기가 생긴 크라이드는 적어도 당분간은 젭슨의 충고대로 실행할 수 있을 것 같고, 기어이 그렇게 하리라고 생각했다.

젭슨은 시계를 꺼내들고 우선 벨크납 쪽을 보고 나서, 다음엔 제일 가까운 창으로부터 밖에 모여 있는 군중을 내다보았다. 한 무더기는 재판소 입구의 층계 부근에, 또 한 무더기는 신문기자, 여기자, 카메라맨, 화가까지를 합쳐서 감옥에서 법정으로 나오는 길 앞에 바싹 모여서서 크라이드나 혹은 다른 관계자들의 사진을 찍으려고 기다리고 있었다. 그것을 본 젭슨은 조용히 말을 이었다.

"응, 이제 슬슬 시작되려나 보군. 마치 카타라키 군의 주민 전체가 법정에 들어가길 고대하고 있는 것만 같군. 대단한 구경꾼들인데." 이번엔 크라이드 쪽을 바라보며, "저런 사람들에게 당황해선 안 됩니다. 저 사람들은 구경거리가 생겨서 구경을 나온 시골 사람에 지나지 않으니까."

그 다음 벨크납과 젭슨 두 사람이 밖으로 나갔다. 크로트와 시셀이 크라이드를 호위하기 위하여 안으로 들어왔다. 두 변호사는 사람들이 수군거리는 사이를 뚫고서 갈색 잔디밭 광장을 가로질러 법정 건물 쪽으로 걸어갔다.

두 명의 변호사들이 법정 안에 들어간 뒤에 채 오 분도 못 되어서, 슬래크와 시셀이 앞에 서고, 크로트와 스웬크가 뒤를 따르며——그 밖에 돌발 사고와 시위 따위가 발생했을 경우를 대비해서 좌우에 또 한 명씩 보안관 대리를 달고서——크라이드의 모습이 나타났다. 되도록 그는 한껏 태연하고 의기양양한 태도를 지으며 걸어나왔다. 그러나 사실은 그를 둘러싸고 있는 무수한 험상궂고 괴상한 얼굴들——어떤 사람들은 곰 가죽 코트에 곰털 모자를 쓰고 있고, 어떤 사람은 숱한 구레나룻 수염을 달고 있고, 혹은 이 지방 농민들이 흔히 입고 있는 변색한 수수한 옷을 입고 있는 마누라와 애들을 거느리고 있는 사람들도 있었고——이 기묘하고도 호기심 어린 눈초리로 자기를 뚫어져라 노려보고 있는 것을 볼 때, 그는 당장에 피스톨의 총알이 날아오지나 않을까,

단도를 들고 달려드는 놈이 있지나 않을까 하여 몹시 신경이 날카로워졌다. 총을 거머쥐고 곁에 걸어가는 두 명의 보안관 대리가 이러한 크라이드의 흥분을 적지않게 자극하는 것도 사실이었다. 그러나 실제로 들려오는 소리는 다만 "나온다! 나온다!" "저기 나왔다!" "저런 사나이가 그런 짓을 하다니 정말일까?"——이런 것뿐이었다.

그리고 카메라가 짤깍짤깍하고 계속 울렸다. 그때마다 크라이드는 마음이 움츠러들고, 그럴 때마다 좌우에서 호위하는 간수들이 바싹 어깨를 치밀었다.

그 다음 법정 문으로 올라가는 거무스레한 다섯 개의 돌층계가 그의 앞에 나타났다. 그 층계 위에는 또 하나 휑하니 넓고 길고 천정이 높은 법정으로 통하는 층계가 있었고, 좌우측과 동쪽을 향한 후방에 높고 훌쭉하고 머리가 둥근 창들이 있었고, 창마다 얇은 유리가 끼워져 있었는데 그곳으로부터 햇빛이 환하게 쏟아져 들어오고 있었다. 서쪽 끝에는 한층 높은 단이 있고, 그 단 위에는 세밀하게 조각을 한 암갈색 의자 하나가 놓여 있었다. 의자 뒤에는 초상화가 한 폭 걸려 있었고, 그 양쪽——남쪽과 북쪽——과 후방으로 많은 의자가 한 단씩 한 단씩 높이 올라갔는데 단마다 사람들이 가득 차 있었을 뿐만 아니라 그것도 모자라서 의자 뒤의 공간에도 방청인들이 촘촘히 서 있었다. 크라이드가 법정에 들어서자 이들 군중은 모두 다 몸을 기울이고 목을 길게 빼고는 날카로운 시선으로 그를 노려보았는데, 장내에는 수군거리는 소리, 피하고 비웃는 소리가 떠들썩했다. 크라이드는 한 문앞으로 가까이 가서 그 문을 통과하는 동안, 분명히 쉬이, 피이! 하는 소리가 전체 군중들 사이에서 일어나는 것을 들을 수 있었다. 문안으로 들여다보니 책상 앞에 벨크납과 젭슨이 앉아 있고, 두 사람 사이에 빈 자리가 하나 있었다. 눈마다 얼굴마다 자기 위로 쏟아져 내려오는 것을 느꼈으나, 그는 감히 얼굴을 쳐들고 볼 수가 없었다.

똑같은 사각형 속이지만 서쪽 끝 높은 단 바로 아래에 메이슨과 그의 동료 몇 사람이 앉아 있는 것이 바로 정면으로 보였다. 그 중에는 알 뉴콤이니 버튼 버얼리니 하는 구면도 있었지만, 또 하나 알지 못한 얼굴이 섞여 있었다. 앞으로 걸어가는 동안에 네 개의 얼굴이 일제히 이쪽으로 돌리고는 그를 노려보고 있었다.

이 안에 앉아 있는 사람들 주위에는 또 한 겹 신문기자, 여기자, 화가들이 둘러싸고 있었다.

잠시 후에 벨크납의 충고를 생각해 내면서 크라이드는 똑바로 몸을 펴고, 태연하고 대담한 태도를 지어 보였다. 긴장되고 핼쓱한 그의 얼굴과 다소 흐릿한 그의 시선은 태도와는 딴판으로 그는 자기를 이러저리 훑어 보기도 하고 혹은 스케치를 하고 있는 화가들을 바라보기도 하고, "아주 만원이군요?" 하고 속삭여 보기도 했다. 마침 그때에 별안간 어디선지 탕탕 책상을 치는 소리가 들려왔고, 그 뒤를 이어 다음과 같은 목소리가 들려왔다. "정숙! 재판장 각하 출정! 전원 기립!" 갑자기 수군거리고 떠들썩하던 방청인석이 물을 끼얹은 듯이 일제히 잠잠해지고 말았다. 그러자 상단 남쪽 문으로부터 키가 크고 점잖고 혈색이 좋은 번지르르한 사람이 널찍하고 검은 법관복을 입고, 책상 바로 위에 있는 의자 앞으로 빨리 걸어갔다. 그러고는 자기 앞에 있는 모든 사람들을 쭉 한 번 훑어보고 나서, 그 중 어느 한 사람도 주의해 보는 기색도 없이 자기 자리에 앉았다. 그러자 법정 안에 모여 있는 모든 사람들이 자리에 앉았다.

왼편 재판장석 밑에 재판장석보다도 작은 책상 앞에, 재판장보다도 훨씬 키가 작고 나이는 더 먹어 보이는 사나이가 일어서서 소리를 질렀다. "여러분, 정숙해 주십쇼! 카타라키 군에서 개정되는 뉴욕 주 최고재판소의 재판에 관계 있는 모든 사람들에게 선언합니다. 본법정은 이제부터 개정됩니다!"

그 다음에 그 노인이 다시 한 번 일어나서 외쳤다. "뉴욕 주는 피고 크라이드 그리피스를 재판합니다."

그러자 이번에는 메이슨이 일어서서 자기 책상 앞에 선 채 선언했다. "원고측은 준비 완료되어 있습니다."

그러자 벨크납도 일어서서 품위 있고 공손한 태도로 선언했다. "피고측도 준비 완료되어 있습니다."

그러자 예의 서기가 자기 앞 사각형 상자 안으로 손을 넣어 종잇조각을 꺼내어 이름을 읽기 시작했다. "시미온 딘스모아!" 그것에 응해 키가 작은, 허리가 앞으로 조금 굽은, 짐승 발톱 같은 손을 한, 흰 족제비 모양의 생김새의 갈색 양복을 입은 사나이가 바쁜 걸음으로 배심원석으로 가서 앉았다. 그 사나이의 앞으로 메이슨이 엄숙한 태도로 다가갔다. 납작한 그의 얼굴이 여간 공격적으로 보이지 않았다. 그는 법정 구석구석까지 쩽하는 큰 목소리를 울리면서 연령, 직업, 독신인가 결혼했나, 자식은 몇이나 되고, 사형을 좋게 생각하나 어떤가 하고 물었다. 그 최후의 질문에 그 즉시 크라이드는 원망스러운 무엇, 일종의 억압된 감정이 자기 체내에서 꿈틀거리는 것을 느꼈다. 곧 상대방 사나이는 힘을 주어 대답했다. "그건 상관없다고 생각합니다, 특별한 인간에 대해선." 그 대답에 메이슨은 희미하게 미소를 지었고, 젭슨은 벨크납 쪽을 보았다. 벨크납은 경멸조로 중얼거렸다. "저래도 여기서 공정한 심리가 된다고 떠들어 대니 장관이지." 그러나 동시에 메이슨은 이 태도만큼은 대단히 활발하지만 너무도 지나치게 정직해 보이는 농부는 다소 자기의 신념에 지나치게 힘을 넣고 있다고 생각하고는 다음과 같이 선언했다. "법정의 승인을 얻으면 원고는 이 배심원 후보를 제외하고자 합니다." 재판장으로부터 물을 말이 없느냐는 듯한 시선을 받은 벨크납은 머리를 끄덕여 동의를 표했다. 그래서 배심원 후보에 추천되었던 그 사나이는 제외되었다.

곧 서기는 사각형 상자에서 두번째 종잇조각을 꺼내어 읽기 시작했다. "더들리 쉬얼린!" 그것에 응하여 몸이 마른, 키가 후리후리한, 나이는 38세 또는 40세로 보이는 단정한 몸차림의 어쩐지 소심하고 조심성이 있어 보이는 태도의 사나이가 나와서 배심원석에 앉았다. 또다시 메이슨은 아까와 똑같은 질문을 반복하기 시작했다.

그 동안 크라이드는 벨크납과 젭슨이 미리 주의시켰음에도 불구하고, 벌써 사지가 굳어지고 오한이 나고 핏기가 없어지는 것을 느꼈다. 방청인들은 자기에 대하여 적의를 품고 있다는 것을 그는 충분히 느낄 수 있었기 때문이다. 이렇게도 꽉 몰려들어 있는 군중 속에는 필경 로버타의 양친과 아마도 동생들과 남동생들도 끼여 있어 모두 자기를 노려보면서 과거 몇 주일 동안 각 신문이 보도하고 있었던 것처럼 자기가 벌을 받게 될 것을 충심으로 바라고 있으려니 생각하자, 한층 더 그는 오한을 느꼈다.

또 리커거스와 트웰프스 호의 사람들도——물론 그들은 절대적으로 크라이드의 유죄를 인정하고는 누구 하나 소식도 주지 않았지만——누군가가 필경 와 있을 것이 분명하다. 이를테면 질이나 거트루드나 트레이시 트럼불이? 또는 와이난트 팬트나 그녀의 남동생이라도? 자기가 체포된 날 그녀는 저 베아호반의 캠핑에 가 있었으렷다. 그러고는 그는 작년 일 년 동안에 만난 모든 사교계의 사람들을 회상해 보는 것이었다. 그 사람들이 현재의 자기를 보고 있을 테지. 가난하고, 못나고, 세상에서 버림을 당하고, 이와 같은 범죄 때문에 재판을 받고 있는 자기를. 리커거스의 부호의 친척과 서부의 친가의 일로 계속 허세만 부리다가 결국 이 꼴이 되어 버린 자기를. 지금 물론 그들은 살인을 계획한 무서운 인간이라고 생각하고 있을 테지──이 사건의 자기 쪽 변명도, 자기의 기분과 심통도, 자기가 로버타와 빠져 있던 곤경도, 자기의 손드라에 대한 애정도, 그녀가 자기에게 무엇을 의미했는가도 전혀 모르고, 알려고도 하지 않은 채. 그들은 그것을 이해하지 못할 것이다. 그리고 자기는 비록 그렇게 생각해도 그것에 관해서는 아무 이야기도 해서는 안 된다고 엄격히 다짐하고 있었다.

그러나 벨크납과 젭슨의 충고도 있고 해서 그는 가만히 앉아서 미소를 짓고, 그렇지 못할 때에는 적어도 쾌활한 낯으로 모든 사람의 시선을 대담하게 정면으로 대하고 있지 않으면 안 되었다. 그래서 얼굴을 돌려 왼편으로 시선을 던지는 순간──앗, 똑같은 얼굴이다!──그는 왼쪽 벽 앞의 의자 위에서 로버타와 똑같이 생긴 처녀를 발견하고 깜짝 놀라 정신이 아찔했다. 로버타가 가끔 이야기했던 동생──에밀리임에 틀림없다──그렇긴 하더라도 이것은 그에겐 너무도 처참한 충격이 아닐 수 없었다! 심장이 딱 멎는 것만 같았다. 로버타 자신이 살아난 유령 같으면서도 생생하고 매서운 비난의 눈초리로 자기를 뚫어져라 하고 응시하는 것만 같았다. 그 처녀 옆에 똑같이 생긴 처녀가 또 하나 앉아 있고, 그 옆에는 노인──로버타의 아버지──이 앉아 있었다. 그 농가의 입구로 크라이드가 길을 물으러 갔을 때 만났던 바로 그 주름살투성이의 노인인데, 이제는 잡아먹을 듯한 눈초리로 크라이드를 노려보고 있었다. 그 시커멓고 파리한 두 눈은 그에게 분명히 다음과 같이 말하고 있었다. "이놈, 살인범! 이놈, 살인범!" 그리고 그의 곁에는 한 50세 가량 되어 보이는 온순하고 몸집이 작고, 혈색이 좋지 못한 부인이 베일을 내리고 몸을 접고 앉아 있었는데, 두 눈이 움푹 패어 있었다. 크라이드의 시선과 마주치자 증오심보다도 격심한 고통을 느끼고 있는 것처럼 시선을 떨어뜨리고 얼굴을 돌렸다. 로버타의 어머니다. 의심할 여지도 없다. 이 얼마나 괴로운 처지냐! 이 얼마나 처참한 꼴이냐! 그는 심장이 두근거리고 손이 떨렸다.

그는 자기 자신을 진정시키려고 눈을 떨어뜨리고는 눈앞의 테이블 위의 벨크납과 젭슨의 손을 보았다. 둘 다 앞에다 놓은 용지철 위에 손을 뻗치고는 연필을 만지작거리면서 메이슨과 그 앞의 배심원석에 나타나는 인물을 응시하고 있었다. 지금 등장하고 있는 사람은 어리석어 보이는 생김새의 뚱뚱하게 살찐 사나이였다. 젭슨과 벨크납의 손에는 현저한 차이가 있었다. 벨크납의 손은 아주 짧고 토실토실하며 흰 데 반해 젭슨의 손은 아주 길고 갈색이며 마디가 굵고 뼈가 솟아 있었다. 그리고 이 법정에 있어서의 벨크납의 태도는 쾌활하고 명랑하며 그의 "이 배심원은 그만두었으면 좋겠습니다"고 하는 상냥한 말투는 메이슨의 "제외!" 하고 권총처럼 쏘아붙이는 말투와는 좋은 대조가 되었고, 젭슨이 천천히 그러면서도 힘 있게, "저분은 제외하는 것이 좋겠습니다, 앨빈. 우리들에게 도움이 되는 일이라곤 아무것도 없으니까요" 하고 속삭이는 것과도 대조적이었다.

그때에 별안간 젭슨이 크라이드에게 다음과 같이 말했다. "머리를 들어요, 머리를 똑바로! 그리고 주위를 돌아다보고! 그렇게 축 늘어지지 말구. 사람들의 얼굴을 똑바로 쳐다보란 말이오. 그리고 천연스럽게 미소를 지어 봐요, 크라이드. 적어도 미소를 지으려는 이상은 사람들의 얼굴을 똑바로 바라보란 말이오. 저까짓 것들, 구경 나온 농부들 아니오?"

그러나 크라이드는 몇 사람의 신문기자와 화가들이 자기를 주목하고는 스케치를 하기도 하고 글을 쓰기도 하고 있는 것이 눈에 띄었기 때문에 왈칵 낯이 붉어지며, 갑자기 기운이 쭉 빠지고 말았다. 그는 그들의 날카로운 시선을 느끼고, 그들이 갈겨쓰는 펜소리를 뚜렷이 들을 수 있는 동시에 그들이 수군거리는 날카로운 말소리까지도 분명히 들을 수 있었다. 이것이 모두 다 신문에 날 테지——자기의 새파랗게 질린 얼굴도 떨리는 손도——그들은 그릴 테지. 그러면 덴버에 있는 어머니와 리커거스의 모든 사람들이 그것을 보고, 그것을 읽고 할 테지. 자기가 올든 가의 가족들을 쳐다볼 때의 표정, 그들이 일제히 그를 노려보는 광경, 자기가 다시 시선을 딴 데로 돌리는 순간의 모습, 이 모든 것을 그들은 신문에서 볼 테지. 그러나…… 그러나…… 자기는 좀더 그럴 듯한 태도를 취하지 않으면 안 된다. 똑바로 다시 한 번 고쳐 앉아서 태연한 표정으로 주위를 둘러보지 않으면 안 된다. 그렇지 않으면 젭슨은 자기에게 진절머리를 내고 말 테지. 이렇게 생각한 그는 최선을 다하여 이 공포심을 뭉개 버리고 눈을 쳐들어 겨우 얼굴을 돌려 주위를 둘러보려고 했다.

그랬더니 아니나다를까 그렇게 하고 있으려니까 그가 걱정하고 있었던 대로 벽에 붙어 있는 높은 창 곁에 트레이시 트럼불이 와 있지 않은가? 이 사건에 관하여 흥미와 호기심을 가지고 왔는지 어떤지는 모르나 자기에 대한 동정심을 가지고 온 것이 아닌 것만은 분명했다. 그는 지금 자기를 보지 않고——고마운 일이다!——뚱뚱한 사나이에게 무엇을 묻고 있는 메이슨 쪽을 바라보고 있었다. 그 옆에는 프레디 셀즈가 있었는데 근시에다 장거리 망원 장치가 되어 있는 도수가 높은 안경을 쓰고서 크라이드 쪽을 보고 있었다. 그러나 아무런 반응을 나타내고 있지 않는 것을 보니 확실히 그를 발견하고 있지 않은 모양이다. 그러나 아아, 이 모두 얼마나 괴로운 장면이냐!

또 그들로부터 다섯 줄쯤 다른 방향에 길핀 부처가 있었는데, 물론 메이슨은 그들을 발견하고 있었다. 그들은 오늘 무엇을 증언하려는 것일까? 그가 로버타의 방으로 그녀를 만나러 간 그 이야기일까? 비밀리한다고 했건만! 그것이 탄로난다면? 물론 불리한 증언이다. 아아, 하고도 많은 사람 중에서 조지 뉴톤 부처까지 와 있다니! 메이슨은 무엇 때문에 그들을 증인석에다 세우려는 것일까? 로버타가 그를 알기 이전의 생활을 증언케 하려는 것일까? 그리고 저 그레이스 마르도 와 있구나. 저 여잔 자기도 본 적은 꽤 많지만 직접 만나기는 크럼 호에서 단 한 번이었고, 로버타도 끝까지 그녀를 좋아하지는 않았다. 도대체 그녀에게 무슨 할 말이 있다는 것일까? 물론 내가 로버타와 처음 만나던 때의 이야기를 할 수야 있겠지만, 그 외에 무슨 이야기가 있다는 것이냐? 그 다음에는——아니다, 그럴 리가 없다——아니다, 역시 그렇다. 틀림없다——오린 쇼트가 와 있구나! 글렌 의사에 관해서 그에게 물어 본 일이 있는 그 오린 쇼트 말이다. 어쩌면 저 사나이는 그 이야기를 할지도 모른다. 정녕 그럴 테지. 전혀 자기로선 꿈속에서도 상상조차 못 해본 일이다.

그리고 정면으로부터 세번째 창 옆에 저 무서운 올든 가족들보다 훨씬 저쪽에 구레나룻을 기른 몸집이 큰 도둑놈으로 변한 옛날 퀘이커 교도처럼 생긴 사나이가 앉아 있었다. 그의 이름은 하이트라고 했다. 크라이드는 전에 스리마일 베이에서 그를 만난 적이 있었고, 체포되어 빅 비턴으로 끌려가던 날에도 만난 적이 있었다. 옳지, 검시관이다! 그 옆에 있는 사람은 그날 내가 숙박계에 서명한 그 여관집 주인임에 틀림없다. 그리고 그 옆에 있는 사람은 그에게 보트를 빌려 준 보트 하우스의 주인. 그리고 그 옆의 키가 큰 마른 사나이는 나와 로버타를 건 롯지로부터 안내해 준 안내인. 살빛이 검고 힘이 세어 보이는 거칠게 생긴 사나이인데, 그 조그맣고, 움푹 들어간 짐승처럼 생긴 눈으로 그를 뚫어지게 노려보고 있었다. 그날 건 롯지로부터 자동차를 타고 가던 때의 자세한 광경을 증언하러 온 것일 테지. 그날 초조해하던 태도와 어리석은 고민을 지금 내가 역력히 회상할 수 있는 것처럼 저 사나이도 그때 일을 잘 기억하고 있는 것일까? 만일 그렇다면 그러한 태도는 심경의 변화를 일으켰다는 나의 변론에 어떠한 영향을 주게 될까? 젭슨과 이 문제를 다시 한 번 토의해 보는 것이 좋지 않을까?

도대체 이 메이슨이라는 인간은 얼마나 무서운 정력가이기에 이 많은 사람들을 증인으로 불러온 것일까? 나에게 불리한 증언을 하게 하려고 이 많은 사람들을 모아오기 위해서 얼마만큼이나 그는 동분서주하면서 활약을 했을까? 이렇게 생각하면서 크라이드가 메이슨 쪽을 바라보고 있자니까 그는 아직까지 열두 명의 후보자의 경우와 마찬가지로──그러나 배심원석에 관한 한 아직도 눈에 띌 만한 성과가 나타난 것은 아니었다──"원고는 승인합니다!" 하고 큰 소리로 외쳤다. 그러나 젭슨은 여전히 다소 얼굴을 쳐들었을 뿐으로 눈은 쳐들지 않은 채 "저분이 우리에게 도움이 될 만한 것이라곤 아무것도 없습니다, 앨빈. 뼈만 앙상하게 빼빼 마른 것이." 그러자 이번에는 벨크납이 품위 있고, 상냥한 말투로 이의를 신청하여 지금까지도 대부분 그러했던 것처럼 또 다시 이 이의는 수리되었다.

그러자 마침내 그때 참으로 반갑게도 예의 그 서기가 또렷하고, 가늘고, 긁는 듯한 나이 먹은 목소리로 오후 두 시까지의 휴정을 선언했다. 이 소리를 듣고 젭슨은 웃는 낯으로 크라이드를 돌아다보며 "자, 크라이드, 이걸로 제1회전은 끝났소. 별거없죠? 또 어려운 것도 없고. 돌아가서 맛있는 음식이라도 자셔 두시오. 오후는 좀 지루할 터이니까."

그러는 동안에 크로트와 시셀이 특별호위의 경찰관들과 함께 크라이드가 앉아 있는 곳으로 가까이 와서 그를 빙 둘러싸고 말았다. 군중들이 우우 몰려와서 저마다 떠들어 댔다. "야, 나온다! 나왔다! 여기다! 여기다!" 그때에 몸집이 크고 살이 뚱뚱하게 찐 여자가 사람들을 떠다밀며 바싹 앞으로 나와 크라이드의 얼굴을 똑바로 들여다보며 고함을 질렀다. "어디 이놈, 네 얼굴 좀 보자 이놈아, 나도 딸이 둘이나 있다." 그러나 아까 방청석에서 보이던 리커거스와 트웰프스 호의 사람들은 한 사람도 가까이 오지 않았다. 그리고 물론 손드라도 그림자조차 보이지 않았다. 왜냐하면 몇 번씩 벨크납과 젭슨이 크라이드에게 단언했던 것처럼 그녀를 등장시키지 않고, 될 수만 있다면 그녀의 이름조차도 법정에 내놓지 않을 예정으로 있었기 때문이다. 핀츠레이 가족도 그러했지만 그리피스 가족도 역시 그것에 반대하고 있었기 때문이다.

20

이리하여 메이슨과 벨크납은 배심원 선정을 위하여 꼬박 닷새 동안이나 소비했다. 그리하여 마침내 크라이드를 심리할 열두 명의 배심원이 선서하고 자리에 앉았다. 그들은 대개 머리가 반백이고, 얼굴이 햇빛에 그을고, 주름살이 잡힌 농부들과 시골 장사꾼들이었고, 그 중에는 포드 자동차 회사의 대리점, 톰 딕슨 호반의 여관 주인, 브리지버그의 햄버거집 주인, 포목상의 세일즈맨, 그라스호 바로 북쪽 퍼데이에 거주하는 보험 회사의 영업사원 등 단 하나만을 빼놓고는 전부가 기혼자들이었다. 그리고 단 한 사람을 제외하고는 모두 도덕적이라고는 할 수 없으나 종교적이었고, 배심원 회의를 열기 전부터 크라이드의 유죄를 확신하고 있었다. 그러나 그들은 거의 모두가 자기 자신을 공명정대하고 편견이 없는 사람이라고 믿고 있었고, 이 사건의 배심원으로 앉게 된 것에 지극히 큰 관심을 가지고 있었으므로 제출된 사실을 기초로 하여 공명정대하고 엄정한 판결을 내릴 수 있다고 믿고 있었다.

그러한 생각을 가지고 그들 모두가 선서를 행하고는 배심원석에 앉은 것이다.

선서가 끝나자 곧 메이슨이 기립하여 입을 열었다. "배심원 여러분!"

이제는 크라이드도 벨크납도 젭슨도 다같이 배심원들을 바라보면서 메이슨의 최초의 죄상 진술이 어떠한 인상을 줄 것인가 하고 그것을 지켜보고 있었다. 현재와 같은 특수한 사정하에서는 메이슨만큼 강력하고도 전격적으로 행동할 수 있는 검사를 구할 수는 없을 것만 같았다. 이 사건이야말로 그에게는 참으로 건곤일척(乾坤一擲)의 기회였다. 아메리카 전국민의 시선이 지금 그에게 집중되어 있는 것이 아닌가! 그는 그렇게 믿고 있었다. 누군가가 별안간

"라이트! 카메라!" 하고 외친 것만 같았다.

"여러분께서는 물론" 하고 메이슨은 진술을 하기 시작했다. "과거 1주일 동안 이 사건의 담당 변호사들이 배심원 명부에서 여러분 열두 명을 선정하는 데 있어 지극히 용의주도했다는 점에 대하여 한편 지루하기도 하고, 또 한편에선 당황하기도 했을 줄로 압니다. 이 놀라운 사건에 관계되는 모든 사실을 제출하여, 법률이 요구하는바 공평하고 정확한 판정을 맡길 만한 열두 명 인사를 선출한다는 것은 결코 용이한 일이 아니었습니다. 배심원 여러분, 돌이켜 생각해 보건대, 본인 자신이 행사한 모든 주의와 염려는 단 한 가지 동기——뉴욕 주는 정의가 이루어지기를 원하고 있다——에서 출발한 것이었습니다. 여기에는 어떠한 종류의 악의도 선입관도 있을 수 없습니다. 지난 7월 9일까지만 해도 본인 개인으로서는 본건의 피고의 존재도, 피해자의 존재도, 지금 피고가 고발당하고 있는 그 범행에 대해서도 아무것도 모르고 있었습니다. 그러나 배심원 여러분, 본인이 맨 처음 현재 피고인과 같은 연령과 교육과 친척 관계를 가지고 있는 사람이 이러한 범행 혐의로 고발될 만한 처지에 처해 있다는 보고를 들었을 때에 나는 깜짝 놀랐고, 도저히 믿을 수 없는 일이라 생각했던 것입니다. 그러나 그 후 나는 최초의 의혹심을 한걸음 변경하고, 마지막에는 영구히 포기했으며, 문자 그대로 내 수중에 입수된 무수한 증거로부터 시민을 위하여 본건을 기소하는 것이 본인의 의무라는 판단을 내리게 된 것입니다.

그러나 그것은 어쨌든지 간에 우리는 이제 사실 설명으로 들어가기로 하겠습니다. 본건에는 두 명의 여자가 등장합니다. 그 중 하나는 죽었고, 다른 하나는——그는 크라이드가 앉아 있는 쪽을 흘긋 쳐다보고 나서 벨크납과 젭슨 쪽을 손가락으로 가리키면서——검사측과 피고측의 협의에 의하여 여기서는 이름을 들지 않기로 합의가 된 것입니다. 이 여성에게 불필요한 명예손상을 가해 보았자, 아무런 이득도 없을 것이기 때문입니다. 본인이 앞으로 여러분에게 제출하는 모든 사실의 배후의 목적은 어디까지나 본주(本州)의 법률과 피고인이 고발당한 범행에 응하여 정당한 재판을 해야 한다는 것입니다. 배심원 여러분, 정당한 재판이란 정확하고 당연한 재판이란 의미입니다. 그러나 만일 여러분이 증거에 따라 정직하게 행동하지 않고, 공정한 판결을 내려 주지 않는다면 뉴욕 주민, 카타라키 군민은 불만을 가질 것이며, 그 불만은 대단한 것이 될 것입니다. 왜냐하면 여러분에게 대하여 본건의 구명과 최후적인 결정에 대한 진정한 책임의 수행을 요구하고 있는 것은 바로 그들 시민 자신이기 때문입니다."

여기서 일단 말을 끊었다가 다시 메이슨은 신파조로 크라이드가 있는 쪽을 바라보며, 간간이 오른쪽 집게손가락으로 그를 가리키면서 말을 이었다.

"뉴욕 주의 시민은 제1급 살인죄가 형사피고인——크라이드 그리피스——에 의하여 범행된 사실을 고발합니다." 그는 이 고발이라는 말에 힘을 주어 마치 그 말을 우렛소리와 같이 울리게 하려는 듯이 음성을 돋우어 부르짖었다. "피고는 고의로 또 악의와 잔인성과 기만을 가지고 다년간 미미코 군 빌츠 부근에서 살아온 농부의 딸, 로버타 올든 양을 살해한 뒤 그 시체를 은닉하여 영원히 그 사실을 세인의 이목과 정의로부터 인멸해 버리려고 애를 쓴 것입니다." 이때 젭슨이 귓속말로 크라이드에게 주의를 시켰으므로 크라이드는 될 수 있는 대로 편하게 버티고 앉아서 되도록 태연히 메이슨의 얼굴을 쳐다보고 있었다. 메이슨은 똑바로 크라이드를 보고 있었다. "동피고 크라이드 그리피스는 이 범죄를 결행하기 전에 여러 주일에 걸쳐 범죄의 계획과 그 수행 방법을 음모했으며, 그 뒤에 고의적이며 냉혈적인 모의(謀議)를 가지고 그 계획을 실행한 것입니다. 이러한 사실을 고발함에 있어, 뉴욕 주 시민은 그 모든 사실의 증명이 지금이야말로 여러분 앞에 제시될 것을 기대하며, 사실 제출될 것입니다. 여러분은 앞으로 사실의 제시를 보게 될 것이며, 이들 사실에 관해서는 본인이 아니라 여러분 자신이 유일한 심판관이 될 것입니다."

여기서 그는 다시 한 번 말을 끊고는 몸의 자세를 바꾸었다. 그러는 동안에 방청인은 그의 입에서 나오는 한마디 한마디 말에 굶주리고 목마른 것처럼 밀치락달치락하며 일제히 몸을 앞으로 쑥 내밀었다. 그는 천천히 한 손을 쳐들어 그의 고수머리를 신파조로 쓸어올리며 다시 말을 이었다.

"여러분, 빅 비턴 호의 물 속 깊이 가련하게도 사라지고 만 이 처녀가 어떠한 성격의 여성이었던가를 설명해 드리는 데 그리 오랜 시간이 걸리지 않을 것이며, 심리의 진행에 따라서 여러분들도 틀림없이 저절로 아시게 될 것입니다. 20년간에 걸친 그녀의 전생애 중(그녀는 스물세 살이었고, 크라이드보다 두 살 위라는 것을 메이슨은 잘 알고 있었다) 그녀를 알고 있던 사람들은 누구 하나 그녀에 관해서 비난을 한 사람은 없었습니다. 그러한 증거는 하나도 이 공판에는 제출되지 않을 것이라고 나는 확신하고 있습니다. 이제부터 약 일 년 전 7월 19일에——그녀는 자기 손으로 벌어서 그 가족을 돕고자 하여 리커거스 시로 나온 것입니다.” 이때에 그녀의 양친과 형제자매들이 흐느껴 우는 소리가 법정 안에 진동했다.

“여러분!” 하고 메이슨은 로버타의 생애에 관해서 말을 이었다. 맨 처음 그녀는 리커거스에서 그레이스 마르와 함께 살고 있었는데, 크럼 호에서 크라이드를 알게 된 후부터 그레이스와도 헤어지게 되었고, 보호자인 뉴톤 부처와도 헤어지게 되었다. 그것은 크라이드가 따로 나와서 혼자 살라는 권고에 못 이긴 것이고, 그 권고를 받아들였기 때문이다. 이리하여 그녀는 낯선 사람들 사이에 끼여 살게 되었고, 따라서 그러한 추잡스런 행위를 부모에게 숨겨 가면서 혼자 살다가 어떻게 그의 책모(策謀)에 넘어가고 말았다. 그 경위가 어떻게 진전되었는가 하는 그 과정은 그녀가 빌츠에서 그에게 써 보낸 편지 속에 일일이 상세하게 설명되어 있다고 메이슨은 진술했다. 여기서부터 메이슨은 여전히 세심한 과정을 밟아 크라이드의 이야기로 옮겨갔다. 그가 크라이드의 사교계의 행사와 부잣집 딸인 미모의 미스 X에게 관심을 품고 있었던 이야기, 그리고 미스 X는 그에게 반하기는 했지만 사실은 순진하고 동정심이 많았기 때문에 자기와 결혼할 수 있을지도 모르겠다는 희망의 눈치를 그에게 보였더니, 그것이 동기가 되어 자기도 모르는 동안에 남자의 마음속에 하나의 열광적인 욕망을 불러일으켰다는 것. 그 때문에 그의 로버타에 대한 태도와 감정은 돌연 일변하여 로버타 살해의 계획이 되고 말았으며, 그것이 마침내는 그녀의 죽음을 가져오게 하는 결과가 되고 말았다는 것을 설명했고, 그 증거는 앞으로 곧 제시할 작정이라고 메이슨은 역설했다.

“그렇다면 내가 지금 이 모든 사실을 들어 고발하는 인물은 어떠한 인물이겠습니까?” 그는 별안간 신파조로 음성을 높였다. “그 사람은 바로 저기 앉아 있습니다! 과연 그는 부랑자를 양친으로 한 그러한 환경에서 나온 자식, 빈민굴의 산물일까요? 품위 있고, 훌륭한 생활의 가치와 의무에 대하여 적당하고 귀중한 생각을 가져 볼 기회를 전혀 빼앗겼던 그러한 인물일까요? 아니올시다. 정반대입니다. 그의 아버지는 리커거스에서 가장 크고 가장 건설적인 산업의 하나——그리피스 칼라 셔츠회사를 경영하고 있는 일가와 동일한 혈통을 이어받은 인물입니다. 피고는 가난했습니다. 그것은 사실입니다. 그건 의심의 여지도 없습니다. 그러나 로버타 올든 이상으로 가난하진 않았습니다. 그러나 그녀의 성품은 그 빈곤의 영향을 받고 있는 것 같지는 않습니다. 피고의 양친은 캔자스시티에서 덴버로, 그 전에는 시카고와 미시간 주 그랜드 래피즈에서 살다가 이사를 왔고, 신앙 권고와 전도사업에 종사하고 있는 전도사였던 모양이고, 본인이 수집한 모든 재료를 가지고 판단하건대 진실로 성실하고 종교적이며 모든 점에 있어 절조를 지키는 사람이었습니다. 그러나 그들의 장남이며, 당연히 양친의 감화를 받아 깊은 종교적 신앙을 가지고 있으리라고 기대할 수 있음에도 불구하고, 일찍부터 부모의 세계에 등을 돌리고는 화려한 생활을 동경하여 캔자스시티에서 그 이름도 유명한 그린 대이비슨 호텔에서 보이 노릇을 했습니다."

그 다음에 메이슨은 크라이드가 각지를 전전하며 방랑했다는 사실을 설명하기 시작했다. "피고인은 무슨 기질적 결함의 탓이었든지 이곳저곳으로 방랑하기를 좋아했습니다. 후에 그는 리커거스에 사는 그의 백부가 경영하는 공장에서 한 분야의 장으로서 중요한 지위를 맡게 되었습니다. 그러자 그는 백부와 그 아들과 딸이 접촉이 깊은 사교계에 소개되었고, 그의 봉급은 동시의 고급 주택가에서 방을 빌릴 만큼의 봉급으로 인상되었지만, 동피고가 살해한 처녀는 뒷골목의 초라한 방에서 살고 있었습니다." 이렇게 메이슨은 설명했다.

"그러나" 하고 메이슨은 말을 이었다. "피고인이 아직 연소하다는 점을 얼마나 많이 부당하게 이용해 왔는가?" 여기서 메이슨은 멸시의 미소를 입가에 그렸다. "신문에 발표되어 있는 그의 변호인과 그 밖의 사람들의 얘기를 들어보면 거듭 그를 소년이라고 부릅니다. 그러나 그는 소년이 아닙니다. 수염이 난 어른입니다. 그는 배심원석에 앉아 있는 여러분들 중의 누구보다도 많은 사회적·교양적 경험이 있습니다. 그는 이곳저곳 여행도 해보았습니다. 호텔에서, 클럽에서, 리커거스에서 친밀하게 교제한 사교계에서, 그는 점잖고, 훌륭하고, 유능하고, 저명한 인사들과 무수히 접촉해 왔습니다. 사실 두 달 전에 체포되었을 때에는 그는 이 지방이 자랑하는 가장 화려한 사교계와 피서지 그룹에 참가하고 있었던 것입니다. 아무쪼록 이 점만은 잘 기억해 둘 필요가 있습니다! 그의 정신 상태는 결코 미숙한 것이 아니라 아주 성숙한 사고력을 구비하고 있는 것입니다.

여러분, 차차로 원고측이 증명하려고 생각합니다만, 그가 리커거스로 간 지 불과 4개월 후에 살해된 처녀는 피고가 책임자로 있던 직장에서 그의 밑에서 일하게 되었던 것입니다. 그리고 처녀가 회사에 들어온 지 두 달도 못 되어서 피고인은 그녀에게 추근거려, 그녀가 리커거스에 와서 선정한 점잖고 종교적인 가정에서 떠나서 다른 집으로 이사하도록 유인했습니다. 그녀 자신은 이 집에 관해서는 아무것도 모르고 있었으며, 이 집의 중요한 이점이라고 그가 생각한 것은, 그가 그녀에게 대해서 이미 품고 있었던 흉측한 의도에 대하여 비밀과 편함과 자유를 제공한다는 점이었습니다.

그리피스 회사에는 하나의 규칙이 있습니다. 그것은 나중에 설명할 기회가 있을 줄로 압니다만, 그것에 의하면 한 부의 장 지위에 있는 사람이면 그 밑에서 일하는 여직공과 공장 내부에 있어서나 외부에 있어서나 관계를 가져서는 안 된다는 것입니다. 그러한 짓을 하는 것은 이 대회사에서 일하는 사람들이 풍기나 명예에 대해서 조금도 도움이 될 것이 없다고 해서 회사에선 이것을 엄하게 금지하고 있던 것입니다. 그래서 피고도 입사하자 곧 이 규칙에 관해서 훈시를 받았습니다. 그러나 이 규칙은 과연 피고의 행동을 저지했겠습니까? 그의 백부는 바로 최근에 대단한 호의를 가지고 그를 승진시켜 주었는데 도움이 되었겠습니까? 천만에요, 조금도 효과가 없었습니다. 애당초부터 비밀로 해나갔습니다! 애당초부터 유인, 오직 이것뿐이었습니다! 사람을 갱생시키는 숭고한 결혼의 영역 외에서 비밀적이며, 고의적이며, 부도덕하며, 비합법적이며, 사회가 시인하지 않는 죄악적인 방법으로 그녀의 육체를 사용할 뿐이었습니다!

여러분, 바로 이것이 그의 목적이었던 것입니다. 그런데 그와 로버타 올든과의 사이에 이러한 관계가 존재하고 있었다는 것이 리커거스나 기타 지방의 누구에게 조금이라도 알려져 있었겠습니까? 본관이 확증할 수 있는 범위 안에서는 그녀의 사후에 이르기까지 조금도 그러한 관계를 눈치채고 있었던 사람은 하나도 없었습니다. 한 사람도 없었습니다! 이 점을 꼭 생각해 보십시오! 배심원 여러분!" 여기서 그의 목소리는 거의 외경(畏敬)에 가까운 음조를 띠었다. "로버타 올든 양은 전심령을 다하여 이 피고인을 사랑했습니다. 인간의 두뇌와 인간 심정의 최고 지상(至上)의 신비의 애정을 다 바쳐서 사랑하고 있었습니다. 그것은 약한 점에 있어서나 강한 점에 있어서나 모든 수치와 공포를 초월하고, 심지어는 영원불멸한 천국의 옥좌에 대한 공포까지도 초월하는 것이었습니다. 그녀야말로 진실하고 온순하고 예절바르고 친절한 정열적인 애정에 넘친 처녀였습니다. 그리고 그녀는 성품이 너그럽고, 끝까지 신뢰하는, 자기 희생적인 인간만이 사랑할 수 있는 그러한 방식으로 그를 사랑했던 것입니다. 그렇게 사랑하던 끝에 여자로서 그 사랑하는 사나이에게 바칠 수 있는 모든 것을 그에게 바쳤던 것입니다.

여러분, 이것은 우리 현실 세계에서 이제까지 몇백만 번씩 발생했던 일이고, 장래에 있어서도 수백만 번, 수천만 번 일어날 것입니다. 이것은 결코 새로운 사건은 아니며, 언제까지나 결코 지워지지 않을 사건일 것입니다.

그러나 지난 정월인가 2월경, 이제 죽어 무덤 속에 묻혀 있는 이 처녀는 피고 크라이드 그리피스를 보고 머지않아 자기는 어머니가 되리라는 말을 하지 않을 수 없게 되었습니다. 그때, 그리고 그 후 쭉 그녀는 그에게 애걸하다시피 하면서 어디 딴 데로 가서 자기를 아내로 삼아 달라고 졸라 댔다고 하는 것은 앞으로 본관이 증명하게 될 것입니다.

그러나 피고인은 그녀의 요구대로 했겠습니까? 그렇게 할 작정으로 있었겠습니까? 아닙니다! 벌써 그때에는 크라이드 그리피스의 꿈과 애정 위에 하나의 변화가 일어나고 있었기 때문입니다. 벌써 그는 리커거스에서는 그리피스라는 성이 리커거스의 상류사회로의 문을 열어 주는 열쇠라는 것을 알았고, 그와 동시에 캔자스시티나 시카고에서 보잘것없던 사나이인 그가 이곳 리커거스에서는 상당히 중요한 인물이며, 그 사실이 교양과 재력이 있는 처녀들──로버타가 속해 있는 세계로부터는 멀리 떨어져 있는 곳에서 생활하고 있는 처녀들──에게 접근할 수 있다는 것을 그는 깨달았읍니다. 그뿐 아니라 그는 또 출중한 처녀 하나를 발견했는데, 그 미모와 재력과 지위의 탓으로 터무니없이 그녀에게 마음을 끌리게 되었습니다. 그녀와 비교해 볼 때, 기막히게 초라한 비밀의 방에서 그의 지시대로 살고 있는 보잘것없는 농가 출신의 여직공 같은 것은 정말로 너무도 초라해 보였던 것입니다. 물론 데리고 놀기에는 무엇 하나 나무랄 데 없지만 결혼할 만한 가치가 있는 여자라고는 생각되지 않은 것입니다. 따라서 그에게는 전혀 결혼할 의사는 없었던 것입니다."

여기서 그는 잠시 말을 끊었다가, 곧 다시 말을 이었다.

"그가 맥을 못 쓸 만큼 미쳐 날뛰던 사교적 활동을 조금이라도 제한했다거나 중지했다는 행적을 본관은 한 번도 발견하지 못했습니다. 그와는 반대로 1월부터 7월 5일까지——그리고 그 후에도 여전합니다. 그녀가 피고를 보고 만약 자기를 어디 딴 데로 데리고 가서 결혼해 주지 않으면 이 사실을 폭로하여 사회 정의에 호소할 수밖에 없다고 말할 만큼 막다른 골목에 몰리게 되었을 때나, 또 그녀가 빅 비턴 호의 밑바닥에 차디차게 시체가 되어 가라앉아 있을 때에도 댄스 · 원유회 · 자동차 파티 · 만찬회, 트웰프스 호와 베아 호로의 즐거운 여행뿐이었습니다. 그는 전혀 그녀의 사회적 또는 도덕적 요구에 의하여 조금이라도 자기의 행위를 고쳐야겠다는 생각을 꿈에도 해본 일이 없었습니다."

여기서 잠시 말을 끊은 메이슨은 벨크납과 젭슨 쪽으로 시선을 던졌다. 두 변호사는 그다지 감동도 받지 않았던지, 우선 메이슨에게 미소를 보내고 나서, 다음에는 서로 빙그레 미소를 지었을 뿐이었다. 그러나 그 맹렬한 몸서리가 쳐지는 진술에 그만 질린 크라이드는 그 진술 속에 얼마만큼 많은 과장과 불공평한 언어가 섞여 있는가를 가려내는 데 마음을 뺏기고 있었다.

그러나 크라이드가 이런 생각을 하고 있는 동안에도 검사는 여전히 논고를 계속하고 있었다. "그러나 여러분, 본관이 이미 말씀드린 바와 같이 벌써 그 때 로버타 올든은 피고에게 강경하게 결혼을 요구하고 있었습니다. 이에 대하여 피고는 그리하겠다고 약속한 것입니다. 그러나 나중에 제출된 모든 증거가 명백히 증명할 것입니다만, 피고인은 애당초부터 결혼할 의사는 전혀 없었습니다. 그와는 반대로 그녀의 몸의 사정이 하도 절박해서 피고인으로서도 그녀의 호소를 이 이상 물리칠 수 없었고, 그녀가 리커거스에 그대로 있으면 반드시 오게 될 위험성에 덜컥 겁이 나, 마침내 그녀를 집에 있으라고 권고한 것입니다. 피고는 그녀를 설득하여, 그녀가 필요한 옷가지를 만들며 준비하고 있으면 머지않아 자기가 가서 그녀를 아무도 모르는 먼 곳으로 데리고 가서 부끄럽지 않게 애를 낳게 해줄 터이니 그리 알고 있으라고 둘러댄 것입니다. 머지않아 여러분에게 증거를 제시하겠습니다만 그녀가 피고인에게 써 보낸 편지에 의하면 그 시기는 그녀가 빌츠의 생가로 돌아간 지 3주일 이내로 가기로 되어 있었습니다. 그러나 과연 그는 약속대로 그녀를 데려가기 위해서 빌츠로 갔었을까요? 천만에, 절대로 가지 않았습니다. 마지막으로 그 밖엔 다른 방도가 없었으므로 그는 그녀가 자기를 찾아오는 것을 허락했습니다. 그것은 7월 6일, 그녀가 죽기 이틀 전의 일입니다. 그전에는 절대로 허락치 않았습니다. 그러나 잠깐만 기다려 주십시오. 그 동안 그는 6월 5일부터 7월 6일까지 미미코 군 빌츠 변두리에 있는 조그만 쓸쓸한 농가에서 아픈 가슴을 부둥켜안고 번민하는 것을 그대로 내버려 두었습니다. 그 농가에서는 다만 이웃 사람들이 와서 그녀가 옷을 만드는 것을 구경도 하고 도와 주기도 했습니다만 그때까지도 그녀는 그것이 자기의 결혼 때 입을 옷이라고는 입 밖에 내놓지 않았던 것입니다. 피고가 배반하지 않을까 그녀는 그것을 의심했고, 두려워했습니다. 매일같이, 때로는 하루에 두 통씩이나 그녀는 피고인에게 편지를 내어 자기의 심정을 호소하고, 언제 데리러 올 것인가를 편지나 무엇으로든 확인케 달라고 연방 졸라댔습니다! 그러나 그런 정도의 일이라도 피고인은 실행했을까요? 천만에요. 편지는 한 번도 오지 않았습니다. 전혀 없었습니다! 오, 여러분 그런 일은 한 번도 없었습니다! 그 대신 몇 번 전화를 하는 막연한 것들뿐이었습니다. 그나마도 전화의 횟수가 너무도 적고 그 시간이 너무도 짧았기 때문에 그녀는 피고인이 자기를 생각도 안 해주고 관심도 없는 것을 침통해하며 자꾸만 호소했습니다. 그것이 너무도 심했기 때문에 마침내 5주일 후에는 그녀는 참다못해 다음과 같은 편지를 써보냈습니다. (이러면서 메이슨은 자기 뒤 책상 위에 있는 편지 꾸러미 속에서 그 중 하나를 꺼내들고 읽었다.) '금요일 오후까지 전화나 편지를 주시지 않으면 나는 바로 리커거스로 가겠어요. 그리고 당신이 나를 어떻게 대우했는가를 세상에 폭로하고 말겠어요.' 여러분, 이것이 이 가련한 처녀가 최후로 쓰지 않을 수 없게 되었던 것입니다. 그러나 크라이드 그리피스는 자기가 그녀를 어떻게 취급해 왔는가가 세상에 알려지기를 원했을까요? 물론 원하지 않았죠! 그때 그 즉시 그의 마음속에는 세상에 알려지게 되는 것을 방지하고, 로버타 올든의 입술을 영원히 틀어막을 수 있는 어떤 계획을 마음속에서 세우기 시작했습니다. 그리고 그처럼 하여 그가 실제로 그녀의 입을 틀어막게 한 사실을 원고는 증명하게 될 것입니다."

여기서 메이슨은 뉴욕 주 서북부의 애디론대크 산맥 지대의 지도를 꺼냈다. 이것은 그가 일부러 만든 것으로 그 지도 위에는 붉은 잉크로 크라이드가 걸어다닌 모든 경로가 표시되어 있었다. 그녀가 죽기 전서부터 죽은 후에 이르기까지, 베아 호에서 그가 체포되기까지의 경로다. 그것을 가리켜 보이면서 메이슨은 배심원 쪽을 향해서 크라이드가 자기의 정체를 감추기 위해서 교묘하게 짜낸 계획과 각종의 가명, 두 개의 모자 건도 설명했다. 또 폰다에서 유티카로, 유티카로부터 그라스 호로 가는 기차에서도 크라이드는 절대로 로버타와 같은 기찻간에는 타지 않았다는 사실을 설명한 후에 다음과 같이 말을 이었다.

"여러분, 이 점을 잊어 버리지 않도록 해주십시오. 피고인은 전에 로버타에게 이것은 자기들의 결혼을 위한 여행이라고 하고 있으면서도, 자기가 미래의 신부와 동행하고 있다는 것을 누구에게도 알리고 싶지 않았던 것입니다. 그렇습니다. 빅 비턴에 도착한 후에도 그러했습니다. 왜냐하면 그는 결국 결혼을 하려는 것이 아니라 싫증이 난 처녀의 생명을 끊기에 알맞는, 사람 눈에 띄지 않는 어떤 쓸쓸한 곳을 찾는 것이 그의 목적이었기 때문입니다. 그러면 피고인이 그러한 흉계를 가지고 있다고 해서 범행 24시간 전과 48시간 전에 두 번이나 그녀를 품안에 껴안고, 전혀 지킬 의도가 없는 약속을 되풀이하는 데 무슨 지장이 되었겠습니까? 그 점은 과연 어떠했을까요? 그들이 투숙한 두 군데 호텔의 숙박계를 나는 제시하겠습니다. 이 두 호텔에서는 결혼식이 박두했다는 추상적인 이유하에서 두 사람이 같은 방에 함께 든 것입니다. 그러면 그러한 행동이 어째서 범행 24시간 전에 있지 않고 48시간 전에 있었을까요? 그 이유는 크라이드가 그라스 호를 사람 눈에 띄지 않는 한적한 곳으로 오해한 데 있습니다. 그라스 호가 하기 종교관계의 집회의 중심지로 많은 신자들로 법석대고 있는 것을 본 그는 거기를 떠나 한적한 빅 비턴으로 가기로 작정했습니다. 이렇게 해서 여러분은 천진난만한, 몹시 오해를 받고 있는 청년이 지칠 대로 지친 고민하는 처녀를 이리저리로 끌고 다니면서 몰래 그녀를 익사케 할 수 있는, 사람 눈에 띄지 않는 호수를 찾아서 돌아다닌다는 놀랍고도 슬픈 장면이 여기 전개된 것입니다. 그리고 그녀는 4개월 후에는 어머니가 될 운명에 있었던 것입니다!

얼마 후 찾고 있던 대로의 아주 한적한 호수에 다다른 그는 또다시 숙박계에다 이번에는 크리포드 골덴 부처라는 가명으로 등록을 하고는 그 여관을 나와 그녀를 보트에 태우고는 죽음의 길로 끌고 나온 것입니다. 가엾게도 아무것도 모르는 그녀는 그가 약속한 대로 결혼 전에 잠깐 기분전환으로 뱃놀이를 하러 나가는 줄로만 상상한 것입니다. 그 결혼이 모든 것을 봉인해 버리고,

모든 것을 정화(淨化)할 것이라고 상상한 것입니다. 달려드는 물결이 모든 것을 봉인하고 모든 것을 정화해 버린다는 양식으로 모든 것이 결정되었습니다. 그러나 그는 무사하고도 태평하게, 그리고 교활하게, 마치 죽을 자리로부터 도망치는 이리 모양으로 자유와 결혼과 사회적·물질적·애정적 행복과 우월한 지위와 안락한 생활로 걸어가 버린 것입니다. 한편 그녀는 호수의 밑바닥 무덤 속에 고요히, 세상 사람이 알지도 못하게 감쪽같이 잠들어 있었던 것입니다. 그러나 오, 여러분. 인간이 아무리 거칠게 깎아 놓는다 하더라도 궁극의 형식을 형성하는 것은 자연의 도리, 하나님의 법칙, 하나님의 뜻입니다! 일을 꾸미는 것은 인간일지라도 그 성패를 가리는 것은 하나님——오직 하나님뿐입니다!

빅 비턴의 여관을 나온 후에도 아직 그녀가 두 사람은 장차 결혼을 할 것이라고 생각하고 있었다는 것을 어떻게 내가 알았을까 하고 피고는 지금도 의심하고 있음에 틀림없습니다. 사실은 내가 그것을 알 도리가 없다는 자위적인 생각을 피고인은 지금도 가지고 있다는 것은 의심할 여지가 없습니다. 하지만 인생의 모든 우연과 돌발 사건을 미리 내다보고 미리 방지할 수 있는 정신이란 그야말로 명민하고 심모원려(深謀遠慮)한 정신이어야 합니다. 피고인은 지금 저기 앉아서, 변호인들이 자기를 무사하게 이 사건에서 구해 줄지도 모르겠다는 헛된 희망을 걸고서 안심하고 있는 것인데(이 말을 듣고 별안간 크라이드는 똑바로 일어나 앉았다. 머리칼이 쭈뼛쭈뼛하고 테이블 아래에 가리워져 있는 손이 다소 떨렸다.) 그라스 호의 여관 방에서 로버타는 어머니에게 보낼 편지를 썼으나, 시간이 없어서 부치지를 못 하고는 그대로 코트 주머니 안에다 넣어 둔 채 여관 방안에 놓고 갔다는 사실을 피고인은 모르고 있었습니다. 그날은 무더웠고, 물론 또다시 여관으로 돌아올 줄 알았으므로 그것을 빅 비턴의 여관에다 두고 간 것입니다. 그 편지가 지금 이 책상 위에 놓여 있습니다."

이 말을 듣자 크라이드의 이는 딱딱 맞부딪쳐졌다. 오한이라도 나는 것처럼 몸이 부들부들 떨렸다. 그렇다, 확실히 그녀는 코트를 여관 방에다 두고 나왔다. 벨크납과 젭슨도 그것이 무슨 편지일까 하고 궁금해서 똑바로 일어나 앉았다. 그 편지는 어느 정도까지 꾸며 온 변호 계획을 방해하며 전혀 불가능하게 할 것인가? 그러나 그들로서는 되어 가는 꼴을 그냥 기다려 보는 수밖에 없었다.

"그러나 그 편지 속에서" 하고 메이슨은 말을 이었다. "그녀는 자기가 거기 간 이유, 즉 크라이드와 결혼한다는 사정을 알리고 있습니다. (그 말을 듣고서야 벨크납도 젭슨도 크라이드도 다같이 안도의 한숨을 내쉬었다. 그거라면 그들의 계획에 직결되어 있는 범위 안의 문제였기 때문이다.) 그리고 결혼은 2, 3일 내에 이루어진다고 말합니다." 아직도 메이슨은 자기의 논고가 문자 그대로 공포를 가지고 피고인을 괴롭힐 줄만 알고 말을 이었다. "그러나 그것에 관해서는 크라이드──피고의 허위 등록대로 부른다면 앨바니나 시라큐스나 그 밖의 고장의 그레이엄이라는 사람이 잘 알고 있었습니다. 그는 다시 여관으로 돌아오지 않을 것을 알고 있었습니다. 그래서 그는 자기의 소지품 전부를 가지고 보트를 탄 것입니다. 그리고 점심때부터 저녁때까지 그는 쓸쓸한 호수에서 적당한 장소를 찾고 있었습니다, 둑의 어느 지점으로부터도 잘 눈에 띄지 않을 장소를. 이 건에 관해서는 나중에 증명하겠습니다. 해질 무렵에야 발견했습니다. 그리고 그는 그 후에 새 밀짚모자를 쓰고 깨끗하고 물에 젖지 않은 가방을 손에 들고서 숲속의 남쪽으로 걸어가면서 이젠 안전하다고 그 자신은 상상하고 있었습니다. 크리포드 골덴도 칼 그레이엄도 이미 이 세상 사람은 아닙니다. 그들은 벌써 로버타 올든과 더불어 빅 비턴 호의 물 속에 영원히 가라앉고 말았습니다. 그러나 크라이드 그리피스는 살아서 자유롭게 트웰프스 호로, 그가 열망하는 사교계로의 길로 걸어가고 있는 중이라고 생각한 것입니다.

여러분, 크라이드 그리피스는 로버타 올든을 호수 속에 던져 버리기 전에 벌써 살해하고 있었던 것입니다. 즉 그는 그녀의 두부와 안면을 때린 것입니다. 그리고 그 장면을 목격한 사람은 한 사람도 없다고 생각하고 있었습니다. 그러나 그녀의 최후의 죽음의 비명이 빅 비턴 호 위로 진동했을 때 하나의 목격자가 있었던 것입니다. 본검사의 진술이 끝나기 전에 그 목격자가 여기 나타나서 목격담을 여러분들 앞에 개진하게 될 것입니다."

사실 메이슨은 현장의 목격자는 갖고 있지 않았지만 이 기회에 이러한 분쇄적인 폭탄을 적진 속에다 발사하여 일대 혼란을 일으키고 싶은 충동을 이겨낼 수가 없었던 것이다.

과연 그 효과는 그가 예상한 이상의 것이었다. 그때까지 크라이드는 특히 청천 벽력 같은 저 편지 이야기 이래로, 참을성 있게 자기는 어디까지나 결백하다는 태연자약한 태도를 보이고는 진술에 버텨 내려고 했지만, 그 말을 듣자 별안간 사지가 빳빳해지더니 그만 까부라지고 말았다. 목격자! 목격자가 여기서 증언한다고! 아아, 하나님! 그렇다면 그것이 어떤 놈인지는 모르나 그 놈은 저 쓸쓸한 호수 둑 위에 숨어 있다가 자기가 무의식적으로 그녀를 때린 것을 보았고, 그녀의 비명소리를 들었고, 자기가 그녀를 구하려고도 하지 않았다는 것도 다 보았을 테지! 그리고 자기가 헤엄을 쳐서 둑까지 가서 슬그머니 도망을 치는 것도 보았을 테지! 어쩌면 숲속에서 옷을 갈아입는 것까지도 보고 있었을지도 모른다! 아아, 하나님! 그는 두 손으로 의자의 양쪽을 꽉 붙잡았고, 머리는 방망이로 얻어맞은 것처럼 뒤로 까부라졌다. 죽음――이젠 영락없이 사형이다. 아아, 하나님! 이 이상 아무런 희망도 없다! 그는 머리가 축 늘어지며, 마치 혼수 상태에 빠져 있는 것처럼 보였다.

벨크납은 메이슨의 뜻밖의 진술에 처음엔 필기를 하고 있었던 연필을 떨어뜨렸으나, 다음 순간에는 당황한 얼굴로 멍하니 앉아 있었다. 이와 같은 강습(强襲)에 대항할 수 있는 반증을 그는 전혀 미리 가지고 있지 않았던 만큼 그것도 무리가 아니었다. 그러나 자기의 모양이 하도 당황해 보일 것을 스스로 깨닫고 곧 이래서는 안 되겠다고 바싹 정신을 차렸다. 결국 크라이드는 우리들을 속여 왔는지도 모른다. 숨어서 모습을 보이지 않는 목격자 앞에서 크라이드는 고의적으로 그녀를 죽인 것이 아닐까? 만일 그렇다면 우리로선 이런 절망적인 인기가 없는 변호로부터는 아예 손을 떼어 버려야 할지도 모른다.

젭슨 또한 한참 동안 아찔해서 기운이 없었다. 그의 단단하고, 좀처럼 동요하지 않는 머릿속에서는 번개 같은 생각이 주마등처럼 빙빙 돌았다. 정말 목격자가 있었을까? 크라이드는 거짓말을 했을까? 그렇다면 주사위는 이미 던져졌다. 그는 이미 로버타를 때렸다는 말, 그리고 목격자가 있어서 그 현장을 보았다는 말을 그들에게 자백한 것이 아닐까? 그렇다면 심경의 변화를 일으켰다는 변론은 벌써 소용 없는 소리다. 누가 그따위 수작을 곧이들어 줄 것이냐?

그러나 원래가 투쟁적이고, 의지가 굳은 성품인 그는 메이슨의 충격적인 발언에 만만히 넘어갈 자기가 아니라는 결의를 한층 더 굳게 했다. 아무렇지도 않은 표정으로 벨크납과 크라이드 쪽으로 얼굴을 돌려 아직 덤덤히 어찌할 바를 모르고 고민하고 있는 두 사람을 쳐다보고 나서 입을 열었다. "난 저런 소린 믿지 않습니다. 검사는 거짓말을 하고 있거나, 허세를 부려서 우리를 위협해 보려는 것입니다. 어쨌든 되어 가는 꼴을 두고 봅시다. 우리측이 변론을 하기까지에는 아직도 시간의 여유가 많습니다. 저 많은 증인들을 보십시오. 경우에 따라서는 저 증인들에게 1주일씩이라도 반대 심문을 계속하여 메이슨이 검사의 직을 떠날 때까지 질질 끌어가는 것입니다. 아직도 여러 가지로 해 볼 시간이 넉넉합니다. 그렇게 하는 동안 그 목격자라는 것에 관해서도 좀더 알아볼 수 있을 것입니다. 뿐만 아니라 그녀가 자살했다는 변론도 있을 수도 있고, 피고인은 바로 그 순간에 정신병의 발작이 일어나서 일을 단행할 용기가 없었다고 꾸며 댈 수도 있습니다. 어떠한 인간이라도 5백 피트나 떨어져 있는 거리에서 똑똑히 보이지는 않을 테니까요." 여기서 젭슨은 싱긋 미소를 지었다. 그리고 거의 동시에 크라이드의 귀에는 들리지 않을 정도로 낮은 목소리로 젭슨은 말을 보탰다. "우린 최악의 경우라도 20년 정도로야 되지 않겠습니까?"

21

그 다음에 증인을 부르기 시작했는데 그 수가 무려 127명에 달하는 수의 증인이었다. 그리고 그들의 증인, 특히 의사들의 증언과 3명의 안내인과 로버타의 최후의 비명소리를 들었다는 부인의 증언에 대해서는 계속적으로 젭슨과 벨크납으로부터 이의 신청이 있었다. 크라이드가 용감하고도 보기 좋게 해낸 진술을 기반으로 하여 젭슨과 벨크납은 증인의 약점과 논증할 수 있는 약점을 샅샅이 뒤져 내어 지적한 것이었다. 이리하여 사건은 11월로 접어들어가 마침내는 메이슨이 압도적인 표수를 획득하여 평소에 그렇게도 갈망하던 판사에 당선된 후까지도 속행되었다. 법정에선 격렬한 논쟁이 전개되었으므로 방방곡곡에 이르기까지 전국민이 이 사건에 대하여 더욱더 흥미를 갖게 되었다. 그리고 날이 흘러감에 따라 신문기자들도 분명히 크라이드를 유죄로 간주하게 되었다. 그러나 크라이드는 젭슨의 계속적인 요구에 응하여 자기를 공격하는 모든 증인들의 증언에 태연하고, 심지어는 대담한 태도로 버텼다.

"당신의 이름은?"

"타이터스 올든."

"로버타 올든의 아버지죠?"

"네."

"그렇다면 올든 씨, 당신의 딸 로버타가 어떻게 해서 리커거스로 가게 됐는지 그 사정을 배심원 여러분께 말씀해 보십쇼."

"이의 있습니다. 그 질문은 당치 않습니다. 무용·부적절한 질문입니다."

"나중에 내가 관련을 짓겠습니다." 메이슨이 재판장을 쳐다보며 끼여들었다. 그러자 재판장은 '관련'이 지어지지 않으면 그 증언은 신청에 의하여 삭제된다는 조건부로 타이터스의 답변을 인정하겠다고 재정(裁定)했다.

"딸애는 돈벌이를 간 거죠?"

"왜 따님은 돈벌이를 간 거죠?"

또 이의가 신청되었고, 또다시 정식적인 법적 수속이 취해진 후 노인은 증언을 계속해도 좋다고 허용되었다.

"그건 저 빌츠 근처의 밭에선 그다지 좋은 수입이 없었고, 따라서 애들도 가계를 돕지 않으면 안 되었는데 저 보비가 가장 큰애가 돼서……."

"삭제를 신청합니다!"

"삭제."

"보비라는 건 당신 딸 로버타의 애칭입니까?"

"이의 있습니다."

"불찬성."

"네, 딸앤 동네에서 보비라 불리고 있었습니다, 그저 보비라고."

트로이 최후의 왕 프라이엄처럼 생각에 젖어 있는 이 농부의 준엄하고 힐책하고 있는 듯한 눈초리를 크라이드는 조금도 겁내는 일 없이 견뎌내면서 열심히 귀를 기울이고 있었다. 그러고는 이전의 애인의 애칭을 듣고서 어쩐지 이상한 기분에 사로잡혔다. 그는 '버트'라는 애칭을 갖고 있었는데, 그녀의 고향에서는 '보비'라는 애칭으로 불리고 있다는 이야기는 한 번도 그에게 한 적이 없었다.

이의와 논쟁과 재정(裁定)이 연발되는 가운데서 올든은 메이슨의 유도하에 그녀가 그레이스 마르한테서 온 편지를 받고서 리커거스로 갈 결심을 했고,

뉴톤 부처의 집에 하숙하고 있었다는 것을 진술했다. 그리고 그리피스 회사에 나가게 된 후부터는 가족들은 거의 그녀와 만날 기회가 별로 없었는데, 6월 5일이 되어 휴양도 하고 옷도 만들 겸 귀향했다고 진술했다.

"결혼한다는 이야기는 없었습니까?"

"네, 못 들었습니다."

그러나 로버타는 많은 긴 편지를 쓰고 있었다. 누구에게 부친 것인지 그때는 자기로서는 알지 못했다. 그리고 로버타는 침울한 얼굴로 있었고, 건강 상태가 좋지 못했다. 그녀가 울고 있는 것을 두 번쯤 본 적이 있었지만, 남에게 들키고 싶지 않다고 생각하고 있는 딸애의 심정을 잘 알 수 있었으므로 자기는 아무 말도 묻지 않았다. 리커거스에서 몇 번씩 전화가 걸려왔다. 최후로 전화가 걸려온 것은 7월 4일인가 5일, 어쨌든 그녀가 집을 떠나기 전날이었음이 틀림없다고 아버지는 진술했다.

"따님이 집을 나갈 때에 무엇을 들고 갔습니까?"

"자기 가방과 조그만 트렁크를 가지고 갔습니다."

"따님이 가지고 간 가방을 보면 당신은 당장에 알 수 있겠습니까?"

"알 것 같습니다."

"이 가방입니까?" 하고 지방검사보 대리가 가방 하나를 들고 나와 그것을 조그만 대 위에다 놓았다.

올든은 그것을 보고 손등으로 눈을 훔치고서 말했다. "네, 그렇습니다."

이 공판에 관계 있는 모든 점에서 메이슨이 계획하고 있던 대로 자못 신파조의 태도로 지방검사보 대리가 조그만 트렁크를 들고 나오자, 그것을 본 타이터스 올든도 그 아내도 딸들도 아들들도 별안간 와아 하고 울음보를 터뜨렸다. 그리고 타이터스가 로버타의 가방이라고 확인한 후에 그 가방과 트렁크가 차례차례로 열렸다. 그 다음 로버타가 새로 지은 양복 · 내의 · 구두 · 모자, 크라이드가 그녀에게 선사한 화장도구 세트, 그녀의 부모와 자매와 사내동생들의 사진, 오래 된 가정요리책, 몇 개의 스푼과 나이프와 포크, 소금과 후추를 넣은 식탁용 용기 한 벌——이것들은 할머니가 준 선물인데 그녀는 자기 결혼 생활을 위해서 소중히 간직해 두었던 것이다——이러한 것들이 하나하나씩 제시되어 확인되었다.

이것에 관해서는 벨크납은 이의를 제기했고, 메이슨이 "관련을 짓겠다"고

확언했지만, 결국 메이슨은 그렇게 할 수가 없어, 그 증거는 '기각'이 선고되고 말았다. 그러나 그러한 물건들이 불러일으킨 애련(哀憐)의 정은 벌써 배심원들의 심정에 깊이 파고들어갔다. 그리고 벨크납이 메이슨의 책략을 비판하자 메이슨은 격분한 어조로 부르짖었을 뿐이었다. "어쨌든 이 기소를 지휘하고 있는 사람은 누구죠?" 그것에 대하여 벨크납은 대답했다. "본군의 판사를 노리고 있는 공화당의 후보자라고 나는 믿습니다!" 와아 하고 장내는 웃음의 파도가 물결쳤다. 메이슨은 거의 고함에 가까운 목소리로 "재판장 각하, 나는 항의를 제출합니다! 이것은 비윤리적이며 비합법적으로 아무런 관계도 없는 정치적 문제를 이 사건에 끌어 넣으려고 하는 발언입니다. 이것은 본인이 본군의 판사 후보로서 공화당에서 지명된 사람이기 때문에, 이 사건의 기소를 적절하고도 공정하게 지휘할 수 없다고 배심원 여러분에게 교활하고도 악랄하게 제시하려는 의도에게 나온 것입니다. 나는 사과를 요구합니다. 사과하지 않는 한 본관은 단연코 심리를 거부할 작정입니다."

따라서 오버왈처 재판장은 심히 유감스러운 법정 예의의 침범이 이루어지게 되었다고 느끼고는, 벨크납과 메이슨을 앞으로 불러내어 아까 발언한 그 발언이 의미하는 것과 의미하지 않는 것에 관하여 조용하고도 공손히 설명하는 것을 들은 후에, "모욕죄에 회부되고 싶지 않다면 원피고 어느 쪽을 막론하고 다시는 정치적 사정을 언급해서는 안 된다"고 선언했다.

그러나 벨크납과 젭슨은 메이슨의 입후보와 그것을 추진하기 위하여 이 사건을 이용하고 있다는 것에 대한 그들의 기분이 이렇게 효과적으로 배심원과 법정에 제출된 것을 크게 기뻐했다.

그후 증인들은 차례차례로 등장했다!

증인석에 선 그레이스 마르는 잘 도는 혀를 빨리빨리 움직여, 어디서 어떻게 해서 자기가 로버타를 알았으며, 로버타가 얼마나 순진하고 맑은, 신앙이 깊은 처녀였으며, 크럼 호에서 크라이드를 만난 후 얼마나 큰 변화가 그녀의 신상에 일어나게 되었는가를 지껄였다. 로버타는 무엇을 숨기고 있었고, 애매한 말을 하고 있었고, 되지도 않는 핑계를 대고는 눈을 피해 가며 외출을 했다. 예를 들면 몇 밤씩 나가서 늦게까지 돌아오지 않았으며, 토요일부터 일요일에 걸쳐서는 가지도 않은 곳을 갔었다고 거짓말을 했다. 끝내는 자기, 즉 그레이스 마르가 충고하려고 했더니 갑자기 그녀는 행선지도 알리지 않고 이사를 해버렸다. 그러나 그녀로 하여금 그렇게 만든 것은 사나이고, 그 사나이가 바로 크라이드 그리피스였다. 작년 9월인가 10월인가의 어느 날 밤, 로버타 뒤를 쫓아갔더니 길핀 부인의 집 근처에서 그녀와 크라이드의 모습을 볼 수 있었다. 두 사람은 나무 그늘에 서 있었으며, 그는 그녀를 꼭 껴안고 있었다.

이렇게 그레이스 마르의 증언이 끝난 후에 젭슨의 시사에 의하여 벨크납이 일어서서 극히 짓궂은 질문을 꺼내어 리커거스에 가기까지의 로버타는, 미스 마르가 그렇다고 생각할 만큼 종교적이었으며 인습적이었는지 물어 보려고 했다. 그러나 여자로서의 매력도 없고 까딱하면 화를 잘 내는 성품인 미스 마르는 자기가 알고 있는 한 크럼 호에서 크라이드를 만나던 날까지의 로버타는 성실하고 순진한 처녀였다고 주장할 뿐이었다.

그 뒤를 이어 뉴톤 부처도 거의 똑같은 증언을 했다.

그 다음 길핀 가의 식구들, 주인 부처를 위시하여 딸들도 자기들이 보고 들은 바를 증언했다. 길핀 부인은 자기 집으로 로버타가 이사 온 날짜를 대강 말했고, 그때 조그만 가방 하나를 들고 왔는데, 그것은 아까 타이터스가 확인한 트렁크와 같은 것이라고 증언했다. 그 후 로버타가 여간 쓸쓸해 보이지 않았으므로 딱하게 생각한 길핀 부인은 이리저리 교제를 권고해 보았지만 로버타는 모두 거절했다. 그러나 11월 말경에 이르러, 로버타는 마음씨가 착하고 대체로 근실한 편이었으므로 길핀 부인도 잔소리를 할 생각은 없었는데, 그녀도 두 딸도 가끔 열한 시가 지난 후에 로버타가 자기 방에서 누구를 대접하고 있는 듯한 기색을 눈치챘지만 그것이 누구인지를 전혀 알 수 없었다고 증언했다. 이때에도 벨크납은 반대 심문을 하여, 지금까지 모든 증인들이 설명해 온 것보다는 좀더 로버타가 얌전하지도 못하고 청교도적으로도 생각되지 않는 공술(供述)과 인상을 꺼내 보려고 했지만 실패하고 말았다. 길핀 부인도 그녀의 남편도 분명히 로버타에게 호감을 가지고 있었으므로 메이슨이 압력을 가하고 벨크납이 압력을 가한 후에야 비로소 크라이드가 심야에 찾아왔다는 사정을 증언하기에 이르렀다.

다음에 장녀 스텔라는 10월 말인가 11월 초에, 로버타가 이사를 온 지 얼마 안 되어 집에서 1백 피트도 떨어져 있지 않은 노상에서 로버타가 웬 남자하고 서서 이야기를 하고 있는 그 옆을 지나갔는데, 이제 알고 보니 그 사나이가 바로 크라이드였다고 증언했다. 그때 두 사람은 웬일인지 서로 다투고 있는 것만 같이 보였으므로 그녀는 걸음을 멈추고 귀를 기울였다. 그 대화의 한마디 한마디를 지금 똑똑히 기억해 낼 수는 없다고 그녀는 말했지만, 메이슨의 유도심문에 의하여 로버타가 그를 자기 방으로 불러들일 수 없다고 딱 거절하고는 "그런 짓은 옳은 짓이 못 돼요" 했다는 것을 생각해 냈다. 그리고 그가 할 수 없이 발길을 돌리고 가 버리자, 뒤에 남은 로버타는 마치 그가 되돌아와 줄 것을 원하는 듯이 두 손을 그쪽으로 뻗치고는 서 있었다고 스텔라는 증언했다.

그러한 증언이 이루어지고 있는 동안 크라이드는 놀란 눈을 홉뜨고는 증인들을 쳐다보고 있었다. 그는 그 무렵――실은 로버타와 접촉하고 있던 모든 기간을 통하여――자기는 아무에게도 들키지 않았다고 생각하고 있었기 때문이다. 그리고 아까와 같은 증언은 메이슨이 서두에서 진술한 죄상――크라이드는 고의로 그 죄악의 성질을 잘 알고 있으면서 분명히 로버타가 원하지 않았던 행위를, 그녀를 유혹하여 강요하려고 했다는 것을 강력하게 입증하는 것이었다. 재판장에게도 배심원들에게도 이 시골 군의 인습적인 모든 사람들에게도 편견을 갖게 하기에 족한 그런 종류의 증언이었다. 벨크납은 그것을 깨닫고는 크라이드라고 본 것은 사람을 잘못 본 것이 아니냐고 스텔라를 어리둥절케 하려고 했다. 그러나 이 반대 심문은 설상가상격으로 도리어 또 하나의 뒷받침이 되는 자료를 끌어내게 하는 결과가 된 데 지나지 않았다. 즉 아까 그 사건이 있은 직후 11월 중인가 12월 초순에 무슨 상자를 겨드랑이에다 끼고 크라이드가 찾아와서 로버타의 방을 노크하고 들어가는 것을 보았으므로, 그것이 저 달 밝은 날 밤 로버타와 언쟁을 하고 있던 청년과 동일한 청년이라고 하는 것이 스텔라에게는 명백해졌다고 증언한 것이다.

다음은 위괌, 그 다음은 리케트가 크라이드와 로버타가 공장에 나오게 된 날과 직장(職長)과 여공에 관한 규칙에 관해서 증언했고, 그들이 본 한계 내에서는 크라이드도 로버타도 표면적으로는 유감스러운 행위라곤 없었고, 사실 서로 얼굴을 쳐다보는 일도, 크라이드가 다른 여공들의 얼굴을 쳐다보는 일도 없었다고――이 점은 리케트가――증언했다.

그 다음 또 다른 사람들의 증언이 있었다. 페이톤 부인은 그의 방의 특징과 그녀가 본 한도 내의 그의 사교적인 활동에 관해서 증언했다. 로버타의 어머니인 올든 부인은 작년 크리스마스에 로버타가 공장의 상사——공장주의 조카인 크라이드 그리피스——가 자기에게 친절하게 대해 주고 있지만 그 일에 관해서는 당분간 비밀로 해주었으면 좋겠다는 말을 했다고 증언했다. 프랭크 해리에트, 트레이시 트럼불, 프레디 셀즈 등은 작년 12월 내내 크라이드는 여기저기로 초대를 받아 리커거스와 여러 사교적인 집회에 참석했다고 증언했다. 스케네터디의 약사 존 램버트는 11월의 어느날 유산약을 구하는 청년이 하나 있었는데 그것이 바로 피고라고 증언했다. 오린 쇼트는 1월 말경, 크라이드로부터 젊은 기혼의 여자를 돕고 싶은데 그런 일을 해주는 의사는 모르는가 하는 의논을 받았다. 크라이드의 이야기에 의하면 그것은 그리피스 회사의 직공의 아내로 가난해서 아직 애를 가질 여유가 없으므로 그 남편의 부탁을 받았다고 크라이드가 말했다고 증언했다. 다음엔 글렌 의사는 신문에 나온 로버타의 사진을 보고서 그녀를 생각해 냈다고 하며, 그녀가 자기를 찾아왔다는 사실을 증언했는데, 의사라는 직업상 그녀를 위해서 아무 일도 해주고 싶지 않았다고 덧붙였다.

다음 올든의 이웃에 사는 농부 C. B. 윌콕스는 6월 29일인가 30일경 부엌 뒤곁의 세탁장에 있었는데, 로버타가 베이커라는 이름의 사나이한테서 리커거스에서 온 장거리 전화를 받고 있는 것을 들었다. "하지만 크라이드, 나는 그렇게 오랫동안 기다리고 있을 수 없어요. 그건 당신도 알고 있잖아요. 또 난 그렇게 오랫동안 기다리고 있을 생각도 없어요." 그리고 그녀의 목소리는 흥분하여 고민조로 울렸다. 윌콕스는 그가 크라이드였음이 틀림없다고 증언했다.

그의 딸인 에델 윌콕스——키가 작고, 살이 찌고, 혀가 잘 돌아가지 않는 말을 하는 처녀——는 전에 세 번 장거리 전화로 로버타를 좀 불러 달라고 하는 부탁을 받고서 그녀를 부르러 갔는데, 언제나 리커거스의 베이커라는 이름의 사나이로부터였다. 또 한 번은 로버타가 그 사나이를 크라이드라고 부르는 소리를 들었다. 그 밖에 또 한 번은 "무슨 일이 있어도 그렇게 오래 기다리고 있을 순 없어요" 하는 로버타의 말을 들었지만 그것이 무슨 의미였는지는 알 수 없었다고 증언했다.

다음에 이 지방의 우체부 로저 비인은 6월 7일인가 8일부터 7월 4일인가 5일까지의 사이에 로버타 자신이 직접 또는 올든의 집 아래의 네거리 우체통에서 15통 정도의 편지를 취급했는데, 그 대부분은 리커거스 우체국 유치 우편이며, 상대방 이름은 크라이드 그리피스였음에 틀림없다고 증언했다.

다음은 리커거스의 가솔린 스탠드의 지배인 R. T. 비겐이 7월 6일의 아침 여덟 시경 시의 서단(西端)인 필딩 가(街)로 간 것인데, 그 거리의 북단에는 리커거스~폰다간의 전차의 '정류소'가 있으며, 그 거리에서 크라이드를 만났다고 증언했다. 그때 크라이드는 회색 양복에다 밀짚모자를 쓰고 있었고, 갈색 가방을 들고 있었는데, 가방 옆에다간 누런 카메라의 다리인가 무엇인가 우산 같은 것을 비끄러매고 있었다. 크라이드가 어느 방향에 살고 있는가를 알고 있는 비겐은 크라이드의 집에서 멀지 않은 센트럴 가에서 리커거스~폰다간의 전차를 탈 수 있을 텐데 어찌하여 이런 데를 걷고 있는 것일까 하고 의아스럽게 생각했다. 이렇게 증언한 증인에게 벨크납이 반대 심문을 하여 175피트나 떨어져 있으면서 무슨 수로 당신이 본 것이 다리였다고 증언할 수 있었느냐고 물었다. 그러자 비겐은 천만에, 그것임에 틀림없다. 화려한 노란 목제 삼각으로 놋쇠 장식이 달려 있었다고 주장했다.

그 다음은 폰다 역장 존 W.트로셔가 7월 6일 아침——이것을 명확하게 기억하고 있는 것은 다른 사정이 있었기 때문이라고 진술했다——로버타 올든에게 유티카 행의 차표를 팔았다고 증언했다. 그가 로버타 올든을 기억하고 있었던 것은 작년 겨울에 몇 번씩 그녀를 본 일이 있었기 때문이다. 그녀는 완전히 피곤하고, 병이 아닌가 싶을 정도의 얼굴로 갈색 가방을 들고 있었다. 그 가방은 지금 자기가 여기서 본 갈색 가방과 비슷했다. 또 가방을 들고 있던 피고도 기억하고 있는데, 피고는 로버타를 아는 척도 하지 않았을 뿐더러 이야기를 걸지도 않았다고 증언했다.

다음은 폰다에서 유티카로 그들이 타고 간 기차의 차장 퀸시 B. 데일이었다. 그는 맨 끝의 차량에 크라이드가 타고 있어 그것이 눈에 띄어 기억하고 있었다. 또 로버타도 눈에 띄어 나중에 발표된 사진을 보고서 그때의 처녀라는 생각이 났다. 그녀는 붙임성 있게 미소를 지었기 때문에, 자신이 그녀가 들고 있는 가방은 무거워 보이니까 유티카에 도착하면 제동수(制動手)에게 나르게 하겠다고 했더니 그녀는 고맙다고 했다. 그는 그녀가 유티카에서 하차하여 역으로 모습을 감추는 것은 보았지만, 거기서는 크라이드의 모습은 보이지 않았다고 증언했다.

다음에는 유티카 역의 소화물실에 며칠씩 방치된 채로 있던 로버타의 트렁크가 확인되었다. 그것이 끝나자 유티카의 렌프루 하우스의 7월 6일자 숙박계에 '크리포드 골덴 부처' 라고 기입되어 있는 것을 호텔의 총지배인인 제리 K. 커노션이 제시했다. 즉시로 필적 감정가가 그 서명을 그라스 호와 빅 비턴의 여관의 두 군데 숙박계의 서명과 비교하여 동일한 필적이라고 증언했다. 이러한 서명은 로버타의 가방 속에 들어 있던 카드와 비교하여 모두 증거로서 간주되어 신중히 각 배심원과 벨크납과 젭슨에 의하여 차례차례로 감식되었다. 벨크납과 젭슨은 지금까지 다른 모든 것은 보았지만 이 카드만은 보지 못했다. 그래서 또다시 벨크납은 지방검사가 부당하게, 비합법적으로, 뻔뻔스럽게도 증거를 감추고 있던 것에 대하여 항의했다. 그것을 둘러싼 격렬한 논쟁이 오랫동안 계속되어, 그 때문에 열흘째의 공판도 종식을 고하게 되었다.

22

그리고 열하루쨋날에 유티카의 렌프루 하우스의 서기인 프랭크 W. 스카퍼가 크라이드와 로버타의 도착과 행동, 또 크라이드가 숙박계에 시라큐스 시의 크리포드 골덴 부처라고 기입했다는 것에 대한 증언을 했다. 유티카의 스타 잡화점의 점원 웰레이스 벤더호프는 크라이드가 밀짚모자를 샀을 때의 태도와 모습에 관한 이야기를 했다. 다음은 유티카~그라스 호 사이의 기차의 차장이 호출되었고, 그 다음은 그라스 호 하우스의 주인이 증인석에 섰다. 그 뒤를 이어 그 여관의 여급인 브랜치 페틴길이 저녁식사때 크라이드가 로버타와 말다툼을 하고 있는 것을 들었다고 증언했다. 크라이드가 거기서는 결혼증명서를 얻기란 불가능한 일이라고 주장하고는 다음날 어딘가 다른 곳으로 갈 때까지 기다리는 편이 좋겠다고 주장하더라는 것이다. 이것은 다소 크라이드에게 불리한 증언임에 틀림없었다. 크라이드측의 변호 계획에 의하면 크라이드가 로버타에게 고백한 것은 그것보다 하루 후라고 되어 있었기 때문이다. 그러나 그러한 고백에는 다소 그보다 전에 뭐라고 암시적인 언동이 있을 법한 일이 아니냐는 것으로 벨크납과 젭슨은 나중에 해석을 바꾸기로 했다. 그 여급 다음으로는 건 롯지로 두 사람을 태우고 간 기차의 차장. 그 다음에는 버스의 차장과 운전수가 그라스 호 방면에는 많은 사람들이 나와 있느냐고 크라이드가 기묘한 질문을 하더라는 것, 또 자기 가방은 가지고 가면서도 로버타의 가방은 맡겨 두면서 밤에는 돌아올 작정이라고 하더라는 것을 증언했다.

그 다음 빅 비턴의 여관집 주인, 보트 하우스의 관리인, 숲속에서 만난 세 남자가 출두했다. 이 세 사나이들은 숲속에서 갑자기 만났을 때 크라이드가 공포의 기색을 보이더라는 말을 했는데, 이것은 크라이드에게는 대단히 불리한 증언이었다. 그 뒤를 이어 보트와 로버타의 시체가 발견된 후 하이트가 현지로 달려가서 로버타의 저고리에서 편지를 발견했다는 경위로 옮겨갔고, 많은 증인이 그 모든 것에 관하여 증언했다. 다음은 소형 기선의 선장, 시골 처녀, 크랜스톤 가의 운전수, 크라이드가 크랜스톤 가의 별장에 도착한 다음 최후로 베아 호로 가서 추적되어 체포되기까지의 전말──그의 체포를 둘러싼 갖가지의 정황은 말할 것도 없고 그의 말도 그 하나하나의 단계가 설명되고 증언되었다. 이것은 크라이드가 겁을 내고는 자꾸만 회피하며 거짓말을 꾸며댔다는 인상을 주는 것이었으므로 그에게는 극히 불리했다.

그러나 물론 그 중에서도 가장 가혹하고 불리한 증언은 말할 것도 없이 카메라와 다리에 관한 증언이었다. 그리고 메이슨은 유죄 판결의 근거를 바로 이 점에다 두고 있었던 것이다. 그의 목표는 우선 피고인이 카메라와 다리를 전혀 가지고 있지 않았다는 허위 진술을 가지고 유죄 판결을 내리자는 것이었다. 그 목적을 위해서는 우선 메이슨은 알 뉴콤을 증인석에다 세웠다. 뉴콤은 어느 날 메이슨과 하이트와 기타 이 사건에 관계 되는 다른 사람들와 함께 크라이드를 데리고 범죄 현장으로 갔을 때 자기와 빌 스월츠라고 하는 지방인──이 사람도 나중에 증인으로 섰다──이 쓰러져 있는 통나무와 나무 덤불 밑을 찾고 있노라니까 통나무 밑에 숨겨 둔 다리를 우연히 발견하게 되었다는 사실을 증언했다. 또──벨크납과 젭슨이 이의를 신청했지만 모두가 기각되어 메이슨에게 유도되면서──알 뉴콤은 다리와 카메라를 가지고 있었느냐는 심문을 받은 크라이드가 전혀 그런 것은 모른다고 대답했다고 증언했다. 이 말을 듣자 벨크납과 젭슨은 고함을 지르면서 이의를 제기했다.

그 직후에 하이트, 슬래크, 버얼리, 크로트, 스웬크, 시셀, 빌 스월츠, 군의 측량계 루퍼스 포스터, 뉴콤 등의 연서(連署)의 서면이 제출되었다. 그것에는 카메라와 다리를 내놓고서 그래도 모르겠느냐고 추궁하자 크라이드는 맹렬히 반복적으로, "그런 물건은 가졌던 일이 없다"고 부인했다는 사실이 기록되어 있었다. 그러나 이것은 오버왈처 재판장에 의하여 기각이 선언되었다. 그러나 그 중요성을 끝까지 강조하기 위해 메이슨은 곧 부언했다. "좋습니다, 재판장 각하! 그러나 나는 이 서면 이상으로 모든 것을 증언할 수 있는 증인들을 가지고 있습니다." 그러고는 곧 증인들을 불렀다. "조셉 프레이저! 조셉 프레이저!" 그리하여 운동구와 카메라 등을 팔고 있는 상인 한 사람을 증인석에 내세웠다. 프레이저는 5월 15일서부터 6월 1일까지의 사이에 얼굴도 이름도 잘 알고 있는 피고인 크라이드 그리피스가 와서 이러이러한 사이즈의 카메라에 다리까지 껴서 한 틀 사고 싶은데 보여 달라고 하기에 내보였더니, 피고인은 이것저것 고르고 나서 마지막으로 가로 3,5, 세로 5,5사이즈의 카메라를 골라 가지고는 값을 월부로 지불하기로 계약했다고 증언했다. 그리고 카메라에 관해서도 다리에 관해서도 자기 대장에 기입된 상품번호를 충분히 다시 한 번 대조한 후에 프레이저는 증인 앞에 제시된 카메라를 확인했으며, 곧 그 다음에 누런 다리는 확실히 자기가 판 물건이라고 확인했다.

크라이드는 깜짝 놀라 얼굴색이 새파랗게 질리면서 똑바로 앉았다. 그렇다면 결국 메이슨은 다리뿐만 아니라 카메라까지도 발견했구나! 더구나 자기가 카메라 같은 것은 전혀 가지고 있지 않았다고 주장한 직후인데, 자기가 그것에 관해서 거짓말을 한 것을 배심원과 재판장과 방청인들은 어떻게 생각할 것인가? 이런 무의미한 카메라 같은 것을 가지고 거짓말을 한 것이 증명된 뒤에 아무리 자기가 심경의 변화를 일으켰다는 이야기를 설명한들 과연 그들은 믿어 줄 것인가? 애당초부터 고백한 편이 낫지 않았을까?

이런 생각을 하고 있을 동안에도 메이슨은 젊은 산사람이며 또한 잠수부인 시메온 덧지를 증인대에다 불러 세웠다. 덧지는 7월 16일 토요일에 검사의 요청에 의하여 로버타의 시체를 건져낸 존 폴과 함께 시체가 발견된 동일 장소를 여러 차례 들어가 찾은 결과 마침내 카메라를 발견했다고 증언했다. 그리고 덧지는 그 카메라를 확인했다.

그것이 끝나자 카메라가 발견되었을 때 그 카메라 속에 들어 있던, 현상되어 있으면서도 전혀 한 번도 지적한 일이 없었던 필름이 갑자기 제출되어 그것에 관하여 모든 증언이 있었다. 증거로서 수리된 그 필름에는 로버타라고밖에는 보이지 않는 네 개의 영상(映像)과 또 다른 두 장은 분명히 크라이드를 나타내고 있었다. 벨크납도 이것만큼은 반박할 수도 없고, 말소할 수도 없었다.

그 다음에는 크라이드가 최초에 사론의 크랜스톤 가의 별장으로 간 6월 18일에 그 집의 손님 중의 한 사람이었던 프로이드 더스톤이 증인석에 불려 나와 그때 자기는 피고인이 현재의 카메라와 비슷한 크기와 모양의 카메라를 가지고 많은 사진을 찍는 것을 보았다고 증언했다. 그러나 그 카메라의 크기와 모양은 현재의 증거품과 비슷하지만 동일품이라는 것을 증명할 수 없어서 이 증언은 말소되고 말았다.

그 다음에 그라스 호 여관의 하녀 에드나 페터슨이 증인석에 섰는데, 그녀가 증언한 바에 의하면 7월 7일 밤에 크라이드와 로버타가 들어 있는 방안에 들어갔을 때에 크라이드가 카메라를 손에 들고 있는 것을 보았는데, 그녀가 기억하고 있는 범위 안에서는 그때에 본 카메라의 크기며 빛깔이 모두 다 현재의 증거품과 동일하며, 그때 다리도 보았다고 증언했다.

크라이드는 이 말을 들으면서 일종의 기묘하고도 명상적이며 반쯤 최면술에 걸린 듯한 정신 상태에 빠지고 말았다. 그러한 정신 상태 속에서 그는 그때 하녀가 자기 방에 들어온 것을 뚜렷이 회상하면서, 이렇게 오랜 시간이 흘러간 뒤에 이렇게 아무런 연락도 없고, 전혀 예상도 하지 않았던 각처에서 불려온 여러 증인들로 말미암아 이처럼 하나씩하나씩 줄을 이어가는 끊을 수 없는 사실의 연쇄에 한편 놀랍기도 하고 한편 두렵기도 했다.

며칠이 지난 뒤에 로버타의 시체가 처음 브리지버그로 운반되어 왔을 때에 메이슨이 불러온 5명의 의사의 증언이 있었다. 벨크납과 젭슨이 이러한 증인 소환에 대하여 이의를 주장하면서 일보도 양보하지 않으려고 싸운 것은 물론이다. 5명의 의사는 차례차례로 증인석에 서서, 로버타의 육체적 상태를 고려하면 안면과 두부 어느 쪽의 상해도 그녀를 실신케 하기에는 충분한 것이라고 증언했다. 피해자의 폐를 물 위에 띄워 보는 실험을 해본 결과 피해자가 제1차로 물 속에 가라앉았을 적엔 의식은 없었다 하더라도 아직 폐는 기능을 발휘하고 있었다는 사실을 확증했다. 그러나 그러한 상처를 만들어 낸 도구가 무엇이었던가 하는 점에 관해서는 다만 그 도구 끝이 무딘 것이라는 것 이외엔 추측적인 언명은 하고 싶지 않다는 의견이었다. 그렇지만 그 타격이란 피해자의 의식을 상실시킬 정도가 못 될 만큼 가벼운 것이 아니었던가 하고 벨크납과 젭슨이 아무리 의사를 추궁해 보아도 의사들은 끝끝내 그것을 시인하지 않았다. 주요한 상처는 두개골 위에 있는 상처 같았는데, 그것은 기절시킬 만큼 충분히 깊은 것이었으며, 그것을 증명할 만한 사진이 증거품으로 수리되었다.

방청인과 배심원 쌍방이 모두 다 빠저리게 효과적으로 마음이 동하여 미묘한 심리 상태에 빠지게 된 순간을 이용하여, 하이트와 의사들과 루스 형제가 로버타의 시체를 보관하고 있을 적에 찍어 둔 사진 몇 장이 법정에 제출되었다. 그 다음에 메이슨은 피해자의 안면 우측에 있는 상처의 크기가 카메라 좌우측의 그것과 동일하다는 것을 실지로 증명해 보였다. 그 직후 버튼 버얼리가 증인석에 나타나서 자기는 카메라의 뚜껑과 렌즈 속에 끼여 있는 머리카락과 그녀의 머리카락이 완전히 일치했다는 것을 증언했다. 이러한 논쟁이 몇 시간씩 계속된 후에 벨크납은 과거에도 여러 번 격분했지만 이번에는 참으로 흥분한 나머지, 자기의 머리에서 가는 머리카락 하나를 잡아빼어 배심원들과 버얼리에게 들이대면서, "그래 이 머리카락 하나를 가지고 그 사람의 머리카락 전체의 빛깔을 말할 수 있습니까? 만일 그렇다고 할 수 없다면 그 머리카락이 로버타의 머리에서 나왔다고 즉석에서 주장할 수 있겠습니까?" 하고 반문했다.

다음에 메이슨은 러트거 도나휴라고 하는 부인을 불러냈다. 아주 침착하고 정숙한 태도로 걸어나온 그녀는, 7월 8일 저녁 다섯 시 반부터 여섯 시까지의 사이에 자기와 남편이 '달의 포구' 위쪽에다 천막을 치고 나서 낚시를 하려고 배를 저어서 육지로부터 반 마일 가량 나가노라니까 사람의 비명소리가 들렸다고 증언했다.

"오후 다섯 시 반에서 여섯 시까지의 사이라고 그러셨지요?"

"네, 그렇습니다."

"다시 한 번 묻겠는데요, 날짜가 언제라구요?"

"7월 8일입니다만."

"그럼, 부인께선 그 시각에 정확하게 어디 계셨습니까?"

"우리들은……."

"'우리들'이 아니라 부인 개인 말입니다."

"난 그 이름을 나중에 알았습니다만 사우스 베이라고 하는 곳을 남편과 함께 배를 타고 지나가고 있었습니다."

"좋습니다. 그때 무슨 일이 일어났는지 말씀해 주십쇼."

"그 포구의 중간쯤 왔을 적에 사람의 비명소리가 들렸습니다."

"그래, 그것이 무슨 소리 같았습니까?"

"그것은 찢어발기는 것 같은, 괴로움을 당하고 있는 것 같은 위급한 상태에 빠져 있는 사람의 비명소리 같았습니다. 날카롭고, 그 후에 잊을래야 잊을 수 없는 목소리였습니다." 여기서 변호인측에서 삭제하라는 이의 신청이 있어 이 마지막 문구는 삭제되고 말았다.

"그 소린 어느 쪽에서 들려왔습니까?"

"먼 데서 들려왔어요. 숲속이 아니면 그 건너편에서."

"그때 부인께선 그 좁고 가는 숲 아래쪽에 만이나 포구가 또 하나 있다는 걸 알았단 말입니까?"

"아뇨."

"그러면 그때에 부인께선 어떻게 생각했습니까. 부인이 계시던 바로 밑의 숲속으로부터 그 소리가 들려온다고 생각하지는 않았던가요?" 이의 신청——이의는 그대로 인정되었다.

"자, 그러면 말씀하시오, 그건 남자의 목소리였습니까, 여자의 목소리였습니까? 어떤 종류의 목소리였나요?"

"그건 여자의 목소리였습니다. '아, 아!' 니 '아이구 어머니!' 하는 종류의 것이었습니다. 아주 똑똑한 찢어발기는 듯한 목소리였습니다. 물론 멀리서 들려오는 목소리이긴 했습니다만. 사람이 몹시 괴로울 때에 지르는 보통때보다도 배나 높은 음성이었습니다."

"그것이 여자의 목소리였다는 것은 틀림없지요?"

"분명히 여자의 목소리였습니다. 남자나 어린이의 목소리치고는 음조가 너무나 높았습니다. 그건 여자의 목소리로밖엔 생각할 수 없습니다."

"잘 알았습니다. 그러면 이 지도 위의 이 점은 로버타 올든의 시체가 발견된 장소를 가리키는 거죠?"

"네."

"그리고 이 숲 이쪽의 이 점은 대략 부인께서 타고 계시던 보트의 위치구요?"

"네."

"목소리가 '달의 포구'의 이 점에서부터 왔다고 생각합니까?"

이의 신청——이의는 인정되었다.

"그 목소리는 몇 번씩 되풀이되던가요?"

"아닙니다. 나는 또다시 들리지 않을까 하고 기다렸습니다. 남편에게도 들어보라고 하고는 둘이서 기다렸습니다만 두 번 다시 들리지 않더군요." 벨크납은 그 목소리가 고통을 받거나 상처를 받아서 지르는 목소리가 아니라 단순히 무서워서 지르는 목소리였을지도 모른다는 것을 설명하려는 열망에서 그녀를 데리고 문제의 장소 일대를 다시 한 번 답사해 보았다. 그러나 그녀도, 증인석에 선 그녀의 남편도 조금도 자기들의 주장을 변경하려고 하지 않았다. 그 심각하고도 구슬픈 여자의 비명이 자기들에게 끼쳐 준 그 효과는 영원히 그들의 마음에서 지워 버릴 수 없다고 그들은 극력히 주장했다. 그 비명은 그 후에도 귓전에 쟁쟁 울리는 것만 같았고, 텐트에 돌아온 후에도 부부는 그 이야기를 했다. 벌써 어둑어둑해졌으므로 남편은 그 비명이 들려온 장소로 찾아가 보려고는 생각하지 않았다. 또 부인도 필경 어떤 부인이나 처녀가 숲속에서 살해당했으리라고 생각하여 그 이상 머물러 있기가 싫어서 그 이튿날 딴 장소로 옮겼다고 증언했다.

애디론대크 산중의 안내인으로 댐 호의 캠프와 관계를 가진 또 한 사람 토마스 바레트는 도나휴 부인이 말한 바로 그 시각에 빅 비턴 여관을 향하여 호반을 걷고 있었는데 대략 지금 설명한 바와 같은 위치의 호수에서 두 남녀를 보았을 뿐만 아니라 좀더 갔을 때에 만의 남쪽 끝에서 이 두 남녀의 텐트를 보았다고 증언했다. '달의 포구' 안으로 들어가는 어귀에 가까이 가 있으면 몰라도 그렇지 않으면 그 밖의 아무 데서도 그 안에 있는 배를 볼 수가 없고, 그 어귀는 몹시 좁기 때문에 호수로부터는 그 만이 전혀 들여다보이지 않게 되어 있다고 증언했다. 다른 증인들도 이 설명을 증언했다.

좁고 높은 법정 안에 차츰 해는 기울기 시작하고, 사람들의 마음이 비감해질 바로 그 심리적인 순간에 미리 세밀하게 계획을 세우고 있던 메이슨은 로버타의 편지를 차례차례로 하나씩하나씩 읽기 시작했다. 그 목소리는 열변적인 음성이 아니라 아주 소박한 것이었지만, 맨 처음 이것을 읽었을 때에 그의 마음을 움직이게 했고, 그를 울리게 한 공감과 감동을 담뿍 싣고 있는 목소리였다.

그는 로버타가 리커거스에서 고향으로 돌아온 사흘쨋날인 6월 8일 자의 첫 번째 편지에서 시작하여 열넷 · 열다섯 · 열여섯 · 열일곱번째까지 계속해서 낭독했다. 이러한 편지 속에서 로버타는 남자와의 접촉을 혹은 단편적으로 혹은 간접적으로 말해 내려오다가, 나중에는 남자가 그녀를 데리러 온다는 계획에 관계되는 말이 나오는데, 남자가 찾아올 때까지의 시간이 처음에는 3주일이던 것이 차츰 늦춰져 한 달, 그 다음에는 정작 7월 8일 혹은 9일이라는 말이 나오고, 최후에 갑자기 그녀의 입으로부터 위협적인 말이 나오게 되었고, 그것이 느닷없이 그로 하여금 폰다에서 그녀와 만나기로 결심시키기에 이른 경과가 명시되어 있었다. 이 편지들을 메이슨은 아주 감동적인 어조로 읽었다. 그리고 방청인과 배심원들의 눈물에 젖은 눈과 연방 눈으로 가는 손수건과 기침소리는 그 편지들이 얼마나 중요한 의의를 가지고 있는가를 증명하고 있었다.

"당신은 나더러 아무 근심도 말고 편히 쉬라고 말씀하셨지요. 당신이야 리커거스에서 많은 벗들에게 둘러싸여 교제하면서 이곳저곳으로 초대를 받고 있으니까 그렇게도 말씀하실 수 있겠지요. 나로선 윌콕스의 집에 가서 전화를 걸려고 해도 그것조차 만만치가 않습니다. 곁에는 언제나 사람들이 있어 전화소리를 듣게 되고, 당신은 아무에게도 아무 말도 하지 말라고 하시구, 할 말은 많고, 할 기회는 없고, 어떻게 하면 좋아요? 그러고도 당신은 밤낮 다 잘될 테니 아무 걱정 말라고만 하시니. 요전번 전화 때도 27일엔 오신다고 하셨지요? 무슨 이유인지 나로서는 알 수 없는 이유 때문에――전화가 찍찍하면서 어찌도 시끄러운지――훨씬 뒤에라야만 출발하실 수 있다고 말씀하셨지요. 그러나 그것은 도저히 안 될 말씀이에요. 아버지와 어머니는 저의 숙부가 살고 계시는 해밀톤으로 3일에 떠나실 예정입니다. 그리고 같은 날 톰과 에밀리는 여동생의 집으로 가기로 되어 있습니다. 그러나 나는 다시는 그 집에 갈 수도 없고 가기도 싫습니다. 그러니 당신께서 약속하신 대로 와 주셔야, 꼭 와 주셔야 되겠어요. 이런 몸이 되어 버린 나로선 이 이상 더는 기다릴 수 없습니다. 그러니 당신이 오셔서 나를 데려가 주셔야만 되겠어요. 제발 부탁이에요. 이 이상 나를 괴롭히지 마세요. 부탁이에요.

다음 편지──.

"크라이드, 나는 당신을 믿을 수 있다고 생각했기 때문에 집에 돌아왔던 것입니다. 내가 떠나기 전에 당신은, 만일 내가 원한다면 넉넉잡고 3주일 이내에 오셔서 데려가겠다고 가장 엄숙한 태도로 말씀하셨지요. 우리가 다시 만나서 같이 살게 될 때를 위하여 준비를 하고, 돈을 마련하는 데 3주일 이상은 걸리지 않으리라고 말씀하셨지요. 그러나 어제가 7월 3일이라면 내가 떠난 지 거의 한 달이나 되는데도 당신이 찾아온다는 것부터가 확실치 않군요. 전번 편지에 말씀드린 바와 같이 그때가 되면 양친께서는 확실히 열흘 예정으로 해밀톤으로 떠나십니다. 물론 당신은 그 후에 말씀만은 꼭 오신다고 하셨지요. 그러나 어쩐지 나를 진정시키기 위해서 하시는 말씀 같아요. 그래서 그때부터 속이 상해서 못 견디겠어요. 진정으로 말씀드리면 나는 지금 몸의 상태가 아주 나빠요. 늘 현기증이 나요. 뿐만 아니라 만일 당신이 와 주시지 않는다면 어떻게 할까 어찌나 걱정이 되는지 지금이라도 곧 미칠 지경입니다."

"크라이드, 당신은 벌써 이전처럼 나를 생각해 주지도 않고, 이렇게 되지 않았으면 얼마나 좋았을까 하고 생각하고 계시는 거죠. 그렇지만 나는 어떻게 하면 좋을지 모르겠어요. 그건 당신의 과실인 동시에 또 나 자신의 과실이었다고 당신이 말씀하실 것도 잘 압니다. 또 세상 사람들도 이 일을 안다면 그렇게 생각할지도 모릅니다. 그러나 나는 내가 하고 싶지 않은 일을 억지로 시키지 말아 달라고 얼마나 당신에게 애걸했습니까? 천하 없어도 당신을 놓칠 수 없을 만큼 내가 당신을 사랑하고 있었던 것은 사실입니다. 그러나 만약 당신의 욕심을 채운다면 나는 후일에 가서 후회하게 될 것을 그때에도 나는 두려워하고 있었습니다."

"크라이드, 만일 내가 죽을 수만 있다면 모든 것이 한꺼번에 해결되고 말 것이 아니예요. 그래서 나는 요즈음 몇 번씩 죽고 싶다고 기도를 올렸습니다. 아니 지금도 막 기도를 드리고 난 참입니다. 인생은 제가 맨 처음 당신을 만나고 당신이 저를 사랑하던 그때처럼 이제는 저에게 귀중하게 생각되지 않습니다. 아, 저 행복했던 시절! 이럴 바에는 이럴 바에는, 차라리 당신이 걸어가시는 길에 방해가 되지 않도록 어디로 사라져 없어졌으면! 저에게나 당신에게나 얼마나 좋은 일이겠어요?

그러나 크라이드, 지금은 그럴 수 없습니다. 돈 한푼 없고, 그저 '우리 애'라고밖에는 낳는 애에게 이름을 붙여 줄 도리도 없고. 그렇지만 저의 죽음이 저의 어머니와 아버지와 저 이외의 모든 집안 식구들에게 끼쳐 주게 될 저 무서운 고통과 치욕 때문이 아니라면 나는 흔연히 다른 방법으로 이 모든 성가신 문제를 해결짓고 말 것입니다. 진정으로 그러고 싶습니다."

또 다른 편지에서——.

"아, 크라이드, 크라이드, 작년의 이맘때와 비교해 볼 때 인생은 모두가 변해 버리고 말았군요. 작년엔 우리들은 크럼 호와 폰다 근처의 호수와 글로버즈빌과 리틀 폰즈를 찾아다녔지요. 그런데 지금은……지금은. 바로 조금 전에 톰과 에밀리의 친구 사내애와 계집애들이 와서 두 동생을 데리고 딸기를 따러 나갔습니다. 그 애들이 즐겁게 나가는 것을 보고, 나는 갈 수 없다는 것을, 나는 다시는 영원히 저렇게 될 수 없다는 것을 알고 저도 모르게 울고 울고 또 울었어요."

마지막 편지——.

"오늘 나는 몇 군데 들러서 작별 인사를 하고 돌아왔습니다. 나에게는 모두 다 정든 곳들뿐입니다. 아시다시피 나는 일평생을 여기서 살아왔으니까. 우선 새파란 이끼가 돋아 있는 샘집 앞을 지날 때에 그것에다 작별 인사를 했습니다. 그렇게 빨리 돌아올 것 같지는 않으니까요. 어쩌면 영원히 돌아오지 않을지도 모르지요. 다음엔 저 늙은 사과나무에다 작별 인사를 고했습니다——어렸을 때 에밀리와 톰과 기포드와 내가 자주 와서 놀던 곳. 그 다음엔 우리들이 '신앙의 집'이라고 부르는 아담한 과수원 안에 있는 집으로 갔습니다. 이곳도 자주 와서 놀던 곳입니다.

아, 크라이드, 이 모든 것이 저에게 무엇을 의미하는지 당신은 모르실 거예요. 이번에 집을 떠나면 다시는 못 볼 것만 같아요. 그리고 어머니, 아, 가엾은 우리 어머니, 내가 얼마나 어머니를 사랑하고, 이때까지 어머니를 속여 온 것을 내가 얼마나 죄송하게 생각하고 있는지! 어머니는 내게 한 번도 화를 내신 일이 없고, 언제나 나를 도와 주셨습니다. 모든 것을 어머니에게 고백했으면, 하는 때도 있습니다만 지금은 그럴 수가 없습니다. 그렇지 않아도 어머니는 걱정이 태산 같은데, 또 이런 일까지 가지고 어머니의 속을 태울 수는 도저히 없는 노릇입니다. 절대로 할 수 없어요. 지금 갔다가 다시 올 때에──결혼을 해서 돌아오든지 죽어서 돌아오든지 지금 형편으로서는 큰 차이가 없습니다만──어머니는 아무것도 모르실 것입니다. 그러면 나는 어머니에게 아무 걱정도 끼쳐 드리지 않는 것이 될 것입니다. 그것이 저에게는 생명보다도 더 귀중한 일처럼 생각됩니다. 그러면 크라이드, 당신이 전화로 말씀하신 것처럼 다시 뵐 때까지 안녕히 계세요. 여러 가지로 걱정을 끼쳐 드려 죄송합니다. 용서해 주세요. 이만 줄입니다. 당신의 슬픈 로버타로부터."

편지를 읽으면서 도중에 메이슨 자신이 군데군데서 울었다. 다 읽고 나서 얼굴을 쳐들었다. 피곤해 보이나 득의만만한 표정이었다. 완전하고도 절대 불변한 진술을 할 수 있었다는 자부심에서 득의만만한 표정으로 사방을 둘러보면서 다음과 같이 선언했다. "이것으로서 원고측은 일단 진술을 중지합니다." 그 순간 남편과 에밀리와 함께 방청석에 있던 로버타의 어머니는 긴 공판의 긴장에도 지쳤지만 지금 읽은 딸의 편지에 너무도 지나친 충동을 받아, 울음을 참지 못하고 흐느끼다가 그만 그 자리에 실신하여 쓰러지고 말았다. 그리고 크라이드 자신도 극도로 신경이 긴장되어 있었던 차에 로버타의 어머니의 비명소리와 기절하고 쓰러지는 것을 보고 후닥닥 뛰어올랐다. 그러나 젭슨이 재빨리 크라이드를 붙들어 앉혔다. 그러는 동안에 로버타의 어머니는 옆에 달라붙어 있는 타이터스와 함께 간수와 다른 사람들의 부축을 받으면서 법정 밖으로 나갔다. 깊은 감동에 젖어 있던 방청인들은 이 광경을 보고, 크라이드가 마치 그때 무슨 새로운 범죄라도 또 저지른 것처럼 새로운 격분을 느꼈다.

그러나 얼마 후 그 흥분이 가라앉고, 법정 안이 어두워지기 시작하여 시곗바늘이 다섯 시를 가리키고, 법정 안의 사람들도 모두 피곤해 있는 것을 보자 오버왈처 재판장은 휴정을 지시했다.

그 즉시로 모든 신문기자, 특별 기고가들과 화가들이 일제히 일어서서 조그만 소리로 뭐라고 지껄였다. 내일은 변호사의 변론이 시작될 터인데 도대체 증인은 누구일까, 또 어디 있을까? 피고인에게 불리한 증거가 이렇게 산더미처럼 쌓여 있는데도 불구하고 크라이드는 자기 자신을 변호하기 위하여 증인석에 설까? 혹은 변호인들은 피고인의 심리적·정신적 약점에 관하여 그럴 듯한 주장을 함으로써 스스로 만족하려는 것일까? 그러한 주장이 인정되면 종신 징역으로 끝날지도 모른다. 그러나 그 이하로는 안 될 거야, 등등.

비방과 욕설의 세례를 받으면서 크라이드가 법정을 나올 때 오랫동안 계획해 온 대로 자기는 과연 내일 아침 증인석에 설 용기가 있을까 하고 생각해 보았다. 그 밖에 다른 방법은 없을까? 아무도 보고 있지 않는 틈을 타서——감옥과 법정 사이를 왕래할 때 그는 수갑을 채우지 않았다——내일 저녁 폐정 때 모든 사람이 기립하여 군중이 움직이고 간수들이 자기 앞으로 걸어올 순간을 이용하여……만일……그렇다, 저 층계 쪽으로 얼른 달려가……그게 어디로 통해 있든지 간에 밖으로 나가 그전에 그가 보아 두었던 옆문으로 해서 한길로 빠져 나올 수만 있다면! 그리고 어떤 산 속으로 들어가서 쉬지도 않고, 먹지도 않고, 며칠씩 자꾸만 달리고 또 달리고 하여 끝내는……그렇다……아무 곳으로라도 도망을 칠 수만 있다면! 물론 모험이다. 총에 맞아 죽을지도 또는 사람들과 사냥개들에게 추격을 당할는지도 모른다. 그러나 죽든지 살든지 한번 모험을 해볼 기회가 아닌가? 어차피 재판은 전혀 가망 없는 일이다. 오늘의 재판을 본 사람이라면 자기를 무죄라고 믿어 줄 사람은 한 사람도 없을 것이다. 그렇다고 해서 이대로 죽고 싶지는 않다. 절대로 절대로, 이대로 죽고 싶지는 않다! 그리하여 다시 한 번 비참하고 캄캄하고 지루한 밤이 찾아오고, 다시 한 번 비참하고 흐릿한 겨울 아침이 돌아왔다.

23

이튿날 아침 여덟 시에는 사람들의 눈을 끌 만한 표제를 주먹만하게 실은 각 도시의 신문이 거리의 신문매장에 쏟아져 나왔다.

"소송 증인대에 선 증인들——그리피스 사건의 기소 논고 종결."
"동기와 방법이 모두 완전히 입증됐다."
"안면 및 두부의 상처는 카메라의 측면과 일치."
"피해자의 편지를 읽는 것을 듣고 그 어머니 법정에서 졸도."

메이슨의 논고의 구성이 너무나도 교묘했고, 그 사건 진술 방법이 너무나도 극적이며 박력에 넘쳐 있었기 때문에 크라이드는 말할 것도 없고, 벨크납도 젭슨도 일시적으로는 완전한 패배감에 사로잡혔다. 이제 크라이드가 극악무도한 악마가 아니라는 것을 배심원들에게 믿게 하기란 도저히 불가능할 것만 같았다.

모든 사람이 그 능란한 사건 진술에 대하여 메이슨을 축하해 마지않았다. 크라이드는 자기 어머니가 어제 발표된 신문기사를 읽게 되면 반드시 맥이 탁 풀리며 까무러치고 말 것 같았다. 그리하여 젭슨에게 부탁해 그러한 기사를 믿지 말라고 어머니에게 전보를 쳐달라 할까 하고 생각했다, 프랭크와 줄리아와 에스타에게도. 손드라는 이 사건의 보도를 읽고서 모든 것을 알고 있을 테지만 그가 암담한 낮과 밤을 보내고 있는데도 불구하고 그녀로부터는 한마디 소식도 없었다! 가끔 신문에는 미스 X라는 이름으로 그녀가 등장하기는 했지만 한 번도 그 정체를 드러낸 적은 없었다. 부호의 가족이 되고 보면 언제나 이런 식일까? 오늘부터 그의 변호인들의 변론이 시작되면 그는 유일한 중요한 증인으로서 증인석에 서야만 하게 될 테지. 그러나 과연 만족스럽게 증언을 해낼 수 있을까 하고 그는 자문하지 않을 수가 없었다. 저 군중. 그 분노. 지금쯤은 아마 불신과 증오에 들끓고들 있을 테지. 그리고 벨크납의 변론이 끝나면 또 저 메이슨이 나타나겠지! 그것은 벨크납과 젭슨에게는 아무것도 아닐 테지. 그들은 그것에 고통을 받을 필요가 없다. 하지만 그는 그들과는 입장이 다르다.

그러나 이럭저럭하고 있는 동안에 벨크납과 젭슨이 감방을 찾아와서 한 시간 남짓 회담한 후에 그는 또다시 법정으로 나가 그 속마음을 짐작할 수 없는 배심원들과 방청인들의 집요한 시선을 받지 않으면 안 되었다. 그리고 이제 벨크납이 배심원석 앞에 기립하여 그들 한 사람 한 사람을 주시한 다음 입을 열었다.

"배심원 여러분, 여러분은 지금까지 이미 약 3주일에 걸쳐 피고인의 유죄를 증명할 수 있는 증거를 당장이라도 제출할 수 있을 듯한 이야기를 지방검사로부터 계속 듣고 계셨을 것입니다. 그때 이래로 참 길고 지루한 재판 수속이 있어 왔습니다. 불과 15,6세 소년의 어리석고 무경험한 반면에 어느 모로 보나 무죄하고 전혀 범의가 없었던 행동이 마치 흉악범의 행동이 되는 것처럼 여러분들 앞에 제시되었습니다. 그리고 그것은 분명히 피고인에 대한 편견을 여러분에게 줄 목적으로 된 것입니다. 그러나 피고인에 관련해서 세상에 몹시 곡해되어 있는 캔자스시티에서 발생한 사건——이 사건만큼 참혹하고도 터무니없이 곡해되어 있는 사건을 본 변호사로서는 일찍이 경험한 적이 없습니다만 그 뜻밖의 과실 이외에 피고인은 다른 동년배의 소년과 마찬가지로 순결하고 활동적이며 참으로 흠잡을 데가 없는 천진한 생활을 해왔다고 할 수 있습니다. 여러분은 피고인이 수염이 난 어른이며, 가장 흉악한 사람이라는 말을 들었고, 죄인이라고 불렸고, 마치 저주받아야 할 지옥의 악마라는 말을 들은 것을 기억하고 있겠습니다만, 피고인은 아직 겨우 스물한 살입니다. 그리고 그는 지금 피고석에 앉아 있습니다. 내가 만일 무슨 언어의 마력을 가지고 이 순간에라도 그 그릇된 견해와 나에게 언권이 허락된다면 정치적 야심에 기초를 둔 기소 때문에 여러분들 마음에 뿌리를 박게 된 그릇된 생각과 참혹한 견해를 씻어 버릴 수만 있다면, 여러분은 너무도 눈이 부셔 그를 차마 쳐다볼 수가 없어, 여러분이 지금 앉아 있는 자리로부터 창밖으로 도망을 치고 말 것입니다. 배심원 여러분, 모든 증인이 이렇게까지 짜고 악의적으로 나오는 가운데서 본인이나 동료나 또 피고인이 어떻게 그렇게 태연자약할 수 있는가, 여러분은 물론 검사나 방청인들까지도 놀랐을 것이라고 생각합니다." 여기서 그는 자기 차례를 기다리고 있는 동료 쪽을 유유히 정중한 손짓으로 가리켰다.

"우리들은 무엇 때문에 이렇게 침착한 태도를 취할 수 있는 것일까요? 그것은 어떠한 법정의 논쟁에 있어서도 반드시 정의가 이긴다고 하는 것을 우리들이 알고 있고, 그렇게 될 것을 믿고 있기 때문입니다. 아시다시피 저 영국의 시인 셰익스피어는 이렇게 말하고 있습니다——'정의의 싸움을 하는 자는 3배의 병력을 갖는다' 고. 불행하게도 이 사건의 기소자는 모르고 계신 모양 같은데, 우리는 사실상 이 극적이며 가장 불행한 사망 사건이 발생하게 된 지극히 괴상한 예상 외의 주위 사정을 잘 알고 있습니다. 우리의 변론이 끝나기 전에 여러분은 여러분 자신의 힘으로 아시게 될 것입니다. 그때까지 나는 우선 여러분에게 이런 말씀을 드리고 싶습니다. 이 엄청난 비극에 대한 우리들의 해석은 전혀 별개로 치더라도, 여러분 자신은 잔인하고 야수적인 범죄의 책임이 피고인의 어깨 위에 얹혀지리라는 확신은 전혀 없었다는 것을 나는 재판 개시 이래 쭉 믿어 왔습니다. 여러분이 절대로 그런 확신을 가지실 리는 만무합니다. 사랑은 어디까지나 사랑입니다. 사랑하는 남녀의 마음의 움직임, 그 파괴적인 열정은 보통 범인의 그것과는 전혀 다릅니다. 여러분, 잠깐만 회상해 주십시오. 우리들도 한때는 모두 소년이었고, 소녀였습니다. 그렇습니다, 젊었을 때의 열병과 가슴의 고통은 후년의 현실적·타산적 생활과는 전혀 관계가 없는 것입니다. '비판하지 마라, 그리하면 너희가 비판을 받지 않을 것이요, 정죄하지 마라, 그리하면 너희가 정죄를 받지 않을 것이니라.'

우리는 여기서 저 수수께끼의 여성 X양의 존재, 그 매력과 사랑의 주문(呪文), 그리고 우리들이 아직 여기서 소개할 수 없는 그녀의 편지와 그것이 피고에게 끼쳐 준 커다란 영향 등을 잘 알고 있습니다. 물론 피고가 X양을 사랑하고 있었던 사실도 인정합니다. 그러나 우리들은 지금부터 피고측의 증인에 대하여, 혹은 이미 여기에 제출된 무수한 증언의 일부를 분석함으로써 편협한 도덕적 견지에서 보면 피고가 교묘한 호색적인 감언이설로써 순진한 여성을 농락했으며, 끝내는 무참히도 그녀를 죽여 버렸다는 견해는 참으로 피상적인 견해며, 사실은 엄정한 편협한 도덕적 사회제도의 규율 속에서만 살아야 하는 여성과 청년이 사랑했을 경우에 의당 빠지게 되는 결과에 지나지 않는다는 것을 분명히 해두고자 합니다. 분명히 지방검사께서 말씀하신 대로 로버타 올든은 크라이드 그리피스를 사랑하고 있었습니다. 두 사람의 관계가 시작되어 비극으로 끝날 때까지 지금은 저세상 사람이 된 그녀는 몹시 그를 사랑했고, 사랑의 포로가 되어 있었으며, 그 또한 처음엔 그녀를 사랑하고 있었던 것입니다. 그러나 열렬한 사랑의 소용돌이 속에 빠져 있는 남녀는 자기들에 관한 타인의 의견 따위에는 그다지 귀를 기울이지 않습니다. 우리들은 서로서로 사랑하고 있다——그것만으로 충분하니까요!

그러나 여러분, 나는 이러한 연애 문제를 가지고 오랫동안 말씀을 드리려는 것은 아닙니다. 사실은 크라이드 그리피스가 대체 무엇 때문에 폰다나 유티카나 그라스 호나 빅 비턴 등 그런 곳에 갔었는가, 그 설명을 하려는 것입니다. 피고인이 이런 장소에 갔다는 사실, 또는 로버타 올든과 함께 갔다는 사실을 우리가 조금이라도 부인하거나 또는 변색해야만 할 무슨 필요가 있겠습니까? 또는 갑자기 발생한 저 일견 괴상한 수수께끼 같은 그녀의 죽음 직후에 그는 무엇 때문에 그대로 도망가야만 할 길을 택하지 않으면 안 되었는가 하는 의심을 여러분은 가지고 계실지도 모릅니다. 만약 여러분께서 한순간이라도 그렇게 생각하신다면, 우리들이 과거 27년 동안 배심원들과 접촉해 온 경험을 살려서 여러분들의 수수께끼를 풀어 드리려고 하는 이유도 바로 이 점에 있는 것입니다.

여러분, 나는 크라이드 그리피스가 무죄라는 것을 말씀드렸습니다만 그것은 사실입니다. 여러분들 가운데에는 우리들 자신까지도 피고인의 유죄를 확신하고 있을 것이라고 생각하고 계시는 분이 계실지도 모릅니다. 그렇다면 여러분의 생각은 그릇된 것입니다. 인생이란 정말로 괴상야릇한 것이어서 자기가 하지도 않은 일을 가지고 고발을 당하면서도, 그때의 모든 사정이 그가 꼭 한 것처럼 되어 있는 경우가 수두룩한 법입니다. 추정적 증거만을 가지고 재판을 했기 때문에 재판을 그르치게 된 가련하고도 가공할 만한 사건이 얼마든지 있었습니다. 여러분, 거듭거듭 주의하시기를 바랍니다! 일견 의문의 여지가 없는 것처럼 생각되는 증거 때문에 편협하고 지방적인, 혹은 종교적·도덕적인 편견에 사로잡혀 자기로선 공평무사한 재판을 내린 것으로 착각하기 쉬운 것입니다. 사실 이 피고에겐 이와 같은 죄를 저지를 의도는 전혀 없었고, 그 행동도 아무런 죄를 받을 만한 것은 아니었습니다. 거듭거듭 이 말에 주의하시길 바랍니다."

그는 여기서 말을 잠시 끊고는 자못 심각하고도 우수에 잠긴 듯한 태도를 취했다. 한편 크라이드는 이러한 영일하고도 대담스러운 변론에 다소 용기가 생기는 것 같았다. 그리고 얼마 후 다시 벨크납이 말을 계속하자 그는 자기에게 그렇게도 용기를 주는 그 격려의 말을 한마디도 놓지지 않으려고 조용히 귀를 기울였다.

"로버타 올든의 시체가 빅 비턴 호의 물 속에서 끌려나왔을 때 여러분, 그것은 어떤 의사의 검시를 받았는데, 의사는 그때 그녀가 익사하고 있었다고 확언했습니다. 그 의사는 언젠가 이곳에 출두하여 증언할 것이며, 피고인측에 대하여 반드시 유리한 증언이 될 것은 말할 것도 없습니다. 여러분이 공평한 마음으로 들어주실 것을 기대하는 바입니다.

로버타 올든과 크라이드 그리피스는 결혼할 의사를 가지고 약혼을 했으며, 7월 6일에 그녀는 빌츠의 친가를 떠나서 신혼여행길을 떠났다는 지방검사의 설명을 여러분은 기억하고 계실 것입니다. 그러나 여러분, 어떤 복잡한 사정의 일부를 약간 굽히기란 참으로 쉬운 일입니다. 7월 6일에 그녀가 출발하기까지의 모든 사건 진전을 강조하기 위하여 지방검사는 '결혼할 약속을 했다'는 말을 썼습니다만 사실인즉, 크라이드 그리피스가 로버타 올든과 정식으로 약혼했다는 것을 가리키는 직접 증거는 털끝만큼도 없으며, 그녀의 편지 속에 몇 번 나타나는 외에는 그런 결혼에 동의했다는 증거도 전혀 없습니다. 그러나 그 편지의 내용으로 보아 분명한 것처럼 그가 그녀와의 결혼에 동의한 것은 오직 그녀의 생리 상태를 고려한 나머지의 도덕적 · 물질적인 문제에 직면하여 그 해결에 몰리게 된 결과였던 것입니다. 물론 그녀가 그러한 몸이 된 것은 그의 책임이기도 합니다만, 그것은 양쪽——21세의 남자와 23세의 여자——의 합의 위에서 된 일입니다. 여러분, 나는 감히 여러분에게 묻고 싶습니다. 도대체 다만 동의에 지나지 않았던 것이 과연 공정한 약혼이라고 할 수 있겠습니까? 약혼이라는 문제를 두고 생각할 때에 여러분이 이것이야말로 약혼이라고 생각하시는 그러한 약혼이 되겠습니까? 여러분, 제 말씀을 잘 들어주십시오. 나는 이 가엾은 죽은 여성을 욕하거나 비난할 의사는 추호도 없습니다. 나는 이 청년이 이 죽은 여성과 정식으로는 약혼하지 않았다는 사실을 다만 사실로써, 법률 문제로써 여러분께 말씀드릴 뿐입니다. 남자측에서 여자와 결혼하겠다는 말을 미리 여자에게 한 일은 한 번도 없습니다.……절대로 없습니다. 그런 증거는 전혀 없습니다. 여러분께서는 그 점을 참작해 주셔야 합니다. 다만 여자의 생리 상태 때문에——이 점에 대해서는 피고인에게도 책임이 있다는 것을 시인합니다만——피고인은 결혼에 동의할 것을 생각하게 되었는데, 단…… 단……(여기서 그는 말을 멈추고 적당한 문구를 찾으려고 노력했다) 그녀가 그를 놓아 주지 않는 경우엔 결혼하리라는 것이었습니다. 지금까지 이 법정에서 낭독된 그녀의 여러 장의 편지가 증명하는 바와 같이 그녀는 그에게 결혼을 강요했고, 그 결과 리커거스 일대로 퍼지게 될 사실을 두려워한 나머지 그는 결혼에 동의한 것입니다. 그러나 그것이 검사의 안목과 말에 의하면 약혼이 되며, 뿐만 아니라 악한 강도와 살인범을 제외하고는 누구나 감히 깨뜨리기를 주저하는 신성한 약혼이 되는 것입니다. 그러나 여러분, 종교적으로 또는 법률적으로 보아 이보다 더 공공연하고 신성한 약혼이 얼마든지 파기되어 왔습니다. 무수한 남자와 무수한 여자가 그들의 마음이 변하는 것을 보았고, 그 때문에 마음의 상처를 부둥켜안고 살아 나가지 않으면 안 되었던 자와 그 때문에 자기 손으로 목숨을 끊고 죽음의 나라로 간 남녀가 무수히 있었습니다. 이것은 바로 지방검사가 말씀하신 것처럼 동서고금을 통한 이 세상의 관례일 것입니다.

결국 여러분이 이제 문제로 삼고 계시는 사건도 그러한 사건입니다. 하나의 여성이 그러한 남자의 변심에 희생이 된 예에 지나지 않습니다. 확실히 이것은 도덕적으로는 죄악일지도 모르지만 법률적으로는 죄가 아닙니다. 그리고 지금 피고인이 여러분들 앞에 서게 된 것은 이 여자의 죽음이 하도 기괴하면서도 그 주위 환경이 피고인에 대하여 순전히 오해를 사게끔 되어 있는 까닭입니다. 나는 맹세코 그렇게 말씀드릴 수가 있습니다. 왜냐하면 이 사건이 정말로 그러했다는 것을 알고 있기 때문입니다. 어쨌든 이 사건의 심리가 끝날 때까지 여러분께서 완전히 납득이 가실 수 있도록 충분히 설명해 드리겠습니다. 그러나 그 문제로 들어가기 전에 미리 그 서론으로 말씀드려야 할 것이 또 하나 있습니다. 배심원 여러분, 생명을 내걸고 지금 이 피고석에 서 있는 청년은 냉혹무정한 죄인이 아니라, 정신적으로도 도덕적으로도 겁쟁이올시다. 그 이상도 아니고 그 이하도 아닙니다. 위기에 몰려 있는 인간이 매양 그렇듯이 그는 정신적 · 도덕적인 공포 의식의 희생자입니다. 이 점을 지금까지 아무도 전혀 설명한 사람이 없었다는 것이 도리어 이상할 정도입니다. 우리는 누구나 다 무엇인가를 무서워하고 있는, 즉 공포심이라는 것을 가지고 있습니다. 그리고 그를 현재의 위험한 입장으로 몰아넣은 것도 그것입니다. 그가 겁쟁이었다는 것――자기 백부 회사의 규칙을 무서워하고, 상사에게 약속한 자기의 맹세를 무서워했기 때문에 자기 밑에서 일하고 있던 아름다운 시골 처녀에게 관심을 가지고 있다는 것을 숨기고, 끝내는 그녀와 함께 도망을 치려고 했던 사실도 감추지 않으면 안 되었던 것입니다.

그러나 거기에는 하등의 법적 범죄는 없습니다. 여러분이 그것을 어떻게 생각하든 그 때문에 사람을 재판할 수는 도저히 없을 것입니다. 한때에는 꿈처럼 아름다웠던 그녀와의 관계를 이 이상 계속할 수 없다는 것을 확신하고 난 뒤에도 헤어지자고 똑똑히 그 말을 차마 꺼내지를 못하고, 마음에도 없는 그녀의 결혼 제의에 동의하고 만 것은 역시 그의 겁쟁이 성격의 탓이었습니다. 그렇다면 여러분은 어떤 사람이 공포의 희생자라고 해서 그 사람을 처단할 수 있겠습니까? 그리고 한 남자가 어떤 여자를 혹은 그와 반대로 한 여성이 어떤 남자를 참고 지낼 수 없다, 그럴 의사가 없다, 그 여자와 함께 산다는 것은 고통이 될 뿐이다, 이렇게 단정한다면 이때에 그 남자는 어떻게 하면 좋겠다고 여러분께서는 생각하십니까? 결혼해야 옳겠습니까? 무엇 때문에? 결혼하여 영원히 서로 미워하고 멸시하고 괴롭히기 위해서입니까? 그래도 여러분은 정녕코 결혼에 동의하는 것이 옳다고 단언할 수 있겠습니까? 피고인은 그와 같은 딱한 상황하에서 그로선 참으로 현명하고 성의 있는 방법을 취하려고 했습니다. 말하자면 쓸데없는 결혼 같은 것은 하지 않아도 될 방법을 제안한 것입니다. 그것은 별거 생활을 한다는 것입니다. 그녀가 다른 지방에서 살며 그동안 그는 그녀의 생활비를 댄다는 것이었습니다. 어제 이 법정에서 낭독된 그녀의 편지에도 그것에 관한 이야기가 나왔습니다. 그러나 많은 비극은 그러한 최선지책이 실행되지 않는다는 데 원인이 있는 것입니다. 이리하여 그들은 서로 개운하지 않은 것을 가슴속에 품고서 최후의 긴 여행을 떠나 유티카에서 그라스 호로, 다시 빅 비턴 호로 간 것입니다. 그러나 이것은 그 밖엔 아무런 목적도 없었던 것입니다. 물론 그녀를 속여서 죽이려는 의도는 전혀 없었던 것입니다. 어떻게 그렇게 말할 수 있는가를 다음에 설명하겠습니다.

여러분, 나는 크라이드 그리피스가 로버타 올든과 함께 아까 말씀드린 곳과 호수를 가명을 써 가면서 돌아다녔다고 하는 것, 즉 칼 그레이엄 부처니 크리포드 골덴이니 하는 가명을 썼다는 것은, 그가 겁쟁이였을 뿐만 아니라, 거기에는 어떠한 범죄의 의도도 내포되어 있지 않았다고 거듭 강조하고 싶습니다. 그는 그녀와의 패륜적인 관계에 죄악감을 느꼈으며, 무슨 커다란 사회적인 과오를 범한 것처럼 생각하고는 공포에 부들부들 떨고 있었습니다. 그리고 그것이 뒤따라올 것을 두려워하고는 전전긍긍하고 있었던 것입니다. 또 그녀가 뜻밖의 사고로 빅 비턴 호의 물 속에 삼켜지고 말았을 때, 그가 빅 비턴의 여관으로 되돌아와서 그녀가 익사했다는 사실을 알리지 않고서 그냥 그대로 도망쳐 버린 것도 정신적·도덕적으로 겁쟁이였기 때문입니다. 겁쟁이였다는 것, 그것 이외의 아무것도 아니었던 것입니다. 그는 리커거스 부호 친척과 그녀와 같은 여성과 호수 같은 데로 놀러 가는 것을 엄하게 금하고 있는 회사의 규칙과 그녀의 양친의 노여움과 슬퍼할 것을 생각하니 안절부절못하고 있었던 것입니다. 그 밖에 그에겐 X양이라는 여성이 있었습니다——그의 모든 꿈의 성좌(星座) 가운데서도 가장 찬란한 별이었던 그녀가.

아마 피고인이 그 당시에 이러한 문제들을 생각하고 있었다는 것은 우리 모두가 시인하는 바입니다. 피고인은 X양에게 완전히 매혹되어 있었고, 그녀도 그에게 매혹되어 있었으며, 따라서 피고인은 그 미모와 재력으로 말미암아 훨씬 더 훌륭해 보이는 여성을 위하여 최초의 애인──그에게 몸을 바친 여자──를 흔연히 버릴 생각을 했었다는 것을 검사는 비난합니다. 그런 사실이 있었다는 것은 우리도 시인하는 바입니다. 그렇지만 피고인이 X양을 다른 여자보다도 훌륭한 여자라고 본 것이 잘못이라고 한다면, 로버타 올든이 피고인을 다른 남자보다도 훌륭한 남자라고 본 것도 마찬가지로 잘못입니다. 로버타가 남자를 잘못 알고 있었다면──사실도 그러합니다만──남자가 또 한 여성──X양──을 잘못 알고 미쳐서 다닐 수도 있는 일이 아니겠습니까? 이 X라는 여성은 결국 남자를 조금도 돌보지 않았으니 결과로 보아서 남자는 여자를 잘못 알고 사귀었던 것입니다. 어쨌든 그 당시에 피고인이 가장 두려워한 것은 그가 변호인인 우리들에게 고백한 바와 같이 자기가 어떤 여자를 데리고──상대방에 대하여 그 여자의 이름조차 말한 일이 없는데──놀러 갔었다는 사실을 만약 X양이 알게 된다면 그때엔 만사가 끝장나고 말리라는 생각이었습니다. 여러분이 이러한 사실들을 보실 때에 그러한 행위에 아무런 변명의 여지도 없다고 생각하실 것은 물론 나도 잘 알고 있습니다. 이러한 경우 인간은 법률과 교회의 양면에서 육박하는 죄악감에 몰리게 될 것입니다. 또한, 비록 법률과 종교가 없더라도 사람의 마음에는 그러한 죄의식이 있으며, 그것이 허다한 경우에 있어 그 사람의 행동의 동기가 되는 것입니다. 크라이드 그리피스에게 그러한 행동을 취하게 한 것도 역시 그것이었습니다.

그러나 그는 과연 로버타 올든을 살해했을까요? 아닙니다! 다시 한 번 단연코 아닙니다! 혹은 그는 흉계를 가슴에다 품고서 아무렇지도 않은 얼굴로 그녀를 그 장소로 끌어내어 가명을 쓰고, 그녀가 아무래도 헤어져 주지 않으므로 마침내 그녀를 익사케 한 것일까요? 천만에! 생각만 해도 우스운 일입니다. 있을 수 없는 일입니다. 미치광이 같은 소리입니다. 그의 계획은 그것과는 전혀 다른 것이었습니다!"

"그러나 여러분" 하고 나서 그는 잠시 말을 끊었다가, 마치 그때 문득 생각이 났다는 듯이 다시 말을 이었다. "이상의 나의 변론을 뒷받침해 주기 위해서, 또 여러분이 만족스러운 판단을 내리기 위해서라도 로버타 올든의 최후를 목격한 증인, 즉 그저 멀리서 비명소리를 들었을 뿐이라고 하는 증인이 아니라, 실제로 현장에 있어서 자초지종을 직접 보았으며, 그녀가 어떻게 하여 죽게 되었는가 하는 사실을 잘 알고 있는 인물의 증언을 듣는 것이 가장 필요하리라고 생각하는 바입니다."

여기서 그는 젭슨 쪽을 돌아다보았는데 그 눈치는 마치, "자, 루빈, 이젠 당신 차례요" 하고 말하는 것만 같았다. 루빈은 태연자약한 태도로, 그러나 온통 얼굴에 굳은 결의의 빛을 띄우면서 크라이드에게 속삭였다. "자, 그러면 크라이드, 이젠 당신 차례요. 나는 다만 당신 곁에 따라갈 따름이오. 알겠소? 내가 당신에게 질문할 테니 이제까지 당신에게 훈련한 대로 대답하면 됩니다. 거침없이 대답할 수 있겠죠?" 그는 상냥하게 격려하는 듯한 눈초리로 크라이드를 쳐다보았다. 크라이드는 벨크납의 힘찬 변호와 젭슨의 뜻하지 않은 지원에 힘을 얻고는 꿋꿋한 자세로 일어섰다. 이제는 네 시간 전의 침울한 태도라곤 찾을 길도 없었으며, 오히려 유쾌하다고 해도 좋을 만한 당당해 보이는 태도로 귓속말로 이렇게 대답했다. "당신께서 질문해 주신다니 살 것 같습니다. 훌륭히 해낼 것 같군요!"

그러나 방청인들은 실지 목격자를 제출하는 데 있어 검사가 하는 것이 아니라, 변호인이 한다는 말을 듣고 모두들 놀라 우우 일어나는 바람에 법정 안은 벌집을 쑤셔 놓은 것처럼 소란의 도가니가 되고 말았다. 오버왈처 재판장은 이러한 이례적인 공판의 분위기에 극도로 흥분하여 나무 방망이로 몹시 책상을 두들겼다. 서기가 큰 소리로 외쳤다. "정숙! 정숙! 착석하지 않은 사람이 있으면 방청인 전원에게 퇴장을 명하겠습니다! 수위들은 방청인들을 착석시키시오." 다음 벨크납이 이렇게 외치자 삽시에 법정 안은 물을 끼얹은 듯이 또다시 조용해졌다. "크라이드 그리피스, 증인대에 서시오." 방청인들은 크라이드가 루빈 젭슨의 안내를 받으며 증인석으로 가는 것을 보고 모두들 놀라 재판장과 경비원들의 제지를 아랑곳하지 않고 여전히 목을 길게 뽑고는 서로 수군거리는 바람에 또다시 법정 안은 떠들썩했다. 또 이렇게 젭슨이 나오는 것을 보고 벨크납까지도 놀랐다. 왜냐하면 최초의 계획으로는 피고인을 자기가 안내하기로 되어 있었기 때문이다. 그러나 젭슨은 태연한 얼굴로 그의 옆으로 가서, 크라이드가 증인석에 착석하여 선서를 하는 동안 그에게 이렇게 귓속말을 했다. "엘빈, 피고인을 내게 맡겨 주시오. 그것이 상책입니다. 약간 긴장하여 좀 떨리는 모양입니다만 내 어떻게 해서든지 끌고 나가겠습니다."

방청인들은 이 변호인의 교체를 눈치채고 또다시 여기저기서 수군거리고 있었다. 그 동안 크라이드는 그 둥그런 눈을 이리저리 굴려 법정 안의 공기를 살피면서 이렇게 생각하고 있었다. 옳지, 기어이 증인석에 서게 되었구나. 모든 사람이 나를 주목하고 있는 것은 말할 것도 없다. 침착한 태도로 태연한 얼굴을 하고 있어야 한다. 나는 사실 그녀를 죽인 건 아니니까. 그렇다, 내가 그녀를 죽인 건 아니다. 내심으로는 이렇게 생각하면서도 안색이 창백하고, 두 눈은 충혈되어 퉁퉁 붓고, 손은 저도 모르게 자꾸만 가늘게 떨렸다. 젭슨은 채찍처럼 호리호리하고 탄력성이 있고 동적인 몸을 크라이드 쪽으로 바싹 갖다대고는 그 파란 눈으로 크라이드의 갈색 눈을 뚫어져라 바라보면서 입을 열었다.

"자, 그럼, 크라이드, 시작합시다. 우선 다짐 삼아 말씀드릴 것은 이제부터의 질문과 응답은 배심원 여러분과 그 밖의 이 법정 안의 모든 사람들이 듣고 있다는 것을 잠시도 잊지 말고 잘 대답하시오. 그럼, 다음엔 침착한 마음으로 피고인이 그 이력을 솔직히 이야기해 주길 바랍니다. 다시 말하면 어디서 태어나 어디서 자랐으며, 부모님 직업은 무엇이었으며, 이러한 것으로부터 시작하여 마지막으로 지금까지 당신은 어디서 어떠한 일을 해왔는가 하는 그런 따위의 것 말입니다. 나도 가끔씩 질문을 하겠습니다만 당신에게 이야기를 시키자는 것이 목적이니까 그런 줄 알고 계속 말을 이어 주시오. 그것은 다른 누구보다도 피고인 자신이 제일 잘 그 이야기를 할 수 있다고 생각하기 때문입니다……." 그러나 크라이드를 안심시키기 위해서 자기가 곁에 붙어 있다는 것, 혹은 들끓는 증오와 불신에 가득 찬 군중으로부터 크라이드를 방어하는 방벽 노릇을 하고 있다는 것을 알리기 위해서, 때로는 증인석에 한 발을 들여놓을 듯이 크라이드에게 가까이 가기도 하고, 어떤 때에는 앞으로 몸을 굽혀 크라이드가 걸터앉아 있는 의자 팔꿈치에 손을 대보기도 했다. 그러면서, "옳지, 그렇습니까?" "그래서?" "그 다음엔?" 하고 시종일관 이런 말을 되풀이하고 있었다. 이러한 젭슨의 힘있고 기운차고 자기를 싸고 도는 목소리를 들을 적마다 크라이드는 마치 응원군이라도 얻은 것처럼 용기를 내어, 그의 청춘 시절에 관한 이야기를 간결하게 뜻밖에 술술 이야기할 수가 있었다.

"나는 미시간 주 그랜트 래피즈에서 태어났습니다. 양친은 그 당시 거기서 전도소를 열고 있었습니다. 그래서 줄곧 가두로 나가서 설교를 하고 있었습니다……."

24

크라이드의 증언은 그의 가족이 일리노이 주의 퀸 시──양친이 한때 여기서 구세군 사업에 종사하고 있었다──로부터 캔자스시티로 이사를 왔을 때까지 진행됐다. 그가 열두 살 때부터 열다섯 살 때까지의 시기로, 그 무렵 그는 학교와 전도 활동이 합쳐진 것 같은 생활에 진절머리가 나서 무슨 재미있는 일이라도 없나 하고 한창 마음을 괴롭히고 있었다.

"초등학교에선 순조롭게 학교에 다녔습니까?"

"아뇨, 사방으로 이사를 하며 전전했으니까 잘 다닌 것도 아니죠."

"열두 살 땐 몇 학년이었지요?"

"본래는 7학년이 되어야 했지만 사실은 6학년이었습니다. 학교를 싫어하게 된 이유도 이 때문이었습니다."

"양친의 전도 사업은 잘되어 나갔습니까?"

"네, 그러나 나는 밤에 가두로 끌려나가는 것이 싫어서 견딜 수가 없었습니다."

문답은 이런 식으로 진행되어, 그가 10센트 상점에서 일하기도 하고 신문 배달을 하기도 하며, 약방에서 일하기도 한 후에 캔자스시티에서 가장 화려한 호텔, 그린 대이비슨의 보이 노릇을 하던 시절에까지 이르렀다.

"그러면 크라이드" 하고 젭슨이 끼여들었다. 그것은 이 반대 심문에서 피고인이 증인으로서 너무도 변호인의 질문대로 답하는 것을 눈치채고 검사가 불쑥 반대 심문으로 나서, 예의 캔자스시티 시절의 자동차 횡령 사건과 소녀를 치어 죽이고서 도망을 친 사건을 끄집어 냄으로써, 앞으로 나올 이야기의 효과를 망쳐 놓지나 않을까 두려워하고 있었기 때문이다. 그래서 그것을 막기 위해 선수를 친 것이었다. 메이슨에게 마음대로 내맡겨 버리면, 그 무슨 아주 악랄한 짓을 한 것만 같은 인상을 일반 사람에게 줄지도 모르겠다고 생각했으므로 젭슨은 그를 교묘하게 유도하여 그 동안의 사정을 설명케 하여 되도록 반응을 적게 하려고 한 것이다.

"당신은 거기서 몇 년이나 일했죠?"

"일 년 남짓합니다."

"그러면 어째서 그곳을 그만두었죠?"

"어떤 사고 때문입니다."

여기서 크라이드는 미리부터 준비하고 연습한 대로 한 소녀를 치어 죽이고는 도망을 쳤다는 것을 고백했다. 사실 이것은 메이슨이 노리고 있던 점이었지만 그는 그 설명을 모두 듣고 나자 그저 머리를 가로저으며 비꼬는 말투로 이렇게 말했을 뿐이다. "그건 좀 자세히 설명을 듣고 싶은데요."

젭슨은 이 증언의 중요성을 의식하면서 메이슨의 최대 무기를 때려눕힐 작정으로 질문을 계속했다.

"그때 당신은 몇 살이었죠?"

"열일곱 살에서 열여덟 살이 된 후였습니다."

젭슨은 이 사건에 관한 모든 질문을 끝마친 후에 다른 질문 하나를 덧붙였다. "그러면 그때에 피고인은 자동차를 실제로 훔쳐 낸 사람이 자기가 아니니까, 그대로 돌아가서 사정을 잘 설명하면, 양친의 보증만 있으면 석방되었을 터인데 그런 것은 전혀 몰랐단 말이오?"

"이의 신청!" 하고 메이슨이 고함을 질렀다. "피고인이 캔자스시티로 돌아가도 양친이 보증만 하면 석방되었으리라고는 단언할 수 없습니다. 그런 증거는 전혀 없지 않습니까?"

"이의 시인!" 굵다란 재판장의 우렁찬 목소리가 그 높은 판사석에서 굴러내려왔다. "피고측은 너무 증언의 테두리를 벗어나지 않도록 주의하시오."

"이의!" 벨크납이 변호인석에서 외치는 소리였다.

"네, 그런 건 몰랐습니다." 크라이드가 동시에 대답했다.

"피고인이 거기서 도망친 후에 테네트라는 이름으로 바꾸었다고 나에게 말했는데, 그럼 그것도 그 탓이었단 말이오?"

"네, 그렇습니다."

"도대체 그 테네트라는 이름은 어디서 힌트를 얻은 것이지요?"

"퀸 시에서 같이 놀던 친구의 이름입니다."

"그건 선량한 친구였던가요?"

"이의 신청!" 메이슨이 자리에서 일어선 채 외쳤다. "그 같은 건 전혀 쓸데없는 질문입니다!"

"당신이 배심원 여러분께 어떻게 믿게 하려는 배짱인지는 알 수 없지만, 피고인은 사실 선량한 친구와 사귀고 있었을지도 모를 일이고, 그런 의미에서 이 질문은 사건의 심리에 큰 관련을 가지고 있다고 할 수 있을 것입니다." 젭슨의 조롱하는 듯한 말이다.

이 반박을 듣고 있던 재판장이 무게 있는 목소리로 단정을 내렸다. "이의를 인정합니다!"

"그러나 당신은 그때 경찰의 눈을 피하기 위해서 무단히 친구의 이름을 썼는데, 그 친구에게 미안하다는 생각이 들지 않았단 말입니까?"

"그렇게는 생각하지 않았습니다. 테네트라는 이름은 그 밖에도 세상에 얼마든지 있는 이름이라고 생각했으니까요……."

이러한 문답에 대해서는 일반 방청인석에서 너그러운 미소쯤 응당 있을 법한 일이라고 젭슨은 기대하고 있었지만 방청인의 대부분은 크라이드에 대하여 원체 적대적인 증오감을 품고 있고, 사나운 눈초리로 노려보고들 있었기 때문에 법정 안의 공기는 그러한 경박한 행동을 허락하지 않을 만큼 긴장되어 있었다.

"자, 그럼 다시 묻겠는데……." 젭슨은 험악한 공기를 완화시키는 데 실패했다고 느끼면서 다시 질문을 계속했다. "당신은 어머니에게 미안하다는 생각을 했겠죠?"

또다시 이의와 반박이 오고간 후에 이 질문은 인정되었다.

"네, 물론이죠. 어머니에게 걱정을 끼쳐서 대단히 미안하다고 생각하고 있었습니다." 크라이드는 대답했다. 그러나 대답하기 전에 잠시 주저하는 기색이 모든 사람들의 눈에 띄었다. 숨을 깊이 들이마셨다가 내뿜는 그 순간 인후가 꿈틀하고 가볍게 경련을 일으켰고, 가슴이 크게 파도치는 것을 방청인들은 볼 수 있었다.

"어머니를 사랑하고 있죠?"

"네, 마음속으로 사랑하고 있습니다."

그러고는 살며시 눈을 내리깔았다.

"어머니는 늘 당신 뒷일을 돌봐 주셨단 말이군요?"

"네."

"좋소, 그렇다면 저 무서운 사건 후에 비록 멀리 도망을 친 후에라도 어머니에게 한마디 통지를 내는 것쯤은 으레 당연하리라고 생각되는데 그 점은 어떻게 생각합니까? 예를 들면 남은 어떻게 생각하든 자기는 절대로 아무 죄도 없었다는 둥, 열심히 일을 해서 훌륭한 사람이 될 작정이라는 둥 그러한 내용의 편지를 써 보내는 것쯤 당연하다고 생각되는데, 그 점은 어떻소?"

"네, 어머니에게는 그런 의미의 편지를 써 보냈습니다. 다만 자기의 진짜 이름을 서명하지 않았을 뿐입니다."

"옳지, 보낸 건 편지뿐입니까?"

"아뇨, 돈도 다소 보내드렸습니다, 10불을 한 번."

"그러나 집으로 돌아갈 생각은 전혀 하지 않았단 말이죠?"

"네, 돌아가면 체포될까봐 무서웠습니다."

"다른 말로 바꿔 말하면……." 젭슨은 이 말에 힘을 주었다. "아까 바로 나의 동료 미스터 벨크납이 말한 것처럼 당신은 정신적으로 겁쟁이였다는 말이지요?"

"피고의 증언에 주석을 붙여서 배심원에게 호소하려고 하는 것은 불법입니다." 메이슨이 가로막았다.

"물론 이 피고인의 증언에는 아무런 주석을 달 필요도 없습니다. 누가 들어도 곧 알아들을 수 있을 만큼 간단명료하고도 정직한 증언이니까." 젭슨도 질세라 즉석에서 반박했다.

여기서 재판장은 단정을 내리려는 듯이, "이의 시인! 어서 진행하시오!"

"내가 보기에는 그것은 당신이 정신적으로도 도덕적으로도 겁쟁이였기 때문이고, 당신이 그렇게 생각한 것, 그것은 어쩔 수 없는 일이었으리라고 생각합니다. 당신은 뭐 자기가 좋아서 그런 성격으로 태어난 것은 아닐 테니까."

그러나 이것은 좀 지나친 말이었다. 그래서 참다못해 재판장은 금후의 질문에는 좀더 주의를 하라고 경고했다.

"그렇다면 당신은 그 후 앨톤·페오리아·블루밍·톤 밀워키·시카고 등지로 전전하며, 뒷골목 좁은 방에 숨어서 테네트라는 가명으로 접시닦기, 소다 파운틴의 급사, 혹은 운전기사 노릇을 하며 살아왔다는 것인데, 캔자스시티의 본집으로 돌아가도 죄에 걸리지 않는다는 것을 모르고서 그렇게 하고 있었다는 거죠?"

접슨의 이 말에 메이슨은 버럭 고함을 지르며, "이의요! 이의요! 피고인이 캔자스시티의 본집으로 돌아가도 죄에 걸리지 않는다는 증거는 전혀 없습니다."

따라서 재판장은 다음과 같이 판정했다. "이의 시인!" 그러나 그때에 젭슨의 포켓 속에는 당시 그린 대이비슨의 급사장 노릇을 하고 있던 프랜시스 X 스콰이어스의 편지가 들어 있었는데, 스콰이어스는 그 편지 속에서 예의 자동차 사고 사건에 관계한 것을 제외하면 크라이드는 한 번도 문제를 일으킨 적은 없었으며, 오히려 쾌활하고, 정직하고, 무엇이나 자진해서 하고, 항상 부지런히 일을 하는 소년이었다고 말했다. 또 그 사건이 발생했을 때 사건의 책임은 주모자에게 있었으며, 크라이드에게는 그다지 관계가 없다고 하는 것을 알고 있었기 때문에, 만일 크라이드가 다시 와서 사정을 잘 설명해 주기만 하면 그는 크라이드를 도로 복직시켜 줄 작정이었다고 하는 것도 덧붙였다. 그러나 증거로서는 아직 불충분했다.

이리하여 다음에 크라이드는 캔자스시티 사건에 겁을 먹고는 도망을 한 지 2년 동안 이리저리 전전한 후 마침내 시카고에서 운전기사 자리를 얻게 되었고, 그 다음 유니온 리그의 보이가 된 경위를 설명했고, 시카고에 있을 때에 자기 어머니에게 한 번 편지를 쓴 일이 있었고, 그 후 어머니의 요청에 의하여 자기 백부에게 편지를 써 보낼까 하고 생각하고 있던 차에 우연히 유니온 리그에서 백부를 만나게 되어 리커거스에 오라는 초청을 받았다고 설명했다. 그러고 나서 순서에 따라서 그 후에 생겨난 모든 이야기를 계속했다. 공장에서 일을 하게 된 이야기, 승진된 이야기, 승진될 때에 그의 사촌과 상사로부터 여러 가지 회사의 규칙에 관해서 설명을 듣던 이야기, 좀 있다가 로버타를 만나게 된 이야기, 그보다 조금 더 후에 X양을 만나게 된 경위가 상세하게 설명되었다. 그러나 그 중간에 어떻게, 또 왜 그가 로버타 올든을 설득했는지, 그리고 그녀의 사랑을 획득했을 때 그가 얼마나 만족을 느꼈는지——그러나 잠시 후에 X양의 매력에 압도되어 그때까지의 로버타에 대한 생각이 일변하고 말았으며, 확실히 그녀를 사랑하고 있었지만 그녀와 결혼하고 싶다는 생각은 전혀 없어지고 말았다고 하는 것을 상세하게 설명했다.

그러나 이것은 크라이드 마음이 변하기 쉽다는 것을 스스로 폭로하는 것인데, 젭슨이 볼 때에 그것은 중대한 논점을 너무도 급작스럽게 문제 속에 끌어들이는 것이었기 때문에, 젭슨은 빨리 그 말을 막고 배심원들의 주의를 딴 데로 돌리려고 다음과 같은 질문을 했다.

"크라이드 군, 당신은 로버타 올든을 정말로 사랑하고 있었죠?"

"네, 사랑하고 있었습니다."

"그렇다면 그 당시 당신은 적어도 그녀의 일상 행동과 태도에서 추측하여 그녀가 매우 선량하고 순진하고 종교적인 여자라는 것을 알고 있었단 말이죠?"

"네, 나는 그녀를 그러한 여성이라고 생각하고 있었습니다." 크라이드는 미리 훈련된 대로 대답했다.

"좋소, 그러면 그저 대강이라도 좋으니 당신이 어떻게, 왜, 언제, 어디서 그녀와 육체 관계를 맺었는가를 설명해 주지 않겠습니까. 우리들 모두가 개탄하고 있는 그 관계를." 여기서 그는 이런 말을 하면서 대담하고도, 빈틈이 없는, 냉랭한 눈초리로 방청석을 둘러본 다음 배심원 쪽으로 시선을 돌렸다. "처음에 그다지도 그녀를 종교적인 품위 있는 여성이라고 생각하고 있던 당신이 그 후 곧 이러한 좋지 못한 관계에 빠지게 되었다는 것은 어찌 된 일입니까? 모든 세상의 남녀들이 그러한 관계를 잘못된 일이라고 보고 있다는 것, 다시 말하면 정식 결혼 이외의 성관계는 용서할 수 없는 일이며 법률적으로도 죄악이라고 보고 있다는 것을 몰랐단 말이오?"

이 대담하고도 빈정대는 질문에 처음엔 법정 안이 죽은 듯이 고요하더니, 다음 순간에는 방청석에 무거운 동요가 희미하게 일기 시작했다. 메이슨도 오버왈처 재판장도 그것을 깨닫고는 불쾌하다는 듯이 낯을 찌푸렸다. 이런 뻔뻔스러운 철면피 같은 젊은 놈이 있나! 무슨 정직한 질문이라도 하는 것처럼 가장하면서 암암리에 풍자적인 의미를 띠게 하고 슬그머니 사회의 종교적·도덕적인 것을 욕하다니! 더구나 그는 조금도 겁내는 기색도 없이 마치 사자처럼 버티고 서 있는 것이 아닌가! 크라이드는 대답했다.

"그건 물론 알고 있습니다. 하지만 난 처음부터 어떠한 경우에도 그녀를 유혹할 생각은 조금도 없었습니다. 난 그녀를 사랑하고 있었을 뿐입니다."

"그녀를 사랑하고 있었다구요?"

"네."

"마음속으로부터?"

"네."

"그녀도 마찬가지로 당신을 사랑하고 있었단 말이죠?"

"네."

"처음부터?"

"물론입니다."

"그녀가 당신에게 그렇게 말했단 말인가요?"

"네, 그렇게 말했습니다."

"그래서 그녀가 뉴튼 집을 떠날 때――당신은 그것에 관한 증언을 여기서 여러 가지로 들어서 잘 알겠지만――정말로 그녀가 그 집을 나오도록 술책을 썼거나 권유한 일이 있습니까?"

"아뇨, 그런 일은 없습니다. 그녀가 그 집이 싫어서 자의(自意)로 그곳을 나온 것입니다. 그래서 나더러 방을 하나 구해 달라고 부탁했던 것입니다."

"그녀는 당신에게 방을 하나 구해 달라고 했단 말이죠."

"네."

"그건 무엇 때문이죠?"

"그녀는 아직 리커거스의 거리를 잘 몰랐었기 때문입니다. 나에게 부탁하면 어디 적당한 방――여자가 능히 지탱할 수 있는 방――을 구할 수 있으리라고 생각했을지도 모릅니다."

"그래서 당신은 길핀 집의 방을 그녀에게 주선해 주었다는 거군요?"

"아닙니다. 난 아무 주선도 한 일이 없습니다. 그 방은 그녀 자신이 찾은 것입니다." 미리 연습해 둔 대로의 대답이었다.

"어째서 도와 주지 않았죠?"

"바빴기 때문입니다. 낮엔 공장 일이 있었고, 밤에도 여러 가지 볼일이 많아서. 게다가 그녀의 마음에 드는 방은 나보다도 그녀 자신이 찾아보는 편이 좋으리라고 생각했기 때문입니다. 장소며 집안일이며 모두 나보다도 여자 자신이 더 잘 알고 있으리라고 생각했었기 때문입니다."

"그렇다면 그녀가 길핀 집으로 이사 가기 전에 당신이 직접 그곳에 가 본 일은 없었던가요?"

"없습니다."

"그녀가 그리로 이사 가기 전에 어떤 종류의 방인지——출입구와 변소에 대한 그 방의 위치라든지, 기타에 관해서 이사 가기 전에 그녀와 상의한 일은 없었던가요?"

"없었습니다."

"당신이 낮에 혹은 밤중에 다른 사람에게 발각되지 않고 슬그머니 들어갈 수 있는 방을 얻어야 한다고 그녀에게 주장한 일은 없었던가요?"

"그런 일은 절대로 없었습니다. 게다가 그 집도 들키지 않고 들어갈 수 있게 되어 있진 않았습니다."

"어째서요?"

"그녀의 방문은 그 집 정문 바로 옆에 있었으므로 집에 드나드는 사람은 곧 눈에 띄게 되어 있었기 때문입니다."

"그러나 당신은 몰래 드나들었지요?"

"네, 그건 우리들은 애당초부터 되도록 같이 있는 것이 남의 눈에 띄지 않도록 서로 주의를 하고 있었기 때문입니다."

"공장의 규칙이 무서웠던가요?"

"네, 그게 마음에 걸렸습니다."

그 다음에 X양이 나타나서 그의 생활 속으로 뛰어들어왔기 때문에 생겨난 여러 가지 곤란한 문제로 화제가 옮겨갔다.

"자, 그러면, 크라이드 군, 우리들은 여기서 이 X양에 관한 문제로 들어가지 않으면 안 되겠습니다. 변호인측과 검사측의 합의로 말미암아——이러한 합의에 대해서는 배심원 여러분들도 충분히 이해해 주실 줄 압니다만——이 X양이라는 인물에 관해서는, 죄가 없는 그 사람의 이름은 일체 언급을 피하도록 되어 있으며, 그녀와 관련된 문제도 그다지 언급하지 않도록 되어 있습니다. 그러나 이 세상을 떠난 또 하나의 죄 없는 여성을 위해서 부득이 이 인물에 관한 사실 몇 가지는 지극히 간단하게나마 취급되지 않을 수가 없습니다. 이 점에 관해서는 올든 양이 살아 있다 하더라도 그렇게 되기를 희망하리라고 나는 확신합니다. 그러나 X양에 관해서는……." 여기서 그는 크라이드 쪽으로 얼굴을 돌리면서 말을 이었다.

"당신이 작년 11월인가 12월경에 그녀와 만났다는 것은 변호인측도 검사측도 벌써 인정하고 있는 바인데, 그 점은 틀림없소?"

"네, 그대로입니다." 크라이드는 슬픈 표정을 지었다.

"만나자마자 그녀에게 반하고 말았단 말이죠?"

"네."

"부호의 딸이었다죠?"

"네."

"미인이었던가요? 그녀가 미인이라는 것은 세상 사람이 모두 그렇게 생각하고 있으리라고 생각합니다만." 젭슨은 크라이드의 대답을 기다릴 것도 없이 만장의 청중을 향하여 손수 이렇게 대답했다. 크라이드는 그 점에 관해서는 미리 잘 훈련되어 있었으므로, "네, 미인이었습니다" 하고 대답했다.

"당신이 X양을 만나기 시작했을 때에는 벌써 두 사람——즉 당신과 올든 양——은 부정한 관계를 맺고 있었나요?"

"네."

"그렇다면 그것에 관련하여 다시 한 번 물어 보겠는데 당신은 X양과 맨 처음 만났을 무렵 아직 로버타 올든 양을 사랑하고 있었습니까? 그리고 그녀 쪽도 당신을 사랑하고 있었고요?"

"네, 둘 다 서로 사랑하고 있었습니다."

"그때까진 그녀에 대하여 권태를 느끼지 않았단 말이죠?"

"네."

"그녀의 사랑과 밀회는 당신에겐 이전과 마찬가지로 알뜰하고 즐거운 것이었단 말이죠?"

"네, 사실 그러했습니다."

크라이드는 이렇게 대답하면서 과거를 회상하고는 사실 그러했다고 생각했다. 손드라를 만나기 직전까지 그가 로버타에 대한 만족과 기쁨의 절정에 있었다는 것은 사실이다.

"그렇다면 당신은 X양을 만나기 전에 올든 양과 어떠한 미래의 계획을 세우고 있었습니까? 그 당시 당신은 두 사람의 장래에 관하여 무엇인가 생각하고 있었으리라고 생각하는데, 그 점 어떻습니까?"

"네, 별로 이렇다 할 만한 계획은 없었습니다." 이렇게 대답하고 나서 그는 너무도 초조하여 혀끝으로 입술을 핥고 있었다. "아시다시피 나는 앞으로 어떻게 하리라는 본격적인 계획은 아무것도 없었습니다. 다만 그녀에게 불리한 일만은 하지 않으려고 결심하고 있었습니다. 물론 그녀도 아무 계획이 없었습니다. 처음부터 말하자면 질질 끌려 들어간 셈입니다. 그 당시에 그녀나 나나 참으로 고독했으니까요. 게다가 여자를 데리고 다녀서는 안 된다는 회사의 규칙도 있었구요. 그러나 우리들이 같이 지내게 되자, 물론 우리들은 그런 규칙 같은 건 전혀 고려하지 않았습니다만."

"다시 말하면 그때까지 아직 아무 사고도 일어나지 않았고, 일어나리라고도 생각하지 않았으므로 서로 좋은 대로 그러한 관계를 그대로 계속해 왔단 말이군요?"

"그렇게 생각한 건 아닙니다만 사실이 그렇게 되고 말았습니다." 이것은 크라이드가 과거에 많이 연습해 온 답변이지만 사실 중요한 답변이니만큼 옳게 대답하려고 그야말로 그는 결사적이었다.

"그러나 어쨌든 무슨 생각이 있었을 것이 아니오? 두 사람 중 한 사람이든지 또는 두 사람이 다? 당신은 스물한 살이고, 그녀는 스물세 살이나 되었으니까."

"네, 다소는 생각한 것도 같습니다. 적어도 나는 간간이 어떻게 하나 하고 생각해 본 듯합니다."

"그럼, 그때에 생각해 보았다는 일은 어떤 일이죠? 생각해 낼 수 있겠습니까?"

"네, 똑똑히는 기억하고 있지 않지만 지금도 생각이 날 것 같습니다. 그 생각이란 이러했던 것 같습니다. 만약 모든 일이 여의해서 나도 돈을 벌고, 그녀도 어디서 직장을 구하고 하면, 그녀를 공공연하게 집에서 데리고 나와 지내는 동안 시일은 좀 걸리지만 서로서로의 사랑이 변하지 않는다면 아마도 결혼을 하게 되겠지——이렇게 생각하고 있었습니다."

"그럼, 그녀와의 결혼에 관해서 실제로 생각하고는 있었단 말이죠?"

"네, 지금 말씀드린 형식으로 그것을 생각해 본 적은 있었습니다."

"그러나 그건 X양을 만나기 전의 일이었을 테죠?"

"네, 그 전 일입니다."

"참 잘들 노는데!" 하고 메이슨은 비꼬는 투로 주 상원의원인 레드몬드에게 속삭였다.

"연극이 근사하군." 레드몬드도 맞장구를 쳤다.

“로버타 올든에게 그런 생각을 자세히 얘기한 적이 있습니까?”

“없습니다. 그런 말을 한 기억은 없습니다. 자세히 말한 기억은 없습니다.”

“그럼, 그녀에게 그런 말을 했는지 어느 쪽인지 그걸 좀 똑똑히 말해 보시오.”

“꼭 그렇게 말한 것도 아니고, 말하지 않은 것도 아닙니다. 그저 늘 그녀를 사랑하고 있다는 둥, 그녀더러 나를 버리지 말기를 바란다는 둥 그런 얘긴 늘 하고 있었습니다.”

“그러나 그녀와 결혼하자고는 하지 않았죠?”

“그런 말은 하지 않았습니다.”

“옳지, 그렇겠죠. 그래, 그 여자는 뭐라고 합디까?”

“무슨 일이 있어도 나를 버리지 않겠다고 하더군요.” 이때 크라이드의 머릿속엔 로버타의 마지막 비명소리와 그 호수에서 마지막으로 자기를 노려본 채 가라앉은 그녀의 두 눈이 떠올랐다. 그래서 저도 모르게 목소리가 무거워지며 떨렸다. 그는 포켓에서 손수건을 꺼내어 식은땀에 축축히 젖은 얼굴과 손을 닦기 시작했다.

“참 잘들 노는군!” 메이슨이 조용히 비웃는 어조로 다시 한 번 속삭였다. 그것에 레드몬드도 가벼운 목소리로, “응, 참 근사한 연기야!” 하고 말했다.

“그러나 올든 양에 대하여 그렇게까지 애정을 느끼고 있던 당신이 X양을 만난 그 즉시로 심경의 변화를 일으켰다는 것은 도대체 어떻게 된 셈입니까?” 젭슨은 부드럽고도 냉랭한 어조로 다시 말을 이었다. “당신은 내일의 자기의 감정조차도 모를 만큼 마음이 변하기 쉬운 사람이란 말이오?”

“적어도 그때까지는 난 그런 사나이는 아닐 거라고 생각하고 있었습니다만…….”

“당신은 올든 양과 만나기 전에 언제 어디서 열렬한 연애를 해본 경험이 있었습니까?”

“없었습니다.”

“그러나 X양을 만나기까지는, 올든 양과의 그것을 열렬한 참된 사랑이라고 생각하고 있었겠죠?”

“네, 그렇게 생각하고 있었습니다.”

“그것이 X양을 만난 후에 어떻게 되었다는 겁니까?”

"그 후에는 이전과 같지는 않았습니다."

"그렇다면 X양과 한두 번 만나게 되자 올든 양에 대해서는 벌써 관심을 안 가지게 되었단 말인가요?"

"아뇨, 꼭 그렇게 된 것은 아닙니다."

크라이드는 불끈 화까지 내며 곧 또다시 먼저대로 돌아가 이렇게 반박했다.

"난 여전히 그녀를 사랑하고 있었습니다. 그러나 나도 모르는 사이에 그만 완전히 반하고 만 것입니다. 그 여자에게……그……."

"X양에게 말이죠, 잘 알겠소. 다시 말하자면 자기도 모르는 사이에 미칠 듯이 비이성적으로 연애에 빠졌단 말이죠."

"네, 그렇습니다."

"그래서?"

"그래서 난……웬일인지 이전처럼 올든 양을 사랑하게 되진 않았습니다." 크라이드의 이마와 뺨에 축축히 기름땀이 배었다.

"아, 알았소, 알았소!" 젭슨은 갑자기 웅변조로 이렇게 음성을 높였는데, 그것은 어디까지나 배심원과 방청인을 염두에 두고서 한 말이었다. "아라비안 나이트에 나오는 마술사의 마술에 걸려든 사나이의 이야기 그대로군!"

"지금 하시는 말씀의 뜻을 나는 모르겠습니다."

"즉 매혹되어 버리고 말았다는 뜻이지요. 미모니, 사랑이니, 금력이니, 우리들이 때때로 무척 부러워하긴 하지만 절대로 손안에 넣을 수 없는 것에 말입니다. 그러나 연애라는 건 대개가 그런 게 아닙니까."

"네, 알았습니다." 다만 변호사가 그 말재주를 부려 본 것에 지나지 않았다고 생각하면서 크라이드는 아주 천연스럽게 대답했다.

"그러나 내가 알고 싶은 것은, 당신이 올든 양을 그렇게까지 지극히 사랑했고, 상식적으로 생각할 때 마땅히 결혼을 해서 정식으로 수속을 밟아야 할 만한 관계에 도달해 있으면서도 X양 때문에 그녀를 헌신짝처럼 버릴 생각을 가질 만큼 아무런 의무감도 느끼지 않을 수 있었던가, 그 점이오. 이건 나도 알고 싶은 점이고, 여기 계신 배심원 여러분도 그러리라고 생각합니다. 도대체 당신이라고 하는 사람은 보은관념(報恩觀念)과 의무감이 있는 사람이오? 어떻소?"

마치 반대 심문 같았다. 자기가 내세운 증인에게 달려드는 느낌이었다. 그러나 젭슨은 별로 부당한 질문을 하고 있는 것은 아니었으므로 메이슨은 이의를 신청하는 일도 없이 가만히 되어 가는 꼴을 지켜보고만 있었다.

"네." 크라이드는 여기서 말문이 막혀 주저하는 것처럼 머뭇거렸다. 마치 이 질문에 대해서는 미리 아무런 지시도 받고 있지 않았던 것만 같았다. 어떻게 설명하면 좋을까 하고 마음속에서 적당한 말을 찾는 듯한 표정이었는데 실제로 어느 정도 그러하기도 했다. 사실 그는 그 답변을 기억하고는 있었지만 리커거스에서 고민하고 있던 때와 마찬가지로 지금 법정 안에서 실지로 심문을 받고 보니 그는 당황해서 어떤 지시를 받았는지 얼른 생각이 나지 않았던 것이다. 한참 동안 몸을 비비틀고 두리번거리다가 겨우 입을 열었다.

"실은 나는 그러한 일을 그리 많이 생각해 본 것은 아닙니다. 그녀를 만난 후로는 그만 반하고 말았습니다. 때때로 고쳐 생각해 보려고 힘썼습니다만 되지 않았습니다. 그저 그녀가 아쉽다는 생각, 이 이상 올든 양은 필요 없다는 생각뿐이었습니다. 물론 내가 하는 일이 옳지 않다는 것은 나도 잘 알고 있었고, 로버타에 대해서는 미안하다는 생각도 하고 있었습니다. 그러나 어찌할 도리가 없었습니다. 아무리 자신을 책망해도 나는 그저 X양 생각뿐이었습니다. 아무리 노력을 해봐도 이전처럼 로버타를 생각할 수는 없었습니다."

"그렇다면 당신은 그 때문에 양심의 가책을 느끼지 않았단 말입니까?"

"천만에요, 무척 고민을 했습니다. 나의 행동이 옳지 못하다는 건 나도 잘 알고 있었고, 그 때문에 그 여자와 나 자신에 관해서 무척 고민했습니다만 어떻게 할 수도 없었습니다." 그는 젭슨이 쓴 대사를 지껄이고 있는 데 지나지 않았지만, 그래도 처음 그것을 읽어 보았을 때에는 확실히 그대로라고 생각했다. 그는 사실 꽤 괴로웠던 것이다.

"그래서?"

"그래서 그녀는 내가 이전처럼 자주 찾아오지 않는다고 해서 불평을 말하기 시작했습니다."

"다시 말하면 당신은 그녀를 소홀히 하기 시작했단 말이죠?"

"네, 어느 정도는 그러했지만 완전히 소홀히 한 것은 아닙니다."

"옳지, 그러면 당신은 자기가 X양에게 아주 반했다고 하는 것을 알게 되었을 때 어떠한 태도를 취했죠? 올든 양을 찾아가서 이제는 당신을 사랑하지 않고 딴 여자를 사랑한다고 그런 말을 했던가요?"

"천만에요, 하지 않았습니다. 아직……."

"아직이라니 그건 또 무슨 소리입니까? 당신은 두 여성의 어느 쪽에 대해서도 사랑하고 있다고, 그런 말을 할 만큼 절조가 없는 짓을 하고도 태연히 있을 수 있었단 말입니까?"

"아뇨, 그것과는 좀 사정이 다릅니다. 나는 그때 X양을 안 지 얼마 되지 않았고, 따라서 X양에게 대해서는 아직 친밀하게 이야기할 처지도 아니었습니다. 또 그녀는 그런 기회를 나에게 주지도 않았구요. 그러나 나는 이미 그 이상 올든 양을 그냥 그대로 사랑할 수는 없다고 하는 것을 느끼고 있었습니다."

"그렇다면 당신은 올든 양의 요구를 어떻게 처리했습니까? 그것이 또 하나의 여성의 뒤를 좇는 데 방해가 되었다는 건 사실이었을 텐데?"

"네."

"그래도 그만두지 않았단 말인가요?"

"그녀의 매력을 이겨 낼 수 없었습니다."

"그녀란 X양 말입니까?"

"그렇습니다."

"그래서 새 여자가 당신에게 관심을 가질 때까지 그녀의 꽁무니를 따라다녔단 말이죠?"

"아뇨, 그런 짓은 하지 않았습니다."

"그럼, 어떤 짓을 했단 말입니까?"

"나는 다만 여기저기서 그녀와 만나는 동안에 그녀에게 그만 정신을 잃게 되었을 뿐입니다."

"알겠소. 그러나 그렇게 되었을 때도 당신은 올든 양에게 그녀에 대한 애정이 식었다고 하는 것을 고백하지 않았단 말이죠?"

"차마 그럴 수가 없었습니다, 그때엔."

"어째서?"

"그녀의 마음을 상하게 할까봐 그것이 걱정이 되었습니다."

"아, 알겠소. 그런 말을 할 만한 용기가 없었단 말이죠. 도덕적인·정신적인 용기가 말이오."

"그 도덕적·정신적 용기라는 어려운 말은 모르겠습니다만." 크라이드는 자기 자신을 이렇게 설명해 버리는 변호인의 말에 약간 화가 났다. "그러나 나는 역시 그녀에게 미안하다고 생각하고 있었습니다. 그녀는 만날 적마다 울기만 하고 있으니 그걸 보면 그녀가 측은하게 생각되어 차마 그런 말을 할 수가 없었습니다."

"음, 잘 알겠소. 그럼, 그 문제는 그만하기로 하고 다른 문제로 옮겨 갑시다. 올든 양을 이 이상 사랑할 수 없다는 것을 알게 된 후의 두 사람의 관계, 그 육체 관계는 여전히 계속되었습니까?"

"아뇨…… 그렇게 오래 계속되지는 않았습니다." 크라이드는 몹시 흥분하여 부끄러운 낯으로 나직이 대답했을 뿐이었다. 그는 이렇게 대답하면서 이 법정에 모인 모든 사람들의 기분을 추측하고, 어머니의 가슴속을 생각하고, 손드라의 얼굴을 회상하고, 신문을 읽고서 이 사실을 알게 될 국내의 모든 사람들의 반응을 머릿속에 그려 보고 있었다. 몇 주일 전에 처음으로 이러한 질의문답의 요령을 듣게 되었을 때, 무엇 때문에 그런 질문이 필요하냐고 물었더니, 젭슨이 하는 말이 "교육적 효과를 노리고 있는 거죠. 사회의 현상을 제시해 주는 그러한 사실을 가지고 되도록 빨리, 강하게 배심원들에게 쇼크를 주면 줄수록, 당신이 관계되는 문제에 대하여 그만큼 건전한 심의를 받을 수 있게 될 거란 말이오. 그러나 지금 당신은 그런 것에까지 마음을 쓸 필요는 없습니다. 그런 심문이 나오거든 그저 대답하라는 대로 대답만 하고 나머지 문제는 우리들에게 맡기시오. 다 하는 도리가 있으니 안심하시오." 그래서 크라이드는 지금 이렇게 대답할 수밖에 없었다.

"아시다시피 나는 X양을 만나게 된 뒤에는 그녀를 그다지 사랑하지 않게 되었고, 그녀와 만나는 일도 그리 많지 않게 되었으며, 어쨌든 그 후 얼마 안 되어 그녀의 사정이 딱해져서…… 그만…… 저……. 그래서……."

"알겠소. 그건 대체 언제쯤 일이오?"

"작년 1월 하순경입니다."

"그래서 그걸 알았을 때 당신은 어떻게 생각했죠? 이렇게 된 이상 그녀와 결혼하는 것이 자기의 의무라고 생각했단 말입니까?"

"아니예요. 그때 형편으로서는 그럴 필요가 없다고 생각했습니다. 내 말의 뜻은…… 만약 내가 당면한 난관만 돌파할 수 있다면……."

"어째서 의무가 아니란 말이오? 또 그때 형편으로서는이라니 무슨 뜻이오?"

"그건 내가 앞서 말씀드린 바와 같습니다. 사실인즉 나는 이미 그녀를 이전처럼 사랑하고 있지 않았고, 별로 그녀와 결혼한다는 약속을 한 일도 없으며, 그녀도 그건 알고 있었으니까 어떻게 해서든지 그녀를 도와서 뱃속에 있는 애를 처리하고, 그 문제만 해결되면 그땐 그녀에게 나는 그 전처럼 당신을 사랑하고 있지 않다고 이야기하여 헤어질 작정으로 있었습니다."

"그런데 당신은 그 문제를 처리할 수 없었군요?"

"네, 여러 가지로 노력을 해보았습니다만."

"여기서 증언한 약방에도 찾아가구요?"

"네."

"그 밖에도 여러 약방을 찾아다녔겠죠?"

"네, 그 약품을 얻을 때까지 일곱 군데나 찾아다녔습니다."

"그러나 그 약이 아무 효과도 없었던가요?"

"네, 아무 효과도 없었습니다.

"그래서 역시 여기서 증언한 잡화상의 젊은 주인과도 의논했겠죠?"

"네."

"그래서 그 사람한테서 어느 특정한 의사의 이름을 알게 되었단 말이죠?"

"네, 그러나 그 이름은 대고 싶지 않습니다."

"좋소. 그럴 필요는 없습니다. 어쨌든 당신은 올든 양을 그 의사한테로 보냈단 말이죠?"

"네."

"의사한테는 그녀 혼자서 갔던가요, 혹은 당신과 동행이었던가요?"

"나는 그녀와 함께…… 현관까지 따라갔습니다."

"현관까지? 왜?"

"실은 그녀와 미리 상의한 결과 그렇게 하는 것이 좋으리라고 나도 여자도 생각했기 때문입니다. 그때 난 돈이 그리 많지 않았습니다. 그래서 둘이 가는 것보다도 혼자서 가면 의사는 좀 싼 값으로 해줄 것이라고 생각하여 그렇게 한 것입니다."

"빌어먹을 놈, 내 비방을 모조리 훔쳐가는구나!" 그때 메이슨은 혼자서 화를 내고 있었다. "내가 놈을 꼼짝달싹도 못 하게 해놓으려고 생각한 모든 심문을 놈이 선수를 써서 죄다 미리 막아 놓고 있으니!" 그는 화가 난 나머지 저도 모르게 똑바로 앉았다. 버얼리, 레드몬드, 알 뉴콤 들도 젭슨이 무엇을 노리고 있는지 이제야 겨우 알 것만 같았다.

"알겠소. 그럼, 그건 당신이 백부나 X양이 그 소문을 알까봐 무서워서 그랬던 것은 아니군요?"

"아뇨, 그 점도 있습니다.…… 그래서 우린 그 점도 잘 서로 의논한 결과, 내가 함께 의사를 만나면 내 형편이 난처해질 것을 그녀도 양해해 주었습니다."

"그러나 X양 얘길 한 것은 아니겠죠?"

"네, X양에 관해선 전혀 아무 얘길 하지 않았습니다."

"그건 왜?"

"아직 하지 않는 게 좋을 것 같아서요. 그런 말을 하면 그녀가 너무도 비관할 거라고 생각했으니까요. 어쨌든 그녀가 온전한 몸이 된 후에 이야기하고 싶었습니다."

"온전한 몸이 되면 그녀에게 이야기하여 헤어질 작정이었단 말이죠?"

"네, 만일 내가 그때까지도 다시 그녀를 사랑할 수 없게 되면 그렇게 할 작정이었습니다."

"그러나 그녀의 문제가 깨끗이 해결되지 않을 경우엔 사정은 또 달라질 게 아닙니까?"

"그렇죠, 그녀가 그 문제로 고민하고 있는데 헤어지자는 이야기를 꺼낼 작정은 아니었습니다. 그렇지만 그땐 어떻게 해서든지 그녀를 구해 낼 수 있으리라고 생각하고 있었습니다."

"알겠소. 그렇다면 그녀의 임신이 그녀에 대한 당신의 태도에 영향을 준 것은 아니란 말이로군요? 이를테면 X양을 아주 단념하고 올든 양과 결혼함으로써 모든 일을 바로잡으려는 생각을 일으키게 하지는 않았던가요?"

"네, 그땐 아직 그런 생각은 없었습니다."

"무슨 뜻입니까, 그땐 아직이란 말은?"

"실은 이미 말씀드린 것처럼 훨씬 뒤에, 우리들이 애디론대크로 여행을 떠난 후에 그렇게 생각하게 되었으므로, 바로 그땐 아닙니다."

"어째서 그땐 그런 생각을 안 했단 말이오?"

"아까 말씀드린 대로입니다. 난 X양에게 반해 있었기 때문에 다른 일을 생각할 정신적인 여유가 없었습니다."

"그런 사태가 되어 있어도 좀처럼 그녀를 단념할 수 없었단 말이죠?"

"네, 안됐다고는 생각했지만 역시 단념할 순 없었습니다."

"알겠소. 자, 그 문제는 나중에 또 이야기하기로 하고 우선 배심원들에게 어디 좀 설명해 보시오. 올든 양과 비교해서 X양의 어디가 좋아서 그 여자를 더 낫다고 생각했는지? 당신은 홀딱 반하게 한 것은 그녀의 어떤 점인지——그 태도인가, 얼굴인가, 마음씨인가, 사회적 지위인가?"

이 질문은 과거에 벨크납과 젭슨이 여러 가지 이유에서 심리적인, 법률적인, 혹은 개인적인 이유에서 여러 차례 크라이드에게 제출해 본 질문이었으며, 그때마다 답변이 조금씩 달랐었다. 처음에 그는 그녀의 문제를 가지고 답변이 법정에서 악이용되지나 않을까, 또는 그 내용이 여자의 사진과 함께 신문지상에 발표되지나 않을까 그런 것을 두려워했기 때문이다. 그러나 날이 지나도 신문들은 일체 그녀의 본명에 대해선 침묵을 지키고 있어, X양을 특별 기삿거리로 취급하지 않는다는 것을 알게 되자, 크라이드는 그녀에 관해서 좀 더 자유롭게 이야기하기 시작했다. 그러나 이제 막상 이렇게 증인석에 서고 보니 웬일인지 불안해져 입이 떨어지지 않았다.

"좀 설명하기 거북합니다만…… 그 여자는 내가 보기에는 굉장한 미인이었습니다. 로버타보다도 몇 배 미인으로 보였습니다. 그러나 그것뿐만 아니라, 그 여잔 내가 과거에 만나 본 어느 여자와도 다른 여자였습니다. 글쎄 뭐라고 하면 좋을까요, 훨씬 자유롭고 해서 그 여자가 하는 말이나, 하는 일에 대해서는 모든 사람이 주목하고 있었습니다. 그 여자는 어떠한 여성보다도 아는 것이 많은 것 같았습니다. 내가 보기엔, 또 굉장히 훌륭한 옷을 입고 있었고, 돈도 많고, 사교계에서도 명성이 높았으므로 그 이름과 사진이 항상 신문지상에 나곤 했습니다. 나는 그 여자와 만나기 전부터 매일같이 그녀에 관한 기사를 읽고 있었습니다. 그렇게 하고 있으면 웬일인지 그 여자가 내 앞에 있는 것만 같아 위로가 되었습니다. 그러나 그 여자는 로버타 올든처럼 소박하고 사람을 신뢰하는 성격이 아니라 몹시 대담했습니다. 따라서 그 여자가 나에게 꽤 관심을 가지고 있다는 것을 안 후에도 처음엔 전혀 믿어지지 않을 정도였습니다. 그러니만큼 내가 다른 일이나 다른 여자를 생각해 볼 여지가 있었겠습니까? 벌써 로버타 같은 여자는 문제도 안 됩니다. X양이 언제나 내 앞에

와 있는데 무슨 수로 로버타를 생각할 수 있겠습니까?"

"흠, 당신은 그만 사랑에 빠져, 사랑의 최면술에 걸렸던 모양이로군요!" 젭슨은 이 진술의 결론 삼아 이런 암시적인 말을 던졌는데, 그의 오른쪽 눈은 연방 배심원석을 지켜보고 있었다. "이래도 과거의 정경을 그려 내지 못한다면 나로선 도저히 그려 낼 도리가 없겠는데." 그러나 그의 눈에 띄는 범위 내에선 방청인이나 배심원들의 얼굴은 여전히 돌같이 딱딱한 표정들이었다.

그러나 그 직후 그가 조종하는 배의 고물이 일으켜 놓은 파도의 소란한 음모의 풍파가 법정 안의 공기를 흔들어 놓았다.

"자, 그러면 크라이드 군, 그 다음 어떻게 되었습니까? 생각나는 대로 그대로 자세히 이야기해 보시오. 사실을 뒤틀어서 잘 보이려고 할 필요도 없고, 그와 반대로 나쁘게 보이려고 할 필요도 없습니다. 모든 걸 있는 대로 정직하게 말하시오. 그녀는 이미 죽었고, 당신도 여기 앉아 계신 열 두 명의 배심원 판단 여하에 따라서는 까딱 잘못하다간 목숨을 잃게 될지도 모를 일이지만." 이때 얼음과 같은 긴장이 삽시에 법정 전체로 퍼져나가는 것이 느껴졌다. "그러나 진실이야말로 피고인의 영혼의 평화를 가져다 주는 최선의 길일 것입니다." 여기서 젭슨은 메이슨의 얼굴을 생각해 보고는 분하거든 이 말에 반박해 보라고 마음속으로 부르짖었다.

"네" 하고 크라이드는 간단히 대답했을 뿐이었다.

"그러면 그녀가 그런 몸이 되었고, 당신은 그녀를 도울 수 없고 할 적에 어떻게 되었단 말이오? 다음에 어떠한 행동을 취했느냔 말이오?……아니 저, 그 전에 좀 물어 볼 것이 있는데 그 당시 피고인의 급료는 얼마였죠?"

"주 25달러였습니다."

"다른 수입은 없었던가요?"

"지금 무슨 말씀을 하셨는지 잘 못 알아들었습니다."

"당시 급료 이외에 무슨 수입이 있었느냔 말이오?"

"아무것도 없었습니다."

"방세는 얼마였죠?"

"주 7달러였습니다."

"식사대는?"

"글쎄요……5달러에서 6달러였습니다."

“그 밖에도 여러 가지 경비가 들었겠죠?”

“네, 피복비니 세탁비니…….”

“무슨 사교적인 모임에 나갈 때의 비용도 역시 거기서 분담했겠군요……?”

“그런 유도심문에는 반대합니다.” 메이슨이 버럭 소리를 질렀다.

“이의 시인!” 오버왈처 재판장이 단정을 내렸다.

“그 밖에 생활비로 다른 지출은 없었습니까?”

“자동차삯과 기차삯이 있었습니다. 사교적인 모임이 있을 적마다 물론 나도 그 비용을 분담하지 않으면 안 되었습니다.”

“이의!” 메이슨이 발끈 화를 내며 쏘아붙였다. “이 법정에서 그 앵무새처럼 대답시키는 유도심문 좀 제발 그만두시오!”

“지방검사는 쓸데없는 참견 말고 자기 일이나 잘하시란 말이오!” 젭슨도 지지 않았다. 그것은 자기 자신뿐만 아니라 크라이드를 위해서도 도움이 될 뿐만이 아니라, 그 자신이 메이슨을 한 번 단단히 골려 주고 싶은 앙심에서 나온 말이었다. “내가 이제 심문하고 있는 상대는 피고인이지 앵무새는 아닙니다. 앵무새라는 말이 났으니 말이지, 요 며칠 동안 이 법정 안에서 나는 숱한 앵무새들을 보아 왔습니다. 마치 초등학교 학생들 모양으로 일일이 답변을 암송해 가지고 있는.”

이 말에 메이슨은 버럭 화가 났다.

“그 말이야말로 악의적인 모략이오. 본관은 이의를 신청하며 사과를 요구합니다.”

“사과를 받을 사람은 오히려 나와 피고란 말이오. 재판장께서 잠깐만 휴정을 선언해 주신다면 내 꼭 사과를 받아낼 수 있습니다.” 젭슨은 똑바로 메이슨 앞으로 달려들면서, “재판장의 명령이 없이도 나는 당신을 사과하게끔 할 수 있단 말이야” 하고 덧붙였다. 메이슨은 그가 달려드는 기세에 대비하여 질소냐는 듯이 급히 몸을 비켜서며 태세를 갖추었다.

한편 어안이벙벙해진 메이슨의 조수와 보안관보와 속기사, 신문기자, 심지어 법정 서기까지 우우 모여들어서 두 사람을 뜯어말렸다. 한편 오버왈처 재판장은 부서져라 하고 나무 방망이로 책상을 마구 두들겼다.

“여보시오! 여보시오! 두 사람은 모두 법정을 모독했으니 법정에 대하여, 또 각기 상대방에 대하여 사과들을 하시오. 그렇지 않으면 본관은 두 분을 법정모독죄로 고소하여 10일간 구류와 5백 달러의 벌금형에 처하겠소." 재판장은 이렇게 호통을 치며 앞으로 몸을 내밀고는 두 사람을 흘겨보았다. 그러자 젭슨은 곧 순순히 애교 있는 얼굴로, "사정이 이렇게 되었으니 재판장 및 지방검사 및 배심원 여러분에게 사과합니다. 본인은 본피고인에 대한 검사의 공격이 너무나도 부당하다고 생각했을 뿐입니다."

"그 점은 염려 마십시오." 재판장이 말했다.

"사정이 이렇게 되었으니 재판장 및 피고인측 변호인에 대하여 사과합니다. 나는 다소 경솔했는지도 모릅니다. 피고인에 대해서도 사과합니다." 메이슨은 우선 재판장의 성난 얼굴을 바라보고 그 다음엔 크라이드의 얼굴로 시선을 옮기면서 빙그레 웃었다. 크라이드는 질겁을 하고는 얼굴을 돌리고 말았다.

"진행하시오." 오버왈처 재판장이 성난 목소리로 명령했다.

"자, 그러면 크라이드" 하고 젭슨은 마치 성냥불을 켜다가 끈 뒤처럼 아무렇지도 않은 어조로 다시 심문을 계속했다. "피고인의 급료는 25달러인데다 여러 가지 지출이 있었다고 했는데 그러면, 당신은 만일의 경우를 대비해서 그다지 저금을 할 수도 없었겠군요?"

"네…… 그다지…… 아니, 사실은 한푼도 없었습니다."

"그렇다면 만일 어느 의사가 올든 양의 요구를 들어주기로 하여, 그 요금으로 이를테면 1백 달러를 요구했을 경우 어떻게 할 작정이었죠. 그걸 곧 지불할 만큼의 준비는 되어 있었습니까?"

"없었습니다, 당장은."

"그녀가 얼마를 저금하고 있었는지는 알고 있었습니까?"

"그런 것은 전혀 몰랐습니다."

"좋소. 그러면 무슨 수로 그녀를 도와 줄 생각이었단 말이오?"

"만일 그녀나 나나 그런 의사를 찾아내면 분할제로 해달라고 부탁해 볼 작정이었습니다. 그러면 어떻게 될 것 같았습니다."

"알겠소. 당신은 정말 그렇게 할 작정이었단 말이죠?"

"네, 그렇습니다."

"그 여자에게도 그런 말을 했습니까?"

"그녀도 그걸 알고 있었습니다."

"그러나 피고인도 그 여자도 결국 그런 의사를 찾아낼 수 없었던 모양인데,

그 다음 어떻게 되었죠?"

"그녀는 나더러 결혼해 달라고 졸랐습니다."

"당장에 말입니까?"

"네, 당장에 말입니다."

"그러면 당신은 그것에 대해 뭐라고 대답했죠?"

"지금 당장은 곤란하다고 대답했습니다. 결혼할 돈도 없었구요. 그리고 비록 결혼한다 하더라도 적어도 어린 애를 낳을 때까지만이라도 딴 데 가 있지 않으면 모든 사람이 우리들의 관계를 알게 되어 난 회사에 그대로 붙어 있을 수 없게 될 것입니다. 그녀도 의당 그만둬야만 할 테고."

"어째서 그렇습니까!"

"내 친척은 그런 걸 용서해 줄 리가 없었을 것이니까요."

"알겠소. 당신이나 그 여자처럼 규칙에 어긋나는 짓을 한 사람은 즉각 파면이 된다는 말이죠?"

"네, 어쨌든 난 그렇게 생각했습니다."

"그래서?"

"그래서 비록 내가 그녀와 함께 딴 데로 가서 결혼하고 싶어도 나에겐 그만한 돈도 없었을 뿐만 아니라 그녀에게도 없었습니다. 그러니까 나는 현재의 직장을 버리고 어느 딴 도시로 가서 거기서 직장을 구해서 그녀를 부르지 않으면 안 되는데, 과연 딴 고장으로 가서 현재만큼의 돈을 벌 수 있을지 없을지 자신이 없었습니다."

"호텔 일은? 그리 다시 돌아갈 수 없었단 말이오?"

"네…… 물론 누구의 소개장이 있다면 갈 수야 있었겠죠. 그러나 그런 직장으로 되돌아가고 싶진 않았습니다."

"어째서?"

"이젠 그런 생활은 진절머리가 나서요."

"그러나 그렇다고 해서 아무 일도 하고 싶지 않았다는 의미는 아닐 테죠? 그런 인생 태도를 가진 것은 아닐 테죠?"

"천만에요! 물론 어떻게 해야겠다고 생각했습니다. 그래서 나는 그녀에게 이렇게 제안했습니다. 애기를 낳을 때까지 잠시 어디 가서 있는다면 나는 나대로 리커거스에 머물러서 될 수 있는 대로 생활비를 줄여 가며, 그녀가 또다시 몸이 회복될 때까지 저축한 모든 돈을 보내 주겠다고요."

"그녀와 결혼하지 않고서?"

"네, 그땐 아직 결혼할 생각이 없었습니다."

"그 여잔 그것에 대하여 어떻게 대답했죠?"

"싫다고 하더군요. 결혼해 주지 않는다면 그것엔 찬성할 수 없다고 하더군요."

"알겠소. 무엇보다도 우선 결혼해 달랬단 말이죠?"

"네, 당장 그렇게 해 달라는 것입니다. 잠시라면 기다릴 수 있어도, 어쨌든 결혼한 후가 아니라면 아무 데도 가고 싶지 않다고 생고집을 부리더군요."

"당신은 그녀를 사랑하고 있지 않다는 것을 그때엔 아직 털어 놓지 않았단 말입니까?"

"네, 그와 비슷한 말은 했지요."

"그와 비슷한 말이라니?"

"너무 자주 만나기 싫다고 했습니다. 게다가 그녀는 벌써 내가 사랑하고 있지 않다는 것을 알고 있었습니다. 그녀 자신도 그런 말을 하고 있었읍니다."

"피고인에게? 그때 말입니까?"

"네, 몇 번이나 했습니다."

"그런 것 같군요. 이 법정에서 읽혀진 그녀의 편지에도 그런 사연이 쓰여져 있었으니까. 그래서 그녀에게 그 제안이 보기 좋게 거절당한 후에 당신은 어떻게 했죠?"

"어떻게 하면 좋을지 난 몰랐습니다. 그러나 그 다음 잠시 그녀를 본가에 가 있으라고 한 뒤 그 동안 될 수 있는 데까지 저금을 하려고 생각했습니다. 아마도 그녀는 집에 돌아가서 잘 생각해 보면 내가 그녀와의 결혼을 얼마나 싫어하는가를 잘 알게 되어……." 크라이드는 여기서 말을 끊고는 입술을 깨물었다. 거짓말을 하기가 괴로웠기 때문이다.

"그래서? 자, 정직하게 말하는 것이 아무리 부끄러워도 거짓말을 하기보다는 나은 법이니까, 있는 대로 이야기해 보시오."

"그녀가 사태의 변화에 놀라고, 결심이 좀 무뎌지면 아마도……."

"피고인 자신도 결혼하기가 두렵진 않았던가요?"

"네, 나도 두려웠습니다."

"그래서?"

"그렇게 되었을 때 만일 내가 저축한 돈을——혹은 누구에게서 돈을 좀 꾸어서 보탤까도 생각했습니다만, 어쨌든 목돈을 그녀에게 주면 그녀도 무리하게 나에게 결혼을 강요하지 않고, 혼자서 어디로 가서 내가 부쳐 주는 돈으로 살아 나갈지도 모르겠다고 이렇게 생각하고 있었습니다."

"알겠소. 그러나 그녀는 그것에 동의하지 않았죠?"

"네, 내가 결혼하지 않는다는 점에는 반대했지만 한 달 동안 집에 가 있겠다는 점에는 동의했습니다. 헤어지자는 말을 그녀에게 하게 할 수는 도저히 없었습니다."

"그러면 당신은 결국 그때나 혹은 그 후에, 조금만 있으면 결혼하기 위하여 그녀를 데리러 가겠다고 약속했단 말입니까?"

"아뇨, 그런 약속은 전혀 하지 않았습니다."

"그럼, 뭐라고 했죠?"

"이렇게 말했습니다…… 한 달 동안 내가 필요한 돈을 마련해 가지고 곧 데리러 갈 테니, 그 다음……그 다음엔……애를 낳을 때까지 둘이서 어디로 가 버리자고."

"그러나 결혼하자는 말은 안 했단 말이죠?"

"네, 전혀 안 했습니다."

"그러나 그 여잔 물론 결혼을 바라고 있었을 텐데?"

"그럼요."

"그때 당신은 그녀가 어떠한 수단을 써서라도 당신에게 그렇게 하게 할 수 있다, 즉 피고인이 싫어도 억지로 결혼하게 할 수 있다는, 그러한 견해를 가지고 있지는 않았나요?"

"천만에요. 그렇게 생각하지는 않았습니다. 어쨌든 내 생각으로는 필요한 돈이 생길 때까지 기다렸다가 그때가 오면 딱 거절하고는 가졌던 돈을 그녀에게 전부 주고, 그 후로는 될 수 있는 데까지 그녀를 도와 줄 계획이었습니다."

"알겠습니다." 자못 은근한 말과 외교적인 태도를 써 가며 이렇게 말하고 나서, "그러나 여기 나와 있는 로버타 올든 양의 편지 중에는……" 하면서 감사 책상 위로 손을 내밀어 로버타의 편지를 집어들고 자못 엄숙한 태도로 그것을 만지작거렸다. 다시 말을 이어, "두 사람이 이 여행에 관해서 어떤 계획을 세웠다는 말이 쓰여져 있는데, 혹은 피고인이 계획을 세우고 있다고 그녀가 추측한 것인지는 모르지만, 대체 그 계획이란 정확하게 말하여 어떤 내용의 계획이었죠? 그녀는 분명 '우리들의 계획'이라고 쓰고 있는데."

"네, 그건 나도 잘 알고 있습니다." 이 문제는 벨크납과 젭슨의 지도를 받아 가며 두 달 동안이나 토론해 온 문제이니만큼 잘 알고 있을 만도 한 일이었다. "그러나 내가 알고 있는 계획이란." 그는 자기의 말이 솔직하게 곧이들리도록 꾸미려고 갖은애를 다 썼다. "내가 가끔 제안한 적이 있는 바로 그 계획입니다."

"그건 어떠한 계획입니까?"

"결국 그녀가 어딘가 딴 고장으로 가서 방을 하나 빌려 가지고 살고, 내가 물질적으로 도와 주며, 가끔 거기 가서 만난다는 계획이었습니다."

"그렇지만 좀 이상한데. 얘기가 다르지 않소." 모두가 미리 꾸민 수작이었다. "그 여자가 머릿속에 그리고 있던 계획은 그런 것이 아니었을 텐데. 그녀는 이 편지들 속에서 당신이 오랫동안, 적어도 그녀가 애를 낳을 때까지 멀리 떠나 머물러 있게 되면 당신에게 대단히 곤란한 일이겠지만 할 수 없는 노릇이라는 의미의 말이 있는데."

"네, 그 점은 나도 잘 알고 있습니다." 그렇게 하라고 미리 지시받은 대로 크라이드는 재빨리 대답했다. "그러나 그것은 그녀의 계획이었지, 나의 계획은 아니었습니다. 그것이 바로 자기의 요구라는 것을 그녀 자신이 줄곧 말했으며, 나더러도 꼭 그것을 실행해 주어야만 된다고 했습니다. 그녀는 전화를 통하여 여러 차례 그런 부탁을 했습니다. 나는 그저, 그래 그래 하고 듣고만 있었는데, 절대로 그것에 동의한 적은 없습니다. 언젠가 나중에 나의 계획을 이야기해 볼 작정이었습니다."

"알겠소. 그러면 그 여잔 그 여자대로 제멋대로 계획을 세우고 있었고, 당신은 또 당신대로 계획을 세우고 있었단 말이군요?"

"네, 정확하게 말해서 나는 한 번도 여자의 계획에 동의한 일은 없었습니다. 내가 그녀에게 한 말이라는 것은 결국 내가 돈이 되면 그리로 가서 좀더 구체적인 것을 의논하고, 그녀를 어디로 데리고 갈 테니, 그때까지 아무 생각 말고 기다리고 있으라고 부탁했을 뿐입니다."

"그러나 만일 그녀가 당신의 계획을 받아들이지 않으면 어떻게 할 작정이었죠?"

"그때엔 X양의 일을 고백하여 그녀에게 날 놓아 달라고 할 작정이었습니다."

"그러나 그래도 그녀가 놓아 주려고 하지 않으면 그땐 어떻게 할 작정이었죠?"

"그렇게 되면 도망을 칠까도 생각해 본 적이 있었습니다만, 그런 사태를 진심으로 생각해 보고 싶지는 않았습니다."

"그러나 말입니다, 크라이드 군. 여기 모여 계신 분들의 일부는 당신이 자유의 몸이 되어 X양과 결혼하고 싶었기 때문에 그 여자를 끌어내어 꼬리가 잡히지 않도록 가명을 써 애디론대크 산 속 쓸쓸한 호수로 유인해 내다가 거기서 그 여자를 찔러 죽이거나 혹은 물에 빠뜨려 죽이거나 한다는 참으로 참혹한 계획을 세우고 있었다고 믿고 있는 분도 계실 텐데, 그건 사실입니까? 네, 아니오로 배심원 여러분에게 똑똑히 대답해 보시오. 어느 쪽입니까?"

"천만에요! 천만에요! 나는 그녀건 누구건 사람을 살해할 계획을 세운 적이라곤 한 번도 없습니다." 크라이드는 지시를 받은 대로 의자의 양쪽 팔걸이를 꽉 붙들고 될 수 있는 대로 큰 제스처를 쓰며 강경히 부인했다. 그러나 마음 속으로는 사실 그러한 계획을 짰다는 것에 양심의 가책을 받고는, 그 고통을 참아 내지 못해 힘이 꺾이고 가슴이 아프고 에는 것을 겨우 참아 내면서 의자에서 몸을 일으켜 세우고는 그럴 듯하게 엄숙한 표정을 지어 보였다. 이 모든 사람들의 눈들, 재판장과 배심원과 메이슨과 신문기자들의 눈이 일제히 자기에게로 쏠려 있었다. 그는 또다시 식은땀이 배어 나오는 것을 느끼면서 신경질적으로 연방 혀끝으로 얇은 입술을 핥고 있었다. 목이 말라 침을 삼키려 해 보았으나 목구멍을 넘어가지 않았다.

이어 젭슨은 이번에는 로버타가 집으로 돌아가서 크라이드에게 써 보낸 편지를 검토하기 시작했다. 로버타가 집에 돌아온 후 처음 크라이드에게 써보낸 편지로부터 출발하여 마지막 편지——그가 곧 와서 구원해 주든지 그렇지 않으면 여자가 직접 리커거스에 나타나서 모든 사실을 폭로해 버리겠다고 협박한 편지——에 이르기까지 일일이 읽어 가면서, 범행의 의도를 내포하고 있다고 '지목되어 있는' 모든 부분을 샅샅이 검토했다. 이렇게 해서 현재까지의 모든 증언을 일소해 버리려고 갖은 노력을 다했다.

로버타에게 전혀 편지를 보내지 않았다고 하는 크라이드의 의심스러운 행동에 관해서는 그것이 그의 백부와 직장과 기타 여러 방면에 시끄러운 문제가 생길까봐 무서워서 그렇게 한 것이라고 설명했다. 또 그가 폰다와 같이 고적한 장소에서 그녀와 만나기로 한 사실도 같은 이유로 처리되었다. 그는 그때는 아직 그녀를 데리고 어느 특정한 장소로 여행을 한다는 계획은 전혀 없었다. 다만 어느 적당한 곳으로 가서 헤어지자는 이야기를 꺼내 볼까, 그저 막연히 그런 생각을 했을 뿐이었다. 이리하여 7월이 되어 계획도 채 확고하게 서지도 않은 채, 과히 비용이 들지 않는 어느 피서지로 여행이라도 가 볼까 하는 생각이 불쑥 머리에 떠올랐다. 유티카 북쪽의 어떤 호수로 가 보자는 말을 꺼낸 것은 로버타 자신이었다. 그리고 그가 그 부근의 지도와 안내서를 입수한 장소는 유티카 역이 아니라 유티카의 호텔이라고 증언했다. 그러나 이것은 어떤 의미에서는 치명적인 실언이었다. 왜냐하면 메이슨은 표지에 리커거스의 여행안내소의 스탬프가 찍힌 안내서를 가지고 있었기 때문이다. 크라이드는 그것을 전혀 모르고 있었다. 메이슨은 그의 증언을 들으면서 저 혼자 그 생각을 하고 있었다. 또 리커거스를 떠날 때 뒷길을 택한 것에 관해서는 물론 그가 로버타와 함께 떠났다는 것을 감추고 싶었기 때문이었는데, 그것은 다만 이상한 소문이 나는 것을 무서워했기 때문이라고 설명했다. 따로따로 다른 차량을 탔고, 호텔에서 크리포드 골덴 부처라는 가명을 쓴 것도, 기타 단서를 잡히지 않기 위해서 취한 것처럼 보이는 여러 가지 행동도, 모두 그 때문이었다고 증언했다. 모자를 두 개나 가지고 있었던 이유는 쓰고 있던 모자는 몹시 낡았고, 거리를 걷고 있을 적에 마침 마음에 드는 모자가 눈에 띄었기 때문에 샀을 뿐이라고 증언했다. 그리고 그 사고통에 그만 그 모자를 잃어 버리게 되었기에 자연히 헌 모자를 쓰게 되었다는 것이다. 또 그가 카메라를 가지고 있었던 것도 사실이며, 6월 18일에 최초로 크랜스톤 가의 별장을 방문했을 때 그것을 가지고 있었던 것도 사실이지만, 그가 처음에 그것을 부인한 이유는 다만 카메라를 가지고 있었다는 사실과 로버타가 설명하기 곤란한 방식으로 변사했다는 사실이 동일시될까봐 무서웠기 때문이라고 변명했다. 그는 그 숲속에서 체포되는 그 즉시 억울하게도 그녀를 죽인 범인이라는 고발을 받았기 때문에 이 불운한 여행이 그녀의 사망과 무슨 관련을 가지고 해석되지나 않을까 두려워한 한편, 한마디라도 거들어 줄 변호사나 친구 한 사람 없고 해서, 좌우간 아무 말도 하지 않거나 모든 것을 부인해 버리는 것이 상책일 것만 같아 그렇게 한 것인데, 변호사가 붙게 된 후로부터는 그들에게 사건의 모든 진상을 그대로 솔직히 고백했다고 증언했다.

또 그 잃어 버린 양복에 관해서는 온통 젖었고 게다가 진창투성이였기 때문에 둘둘 말아서 숲속에다 감춰 두었고, 크랜스톤 가의 별장에 도착한 후에는 그것을 별장 부근의 돌 아래에다 다시 감춰 두었다가 나중에 그것을 가지고 가서 세탁소에 맡길 작정이었다. 그러나 벨크납과 젭슨이 변호를 해주게 되어 곧 두 사람에게 그것을 이야기했고, 그들이 대신하여 그것을 찾아서 세탁소에 맡겼다고 증언했다.

"자, 그러면 크라이드 군, 이번엔 호수를 찾아가게 된 당신의 계획과 행동에 관한 설명을 들어봅시다."

이 질문에 대해서 크라이드는 언젠가 젭슨이 벨크납에게 대략 설명했던 바로 그대로 자기와 로버타가 유티카까지 갔다가 나중에 그라스 호로 가게 된 경로를 쭉 설명했다. 아직 아무런 계획도 없었지만, 다만 최악의 경우에는 로버타에게 X양에 대한 사랑을 고백하여 동정과 이해를 구하고, 동시에 그녀를 돕기 위해서 힘자라는 데까지 원조해 줄 것을 약속할 작정이었다. 그리고 만일 그녀가 그것을 거부한다면 그는 그녀의 요구를 무시하고, 필요하다면 리커거스를 떠나서 모든 것을 단념해 버려도 할 수 없는 일이라고 생각하고 있었다고 증언했다.

"그러나 나는 맨 처음 폰다에서 그녀를 만나고, 그 다음에 유티카에서 만났을 때 그녀의 몹시 야윈 얼굴과 고민에 지친, 어찌할 바를 모르는 그 가엾게 풀이 죽은 얼굴을 보고서 불쌍해서 견딜 수가 없었습니다." 젭슨이 세심한 주의를 다하여 선택해 준 이 말들을 옮길 때 크라이드는 그 말에다 성실함을 주려고 무척 애를 썼다.

"그래요? 그럼, 그 다음은?"

"그녀가 끝끝내 나와 헤어지지 않겠다고 고집을 부릴 경우, 과연 그녀를 버린다는 최초의 결심을 그대로 실행할 수 있을는지 전혀 자신이 없었습니다."

"좋소. 결국 어떻게 결심했죠?"

"그땐 아직 결심이 돼 있지 않았습니다. 다만 그녀의 이야기를 듣고, 비록 내가 그녀와 함께 리커거스를 떠난다 해도 그때의 내 형편으로써는 다른 데 가서 사는 건 어려울 것이라는 이야기를 했습니다. 나는 그때 돈이라곤 50달러밖엔 없었으니까요."

"알겠소."

"그랬더니 그녀는 울기 시작했습니다. 그래서 나는 그만 말문이 막히고 말았습니다. 그녀는 너무도 쇠약해져 있었으므로, 좀 원기를 회복하기 위해서 어디로 하루이틀 가고 싶은 데가 없느냐고 그녀에게 물어 보았습니다." 크라이드는 이렇게 터무니없는 거짓말을 늘어 놓고 있노라니 무섭기도 하고 창피하기도 하여 몸을 비비틀고 연방 마른 침을 삼키곤 했다. 이것은 그가 자기 힘에 모자라는 짓을 하려고 할 때——남을 속이거나 무슨 재주를 부리려고 할 때——하여튼 분수에 넘치는 일을 할 때에 으레 하는 버릇이었다. "그러자 그녀는 이것에 찬성하여 애디론댁크 산 속 호수들이 있는 곳으로 가고 싶다. 그곳 호수라면 비용만 있다면 아무 데라도 좋다고 대답하더군요. 그때 그녀의 감정을 잘 알고 있었기 때문에 돈은 넉넉하다고 대답했습니다."

"그러면 단순히 그녀를 위해서 그곳에 갔단 말이군요?"

"네, 그저 그녀를 위로해 주고 싶은 마음에서 간 것입니다."

"알겠습니다. 그럼, 어서 말을 계속하시오."

"그때에 그녀가 말하기를, 어딘가 그리 비용이 들지 않는 곳을 찾고 싶으니까 아래층에 내려가서 그 근처의 지도나 안내서를 사올 수 없겠느냐고 하더군요."

"그래서 사러 갔단 말이군요?"

"네."

"그래서?"

"둘이서 여러 가지로 의논한 끝에 결국 그라스 호가 좋겠다고 결정했습니다."

"그건 누가 한 소리입니까? 둘이 동시에 그런 말을 한 건가 혹은 그녀가 한 말인가?"

"실은 각자 지도를 한 장씩 들고 조사했는데, 그녀가 가지고 있던 안내서에 2인분 1주 21달러, 1박이면 5달러로 들 수 있는 여관의 광고가 나와 있었습니다. 나는 그렇게 싼 값으로 하룻밤 묵을 수 있는 여관은 없으리라고 생각했습니다."

"1박만 할 작정이었던가요?"

"그야 그렇지 않죠. 만일 그녀가 더 있고 싶다면 좀더 있으리라고 생각했습니다. 처음엔 고작해야 하루나 이틀, 길어야 사흘 정도였는데, 적당한 기회를 보아 가지고 그녀에게 사정을 이야기하고 나의 입장을 납득케 하는 데 얼마나 걸리게 될지 짐작이 가지 않더군요."

"그래서?"

"다음날 아침 우리들은 그라스 호로 떠났습니다."

"역시 다른 찻간을 이용해서?"

"네, 다른 찻간에 탔습니다."

"호수에 도착한 후 어떻게 했죠?"

"우선 숙박계에 서명부터 했습니다."

"뭐라고 서명했습니까?"

"칼 그레이엄 부처라고 썼습니다."

"남이 알까봐 아직도 두려웠단 말이죠?"

"네, 그렇습니다."

"필적을 감추려고 했습니까?"

"네…… 약간."

"그러면 어째서 늘 당신의 이니셜을 사용한 거죠. C.G.라는 이니셜을?"

"그건 내 가방에 있는 이니셜과 똑같지 않으면 안 되겠다고 생각했기 때문입니다."

"옳지, 어떤 의미에선 영리한 수법이었지만, 한편으론 그리 영리한 수법이 아니었군요. 잔재주를 부리다가 큰 코 다친다는 격이 되었군요." 이때 메이슨이 이의를 신청하려고 의자 위에 엉거주춤 일어서려고 했으나 곧 달리 생각했던지 다시 주저앉았다. 다시 한 번 젭슨은 오른쪽 눈으로 자기 오른편에 있는 배심원석을 살펴보는 듯한 시선을 재빠르게 던졌다. "어쨌든 결국 당신은 거기서 계획대로 모든 관계를 청산해 버리고 싶다고 그녀에게 설명했던가요? 혹은 안 했던가요?"

"목적지에 도착하면 그 즉시로, 혹은 그 이튿날 아침이라도 좋고, 하여튼 사정이 허락하는 대로 빨리 그녀에게 이야기하려고 했습니다. 그러나 목적지에 도착하여 호텔에 자리를 잡기가 무섭게 그녀는, 만일 지금 당장 결혼해 주면 그리 오래도록 함께 살아 달라는 것이 아니라 그저 지금 상태로는 불안해서 견딜 수 없으니 어쨌든 태어나는 애에게 이름을 붙여 줄 때까지만이라도 함께 살아 주었으면 좋겠다. 그 후라면 헤어져도 좋으니까……라는 얘길 언제까지 하는 게 아니겠습니까?"

"그래서?"

"그 다음 우리는 호수로 나갔습니다."

"어느 호수로?"

"물론 그라스 호죠. 그리고 보트를 젓기 시작했습니다."

"도착한 직후에? 오후였던가요?"

"네, 그녀가 그랬으면 좋겠다고 그러길래. 그러나 호수로 배를 이리저리 몰고 돌아다니고 있는데……." 여기서 그는 잠깐 말을 끊었다. "그녀가 재차 울기 시작했습니다. 고민에 지친, 어찌할 바를 모르고 있는 그녀의 가련한 얼굴을 보고 있자니까, 나는 그녀의 말이 옳고 내가 잘못이었을지도 모르겠다는 생각이 들고 말았습니다. 어린애가 이제 나오게 되었다는 막다른 골목에 와서까지 결혼하려고 하지 않는다니 너무 심하다, 결혼해야겠다, 이렇게 생각했습니다."

"옳지, 심경의 변화라는 거군요? 그래 그 자리에서 그녀에게 그런 말을 했던가요?"

"아니죠."

"왜? 당신은 그 여자를 그만큼 괴롭히고도 아직 부족했단 말입니까?"

"그게 아닙니다. 내가 참다못해 막 그런 이야길 하려고 하는데, 한편 다른 여러 가지 생각이 또다시 머리에 떠올랐습니다."

"이를테면 어떠한 생각이죠?"

"X양에 관한 생각, 리커거스에서의 생활에 관한 것, 우리들이 이대로 도망을 치고 말면 얼마나 지독한 비난을 받게 될 것인가 하는 생각 따위입니다."

"옳지."

"그래서……결국, 저……그녀에게 얘기할 용기가 꺾이고 말았습니다……그날은."

"그 말을 안 하고 무슨 말을 했단 말입니까, 당신은 그녀에게?"

"이 이상 울지 마오. 24시간 여유만 주면 잘 생각해서 모든 문제를 원만히 해결할 테니, 그리 알고 걱정 말고 기다려 주오, 이렇게 말했습니다."

"그래서?"

"그랬더니 한참 있다가 그녀가 하는 말이, 그라스 호는 그다지 마음에 안 드니 딴 데로 가요, 하더군요."

"그 여자가?"

"네, 그래서 우리들은 다시 지도를 들여다보며, 호텔 보이에게 어디 이 근처에 좋은 호수가 없느냐고 물었습니다. 그 사람 얘기로는 빅 비턴이 가장 아름답다 하더군요. 나도 그곳에는 한 번 가 본 적이 있었으니까 그녀에게 그 호수에 대해 설명하고, 보이 얘길 전했더니 그녀는 처음부터 그리로 갈걸 그랬죠, 어서 그리로 가요, 하더군요."

"그래서 그리로 갔다는 거군요?"

"네."

"그 밖에 무슨 이유가 있었습니까?"

"다른 아무 이유도 없었습니다. 딴 이유가 있었다면 그 방향이 남쪽이니까 어차피 우리가 앞으로 갈 방향과 같은 방향이라는 것밖에는 없었습니다."

"알겠소. 그것이 바로 7월 8일 목요일이었던가요?"

"네, 그렇습니다."

"잘 알겠소. 그런데 크라이드 군, 피고인 자신도 잘 알다시피 이 사건의 기소 이유는, 당신이 계획적으로 올든 양을 그 호수로 끌어내어 쓸쓸한, 사람 눈에 띄지 않는 한적한 장소를 찾아서, 카메라나 노나 곤봉이나 돌 등속으로 그녀를 때려서 물 속에다 던져 익사케 했다고 하는 것으로 되어 있는데 그 점은 어떻습니까? 그건 사실입니까?"

"천만에요, 그건 사실이 아닙니다." 크라이드는 즉석에서 부정해 버렸다. "첫째로 난 나를 위해서 거기 간 것이 아니라 그녀가 그라스 호가 싫다고 하길래 그러면 그리로 가 보자고 했을 뿐인걸요."

여기서 그는 의자에 파묻고 있던 몸을 일으키고는 전신의 용기와 신념을 끌어모아 확신에 넘친 눈초리로 배심원과 방청인을 한 바퀴 둘러보았다. 이것도 역시 미리 지시를 받았던 연기였다. "난 그녀를 즐겁게 해주고 조금이라도 용기를 북돋워 주고 싶었을 뿐입니다."

"당신은 그 목요일에도 역시 그 전날처럼 그 여자에게 대해서 미안하다고 생각했던가요?"

"물론이죠. 전날보다도 더 간절했습니다."

"그러면 그때까지 앞으로 어떻게 하겠다는 것을 뚜렷이 정하고 있었던가요?"

"네."

"어떻게?"

"될 수 있는 대로 정당한 처리를 하려고 결심했습니다. 난 그 일을 밤새도록 생각해 보았습니다. 만일 그렇게 하지 않으면 그녀가 얼마나 슬픈 입장에 몰리게 될까, 그리고 나 자신도 얼마나 유감스러울까, 그런 걸 잘 알게 되었습니다. 그녀는 만약 결혼을 해주지 않으면 자살하겠다고 세 번, 네 번 말했으니까요. 그래서 나는 다음날 아침, 무슨 일이 있어도 오늘 안으로 모든 걸 해결해 버려야겠다고 굳게 결심한 것입니다."

"그것은 그라스 호에서의 일이죠. 목요일 아침은 아직 여관에 있을 때죠?"

"네, 그렇습니다."

"그래서 그 여자에겐 어떻게 이야기할 작정이었습니까?"

"이제까지 올바르게 대우해 주지 못해서 참 미안하다, 당신의 제안은 지극히 당연하다, 만일 지금이라도 나와 결혼하고 싶다면 지금 함께 어디로 가서 결혼합시다. 대략 이런 식으로 이야기하려고 결심했습니다. 그러나 도중에 마음이 변하게 된 진정한 이유, 다시 말하면 어떤 다른 여자를 사랑해 왔고, 현재에도 사랑하고 있다는 것——이건 잊어 버리라고 해도 잊어 버려지지 않을 것이며, 어쩌면 내가 그녀와 결혼하든 안 하든……."

"그녀란 물론 올든 양 말일 테죠?"

"그럼요.……나는 언제까지나 계속해서 그 여성을 사랑할 텐데 그건 그녀를 마음으로부터 떼어 버릴 수가 도저히 없기 때문이죠. 그러나 그래도 상관없다면 비록 내가 그 전처럼 로버타를 사랑할 수 없다 할지라도 어쨌든 결혼하자고 그렇게 말할 작정이었습니다."

"X양은 어떻게 할 작정이고요?"

"그녀에 관한 일로도 참 골머리를 앓았습니다. 그러나 그녀는 나와 헤어져도 그리 괴롭진 않으리라고 생각한 것입니다. 게다가 그런 말을 하면 어쩌면 로버타는 나를 놓아 줄 것이므로 그녀와 친한 친구로서 교제하여 그녀에게 되도록 힘이 될 수 있겠다고 생각하고 있었습니다."

"당신은 올든 양과 어디서 결혼할 것인지 그 장소는 정했던가요?"

"아닙니다. 그러나 빅 비턴과 그라스 호 이남에는 조그만 도시가 얼마든지 있다는 것을 알고 있었습니다."

"당신은 미리 X양에게는 한마디 예고도 없이 그런 일을 단행하려고 했던가요?"

"아닙니다. 꼭 그렇게 할 작정은 아니었습니다. 로버타가 나와 영영 헤어지는 것은 승낙지 않는다 하더라도, 2, 3일 떨어지는 것쯤은 승낙해 줄 테니까 그 동안에 X양과 만나 모든 이야기를 하고, 다시 돌아오리라고 생각하고 있었습니다. 또 만일 로버타가 그것에 반대한다면 X양에게는 편지로 사정을 설명하고, 그녀와는 만나지 않고 결혼할 작정이었습니다."

"알겠소. 그러나 크라이드 군, 여기 제출된 증거물 중에는 올든 양의 포켓에서 발견된 편지가 있고——그라스 호 여관의 편지지에 쓴 자기 어머니에게 보내는 편지인데——거기에는 그녀는 이제부터 결혼할 작정이라고 쓰여 있습니다. 그러면 당신은 확실히 결혼하겠다는 의사를 그녀에게 전달한 것이 되는 게 아니겠습니까?"

"아닙니다, 정확하게 말하면 그런 의사 표시를 한 것은 아닙니다. 다만 그 날 아침에 일어나는 곁에 나는 그녀에게 마침내 우리들에겐 결정적인 날이 왔군. 나와 결혼하겠는가 안 하겠는가를 당신 스스로 결정지을 날이 왔군, 하고 말을 했을 뿐입니다."

"아, 잘 알겠소. 그러면 그렇지!" 젭슨은 자못 마음이 놓인다는 듯이 빙그레 미소를 지었다. 전신경을 집중해 가지고 듣고 있던 메이슨과 뉴콤과 버얼리와 레이몬드 주 상원의원은 그 말을 듣자 이구동성으로 일제히 이렇게 중얼거렸다.

"제기랄, 거짓말도 분수가 있지!"

"자, 그럼, 이제는 문제의 여행 이야기로 들어갈 터인데, 여기에 나타난 모든 증인들이 이 여행중의 피고인의 일거일동을 흉악한 동기와 음모에 연결시켜 설명한 것은 피고인 자신도 잘 들었죠? 과연 그러했는지의 여부를 지금부터 어디 당신 자신의 입으로부터 그 설명을 들어봅시다. 우선 그 두 개의 가방, 당신의 것과 그녀의 것과――이 두 개의 가방 건부터 얘길 해봅시다. 당신은 건 롯지 역에다 그녀의 가방은 맡기고 자기의 가방만 가지고 호수로 나갔다는 증언이 있었는데, 그러면 무엇 때문에 그런 일을 하셨죠? 배심원 여러분이 이해하도록 똑똑히 설명해 보시오."

"네, 그 이유는……." 다시 한 번 목이 말라서 목소리조차 잘 나오지 않았다.

"빅 비턴에서 점심을 사먹을 수 있을는지 없을는지 잘 몰랐기 때문에 그라스 호에서 점심 준비를 해 가지고 가기로 했습니다. 그리고 그녀의 가방은 꽉 차 있었지만 내 가방은 아직도 여유가 있었으므로 거기에다 도시락을 넣은 것입니다. 더구나 그 안에는 카메라가 들어 있었고 바깥쪽에는 다리가 달려 있었으므로 결국 나는 그녀의 가방만을 맡기고 내 가방은 가지고 가기로 했습니다."

"당신이 그렇게 결정했던가요?"

"아니죠, 그녀더러 그렇게 하면 어떻겠느냐고 물어 보았더니 그녀의 대답이 그렇게 하는 것이 좋겠다고 찬성했습니다."

"그렇게 물어본 장소는 어디였던가요?"

"빅 비턴으로 가는 도중의 기차 속입니다."

"그러면 그때 당신은 호수에서 놀다가 다시 건 롯지로 돌아갈 생각이었군요?"

"물론이죠. 다시 돌아올 수밖에 다른 방법은 없었습니다. 다른 길은 없었으니까요. 그것은 그라스 호에서 들어서 알고 있었습니다."

"그리고 빅 비턴 호로 가는 버스를 타고 가는 도중에 그 운전수의 증언을 들어서 알겠지만, 당신은 그때 몹시 흥분해서 오늘 호수에 사람이 많은가 하고 물었다고 증언하고 있는데."

"네, 기억하고 있습니다. 그러나 별로 흥분하고 있지 않았습니다. 또 사람이 많으냐고 물었는지도 모르지만, 그렇게 물은 것이 뭐 어떻다는 겁니까? 그런 것쯤이야 누구나 물을 수 있는 일이 아닙니까?"

"그렇지, 나도 동감이오." 젭슨이 맞장구까지 쳤다. "그러면 당신이 빅 비턴 여관에서 서명을 하고, 보트를 타고 호수 위에 나온 뒤에 어떤 일이 일어났습니까? 당신이나 그녀가 특히 흥분했었다거나 멍하니 뭘 생각하고 있었다거나, 어쨌든 그러한 곳에 뱃놀이 나오는 여느 사람들과는 다른 정신 상태에 빠져 있었다거나 그러한 일은 없었던가요? 당신은 특히 유쾌했다거나 혹은 한층 더 우울한 얼굴을 하고 있었다거나 그런 일은 없었습니까?"

"그때에 특별히 우울했다고는 생각하지 않습니다. 물론 그녀에게 앞으로 이야기하려는 모든 문제와 그녀의 대답이 어느 쪽으로 떨어지든지 간에 내가 당면하게 될 모든 사태를 생각하고 있었죠. 또 뭐 그렇게 유쾌했던 것 같지도 않습니다. 그러나 문제 해결이 어느 쪽으로 기울어지든 간에 상관없다고 생각하고 있었습니다. 어쨌든 그녀와 결혼하기로 결심했으니까!"

"그럼 그녀의 태도는 어떠했습니까! 명랑했던가요?"

"네, 웬일인지 먼저보다는 퍽 행복해 보이더군요."

"그래서 당신은 어떤 얘길 했죠?"

"네, 처음에는 호수 이야기를 했죠. 경치가 참 좋다는 둥, 어디서 점심을 먹으면 좋겠느냐는 둥. 그 뒤에 호수 서쪽 둑을 따라 저어 가면서 수선화를 꺾기도 했습니다. 그때에 그녀가 어떻게도 행복스러워 보였던지 차마 문제를 끌어낼 수가 없었습니다. 그래서 아무 말도 하지 않고서 그대로 두 시경까지 이리저리 돌아다니다가, 오후 두 시가 되어서야 배를 멈추고 점심을 먹으러 둑으로 올라갔습니다."

"그건 어디쯤 됩니까? 일어나서 거기 있는 막대기로 지도 위를 가리켜 보시오. 바로 어디를 갔으며, 얼마 동안이나 배를 멈추었고, 뭣 때문에 멈추었는지……."

그래서 크라이드는 막대기를 손에 들고 이 사건과 관계가 있는 호수 지대의 커다란 지도 앞에 서서 울창하게 우거진 숲이 바싹 내리뻗은 둑을 따라가면서, 배를 저어가던 긴 행로와 점심을 먹은 뒤에 배를 저어 찾아갔던 숲과 특히 경치가 매우 아름다워서 오랫동안 왔다갔다하던 수선화 꽃밭과 오후 다섯 시 가량 해서 '달의 포구'에 도착할 때까지 배를 세워 두었던 모든 위치를 자세하게 일일이 가리켰다. '달의 포구'에서는 어찌나 경치가 좋았던지 배를 멈추고 두 사람이 정신 없이 한참 구경했다고 그는 말했다. 그 다음 사진을 찍기 위해서 그 부근에 있는 숲이 우거진 둑으로 올라갔다. 그 동안 어서 로버타에게 X양에 관한 이야기를 하고, 그녀의 최후의 결단을 내릴 기회를 엿보고 있었다. 그리고 잠시 가방을 둑에다 둔 채로 또다시 배를 타고 나와서 보트 위에서 사진을 찍기도 하면서 고요하고 아름다운 호상을 천천히 한참 가다가 그는 마침내 용기를 내어 이야기를 꺼내기 시작했다. 처음 그녀는 무엇을 느꼈던지 갑자기 깜짝 놀라며 침울해지더니, 울면서 그런 비참한 생각을 하느니 차라리 죽어 없어지는 편이 낫겠다는 말을 했다. 그러나 그 다음 참 미안하오, 이게 모두 내 잘못이오, 앞으로 잘못을 고칠 각오가 되어 있으니 용서해 달라고 말했더니, 별안간 기분이 변해서 우는 것을 그치고 좋아하다가 갑자기 감정이 폭발해서 그랬던지 어떤지 세밀하게 설명할 수는 없지만, 벌떡 일어나서 그가 있는 쪽으로 달려들었다. 그녀는 두 팔을 활짝 펴고, 마치 그의 다리 밑이나 무릎 안으로 뛰어들어오려는 것 같은 자세를 보였다. 그런데 바로 그 순간 옷자락에 발목이 걸렸던지 그녀가 넘어지고 말았다. 그래서 그는 사진기를 손에 든 채 본능적으로 일어나서 그녀를 붙잡으려고 했다. (사진기를 손에 든 채라는 대목은 젭슨이 법률적인 견지에서 신중히 검토하여 최후로 지은 결정이었다.) 아마도 그때에 그녀의 얼굴이나 손이 사진기에 부딪친 모양인데 자세한 것은 지금 뭐라고 말할 수 없다. 어쨌든 다음 순간 두 사람은 수중에 내동댕이쳐지고 보트가 전복되어 있었다. 어찌하여 그렇게 되었는지, 그의 몸이 혹은 그녀의 몸이 어떻게 움직여서 물에 빠졌는지 통 영문을 알 수 없었다. 다만 두 사람이 동시에 물에 빠졌고 그녀는 실신한 것처럼 보였는데 아마 그때에 뱃전이 그녀의 머리를 세게 친 모양이었다.

"나는 배가 자꾸만 멀리 떠내려가기에 큰소리로 그녀를 향해 빨리 보트를 붙잡으라고 소리쳤지만 그녀의 귀에는 내 말이 들리지 않는 모양 같았어요. 그녀가 어떻게 팔을 내젓는지 처음에는 곧바로 가기가 무서웠습니다. 내가 정신 없이 여남은 번쯤 헤엄을 쳐서 그녀 쪽으로 다가갔을 때 그녀의 머리가 물속으로 쑥 들어가더니 곧 다시 솟아올랐다가 두번째는 영 가라앉고 말았습니다. 벌써 그때에는 배가 30피트 내지 40피트나 떠내려가서 그녀를 다시 배까지 끌고 올 수는 없었습니다. 거기까지 끌어오는 것은 무리라고 생각되었습니다. 그 다음 어서 둑까지 헤엄쳐 가지 않으면 나마저 물에 빠져 죽는 게 아닌가 하는 생각이 들었습니다."

그 다음 일단 육지에 올라와 보니 현재의 자기의 처지와 주위의 상황이 참으로 고약하게 되어 있어, 혐의를 사기에 알맞다는 것을 그는 대번에 깨달았다. 생각해 보면 처음부터 모든 게 불리한 것 투성이였다. 가명을 써서 서명했다는 것, 그녀의 가방은 맡기고 자기 가방만 가지고 갔다는 것, 그런데다 이런 판국에 여관으로 돌아가서 이 뜻밖의 사고를 알리면 그것이 세상에 알려지게 되어 결국은 모든 것이 엉망진창이 되고 말 것이다. X양도 직장도 사교적 지위도 모든 것을 잃고 마는 결과가 된다. 그러나 그가 이대로 가만히 있으면──그는 여기서 이 착상은 이때 비로소 머리에 떠오른 것이라는 것을 맹세했다──어쩌면 그도 함께 익사한 것으로 생각될지도 모른다. 그 생각을 하고, 지금부터 그녀를 구해 본다 하더라도 그녀의 생명을 건져낼 수는 없을 것이며, 섣불리 소동을 피우다가는 도리어 신분이 알려지게 되어 그녀의 창피만 털어 놓는 결과가 될 것이고, 그에게도 귀찮은 문젯거리가 생기고 말 것이리라. 그래서 그대로 내버려 두기로 결심한 것이다. 그리고 모든 흔적을 없애기 위해서 옷을 벗어 돌돌 말아 될 수 있는 대로 조그맣게 꾸렸다. 그 다음에는 다리와 가방을 사람 눈에 띄지 않을 숲속에 감추어 두었다. 또 처음에 쓰고 있던 밀짚모자는──그 모자에 안이 대어 있지 않았다는 것을 그는 전혀 몰랐다고 말했다──배가 전복되는 바람에 없어졌으므로 캡과 함께 가방에 넣어 가지고 온 예비 모자를 썼다. 그는 이제까지 가끔 모자를 분실하거나 더럽게 하는 수가 많았으므로 여행중에는 늘 예비 모자를 가지고 다니는 버릇이 있다고 증언했다. 그리고 숲속 길을 남쪽으로 가면 필경 철로 있는 데로 나오게 될 것이라고 생각하고는 그쪽으로 걷기 시작했다. 거기서 자동차가 다니는 길로 나올 수 있다는 것은 전혀 몰랐다. 그리고 그가 곧장 크랜스톤 가의 별장으로 간 것에 관해서는 자연히, 그리고 발길이 끌려간 것이라고 간단히 설명했다. 거기 가면 친구들이 있을 테고, 그는 갑자기 청천벽력처럼 쏟아져 내려온 것만 같은 이 무서운 사건에 관해서 좀 조용히 생각해 볼 수 있는 곳으로 한시라도 빨리 가고 싶었다는 것이다.

이렇게 증언을 끝마치고, 젭슨 자신도 크라이드 자신도 모든 문제에 관해서 하나도 빠짐 없이 이야기했을 때, 젭슨이 잠시 묵묵히 있다가 크라이드 쪽으로 얼굴을 돌리면서 조용하나 뚜렷한 음성으로 입을 열었다.

"자, 크라이드 군, 당신은 여기 계신 배심원 여러분과 재판장 및 방청자 여러분에게 맹세했고, 무엇보다도 하나님 앞에서 진실을 모두 말하고, 오직 진실만을 말할 것을 맹세했단 말이오. 그것이 무엇을 의미하는지 아시오?"

"네, 잘 알고 있습니다."

“피고인은 그 보트 안에서 절대로 로버타 올든 양을 치지 않았다고 하나님 앞에서 맹세합니까?”

“맹세합니다. 절대로 그런 짓은 하지 않았습니다.”

“자의적(恣意的) 혹은 고의적으로 보트를 전복시키거나 혹은 그 밖의 방법으로 여자를 치사케 한 일도 없다는 것을 맹세합니까?”

“맹세합니다!” 크라이드는 열광적으로 부르짖었다.

“그것은 순전히 우연한 사고였다는 것을――피고인이 미리 음모한 바가 아니었다는 것을 맹세합니까?”

“네, 맹세합니다.” 이것은 거짓말이었다. 그러나 이렇게 자기의 생명을 지키려고 애쓰고 있는 그에게는 그것은 진실의 일부로만 생각되었다. 적어도 저 사고 그 자체는 그가 예측하지 않았던 일이며, 계획해서 한 일은 아니었다. 확실히 그것은 그의 계획에는 들어 있지 않았다. 그것만은 맹세할 수 있었다.

젭슨은 그 크고도 굳센 두 손으로 한번 쭉 얼굴을 쓸고 나서 멀쩡한 얼굴로 법정 안을 휘 한 바퀴 둘러본 다음 그 얇은 입술을 한 번 한 일 자로 다물었다가 태연한 말투로 이렇게 말했다.

“자, 이제는 이 증인을 검사측에 넘기겠습니다.”

25

이 직접 심문이 쭉 계속되는 동안 메이슨이 느낀 기분은 마치 짐승을 좇아가고 싶어 안달을 하는 테리아 사냥개나 막다른 길까지 여우를 추격한 폭스하운드 사냥개와도 같은 기분이었다. 그 모든 증언을 분쇄하고 그것이 처음부터 끝까지 거짓말투성이라는 것을 증명하고 싶은 예민한 충동으로 말미암아 안절부절못했다. 그래서 젭슨의 심문이 끝나기 무섭게 벌떡 뛰어 일어나서 피고인과 딱 맞섰다. 크라이드는 자기를 파멸의 함정으로 떨어뜨려 버리려는 욕망에 찬 그 맹호 같은 눈을 본 순간, 마치 신체적인 공격이라도 받은 것처럼 몸서리가 쳐졌다.

“그리피스, 당신은 저 보트 안에서 그녀가 당신을 향하여 달려들 적에 손에 카메라를 쥐고 있었지?”

"네."

"그리고 그녀가 고꾸라지며 비틀거렸을 때 당신은 우연히 그것으로 그녀를 치게 되었단 말이지?"

"네."

"당신은 빅 비턴의 호반 숲속에서 나에게 카메라를 가진 적은 절대로 없다고 한 것 같은데, 그때의 일이니까 벌써 잊어 버렸겠지?"

"천만에요, 기억하고 있습니다. 확실히 그런 말을 했습니다."

"그렇다면, 그건 확실히 거짓말이었군?"

"그렇습니다."

"그렇게까지 똑똑히 단언한 주제에 지금 와서 거짓말이라고?"

"내가 왜 그렇게 말했는지는 아까 설명했습니다."

"당신이 왜 그렇게 말했는지 아까 설명했다고! 옳지."

벨크납이 이의를 제기하려고 일어서려고 했으나 젭슨이 붙들어 앉혔다.

"그러나 이건 사실입니다."

"설마 여기서 또 뻔뻔스럽게 거짓말을 하리라곤 믿어지지 않는데…… 아무리 전기의자에서 도망을 치고 싶다고 해도 말야."

이 말에 크라이드의 얼굴이 창백해지며 전신이 부들부들 떨렸다. 시뻘겋게 퉁퉁 부은 눈꺼풀이 두서너 번 경련을 일으켰다. "어쨌든 맹세한 이상 거짓말은 안 하겠습니다."

"옳지, 맹세한 이상은 말이지. 다른 장소라면…… 다른 때라면 쉴 새 없이 거짓말을 하고 있지만 살인 혐의로 법정에 끌려나와 있을 때만은 다르다는 말이지?"

"천만에요, 그런 뜻이 아닙니다. 그러나 어쨌든 아까 말씀드린 것만은 사실입니다."

"그렇다면 당신은 정말로 그때 심경의 변화를 일으켰다고 성경에다 대고 맹세하는가?"

"네."

"올든 양이 아주 비탄에 젖어 있는 것을 보고서 마음의 동요를 일으켰단 말이지?"

"네, 그렇습니다."

"그러나 크라이드 군, 그 여자는 시골서 당신이 오기를 기다리고 있을 때 이 편지들을 썼지?"

"네."

"당신은 평균 하루 걸러서 그녀에게서 편지를 받고 있었지?"

"네."

"그렇다면 그 여자가 혼자서 어두운 나날을 보내고 있었다는 것을 당신은 알고 있었지?"

"네, 그러나 아까 설명한 대로……."

"음, 설명했다고! 변호사들이 당신을 위해서 설명해 주었단 말이지? 그들은 당신에게 이렇게 물으면 대답하라고 저 유치장에서 매일같이 연습시켰겠지?"

"천만에요, 그런 일은 전혀 없었습니다." 크라이드는 재빨리 젭슨의 눈치를 보면서 딱 잘라 말했다.

"좋아, 그러면 내가 당신에게 저 베아 호에서 그 여자의 사인을 물었을 때, 법정에서 대답한 것처럼 그때 대답했더라면 혐의를 받는 일도, 조사를 받는 일도, 또 여러 가지 조사를 하느라고 저렇게까지 수고는 안 했을 게 아니냔 말야? 이렇게 다섯 달 동안이나 끌면서 변호인들의 도움을 받아 모든 진술을 꾸며 낸 뒤인 현재보다도, 그때라면 일반 민중이 좀더 친절한 태도로써 피고인의 말을 들어주고 좀더 쉽사리 믿을 수도 있었으리라는 것을 피고인은 생각하지 못했단 말인가?"

"천만에요, 나는 변호인들의 도움을 받고서 진술을 꾸며 낸 것은 아닙니다."

크라이드는 간간이 젭슨의 얼굴을 바라보면서 여전히 버텼다. 크라이드가 시선을 돌릴 때마다 젭슨은 모든 정신력을 다하여 그를 성원하고 있었다. "그동안 사정은 아까 설명한 대로입니다."

"툭하면 이미 설명한 대로라고! 그러면 누가 속을 줄 알고!" 메이슨은 호통을 쳤다. 어이가 없어서 미칠 지경이었다. 이 허위 진술은 피고인에 대하여 충분한 방패가 되기 때문에 추궁을 당하여 꼼짝달싹못하게 되면 언제나 그 뒤로 가서 숨을 수 있다는 것을 메이슨은 잘 알고 있었다. 쥐새끼 같은 놈! 기소 사실을 진술하는 도중 그는 분풀이할 데가 없어 몸이 와들와들 떨렸다.

"그런데 당신은 그 여자를 만나러 갈 때까지, 즉 그 여자가 이 편지들을 당신에게 보내고 있을 때에 말야, 그와 같은 편지를 읽고서 불쌍하다고는 생각하지 않았나?"

"왜요, 물론 읽고서 불쌍하다고 생각했죠……." 크라이드는 잠시 머뭇거리다가 말을 맺었다. "적어도, 그 일부분에 관해서는."

"옳지, 이번엔 얼마간 불쌍하게 생각하게 되었다는 말로 바뀌었군. 조금 전 진술 땐 정말 불쌍하게 생각했다고 그러지 않았나?"

"네, 그렇게 생각합니다."

"그때에도 그렇게 생각했었느냔 말이야!"

"네, 그렇게 생각했습니다." 크라이드의 눈이 툭하면 불안스럽게 젭슨 쪽으로 달렸다. 그러면 젭슨은 힘있는 눈초리로 그를 격려했다.

"이 편지를 기억하고 있는가?" 메이슨은 이렇게 말하고서 편지 하나를 펴서 읽기 시작했다. "크라이드, 만일 당신이 와 주시지 않는다면 나는 정말 죽어버릴지도 모르겠습니다. 견딜 수 없이 쓸쓸합니다. 미칠 것만 같아요. 나는 차라리 어디로 멀리 사라져서 다시는 돌아오지 않겠어요. 그리고 다시는 당신을 귀찮게 굴어서는 안 되겠다고 생각하는 때도 있습니다. 그러나 당신이 편지를 쓰고 싶어하지 않는다는 것은 잘 알고 있으니까 이틀에 한 번씩 전화만 걸어 준다면 좀 낫겠습니다. 이렇게도 당신이 그립고, 당신의 격려의 말씀이 필요한 이때에 편지 한 장 안 주시니!" 메이슨의 음성이 눈물에 젖었다. 구슬픈 목소리였다. 그 목소리에 사무친 비애가 높고 좁은 법정 안에 입추의 여지도 없이 모여 있는 모든 사람의 가슴속을 굽이치며 크라이드의 가슴속을 쥐어뜯으며 흘러 갔다.

"당신에겐 이것이 전혀 슬프게 생각되지 않는단 말인가?"

"아뇨, 가엾게 생각됩니다."

"당시에는?"

"네, 그때도 그랬습니다."

"막다른 골목에 몰려서 쓴 것이라는 걸 당신은 알았겠지?"

"네."

"그렇다면 전화를 걸어 반드시 데리러 가겠다고 하면서 이 고독한 여성을 위로해 주지 못했느냔 말야? 당신이 빅 비턴 호의 한가운데서 마음의 동요를 느끼고 통감했다는 그 연민의 정의 몇 분의 1만이라도 느끼고 있었다면 그때 왜 그 여자에게 전화 한 번도 걸어 주지 못했느냔 말이야? 그때의 동정의 도수는 그 여자가 저 협박적인 편지를 써 보내던 때만큼 강하지 못했다는 것인가? 그렇지 않으면 그때에는 벌써 음모가 서 있어 너무 자주 전화를 걸면 세상 사람들의 주의를 끌까봐 무서웠기 때문인가? 리커거스에 있을 때엔 조금도 없었던 동정이 빅 비턴 호수 속에서 갑자기 그렇게도 강렬하게 솟아나왔다는 것은 도대체 어떻게 된 셈이지? 그 동정심이라는 것은 수도마개처럼 막았다 열었다 할 수 있는 물건인가?"

"과거에 그런 감정이 전혀 없었다고는 한 번도 말한 일이 없습니다." 크라이드는 젭슨의 재빠른 눈짓을 받고는 목소리를 돋우어 가며 이렇게 대답했다.

"어쨌든 당신은 그 여자가 기다리다 못해 공포심과 비참 속에서 협박적인 편지를 쓰지 않을 수 없이 될 때까지 내버려 두었지?"

"네……. 그녀를 정당히 대우해 주지 못했다는 것은 이미 말씀드린 그대로입니다."

"하, 하, 하! 정당하게라, 참 좋은 말이로군! 당신은 지금까지 우리들이 제시한 모든 증언을 콧방귀만 뀌고, 잘못했습니다, 미안합니다라고 사과만 하면 자유로운 몸이 되어 여기를 벗어날 수 있으리라고 생각하고 있느냔 말야?"

벨크납은 참다못해 벌떡 자리에서 일어나서 재판장에게 달려들 듯한 기세로 이의를 신청했다.

"재판장 각하, 이건 부당 행위라고 생각합니다. 지방검사가 질문을 빙자해서 연설을 늘어놓는 것을 그대로 내버려 두실 작정이십니까?"

"이의의 필요를 인정하지 않겠습니다." 재판장은 가볍게 그 이의를 일축해 버렸다. "검사도 정당한 질문의 영역을 이탈하지 않도록 주의해 주시오."

메이슨은 그 견책을 들은 둥 만 둥 또다시 크라이드에게로 향했다.

"빅 비턴의 한가운데서 보트를 타고 있을 때, 당신은 전에는 가지고 있지 않았다고 부인한 그 카메라를 가지고 있었단 말이지?"

"네."

"그때 그 여자는 보트의 고물에 있었나?"

"그렇습니다."

"자, 그러면 버튼 군, 그 보트를 안으로 가지고 들어오게." 이 같은 말이 떨어지기가 무섭게 지방검사의 4명의 조수가 재판장석 뒤에 있는 서편 문으로 나가서 곧 크라이드와 로버타가 타고 있던 보트를 들고 들어와서 그것을 배심원석 앞에다 놓았다. 크라이드는 순간 철썩 가슴이 내려앉으면서 눈을 크게 홉떴다. 바로 그 보트다! 호기심에 가득 찬 방청인들의 눈이 일제히 그리로 쏠리며 이상한 긴장과 동요가 일기 시작했다. 메이슨은 그때 카메라를 손에 들고 그것을 아래위로 흔들면서 외쳤다. "자, 그럼, 크라이드 군, 당신이 절대로 가진 일이 없었다는 카메라를 받아서 이걸 가지고 저 보트를 타고 배심원들에게 설명해 봐. 피고인은 바로 어디 앉아 있었으며 올든 양은 어디 앉아 있었는가를, 피고인은 바로 어느 장소에서 어떤 모양으로 올든 양을 쳤으며, 올든 양은 바로 어느 장소에서 어떤 모양으로 쓰러졌는지. 할 수 있거든 그런 것도 모두 설명해 보란 말이야."

"이의요!" 벨크납이 나섰다.

그 다음 오랫동안 지루한 법률 문답이 계속된 결과 어쨌든 이 증언의 방법을 잠시 허용한다는 재판장의 재정(裁定)으로 겨우 낙착되고 말았다. 그 결론이 나왔을 때 크라이드는 새삼스럽게 다음과 같이 언명했다.

"나는 절대로 고의적으로 그걸로 그녀를 때린 건 아닙니다." 이 말에 대하여 메이슨은 "피고인의 그러한 증언은 이미 아까 잘 들었으니까" 했고, 그 다음 크라이드는 하라는 대로 수차 명령을 받고서 마침내 보트 안에 들어와 한 복판에 앉았다. 앉아 있는 동안 배가 흔들리지 않도록 세 명의 조수가 꽉 붙잡고 있었다.

"자, 뉴콤, 이리 와서 올든 양이 앉아 있었다고 피고인이 말하는 장소에 앉게. 그리고 피고인의 설명대로 여자가 취했던 것과 똑같은 자세를 취하게."

"네" 하고 대답하고는 하라는 대로 뉴콤이 나와서 자리에 앉았다. 이때에 크라이드는 젭슨의 시선을 찾았지만 그는 등을 돌려 대고 앉아 있었기 때문에 보이지 않았다.

"자, 그리피스 군, 그러면 올든 양이 일어나서 피고인을 향하여 달려들던 그때의 모습을 뉴콤 씨에게 설명하여 그대로 하라고 지시해 보시오."

그래서 크라이드는 자리에서 일어섰는데 자기의 하는 일이 모두 거짓이며, 사람들에게 미움을 받고 있다는 것을 분명히 느끼면서 몹시 흥분하여 행동이 아주 어색하게만 보였다. 이 기괴망측한 장면이 그로 하여금 말할 수 없을 만큼 어색한 태도를 가지게끔 한 것이었다. 그는 일어서서 로버타가 반은 걷고 반은 기어서 자기 앞으로 오다가 앞으로 넘어지며, 비틀거리며 쓰러지던 때의 모습을 뉴콤에게 설명하려고 했지만, 이상한 그 장소의 분위기가 그의 설명을 믿을 수 없을 만큼 어색하게 만들었다. 다음에 그는 카메라를 손에 들고 기억을 더듬으면서 어떤 모습으로 그의 팔이 뻗었고 그것이 어떻게 로버타를 때렸는가를 몸짓으로 설명하려고 했다. 그는 카메라가 그녀의 어디를 때렸는지—턱인지 볼인지—똑똑히 기억하고 있지 않았지만 물론 고의로 때린 것은 아니었고, 그것이 그녀에게 상처를 입히리만큼 심하게 때리지는 않았다고 그 당시에는 생각했었다. 그러나 여러 가지를 실제로 재현해 본 끝에 세세한 동작까지는 똑똑히 기억해 낼 수 없다고 크라이드가 말하자, 새삼스럽게 이런 증언을 요구한다는 것은 부당한 일이라 하여 벨크납과 메이슨 사이에 맹렬한 논쟁이 벌어졌다 그러나 결국 오버왈처 재판장은 가벼운 자세를 취하고 있는 사람을 쓰러뜨리려면 가볍게 치거나 밀어뜨림으로써 족하느냐, 혹 힘을 들여서 치거나 밀어뜨려야만 되느냐 하는 정도를 상대적으로 증명할 수 있으니까 실제로 재현해 볼 만한 가치가 있다는 생각에서 이 증언은 허락되었다.

"그러나 뉴콤과 같은 체격이 좋은 사나이를 상대로 하여 그와는 신장도 체중도 문제가 안 되는 올든 양과 같은 여성의 경우에 생긴 일을 여기서 실연한다는 것은 도대체 말이 안 됩니다" 하고 벨크납이 집요하게 반대했다.

"그렇다면 올든과 신장도 체중도 비슷한 여성을 불러 오기로 합시다." 메이슨은 곧 질라 손더스를 불러내어 배에다 앉혔다. 그러자 벨크납은 이번에는 이런 이유로써 반대했다.

"안 됩니다. 그것도 역시 안 될 말입니다. 조건이 다르니까요. 이 보트가 물에 떠 있는 것이 아니니까요. 따라서 두 사람이 우연히 충돌했을 경우의 반작용, 즉 몸의 반동이 달라집니다."

"도대체 당신은 이 실연을 허가한다는 것을 거부하는 거요?" 이 반문을 한 사람은 메이슨이었는데, 그는 비웃는 표정으로 이 말을 하고 있었다.

"천만에, 당신이 굳이 하고 싶다면 몇 번이라도 해보시구려. 누가 보든지 소용 없는 일이라는 것을 난 말할 뿐이니까." 벨크납도 지지 않았다.

이리하여 크라이드는 메이슨의 지시에 따라 그가 로버타를 우연히 떠밀었을 때와 똑같은 정도의 힘으로—물론 그것은 그의 추측에 지나지 않았지만—질라를 떠밀었다. 그녀는 약간, 그저 약간 뒤로 비틀거리다가 곧 보트 양편 뱃전을 붙들었다. 그래서 아주 쓰러지지는 않았다. 따라서 배심원은 그것에 반대하는 벨크납의 논거(論據)를 인정하면서도 크라이드가 실제로 좀더 참혹한 방법을 취한 것이 아닐까 하는 인상을 받았다. 그는 유죄가 되어 죽음의 판결을 받게 되는 것을 두려워한 나머지 엉터리 증언을 하여 속이려고 하고 있는 것이 아닌가 하는 생각이 배심원의 전원의 머리를 지배했다. 그녀가 상당히 강력한 힘으로 안면을 얻어맞았고, 그 밖에 두부에도 일격을 받았다는 의사의 증언이 있지 않았나? 더구나 버틴 버얼리는 카메라에 머리카락이 꽂혀 있는 것을 발견했다고 증언하고 있다. 그리고 저 부인이 들었다고 하는 비명은 도대체 어떻게 된 것일까? 어떻게 해결하면 좋을까?

그러나 그날 공판은 이례적인 실증(實證)을 마지막으로 휴정되고 말았다.

이튿날 아침 메이슨은 여전히 싱싱하고 정력적이며 악의적인 모습으로 법정에 나타나, 나무 방망이 소리와 함께 위세도 등등하게 자리에서 일어섰다. 한편 크라이드는 감방에서 비참한 하룻밤을 지내고 나서 ── 물론 젭슨과 벨크납이 와서 많이 격려해 준 탓도 있겠지만 ── 될 수 있는 대로 냉정한 태도와 차근차근한 태도와 천진스러운 표정을 갖자고 결심했다. 그러나 가슴속에서는 맥이 풀렸다. 이 지방의 인심은 완전히 자기에게 불리하여 다들 자신의 유죄를 믿고 있다는 것을 그는 잘 알고 있었기 때문이다.

이날 재판은 메이슨의 매섭고 사나운 심문으로 시작되었다.

"당신은 아직도 심경의 변화를 일으켰다는 것을 주장하는가, 그리피스군?"

"네, 주장합니다."

"일단 물에 빠진 사람도 다시 살아나는 수가 있다는 것을 몰랐는가?"

"네? 무슨 말씀인지 잘 모르겠습니다."

"즉 물에 빠져 물 속에 가라앉아 떠오르지 않았을 경우, 얼마간 시간이 지난 후에 건져내도 구급법(救急法)을 써서, 다시 말하면 두 팔을 운동시키면서 통나무나 통을 몸 아래에다 놓고서 몸을 굴리고 해서 다시 소생시킨다는 이야기는 물론 피고인도 잘 알고 있을 테지. 그런 소리를 들어본 일이 있는가?"

"네, 들은 것 같습니다. 일단 익사한 사람도 소생된다는 이야기는 들은 일이 있습니다. 그러나 어떻게 그것을 하는지는 몰랐습니다."

"전혀 들은 적이 없나?"

"네, 없었습니다."

“물 속에 빠졌더라도 어느 정도의 시간 내에는 살아날 수 있다는 것을 전혀 들은 적이 없었단 말이지?”

“네.”

“이를테면 십오 분 동안이나 물 속에 있다가 나와도 살아날 수 있다는 이야기를 들어본 일이 없는가?”

“없습니다.”

“그렇다면 피고인 자신이 둑에까지 헤엄쳐 나온 뒤에 구원을 청해서 그녀를 구해야겠다는 생각이 머리에 떠오르지 않았는가?”

“그런 생각은 전혀 머리에 떠오르지 않았습니다. 벌써 그녀는 죽은 줄로만 생각하고 있었습니다.”

“옳지, 그러나 만일 그녀가 아직도 수면에서 허우적거리고 있다면 어떻게 하지? 당신은 꽤 헤엄을 잘 치지?”

“네, 잘 칩니다.”

“그럴 테지. 옷을 입고, 신을 신은 채 5백 미터나 둑까지 헤엄쳐 나올 정도니까. 그렇지?”

“네, 대략 그 정도의 거리였습니다.”

“정말이지 당신은 참 헤엄을 잘 치는군. 전복된 배까지 불과 45피트밖에 안 되는 거리도 헤엄쳐 갈 수 없는 사람으로서는 참 잘 친 헤엄인데.” 메이슨이 따지고 들었다.

여기서 젭슨은 이 논평을 철회케 하자는 벨크납의 제안을 물리치고 말았다.

그 다음에는 크라이드가 보트를 젓고 헤엄을 친 경험담을 세밀히 심문했다. 카누와 같은 전복의 위험성이 많을 보트를 타고 호수로 몇 번이나 나갔으며, 어떻게 해서 한 번도 사고를 일으킨 일이 없었는가, 그러한 것까지도 세심히 물었다.

“피고인이 처음으로 로버타를 데리고 크럼 호에서 탄 배도 역시 카누였지?”

“그렇습니다.”

“그런데 그땐 사고가 일어나지 않았었군?”

“네.”

“그땐 몹시 여자의 신변을 조심했단 말이지?”

"그렇습니다."

"그러나 빅 비턴에서 안전한 둥근 밑창을 댄 이 보트가 전복하여 그녀가 익사한 날에는 당신은 이미 그 여자의 신변을 전혀 조심해 주지 않았단 말이지?"

"그때의 제 기분과 감정은 이미 설명한 대로……."

"어쨌든 피고인이 여자를 떼어 버리려고 애쓰고 있던 것은 틀림없지? 당신은 그녀가 죽으면 곧장 또 하나의 여자 곁으로 달려갈 심보였을 테니까. 그것도 부인하는가?"

"어째서 그런 짓을 했는지는 이미 설명했습니다." 크라이드는 똑같은 말을 되풀이할 뿐이었다.

"설명을 했다고, 설명을! 그래 공정한 마음과 똑똑한 제정신을 가진 사람이라면 그따위 설명을 믿어 줄 줄 아는가?" 메이슨은 화가 치밀어올라 전후의 분별도 없이 부르짖었다. 크라이드는 그 말에는 대꾸도 하지 않았지만 재판장은 젭슨의 이의 신청을 예상하고 "이의 시인!" 하고 외쳤다. 그러나 메이슨은 그런 것에는 아랑곳도 없이 말을 이었다. "당신은 설마 배질이 서툴러서 실수로 전복시키고 만 것은 아닐 테지?" 크라이드 쪽으로 몸을 내밀고는 곁눈으로 흘겨보았다.

"천만에요, 절대로 부주의는 아니었습니다. 어떻게 할 수 없는 사고였습니다." 크라이드는 창백한 얼굴에 피로의 빛을 보이면서도 극히 냉정하게 대답했다.

"흥, 사고라고? 이를테면 캔자스시티에서 발생했던 거와 같은 돌발사고란 말이지? 피고인은 그런 종류의 돌발사고에는 아주 만성이 되어 있는 모양이로군. 어때, 그리피스 군?" 비웃는 말투로 반문했다.

"사건 발생의 경로는 이미 말씀드렸습니다." 불안을 감추지 못하는 떨리는 목소리였다.

"흥, 피고는 여자의 치사 사건과는 인연이 깊군. 상대가 죽으면 언제나 곧 달아나는 버릇이 있는 모양이로군."

"이의 신청!" 벨크납이 부리나케 뛰어 일어서며 부르짖었다.

"이의 시인." 재판장이 날카로운 목소리로 주의를 주었다. "이 공판은 다른 사고를 심리하기 위해서 열리는 것은 아닙니다. 검사측은 심문 내용을 좀더 본사건에 국한해 주길 바랍니다."

"그렇다면, 그리피스군." 메이슨은 속으로 쾌재를 부르짖으며 질문을 계속했다. 캔자스시티 사건에 관한 증언으로 젭슨에게 사과한 앙갚음을 할 수 있었기 때문이다. "피고인의 우연한 공격이 있은 뒤에 배가 전복되어 피고인과 올든 양이 모두 물에 빠졌을 때 두 사람의 거리는 얼마나 되었지?"

"글쎄요! 그땐 정신이 없어 몰랐습니다."

"그리 떨어져 있진 않았겠지? 고작 1피트 아니면 2피트 정도였을 테지……. 보트 안의 두 사람의 위치에서 판단하여."

"자세히 모르겠습니다만, 아마 그랬을지도 모릅니다."

"그렇게 해줄 의사만 있었다면 여자를 붙들어 끌어당길 수 있을 만큼 접근해 있었을 테지, 필경. 그녀가 막 배에서 떨어지려고 할 때 피고인이 벌떡 뛰어오른 것은 그 때문이 아니었는가?"

"네, 내가 뛰어오른 것은 바로 그 때문이었습니다." 무거운 말투였다. "그러나 보트에서 물 속에 빠진 직후 나는 일단 물 속에 가라앉았다가 그 다음 또다시 떠올랐을 때에는 그녀와의 거리는 상당히 떨어져 있었습니다."

"상당히란 정확하게 말하면 얼마나 되지? 여기서부터 배심원석 저기까지의 거리인가? 그렇지 않으면 한복판 정도까지인가? 혹은 그 반만한 정도인가?"

"글쎄요, 정확하게 기억이 없습니다만 여기서부터 저 끝까지의 거리였을지도 모릅니다." 그는 적어도 거리를 8피트나 늘여서 아무렇게나 꾸며 댔다.

"뭣이, 정말야?" 메이슨이 일부러 깜짝 놀란 듯한 표정을 지어 보였다. "아니, 보트가 거기서 전복하여 당신들 둘이 함께 물 속에 빠졌는데, 당신이 떠올랐을 땐 여잔 20피트나 떨어져 있었다는 거야……. 피고인의 기억은 형편에 따라 자기에게 유리하게만 변한단 말이지?"

"어쨌든 떠올랐을 때엔 나에게 그렇게 보였으니까요."

"그렇다면 보트가 전복되어 두 사람이 물 위에 떠올랐을 때 보트와 피고인과의 거리는 어떻게 되어 있었지? 여기 보트가 있는데 피고인은 여기서부터 저기 저 방청석 어느 근처에 있었느냐 말이오?"

"글쎄요, 떠올랐을 땐 정신이 없었으니까 정확한 건 모릅니다만……." 크라이드는 뒤돌아보며 자신 없는 눈으로 문간을 쳐다볼 뿐이었다. 검사가 그를 함정에 빠뜨리려고 하고 있다는 것은 너무나도 확실한 일이었다. "여기서부터……글쎄요, 대개 당신 책상 너머 저 목책까지 정도의 거리는 될 것입니다."

"그러면 30내지 35피트 정도였군." 교활한 말투로 다짐을 두었다.

"네, 그렇게는 될 겁니다, 자세히는 몰라도."

"자, 그렇다면 피고인은 거기에 있고, 보트는 여기에 있다고 하면 올든 양은 그때 어느 곳에 있었지?"

이때 크라이드는 불현듯 메이슨이 어떤 기하학적인 문제를 머릿속에다 그리고는 그것에 의하여 자기의 범죄 사실을 구성하려 하고 있음이 분명하다는 것을 눈치채었다. 그것을 눈치채자 그는 즉시로 경계하는 눈초리로 젭슨 쪽을 바라보았다. 그러나 로버타를 얼마만한 거리로 떨어뜨려 놓아야 할까를 당장에 판단한다는 것은 어려운 일이었다. 그녀가 헤엄을 칠 줄 모른다고 자기 입으로 말하지 않았는가? 그렇다면 그녀는 자기보다는 더 보트에 가까운 위치에 있지 않았을까? 확실히 그랬었을 것이다. 옳지, 그것이 좋겠다……. 그래서 흥분한 나머지 그녀는 검사가 말하는 거리의 절반 거리에 있었다고 하는 것이 제일 좋은 답변일 것이라고 속단을 내렸다. 그래서 그대로 말해 버렸다. 그랬더니 메이슨은 기다리고 있었다는 듯이 즉석에서 달려들었다.

"옳지, 그렇다면 그 여잔 피고인 또는 보트로부터 15피트 이상은 떨어져 있지 않았었겠군그래."

"네, 그럴지도 모릅니다. 아마 그럴 겁니다."

"그렇다면 당신은 그렇게 가까운 거리에 있는 그녀 옆까지 헤엄쳐 가서 그녀를 부축하여 15피트 저쪽에 있는 배까지 끌어올 수 없었단 말인가?"

"전에도 말씀드렸지만 물 속에서 솟아올라 보니 머리가 얼떨떨한데다 그녀가 막 손을 내젓고 어찌나 무섭게 고함을 지르는지……."

"그러나 보트가 있지 않았나. 피고인 설명에 의하면 35피트도 떨어져 있지 않는 거리에. 하기야 그 짧은 시간에 보트가 35피트까지 떠내려갔다는 것도 알 수 없는 얘기고. 그것은 어쨌든 나중에 육지까지 5백 피트나 헤엄쳐 나갈 수 있는 피고인이 보트까지 헤엄쳐 가서 보트를 밀어다가 여자를 구해 줄 수 없었단 말인가? 여자는 가라앉지 않으려고 무진 애를 쓰고 있었다고 하지 않았나?"

"네, 그래도 난 그땐 완전히 겁에 질려서 그만……." 이렇게 말하며 그는 배심원과 입추의 여지도 없이 꽉 차 있는 방청인들의 독살스러운 시선이 자기에게 집중되어 있는 것을 느끼면서 비통한 어조로 호소했다. "그래서…… 저…… 그래서." 법정 안의 모든 사람이 벌써 자기를 의심하고 자기의 말을 곧이들어주지 않는 공기가 마치 어떤 무거운 힘처럼 그를 내리누르고 있었으므로 기력이 까부라져서 자꾸만 말을 더듬고 있었다. "어떻게 해야 좋을지 당장에 판단이 서지 않았습니다. 그리고 괜히 그녀 곁으로 가다간……."

"알겠소, 정신적으로도 도덕적으로도 겁쟁이란 말이지." 비웃는 투였다. "더구나 망설이는 것이 유리할 땐 망설이고 재빨리 해치우는 것이 유리할 땐 재빨리 해치운단 말이지, 그렇지?"

"천만에요."

"그렇다면 어디, 이건 어떻게 설명한다? 피고인은 육지에 오른 다음 숲 속 길을 달아나기 전에 카메라 다리를 감출 만한 침착성이 있는 사람이, 그녀를 구하는 마당에는 허겁지겁 서둘러 아무것도 못 했다는 것은 도대체 어떻게 된 셈이지? 둑에 오르자 냉정해져서 생각을 짜낼 수 있게 되었다는 것을 도대체 어떻게 설명하지?"

"그런 다시 말하면…… 요전에 말씀드린 것처럼 둑에 오르고 보니 그렇게 할 수밖에 딴 길이 없다고 생각했습니다."

"그 얘긴 벌써 들어서 알고 있어. 근데 말야, 물 속에서 그렇게 정신을 잃었다는 사람이 어떻게 육지에 올라서자마자 별안간 정신을 차려서 다리를 묻어 둘 만큼 치밀해질 수 있는지 아무리 생각해 봐도 이상하지 않느냔 말야. 여간 냉정하지 않고선 그런 생각이 떠오르지 않았을 텐데. 한 가지 일에 대해선 그렇게 신중하게 생각이 잘 나고, 불과 2, 30분 전엔 아무것도 생각나지 않았다니 세상에 그럴 수도 있나?"

"네…… 그렇지만……."

"피고인은 심경의 변화를 일으켰다고 운운하지만 실은 그건 새빨간 거짓말이야. 사실은 여자가 살아나는 것을 원치 않았단 말야, 그렇지?" 이러면서 메이슨은 호통을 쳤다. "그게 본심이었지? 여자는 피고인이 원했던 대로 물에 빠졌으니, 에라 잘됐다, 그냥 내버려 두자 하고 그냥 내버려 둔 거지! 그렇지?"

메이슨이 전신을 부들부들 떨며 고래고래 소리를 질렀다. 한편 크라이드는 눈앞에서 그때의 보트를 보니, 로버타의 마지막 순간의 처참한 눈과 비통한 비명소리가 생생하게 되살아나 저도 모르게 의자 속에서 몸이 오므라들며 움츠러들었다. 메이슨의 해석이 그때의 기분을 참으로 정확하게 알아맞히었기 때문에 그를 완전히 새로운 공포 속에다 몰아 넣고 만 것이다. 로버타가 물에 빠졌을 때에 그녀를 구해 내야겠다는 생각이 통 머리에 떠오르지 않았다는 말을 그는 과거에 한 번도, 심지어 젭슨이나 벨크납에게도 자백한 일이 없었던 것이다. 구하려고는 생각했지만 너무나도 돌발사고였기 때문에 정신이 얼떨떨한데다가, 여자가 어찌나 고함을 지르고 비명을 올리는지 그만 질리고 말아 그녀가 빠져 죽을 때까지 어찌할 도리가 없었다고 설명해 온 것이다.

"나는…… 나는 그녀를 구해 주고 싶었지만." 답변에 궁해 얼굴이 창백해졌다. "그러나…… 그러나…… 전에도 말씀드린 것처럼 그만 정신이 얼떨떨해서…… 그만…… 그만."

"피고인! 피고인은 지금 거짓말을 하고 있다는 것을 모르는가?" 덮쳐 누를 듯이 몸을 앞으로 쑥 내밀고, 굵은 두 팔을 높이 쳐들며, 일그러진 얼굴을 한층 더 찡그리고는 마치 괴물 형상을 하고 있는 복수 여신처럼 눈을 부라리며 고함을 질렀다. "피고인은 자기 자신의 생명을 구하기 위해서는 5백 피트나 되는 거리를 헤엄치고 있으면서도 50피트만 헤엄치면 간단히 그 여자를 구해 낼 수 있었을 텐데 그것을 하지 않고, 저 가엾은 고민스런 여성이 물에 빠진 것을 일부러 냉혈적 간지(奸智)로써 그대로 내버려 두었다는 것을 이 마당에서도 아직 고백하지 않으려고 드는가!" 메이슨은 크라이드의 태도와 표정을 보고서 그가 어떻게 해서 로버타를 죽였는지를 확실히 알았다는 확신을 굳게 했으며, 될 수만 있다면 여기서 그로 하여금 그것을 자백케 하고 싶었던 것이다. 이때에 벨크납이 벌떡 자리에서 일어나, 검사는 배심원들 앞에서 피고인의 입장을 너무도 불리하게 만든다고 이의를 제출했다. 그래서 피고인은 오심(誤審)을 받아왔으니 재심할 필요가 있다고 주장했으나, 오버왈처 재판장은 이의를 기각해 버리고 말았다. 크라이드는 그 동안 답변을 생각할 시간의 여유가 있었지만 결국은 다만 지극히 공손하고도 힘없는 목소리로 다음과 같이 부정할 뿐이었다. "아닙니다, 아닙니다! 그렇진 않습니다. 나는 될 수 있으면 그녀를 구해 주고 싶었습니다." 그러나 그렇게 대답하는 그의 태도는 모든 배심원이 느끼고 있던 그대로 사실을 속이고 있는 사나이의 그것으로밖에는 생각되지 않았다. 확실히 그는 벨크납이 주장하는 것처럼 정신적 · 도덕적인 겁쟁이일는지 모르나, 그뿐만 아니라 로버타를 죽인 죄에 스스로 제발이 저려 부들부들 떨고 있는 것처럼 보였고 육지에까지 헤엄쳐 갈 수 있을 만큼 수영의 명수인 그가 어찌하여 그녀를 구해 낼 수 없었단 말이냐? 적어도 그는 보트 있는 데까지 헤엄쳐 가서 그것을 그녀 쪽으로 밀어다가 그녀가 그것을 붙잡을 수 있게는 할 수 있지 않았을까?

"그 여잔 고작 해서 체중이 1백 파운드밖에는 되지 않았을 게 아냐?" 열에 들뜬 것처럼 심문은 계속되었다.

"네, 그럴 테죠."

"그 당시의 피고인의 체중은?"

"140파운드 정도였습니다."

"그래 이 사람아, 140파운드나 되는 사내 대장부가 겨우 1백파운드밖에 안 되는, 그나마도 병들고 약하고 물에 빠진 조그만 여자 하나가 무서워서, 곁에 가면 같이 물에 끌려들어갈까봐 가지 못했단 말야?" 이렇게 비웃는 투로 말하며 메이슨은 배심원석 쪽으로 얼굴을 돌렸다. "더구나 세 사람이나 네 사람쯤 능히 탈 수 있는 튼튼한 보트가 바로 15피트나 20피트 저쪽에 있었는데! 이건 어찌 된 셈이지?"

그는 그것을 강조하고 감명을 깊이 하기 위해서 여기서 잠시 말을 끊고는 포켓에서 커다란 손수건을 꺼내어 목덜미와 얼굴과 팔목의 땀을 씻었다. 사실 거기에는 흥분과 열변으로 인하여 구슬 같은 땀이 축축이 배어 있었다.

"버튼 군, 이 보트를 치워 주지 않겠나. 당분간은 필요가 없을 테니까."

네 명의 조수가 곧 그것을 가지고 나갔다.

메이슨은 또다시 몸을 바로잡고는 크라이드 쪽으로 향했다. "피고인은 로버타 올든의 머리칼의 빛깔이며 촉감을 잘 알고 있을 테지? 그 여자와는 그만큼 친밀한 관계였으니까."

"네, 빛깔은 알고 있습니다. 대체로 기억하고 있습니다." 크라이드는 낯을 찡그리면서 대답했다. 등골에서 차디찬 것이 흘러내려갔다. 옆에서 보더라도 고민의 표정이 눈에 띄게 변했다.

"촉감도 잘 알고 있을 테지?" 메이슨이 집요하게 육박해 들어갔다. "X양이 나타날 때까지는 밤마다 그것을 쓰다듬어 주었을 테니까."

“했건 안 했건 지금은 잘 생각나지 않습니다.” 크라이드는 젭슨의 눈짓에서 무슨 암시를 받고는 이렇게 대답했다.

“아냐. 대강 촉감으로 말야. 그걸로 괜찮아. 이를테면 거칠다든지, 곱다든지, 촉감이 비단결 같다든지 무명결 같다든지 그런 정도는 기억하고 있을 게 아냐?”

“네, 비단결 같았습니다.”

“옳지, 그럼 여기 바로 그 머리칼이 있는데.” 이렇게 말하고서 크라이드를 불안 속으로 떨어뜨린 후에 천천히 테이블 위에 있는 봉투를 손에 들고 안에서 긴 담갈색 머리칼 다발을 꺼냈다. “자, 이와 같지 않을까, 그 여자 머리칼이?” 그러자 크라이드는 깜짝 놀라서 마치 무슨 불결한, 혹은 위험한 물건이라도 본 것처럼 무심코 몸을 뒤로 움찔했다. 그러나 다음 순간 배심원들이 자기의 태도를 눈치채는 것을 보고 시급히 평정을 회복하려고 애썼지만 벌써 배심원들의 뚫어질 듯한 눈이 그것을 재빨리 간취한 뒤의 일이었다. “그렇게까지 무서워할 게 없잖아.” 냉소적인 비꼬는 말투였다. “그까짓 죽은 애인의 머리카락을 가지고.”

크라이드는 그 말에 가슴이 덜컥 내려앉으며, 배심원의 호기심에 찬 시선을 느끼면서 그것을 받아들었다. “어떻소? 그 빛깔이나 촉감이 피고인의 애인의 머리칼과 똑같지 않소?”

“느낌이 비슷하군요.” 겁먹은 목소리였다.

“자, 그럼, 이번에는 이걸 보시오.” 이러고서 메이슨은 급히 테이블로 달려가 버얼리가 뚜껑과 렌즈 사이에다 로버타의 머리칼을 꽂아놓은 카메라를 손에 들고 돌아와 그것을 크라이드에게 들이대면서, “잠깐 이 카메라를 가지고 있어 보시오. 이건 아무리 당신이 그렇지 않다고 우겨대도 당신의 카메라일 것임에 틀림없으니…… 거기 머리칼이 두 개 끼여 있는 것을 자세히 보시오. 보이지? 잘 봐!” 그는 그것으로 크라이드를 칠 듯한 기세로 불쑥 내밀었다. “그 머리칼은 피고인이 그 카메라를 가지고 그녀의 얼굴에다 그 모든 상처를 낼 만큼 가볍게 그녀의 머리를 쳤을 때에 아마도 묻어 들어온 모양 같은데, 그 머리칼이 그녀의 것인지 아닌지 어디 배심원 여러분에게 똑똑히 설명할 수 없을까?”

“설명 못 하겠습니다.” 힘없는 목소리였다.

“뭐라고? 자, 어서 대답해 봐. 그렇게 도덕적·정신적 겁쟁이 노릇은 제발 그만두고……어때, 그녀의 머리칼인가 아닌가?”

“대답할 수 없습니다.” 머리칼을 보려고도 하지 않으며 같은 말만 되풀이했다.

“어쨌든 한 번 보란 말야, 봐. 이 둘을 비교해 봐. 이것이 그녀의 머리칼이라는 것은 알고 있어. 또 이것이 카메라에 꽂혀 있었던 것도 알고 있고. 그리 벌벌 떨 건 없잖아. 당신이 그 여자가 살아 있을 땐 늘 만져 주던 머리칼인데. 그 여잔 지금 죽어서 없어졌단 말야. 알지? 깨물지는 않아. 어때, 이 두 머리칼은——이것과 그 여자의 머리칼과는 빛깔부터 촉감에 이르기까지 꼭같지 않느냔 말야. 자, 잘 좀 봐! 그리고 어서 대답 좀 해보시지! 그 여자의 것인가 아닌가, 어때?”

크라이드는 벨크납이 연방 눈짓으로 암시를 했건만 이렇게까지 압박을 받고 보니, 기어이 머리칼을 보고 심지어 만져 보기까지 할 수밖에 없었다. 그러나 대답만큼은 매우 신중했다. “암만 해도 모를 것 같습니다. 빛깔도 촉감도 약간 비슷한 것 같기는 해도 잘은 모르겠습니다.”

“어허, 모르겠다고? 당신이 이 카메라를 가지고 잔인무도하게 그녀를 때렸을 때 거기 꽂힌 것이라는 것을 잘 알고 있으면서도 뻔뻔스럽게 딴 소리야?”

“천만에요, 난 그녀를 힘껏 때린 기억은 없습니다.” 크라이드도 그렇게 강경히 반박하고 나서 젭슨 쪽을 흘끗흘끗 살피면서 덧붙였다. “그러니까 그 질문에 대답할 수 없다는 겁니다.” 그는 이런 놈한테 그까짓 것을 가지고 벌벌 떨 것이냐고 자기 자신에게 타일러 보았지만 기력이 빠지고 불안 속에 빠지는 것을 어찌할 수가 없었다. 한편 메이슨은 무엇보다도 그에게 심리적인 타격을 준 것을 기쁘게 여기고는 속으로 쾌재를 부르면서 카메라와 머리칼을 테이블 위에 놓은 후 다시 말을 이었다.

“어쨌든 이 머리칼이 물 속에서 발견된 카메라 틈에 끼여 있었다는 것은 당사자의 증언에 의하여 이미 충분히 입증된 바요. 그리고 카메라가 물에 떨어지기 전에 마지막까지 피고인의 손안에 있었다는 것은 피고인 자신이 증언한 바고.”

메이슨은 옆을 둘러보며 크라이드를 괴롭힐 수 있는 새로운 무슨 문제는 없을까 하고 생각한 다음에 또다시 입을 열었다.

"그리피스 군, 숲속을 남쪽을 향해서 걸어간 모양인데, 스리마일 베이에 도착한 건 몇 시경이었지?"

"새벽 네 시경이라고 생각합니다. 아직 먼동이 트기 전이었으니까요."

"그럼, 그 시간과 거기서 기선이 떠나던 시간 사이에 무엇을 했었지?"

"그저 여기저기 걸어다니고 있었습니다."

"스리마일 베이의 거리를?"

"아뇨, 거리 밖입니다."

"숲속에서 기다리고 있었단 말이지. 수상하게 생각될까봐 마을 사람들이 일어나기까지 숲속에서 기다리고 있었다는 거지."

"해가 뜰 때까지 기다리고 있었습니다. 몹시 피곤했기에 앉아서 잠시 쉬었습니다."

"편히 쉬며 즐거운 꿈이라고 꾸었는가?"

"피곤해서 잠깐 눈을 붙였을 뿐이었습니다."

"그런데 어떻게 그렇게 잘 그 기선의 내용이며, 배 떠나는 시간이며, 스리마일 베이 일대의 지리며 그런 것을 알고 있었지? 아마 미리 조사해서 아주 정통해 두었던 모양이군?"

"그 근처에 사는 사람이라면 사론에서 스리마일 베이로 가는 배에 관해서 모르는 사람이 없습니다."

"호오, 그런가. 그 밖에 딴 이유는?"

"그리고 우리들 둘이 결혼할 장소를 어디로 할까 하고 찾고 있을 때에 봐둔 장소입니다." 그럴 듯하게 꾸며 댔다. "그러나 거기까지는 기차가 통하지 않는 걸 알고 있었기 때문에 그만두었습니다. 사론밖엔 가 본 일이 없습니다."

"그러나 그 마을이 빅 비턴 남쪽에 있다는 것은 알고 있었지?"

"네, 알고 있었나 봅니다."

"또 건 롯지에서 서쪽으로 빠지는 길로 가면 빅 비턴 아래쪽 끝을 돌아서 남쪽으로 해서 건 롯지에 도로 돌아갈 수 있다는 것도 알고 있었지?"

"그곳에 가서야 그런 길이 있다는 것을 비로소 알았는데……그것이 본도(本道)라는 건 몰랐습니다."

"옳지, 그러면 당신은 숲속에서 세 사람을 만났을 때 스리마일 베이까지 거리가 얼마나 되느냐고 물었다는데 그런 건 물을 필요가 없었잖아?"

"나는 그렇게는 묻지 않았습니다." 크라이드는 젭슨한테서 지시를 받은 대로 답변했다. "스리마일 베이로 가는 길을 묻고, 여기서부터 대강 얼마나 되느냐고 물었습니다. 정말로 그런 길이 있는지 없는지는 몰랐으니까요."

"그건 그 세 사람의 증언과는 틀리지 않나?"

"그 사람들이 뭐라고 증언했는지는 모르겠습니다만 어쨌든 난 그렇게 물었습니다."

"당신 말투로 하면 마치 여기 나온 증인들은 모두가 거짓말쟁이고 당신만이 사실을 말하는 사람 같은데……그런가, 그런 셈인가, 그건 아무래도 좋겠지. 자, 그러면 다음, 스리마일 베이에 도착한 후 어느 식당으로 들어가서 식사를 했겠지? 꽤 배가 고팠을 텐데."

"그다지 배고프지 않았습니다." 짤막하게 대답했다.

"당신은 어서 빨리 이 마을을 벗어나고 싶었겠지. 그렇지? 숲속에서 만난 세 사람이 빅 비턴에 가서 올든 양의 이야기를 듣고 당신을 도중에서 만났다고 보고할 것이 두려웠을 테지?"

"아닙니다. 그렇진 않았습니다. 그곳에 언제까지 있어 싶지 않았던 것입니다. 그 이유는 이미 말씀드린 대로입니다."

"옳지, 그러나 사론에 도착하여 다소 마음이 놓이자——꽤 멀어진 셈일 테니까——당신은 시각을 다투어 아침식사를 단숨에 먹어치웠겠지. 그렇지? 밥맛이 꿀맛 같았을걸."

"그건 모르겠습니다. 샌드위치에 커피 한 잔을 마셨을 뿐입니다."

"파이도 한 개 먹고. 이미 여기서 증언된 대로." 메이슨이 덧붙였다. "그리고 그 다음 피고인은 지금 막 앨바니에서 오는 길이라는 듯이 시치미를 딱 떼고서 정거장에서 밀려나오는 군중 속에 섞여서 나왔단 말이지, 내 말이 틀리나?"

"네, 그렇습니다."

"그러나 그것은 바로 전에 심경의 변화를 경험한 실로 순진한 사람치고는 좀 지나치게 경계심이 강한 태도인데. 그런 모양으로 자취를 감추기도 하고, 어둠 속에 숨기도 하고, 앨바니에서 막 온 것처럼 꾸며 보이기도 한다는 것은?"

"그 점은 모두 이미 설명했습니다."

메이슨의 다음 책략은 마치 로버타가 세 군데 여관에서 각기 다른 사나이들과 3일 동안이나 불륜 관계를 계속한 것처럼 보이도록 꾸며서 서명을 한 점을 들쑤셔서 그에게 톡톡히 망신을 주자는 계획이었다.

"어째서 딴 방에 들지 않았지?"

"여자가 그것을 원하지 않았기 때문입니다. 그녀는 나와 같은 방에 있고 싶다는 겁니다. 뿐만 아니라 돈도 그리 넉넉하지 못했구요."

"그렇다 할지라도 그때는 조금도 그녀의 체면을 생각해 주지 않았던 피고인이, 그 여자가 죽고 나자 갑자기 그 여자의 체면이니, 명예니를 손상치 않기 위해서 몰래 도망을 치고는 그 여자의 익사 사건을 감쪽같이 감추어 두었다고 하는 것은 아무리 생각해 봐도 이치에 맞지 않는데?"

"재판장 각하!" 벨크납이 말을 막았다. "이건 심문이 아니라 연설입니다."

"그렇다면 이 질문을 철회하죠." 가볍게 응하고는 딴 데로 화제를 돌렸다. "그런데, 그리피스 군, 당신은 자기를 정신적으로 또는 도덕적으로도 겁쟁이라고 생각하는가?"

"아뇨, 나로선 그렇게 생각하지 않습니다."

"생각하지 않는다고?"

"네."

"그렇다면, 만일 그대가 거짓말을 하고 그것을 선서하면, 정상적인 정신 상태로 허위의 증언을 행한 증인과 마찬가지로 위증죄에 몰리게 되는데, 그래도 상관이 없다는 건가?"

"네, 그런 경우는 당연하겠죠."

"그렇다면, 만일 당신이 정신적으로도 도덕적으로도 겁쟁이가 아니라고 한다면 그 호수에다 그 여자를 버리고서 도망쳐 온 것을 어떻게 변명할 작정이지? 피고인의 말에 의하면 우연히 어쩌다가 배가 뒤집혀 그녀를 물 속에 내버려 두고서 그 부모가 몹시 슬퍼할 것을 뻔히 알면서도 아무에게도 알리지 않고 그대로 도망을 쳐버렸다는 것, 그리고 다리니 양복을 땅 속에 묻기도 하고, 슬그머니 도망치려고도 하여 마치 보통 살인범이 하는 짓을 그대로 했다고 하는 것은 어찌 된 셈이지? 그거야말로 살인을 음모하고 실행하고 난 뒤에 도망쳐 버리는 살인범의 행동이라고는 생각하지 않는가? 혹은 자기가 유인해

낸 여자가 우연히 죽은 데 대한 비난을 두려워하고, 그것이 세상에 알려지게 되면 자기의 출세에 방해가 될 것을 무서워하여 도망치려고 하는 정신적 · 도덕적 겁쟁이의 교활하고도 흉측한 술책이라고는 생각하지 않는가?"

"어쨌든 나는 그녀를 죽인 건 아닙니다." 크라이드는 여전히 버텼다.

"지금 심문에 대답해 봐, 딴소리 말고!" 벽력 같은 고함소리였다.

"피고는 그런 질문에는 대답할 필요가 없다는 것을 재판장께서 증인에게 지시해 주시기를 바랍니다." 젭슨이 일어서서 우선 크라이드를 쏘아보고, 다음에는 재판장을 쏘아보면서 메이슨의 심문을 막아 버렸다. "지금의 질문은 순전히 추론(推論)이며, 이 사건의 사실과는 아무런 관계도 없는 것입니다."

"좋소, 그렇게 지시합니다." 오버왈처 재판장이 대답했다. "증인은 답변할 필요가 없습니다." 크라이드는 이 뜻하지 않은 구원에 용기를 얻고는 그저 앞만을 뚫어져라 노려볼 뿐이었다.

"좋소, 그럼 다시 계속하겠습니다." 메이슨은 음성을 낮추었다. 젭슨과 벨크납이 이렇게 그의 공격을 분쇄하려고 호시탐탐 기회를 노리고 있는 데 부아가 나서 어디 이놈 두고 보자고 다시 한 번 단단히 별렀다. "피고인은 그 장소에 가기 전에, 될 수만 있다면 그녀와 결혼은 안 할 생각이었다고 말했지?"

"그렇습니다."

"그녀는 결혼을 바라고 있었지만 피고인은 아직 결심을 못 했다고 그랬지?"

"네."

"그러면 피고인은 그녀의 트렁크 속에 요리 책과 소금 · 후춧가루병 · 스푼 · 나이프 등이 들어 있었다는 것을 기억하는가?"

"네, 기억하고 있습니다."

"당신은 트렁크에 그런 물건을 넣어 가지고 빌츠를 떠날 때의 그녀 생각이 어떠했을까를 생각해 본 일이 있는가? 결혼도 하지 않고 어디고 가서 셋방에서 혼자서 쓸쓸하게 살며, 피고인이 1주일에 한 번 또는 한 달에 한 번 찾아와 주기를 기다리면서 홀로 지낼 생각이었다고 생각하는가?"

벨크납이 이의를 제기하기도 전에 크라이드가 그 질문에 적절한 답변을 보냈다.

"그녀가 무슨 생각을 하고 있었는지 나로서는 모릅니다."

"그 여자가 피고인에게, 만약 와 주지 않으면 자기 자신이 리커거스로 돌아가겠다고 편지로 말했을 때에 피고인은 이를테면 빌츠 같은 데서 전화를 걸어 결혼할 의사가 전혀 없다는 것을 말할 수는 도저히 없었단 말인가?"

"네, 말할 수 없었습니다."

"여자한테서 협박을 받고서 그런 일을 할 만한 정신적 · 도덕적 겁쟁이 는 아닐 테니까, 당신은."

"나는 내가 정신적으로도 도덕적으로도 겁쟁이였다고는 한 번도 말한 적이 없습니다."

"그렇다면 당신은 자기가 유인해서 관계를 맺은 여자한테서 위협을 받고서 결혼을 할 그런 사나이는 아닐 테지?"

"어쨌든, 그 당시엔 아직 그녀와 결혼해야겠다고는 생각하지 않았습니다."

"올든 양을 X양과 비교해서 손색이 없는 여성이라고는 생각하지 않았나?"

"이미 그녀를 사랑하고 있지 않는 이상 그녀와 결혼할 필요는 없다고 생각했습니다."

"그녀의 명예를 구제하고 피고인 자신의 체면을 보존하기 위해서도?"

"그땐 그렇게 해서 결혼을 한댔자 행복하리라곤 생각하지 않았습니다."

"그것은 결국 당신의 그 위대한 심경의 변화를 일으키기 전이었지?"

"네, 우리들이 유티카에 가기 전입니다."

"아직도 X양에게 미쳐 있을 때의 일이지?"

"X양을 사랑하고 있던 때입니다."

"당신은 답장을 쓰지 않고 있던 그 편지 중에 이런 문구가 있는 것을 기억하고 있는가? (여기서 메이슨은 테이블에서 일곱번째의 편지를 집어들고서 그 최후의 몇 줄을 읽기 시작했다.) '우리들이 우리들의 계획을 갖게 되고, 당신도 이전에 말씀하신 대로 저를 위하여 오시게 되니, 그렇게 생각하지 말자고 애를 씁니다만 도무지 뒤숭숭해서 불안감만 갖게 됩니다' 라고 쓰고 있는데 이것은 무엇을 가리키는 말이지?"

"내가 그녀에게로 가서, 그 다음 임시적으로 어디로든 그녀를 집으로부터 데려오려고 했던 것밖에는 아무것도 모르겠습니다."

"물론 결혼하기 위하여 간다는 얘기는 아니지?"

"그렇죠. 나는 그런 말은 하지 않았으니까요."

"그러나 같은 편지 속에 그 바로 다음에 이렇게 쓰고 있소. '이리로 오는 도중에 바로 집으로 오지 않고 호머에 들러서 동생과 아제를 만났습니다. 앞으로 그들을 또다시 만나게 될는지 알 수 없는 일이며, 앞으로 만나게 될 때에는 훌륭한 사람이 되어서 만나거나 그렇지 않으면 영영 그들과 만나지 않을 작정이었기 때문에 그리했던 것입니다'라고 하는 문장 속에 있는 '훌륭한 사람이 되어'라는 말을 쓸 때에 무슨 생각으로 썼다고 피고인은 생각하는가? 어디 가서 몰래 혼자 살다가 애를 낳으면 피고인은 간간이 약간의 돈이나 보내 주고, 그렇게 얼마간 지내다가 돌아올 때에는 순결한 미혼 여성인 양 시치미를 떼거나, 그렇지 않으면 결혼했다가 남편을 잃었다고 꾸며 댈 작정이었다고 생각하는가? 그 여자 자신은 적어도 당분간은 당신과 결혼을 하고 태어날 애에게 이름을 지어 주는 것으로 보고 있었다고는 생각하지 않는가? 그 여자의 편지 속에서 말하는 계획이란 그 외에 딴 의미가 있을 수 없지 않은가?"

"그녀는 그렇게 보았는지도 모르지요." 크라이드는 슬쩍 말을 피해 버렸다. "그러나 나는 결혼한다는 말은 한 번도 한 일이 없습니다."

"좋아, 좋아, 이 문제는 잠깐 나중으로 돌리기로 하고." 메이슨은 완강한 태도를 보이고 나서, "자, 그러면 이번엔 이 편지를 읽어 봅시다." 메이슨은 열번째의 편지를 읽기 시작했다. "최후의 예정보다 2,3일 앞서서 오신대도 당신께는 별반 차이가 없지 않습니까? 우리가 예정했던 것보다도 적은 돈을 가지고 동거 생활을 시작할 수밖에 없다 할지라도 우리는 근근히 지내갈 수 있습니다. 왜냐하면 당신을 모시고 있을 시간은 기껏해야 6개월 내지 8개월밖에는 안 될 테이니까요. 나는 극력 저축하고 절약했어요. 6개월이나 8개월이 지난 뒤에는 만약 당신이 원하신다면 당신을 자유롭게 해드려도 좋습니다. 현재로선 이것밖에는 딴 도리가 없습니다. 물론 당신을 위하여 무슨 도리가 있기를 진심으로 원하는 바입니다만.' 그러면 저축하고 절약한다는 둥, 8개월이 지나기 전에는 놓아 주지 않겠다는 둥 이러한 말들은 모두 무엇을 의미하는 말이라고 생각하는가? 그 여자가 이 편지 속에서 생각하고 있는 것처럼 피고인은 여자를 데려와 결혼한다는 데 동의한 것이 아니었나?"

"잘은 모르겠습니다만, 어쩌면 그녀는 나에게 그렇게 강요할 수 있으리라고 생각했던 모양이라고밖에는 해석할 도리가 없습니다." 이 크라이드의 대답에 법정에 모여든 개척지의 주민과 농부와 배심원까지 크라이드가 아무 생각 없이 한 '강요한다'는 말에 의분을 느끼고는 어깨를 들먹거리기도 하고,

코를 쫑긋쫑긋하며 비웃는 표정을 지어 보였으나, 크라이드 자신은 그런 것은 전혀 눈치채지 못하고 다음과 같이 말을 맺었다. "그러나 나는 동의한 일은 없습니다."

"여자가 실제로 당신을 강요할 수 없으면 그만이다, 이것이 피고인의 생각이었단 말이지?"

"네, 그렇습니다."

"그 말을 선서할 수 있는가, 당신이 다른 말들을 선서한 것처럼."

"먼 옛날에 선서했습니다."

이때 메이슨도 벨크납과 젭슨과 크라이드 자신도 처음부터 그에 대하여 품고 있던 만장의 청중의 분노와 멸시감이 이제야말로 노도(怒濤)처럼 치밀어올라 법정에 가득 차 있는 것을 느꼈다. 그러나 메이슨은 앞으로 아직도 긴 시간을 두고, 산더미처럼 있는 그 막대한 증언들 가운데서 이것저것 생각나는 대로 들어올려 피고인을 심문하고 괴롭히고 정신적으로 고문할 필요가 있었다. 메이슨은 알 뉴콤이 그가 참고하기 편리하도록 테이블 위에다 부채 모양으로 벌려 놓은 증인의 쪽지들을 흘끔 한번 훑어보고 나서 또다시 천천히 질문을 꺼내기 시작했다.

"그리피스 군, 당신이 어저께 당신의 변호인 젭슨 씨의 지시를 받아 가면서 증언한 바에 의하면(여기서 젭슨은 냉소를 지으며 머리를 꾸벅 수그렸다) 또다시 폰다와 유티카로 가서 로버타 올든과 만났을 때 ——다시 말하면 이 죽음의 여행을 떠났을 때인데 ——심경의 변화를 일으킨 모양 같은데……?"

크라이드의 "네"라는 대답이 벨크납의 이의 신청보다 약간 빨랐지만 벨크납은 그것에는 상관할 것 없이 이의를 제출하여 '죽음의 여행'이라는 말을 다만 '여행'이라는 말로 바꾸게 하는 데 성공했다.

"그렇다면 피고인은 그녀와 함께 거기 가기까지는 그다지 그녀를 사랑하고 있지 않았다는 것이 되겠군?"

"전처럼 사랑하지 않았다는 것이 되는 거죠."

"그렇다면 피고인이 정말로 그 여자를 사랑하고 있었던 것은 언제부터 언제까지의 사이지?"

"그녀를 처음 만난 때부터 내가 X양을 만나게 된 때까지입니다."

"그 후에는 전혀 사랑하지 않았나?"

"그야 그 후에도 전혀 사랑하지 않았다고는 할 수 없죠. 그 후에도 약간 ──뭐 대단한 것은 아닙니다만──그녀를 위하여 노력했습니다. 그러나 이전 같지는 않았습니다. 그녀가 가엾어서 견딜 수 없었습니다."

"그것은 정확하게 말하면 작년 12월 초부터 4월인가 5월경까지의 일이지?"

"네, 대체로 그 무렵이었습니다."

"그리고 그 사이에──12월 초부터 4월인가 5월 초까지 피고인은 그녀와 은밀한 관계를 가졌단 말이지?"

"네."

"여자를 그다지 사랑하고 있지 않았는데?"

"그야, 검사님……." 크라이드는 다소 머뭇거렸다. 이 성적 관계에 관한 문답에 호기심을 느낀 시골 사람들이 허리를 쳐들고 목을 길게 뽑고는 그의 거동을 살피고 있었다.

"그리고 당신의 증언에 의하면, 그녀가 혼자 쓸쓸히 방에서 당신이 오기를 기다리고 있던 밤에 당신은 약속을 헌신짝처럼 내던지고는 댄스 파티다, 만찬회다, 자동차 드라이브다 하고 싸질러 돌아다니지 않았나?"

"아닙니다. 늘 그렇게 돌아다닌 건 아닙니다."

"아, 그래? 그러나 그 점에 관해서는 피고인도 트레이시 및 질 트럼불, 프레디 셀즈, 프랭크 해리에트, 버차드 테일러 들의 증언을 들었을 텐데?"

"네."

"그러면 그들은 전부가 거짓말쟁이란 말인가?"

"그야 그 사람들도 기억하고 있는 대로의 사실을 말하고 있겠죠."

"그러나 그 사람들의 기억은 그다지 정확하지 않다, 이 말이지?"

"어쨌든 난 줄곧 나가 돌아다닌 건 아닙니다. 1주일에 두 번이나 세 번쯤, 혹은 좀더 많았을지는 모르겠습니다만 그 이상은 없습니다."

"그러면 그 나머지 밤은 올든 양에게 제공했다는 말이군?"

"네, 그렇습니다."

"그렇다면 그 여자가 이 편지 속에다 쓰고 있는 사연은 어떻게 되는 셈이지?" 이러고서 메이슨은 또다시 테이블 위에 쌓인 로버타의 편지를 하나 집어 들고 읽기 시작했다. "'당신과 헤어진 저 슬픈 크리스마스 날 이후로 매일 밤 나는 혼자서 쓸쓸히 날을 보냅니다……'라고 쓰여 있는데 이건 거짓말인가,

어때?” 메이슨은 날카로운 기세로 추궁했다. 바로 그 자리에 로버타가 서서 자기의 거짓말을 비난하고 있는 듯 크라이드는 다소 얼굴을 붉히며 쭈뼛거리는 목소리로, “천만에요. 그녀가 거짓말을 하고 있다는 것은 아닙니다. 그러나 꽤 빈번히 그녀를 찾아가서 함께 지냈다는 것은 역시 사실입니다.”

“그러나 길핀 부처가 여기서 증언한 바에 의하면 12월 초부터 올든 양은 언제나 대개 혼자서 자기 방에 쓸쓸히 있었으므로 하도 보기가 딱하여 그들의 방으로 놀러 오라고 권해 보았지만 끝내 듣지 않았다고 하는데 피고인도 그 증언을 들었겠지?”

“네.”

“그래도 역시 당신은 꽤 빈번히 그녀와 함께 지냈다고 억지를 부리겠는가?”

“네.”

“그러나 그때엔 벌써 X양을 사랑하고 그 사랑을 얻고자 애썼지?”

“그렇습니다.”

“그리고 그 여자와 결혼하려고 애썼지?”

“네, 그렇습니다.”

“그러나 별로 다른 재미난 일이 없을 때엔 올든 양과의 관계를 여전히 계속하고?”

“네…… 저…… 그렇습니다.” 크라이드는 다시 한 번 머뭇거렸다. 이러한 폭로로 말미암아 백일하에 드러난 자기가 하도 초라한 데 몹시 마음의 동요를 느꼈지만 고쳐 생각해 볼 때 그다지 창피할 것은 없을 것만도 같았다. 다른 사람들도 역시 똑같은 짓을 하고 있지 않은가? 리커거스의 사교계의 청년들도 역시 그러한 짓을 하고 있고, 그런 일들을 자랑삼아 말하고 있지 않은가?”

“옳지, 당신의 박식다재한 변호인은 당신을 평하여 정신적·도덕적 겁쟁이라고 하셨는데 그건 좀 지나치게 온화한 말씨가 아닐까?” 메이슨의 비꼬는 말투였다. 일순 법정 안이 죽은 듯이 고요해지며, 이어 벨크납이 곧 분연히 일어서서 이의를 제출하려고 한 그 순간, 길고 좁은 법정 안 후방으로부터 깊은 침묵을 깨뜨리면서 성난 초부(樵夫)의 복수에 불타는 근엄한 음성이 터져나왔다. “저 천하무도한 악한을 어째서 당장 처치해 버리지 못하는 거야?” 오버왈처 재판장은 방망이로 책상을 두들겨 질서를 명하고, 위반자를 체포하는 동시에 그 밖에 방청인 전원에게 착석하지 않는 자는 모두 법정으로부터 축출하겠다는 뜻을 전하고 전원을 착석시켰다. 그리고 법정의 질서를 깨뜨린 범인은 그 자리에서 검거되었고, 다음날 아침 경찰에 출두하라는 명령을 받았다. 이리하여 또다시 먼저대로의 침묵이 돌아오자 메이슨은 말을 계속했다.

"그리피스 군, 당신은 리커거스를 떠날 때, 다른 어떻게 할 수 없는 경우가 아니라면 올든 양과 결혼할 의사는 없었다는 말이지?"

"그렇습니다. 그것이 그때의 심정이었습니다."

"따라서 당신은 또다시 돌아올 작정으로 있었단 말이지?"

"네."

"그러면 당신은 왜 자기 물건을 모두 트렁크 속에 넣고서 자물쇠를 채웠지?"

"저……저……그건." 이렇게 갑자기 지금까지 질문의 내용과는 전혀 다른 것을 물으리라고는 천만뜻밖이었으므로 그는 지혜를 짜낼 여유조차 없이 사뭇 쭈뼛거리면서 아무렇게나 입에서 나오는 대로 대답해 버렸다. "저……아시다시피……그건 절대적인 확신을 가질 수는 없었기 때문입니다. 그녀와의 이야기 여하에 따라서는 싫어도 리커거스를 영영 떠나지 않으면 안 될지도 모르겠다고 그렇게 생각한 것입니다."

"알겠소. 그러면 여행중에 뜻밖의 일이 일어날 때에 —사실상 그러했지만 (이러면서 메이슨은 일부러 미소를 지었는데, 그것은 마치 '그 따위 수작을 누가 믿어 줄 줄 아느냐?' 하는 듯한 웃음이었다) —시간이 촉박하기 때문에 돌아와서 서서히 물건들을 꾸려 가지고 떠날 수 없을지도 모른다고 생각했는가?"

"그렇지는 않습니다……그럴 작정은 아니었습니다."

"그렇다면 어떻게 할 작정이었지?"

"그것은 저……". 그는 미리 그 문제를 생각해 두지 않았고, 조급히 적절하고도 타당한 답변을 생각해 낼 만큼의 지혜도 없었으므로 잠시 크라이드는 주저했다. 벨크납이나 젭슨뿐만 아니라 법정 안에 있던 전원에게도 그가 당황하고 있는 것이 분명히 눈에 띄었다. "실은 만일 내가 비록 극히 짧은 기간이라고 할지라도 리커거스를 떠나게 된다면 소지품 전부를 가지고 떠나야 할지도 모른다고 생각했었습니다."

"알겠소. 당신은 크리포드 골덴 내지 칼 그레이엄이라는 인물의 정체가 경찰에 발각될 때 재빨리 도망쳐 버리려는 생각에서 그런 것이 아니라고 분명히 단언할 수 있습니까?"

"네."

"또 페이톤 부인에게 방을 비운다는 말도 하지 않았지?"

"네, 안 했습니다."

"피고는 어제 증언에서 올든 양을 데려다가 결혼 생활을 할 만한——비록 6개월 정도의 결혼 생활일지라도——돈을 갖지 못했다고 말했으렷다?"

"그렇습니다."

"피고인은 리커거스를 떠날 때 얼마나 가지고 있었는가?"

"50달러 정도입니다."

"50달러 정도? 자기가 가지고 있던 돈도 잘 몰라?"

"50달러 가지고 있었습니다."

"그러면 피고인은 유티카에서 그라스 호로 가서, 거기서 또다시 사론에 도착할 때까지 얼마나 썼지?"

"대개 그 여행에서 20달러쯤 썼다고 생각합니다."

"똑똑히 모르겠는가?"

"똑똑히 모르겠습니다. 그러나 대략 20달러 내외였습니다."

"자, 그럼 지금부터 그걸 좀 똑똑히 계산해 봅시다." 메이슨은 집요하게 추궁했다. 크라이드는 또다시 올가미에 걸렸다는 것을 느끼고는 불안을 느끼기 시작했다. 왜냐하면 그는 여행할 때에 손드라한테서 받은 돈이 있었고, 그 일부분을 소비한 사실이 있었기 때문이다.

"폰다에서 유티카까지 가는 피고인의 차삯은?"

"1달러 15센트였습니다."

"그러면 유티카의 여관에서 피고인과 로버타가 투숙한 숙박료는 얼마나 지불했는가?"

"4달러였습니다."

"물론 그날 저녁식사와 그 이튿날 아침식사를 먹었을 텐데, 그 비용은?"

"두 번 식사에 약 3달러 정도였습니다."

"유티카에서 쓴 돈은 그것뿐인가, 전부인가?" 메이슨은 가끔 세목과 숫자를 쓴 종이를 곁눈으로 쳐다보면서 이처럼 질문하고 있었지만 크라이드는 그것을 눈치채지 못했다.

"전부입니다."

"밀짚모자는 어떻게 되고? 당신은 그것을 유티카에서 샀을 텐데?"

"아, 네, 깜박 잊었습니다." 크라이드는 흥분해서 어쩔 줄을 몰랐다. "그 모자 값은 2달러였습니다." 이렇게 대답하고 나서 좀더 신중히 해야겠다고 크라이드는 스스로를 책망했다.

"그리고 그라스 호까지의 두 사람의 기차 삯은 5달러였지, 그렇지?"

"네, 그렇습니다."

"그라스 호에서 피고인은 보트를 세냈을 텐데, 그 값은?"

"한 시간에 35센트였습니다."

"몇 시간이나 빌렸지?"

"세 시간 탔습니다."

"그러면 1달러 5센트군."

"그렇군요."

"그리고 그 날 밤의 여관비는? 5달러?"

"네."

"다음 피고인은 거기서 도시락을 샀으렷다? 호수로 가지고 나갈 것을?"

"샀습니다. 값은 약 60센트였다고 생각합니다."

"빅 비턴까지 가는 데는 얼마나 들었고?"

"건 롯지까지의 기차 삯이 1달러였고, 빅 비턴까지의 버스삯은 두 사람이 1달러였습니다."

"피고인은 그러한 값을 어쩌면 그렇게도 잘 기억하고 있는가? 그것도 당연할지 모르지. 피고인은 돈이 그리 많지 않았으니까 그것은 큰 문제였을 테지. 사건 후 피고인이 스리마일 베이로부터 사론까지 가는 차삯은?"

"75센트였습니다."

"피고인은 이 금액의 합계를 계산해 본 일이 있는가?"

"없습니다."

"지금 해보지 않으려는가?"

"검사님 자신이 잘 알고 계시지 않습니까?"

"음, 물론 잘 알지. 그 합계는 24달러 65센트요. 피고인은 20달러쯤 썼다고 했는데 차액이 4달러 65센트나 틀리군요. 피고인은 어떻게 계산한 거지?"

"뭐 그렇게 세밀히 계산해 본 것은 아니니까요." 검사가 일일이 제시하는 숫자의 정확성에 크라이드는 적지않게 화가 치밀었다.

그러나 메이슨은 일부러 음성을 낮추고서 공손한 목소리로 물어 보았다. "아, 참 내가 깜빡 잊었군. 세낸 보트의 삯은 얼마였더라?' 그렇게도 오랫동안 애를 써서 겨우 크라이드를 이 함정에 빠뜨린 그는 크라이드가 뭐라고 대답을 할지 무척 궁금해서 은근히 귀를 기울이고는 기다리고 있는 것이었다

"아, 그것 말입니까?" 크라이드는 또다시 쭈뼛거리면서 입을 열었다. 그도 그럴 것이 둘이서 배를 타고 떠날 때에 다시는 돌아오지 않을 생각이었으니까 배의 주인한테 뱃삯을 물어 보지도 않았던 것이다. 한편 메이슨은 피고인이 당황한 것을 보고서, 옳지 됐다는 듯이 속으로 쾌재를 부르짖으면서 아무렇지도 않은 얼굴로, "그래, 그건?" 하고 답변을 재촉했다. 그랬더니 크라이드는 그 미끼를 덥석 물었다. 그래서 또다시 사뭇 쭈뼛거리면서 더듬더듬, "네, 그건 한 시간에 35센트였으리라고 생각합니다. 그라스 호와 마찬가지였습니다. 배의 주인이 그렇게 말했으니까."

그러나 이 답변은 아무렇게나 나온, 지나치게 경솔한 답변이라는 인상을 주었다. 그가 보트의 요금을 묻지 않았다고 증언하려고 배의 주인이 지금 법정에 출두해 있다는 사실을 크라이드는 전혀 몰랐던 것이다. 메이슨은 옳지 됐다는 얼굴로 말을 이었다.

"호오, 그래? 배의 주인이 그렇게 말하던가?"

"네."

"거 이상한데. 피고인은 배의 주인에게 전혀 물어 보지도 않았다는 걸 잊어버리고 있는 것이 아닐까? 요금은 한 시간에 35센트가 아니라 50센트인데. 그러나 물론 그걸 피고인이 알 리는 만무하지. 피고인은 어서 빨리 호수로 나가고 싶었고, 또다시 돌아오진 않을 테니까 뱃삯을 지불할 필요는 없다고 생각하고 있었겠지. 그러니까 피고인은 전혀 묻지 않은 거야. 그렇지? 이래도 생각이 나지 않는가?" 여기서 메이슨은 배의 주인한테서 받은 청구서를 꺼내어 크라이드의 눈앞에 흔들어 보였다. "한 시간에 50센트였어" 하고 되풀이 말했다. "그라스 호보다는 비싸단 말야, 거긴. 그러나 내가 알고 싶은 것은 다른 숫자들에는 그렇게 밝은 피고인이 어째서 이 숫자에만은 그렇게 어수룩했느

냔 말야. 여자를 데리고 정오때부터 오후 아홉 시까지 뱃놀이를 떠나면서 그래 전혀 비용을 생각하지도 않았단 말인가?"

이 공격은 청천의 벼락이어서 크라이드는 완전히 정신을 잃고 말았다. 몸을 비비꼬고, 침을 꿀꺽 삼키면서 흥분한 시선을 마룻바닥에 떨어뜨렸다. 젭슨의 얼굴을 보기가 부끄러웠다. 웬일인지 젭슨은 이 점에 관해서 그에게 지시하는 것을 잊고 있었던 것이다.

"자, 이것을 어떻게 설명하면 좋지?" 메이슨은 고함을 지르며 따지고 들었다. "피고인은 다른 경비에 관해서는 그렇게도 세밀하게 기억하고 있으면서도 왜 이것만큼은 기억하고 있지 않느냔 말이야?" 배심원들은 모두 긴장된 얼굴로 몸을 앞으로 내밀고는 크라이드의 거동을 살피고 있었다. 크라이드는 그들의 호기심과 의혹에 가득 찬 눈초리를 느끼면서 간신히 얼굴을 쳐들었다.

"어찌하여 그걸 묻는 걸 잊어 버렸는지 나 자신도 모르겠습니다."

"흥, 그걸 알 리가 있나." 메이슨은 콧방귀를 뀌었다. "아, 그야 쓸쓸한 호수에서 여자를 죽이려는 사람이 할 일이 없어서 그따위 걸 생각해? 생각해야 할 일이 퍽 많을 텐데. 그런 것쯤 잊어 버린대도 예사지. 그런데 스리마일 베이에 도착했을 땐 연락선의 사무장에게 사론까지의 요금을 묻는 것은 잊지 않았다는데."

"그때에도 물어 보았는지 안 물어 보았는지 기억이 없습니다."

"그러나 그 사람은 기억하고 있는데. 본법정에서 그렇게 증언하고 있단 말이야. 또 당신은 그라스 호에서 숙박료도 물어 보았고, 뱃삯도 물어 보았고, 빅 비턴에서는 심지어 버스삯까지도 묻고 있던 사람이 빅 비턴의 뱃삯에 한해서 안 물어 보았다는 건 참 큰 실수를 했어. 그때에 조금만 정신차렸더라면 지금 와서 이렇게까지 당황할 필요는 없었을 게 아냐, 이 사람아?" 메이슨은 자, 이것 좀 보십쇼 하는 얼굴로 배심원석을 쳐다보았다.

"미처 생각이 나지 않아 물어 보지 못했을 뿐입니다."

"거 참, 훌륭한 설명이로군." 여전히 비꼬는 투다. 그러고는 빠른 말로 다음과 같이 말을 이었다. "또 피고인은 7월 9일, 즉 올든 양이 죽은 다음날 카지노에서 점심값으로 지불한 13달러 20센트를 기억하고 있지 않으리라고 추측하는데 어떤가. 기억하고 있는가? 메이슨의 추궁은 자못 연속적이고 지속적이며 질풍신뢰(疾風迅雷)와도 같아서 크라이드에게 생각할 틈이나 숨 돌릴 여유도 주지 않았다.

이 말을 듣고 크라이드는 하도 놀라서 저도 모르게 하마터면 자리에서 뛰어 일어날 뻔했다. 설마 그 점심값까지 조사하고 있으리라고는 생각하지 못했다.

"그리고 피고인이 체포되었을 때 80달러 이상이나 가지고 있었다는 것도 기억하고 있을 테지?"

"네, 기억하고 있습니다."

그는 사실 그 80달러에 관해서도 까맣게 잊어 버리고 있었다. 그리하여 지금 뭐라고 할 말이 없어 얼떨결에 그저 기억하고 있다고 나오는 대로 대답해 버린 것이다.

"그러면 그건 어떻게 되는 거지?" 메이슨은 악착스럽고도 매섭게 따지고 들었다. "피고인이 리커거스를 떠날 때에는 50달러밖엔 없었는데 체포될 때에는 80달러 이상이나 남아 있었고, 게다가 25달러 60센트 외에 점심값으로 13달러를 소비했다면 그 가외의 돈은 어디서 생긴 거지?"

"그……그건 지금 여기선 답변할 수 없습니다." 크라이드는 지금은 아주 막다른 골목에 몰려 들어가는 것을 느꼈고 분통이 터질 지경이어서 퉁명스럽게 쏘아붙였다. 그것은 손드라가 준 돈이었다. 무슨 일이 있어도 그것만큼은 절대로 고백하지 않으리라 굳게 결심한 것이었다.

"왜 답변할 수 없는 거지?" 메이슨이 호통을 쳤다. "도대체 피고인은 여기가 어딘 줄 아는가? 지금 우리들이 여기서 무엇을 하고 있다고 생각하는 거야? 피고인이 답변하고 싶은 것은 답변하고, 하기 싫은 것은 안 한다는 그따위 수작을 하러 와 있는 건가? 피고인은 지금 생사의 심판을 받고 있는 거란 말야, 그 점을 잊고 있는가? 피고인은 지금까지 나에게 아무리 거짓말을 해왔다 할지라도 그건 상관없지만, 신성한 재판을 무시하는 그따위 행동은 절대로 용서할 수 없어. 피고인 앞에는 배심원 열두 사람이 피고인의 답변을 기다리고 있어. 그걸 잊어선 안 돼. 자, 대답해 봐. 어디서 그 돈을 손안에 넣었지?"

"친구한테서 꾸었습니다."

"옳지, 그러면 그 친구의 이름은 어떻게 되지? 어떤 친구지?"

"대지 못하겠습니다."

"대지 못하겠다고? 좋아, 피고인은 리커거스를 떠날 때에 가졌던 돈의 액수에 관하여 이미 거짓말을 했것다! 피고인은 신성한 선서를 위반하고도 태평하게 있을 수 있단 말인가! 그러면 그 돈은 친구한테서 꾸었다는 것도 거짓말이 아닌가?"

"천만에요, 그렇지 않습니다." 참다못해 이 말이 나왔다. "그 돈은 내가 트웰프스 호에 간 후에 주선한 것입니다."

"누구한테서?"

"말할 수 없습니다."

"그렇다면 그 진술은 답변이 되지 못해."

크라이드는 점점 마음이 꺾여 가는 것을 느꼈다. 그리고 그의 목소리는 점점 작아져 갔다. 그때마다 메이슨이 좀더 큰 소리로 대답해 보라고 명령하기도 하고, 배심원에게 얼굴이 보이도록 얼굴을 쳐들라고도 요구하곤 했다. 끝내는 이렇게 자기로부터 모든 비밀을 끄집어 내려고 하는 이 인간에 대하여 점점 부아통이 터져서 견딜 수가 없었다. 손드라가 화제에 오르게 되었지만 그녀는 크라이드에게는 너무도 귀중한 존재여서 그 명예를 손상시킬 만한 일을 폭로시킬 수는 없었다. 따라서 크라이드는 의자에 앉은 채 약간 반항적인 태도로 배심원들을 내려다보았다. 그때 메이슨이 사진을 몇 장 집어들었다.

"이 사진을 기억하는가?" 하고 크라이드에게 묻고 나서 그 사진을 보였다. 그것은 희미하고 물에 젖은 자국이 있는 사진인데 크라이드와 기타 수명의 인물 곁에 로버타의 얼굴도 나타나 있었으나, 손드라의 얼굴이 나타나 있는 사진은 한 장도 없었다. 크랜스톤 가의 별장을 처음 방문했을 때 찍은 사진과 그 후 베아 호에서 찍은 것도 넉 장이 섞여 있었는데, 그 중에는 그가 밴조를 들고 있는 사진도 있었다. "이것을 어디서 찍었는지 기억하는가?" 메이슨은 우선 로버타의 사진을 내보이면서 물었다.

"네, 기억합니다."

"어디야?"

"둘이서 빅 비턴에 갔던 날 그 남쪽 호반에서 찍은 것입니다." 카메라에 그대로 필름이 들어 있었다는 것은 벨크납과 젭슨에게도 미리 이야기는 했지만 설마, 검찰측에서 그것을 현상(現像)할 수 있으리라고는 생각도 못 하고 있었으니만큼 이것에는 적지않게 놀랐다.

"그리피스 군." 메이슨은 여전히 비꼬는 말투로 말을 이었다. "내가 증거를 들이댈 때까지는 피고인이 절대로 가진 일이 없었다고 맹세하던 이 카메라를 발견하기 위하여 그들이 몇 번씩 물 속을 뒤졌다는 것을 피고인의 변호인들은 아마도 피고인에게 알려 주지 않았던 모양이지?"

"그분들은 나에게 그런 말은 한 번도 한 일이 없습니다."

"그것 참 큰 실수를 했군! 내가 알고 있었다면 그런 헛수고는 시키지 않았을걸…… 하여튼 기왕 나온 증거품이니까! 이 사진들은 카메라 속에서 발견된 것들이고 이 사진을 찍은 시기는 피고인이 이른바 심경의 변화를 일으킨 직후인데 피고인은 그것을 기억하겠는가?"

"그것을 찍었을 때의 일은 잘 기억하고 있습니다." 못마땅한 말투였다.

"즉 이것은 당신들 둘이 마지막으로 보트를 타기 전에 ——혹은 무슨 말을 했는지는 모르겠지만 어쨌든 당신이 최후로 그 여자와 이야기를 하기 전—— 그 여자가 호수에서 살해당하기 전——당신의 증언에 의하면 그 여자가 몹시 비관하고 있을 때에 찍은 사진이군."

"천만에요, 그것은 그 전날에 찍은 것입니다." 크라이드는 완강히 부인했다.

"옳지. 그러나 어쨌든 이 사진에서 보는 그녀는 당신의 말처럼 비탄에 젖은 얼굴과는 전혀 다른 자못 유쾌한 듯한 쾌활한 얼굴을 하고 있는데."

"맞습니다. 그녀는 그때 그 전날처럼 비관하고 있진 않았습니다." 이 말은 사실이었다. 지금도 생생히 기억하고 있었다.

"알겠소. 하지만 마찬가지 이야기야. 그렇다면 이쪽 사진들을 좀 봐. 우선 이 석 장을……이건 어디서 찍은 거지?"

"트웰프스 호의 크랜스톤 가의 별장에서 찍은 것일 겁니다,"

"옳지, 그건 6월 18일인가 19일이었지?"

"19일이었을 겁니다."

"그렇다면 그 19일에 로버타가 어떠한 편지를 피고인에게 보냈는지 기억하고 있는가?"

"모릅니다."

"어떤 편지인지 기억이 없나?"

"없습니다."

“그때의 편지는 대단히 슬픈 편지들이었다고 피고인 자신이 말하지 않았는가?”

“네, 그렇습니다.”

“이 편지는 그 사진이 찍혔을 때에 그 여자가 쓴 편지올시다” 하며 그는 배심원석으로 얼굴을 돌렸다. “죄송합니다만 이 사진을 보신 후에 그 사진을 찍은 날과 같은 날에 올든 양이 피고인에게 쓴 편지의 한 구절을 잘 들어주시기 바랍니다. 더욱 피고인은 그 여자에게 동정하면서도 편지를 쓰거나 전화를 걸거나 하는 일은 절대로 할 생각이 없었다고 말했습니다.” 그는 배심원들에게 이렇게 말한 후에 편지를 펴들고 로버타의 애절한 호소를 기다랗게 읽어 나갔다. “자, 크라이드 군, (이번엔 이 넉 장의 사진을 주었다) 참 유쾌해 보이는 얼굴이 아니오? 암만 생각해도 이건 죽도록 번민하고 몸부림을 친 후에 심경의 일대변화를 일으킨 사나이의 사진이라곤 보이지 않잖아. 자기의 잘못을 고침으로써 그 죄를 갚아 주겠다고 생각한 여자가 별안간 물에 빠져 죽는 것을 목격한 사나이의 얼굴이라곤 도저히 할 수 없는 유쾌한 얼굴이 아니냔 말이야.”

“그것은 여러 명이 찍은 사진이니까 그럴 수밖에 없죠. 어떻게 나 혼자만 우울한 얼굴을 할 수 있겠습니까?”

“그러나 여기 물 위에서 찍은 사진이 있는데, 피고인은 로버타 올든 양이 빅 비턴에서 익사한 지 채 사흘도 되기 전에 이처럼 물 속에 들어가 있어도 아무렇지도 않았단 말인가? 더군다나 이건 피고인이 그 여자에 대하여 그 영검스러운 심경의 변화를 체험한 직후인데.”

“나는 그녀와 함께 그 호수로 놀러 갔다는 것을 아무에게도 알리고 싶지 않았습니다.”

“그걸 누가 모를까봐 자꾸 설명하나. 그런데 이 밴조를 들고 있는 사진은 어떻게 된 셈이지?” 이렇게 말하며 그 사진을 크라이드에게 내보였다. “대단히 유쾌한 모양인데, 어때?” 잡아먹을 듯한 어조였다. 크라이드는 불안에 몰리면서 다음과 같이 대답했다.

“그러나 사실은 조금도 유쾌하진 않았습니다.”

“호오, 이렇게 밴조를 뜯고 있으면서도? 그 여자가 죽은 다음날, 친구들과 골프와 테니스를 하고 놀고 있을 때도 말야? 13달러 짜리 점심을 먹고 있으면서도 유쾌하지 않았다고? 당신의 증언대로 그렇게 연모하고 있던 X양을 다시 만나고 있을 때도 유쾌하지 않았다는 거야?"

바늘로 찌르는 것만 같은 통렬한 풍자를 내포한, 적의에 가득 찬 말투였다.

"네, 어쨌든 그때는 유쾌하지 않았습니다."

"어쨌든 그때는 유쾌하지 않았다는 것은 어떠한 의미지? 가고 싶은 곳에 가 있으면서도."

"그야 그렇습니다만."

크라이드는 손드라가 신문에서 이 기사를 읽을 때──필경 읽게 될 터이지만──그녀가 어떻게 생각할 것인가 하고 염두에 두면서 대답했다. 재판에 관한 내용은 사실 하나도 빠짐없이 매일같이 각 신문에 보도되었다. 그는 그때 손드라를 만나고 싶어했다는 것과 그녀를 만났었다는 사실을 부인할 수는 없었다. 그러나 그때 사실 즐겁지는 않았던 것이다. 그때에 수치스럽고도 잔인한 음모에 스스로 빠져 버린 그는 얼마나 비참하고 불행한 기분에 사로잡혀 있었던가! 그러나 그는 지금 어떻게 해서든지 설명하지 않으면 안 되었다. 손드라가 신문에서 그 설명을 읽을 때 이해해 줄 수 있도록. 또 지금 눈앞에 있는 배심원들에게도 그렇게 할 필요가 있었다. 그래서 그는 혀로 입술을 핥고, 마른 목구멍으로 침을 꿀꺽 삼킨 후에 천천히 덧붙였다. "그러나 나는 역시 올든 양이 불쌍해서 견딜 수가 없었습니다. 조금도 즐겁진 않았습니다. 즐거울 까닭이 없지 않습니까. 다만 내가 그녀와 함께 호수로 놀러 갔다는 것을 누구에게도 알리고 싶지 않아서 아무렇지도 않은 얼굴을 하고 있었을 뿐입니다. 그렇게 할 수밖에 딴 길이 없었습니다. 내가 하지도 않은 일 때문에 체포되고 싶진 않았으니까요."

"당신은 그것이 거짓말이라는 걸 모르는가! 당신은 지금 거짓말을 하고 있다는 것을 깨닫지 못하고 있는 건가?" 메이슨은 전세계 인류에게 호소라도 하고 있는 것처럼 부르짖었다. 그리고 메이슨이 토하는 불길 같은 불신과 멸시는 모든 방청인들뿐만 아니라 배심원들에게도 크라이드가 손댈 길이 없는 새빨간 거짓말쟁이라는 것을 인식시키기에 충분한 것이었다. "피고인은 베아 호의 요리사인 루프스 마틴의 증언을 들었겠지?"

"네."

"그 사람은 피고인과 X양이 베아 호를 바라볼 수 있는 어느 장소에서 호수를 내려다보고 있는 걸 보았다고도 하고, 그때 X양은 피고인의 품안에 안겨 있었고, 피고인은 X양에게 키스하고 있었다고도 증언하고 있는데."

"네, 들었습니다."

"그리고 그것은 피고인이 빅 비턴 호의 호수 속에 로버타를 매장한 지 나흘 만의 일이었지. 그때도 체포될 것을 두려워하고 있었던 모양이지?"

"네."

"X양을 껴안고 키스를 하고 있을 때도?"

"네, 그렇습니다." 절망적인 대답이었다.

"참 어처구니가 없어서!" 메이슨이 내뱉듯 쏘아붙였다. "아니, 뻔뻔스럽기도 하지, 그런 소릴 배심원들 앞에서 함부로 지껄여. 사랑에 속은 여자를 1백 마일 저쪽의 물 속에다 파묻고, 새로 낚은 여자를 품안에 껴안고 꾸꾸거리는 사나이가 자기의 소행 때문에 불행을 느꼈다고 감히 피고인석에서 이 배심원 여러분을 상대로 하여 그런 증언을 할 수 있겠느냔 말야?"

"어쨌든 사실은 그러했습니다."

"장하군! 참 훌륭한 대답이야. 감복하겠군!"

여기서 메이슨은 여보라는 듯이 또다시 커다란 손수건을 꺼내어, 아, 힘든 일도 세상에 다 있다는 듯한 얼굴로 피로한 듯이 한숨을 내쉬며 법정 안을 한 번 휘둘러 본 다음 이마의 땀을 씻었다.

"그리피스 군, 당신은 어제의 증언에서 리커거스를 나올 때에는 빅 비턴에 갈 계획은 전혀 없었다고 했지?"

"네, 그런 계획은 없었습니다."

"그러나 두 사람이 유티카의 렌프루 하우스에 들었을 때 그 여자가 몹시 피곤한 얼굴을 하고 있길래 잠시 어디로 여행을 하면 좋지 않겠느냐고 권유를 한 것은 피고인이었지? 피고인의 주머니의 사정이 허락하는 범위 내의 아주 짧은 여행을 권고한 것이 말야?"

"네, 그렇습니다."

"그러나 그땐 아직 애디론대크라는 이름조차 피고인의 머릿속에는 없었겠지?"

"네, 단지 어느 호수를 찾아간다는 생각뿐이었지, 특별히 어디라고 정한 것은 아니었습니다."

"알겠소. 피고인이 그 제안을 한 뒤에 안내지도를 사 가지고 가는 것이 좋으리라고 말한 사람은 올든 양이었지?"

"그렇습니다."

"그래서 피고인은 아래층으로 내려가서 지도를 샀단 말이지?"

"네."

"유티카의 렌프루 하우스에서?"

"그렇습니다."

"다른 장소에선 전혀 사지 않았는가?"

"네."

"그 다음 둘이서 그 지도를 보고 그라스 호와 빅 비턴 호가 좋다고 해서 그리로 정했단 말이지?"

"그렇습니다." 이렇게 말하긴 했지만 내심으로는 안내서를 산 장소를 괜히 렌프루 하우스로 했다고 후회하기 시작했다. 또 무슨 함정이 있구나 하는 예감이 들었기 때문이다.

"둘이서 조사했다는 거지?"

"네."

"그리고 당신은 그라스 호가 제일 싸고 좋다고 해서 그리로 정했단 말이지?"

"네, 그렇습니다."

"알겠소. 그럼, 이걸 보면 알아볼 수 있겠나?" 메이슨은 자기 테이블 앞으로 가까이 가서 크라이드가 베아 호에서 체포될 때 그의 가방 속에 들어 있던 증거물로서의 여행안내서를 몇 권 집어들어 그것을 크라이드에게 주었다. "그 지도를 잠깐 보시오. 그건 베아 호에서 내가 피고인 가방 속에서 발견한 것이오."

"내가 가지고 있던 물건들 같습니다."

"그건 피고인이 렌프루 하우스의 아래층 매점에서 사서 올든 양에게 보인 안내서들이지?"

크라이드는 메이슨이 어찌나 신중하고도 세밀하게 따지고 드는지 기분이 나빠져서 몇 번씩 안내서를 펼쳐들고 세밀히 조사해 보았다. 지도 위에는 '뉴욕 주 리커거스, 리커거스 하우스 진정'이라는 고무 도장이 붉은 빛으로 찍혀 있었지만 그 글자들 빛깔이 다른 글자들과 같았기 때문에 크라이드는 지금껏 그것을 알아보지 못했던 것이다. 몇 번씩 뒤적뒤적해 보았지만 별로 함정이 있는 것 같지도 않아 그는 이렇게 대답했다. “네, 바로 그 지도라고 생각합니다.”

“자, 그럼……” 하고 메이슨은 능글맞게 계속했다. “이들 중에서 그라스 호의 여관과 숙박료의 설명이 들어 있던 안내서는 어느 것이지? 이 가운데 없는가?” 그러고는 똑같은 스탬프가 찍혀 있는 안내서를 손수 집어들고서 그때 크라이드가 연 페이지를 열고서 크라이드가 손가락으로 로버타에게 지적하여 그녀의 주의를 끌게 한 데를 똑같이 왼쪽 손가락으로 지적했다. 또 그 페이지의 한가운데에는 인디언 산맥과 그 부근에 있는 호수들——트웰프스 호니, 빅 비턴 호니, 그라스 호니 하는 호수들이 기입되어 있었고, 지도 밑에는 그라스 호와 건 롯지로부터 남쪽으로 빠져 빅 비턴 호수 남쪽 호반을 거쳐서 스리마일 베이로 가는 길이 기입되어 있었다. 오래간만에 또다시 그 지도를 본 그는 문득 지금 메이슨은 필경 그가 그 도로를 알고 있었다는 사실을 입증케 하려는 배짱임이 틀림없다고, 그렇게 단정하고 말았다. 그래서 그는 떨리는 목소리로 어물어물 말했다. “네…… 그것일는지도 모르겠습니다. 그런 것 같습니다.”

“분명히 그 지도였다는 것을 알 수 없는가?” 메이슨은 노기 띤 목소리로 추궁했다. “그 내용을 보아서 그것이 동일한 것인지 아닌지 모르겠단 말야?”

“그것 같습니다.” 크라이드는 그라스 호로 가게 된 단서가 된 그 소개 기사를 세밀히 살펴본 뒤에 여전히 애매한 대답으로 이처럼 얼버무려 버렸다. “아마도 이 지도라고 추측됩니다.”

“아마라니? 아마가 다 뭐야? 우린 사실에 따라 이야기를 진전시켜 나가려는 것이니까 좀더 진지하게 답변할 수 없겠느냔 말야! 이 지도를 잘 들여다보시오. 그라스 호에서 남쪽으로 뻗어 있는 이 길이 똑똑히 보이지 않느냔 말야?”

“보입니다.” 크라이드는 한참 머뭇머뭇하고 있다가 할 수 없이 목멘 목소리로 이렇게 대답했다. 그는 기어이 자기를 끝내 괴롭히려고 하는 이 상대에 대하여 전혀 손댈 길이 없을 만큼 몰리고 몰린 자기 자신을 느꼈다. 그는 손가락으로 지도를 꼭 누르고 그것을 보고 있는 체했지만 실은 그의 눈에 비쳐 있는 것은 훨씬 전 그가 로버타를 만나러 폰다로 떠나기 전에 리커거스에서 보던 것이었다. 이제 그것이 그의 적에게 이용되고 있는 것이다…….

"그 길이 어디로 가는 길인지 좀 배심원에게 설명해 보시오. 어디서 어디까지 가는 길인가를?"

크라이드는 심한 피로감을 느끼면서 겁먹은 목소리로 대답했다. "이 도로는 그라스 호에서 스리마일 베이로 가는 길입니다."

"그리고 중간에 어디를 통과하지?" 메이슨이 크라이드의 어깨 너머로 들여다보며 물었다.

"건 롯지를 지나고 있습니다."

"빅 비턴은 어때? 그 남단 바로 옆을 지나고 있지 않아?"

"그렇군요. 이 근처에서 그렇게 되어 있군요."

"피고인은 유티카에서 그라스 호로 가기 전에 이 지도를 조사하지 않았습니까?"

"네, 조사하지 않았습니다."

"이 도로가 있다는 건 전혀 몰랐는가?"

"보긴 보았겠지만, 어쨌든 별반 주의해서 보진 않았습니다."

"그렇다면 물론 피고인은 유티카를 출발할 때까지 이 안내서와 도로를 조사해 본 일은 없었을 테지?"

"네, 그전에는 전혀 본 적이 없었습니다."

"옳지, 그럼, 그 말 틀림이 없겠지?"

"네, 틀림이 없습니다."

"좋소. 그렇다면 어디 나와 배심원에게 설명해 보시오. 새로 선서하는 의미로. 도대체 이 안내서 후면에 '뉴욕 주 리커거스, 리커거스 하우스 진정'이라는 도장이 찍혀 있는 것은 어찌 된 셈인지?" 메이슨은 조용히 안내서 후면을 뒤집어 거기 다른 빨간 글씨 사이에 끼여 있는 조그만 빨간 스탬프 자국을 크라이드에게 보였다. 크라이드는 그것을 보자, 마치 실신한 사람처럼 멍하니 눈을 크게 뜨고 바라다볼 뿐이었다. 창백한 얼굴이 회색으로 변했고, 길고 가는 손가락을 접었다 폈다 하며, 충혈된 눈꺼풀이 눈앞에 별안간 나타난 저주스런 사실을 보지 않으려는 듯이 사뭇 깜박거렸다.

"참 알 수 없는 일입니다." 한참 있다가 크라이드는 힘없이 대답했다. "이건 확실히 렌프루 하우스의 매점에서 샀을 텐데요."

“음, 그래, 그렇다면 만일 여기다 증인을 두 사람 불러다 7월 3일, 즉 리커거스를 출발하여 폰다로 향하기 사흘 전에 피고인이 리커거스 하우스로 들어가서 거기 매점에서 안내서를 4,5권 사 가는 것을 보았다고 증언케 해도 피고인은 그래도 역시 이것이 7월 6일에 렌프루 하우스의 매점에서 ‘샀을 터이라’고 주장할 작정인가?” 메이슨은 이렇게 말하고는 의기양양하게 가슴을 쭉 펴고는 주의를 둘러보았는데, 그 태도는 마치 자, 답변할 수 있거든 얼마든지 답변해 보라는 듯한 태도였다. 한편 크라이드는 몸이 떨리고 굳어져 잠시 숨도 못 쉰 채 적어도 십오 초 동안은 죽은 듯이 그냥 가만히 서 있을 뿐이었다. “그러나 그럴 리가 만무합니다. 나는 그것을 리커거스에서 산 것은 아니니까요.”

“좋소. 그러면 이 문제는 그만해 두고 배심원 여러분에게 이 지도를 보이기로 합시다.” 그러고 나서 그는 배심원석 제일 끝에 앉은 사나이에게 그 안내서를 주었다. 그것이 차례차례로 배심원들의 손으로 넘겨져 가고 있는 동안 수군거리는 소리가 법정 안을 흘러갔다.

마침내 배심원들이 전부 그것을 보았을 때 더욱 많은 신랄한 공격이 전개되리라고 기대하고 있던 방청인들은 한순간 아연실색하고 말았다. 메이슨이 기다리고 있었다는 듯이, “이것으로써 본관의 심문은 끝났습니다” 하고 선언했기 때문이다. 다음 순간 방청석 여기저기서 “쳇! 아니 이게 뭐야, 술책에 넘어갔군!” 하고 수군거리기 시작했다. 그때 오버왈처 재판장은 이미 오늘은 시간도 너무 늦었고, 피고인측 증인도 아직 다수 있으며, 그것에 대한 검사측 반증도 있어서 도저히 오늘 중으로는 끝날 것 같지 않으니 오늘은 이것으로 휴정을 했으면 좋겠는데 어떻겠느냐고 물었다. 이 제안에 대하여 벨크납도 메이슨도 둘 다 동의했다. 곧 엄중하게 닫혀져 있던 법정 안의 모든 문이 일제히 열리고, 크라이드는 크로트와 시셀의 호위를 받으면서 요새 며칠 동안 탈주를 연구해 오던 문을 지나서 계단을 내려 감방으로 향했다. 그의 모습이 사라지자 벨크납과 젭슨은 서로 덤덤히 얼굴만 마주 바라다보고 있을 뿐 아무 말이 없었다. 이윽고 그들의 사무소로 돌아와 문에 자물쇠를 잠근 다음 그때서야 비로소 벨크납이 입을 열었다. “……암만 해도 서툴러. 그만하면 곧잘 답변한 셈이지만 좀더 용기가 있었다면 좋았을 텐데. 그건 아마 무리였을지도 모르지, 용기와는 애당초부터 담을 싼 친구였으니까.” 젭슨은 모자를 쓰고 코트를 입은 채 피곤한 몸을 의자에 내던졌다. "그 점이 제일 걱정이라니까. 놈이 여자를 죽이기는 꼭 죽인 모양 같은데, 그렇다고 여기까지 와서 타고 온 배를 버릴 수는 없는 노릇이고. 놈은 내가 상상한 것보다는 잘 싸웠어. 어쨌든 어디 요점 개설(要點槪說)에서나 최후 최대의 노력을 해봐야겠군. 그래도 안 된다면 그땐 할 수 없는 노릇이지, 뭐." 이 말에 대하여 젭슨은 힘없이 다음과 같이 대꾸했다. 그도 퍽 피곤한 모양이었다. "옳은 말씀입니다. 당신도 피곤하겠지만 내친 걸음이니까 끝까지 해봐야죠. 이번엔 당신 차례입니다. 그럼, 난 지금부터 감옥에 들러서 피고인을 좀 격려해 주렵니다. 내일 출정할 때 풀이 죽어 있으면 재미없는 일이니까요. 배심원이 어떻게 생각하든 어쨌든 자기는 무죄라는 꿋꿋한 얼굴을 하고 있지 않으면……." 그는 일어서서 외투 포켓에다 손을 넣고는 어둡고 쌀쌀한 겨울 거리를 크라이드의 감방 쪽을 향해 걸음을 재촉했다.

26

이 공판에는 아직도 열한 명의 증인이 남아 있어 그들이 차례차례로 일어서서 증언을 했다. 메이슨측이 네 명, 크라이드측이 일곱 명. 그 일곱 명 중의 하나인 리오베드의 A.K. 스워드라는 의사는 때마침 로버타의 시체가 보트 하우스로 운반되던 날 우연히도 빅 비턴에 가 있게 되어 그는 거기서 검시를 하게 되었는데 시체의 상처는 크라이드가 우연히 쳤다고 증언하는 정도의 것이며 따라서 올든 양은 익사할 때까지 의식이 있었다고 생각된다고 증언했다. 배심원들은 그 설명을 믿을 뻔했는데, 그때 메이슨이 그 신사의 의사로서의 경력을 질문한 결과 모처럼 증언의 효과도 대번에 무효가 되고 말았다. 그는 오클라호마의 2류 정도의 의과대학 출신이었고, 졸업 이래 조그마한 마을에서 개업해 왔다는 경력 이외에는 아무것도 없는 평범한 시골 의사에 지나지 않았기 때문이다. 그 다음에는——이것은 크라이드가 혐의를 받고 있는 범행과는 직접 관계는 없었지만——건 롯지 부근에서 농사를 짓고 있는 사뮤엘 이어슬리라고 하는 사람이 증인으로 섰다. 이 사람은 로버타의 시체가 운반되던 날 아침 빅 비턴으로부터 건 롯지로 가는 길을 걷고 있었는데 그날은 길이 몹시 나빴다고 증언했다. 이 증언의 결과 벨크납은 로버타의 두부와 안면의 상처가 험한 길 때문에 얼마간 더 나빠졌을 거라는 단정을 내리게 되었다. 그러나 이 증언은 나중에 메이슨측의 증인의 반증에 의하여 일소되고 말았다. 시체를 운반한 루스 형제 상점의 운전기사가 증인이 되어, 문제의 도로에는 수레바퀴 자국이나 기타 험한 장소라곤 없었다고 이것 또한 확신에 넘친 어조로 역설한 것이다. 그 다음에는 그리피스 회사의 리케트와 위괍이 증인대에 섰는데, 그들이 관찰한 범위 내에서는 그리피스 회사에 있어서의 크라이드의 활약상은 참으로 근면 그대로며 사원의 모범이 되고도 남음이 있었다고 증언했다. 그 밖에 몇 사람의 증인은 크라이드의 사교계에 있어서의 태도는 참으로 신중하고 예절바르며 그들이 아는 한에서는 한 번도 남의 뒷손가락질을 받을 만한 짓은 없을 만큼 용의주도했었다고 증언했다. 그러나 반대 심문에 나선 메이슨은 그들이 로버타 올든의 이름을 들은 적도 없고, 그녀가 그런 몸이 된 것은 말할 것도, 크라이드와 그녀가 교제하고 있었다는 사실조차도 몰랐다는 사실을 지적하여 그들의 증언의 가치를 무효로 만들고 말았다.

이처럼 사소하나마 자칫하면 중대한 결과를 가져오게 될 미묘한 논쟁점들이 차례차례로 제출되어 피고측과 검사측 사이에 열렬한 논쟁이 전개된 후 마침내 벨크납이 크라이드를 위하여 최종 변론을 하기로 되었다. 이 최종 변론에 그는 완전히 하루를 소비하여, 처음 변론을 하던 때와 같은 정신으로 극히 주의하여 변론을 했는데, 그 중에서도 특히 크라이드가 전혀 무고하다고는 할 수 없어도 거의 무의식적으로 로버타와의 연애에 빠져 그것이 두 사람에게 다 불행한 결과로 끝났다는 것을 입증할 만한 모든 점을 되풀이하고 강조해서 역설했다. 크라이드의 소년 시절의 빈곤한 생활에 의하여 결정지어진 정신적 · 도덕적 겁쟁이로서의 성격이 그때까지는 도저히 손도 못 대 보리라고 생각하던 인생의 좋은 기회가 눈앞에 나타나게 되자, '다정다감한 꿈이 많은' 그의 마음을 몹시 흔들어 놓고 말았다. 그가 올든 양에 대하여 공정치 못했다는 것은 말할 것도 없고, 그 점에 관해서는 재론의 여지도 없다. 그러나 피고의 고백에 의하여 명백한 것처럼, 그는 검사가 일반 방청인과 배심원들에게 인상을 주고자 하는 것과 같은 그런 잔인하고 비열한 인간이 아니라는 것은, 변호인 앞에서 한 피고인의 고백을 들어보아도 충분히 증명되는 바이다. 세상에는 그 남녀 관계에 있어 이 소년의 경우와 비교도 되지 않을 만큼 냉혹한 짓을 하고 있는 인간이 허다하지만, 그 때문에 처형되었다는 이야기는 거의 일찍이 들은 예가 없다. 그러면 이 소년이 과연 기소 내용과 같은 범죄를 범했는가 어떤가 하는 실제 문제로 들어감에 있어, 피해자인 여성이 이 소년과의 육체 관계에 있어서 여러 가지로 고민한 데 대한 동정심에 지배되어, 이 소년이 실지로 그런 범죄를 행했다고 단정하는 일이 없도록 주의하심은 배심원 여러분이 마땅히 취해야만 할 의무라고 생각한다. 남녀를 막론하고 서로 생각하고 사랑하는 관계에 있어 때때로 상대방에게 잔인하지 않았던 사람이 어디 있는가?

그 다음으로 벨크납은 장황히 상세하게 주장된 그 기소 논고도 결국은 그저 순전한 간접 증거의 나열에 지나지 않는다고 논파했다. 문제의 범행 그 자체를 목격한 사람도, 분명히 자기 귀로 들은 사람도 없는 데 반하여 크라이드는 그 특수한 상황하에서 어떠한 행동을 취했고 어떻게 하여 그렇게 되었는가를 극히 명백하게 설명하고 있다. 벨크납은 이렇게 진술한 다음, 예의 여행안내서 건과 크라이드가 빅 비턴 호에서 뱃삯을 물어 보지 않았다는 사건 등에 관해서는 언급을 피하고, 다만 그가 갑자기 다리를 감췄다는 것, 로버타의 바로 옆에 있으면서도 그녀를 구출하지 않았다는 것만을 변호하여, 그것은 그가 돌발적인 사건에 너무도 당황했기 때문이라고 설명했다. '일생 중에서 절대로 주저해서는 안 될 순간에 치명적으로 주저했지만 그렇다고 해서 그것이 범죄 구성 요건은 되지 못한다' 고 말을 맺었다. 궤변다운 점도 없지 않았지만 꽤 설득력이 있고 박력 있는 변론이었다.

그 다음에는 메이슨이 일어서서, 크라이드는 가장 악랄하고도 잔인한 살인범이라는 확신을 조금도 굽히지 않았고, 이 '수염난 사나이' 가 손을 피로 적신 살인귀' 라는 것을 증명하기 위하여 도저히 논파할 수 없는 충분한 증거를 제시했었지만 피고측 변호인들은 그 증거물로부터 배심원들의 주의를 흐트러뜨리기 위하여, '거짓말을 거미줄 늘어놓듯 늘어놓고, 근거 없는 진술을 되풀이했다.' 그래서 그 모든 거짓말과 허위 진술을 폭로시키기 위하여 메이슨은 하루를 완전히 소비했다. 그 중 몇 시간은 지금까지 진술된 허다한 증언을 또다시 처음부터 되풀이하는 데 소비되었고, 나머지 몇 시간은 크라이드를 공격하는 것과 로버타의 비참한 정경을 재역설하는 데 여러 시간을 소비했다. 그 애절한 호소가 누누이 계속되는 동안 또다시 배심원과 방청인들은 다시 한 번 눈물을 흘렸다. 벨크납과 젭슨 두 변호인 사이에 앉아 있던 크라이드는 그것을 들으면서 이렇게도 교묘하게 감동적으로 총괄하여 진술된 증거를 앞에다 두고 자기를 무죄 판정할 배심원은 한 사람도 없으리라고 생각하지 않을 수가 없었다.

그 다음 오바왈처 재판장이 마지막으로 배심원들에게 다음과 같은 훈시를 했다. "여러분, 증거라고 하는 것은 어느 범죄를 추정케 하는 사실에서 나온 것이건 목격자의 증언에 의한 것이건을 막론하고 엄밀한 의미에선 모두가 다소는 간접적인 것입니다. 목격자의 증언이라는 것도 결국은 정황을 기초로 한 간접 증거들입니다. 이 사건의 구체적인 어떤 물적 증거가 범죄의 개연성(蓋然性)과 배치될 때에는 피고인에게 유리한 판정을 내리는 것이 배심원 여러분의 의무입니다. 또 어떤 증거가 정황증거이기 때문에, 혹은 간접증거라는 이유에서 그것을 무시하거나 배척하거나 해서는 안 된다는 것도 기억할 필요가 있습니다. 간접증거는 왕왕 직접증거보다도 훨씬 더 신빙성이 있는 경우도 많습니다. 이 사건에서는 동기와 그 중요성에 관하여 상당히 많은 논의가 있었습니다. 그러나 범행의 동기라는 것이 유죄 판정에 대하여 필수 불가결한 것도 아니며, 본질적인 것도 아니라는 것을 배심원 여러분은 기억할 필요가 있습니다. 확실히 동기라고 하는 것은 범죄의 확정을 간접적으로 도울지는 모르지만 그렇다고 해서 반드시 배심원들이 그 동기를 증명할 필요는 없습니다.

만일 배심원 여러분이 로버타 올든은 우연, 즉 과실에 의하여 보트에서 떨어졌고, 그것에 대하여 피고인이 그 여자를 구해 주기 위하여 아무런 노력도 하지 않았다는 것을 인정하는 경우에 그 행위는 피고인을 유죄로 하는 것은 아닙니다. 따라서 이런 경우에는 배심원 여러분은 피고인을 '무죄'라고 판정해야 합니다. 그러나 그와 반대로 만약 피고인이 고의로 때렸다거나, 혹은 다른 수단에 의하여 이 피해자를 익사케 했다고 판정했을 경우에는 피고인을 유죄라고 판정해야 합니다. 여러분이 자신의 판단에 의하여 답변해야 한다는 것은 말할 것도 없지만 나중에 잘 생각해 보았더니 정말 잘못되어 있었다고 뉘우치게 되는 그러한 일이 없도록 거듭거듭 신중한 판단을 내려 주시기를 바라 마지않는 바입니다."

오버왈처 재판장은 높은 단 위에서 엄숙하고도 교훈적인 어조로써 배심원들을 내려다보면서 이렇게 훈시했다.

이렇게 하여 오후 다섯 시, 마침내 흑백을 가릴 때가 도래하여 배심원들은 일제히 일어서서 퇴정하고 말았다. 그리고 크라이드는 그 직후에 또다시 독방으로 옮겨졌고, 그 후에 방청인들의 퇴정이 허락되었다. 이것은 방청인 중에서 피고를 습격하는 사람이 나타나지 않을까 하여 군 보안관이 걱정한 끝에 취한 조치였다. 크라이드는 다섯 시간씩이나 계속해서 앉아 있던 후인지라 감방 안을 잠시 돌아다니기도 하고, 걸터앉아 있기도 하고, 책을 읽는 척도 하고 쉬는 척도 하고 있었으나, 한편 여러 신문사의 대표자들로부터 그 동안의 크라이드의 상태를 알리라는 부탁을 받고서 팁을 받은 크로트와 시셀 두 사람은 감시하기 쉬운 장소에 자리를 잡고서 빈틈없이 그의 동태를 살피고 있었다.

또 오버왈처 재판장과 메이슨, 벨크납, 젭슨들은 각기 부하와 친구들과 함께 브리지버그 센트럴 호텔의 자기 방에서 식사를 하고, 몇 잔의 술로 기분을 전환시키면서 어떻게 되었든 간에 어서 배심원들이 의논을 모아 답신(答申)의 결론을 내려 줄 것을 고대하고 있었다.

한편 농부와 사무원과 상인들로 구성된 열두 명의 배심원들은 메이슨과 벨크납과 젭슨이 제출한 여러 가지 논점을 스스로 납득할 때까지 세밀히 검토했다. 그러나 벨크납과 젭슨에게 동조한 것은 열두 명 중 겨우 한 사람, 사무엘 어팜이라는 약사뿐이었다. 그는 정치적으로 메이슨과 반대당에 소속되어 있었고, 개인적으로는 젭슨에게 호감을 가지고 있었다. 따라서 그는 메이슨의 입증에 시종 의문을 품고 있는 듯한 태도였으나 다섯 시를 지나서 드디어 투표하는 단계가 되자, 배심원의 의견이 일치하지 않을 경우엔 반드시라고 해도 좋을 만큼 회의의 경과가 폭로되므로 대중의 노여움과 욕을 사게 되는 것이 무서워졌다. "두고 보자. 그냥 둘 줄 아느냐?" 노스 맨스필드에서 꽤 큰 약방을 경영하고 있는 그는 이렇게 위협을 받을 것을 생각하자 그 즉시로 자신의 생각을 철회하고 타협적인 태도로 일변하고 말았다.

그 다음 배심원실에서 법정으로 통하는 문에 네 번 노크 소리가 울렸다. 노크하는 사람은 시멘트와 돌을 팔고 있는 상점의 주인으로 배심원장인 포스터 런드였는데, 그가 커다란 주먹으로 노크한 것이었다. 이 소리를 듣고, 무더운 법정 안에서 반은 졸고 있던 방청인들——어떤 사람은 저녁을 먹었지만 대부분은 앉은 채로 기다리고 있었다——이 갑자기 잠에서 깨어났다. "뭐야 저건? 어떻게 된 거야? 배심원 회의는 끝났나? 어떻게 됐을까?" 남녀노소 할 것 없이 방청석에서 목책 앞으로 우루루 모여들었다. 배심원실 문앞에 서 있던 간수 두 명이 군중의 요청에 의하여 큰 소리로 대답했다. "배심원 회의는 끝났습니다! 재판장님이 입장하시는 대로 보고가 있을 것입니다." 그때에 간수들의 한패는 법정 안마당을 뛰어가서 형무관들에게 피고인을 출정시키라고 통고했고, 한패는 브리지버그 호텔로 달려가서 재판장과 그 외의 관계자들을 부르러 갔다. 완전한 고독감과 숨막힐 듯한 죽음의 불안감 속에서 반실신 상태로 졸고 있던 크라이드는 크로트가 채워 주는 수갑을 차고 슬래크와 시셀에 호위되어 감방을 나왔다. 오버왈처, 메이슨, 벨크납, 젭슨, 각 신문사의 기자와 카메라맨, 그 밖의 사람들이 과거 몇 주일 동안 앉아 있던 자리에 제각기 앉았다. 그리고 크로트가 그를 변호인들 뒷자리에다 앉혔을 때 그는 쉴 새 없이 연방 눈을 껌벅거리고 있었다. 이번에는 그들과 함께 앉을 수가 없었다. 크로트가 수갑의 밧줄을 바싹 잡고 있었으므로 그와 함께 앉을 수밖에 없었던 것이다. 오버왈처 재판장이 단 위로 올라갔고, 서기들이 각기 제자리에 앉자 곧 배심원실의 문이 열리며 열두 명의 배심원이 무거운 걸음걸이로 법정 안으로 들어왔다. 대부분이 몹시 남루한 기성복을 입고 있었다. 그들은 각기 자리에 착석했다가 서기의 명령으로 곧 일제히 일어섰다. "배심원 여러분에게 한마디 하겠습니다. 합의를 보셨습니까?" 그들 중 누구 하나도 벨크납과 젭슨과 크라이드 쪽을 보는 사람은 없었다. 그것을 본 벨크납은 즉석에서 이젠 다 틀렸구나 하고 생각했다.

"이젠 볼일 다봤군." 벨크납이 젭슨에게 속삭였다. "진 모양이군."

그때 런드가 다음과 같이 선언했다.

"우리들은 피고인에게 살인죄의 최고형을 주어야 할 것으로 생각합니다."

크라이드는 이 말을 듣자 정신이 아찔하며 현기증이 났지만 가까스로 자세를 바로잡고는 태연한 태도를 유지하려고 애썼다. 그래서 배심원들이 있는 곳을 똑바로 쏘아보면서 눈 하나 까딱도 하지 않았다. 어젯밤 독방에서 크라이드가 몹시 상심하고 있는 것을 본 젭슨은 이 재판의 결정이 비록 만족할 만한 것이 못 되더라도 그다지 대단한 문제는 아니라고 그를 타일러 놓았기 때문에 지금 그다지 동요하지 않고 있을 수 있었던 것이다. 이 재판은 처음서부터 끝까지 불공평했다. 모든 곳에서 편견과 선입견이 일일이 지배하고 있었다. 메이슨이 배심원들 앞에서 자행한 것과 같은 협박 · 공갈 · 풍자는 어떠한 최고

재판소에서도 절대로 용납될 성질의 것은 아니다. 따라서 판결이 나는 대로 곧 상고하면 또다시 새로 재판을 받게 될 것이다. 이것이 젭슨이 위로한 말들이었는데, 사실 항소를 누가 담당할 것인가에 관해서는 그는 아직 말할 아무런 준비가 없었다.

이제 크라이드는 젭슨의 이러한 말들을 회고하면서 이러한 판결은 그리 문제로 삼을 것도 없겠다고 혼자 생각하고 있었다. 그렇지, 틀림없어! 그러나 만일 새로 재판을 받을 수 없게 되는 경우에 이 말이 무엇을 의미하는가를 생각할 때 소름이 끼쳤다. 살인형이다! 만일 이것이 최초며 최후의 재판이 된다면 그러한 의미가 될 테지! 과거 몇 달 동안 밤이나 낮이나 머릿속에 자꾸만 떠올라 제거해 버릴 수 없었던 저 전기의자에 앉게 될 자신을 지금 또 문득 생각해 보았다. 저 무서운 유령 같은 의자가 여느 때보다도 가깝게 그러면서도 훨씬 크게 보였다. 그것은 자기와 오버왈처 재판장과의 사이의 공간에 반석같이 놓여 있었다. 똑똑히 보였다. 네모진 반석 같은 손잡이와 등받이가 달린 의자. 그 맨 꼭대기와 옆에 무슨 장치가 되어 있다. 아아! 어쩌면 이제는 이 이상 아무도 자기를 도와 주려고 하지 않을지도 모른다! 백부조차도 이 이상 일전 한푼도 내놓으려고 하지 않을지도 모른다! 만일 그렇게 된다면……? 젭슨과 벨크납한테서 들은 항소재판소(抗訴裁判所)도 자기를 도우려고 하지 않을 테지. 그렇게 된다면 저 말이 결정적인 것으로 되어 버릴지도 모른다. 아니, 정말 그렇게 될 것이다! 아아!……그는 문득 약간 턱을 쳐들어 보았다. 모두가 자리를 일어서기 시작한 것처럼 생각되었기 때문이었다. 마침 그때 벨크납이 자리에서 일어서서 배심원 중의 한 명에게 투표수를 물어 보고 있는 중이었다. 곧 젭슨이 상체를 앞으로 내밀고는 크라이드에게 귓속말로 말했다. "걱정할 것 없어요, 아직 결정적인 것은 아니니까. 확실히 초심을 번복시킬 수 있습니다." 크라이드는 "네" 하고 대답했지만 그 말이 머릿속에 잘 들어오지는 않았다. 배심원들의 말이 귓전을 울려 그쪽에 마음을 빼기고 있었기 때문이다. 무엇 때문에 저자들은 저렇게 힘을 주어 지껄이고 있는 것일까? 자기가 비고의적으로 여자를 때렸을지도 모른다고 생각하는 배심원은 한 사람도 없단 말인가? 두 변호인이 극력 주장한 자기의 심경의 변화를 반신반의 정도라도 믿어 주는 사람이 한 사람도 없단 말인가? 그는 키가 크고 작은 사람이 뒤섞인 배심원들을 모두 쳐다보았다. 마치 낡은 상아색의 얼굴과 손을 가지고 있는 진한 갈색의 나무 인형처럼 보였다. 그 다음 그는 어머니를 생각해 보았다. 반드시 이 소식이 어머니의 귀에도 들어가게 될 테지. 각종 신문사의 기자와 카메라맨이 이렇게 모여 있으니까. 또 그리피스 가의 사람들은 ──백부와 길버트는──지금 어떻게 생각하고 있을까? 그리고 손드라는? 아아, 손드라! 그녀한테서는 한마디의 소식도 없었다. 벨크납과 젭슨의 동의를 얻고서 이번 사건의 참된 원인은 그가 그녀에 대한 열렬한, 어떻게 할 수 없는 사랑의 포로가 된 데 있었다고 분명히 증언하고 있음에도 불구하고 그녀는 한 장의 편지도 주지 않았다. 이렇게 된 이상 물론 이제는 그에게 편지를 줄리는 만무할 테지. 한때는 자기와 결혼하고 자기에게 모든 것을 바치려고 한 그녀였건만!

그러나 잠시 동안 그의 주위의 모든 사람들이 이상하리만큼 잠잠했다. 마음속으로부터 만족하고 있는 탓이었을지도 모른다. 이 악마 녀석, 아무리 네까짓 놈이 피해 나오려고 했지만 그 꼴 봐라! 심경의 변화니 뭐니 하는 그따위 터무니없는 수작으로 우리 군의 상식이 건전한 열두 명 배심원들이 속아넘어갈 줄 알고, 어림도 없다! 아아, 고소하다! 한편 젭슨은 가만히 앉아서 마룻바닥만 내려다보고 있었고, 벨크납은 그 굳센 얼굴에 멸시와 반항의 표정을 나타내고는 연방 몸을 움직이면서 뭐라고 지껄이고 있었다. 메이슨과 버얼리, 뉴콤, 레드몬드 등은 엄숙한 얼굴을 짓고 있었지만 내심의 기쁨을 좀처럼 감출 수가 없는 모양이었다. 벨크납은 재판장에게 언도를 내주 금요일까지 1주일만 연기해 주었으면 좋겠다고 요구했다. 자기로서는 그날이 출정하기에 편리하다는 이유에서였다. 그러나 오버왈처 재판장은 그 요청에 대하여 무슨 충분한 이유가 제시되면 모르거니와 그렇지 않는 한 그 요구를 받아들일 수는 없다고 답변했다. 그리고 변호인측에서 괜찮다면 내일 그 이유를 듣고, 그 요구가 타당한 것이라면 판결을 연기하겠지만 그렇지 않으면 내주 월요일에 판결을 언도할 예정이라고 선언했다.

그러나 그때 크라이드의 귀에는 그러한 토론이 들리지도 않았다. 어머니를 생각하고 있었고, 어머니가 무엇을 생각하고 무엇을 느끼고 있을까, 그런 것을 생각하고 있었다. 이때까지 어머니에게 규칙적으로 꼬박꼬박 편지를 써 보내고 있었고, 자기는 무죄니까 신문기사 같은 것은 단 한 부분이라도 믿어서는 안 된다고 역설해 온 크라이드였다. 자기는 곧 무죄 판결을 받게 된다. 자기는 요즘 계속해서 법정에서 자기 변호를 하고 있다는 것을 어머니에게 써 보냈다. 그러나 지금은 어머니에게 매달릴 수밖에 딴 길이 없었다. 세상 사람이 모두 자기를 버린 것만 같은 생각이 들었다. 이 이상 아무도 자기를 상대해 주지 않을 테지. 이렇게 된 이상 되도록 빨리 어머니에게 편지를 써야겠다. 그것밖에는 딴 길이 없다. 어서…… 그는 곧 젭슨에게서 종이와 연필을 얻어 이렇게 썼다. '콜로라도 주, 덴버 시, 희망의 문 전도관 내 아서 그리피스 부인 앞——어머니, 저는 유죄 판결을 받았습니다——크라이드.' 이 쪽지를 젭슨에게 전하면서 곧 전보를 쳐달라고 흥분한 얼굴과 힘없는 목소리로 부탁했다.

"염려 마시오. 곧 쳐 줄 테니까." 젭슨은 그 표정에 감동되어 이렇게 친절히 대답하고는 자기 근처에 있는 신문팔이 소년을 불러 돈을 주면서 그것을 부탁했다.

그 동안 법정 안의 문에는 모두 자물쇠가 채워지고 있었는데, 얼마 후 크라이드는 크로트와 시셀에 호위되어 지금은 익숙해진 그 옆문——그는 이 문으로 도망을 가려고 얼마나 연구했던가!——으로 해서 퇴정했다. 그때까지 방청인의 퇴정은 엄금되어 있었다. 그가 퇴정하는 동안 신문 관계자들과 방청인과 아직도 남아 있는 배심원들은 피고인의 반응이 과연 어떤가 하여 그의 얼굴을 살피고 있었다. 지방 사람들의 피고인에 대한 감정이 아주 험악한 것을 잘 알았기 때문에 오버왈처 재판장은 크라이드가 안전하게 수감되었다는 보고를 받기까지 휴정을 명하지 않았다. 그 보고를 받자 휴정이 선언되고 문이 열렸다. 군중은 한꺼번에 우우 밀려나오게 되었는데, 그들은 문앞에서 걸음을 멈추고는 이 재판의 영웅, 크라이드에게는 복수의 여신 네미시스였고, 로버타의 은인인 메이슨이 퇴정하는 모습을 보려고 들끓고들 있었다. 그러나 제일 먼저 나타난 것은 젭슨과 벨크납이었다. 둘 다 실망의 기색이라고는 거의 없었고, 강경히 버티고 있었다. 특히 젭슨은 태연한 엷은 미소조차 띄우고 있었다. 누군가가 수군거렸다. "그놈을 무죄라고 생각하다니 좀 돌지 않았소?" 이 말에 젭슨은 가볍게 어깨를 움찔하며, "아직 모릅니다. 이 재판소만이 재판소는 아니니까요." 그 바로 뒤에서 두꺼운 자루 같은 외투를 어깨에 걸치고 낡은 중절모자를 푹 내려쓴 메이슨이 버얼리, 하이트, 뉴콤 기타 부하들을 거느리고 임금의 행렬처럼 나타났다. 그러나 메이슨 자신은 기다리고 있는 군중의 치하와 칭송에는 상관없다는 듯이 걸어가고 있었다. 이제야말로 그는 승리자며 이미 선정된 판사가 아닌가! 열광적인 군중이 와하고 그의 주위로 몰려들어 환호성을 올리면서 그에게 악수를 청하며, 어깨와 팔을 두들기며, 이구동성으로 찬사를 보냈다. "오빌 만세!" "판사님, 축하합니다!" 머지않아 올 그의 새로운 직함이 이미 사용되고 있었다. "검사님, 우리 군민 일동은 진정으로 검사님에게 감사합니다!"

"메이슨 만세!" "여러분, 메이슨 검사 만세를 삼창합시다!" 이 말을 듣고 모여 있던 군중은 일제히 집이 떠나갈 듯한 목소리로 만세를 불렀다. 독방 안의 크라이드의 귀에도 똑똑히 들렸다. 크라이드는 그것이 무엇을 의미하고 있는지를 곧 이해할 수 있었다.

그들은 메이슨이 그를 유죄로 한 것 때문에 지금 만세를 부르고 있는 것이다. 저 군중 속에는 그가 전혀 무죄하다는 것을 믿어 줄 사람은 한 사람도 없다. 로버타가——그녀의 편지가——기어이 그녀가 무리하게 그에게 결혼을 강요한 것이——세상에 알려질까봐 겁낸 공포가——그를 이 지경으로 몰아넣고 만 것이다. 유죄 판결, 그리고 사형으로 몰아 넣을지도 모른다! 그가 갈망하고 동경하던 모든 것을 버리고, 그가 소유할 수 있으려니 꿈꾸던 모든 것을 버리고 죽음으로! 그리고 아아, 손드라! 한 장의 편지도 주지 않는 손드라! 그러나 그는 곧 크로트와 시셀과 그 밖의 그의 일거일동을 신문에 내기 위하여 누군가 그를 지켜보고 있을지도 모르겠다고 생각하고는, 동요하고 있는 자기를 보이고 싶지 않다는 생각에서 다시 일어나 앉아 책을 읽는 척해 보였다. 그러나 그의 정신은 책장을 떠나 멀고 먼 곳에 가 있었다. 그의 어머니, 형제자매, 그리피스가의 사람들, 기타 그가 알고 있는 사람들의 얼굴을 머릿속에 그리고 있었다.

그러나 그러한 공허한 영상을 좇는 자기 자신을 가련하게 생각한 그는 일어서서 옷을 벗고는 마침내 그의 작은 쇠침대 위로 기어올라가고 말았다.

"유죄! 유죄!" 더구나 그것은 그가 죽어야 한다는 것을 의미한다. 아아! 지금 베개에다 얼굴을 파묻을 수 있다는 것은 천만다행이다! 어떻게 억측되건 어쨌든 얼굴이 눈에 띄지 않는 것은 고마운 일이다!

27

이 대규모적인 재판의 여파는 입에서 입으로 전국 방방곡곡에까지 퍼져서 이 비극에 대한 엄격한 비판과 더불어 크라이드의 유죄를 확신하는 목소리가 점점 높아진 후에 도처의 신문이 드디어 적절한 단죄가 단행되었다는 것을 보도했다. 살해된 여자의 슬픈 편지! 그녀는 얼마나 괴로웠을까! 또 얼마나 약한 피고측의 변호냐! 덴버의 그리피스 가의 가족들조차 재판이 진행되어 감에 따라 계속 제출되는 증거에 아연실색하고는 마침내 가족들 사이에서조차 공공연히 신문을 펼쳐 보는 용기마저 꺾이고 말아, 각자가 몰래 숨어서 읽은 후에 끝없이 전개되는 지긋지긋한 정황 증거에 관하여 몰래 수군수군 속삭이는 실정이었다. 그러나 벨크납의 변론과 크라이드 자신의 증언을 읽은 후에는 그 때까지 암담한 기분에 잠겨 있던 그들도 겨우 자기의 아들이자 형이자 동생인 크라이드를 믿을 수 있게끔 되었다. 그리고 자기의 무죄를 몇 번씩 강조해서 보낸 그의 편지에 답하여 격려의 편지를 보냈다. 그러나 얼마 후 유죄로 결정되고, 그에게서 어머니에게로 절망적인 전보가 보내지고, 각 신문이 확실히 그것을 뒷받침하기에 이르러 가족의 놀라움은 그 순간 절정에 도달했다. 설마 그럴 리가? …… 아니 역시 절망이었을지도 모른다. 어느 신문도 그렇게 생각하고 있는 모양이다. 각 신문사의 기자들의 그리피스 부인에게로 쇄도해 왔다. 그녀는 엄격한 세인의 눈을 피하기 위하여 전도일을 그만두고는 애들과 함께 덴버의 교외에서 숨어서 살고 있었는데, 돈에 탐이 난 이삿짐 센터가 그 피난처를 폭로하고 말았던 것이다.

그리하여 하나님의 섭리의 증언자 그리피스 부인은 초라한 아파트의 한 방에서 생활에 지치고, 이 참혹한 인생의 시련에 시달린 몸을 의자에 파묻으면서, 그러나 신앙심이 두텁고 조용한 어조로 그들이 묻는 말에 순순히 대답했다. "오늘 아침은 생각할 수 없습니다. 나에겐 모든 것이 이상하기만 해서 머리가 어떻게 되어 있는지도 모르겠습니다. 내 아들이 살인죄를 범했다니…… 천만에요, 천만에요, 나는 그 애의 어머니까 무슨 일이 있어도 그 애가 정말로 죄를 범했다고는 믿지 않습니다! 그 애한테서도 자기는 무죄로 기소되어 있다는 편지가 와 있으며 나는 그 애를 믿고 있습니다. 내 아들이 어머니에게 사실을 털어 놓지 않고 누구에게 털어 놓을 수가 있겠습니까? 모든 것은 하나님이 보시고 계십니다. 하나님이 아시고 계십니다."

그러나 캔자스시티에서의 최후의 실패도 그렇고, 너무나도 뚜렷한 증거가 산적되어 있어 그녀조차도 고개를 갸우뚱하지 않을 수가 없었다. 그리하여 마침내 불안에 몰리고 말았다. 왜 크라이드는 저 여행안내서의 문제를 설명할 수 없었을까? 왜 헤엄을 잘 치는데 여자를 구출해 내려고 하지 않았을까? 수수께끼의 X양이라는 여자는 어떠한 여자인지는 모르지만 왜 그 애는 그 X양이라는 여자에게 그처럼 미쳐 있었을까? 그러나……그러나 신앙이 두터운 그녀는 자기 아들 중에서도 특히 그 희망에 불타고 있던, 비록 다소 침착성은 부족했을망정 어쨌든 성실하고 향상심이 강한 장남이 그렇게 무시무시한 죄를 저지를 줄은 누가 뭐라고 하든 믿어지지 않았다. 유죄로 결정된 지금 와서도 자기 아들을 의심할 수가 없었다. 자비하신 하나님의 가르치심에 비쳐 보았을 때 자기 아들의 과오가 아무리 무서운 것으로 보일망정 자기 자식의 악을 믿는다는 것은, 즉 어머니에게 그릇된 생각이 있기 때문에 그렇게 되는 것이 아닐까? 그녀는 귀찮은 호기심에서 찾아오는 손님을 피하기 위하여 이사를 하기 전에 전도소의 음산한 방을 청소하고 있을 때에, 그 아무도 보고 있지 않는 방 한가운데서 하늘을 우러러보고 굳세어 보이는 갈색 얼굴에 흉하지만 확신에 찬 주름살을 새기며 ―6천 년 전의 성서시대, 초기의 인간을 연상케 해주는 자세로 기도를 올리면서 마음을 가라앉히고는, 거대한 몸과 마음을 가지고 있는 살아 있는 신이―그녀의 창조신이 계시는 눈에 보이지 않는 왕좌를 우러러보았다. 아들이 무죄인가 유죄인가를 아는 힘과 지도를 베풀어 주시옵소서 하고 기도를 올렸고, 만일 자기 아들이 무죄라면 자기 아들과 자기와 나머지 아이들과 자기와 친한 사람들의 마음의 괴로움의 짐을 풀어 주실 것을, 또 만일 자기 아들이 정말로 죄를 범했다면 어떻게 하면 좋으며, 어떻게 고통을 이겨 내야 좋을까를 가르쳐 주시고, 아들의 불멸의 영혼으로부터 그와 같은 오점을 깨끗이 씻어 주시고, 또다시 아들이 깨끗한 몸으로 하나님 앞에 무릎을 꿇을 수 있도록 자비를 베풀어 주실 것을 기도했다.

"하나님 아버지시여, 전능하신 하나님, 내 소원을 들어주시옵소서. 당신의 총애에 의하여 나를 구해 주시옵소서. 자비를 베풀어 주시옵소서. 아, 주여,

만일 그 애의 죄가 주홍색처럼 빨갛다면 양털처럼 하얗게 해주옵소서."

그러나 그렇게 기도를 올리면서도 그녀의 마음속에 떠오른 것은 이브가 후예들에게 준 지혜였다. 크라이드가 죽였다고 하는 그 처녀는 도대체 어떠할까? 더구나 그 처녀에게도 역시 죄가 있는 것이 아닐까? 더구나 그 처녀는 크라이드보다 나이가 위가 아니었던가? 신문에는 그렇게 보도되어 있었다. 확실히 그 편지의 한 줄 한 줄을 세밀히 읽어 보면 그 애절한 내용에 그만 감동되어 올든 가에 엄습한 이 불행을 마음속으로부터 동정하지 않을 수가 없었다. 그러나 어머니로서 혹은 태고의 이브의 지혜의 뒷받침을 받은 여성으로서 이것을 보았을 때, 그녀는 로버타 자신이 내심으론 자기가 좋아서 몸을 허락했음에 틀림없을 거라는 추측이 갔다. 그녀의 색정(色情)이 크라이드의 마음을 약하게 하고, 길을 그릇되게 했음에 틀림없었다. 선량한 의지가 강한 여자라면 절대로 몸을 허락했을 리가 만무하지 않은가? 그럴 리가 없다. 똑같은 고백을 그녀는 이 전도소와 거리의 집회에서 몇 번 들었는지 모른다. 크라이드측에서 생각한다면 에덴 동산의 시초에 일컬어진 그대로, '여자가 우선 나를 유인했도다' 라고 할 수 있는 것이 아닐까?

그렇다──역시 그렇다──그러니까──'하나님의 자비는 영원히 무궁하도다' 라고 그녀는 인용했다. 그리고 만일 하나님의 자비가 영원히 무궁한 것이라면 크라이드 어머니의 그것도 역시 영원히 무궁해야 할 것이 아닌가?

"너에게 만일 겨자씨만큼의 신앙이 있다면……" 하고 그녀는 자신에게 인용하고는 귀찮을 정도로 샅샅이 캐묻는 기자들을 향하여 이렇게 덧붙였다. "내 아들이 그 처녀를 죽였다고요? 그건 의심됩니다. 그런 하나님만이 아실 일입니다." 그녀는 아무렇지 않은 얼굴로 무정한 기자들을 훑어보았다. 마치, 내 하나님에게 물어 보시오라고 할 듯한 얼굴이었다. 그래도 그들은 그녀의 진지함과 신앙의 깊이에 몹시 감동을 받았다는 그러한 표정들이었다. "배심원이 그 애를 유죄로 하건 무죄로 하건 그런 것은 벌을 주재하시는 하나님의 눈으로 볼 때에는 문제도 안 됩니다. 배심원의 판단은 결국 인간의 판단에 지나지 않으니까. 속세의 속인들의 생각에 지나지 않습니다. 나는 신문에서 변호인의 설명을 읽었습니다. 그 애는 나에게 보낸 편지에서 자기는 절대로 죄를 저지르지 않았다고 합니다. 나는 내 아들을 믿습니다. 그 애에게 죄가 없다는 것을 확신하고 있습니다."

그 방 한구석에 있던 아서는 거의 아무 말도 하지 않았다. 그는 현실을 이해하는 힘이 완전히 결핍되어 있었고, 감정의 과격한 움직임과 힘을 경험하고 있지 않았기 때문에 이 문제의 의미를 10분의 1도 파악할 수가 없었다. 따라서 크라이드의 성격이니 그의 결점이니 공상벽 따위는 전혀 이해할 수 없었다고 그렇게 대답했을 뿐으로 아들에 관해서 논하기를 피했다. 그러나 그리피스 부인은 말을 이었다.

"나는 절대로 그 애를 두둔하여 그 애가 로버타 올든 양에 대하여 죄가 없다고 하는 것은 아닙니다. 그 애는 과오를 범했습니다. 그러나 그 처녀도 그 애를 거절하지 않았다는 점 역시 과오를 범하고 있다고 생각합니다. 물론 그 처녀도 죄를 범하고 있으니까 그 애의 죄가 그만큼 가벼워질 것이라는 것도 아니고, 그 처녀 부모의 슬픔도 이만저만이 아닐 것이라고 마음으로부터 동정을 금할 길이 없습니다만, 그 죄는 피차간의 것이라는 것을 묵과할 수는 없겠습니다. 세상 사람들께서도, 재판장께서도 이 점만큼은 잘 알아주셔야 하겠습니다. 물론 나는 그 애를 두둔하려는 생각에서 이렇게 말씀드리고 있는 것은 아닙니다. 그 애는 어렸을 때의 가훈(家訓)을 잊어 버린 것이 큰 실수였습니다." 이렇게 말하고서 그녀는 슬픈 듯이, 유감스럽다는 듯이 입술을 깨물었다. "그러나 나는 그 처녀의 편지를 읽어 보았습니다. 그리고 그 편지가 없었다면 검사도 내 아들을 기소할 수는 없었으리라고 생각합니다. 그는 그 편지로 배심원의 감정을 선동한 것입니다!" 그녀는 느닷없이 벌떡 일어서며 견딜 수 없다는 듯이 버럭 소리를 질렀다. "그러나 그 앤 내 아들입니다! 그 앤 유죄 판결이 났습니다. 나는 비록 그 애의 죄과에 대하여 어떻게 생각하든 어쨌든 어미로서 그 애를 건져 낼 길을 강구하지 않으면 안 되겠다고 생각하고 있습니다" 하며 그녀는 두 손을 서로 움켜쥐었다. 박정한 기자들도 그녀의 슬픔에는 마음이 동한 모양이었다. "나는 그 애를 만나 보러 가지 않으면 안 되겠습니다. 좀더 빨리 갔어야 했습니다. 이제 겨우 그것을 알 수 있었습니다." 그녀는 이렇게 내심의 고민과 불안을 세상 사람 앞에 털어 놓는다 하더라고 누구 한 사람 동정해 줄 사람이 없겠다고 느끼고는 문득 말을 끊었다.

"실은……." 그때 마침 크라이드와 동년배의 극히 타산적이며 감정이 둔한 기자 하나가 얼토당토않은 질문으로 말을 가로챘다. "왜 아주머니께서 저 재판 기간중에 법정에 출두하지 않았을까 하고 이상하게 생각하는 사람도 있는 모양인데 갈 돈이 없었습니까?"

"나는 물론 돈도 없었죠." 그녀는 숨김없이 대답했다. "그러나 그것뿐만이 아니라 아들애한테서 오지 말라는 전갈이 있었습니다. 그러나 이제는 어떻게 해서든지 꼭 가야겠습니다. 어떻게 해서든지 돈을 장만해서 가지 않으면 안 되겠습니다." 이렇게 말하며 그녀는 조그만 초라한 책상 옆으로 갔다. 방에는 그러한 낡아빠진 가구가 몇 개 여기저기 흩어져 있을 뿐이었다. "당신들 중에서 누가 시내로 나가는 분이 계시다면 죄송합니다만 전보를 하나 쳐 주실 수 없겠습니까? 물론 돈은 드리겠습니다."

"쳐 드리고말구요!" 이렇게 당장 대답한 것은 아까 얼토당토않은 질문을 한 젊은 기자였다. "돈 같은 건 필요 없습니다. 회사의 전보로 칠 테니까요." 물론 그는 그것을 기삿거리로 할 작정이었다.

그녀는 상처투성이의 누런 책상 앞에 앉아서 조그만 편지지에 펜을 달렸다. '크라이드야, 하나님을 믿으라. 하나님은 무슨 일이라도 하실 수가 있다. 곧 상고하라. 〈시편(詩篇)〉 51장을 읽어 보라. 이번 재판에선 꼭 너의 무죄가 증명될 것이다. 우리들도 곧 그곳으로 가겠다. 부모 씀.'

"어쨌든 요금만큼은 드리겠어요." 그녀는 그렇게 말하면서도 이것은 차라리 신문사에게 부담케 하는 것이 좋을지도 모르겠다고 생각해 보기도 하고, 크라이드의 백부가 과연 상고의 비용을 부담해 줄 것인가도 생각해 보았다. 막대한 비용이 필요할지도 모른다. 그녀는 그 다음 다소 머뭇거리면서 말했다. "이건 좀 길까요?"

"천만에요, 그런 건 상관없습니다!" 세 기자 중의 다른 하나가 전보 내용을 읽으려고 덤비면서 외쳤다. "마음대로 써 주세요. 그래도 쳐 드릴 테니까요."

"나에게도 좀 보여 주게." 맨 처음 기자가 전문을 쓴 종이를 재빨리 받아들고 그것을 포켓 속에 꽂아 넣는 것을 보고서 세번째 기자가 끼여들었다. "아니 이 사람아, 독점할 셈인가, 그런 법이 세상에 어딨어. 물어 보면 알게 될 것을. 좀 보여 줘, 어이!"

맨 처음 기자는 상대방의 기세에 눌려 내키지 않는 마음으로 포켓에서 그 종잇조각을 꺼냈다. 상대방 기자가 곧 그것을 받아들고 자기 노트에 적어 놓았다. 마침 그때 리커거스의 그리피스 가에서는 항소심(抗訴審)을 상고하는 것이 현명한가 어떤가, 그러면 그 비용 문제는 어떻게 할 것인가에 관한 의논이 이루어지고 있었는데, 그리피스 가의 사람들은 상고하여 이길 확신이 있는가 없는가는 고사하고 일부러 이쪽에서 비용을 대기까지 하여 재판을 또다시 할 흥미는 전혀 없다고 단 한마디로 일축해 버린 것이었다. 지금이야말로 그들은 상업상으로는 어쨌든, 사교적으로는 파멸 상태에 있었다. 요즘 같아서는 매사가 십자가에서의 그리스도의 수난과도 같았다. 피를 나눈 그 친척의 한 사람이 직접 관계된 음모와 범행이 끔찍하게 사회면에 드러나게 된 것으로 말미암아 길버트의 장래는 말할 것도 없거니와 벨라의 장래와 사회적 지위도 그늘이 지고 시커멓게 멍들고 말았다. 사뮤엘 그리피스 자신도 그의 아내도 비록 호의에서 나온 일이었을지는 모르나, 어쨌든 그들의 모처럼의 선의가 완전히 은혜를 원수로 갚았다는 그러한 돌발 사건 때문에 갑자기 10년이나 나이를 먹은 것처럼 살이 빠지고 말았다. 사업에 감상은 금물이라고 하는 것쯤은 오랜 고투의 생애를 보내 온 그로서는 너무나도 잘 알고 있는 철칙이었건만…… 그는 사실 크라이드를 처음 만날 때까지는 절대로 감상에 빠진 적이라곤 한 번도 없었다. 그러나 그를 그르친 것은 아버지가 그 전에 그의 막내아우를 냉대했다는 생각 때문이었다. 그것이 지금 이러한 재난을 초래할 줄이야! 그의 아내와 딸은 그들이 여러 해 행복하고 안락하게 지내던 이 땅을 버리고 아마도 보스턴 교외나 어떤 그러한 곳에 가서 귀양살이를——아마도 영원히 귀양살이를 할 수밖에 없게 될 것이리라. 길버트는 사건 직후부터 회사의 주식을 만들어 리커거스나 또는 기타 도시의 누구와 제휴하거나, 그렇지 않으면 마음먹고 공장을 로체스터나 버팔로나 보스턴이나 브룩클린 중의 그 어디로 옮긴다는 안을 검토하기 시작하고 있었다. 어쨌든 이 사회적 굴욕을 이겨 나가는 방법은 그들이 리커거스에서 모습을 감추고, 그들이 대표자로 되어 있는 모든 기업체에서 몸을 빼는 것으로 해서 이루어질 수 있으리라. 적어도 사회적으로는 인생을 재출발할 수밖에 없었다. 사뮤엘 자신과 그 부인은 이미 인생의 고개를 넘은 사람들이라 인생의 재출발이라는 것이 그들 자신에게는 그다지 큰일이 될 것이 없었다. 그러나 벨라와 길버트와 미라는 도대체 어디서 어떻게 하여 명예를 만회하면 좋단 말이냐?

이리하여 재판이 끝날 무렵에는 이미 공장을 보스턴 남부로 옮겨 이 비참과 수치가 적어도 일부분이나마 세상에서 잊혀질 때까지는 땅 속에 묻혀서 살자는 결정을 내렸다. 따라서 크라이드에 대한 원조는 이미 일체 중단키로 했다.

그 말을 듣고 벨크납과 젭슨은 또다시 무릎을 맞대고 협의했다. 그들의 사무소는 브리지버그에서 가장 번성하고 있었기 때문에, 언제나 그들의 시간은 원체 귀중한데다 이 사건 때문에 다른 사건들이 상당히 많이 밀려 있었다. 그러니만큼 보수를 받지 않고 이 이상 크라이드를 원조해 준다는 것은 자기 개인의 이익으로 봐서는 물론 자선적인 입장에서 본대도 그렇게까지 해줄 필요는 없다는 것이었다. 이 사건을 상고한다고 하면 상당한 비용이 필요했다. 서류도 방대한 수에 이르게 된다. 요령서(要領書)의 작성만 해도 대단히 노력과 비용이 들게 될 것이며, 주(州)의 보조 따위는 새 발의 피 격이었다. 더구나 젭슨이 지적한 대로 어쩌면 서부의 그리피스 가족이 이 사건에 관해서 전혀 아무 일도 할 수 없다고 생각하는 것은 어리석은 일이었다. 그 가족은 여러 해를 두고 종교 사업과 자선 사업에 종사해 오지 않았는가? 그들이 각 방면으로 운동하여 항소의 실비를 지불할 만한 돈을 모집할 수는 있지 않을까? 크라이드가 현재 빠져 있는 곤경은 그러한 가능성을 두 사람에게 지적하는 것이었다. 현재까지 그 가족이 크라이드에게 조금도 원조를 해오지 않았다는 것은 물론 사실이지만, 그것은 원조할 필요가 없다는 것을 미리 그 어머니에게 통지했기 때문이었다. 그러나 지금은 형편이 다르다. "모친에게 전보를 쳐서 오게 하면 어떨까요?" 젭슨은 매우 실제적인 제안을 했다. "어머니가 온다는 말을 하면 오버왈처에게 판결을 10일까지 연기해 달랄 수 있을 겁니다. 좌우간 그 어머니에게 까놓고 얘기하여, 어떻게 해서도 마련할 수 없다면 그때 가서 다시 의논해 보기로 하죠. 그러나 아들의 상고라고 하면 어떻게 해서든지 돈을 장만할 수 있을지도 모릅니다. 항소비쯤이야."

그 즉석에서 전보와 편지가 발송되었다. 그것에는 아직 크라이드에게는 이야기하지 않았지만 리커거스의 친척은 그에 대하여 이 이상의 원조를 거절했다는 것과 판결은 늦어도 10일에 언도될 것이기 때문에 본인의 장래를 위하여 친척이 한 분, 될 수 있으면 어머니가 와 주는 것이 좋겠다는 것과 항소비용을 충당할 기금을 마련할 필요가 있고, 그렇지 않으면 적어도 그만한 액수를 보증준비금으로 할 필요가 있다는 것 등이 쓰여 있었다.

이 편지를 받고 그리피스 부인은 무릎을 꿇고 기도를 올렸다. "하나님, 저를 도와 주시옵소서. 지금 이 자리에서 전능하신 하나님의 구원의 손을 뻗쳐 주셔야 하겠습니다. 계시와 도우심이 이 자리에서 나타나야만 하겠습니다.

만약 그렇지 않다면 크라이드의 항소비는 고사하고 여비인들 무슨 수로 마련할 수 있겠습니까?'

그러나 이렇게 무릎을 꿇고 기도를 올리는 동안에 어떤 생각이 문득 머릿속에 떠올랐다. 각 신문사가 지금 그녀와 인터뷰하기 위하여 귀찮을 정도로 그녀의 뒤를 좇아다니고 있었다. 어디를 가도 좇아왔다. 왜 당신은 아들을 구하러 가지 않습니까?…… 그녀는 그것을 생각해 내고는 자기를 붙잡고서 질문하려고 언제나 뒤를 따라다니는 큰 신문사의 편집장을 만나서 자기의 고충을 호소해 보면 어떨까 하고 생각한 것이다. 그리고 만일 그 편집장이 크라이드가 판결을 받는 날까지 아들을 만날 수 있도록 원조해 준다면 그녀는 어머니로서 아들과의 회견기를 제공하리라, 이렇게 결심한 것이다. 각 신문사가 여기저기 통신원을 파견하고 있다는 것——저 법정에도 파견되어 있었다는 것——은 그녀도 신문을 통해서 알고 있었다. 그렇다면 자기인들 그의 어머니로서 이색적인 통신원으로 활약 못 할 이유는 없지 않은가? 왜 내가 말을 할 줄 모르나 글을 쓸 줄 모르나. 과거에 무수히 많은 종교적인 팜플렛을 써 온 자기가 아니었던가?

이렇게 생각이 미치자 그녀는 뛰어오를 듯이 자리에서 일어섰다가 도로 주저앉아 다시 한 번 기도를 올렸다. "저를 인도하여 주셔서 고맙습니다. 하나님! 그녀는 일어서서 낡은 갈색 코트를 꺼내 입고, 장식 띠가 달린 평범한 갈색 보네트를 쓰고——이러한 의상은 그녀에게는 종교적인 의식이었다——이 지방에서 가장 크고 유력한 신문사를 찾아갔다. 그녀는 이번 사건으로 일약 유명해져 있었으므로 곧 편집장을 만날 수 있었다. 그녀에게 지대한 관심을 가지고 있던 편집장은 그 이야기를 듣고서 감동하여 그녀의 처지를 이해했고, 그녀의 제안을 신문사로서도 꽤 재미난 시도라고 생각했다. 그는 몇 분 동안 자리를 떴다가 다시 돌아와서, 그녀를 앞으로 3주간 통신원으로 채용하기로 했다고 말하고는 그 후의 일도 나중에 또 통지하겠노라고 말했다. 그녀의 취재비 및 기타의 비용은 신문사에서 부담하고, 취재 및 통신의 구체적인 방법은 조수를 하나 부쳐 줄 테니까 그 조수한테서 배워서 하라는 것이었다. 그리고 그는 당장에 쓸 현금을 지급하기로 했다. 따라서 그녀는 오늘밤에라도 곧 떠날 수 있었고, 신문사로서도 그녀에게 되도록 빨리 가 주었으면 좋겠다는 말을 했다. 그 다음 그는 출발하기 전에 사진을 한 장 찍었으면 좋겠다고 하고서 갑자기 눈을 감고 하늘을 우러러보았다. 이렇게 빨리 자기의 소원을 이루어 준 데 대하여 하나님에게 감사의 기도를 올리고 있는 것이었다.

28

12월 8일, 자정이 좀 지나서 겨우 브리지버그에 도착한 느린 기차 속에서 여인 하나가 피곤에 지친 얼굴로 내렸다. 바람이 살을 에일 듯하고 별이 유난히 밝았다. 쓸쓸히 혼자서 근무하고 있는 역원에게 브리지버그 센트럴 호텔로 가는 길을 물었더니 그는 역전의 큰 거리를 똑바로 곧장 가서 두번째 모퉁이에서 왼쪽으로 구부러진 다음 두 블록만 더 가면 된다고 친절하게 가르쳐 주었다. 센트럴 호텔의 졸고 있던 야간 근무의 사무원이 곧 그녀의 방을 정해 주고는 그녀가 누구라는 것을 알게 되자 감옥으로 가는 길을 가르쳐 주었다. 그러나 그녀는 잠시 생각해 본 끝에 지금은 시간이 너무 늦었기 때문에 내일 가겠다고 대답했다. 아들은 벌써 잠이 들어 있는지도 모른다. 우선 자고 내일 아침 일찍 일어날 예정이었다. 여러 번 전보를 쳐 두었으니까 어머니가 온다는 것을 알고 있으리라.

이튿날 아침 일곱 시에 일어나, 여덟 시에는 전보와 편지와 신임장을 손에 들고 감옥에 나타났다. 감옥의 관리들은 그 편지를 조사하여 그녀의 신원을 확인한 다음 어머니가 면회 왔다는 것을 크라이드에게 알렸다. 절망과 슬픔에 잠겨 있던 그는 그 통지를 받고서 어머니를 만난다는 사실에 기뻤지만 그 반면 어쩐지 무서운 생각도 들었다. 그러나 생각해 보면 무서워할 필요는 없을 것 같았다. 지금은 사정이 달랐다. 처참한 이야기가 나올 대로 다 나왔고, 젭슨의 지시를 받고서 어머니에게 당당하게 다음과 같이 설명할 수 있었기 때문이다. 로버타를 살해할 음모를 한 일이 없다, 또 그녀가 물에 빠진 것을 고의로 내버려 둔 것도 아니다, 따라서 그는 이 통지를 받자 곧 면회실로 달려갔다. 슬래크의 호의로 어머니와 단독 면회를 할 수 있었다.

방 입구에서 어머니가 일어서는 것을 보고서 어머니 쪽으로 달려가면서 의구심(疑懼心)이 그의 혼란된 머릿속을 스쳐 갔지만 어머니는 그를 책하려는 것이 아니라 그에게 동정과 구원의 손길을 뻗치려고 하고 있다는 확신이 곧 그 뒤를 메워 주었다. 목이 메어 가까스로 이렇게 부르짖을 뿐이었다. "어머니, 와 주셔서 반갑습니다!" 어머니도 가슴이 복받쳐서 입이 떨어지지 않았으며, 죄의 선고를 받은 아들의 얼굴를 꽉 품안에 껴안고서 머리를 자기 어깨위로 끌어당기면서 아들의 얼굴을 쳐다볼 뿐이었다. 하나님은 그녀에게 은총을 베푸셔서 아들을 만나게 해주셨다. 어찌 이 이상의 구원이 없을쏘냐? 마지막에 아들이 자유로운 몸이 되어 ──설혹 그것이 안 된다 할지라도 적어도 재심을 해서 아들을 위하여 공평한 재판을 받게 하는 것쯤이야 응당 있을 수 있는 일이 아닌가? 두 사람은 이렇게 말도 못 하며 한참 동안 그저 껴안고만 있을 뿐이었다.

그 다음 그리피스 부인은 아들에게 집안 소식을 전하고, 자기가 여기 오게 된 이유와 통신원으로서 그와 인터뷰할 의무가 있다는 말을 하고, 마지막으로 공판일에는 그와 더불어 법정에 서겠다고 말했다. 이 마지막 말에 크라이드는 이맛살을 찌푸렸다. 이제 차마 어머니의 말을 들어 보니 자기의 장래는 순전히 어머니의 노력 여하에 달려 있는 것처럼 생각되었다. 리커거스의 그리피스가에서는 그들 자신의 형편에 의하여 이 이상 그를 원조하는 것을 중단했다고 한다. 그러나 그녀는──만일 그녀가 정당한 요구를 내걸고서 세상에 호소해 본다면 ──그를 구출해 낼 수 있을지도 모른다. 그녀의 신은 그녀를 지금까지 이만큼 도와 주시기 않았는가? 그러나 그녀가 세상과 주님 앞에 나서려면 크라이드가 로버타를 물 속에서 내버려 두어 죽게 한 것은 고의였는가 어떠했는가 하는 진상을 그의 입에서 듣지 않으면 안 된다. 그녀는 증거 자료를 읽었고, 그들의 편지를 읽었고, 그의 증언의 결함을 전부 기록해 가지고 있었다. 그러나 과연 메이슨이 주장한 것은 모두가 사실이었을까, 그렇지 않으면 거짓말이었을까?

크라이드는 여전히 공포심에 마음이 위축되어 어머니의 진의를 이해할 여유도 없었기 때문에 내심 떨고 있으면서도 전신의 용기를 끌어 모아 자기가 증언한 것은 모두 사실이라고 주장했다. 기소장에 있는 행위는 절대로 한 일이 없다고 주장했다. 그러나 그렇게 이야기하고 있는 그의 모습을 유심히 바라보고 있던 어머니는 가끔 그의 눈을 스쳐 가는 일말의 약한 그림자에 자기도 모르게 의혹을 느꼈다. 그녀가 기대하고 있던, 기도(祈禱)하고 있던 그러한 확신에 넘친 태도는 아니었다. 그렇다, 확실히 수상한 점이 엿보였다. 말

끝이 흐리고, 말문이 막힌 듯했다. 어머니는 그것을 느끼자, 가슴속에 차디찬 바람이 불어 들어오는 것 같은 느낌에 사로잡히고 말았다.

크라이드의 태도는 모호한 점이 많았다. 그래서 그리피스 부인은 이 소문을 처음 들었을 때에 언뜻 느꼈던 것처럼, 혹시나 자기 아들이 적어도 부분적으로는 음모를 했던 것이 아닌가, 또 저 쓸쓸한 호수 위에서 여자를 때린 것이 사실이 아닌가 하는 의심을 품게 되었다. 그 비밀을 누가 알 수 있으랴 —이렇게 생각하니 살이 타는 것 같고 뼈가 깎이는 것 같았다. 게다가 이 모든 것이 절대로 거짓말을 안 한다는 선서 밑에 진술된 것이라고 하니…….

"여호와여, 어머니와 그 아들이 슬픔에 잠겨 있을 때 어머니로 하여금 의심하게 하고 어머니의 불신에 의하여 그를 죽음에 이르게 하는 것을 허용하십니까?…… 아닙니다. 절대로 용서해서는 안 됩니다." 그녀는 고개를 가로저으며 발굽으로, 이 어두운 시기(猜忌)의 지긋지긋한 머리를 짓밟아 버렸다. 그 의혹감은 마치 죄가 크라이드를 위협하고 있는 것처럼 그녀에게 공포감을 주고 있었다. "오오, 앱살롬이여, 내 그리운 앱살롬이여!" 그런 생각은 그만두기로 하자. 하나님은 그런 생각을 어머니에게 강요할 리는 만무하다. 아들이 어머니에게 그런 엉터리 짓은 하고 있지 않다고 단언하고 있으니까 어머니는 믿지 않으면 안 된다. 어머니의 비참한 마음의 천한 한구석에 아직 어떠한 의혹의 악귀(惡鬼)가 숨어 있다고 하더라도 어쨌든 믿지 않으면…… 믿고말고. 자, 세상 사람에게 어머니의 기분이 어떠한 것이라는 것을 알려주자. 어머니도 아들도 필경 이 궁지를 벗어날 수가 있을 것이다. 그것을 믿고서 기도를 올리지 않으면 안 된다. 크라이드는 성서를 가지고 있을는지 모르겠다? 성서를 읽는지 모르겠다?…… 크라이드는 훨씬 이전부터 형무소의 관리에게 성서를 빌려서 가지고 있었으므로 그것을 매일같이 읽고 있다고 어머니에게 대답했다.

그러나 그녀는 우선 그의 변호사와 만난 후 신문사에 통신을 보내고 난 다음 또다시 이곳으로 돌아오리라고 생각했다. 그러나 그녀는 거리로 나서자 곧 몇 사람의 기자에게 잡히게 되어 그녀가 이곳에 오게 된 내막에 관하여 줄기찬 질문을 받았다. 당신은 아들의 무죄를 믿습니까? 아들은 공정한 재판을 받았다고 생각합니까? 그렇게 생각하지 않습니까?…… 왜 좀더 빨리 오지 않았습니까?…… 그리피스 부인은 그러한 질문에 대하여 시종 진지하고도 열심히 어머니다운 태도로 대답했고, 자기의 확신을 고백했으며, 왜 여기 왔는가,

왜 전에 못 왔는가를 설명했다.

그러나 그녀는 여기 온 이상 끝까지 있고 싶었다. 하나님은 아들의 무죄를 믿는 그녀에게 그 아들을 구원해 낼 실마리를 찾아준 것이다. 당신들도 나를 도와 주도록 하나님께 기도를 올려 주실 수 없겠습니까? 내 성공을 기원해 주시겠죠? 기자들은 그녀의 열성적인 태도에 적지않게 감동했으며, 물론 기원하고 있다고 이구동성으로 대답하고는, 그녀에 관한 것을 대대적으로 세상에 전했다. 중년의 점잖은 진지하고 신앙이 두터운 부인이며, 아들의 무죄를 굳게 믿고 있다는 식으로.

그러나 리커거스의 그리피스 가에서는 이 기사를 읽고서 마치 따귀를 얻어맞은 것 같은 느낌이었으며, 그녀가 지금 나타난 것에 적지않게 분개했다. 또 크라이드도 독방에서 그 기사를 읽고는 자기에 관한 일이 세세한 점에 이르기까지 묘사되어 있는 것에 다소 놀랐지만, 어머니가 가까운 곳에 있다는 것은 참으로 마음 든든한 일이었다. 어머니에게 어떠한 결점이 있든 간에 역시 어머니다운 점이 있었다. 더구나 어머니는 자기를 구해 주기 위하여 와 있는 것이 아닌가? 세상 사람들이 어떻게 생각하든 제 마음대로 생각하라지. 어머니는 적어도 절반쯤 관 속에 발을 들여놓고 있는 자기를 버리지는 않았다. 더구나 덴버 신문사의 통신원이 된 어머니의 기지와 재치는 정말 칭찬할 만하다. 어머니가 그러한 수완을 부렸다는 것은 아직껏 없던 일이었다. 따라서 비록 지금은 글자 그대로 가난의 함정에 빠져 있다 하더라도 어쩌면 자기를 위하여 항소심을 열게 하여 자기의 생명을 건져 줄 수 있을지도 모른다. 그런 가능성이 없다고 누가 단언할 수 있겠는가? 그렇다 하더라도 자기는 어머니에 대하여 이 무슨 죄를 저지르고 있는 것일까? 그러나 그녀──그의 어머니──는 여전히 아들을 사랑하고, 아들 때문에 고민하고, 서부의 한 신문사에 자기의 신념을 집필함으로써 아들의 생명을 구해야겠다고 그야말로 열심이 아닌가. 이제는 그 초라한 코트도, 기묘한 모자도, 촌티가 가시지 않은 얼굴도, 다소 둔감하게 보이는 시골티가 그대로 붙어 있는 몸짓도 그에겐 전혀 상관없었다. 그녀는 그의 어머니며, 그를 사랑하고, 그를 믿고, 그를 도와 주려고 필사적이니까.

한편 벨크납과 젭슨은 그녀와의 첫대면에 있어서 그다지 좋은 인상을 받지 않았다. 이렇게도 시골티가 가시지 않은, 무식한, 그러면서도 자신만큼은 남달리 강한 여자이리라고는 꿈에도 생각하지 않았다. 폭이 넓고 평평한 구두·괴상한 모자·낡은 갈색 코트…… 그러나 잠시 이야기하고 있노라니 두 변호사는 부인의 열렬한 태도와 투철한 신념과 아들에 대한 지극한 사랑과 상대자를 쏘아보는 숭고한 신념과 희생의 빛이 어린 맑고도 깨끗한 푸른 두 눈에 마음이 끌리고 말았다.

"당신들은 내 아들이 정말로 무죄라고 개인적으로 그렇게 믿고 있습니까? 나는 우선 그것부터 알고 싶습니다. 그렇지 않으면 당신들은 그 애가 몰래 죄를 저질렀다고 믿고 계십니까? 나는 그 애의 유죄를 생각게 해주는 무수히 많은 증거에 고민해 왔습니다. 무거운 십자가에 눌리고 있는 것만 같은 느낌입니다. 그러나 하나님의 이름을 찬송합시다……."

두 변호사는 그녀의 고민이 참으로 어디 있는가를 눈치채고는 그녀를 안심시키기 위하여 다음과 같이 대답했다. "우리 두 사람은 자제분의 무죄를 확신합니다. 만약 자제가 그런 근거가 없는 죄명 때문에 형의 집행을 받게 된다면 그것은 재판사상 일대 오점을 남기는 결과밖에는 안 될 것입니다."

그러나 두 사람은 그녀한테서 여기 오기까지의 경위를 들었고, 그 이야기에서 그녀가 한푼도 없는 상태라는 것에 대해 당황하고 말았다. 항소 비용은 아무리 가볍게 봐도 2천 달러는 된다. 그리피스 부인은 그들로부터 신고서의 작성과 증거 자료의 수집과 여행 등 상고에 필요한 경비의 세목에 관하여 약 한 시간이나 걸려서 설명을 들은 후, 자기로서는 어떻게 하면 좋을지 모르겠다고 거듭해서 대답했다. 그 다음 갑자기, 그러나 감동적이고도 극적으로 이렇게 큰 소리로 말했다.

"그러나 주님은 결코 나를 버리시지는 않을 겁니다. 주님은 과거에도 여러 번 나의 앞에 나타나셨습니다. 덴버에서 내가 저 신문사로 간 것도 역시 주님의 목소리였습니다. 따라서 지금 나는 이렇게 여기 왔는데, 나는 주님을 믿습니다. 주님은 반드시 나를 지도해 주실 겁니다."

그러나 벨크냅과 젭슨은 어처구니없기도 하고 놀랍기도 하여 서로 얼굴을 마주 쳐다볼 뿐이었다. 대단한 신앙이다! 마치 복음 전도자 그대로다! 그러나 다음 순간 젭슨의 머리에 문득 어떤 착상이 떠올랐다. 어디를 가든지 종교사회는 상당히 유력한 것이다. 그리고 그들은 이러한 신념에 대해서는 강한 공명을 느끼게 마련이다. 리커거스의 그리피스 가가 완고해서 요지부동이라고 한다면, 다만 한 가지 생각해 볼 수 있는 점은 기왕 그리피스 부인도 와 있고 하니, 그녀와 신자들을 연결하는 선을 이용해 볼 필요가 있지 않을까? 이때까지 크라이드의 유죄를 확신하고 그를 비난해 온 사람들을 그녀의 신앙과 열의로 설득해 낼 수 있다면 이 사건을 항소심에 상고할 수 있는 자금을 모금할 수 있을지도 모른다. 이 비탄에 젖은 어머니를, 아들에 대한 그녀의 사랑과 신뢰를 이용해 보는 것이다.

이건 된다!

꽤 비싼 입장료를 받고서 강연회를 열고, 거기서 그녀가 자기 아들의 주장이 정당하다는 것을 말하고, 편견을 가지고 있는 청중에게 호소하여 그 동정과 공명을 얻을 수만 있다면 공소심에 필요한 2천 달러 혹은 그 이상의 자금을 단번에 획득할 수 있을 것이다.

그래서 젭슨은 그리피스 부인에게로 다시 얼굴을 돌리고서, 지금까지 자기가 모든 자료의 대요(大要)를 간추려서 제공할 테니 그것을 적당히 정리하여 강연 원고나 메모를 만들어 줄 수 없겠느냐고 요청해 보았다. 그 말을 듣자 그녀는 갈색 뺨에 홍조를 띠고 눈에 광채가 일며 즉석에서 동의했다. 해보죠, 꼭 해보고말고요──부인은 이렇게 반색을 하며 대답했다. 또 사실 그녀로서는 그렇게 할 수밖에 딴 길은 없었다. 아아, 이것도 고난에 허덕이는 그녀를 불쌍히 여기시고 베풀어 주신 하나님의 은총의 목소리와 손길이 아닌가?

이튿날 아침 크라이드는 판결을 받기 위하여 법정으로 출정했다. 한편 그리피스 부인은 그녀로서는 참기 어려운 장면의 메모를 하기 위하여 종이와 연필을 손에 들고서 법정에 모여든 군중의 주시를 한몸에 받으면서 아들 바로 옆자리에 앉았다. 피고의 어머니다! 더구나 기자로서 행동하고 있다니! 아무리 생각해 봐도 모를 일이다. 참 엉뚱하고 기괴하고 둔감하고 우스꽝스러운 가족도 다 보겠다. 그런데 리커거스의 그리피스 가와 혈연 관계에 있는 모자가 이런 모양으로 출정하다니!

그러나 크라이드는 어머니가 옆에 있는 것으로 해서 얼마나 위로를 받았고, 원기를 얻게 되었는지 몰랐다. 그것은 어머니가 어제 오후 감옥으로 와서 자기의 계획을 알려주었기 때문이기도 했다. 어떠한 판결이 나든 간에 어쨌든 이것이 끝나는 대로 그녀는 그 계획을 실행에 옮길 작정으로 있었다.

따라서 그는 이 가장 암담한 순간에도 마치 남의 일처럼 태연한 태도로 오버왈처 재판장 앞에 섰다. 재판장이 우선 기소 이유의 요지를 다시 한번 대략 낭독했고, 그 다음에 재판의 경과를 설명했으며——오버왈처 재판장은 지극히 공평무사한 재판이었다고 선언했다——그 밖에 관례에 따라서 다음과 같이 사형언도를 내릴 때 으레 하는 문구를 들었다. "피고는 법에 의하여 사형의 판결을 내리는 데 반대할 무슨 이유가 있습니까?" 이것에 대하여 크라이드의 어머니와 방청인 전체가 적지않게 놀란 것은——하기야 그에게 그렇게 하라고 지시한 젭슨은 그렇지 않았지만——크라이드가 당당히 가슴을 쭉 펴고는 또렷하고 힘있는 목소리로 다음과 같이 대답했기 때문이다.

"나는 기소장에 있는 것과 같은 범죄에 대하여 전혀 무고할 뿐만 아니라 로버타 올든을 절대로 죽이지 않았습니다. 따라서 이와 같은 판결을 선고해서는 안 될 것이라고 생각합니다."

그리고 똑바로 정면을 쏘아보면서 그는 다만 사랑과 찬양을 실은 어머니의 시선만을 의식하고 있었다. 이 애는 지금 이 최후의 운명적인 순간에 만장의 청중을 앞에다 두고 당당히 무죄를 주장했다. 저 감방에서라면 또 몰라도 여기서 이렇게 당당히 선언한 것을 보면 확실히 진실임에 틀림없다. 역시 이 애는 무죄로구나, 무죄로구나. 아아, 하나님, 고맙습니다! 그녀는 이 확신을 엮어서 신문에 발표하고, 그녀의 강연회에서도 이 점을 강조하기로 결심했다.

그러나 오버왈처 재판장은 눈썹 하나 까딱도 하지 않은 채 담담한 표정으로 질문을 계속했다. "그 밖에 하고 싶은 말이 있는가?"

"없습니다." 잠시 주저한 뒤에 크라이드는 대답했다.

"그렇다면, 크라이드 그리피스" 하고 재판장은 최후의 선고를 선언했다. "본재판소는 아래와 같이 판결함. 피고인 크라이드 그리피스는 로버타 올든을 살해했다는 판결에 의하여 유죄를 인정하고 이에 사형을 선고함. 따라서 당 카타라키 군 보안관은 본재판소의 영장을 가지고 오늘부터 10일 이내에 피고인을 뉴욕 주 오번 형무소 소장에게 송치하여 19년 1월 19일 월요일부터 기산하여 그 주말까지 독방에 구금할 것을 명함. 전기 형무소장은 뉴욕 주 법률에 규정된 방식에 의하여 전기 주간에 피고인 크라이드 그리피스에게 사형을 집행할 것을 위탁함."

언도가 끝나자 그리피스 부인과 아들은 이에 응하여 서로 미소를 보냈다. 왜냐하면 그가 무죄라고 하는 것을 스스로 여기서 당당히 선언했기 때문이다.

재판장의 선고에도 불구하고 그녀의 가슴은 뛰었다. 내 아들은 진실로 무죄하다. 그러함에 틀림없다. 여기서 당당히 공언했으니까. 크라이드드의 기분도 마찬가지였다. 어머니가 미소를 보낸 것은 자기의 말을 믿어 주었기 때문이다. 자기에 불리한 모든 증거에도 불구하고 어머니는 동요하지 않았다. 그리고 비록 오해건 오해가 아니건 이처럼 어머니가 믿어 준다는 것은 마음 든든한 일이었다. 힘이 되었다. 자기의 증언은 추호도 틀림이 없다. 로버타를 고의로 때린 일이 없다는 것은 사실이다. 그것만은 사실이다. 따라서 나는 무죄다. 그러나 크로트와 슬래크는 또다시 그의 팔을 붙잡고 감방으로 데리고 갔다.

기자석에 그대로 앉아 있던 어머니는 우루루 몰려든 각 신문사의 기자들에게 둘러싸인 채 그들에게 일부러 자기 변명을 하기 시작했다. "여러분, 내가 지금 여기 이렇게 앉아 있는 것을 제발 나쁘게 생각하지 마십쇼. 나는 신문기자의 일을 잘 모릅니다만 나로서는 이렇게 할 수밖에는 아들한테로 올 방법이 없었습니다." 그러자 그때 몸이 바싹 마른 기자 하나가 앞으로 나오면서 이렇게 말했다. "그런 건 걱정할 것 없습니다, 어머님. 그것보다도 일을 도와 드리겠습니다. 기사를 좀 고쳐 드릴까요? 얼마든지 지도해 드리겠습니다." 이렇게 말하고 나서 그는 그녀 앞에 앉아 그녀가 쓴 인상기를 읽어 보고, 덴버 신문사가 좋아하리라고 생각되는 방식으로 글을 고쳐 주었다. 다른 기자들도 몹시 감동되어 무엇이든 도와 주겠다고 저마다 제안했다.

이틀 후에 정식 구치영장이 발부되고, 크라이드를 이감(移監)한다는 것을 그 어머니에게도 통고해 왔다. 그러나 아들을 따라가는 것은 허락되지 않았다. 그래서 그는 단독으로 뉴욕 주립 오번 형무소로 이감되었고, '사형수 감방'이니 '살인범 수용소'니 하고 불리는 말만 들어도 소름이 끼치는 음침한 지옥과도 같은 곳에 수감되었다. 스물두 개의 독방이 아래위로 늘어서 있는 장소로, 그는 재심을 받거나 사형집행을 받거나 좌우간 명령이 내릴 때까지 이곳에 수감되기로 되었다.

그가 브리지버그에서 그 형무소로 이송되는 도중의 정거장마다에는 남녀노소 할 것 없이 이 놀랄 만큼 나이 어린 살인범의 얼굴을 한 번 보려고 몰려든 인파로 인산인해를 이루고 있었다. 젊은 여자들은 제법 동정을 하는 듯한 얼굴을 하고 있었지만, 실은 이 불운하면서도 용감한 로맨틱한 청년과 친밀감을 나누고 싶다는 내면적인 욕망에 몰려 꽃송이를 던지고 떠들어 대며, 기차가 움직이기 시작하자 유쾌한 높은 목소리로 제각기 떠들어 댔다. “안녕, 크라이드! 우리 또다시 만나 뵙겠어요. 곧 돌아와 주셔요!” 이렇게 외치는 처녀도 있었고, 또 “상고하면 꼭 무죄가 될 거예요. 어쨌든 무죄가 되도록 기도를 올리겠어요!” 이렇게 외치는 처녀도 있었다.

크라이드는 브리지버그의 군중의 저런 태도와 이 돌발적이며 열광적인 호기심에 몰린 전송하는 투가 얼마나 다른가를 보고 적지않게 놀랐으며, 나중에는 도리어 자기에 대하여 호감을 가진 듯이 보이는 환영에 용기까지도 얻어 그럴 때마다 머리를 숙이고 미소를 보내어 심지어는 손짓으로 인사까지 했다. 그러나 그는 다음과 같은 쓰디쓴 생각이 머리에 떠오르는 것을 어찌할 도리가 없었다. 나는 지금 사형수 감방으로 가고 있는 사나이인데, 그런 나에게 저들이 저렇듯 호의를 표시하다니 참으로 이상한 노릇이다. 한편 그를 호위하고 가는 크로트와 시셀은 이렇게도 유명한 인물을 체포했고, 지금 감시하고 있다는 데서 자기들이 한층 더 높아진 것 같은 쾌감을 맛보는 동시에 기차 안과 정거장의 군중들이 일제히 이쪽을 주목해 보는 데 으쓱해서 자못 득의만면했다.

체포된 지 몇 달 만에 처음 보는 다채로운 야외 풍경이었다. 정거장마다 기다리고 있는 인파. 눈에 덮인 들판과 산에 겨울해가 뿌옇게 비치고 있는 것을 보자 그는 작년 겨울에 처음 손드라와 만나던 장면, 로버타와 밀회하던 장면, 기타 최근 24개월 동안에 그가 리커거스에서 운명적으로 알게 된 갖가지의 장면이 만화경처럼 눈앞에 나타났다. 이러한 모든 풍경이 다시 지나가고 난 뒤에 보기만 해도 가슴이 섬뜩해지는 오번 형무소의 회색 담이 나타났다. 먼저 간수장실의 서기 앞으로 끌려가 거기서 이름과 죄명을 등록하고, 그것이 끝나자 서기는 그를 두 부전옥(副典獄)에게로 인도했다. 부전옥은 그에게 목욕을 시키고 머리를 빡빡 깎으므로 아름답게 파도치고 있던 그의 까만 머리칼이 무참히도 형적도 없이 없어지고 말았으며, 굵은 줄무늬의 죄수복과 같은 감으로 만들어진 모자와 죄수용 하의와 구두가——이것은 죄수들이 흥분해서 발을 굴러도 소리가 안 나도록 하기 위하여 무거운 회색 펠트로 만들어진 것이었다——지급되었고, 마지막으로 그에게는 77221이라는 번호가 붙여졌다.

이처럼 몸치장이 갖추어지자 그는 곧 사형수의 감방으로 이송되었다. 자물쇠가 채워진 그 방은 1층에 있었고 8피트에 7피트의 넓이를 가지고 있었으며,

네모진 그 공간은 여간 밝지 않았고, 세면소와 기타 설비도 있었고, 간단한 침대와 테이블과 의자 그리고 조그만 책장도 있었다. 독방 주위에는 낭하를 사이에 둔 저쪽에도, 좌우 양쪽에도 같은 독방이 쭉 늘어서 있었다. 그는 잠시 거기 서 있다가 의자에 걸터앉았다. 브리지버그의 유치장은 여기와 비교해 보면 훨씬 활기가 있고, 사람들의 출입도 많고 해서 분주한 편이었지만 지금은 그것조차도 없었다. 여기에 오는 도중에 뜻하지 않게 만나게 된 그 이상한 인파와 환송에 원기를 얻은 그 흥분도 삽시에 식어 버리고 말았다.

과거 몇 시간 동안에 경험한 흥분과 긴장과 비탄──저 사형 선고──역마다 몰려온 군중이 이구동성으로 외쳐 준 여행──저 머리를 빡빡 깎아 버린 지하실의 이발소──죄수가 되어 갈아입은 죄수복과 하의. 그는 문득 자기 옷차림을 훑어보았다. 아무 데도 거울은 없었지만 그래도 그는 지금 자기가 어떠한 모양으로 있는가를 잘 알 수 있었다. 이 주머니 같은 헐렁헐렁한 저고리와 바지에 줄무늬 모자. 그는 절망적으로 그것을 마룻바닥에 내던졌다. 왜냐하면 바로 한 시간 전까지만 해도 딱 양복을 입고 넥타이를 매고 구두를 신고 있어, 브리지버그를 떠날 때와 마찬가지로 남의 앞에 나가도 남부끄럽지 않은 몸치장을 하고 있었기 때문이다. 그런데 지금은 이 무슨 꼴이냐! 더구나 내일은 어머니가 면회를 하러 온다고 하는데. 어쨌든 젭슨과 벨크납도 올 테지. 아아, 이 무슨 꼴이냐!

그러나 그는 곧 좀더 나쁜 광경을 목격했다. 바로 자기 앞에 그의 감방 건너편 독방에 홀쭉하게 마른 안색도 인상도 나쁜 중국인 하나가 자기와 똑같은 옷을 입고, 문 쇠창살을 움켜쥘 듯이 하고 서서 기분 나쁜 곁눈으로 흘끔흘끔 그를 쳐다보고 있다가 갑자기 몸을 비틀고는 잔등 한가운데를 긁기 시작했다. 이일까? 크라이드는 오싹 몸서리가 쳐졌다. 브리지버그에는 빈대가 있었다.

중국인 살인범. 여기는 사형수 감방이 아닌가? 그러나 생각해 보면 자기도 똑같은 사형수다. 입고 있는 것까지도 똑같았다. 아마도 방문자는 적은 모양인데 도리어 그것이 다행한 일이었다. 여기선 거의 누구와도 면회가 허용되지 않았으며, 허용되는 것은 다만 어머니와 벨크납 및 젭슨 세 사람뿐으로, 그 밖엔 그가 택한 목사가 1주일에 한 번씩 와 줄 뿐이라고 하는 말을 어머니한테서 듣고 있었다. 흰 페인트를 칠한 담이 넓은 막을 것도 없는 하늘로부터 내려오는 광선을 받고서 환히 비치고 있었다. 아직 밤을 보내고는 있지 않지만 필경 복도에 켜져 있는 뿌연 전등이 밤새도록 방을 비쳐 줄 것이리라. 그러나 이곳은 모든 것이 너무나도 브리지버그와 상반되는 점이 많았다. 너무나도 밝았다. 브리지버그의 유치장은 꽤 오래 된 것이어서 담은 갈색으로 물들어 있어 더러웠고, 독방은 훨씬 넓고 가구류도 훨씬 그 수가 많았으며, 테이블에는 테이블 커버까지 걸쳐 있었고, 그 위에는 책과 신문과 장기와 장기판 따위가 놓여 있었다. 그곳에 반하여 이곳에는 그야말로 아무것도 없었다. 굳고 좁은 벽, 두꺼운 천장에까지 뻗어 있는 철창, 보기만 해도 무거워 보이는 쇠문──문에는 브리지버그에도 있었던 것처럼 음식이 들어갔다 나갔다 하는 조그만 구멍이 있었다.

그러나 바로 그때 어디서 목소리 하나가 들려왔다.

"어이, 새 손님 하나가 들어왔다! 1층 동쪽 2호실이다." 그러자 다른 목소리가 그것에 응해,

"그래, 어떤 작자야!"

그 다음 세번째 목소리가,

"어이, 애숭이, 이름이 뭐지? 떨 건 없어. 아무도 널 잡아먹진 않을 테니까?"

맨 처음 목소리가 두번째 사나이에게 대답했다.

"키가 호리호리한 애숭이야. 아직 입에서 젖내도 가시지 않은 풋내기 같은데. 그래도 꽤 쓸 만한데."

크라이드는 그만 딱 질리고 말아 넋을 잃고는 어떻게 하면 좋을까 어리둥절했다. 이런 데서 자기 소개를 해도 상관없을까! 뭐라고 대답하면 좋을까? 이러한 무리들과 친하게 지내야만 할 것인가? 그러나 상대방의 기분을 해치지나 않을까 그것이 두려워 가만히 있을 수도 없어 곧 정중하게 대답했다.

"크라이드 그리피스입니다."

그러자 맨 처음 목소리가,

"그런가! 그렇다면 알겠군. 알고 있구말구. 브리지버그의 재판은 우리들도 신문에서 읽어서 알고 있었으니까 곧 올 줄은 알았지만."

그 다음, 다른 목소리가 그 뒤를 이었다.

"너무 실망해선 안 돼. 여기도 그리 나쁜 곳은 아냐. 적어도 건물만큼은 튼튼하니까. 지붕만이라도 있는 것만 해도 좋지 않아." 어디서 웃음소리가 터져

나왔다.

그러나 크라이드는 너무도 무서워서 목소리도 나오지 않았다. 겁먹은 눈으로 힘없이 마루와 담을 둘러보았다. 그 시선이 또다시 문 옆에서 이쪽을 흘끔흘끔 쳐다보고 있는 중국인의 시선과 마주쳤다. 오오, 이 얼마나 무서운 곳이냐! 그런데도 저들은 서로 전혀 모르면서도 저런 모양으로 지껄이며 잘 지내고 있다. 그의 죄상도, 쭈뼛거리는 태도도, 그가 부들부들 떨고 있는 것도 전혀 안중에 없는 모양이다. 그러나 살인범쯤 되면 남에게 마음을 쓰거나 불평을 하거나 하는 편이 도리어 우스운 모양이다. 더욱 불리한 것은 그들은 모두가 그의 사건을 알고 있어 그가 언제 이곳으로 호송되어 올 것이라는 것까지도 생각하고 있었던 모양이다. 그들과 서로 사귀지 않으면 이쪽을 못 살게 굴 것인가? 만일 손드라가 혹은 그가 알고 있는 누가 이런 곳에 와 있어 자기 꼴을 실제로 보거나 꿈에라도 본다면 그 감상이 어떠할까?…… 아아! 그러나 내일은 어머니가 오기로 되어 있다. 이런 꼴을 어머니 앞에 드러내지 않으면 안 되다니.

그 다음 한 시간쯤 지나서 날이 저물기 시작할 무렵, 깔끔한 제복을 입은 안색이 창백하고 키가 후리후리한 간수가 쇠쟁반에 먹을 것을 올려놓고 문구멍으로 넣고는 가 버렸다. 식사다! 건너편 빼빼 마른 중국인은 덥석덥석 먹고 있다. 저 사나이는 도대체 누구를 죽인 것일까? 이곳저곳의 독방에서 쇠쟁반이 다른 무엇과 거칠게 부딪치는 소리가 들린다. 사람이 먹는 식사보다도 굶주린 짐승에게 겨우 먹을 것을 주었을 때의 광경을 연상케 하는 소리다. 그중에는 먹으면서 큰 소리로 지껄이기도 하고, 귀에 거슬리는 소리를 내기도 하는 사람도 있었다. 그는 가슴이 조이는 듯한 기분이었다.

"체! 이 형무소의 요리사 놈들은 못난 놈만 모여 있군! 밤낮 식어빠진 콩과 감자 튀김과 커피밖엔 모르나!"

"오늘밤 커피는 또 이게 뭐야! 이게 사람 먹는 거야! 버팔로의 유치장에 있을 때엔……."

"어이, 집어치워." 다른 구석에서 누가 쏘아붙이는 소리였다. "네 그 버팔로의 유치장 얘기와 맛있는 식사 얘긴 이제 그만 집어치워. 싫증이 났단 말야. 넌 여기 와서 차도 잘 마셔 목구멍으로 넘어가지 않느냔 말야?"

"어쨌든 말야" 하고 맨 처음 목소리가 대꾸했다. "나도 사방을 돌아다녀 봤지만 이건 너무 지독해. 좀더 좋은 걸 먹여 줄 수 없느냔 말야."

"이봐 이봐, 라퍼티, 그만두시지." 또 다른 누가 소리를 질렀다.

얼마 후에 그 라퍼티라는 사나이의 목소리가 또다시 들렸다. "자, 이제부터 한잠 주무시고 나서 슬슬 운전기사를 불러서 잠깐 드라이브나 나가 볼까. 오늘밤은 날씨도 좋을 것 같으니까."

쉰 목소리가 그것에 응했다. "흥, 그런 잠꼬대 같은 소린 집어치워. 자, 나는 흡연담화회(吸煙談話會)라도 나가 볼까. 그러고 나서 트럼프를 하고……."

저자들은 여기서 트럼프를 다 하는 것일까? 하고 크라이드가 생각해 보았다.

"로젠스타인은 이곳 시장선거에서 졌으니까 놈은 하지 않을 테지."

"하지 않는다는 걸 누가 알아." 이렇게 대답한 것은 아마 로젠스타인이라고 불리는 그 친구인 모양이다.

크라이드 바로 왼쪽 독방에서 마침 그 앞을 지나던 간수를 불러세우는 목소리가 들렸다. 나직하나 꽤 똑똑한 목소리였다.

"저, 잠깐! 앨바니에서 아직 아무 소식도 없습니까?"

"응, 아직 없어, 허던."

"편지도?"

"그래."

아주 긴장된 심각한 비통한 목소리였지만 곧 잠잠해지고 말았다.

잠시 후에 저 먼 독방에서 마치 지옥 밑바닥에서라도 들려오는 듯한 절망적인 목소리가 들려왔다. "아이구, 하나님, 하나님! 아이구!"

그러자 그 다음 독방에서 다른 목소리가 부르짖었다. "젠장! 저 농부 녀석, 또 시작인가! 아이구 죽겠다. 어이, 간수! 간수! 저 작자에게 무슨 마취제라도 좀 얻어다 줘요!"

저쪽 끝에서 또다시 똑같은 목소리가 났다. "아이구, 하나님! 아이구! 아이구!"

크라이드는 저도 모르게 일어서며 손을 움켜쥐었다. 그의 신경이 곤두설 대로 곤두섰다! 살인자! 아아, 사형을 받을 날이 가까워진 모양이다. 혹은 자기 자신의 운명과 비슷한 그 어떤 무서운 생각에 괴로움을 당하고 있는지도 모른다. 고민하고 있는 것이다. 그가 브리지버그에서 남몰래 고민하고 있던 것처럼. 그 얼마나 비통한 신음소리냐! 다른 사람도 역시 모두 울고 있는지도 모른다.

이러한 일이 매일밤 되풀이될 테지, 최후의 날이 올 때까지. 그러나 천만에, 나는 다르다. 그럴 리가 없다! 잘못되는 한이 있더라도 적어도 1년은 걸릴 것이다——젭슨이 그런 말을 했다. 2년쯤 걸릴지도 모른다. 그러나 그 2년이 지난 뒤에는…… 불과 2년밖에 없는 생명, 그렇게 생각하니 오싹하며 몸이 떨렸다.

이 근처의 어디에 그 방이 있을 테지! 이 방은 그곳과 통해 있다. 그는 그곳을 알고 있었다. 그곳에 의자가 놓여 있는 것이다, 그 의자가! 아까 그 소리가 또다시 들려왔다. "아이구! 하나님!"

그는 부리나케 침대 속으로 기어 들어가 두 손으로 두 귀를 꼭 눌렀다.

29

형무소란 어디나 다 그렇지만 특히 오번 형무소의 이 '사형수 감방'은 인간의 무감각과 우매가 빚어낸 몹시도 우둔한 기구의 하나였다. 하기야 이것은 근본적으로는 누구의 책임도 아니다. 이러한 운영 방법은 일련의 기본적인 법령을 기초로 하여 여러 간수의 성격과 피상적인 의무감에 의한 판단에 의하여 이루어진 것임에 틀림없지만, 그것이 오랜 세월이 흐르는 동안에 언제 누가 생각해 낸 것인지 죄수에게 불필요하고 부당한 고통을 주기도 하고, 무모한 어리석기 짝없는 고문을 가하는 방법이 안출되어 실시되게 되고 만 것이다. 따라서 일단 배심원들의 판결을 받고서 이곳으로 이송된 죄수는 선고된 사형을 눈앞에다 놓고서 고민하지 않으면 안 될 뿐만 아니라, 그 전에 여러 가지의 고통을 받지 않으면 안 되었다. 도대체 이 사형수 감방의 구조 그 자체가 죄수의 생명과 행동을 제약하고 있는 규칙과 더불어 여러 가지 고문을 낳는 결과를 빚어내고 만 것이다.

이 감방은 전체의 면적이 30피트에 50피트, 돌과 콘크리트와 쇠로 되어 있으며, 마루에서 30피트 높이에 채광용 창이 쭉 달려 있다. 옛날에 지어 설비가 나쁜 사형수 감방을 개량한 모양이다. 옛날 감방은 아직까지도 문 하나로 쭉 연결되어 있었다. 이 새 감방은 중앙에 넓은 복도가 통해 있고, 1층은 서쪽에 8피트에 10피트의 독방이 여섯 개씩 양쪽에 서로 마주 바라다보며 함께 열두 개의 방이 쭉 늘어서 있었다. 또 2층에는 발코니 독방이라고 불리는 독방이 양쪽에 다섯 개씩 쭉 늘어서 있었다.

이 넓은 복도의 중앙을 좁은 복도가 가로지르고 있고, 그 복도의 한쪽 끝이 구(舊)사형수 감방에 연결되어 있으며——여기는 현재에는 다만 신관에 들어 있는 죄수들의 방문자들의 면회장으로 사용되고 있을 뿐이다——다른 끝은 전기의자가 있는 처형실로 연결되어 있다. 따라서 이 좁은 복도에 있는 네 개의 독방 중 둘은 처형실의 문과 인접하고 있는 셈이고, 다른 한 쌍이 되어 있는 두 개의 독방은 구사형수 감방으로 통하는 통로의 입구에 있었다. 그 구관은 죄수용 응접실이라고 할 만한 장소로, 1주일에 두 번씩 근친과 변호사가 그곳을 찾아온 외에는 아무도 넣어 주지 않도록 되어 있었다.

그 구사형수 감방은 아직까지도 독방이 그대로 남아 있어 면회용 장소로서 없어서는 안 될 장소로 되어 있지만, 그 독방은 복도의 한쪽으로만 늘어서 있었기 때문에 죄수가 서로 저쪽 반대편 독방을 넘겨다보지 못하게 했고, 게다가 각 독방의 입구에는 철망과 초록색 커튼이 걸려 있었다. 옛날엔 새 죄수가 드나들건 혹은 매일 산보를 나가거나, 목욕탕으로 가거나, 혹은 서쪽에 있는 처형실의 쇠로 된 조그만 문 저쪽으로 사라져 버릴 때 외에는 언제나 그 커튼을 내리고 있었다. 즉 죄수는 각기 다른 죄수와 얼굴을 서로 마주 바라보지 않도록 되어 있었다. 그러나 몹시 고독했을지도 모르지만 이처럼 예의와 개인의 비밀을 존중하고 있던 사형수 감방은 후년에 인간성에 위반된다고 하여, 생각이 신중하고 은혜를 베푼 듯이 구는 당국자의 눈에는 자못 새롭게 개선된 것처럼 보이는 이 신사형수 감방이 새로이 설계된 것이다.

구관의 독방은 확실히 작고, 어둡고, 천정이 얕으며, 위생시설도 나쁜 반면, 신관은 천정도 높고, 독방과 복도의 조명도 밝았으며, 각 독방은 8피트에 10피트의 넓이로 되어 있었다. 그러나 구관과 비교하여 매우 불편한 점은 문의 창에 커튼은 고사하고 철망조차도 쳐 있지 않다는 점이다.

그리고 두 줄로 서로 마주 바라보며 쭉 늘어서 있는 그 구조 때문에 각 죄수는 주위의 죄수들의 횡포한 기품과 절망감과 불쾌한 태도의 영향을 받고서 고민을 받아야 하고, 그것을 참지 않으면 안 되었다. 혼자 있을 수가 없었다.

밤은 밤대로 지나칠 정도로 밝은 전등이 휘황찬란하게 독방의 구석구석까지 비쳐 주었다. 낮은 낮대로 높은 채광 창으로부터 지나칠 정도의 밝은 광선이 방 하나 가득히 새어들어왔다. 혼자서 조용히 무엇을 좀 생각하고 있을 수도 없으며, 그렇다고 해서 기분전환을 위해서는 트럼프와 장기 외에는 없었다. 그것만이 죄수를 독방에서 밖으로 내놓지 않고서 놀게 할 수 있는 도구였기 때문일지도 모른다. 글씨를 읽을 수 있는 죄수에게는 기분전환으로 책과 신문 등이 공급되었다. 또 오전과 오후의 일정한 시간에는 카톨릭의 신부가 왔다. 유태교회의 목사와 프로테스탄트의 목사도 1주일에 몇 번씩 왔다. 그리고 희망자들에게는 위로의 말과 설교를 하고서 돌아갔다.

그러나 이 장소의 지긋지긋한 점은 이러한 편리한 시설에도 불구하고, 죽음이 가까이 다가와 있다고 하는 생각 때문에 마치 차디찬 손으로 뺨과 목덜미를 만진 것처럼 질겁을 하고는 부들부들 떨고 있는 사람들과 밤낮 접촉하고 있지 않으면 안 된다고 하는 점에 있었다. 이것에는 어떠한 죄수도——제아무리 허세를 부리는 죄수라도——정신적으로, 혹은 육체적으로 낙담하지 않을 수가 없었다. 음산한 기분과 긴장과 정체를 알 수 없는 공포와 절망이 폭풍우처럼 감방 안을 휘몰아치고, 모든 죄수의 기분을 낙담과 공포 속에 몰아 넣고 말았다. 그리고 그것이 아주 전혀 예상도 하지 않은 때에 일어났다. 불평과 탄식과 울음소리와 때로는 노래를 불러 달라는 요구조차도 죄수를 공포 속으로 몰아 넣곤 했다. 혹은 누가 무심결에 느닷없이 신음하거나 터무니없는 소리를 지르거나 할 때에도 모두가 덜컹 가슴을 졸이는 때가 많았다.

그러나 그것 이상으로 뼈저리게, 그리고 가장 심각하게 죄수의 가슴을 졸여 놓는 것은 구사형수 감방과 처형실 사이를 연결하는 한가운데에 있는 좁은 복도의 존재였다. 왜냐하면 가끔——아니, 빈번히라고 해도 좋을 만큼——그곳을 무대로 하여 정해 놓은 비극의 일부가 연출되었기 때문이다, 처형이라고 하는 최후의 1막이.

마지막 날이 오면 죄수는 1년인가 2년 동안 감금되어 있던 새 건물의 개선된 독방으로부터 최후의 몇 시간을 혼자서 보내기 위하여 사형수 감방으로 이감된다. 그러나 얼마 후 최후의 순간이 다가오면 그는 또다시 되돌아와서 모두가 볼 수 있는 중앙의 좁은 복도를 지나——즉 죽음의 행진을 하여——반대쪽 끝의 처형실로 끌려 가는 것이다.

또 구사형수 감방을 찾아온 변호사나 친지들과 면회하기 위해서도 역시 그 한가운데에 있는 좁은 복도를 지나지 않으면 안 되었지만, 그 독방으로 들어가도 역시 입구의 철망과 방 사이의 2피트 정도의 통로에는 간수가 한 사람 앉아 있어서 죄수와 방문자——아내와 아들, 딸, 형제, 변호사 등——는 결국 간수 입회하에 이야기를 하지 않으면 안 되었다. 손을 잡아도, 키스를 해도, 포옹을 해도, 무엇 하나 간수의 눈을 피할 길이 없게끔 되어 있었다. 얘기의 일언일구가 간수의 귀에 들어갔다. 그리고 마침내 최후의 시기가 오면 그 차례가 돌아온 죄수가 흉악하건 온순하건, 신경질이건 둔하건 간에 구사형수 감방으로 끌려 가 어머니와 아들과 딸과 아버지와 최후의 아마도 눈물의 대면을 하고 있는 것이 비록 목격을 할 수 없다 하더라도 싫어도 죄수 전원의 귀에 들어오는 것이었다.

이곳으로 이송된 후에도 결코 그 즉시로 처형되는 것이 아니라, 거의 항소심이 끝날 때까지 구치되어 있는 그들을 이처럼 부당하게 괴롭히고 있는 이러한 운영 방법에 관해서는 당사자는 아무렇게도 생각하고 있지 않는 모양이다. 크라이드는 물론 처음부터 이런 것을 느낀 것은 아니었다. 처음 하루 동안에 그는 이러한 현실의 극히 작은 일부분을 맛보았을 뿐이었다. 그리고 다음날 정오에는 그의 근심을 덜어 주었다고 해야 좋을지, 혹은 더 보태어 주었다고 해야 좋을지는 모르나 어쨌든 그의 어머니가 형무소로 찾아왔다. 아들을 따라가는 것은 허락되지 않았기 때문에 그녀는 하루를 기다리면서 그 동안 두 변호사와 최종적인 타협을 끝마쳤고, 아들이 형무소에 호송되어 갈 때의 감상을 ——그거야말로 참으로 비장한 감상이었다——써 보내고 나서 온 것이었다. 오번 정거장에 내리자 우선 형무소 근처에 방을 하나 구하는 것이 급선무였지만 그것보다도 먼저 형무소 사무실로 달려가서 오버왈처 재판장의 명령서와 벨크납과 젭슨의 탄원서——그 내용은 무엇보다도 먼저 크라이드와의 단독면회를 허가해 주기를 바란다는 취지의 편지였다——를 제출했더니 곧 구사형수 감방과 멀리 떨어져 있는 딴 방에서 만나도록 허가해 주었다. 그것은 소장 자신이 이미 신문지상에서 그녀의 눈물겨운 활약에 관한 기사를 읽고서 알고 있던 터라, 그녀뿐만 아니라 크라이드에게도 지대한 관심을 가지고 있는 탓이기도 했다.

그러나 크라이드와 대면하자 하룻밤 사이에 어떻게도 얼굴이 변했던지 그리피스 부인은 말이 나오지 않았다. 눈을 의심할 정도였다. 얼굴색이 창백하고, 눈언저리엔 짙은 그늘이 지고 처참하게 살기가 돌고 있었다. 머리는 그 모양으로 벌거숭이가 되어 있었고, 입은 옷은 그 꼴이고, 있는 곳마다 철문이 큼직한 자물쇠를 잠그고, 기나긴 복도에는 모퉁이마다 제복을 입은 간수가 파수를 보고 있는, 소름이 끼칠 정도로 무시무시한 장소!

잠시 동안 그리피스 부인은 몸이 떨려 눈만 깜박거릴 뿐 지나친 긴장에서 헤어나지를 못했다. 지금까지 캔자스시티와 시카고와 덴버 등지에서 유치장과 형무소를 여러 번 찾아다니면서 팜플렛을 나누어 주기도 하고, 권유해 보기도 하고, 상황에 따라 설교를 한 적이 있는 그녀였지만 이번만큼은 경우가 달랐다. 상대는 자기 아들이었다! 그녀의 굳세고 두꺼운 가슴이 크게 파도치기 시작했다. 흘끗 한 번 보고 나서 저도 모르게 아들 쪽으로 넓은 등을 돌리고는 얼굴을 감췄다. 입술과 턱이 떨렸다. 그녀는 곧 조그만한 핸드백을 뒤져서 손수건을 꺼내면서 중얼거렸다. "하나님, 왜 저를 버리시나이까?" 그러나 그렇게 말하면서 얼른 고쳐 생각했다. 아니다, 아니다, 아들에게 이런 꼴을 보여서는 안 된다. 눈물을 보여선 아들을 도리어 슬프게만 할 뿐이다……. 그러나 아무리 자기를 책망해도 넘쳐 흐르는 눈물을 막을 길이 없었다.

크라이드는 어머니를 만나면 위안이 될 만한 무슨 힘있는 말을 해드리고자 생각하고 있었건만 막상 이러한 어머니의 모습을 보니 울음이 터질 것만 같았다.

"어머니, 울지 마세요. 어머니도 괴로우시겠지만 곧 다 잘될 겁니다. 내가 생각했던 만큼 그렇게 나쁘진 않습니다……." 그러나 이렇게 말하면서도 가슴속에서는 '이럴 수가 있나!' 하고 속삭이는 자기의 목소리가 머릿속에서 울렸다.

"아, 크라이드야! 그 꼴이 무엇이냐…… 하지만 우리들은 절대로 여기서 굴복해서는 안 된다. 절대로, 절대로 안 된다. '보라 내 너를 악한 자의 올무에서 건지리로다.' 하나님은 아직까지 우리 모자를 버리시지 않으셨고 앞으로도 버리시지 않을 것이다. 나는 그것을 잘 알고 있다. '하나님은 고요한 물가로 나를 인도하시는도다. 하나님은 나의 영혼을 쉬게 하시는도다.' 우리는 하나님을 믿어야 한다. 더군다나……." 그녀는 크라이드와 더불어 자기 자신도 격려하려는 듯이 활기 찼고 실무적인 어조로 다음과 같이 덧붙였다. "이미 상고수속을 밟고 있는 중이니까 이번 주일 안에 인가되어 공소되기로 되어 있다. 그러면 사건의 심리는 우선 1년 이상 걸릴 것으로 봐야 하지 않겠니. 갑자기 어떻게 되지는 않을 거다. 그건 다 잘 아는데, 너를 보고 놀란 것은 네 모양이 하도 안되었기 때문이다. 나는 차마 그럴 줄은 몰랐다.” 그녀는 처졌던 어깨를 바로잡고, 얼굴을들어 억지로 미소를 지어 보였다. “이곳 소장님은 퍽 친절해 보이더라만 막상 네 꼴을 보니…….”

그녀는 또다시 몹시 복받쳐오르는 눈물에 젖은 눈을 손수건으로 닦고 나서, 아들도 아들이려니와 우선 자기 자신의 슬픈 감정을 돌리기 위하여 그녀는 당면한 실제 문제를 끄집어 냈다. 그녀가 출발하기 전에 벨크납과 젭슨은 자기를 격려해 주었다는 것, 그들의 법률 사무소를 찾아갔더니 그들은 무엇보다도 모자가 기운을 차려야 한다고 했다는 것, 지금이라도 곧 강연회를 열 작정으로 있으며 머지않아 그쪽 준비와 대책이 마련될 것이라는 것, 그리고 젭슨 씨는 수일 내로 너를 찾아오겠다고 하더라는 것. 그리고 하는 말이, “우리들은 이번 재판이 법적으로 최종적 수속이라고는 생각하고 있지 않습니다. 천만에요. 이번 판결은 확실히 취소할 수 있습니다. 그래서 재심을 받을 수 있단 말씀입니다. 하여튼 이번 판결은 하나의 웃음거리에 지나지 않는다는 것을 우리는 잘 알고 있으니까요.”

그 다음 자신에 관해서는 이렇게 말했다. 자신을 형무소 근처에다 방 하나를 구하는 즉시로 오번 시의 중요한 목사들을 찾기로 했다. 그들에게 부탁하여 교회를 하나, 될 수만 있으면 둘도 좋고, 셋도 좋고, 빌려 가지고 거기서 강연회를 열고 자기의 주장을 호소하자는 것이었다. 젭슨도 2, 3일 내에 그녀의 연설에 필요한 자료를 보내 주기로 되어 있다. 그 후는 시라큐스, 로체스터, 앨바니, 스케네터디 등의 동부 여러 도시의 교회를 돌며 필요한 자금을 모집할 수 있을 때까지 연설회를 계속할 작정으로 있다. 그러나 그 동안 그녀는 아들을 내버려 두는 것이 아니라, 적어도 1주일에 한 번은 면회를 오고, 될 수만 있으면 매일같이 그에게 편지를 쓴다. 소장에게도 잘 부탁해 두자. 그러니까 절대로 낙담하지 말도록. 나는 이제부터 매우 힘든 일에 부딪치게 될 것이지만 하나님은 항상 나를 도와 주실 것이다. 그것은 믿어도 좋다. 이제까지도 허다한 기적적인 자비를 베풀어 주셨으니까.

크라이드야, 나를 위하여 또 너 자신을 이하여 제발 기도를 올려라. 〈이사야〉를 읽어라. 〈시편〉의 33장과 51장과 91장을 매일 읽어라. 그리고 〈하박국'〉도 잊지 말고 읽어라. “주님의 손을 막는 벽이 있나뇨?…….” 어머니는 또 수없이 눈물을 흘리고, 곁에서 보는 사람도 저절로 한숨이 나올 정도로 슬픈 장면이 벌어졌다. 그리고 겨우 어머니가 돌아가자 크라이드는 비참하고 영혼 속속들이 흔들리는 듯한 기분으로 독방으로 돌아왔다. 어머니는 저 나이에 가난 때문에 자기를 구원해 줄 돈을 모집하기 위하여 이제부터 사방으로 돌아다닐 작정이라고 한다. 지금 생각해 보면 아아, 나는 과거에 어머니에게 얼마나 불효자식이었던가……?

그는 침대에 드러누워 두 손으로 머리를 떠받치고 생각에 젖어 있었다. 한편 형무소 밖에선 그리피스 부인이 독방의 차디찬 쇠문을 생각하고, 쓸쓸한 방을 머릿속에 그려 보며, 이제부터 자기를 기다리고 있는 시련과도 같은 연설회의 일을 생각해 보았다. 그녀는 지금 방금 크라이드에게 이야기한 것을 모두 확신하고 있는 바도 아니었다. 그 전부에 대하여 자신이 있는 것도 아니었다. 그러나 하나님은 자기를 도와 주실 테지. 반드시 도와 주실 거다. 아직까지 하나님이 자기를 버리신 적이 한 번이라도 있는가. 완전히 버리신 적이? 더구나 지금――내 아들의 최악의 경우에 있는데 하나님은 어찌하여 나를 버리실 수 있겠는가?

그녀는 잠시 걸은 후에 어느 조그만 주차장 앞에서 걸음을 멈추고는 형무소 쪽으로 몸을 돌려 높다란 회색 담과 제복 차림의 무장 간수가 서 있는 망대와 철창이 끼여 있는 창과 문을 바라다보았다. 형무소. 내 아들이 그 속에 있단 말이지. 더구나 저 좁은 사형수 감방 속에. 전기의자 위에서 죽을 운명을 짊어지고서――아니다, 아니다, 그런 것은 단연코 용서할 수 없다. 상고해야겠다. 그것을 위한 돈을…… 일 분 일 초라도 꾸물거리고 있을 수는 없다. 생각과 비탄에 젖어 있을 때가 아니다. 지금이라도 당장 일에 착수하지 않으면……. “내 방패여, 내 빛이여, 힘이여. 오오, 주여, 주는 나의 힘, 나의 구원이로다. 나, 주를 믿으리.” 다음 또다시 눈을 닦고 나서 계속해 기도를 올렸다.

“주여, 나 주를 믿도다. 내 의심을 풀어 주소서.”

그리피스 부인은 걸으면서 기도를 올리고는 울었고, 울고는 또 계속 기도를 올렸다.

30

그러나 그 일이 있은 후 크라이드의 기나긴 옥중 생활이 계속되었다. 1주일에 한 번 어머니가 면회하러 오는 외에는 그저 감방 생활뿐이었다. 그리피스 부인은 일단 일을 시작하고 보니 이 이상 자주 아들을 만나러 가는 것은 곤란하다는 것을 알게 되었다. 그 후 두 달 동안을 그리피스 부인은 앨바니와 버팔로 사이를 여행했고, 어떤 때에는 뉴욕까지 여행하는 수도 있었지만 기대한 대로의 성공을 거둘 수는 없었다. 약 3주일에 걸쳐서 각지의 교회와 종교 단체를 심방하면서 호소해 본 결과 친절해야 할 기독교도가 뜻밖에도 냉담하더라는 것을 두 변호사에게 보고할 수밖에 없었다. 특히 지방의 목사는 교회의 집회에 관해서는 매우 신중하고도 소극적이어서, 누구한테서도 군소리가 나오지 않는 그러한 집회에 한해서 허락한다는 태도였으므로, 적어도 신문에 의하여 판단한 한에서는 지방의 보수적인 계층(階層)의 의견이 일치하여 유죄의 판결을 내렸다고 생각되는 이 불쾌한, 그러면서도 누구 하나 모르는 사람이 없는 이 사건에 관한 연설회라면 기꺼이 받아 줄 리도 만무했다.

더구나 이 자는 도대체 무엇이냐? 아들도 아들이지만 이 여자도 사적(私的)인 전도자가 아닌가? 조직과 전통과 신성한 종교적 권력과 형식이 갖추어진 종파의 교의(教義)와 신조에 반대하여——역사적으로 또는 교의적으로 하나님의 말을 해석하면서 신중한 배려 위에서 세워진 신학교와 교회와 그 협력자와 그 밖의 성과에 대항하여——가두를 헤매면서 아무런 규율도 권위도 없이 다만 정체불명의 전도집회를 열고 있는 여자가 아닌가? 그리고 만일 이 여자가 그런 짓을 하지 말고 점잖게 가정에 있으면서 좋은 어머니로서 아들의 양육에 전념하고 있었다면 저런 사건은 애당초부터 일어나지 않았을 게 아닌가?

아니, 그뿐만이 아니다. 저 법정에서의 크라이드 자신의 증언에 의하면, 그가 로버타를 죽였는지 안 죽였는지는 고사하고라도 어쨌든 그는 그 처녀와 간음의 죄를 저지르고 있지 않은가? 살인죄에 못지않은 죄를. 그는 자기 입으로 그것을 고백하고 있지 않은가? 설사 살인자가 아니라도——그것조차 의심스러운 일이지만——하고많은 죄 중에서도 간음의 죄를 저지른 인간을 구해 내기 위한 연설회를 교회에서 열어 달라니 사람을 어떻게 보고서 하는 소리야? 단연코 허락할 수 없다. 아마 그런 일에 교회를 빌려 줄 목사는 한 사람도 없을 것이다. 개인적으로는 그리피스 부인에게 동정하고, 그 아들이 받은 부당한 재판에 분개를 느끼는 기독교도도 있을지는 모르지만, 그러한 사건의 재판의 비난과 비판을 교회에서 하게 된다면 그야말로 큰일이다. 도덕적으로도 좋지 못한 영향이 있다. 일부러 젊은 세대의 마음에 죄악의 씨를 뿌려 주는 것과 다를 것이 없지 않은가?

이 밖에 그녀가 자기 아들을 구해 내기 위해서 동부로 갔다는 것과 자못 소박한 옷차림을 한 그녀의 사진은 신문에서 보아서 알고 있었지만, 거의 대부분의 목사는 꽤 이상한 부인이라고는 생각해도, 설마 그녀가 독자적인 신학을 가지고 있고, 정통파적인 순수한 종교를 경멸하는 위험 인물이라고는 꿈에도 생각하고 있지 않았다.

따라서 어느 교회를 찾아가도 목사를 분개시키지는 않았을망정 대개는 고개를 약간 갸우뚱하고는 안 되겠습니다 하고 사양하는 것이었다. 그 밖에 무슨 좋은 방법은 없을까요. 예를 들면 공회당 같은 데를 이용한다거나 하여 ―신문으로 적당하게 선전하면 기독교도들도 상당히 모입니다―이런 말도 했다. 어쨌든 이리하여 보기 좋게 거절을 당하고, 딴 데 가서 물어보시죠 하는 말을 그리피스 부인은 들었다.

이처럼 헛되이 여기저기의 교회를 찾아다니면서 시간을 허비하고 난 다음 마침내 유티카에서 손꼽히는 영화관을―죄 많은 극장―경영하고 있는 어떤 유태인에게 울고불고하며 사정하는 판국에까지 몰리게 되었다. 그리고 〈아들을 위하여 어머니는 이렇게 호소한다〉는 연제로 사건의 진상에 관하여 청중에게 호소하게 되었다. 물론 시간은 영화가 시작되기 전의 오전중뿐으로, 요금은 한 사람당 25센트로 하여 하루에 2백 달러라는 그녀로서는 믿어지지 않을 만한 돈이 들어왔다. 그녀는 후우 하고 마음이 놓이며, 정통파 기독교도들의 태도가 어쨌든 간에 이런 상태라면 크라이드의 항소심의 비용을 충분히 벌어 낼 수 있으리라고 생각한 것도 무리는 아니었다. 날짜는 좀 걸릴지 모르지만 어떻게 해서든지 될 것만 같았다.

그러나 그녀에게는 또 이것 이외에도 머리를 써야 할 문제가 있었다. 유티카와 그 밖의 지방에서의 교통비와 그녀의 개인적인 비용도 있었고, 덴버의 남편에게도 가끔 가족들의 생활비를 부쳐 주지 않으면 안 되었다. 집에는 이제는 돈이라곤 거의 한푼도 없을 지경이었고, 더구나 남편은 이번 사건으로 그만 자리에 눕고 말아——꽤 병세가 악화되어 있다는 프랭크와 줄리아의 편지가 몹시도 마음에 걸렸다——다시는 회복되지 못할지도 모른다고 한다. 집에 대해서도 어느 정도의 원조가 필요했다.

그래서 그리피스 부인은 현재로선 유일한 수입의 재원인 강연회의 입장료 중에서 자기 자신의 용돈을 제하고 집에도 얼마간 보내야 함으로써 정작 항소 비용으로 저축하는 액수는 점점 줄어드는 형편이었다. 크라이드의 곤경을 생각하면 이것이 참으로 송구한 일이지만 그렇다고 해서 최후의 승리를 얻자면 여기서 자기 자신의 생활을 유지하지 않을 수도 없는 일이고, 크라이드를 구제한다고 해서 그 남편을 그냥 내버려 둘 수도 없는 일이었다.

그러나 설상가상으로 날이 갈수록 강연회 청중은 줄어만 들었다. 끝내는 거의 들어오는 사람도 없는 지경이 되고 말아, 수입이라곤 겨우 비용을 충당할까 말까 할 정도였다. 그러나 이러한 경로를 밟으면서도 그리피스 부인은 최후에 가서 그간의 모든 비용을 제하고 남은 1천1백 달러에 가까운 돈을 저축할 수 있었다.

그러나 마침 그때에, 또 남편의 병이 걱정이 되어서 견딜 수 없을 그때에 엎친 데 덮친 격으로 프랭크와 줄리아한테서 편지가 왔다. 만약 아버지를 생전에 만나보고 싶거든 지금 곧 돌아오는 것이 좋을 거라는 내용의 편지였다. 겹쳐 달려온 불행에 그만 어리둥절하고 만 그녀는 1주일에 한 번이나 두 번 자기의 일의 형편을 보아 가지고 크라이드를 찾아가는 이외에 이제는 할 일도 없을 것 같았으므로 그녀는 두 변호인을 급히 만나 그 딱한 사정을 말하고는 어떻게 했으면 좋겠느냐고 의논했다.

그들은 지금까지 애써 모든 1천1백 달러의 돈을 그들에게 넘겨 주려는 그녀가 갑자기 측은하게만 생각되어, 그것을 얼른 돌려 주면서 남편을 위해서 써 달라고 권유했다. 크라이드는 앞으로 1년 동안은 현상대로 있을 수 있고, 사건의 증거 자료를 정리하고 신청서(申請書)를 제출하기까지는 적어도 앞으로 10개월은 있다. 그리고 재심 판결이 내리자면 앞으로 1년은 걸릴 테고, 그때까지라면 공소심의 내용도 어떻게 알아볼 길이 있을 것이다. 만일 그것이 잘 되지 않을 경우에는——그때는 또 그때대로 강구할 대책도 있을 테니까 그런 것까지 걱정할 필요는 없다. 그리피스 부인의 모습이 하도 초췌하고 얼빠진 것을 보고, 그들은 그 동안 책임을 지고 크라이드의 이익을 보호하도록 반드시 노력을 하며, 적당한 시기에 항소를 제기하여 법정에 나가 변호도 한다. 그 밖에 크라이드가 적절한 시기에 공정한 판결을 받도록 하는 데 필요한 일이라면 무엇이든 수고를 아끼지 않을 작정이라고 그들은 약속했다.

이렇게 근심을 덜게 된 그녀는 그 후 크라이드를 두 번이나 면회하고 나서, 아버지의 건강이 회복되고 여비가 마련되는 대로 곧 또다시 돌아오겠다고 약속하고 헤어졌지만 일단 덴버로 돌아와 보니 남편의 상태는 회복 곤란이라고 생각될 만큼 악화되어 있었다.

한편 크라이드는 모든 사람에게 버림을 당하고 혼자 옥중에 갇힌 채 아무리 생각해도 정신병환자만이 모인 지옥이라고밖에는 생각되지 않는 세계에서 혼자 고독의 세계를 살아나가는 수밖에 없었다. 여기는 정말 글자 그대로 지옥이었다. 딴 데라면 그 입구에다 이렇게 썼을지도 모른다 '이곳에 들어오는 자, 모두 희망을 버리라.'

이 얼마나 음산한 세계냐. 점차로 인간의 마음을 마비시키고 마는 기괴한 힘! 죄수들은 비록 아무리 용기가 있고 허세를 부려 본들, 혹은 전혀 무관심한 태도를 취해 본들——실제로 그런 자도 있었지만——위협과 절망감에서 벗어날 수는 없었다. 왜냐하면 일단 이 냉혹 무참한 양식(樣式)의 감방에 들어오면 싫어도 서로 각기 국적도, 성격도 다른 20명의 죄수들과 늘 심리적으로 접촉하지 않으면 안 되었기 때문이다. 죄수들의 분노와 욕망과 비애는 각자의 과거와 성질은 다를망정 상통되는 점이 있었기 때문이기도 하리라. 심리적으로 혹은 육체적으로 돌발적인 충동에 몰려 살인죄라는 대죄를 저질렀고, 결국은 체포되어 공포와 심로(心勞)와 재판과 패배에 의하여 이야기의 결말이 지어져——크라이드 자신도 그러했지만——그 다음이 스물두 개의 쇠우리 속에 들게 되어 그들은 기다리고 있는 것이다, 무엇인가를.

그것이 무엇이냐고 하는 것을 그들은 잘 알고 있었다. 그에게도 잘 알 수 있었다. 여기서는 죄수들이 서로 무엇 하나 사양할 것도 없이 노여움을 터뜨리기도 하고, 절망의 비명을 올리기도 하며, 큰 목소리로 기도를 올리기도 했다. 매일같이 몇 번씩. 때로는 그것이 저주의 말로 바뀌는 수도 있었고, 음탕한 웃음소리와 이야기로 바뀌는 수도 있었다. 그리고 밤이 깊어 가면 긴장된 영혼이 고요함을 찾으며, 몸도 마음도 지칠 대로 지쳐 휴식을 취하고 싶은지 탄식과 신음소리가 감방을 흘렀다.

긴 복도의 끝 저쪽에는 운동장이 있어, 죄수들은 하루에 두 차례씩 오전 열 시와 오후 다섯 시에 각각 몇 분 동안 5,6명씩 한 조가 되어 그대로 끌려 나갔다. 심호흡을 하는 자, 산보를 하는 자, 가벼운 체조를 하는 자, 제 마음대로 제각기 몸을 움직이고 있으며, 그 중에는 껑충껑충 뛰기도 하고, 마구 뛰어 돌아다니는 자도 있었다. 그러나 만일의 경우를 대비하여 꽤 많은 수의 간수가 늘 감시를 게을리하지 않고 있었다. 크라이드는 운동장으로 다음날부터 끌려 나갔다. 그때마다 나오는 죄수의 얼굴이 달랐다. 그러나 그는 처음엔 사귀어지지 않아, 그들과 함께 운동을 할 기분이 영 나지 않았지만 다른 자들은 죽음이 목전에 다가와 있다고 하는 것을 까맣게 잊어 버리고는 자못 즐거운 듯이 놀고 있었다.

그 중에 눈이 꺼먼 험상궂게 생긴 이탈리아 사람이 둘 있었다. 하나는 결혼의 거절을 당했기 때문에 그 여자를 죽여 버린 사나이, 다른 하나는 자기와 아내 몫으로 돈을 차지하기 위하여 장인을 죽여 가지고 그 시체를 태워 버리려고 한 사나이였다. 래리 도나휴라고 하는 얼굴도 어깨도 네모반듯하며 손과 발이 굉장히 큰 거구의 사나이——외지파견군 출신이었다 ——브룩클린의 어느 공장의 밤경비원이었는데 어떤 이유로 직장에서 쫓겨 나오게 되자, 그 앙갚음으로 어느 날 밤 근처의 들판에서 숨어 있다가 그 상사를 죽여 버렸다. 깜박 실수를 하여 현장에다 종군기장(從軍記章)을 떨어뜨린 것이 원인이 되어 그 결과 이 꼴이 되었다는 것이다. 크라이드는 이러한 이야기를 간수한테서 들은 것이다. 이곳 간수들은 대개 태도가 이상하리만큼 냉담하고 모호한 점이 있었지만, 그러면서도 어딘지 모르게 친밀감을 주는 점도 있었다. 그들은 둘씩 한조가 되어 여덟 시간 교대로 주야로 독방 앞을 왔다갔다하고 있었다. 그들의 이야기에 의하면 로체스터의 전직 경찰인 리오단이라고 하는 죄수는 아내가 헤어지자는 이야기를 꺼냈기 때문에, 그만 울컥 화가 나서 아내를 죽여 버렸다고 한다. 이 사나이도 이제 머지않아 죽을 운명에 있었다. 그 다음 토마스 마우러라는 젊은 농부——실은 머슴이었다고 하는데——인 이 사나이는 쇠스랑으로 주인을 죽였다고 한다. 크라이드가 맨 처음 이곳으로 이송되어 온 날 밤에 들은 그 비통한 비명소리의 주인공이 바로 이 사나이였다. 이 사나이도 처형될 날이 목전에 가까워져 있었다. 간수의 설명을 들으면서 모습을 살펴보고 있노라니까, 그는 뒷짐을 지고서 고개를 숙인 채 벽을 따라 불안스럽게 왔다갔다하고 있었다. 30세 가량의 시골티가 풀풀 나고 체격이 좋은 교양이 없어 보이는 사나이였지만, 어찌나 그 꼴이 침울했던지 도저히 살인 같은 것을 할 사람으로는 보이지 않았다. 저런 사람이 어떻게 해서 살인을 할 수 있었을까 하고 크라이드는 저도 모르게 의심이 갔다.

또 버팔로에서 변호사를 개업하고 있던 밀러 니콜슨이라고 하는 한 40세 가량 되어 보이는 신사——이 사나이는 키가 크고, 좀 마른 편이며, 풍채가 천하게 보이지 않고, 자못 세련된 지식인이라는 인상을 주는 사람으로 아무리 보아도 살인범으로는 보이지 않는 사나이였다——아마 크라이드 이상으로 그렇게 보였을 것이다——그런데 그는 어느 재산가인 노인을 독살하고는 그 재산을 횡령하려고 했다는 것이다. 그러나 풍채나 태도가 도저히 그런 나쁜 짓을 할 사람으로는 보이지 않았다. 정말로 친절하고 공손한 태도의 신사로서 크라이드가 맨 처음 운동장으로 나간 아침 그는 새로 온 크라이드를 알아보고는 가까이 다가와서 친밀하게 말을 건네 주었다. "무섭습니까?" 상냥한 위로하는 듯한 말투였다. 크라이드는 움직이거나 혹은 생각하거나 하는 것이 웬일인지 무서워서 얼어붙은 듯이 멍하니 서 있을 때였고, 확실히 이젠 다 틀렸다는 생각이 들기 시작하고 있었으므로 그 생각에 질려 그만 이렇게 대답하고 말았다. "네……역시……". 그러나 일단 이렇게 대답하고 나서야 어찌하여 이런 약한 소리를 한 것일까 하고 후회했다. 그리고 곧 그 사나이에게 친밀감을 느꼈고, 그런 말을 하지 않았으면 좋았을걸 하고 생각했다.

"당신은 그리피스 씨죠?"

"그렇습니다."

"나는 니콜슨이라고 하는 사람입니다. 그리 무서워할 건 없습니다. 그러는 동안에 익숙해질 테니까요" 하며 그는 밝은 미소를 지었다. 그러나 어딘지 모르게 굳은 표정의 미소였다. 눈에도 짙은 그림자가 얼어붙어 있었다.

"아뇨, 별로 무서울 것도 없습니다." 크라이드는 아까 정신 없이 한 고백을 허겁지겁 취소하려고 했다.

"그렇습니까. 그렇다면 잘됐군요. 자, 힘을 내십쇼. 때론 여기 나와서 운동이라도 하지 않고선…… 그렇지 않으면 누구나 다 미쳐 버립니다. 심호흡이라도 하십쇼. 그렇지 않으면 구보로 달려 보거나 그러면 기분이 좀 명랑해집니다."

이러면서 그는 두서너 걸음 떨어져 팔을 휘두르며 체조를 하기 시작했다. 크라이드는 오싹 몸소리가 쳐져, 큰소리로 외쳐 보고 싶은 마음으로 지금의 말을 복창해 보았다. "때론 여기 나와서 운동이라도 하지 않고선…… 그렇지 않으면 누구나 다 미쳐 버립니다." 확실히 그럴 거라고 어젯밤의 일을 회상하면서 생각해 보았다. 정말 미칠 것만 같았다. 완전한 파멸을 의미하는 무서운 비극을 눈앞에 보고서 그것이 또한 자기의 내일의 운명이라고 생각하자, 마치 절반쯤 죽는 고문을 당하고 있는 것만 같았다. 그러나 그는 언제까지 그것을 참아 내야만 하는 것일까, 언제까지?

그러나 2,3일 지나는 동안에 이 사형수 감방이라 할지라도 그 모든 것이 죽음의 공포 일색만은 아니라는 것을 알 수 있었다. 적어도 표면으로는 그렇지 않았다. 확실히 모든 죄수의 몸에 시시각각 죽음이 다가오고 있다는 것은 틀림없었지만, 여기서는 또 조소와 냉소와 음담패설과 게임과 체조까지도 이루어졌고 여러 가지의 비장의 재주뿐만 아니라 여자에 관한 문제로부터 죽음에 관한 문제에 이르기까지 지능 정도가 얕은 무리들에게도 능히 통할 수 있는 모든 문제에 관한 논의가 활발하게 이루어지고 있었다.

아침식사가 끝나자 운동장에 나가는 최초의 일단 사이에 끼지 못하게 된 죄수들 사이에서 장기와 트럼프 놀이가 시작되었다. 놀이라고는 이 둘밖에 없었다. 하기야 그들은 서로 독방을 나올 수는 없었기 때문에 보통 하는 식으로 카드와 장기판을 사이에다 놓고 마주앉아서 할 수는 없다. 다시 말하면 장기의 경우, 간수 하나가 사이에 들어서 죄수끼리의 대전자(對戰者)를 두 사람 정한다. 그리고 장기판과 연필을 준다. 말은 필요 없었다. 선(先)이 된 죄수가 우선 이렇게 말한다. "나는 G2에서 E1로 간다."——장기판 세로에 숫자가 나타나 있고, 가로에는 왼쪽에서부터 오른쪽으로 알파벳순으로 표시된다. 말의 움직임은 연필로 판 위에 표가 찍혀진다.

후(後)가 된 죄수는 선이 된 죄수의 움직임을 판 위에다 써놓고서 자기 말이 어디로 뛰면 좋을까를 생각하다가 "난 E7에서 F5로 간다" 하고 외친다. 만일 이 승부에 가담하고 싶은 자가 있다면 간수는 죄수의 희망을 그대로 받아들여 그 죄수에게도 장기판과 연필을 준다. 쇼티 브리스톨이 자기 독방으로부터 셋 떨어진 독방의 주인 스위그호트를 응원하려고 이렇게 훈수를 한다.

"잠깐……그 수는 안 되겠는데. 좀더 좋은 수가 있지." 그러면 형세가 역전한다. 게임이 백열화되면 여기저기서 조소와 홍소와 말다툼과 응원이 날아온다. 트럼프의 경우도 마찬가지다. 각자가 제각기 자기 독방에 갇힌 채 곧잘 게임을 할 수 있었다.

그러나 크라이드는 그러한 승부는 재미가 없었고, 몇 시간씩 계속되는 더러운 욕설과 홍소에도 귀를 막아 버렸으면 하는 생각뿐이었다. 너무도 비열하고 품위 없는 그들의 대화에 불쾌감을 느꼈지만 니콜슨에게만은 친밀감을 느낄 수 있었다. 며칠 후에 운동 시간에 어떻게 하여 그와 한 그룹이 되어 얼굴을 맞대게 되자 마음이 놓였다. 이 변호사의 존재, 그리고 그와 이야기를 할 수 있다는 것이 참을 수 없는 옥중 생활의 괴로움을 얼마나 가볍게 해주는지 몰랐다. 다른 죄수들은 전혀 냉담하여 그와는 거의 이야기를 나누려고도 하지 않았으며, 더구나 그 대다수는 아주 거칠고 교양이 없어 크라이드와는 전혀 인종이 달랐다.

그러나 그가 이 감옥으로 이송되어 온 지 근 1주일이 가까웠을 무렵, 그리고 크라이드가 니콜슨에 대한 흥미에 의하여 얼마간 힘을 얻기 시작하고 있을 무렵, 브룩클린의 파스칼 커트론이라는 이탈리아인의 처형이 있었다. 이 사나이는 동생의 아내, 그러니까 제수를 겁탈하려고 동생을 죽인 것이다. 감방 한가운데를 횡단하는 좁은 복도에 면한 독방 하나에 들어 있었는데, 공포와 번민 때문에 좀 머리가 이상하게 되어 있었다. 어쨌든 다른 죄수들이 6명 한 조가 되어 운동장에 나갈 때에도 이 사람 하나만은 늘 독방에 그대로 남아 있었다. 크라이드는 지나는 결에 가끔 그 감방 안을 들여다보았다. 오싹 소름이 끼칠 정도로 야윈 얼굴을 하고 있었다. 눈에서 입가로 내려오면서 깊이 새겨진 감옥살이에 지친 두 개의 주름살이 그 얼굴에 세 부분의 음산한 팬널화(畵)로 구분하고 있었다.

크라이드가 여기로 온 그날부터 파스칼은 주야로 미친 사람처럼 기도를 올리기 시작했다. 그는 그 전부터 금주 내에 집행되기로 되어 있는 집행 날짜를 대강 알고 있었기 때문이다. 그 후부터 그는 독방 안을 엉금엉금 기어 돌아다니기도 하고, 마루에 키스를 하기도 하고, 감옥에서 빌려 준 놋쇠 십자가 위의 예수의 다리를 마구 핥기도 했다. 또 이탈리아에서 막 온 형과 누이가 가끔 찾아올 때마다 그는 구사형수 감방으로 끌려 나갔다. 그러나 모두가 귓속말을 하고 있는 대로 파스칼은 이미 정신적으로는 형과 누이의 힘으로도 도저히 구해 낼 수 없는 상태에 빠져 있었다.

형과 누이가 오지 않을 때에는 주야를 가릴 것 없이 독방 안을 엉금엉금 기어 돌아다니고 있었다. 잠이 오지 않는 밤의 외로움을 독서로 달래려고 하는 죄수는, 그의 독백과도 같은 기도소리와 묵주를 하나씩하나씩 굴리면서 무수히 주 아버지와 성모 마리아의 이름을 외고 있는 그의 목소리 때문에 영 독서를 할 수 없었다.

가끔 가다 "제기랄, 이놈아, 좀 자면 어때" 하는 목소리가 들릴 때도 있지만, 기도소리는 좀처럼 가라앉지 않았다. 더구나 기도를 올리면서 이마를 마룻바닥에다 부딪치는 소리조차도 들렸다. 그리고 마침내 처형 전날, 파스칼은 독방에서 구사형수 감방으로 이감되었다. 거기서 만일 어떤 남겨 놓고 싶은 말이 있으면 할 수 있다고 했다. 그리고 영혼을 하나님에게 바치는 준비를 하기도 했다.

그러나 그날 밤 이 감방 내의 죄수 모두는 이상한 심리 상태에 잠기고 말았다. 차입된 식사에 누구 하나 손을 대는 사람도 없었다. 그래도 물려진 밥상을 보면 그렇다는 것을 알 수 있었다. 숨막힐 듯한 침묵이 감방마다 떠돌고 있었고, 잠시 후에는 낮은 기도소리가 여기저기서 새나왔다. 파스칼의 운명이 조만간에 자기들의 몸에도 떨어지리라는 것을 누구나 다 잘 알고 있었기 때문이다. 은행의 수위를 죽이고서 사형선고를 받은 어떤 이탈리아 인은 갑자기 요란한 비명소리를 올리고는 방안의 의자와 테이블을 문의 창살을 향해 냅다 던졌고, 침대의 시트를 북북 찢으며 나중에는 손수 목을 매고서 죽으려고 했지만, 결국은 간수들에 의해 소기의 목적을 달할 수 없었는데, 정말로 미쳤는가 어떤가를 알기 위하여 다른 감방으로 옮겨졌다.

다른 죄수들은 그 소동이 일어나고 있는 동안 독방 안을 아무렇게나 서성거리거나, 의미를 알 수 없는 말을 뭐라고 중얼거리거나, 혹은 불안한 목소리로 간수에게 무엇을 부탁하고 있었다. 크라이드는 이러한 정경을 본 경험도 없었고, 상상해 본 적조차 없었으므로 공포에 사로잡히고 말았다. 파스칼의 최후의 밤을 그는 더러운 침대 속에서 공상을 좇으면서 한잠도 이루지 못한 채 뜬눈으로 새웠다. 여기서의 죽음은 이런 모양으로 다가오는 것이었다. 죄수들은 모두 목이 쉬어라 하고 신음하고, 기도를 올리다가 끝내는 정신 상태가 이상해지고 마는 것인데, 그들이 아무리 울고불고하며 야단을 해본댔자 죽음은 여전히 시시각각으로 다가오는 것을 그만두지는 않았다. 밤중 열 시경에 그들을 진정시키기 위해서 야식이 들어왔지만 크라이드가 들어 있는 감방의 건너편 방의 중국인을 제외하고는 아무도 손을 대지 않았다.

그 다음날 새벽 네 시, 사형집행의 관계자들이 조용히 중앙의 복도를 지나 구사형수 감방으로부터 처형실로 통하는 좁은 복도에 면한 독방의 무거운 초록색 커튼을 쳤다. 그것은 최후의 비참한 행렬을 죄수들에게 보이지 않기 위하여 마련된 커튼이었다. 그러나 크라이드도 그 밖의 죄수들도 모두가 잠을 이루지 못하고 침대에 일어나 앉아서 그 소리에 귀를 기울이고 있었다.

드디어 처형이다! 죽음의 시각이 시시각각으로 다가온다. 저것은 그 전조다. 공포인지 후회인지 혹은 내적인 종교심에 몰려서인지 어쨌든 그 어떤 구원과 신앙을 찾고 있던 죄수는 무릎을 꿇고서 언제까지 기도를 올리고 있었다. 또 그 밖의 죄수들은 대개 그저 방안을 불안한 마음으로 서성거리기도 하고, 신음소리에 가까운 독백을 지껄이기도 했지만 그 중에는 가끔 견딜 수 없다는 듯이 놀란 목소리로 고래고래 소리를 지르는 자도 있었다.

크라이드는 너무나 겁이 나서 말도 나오지 않았다. 생각하는 일조차도 거의 할 수 없었다. 저 독방에 있던 사나이가 드디어 죽고 마는 것인가……. 그렇게 생각하자 이제까지 오랫동안 겁을 먹고 있던 저 의자가 갑자기 한층 더 가깝게 느껴졌다. 젭슨과 어머니의 이야기에 의하면 그것은 아직도 꽤 길고도 먼 앞의 일이라고 하지만, 만일……그때가 온다면…….

얼마 후 다른 소리가 들렸다. 바삐 왔다갔다하는 발소리. 어디서 독방 문이 열리는 소리가 들렸다. 그 다음 구사형수 감방과 이 감방을 연결하는 문이 열렸는지, 사람 목소리가 들렸다. 그러나 아직도 무슨 소리인지 똑똑히 분간할 수 없는 목소리였다. 얼마 후 이번에는 좀더 똑똑한 목소리가 들려왔다. 누군가가 기도를 올리고 있는 듯한 목소리였다. 행렬이 좁은 복도를 천천히 지나갈 때의 소곤대는 말소리에 가까운 발소리.

"주여, 자비를 베풀어 주소서. 예수 그리스도여, 자비를 베풀어 주소서. 마리아여, 은총의 어머니여, 마리아여, 자비의 어머니여, 성 미카엘이여, 나를 위하여 기도를 올려 주소서. 성모 마리아여, 나를 위하여 기도를 올려 주소서. 성 요셉이여, 성 암브로시우스여, 하늘에 계신 모든 신이여, 성자여, 나를 위하여 기도를 올려 주소서. 성 미카엘이여, 나를 위하여 기도를 올려 주소서. 내 수호신이여, 나를 위하여 기도를 올려 주소서."

그것은 사형수를 따라가며 연도(連禱)를 외고 있는 신부의 목소리였다. 그러나 그 사형수는 벌써 제정신이 아니었다. 그러나 나직한 목소리로 함께 중얼거리고 있는 저 목소리는 그의 목소리가 아닐까? 확실히 그의 목소리다. 크라이드는 최근 그의 목소리를 듣기 싫을 정도로 듣고 있었다……. 머지않아 다른 문이 열릴 테지. 저 사형수는 거기를 지나서, 이제 곧 저 의자에서 죽고 말 테지. 저 모자와 띠를 보면서 크라이드는 이제는 그것을 모두 알고 있었다—어쩌면 자기 자신은 그런 것과는 상관없는 일인지도 모르지만.

"잘 가오, 커트론!" 목쉰 떨리는 목소리가 어디서 들려오는지는 잘 알 수 없었지만 크라이드의 바로 근처의 독방에서 들려왔다. "이런 곳보다는 훨씬 나은 곳으로 어서 가게." 그 뒤를 이어 다른 목소리가, "잘 가오, 커트론. 필경 하나님이 그대를 지켜 주실 거요, 비록 그대가 영어는 모른다 하더라도."

그 행렬이 지나갔다. 문이 닫혔다. 그는 안에 들어가 버렸다. 필경 이제 묶이고 있는 중일 테지. 관계자는 그에게 무슨 하고 싶은 말은 없느냐고 다시 한 번 묻고 있을지도 모른다, 벌써 제정신이 아닌 저 사나이에게. 지금쯤은 전부 묶였을 테지. 모자가 씌워진다. 잠시 얼마 후에는…… 그러자 그때 크라이드는 전혀 몰랐지만—그의 방의 전등이—아니 감방 전체의 전등이 갑자기 흐릿해졌다. 고압선의 전기의자와 독방과 복도의 밝은 전등 등을 같은 선으로 배전해 두다니 이 무슨 소견 없는 짓이냐. 곧 목소리가 들려왔다.

"앗, 어두워졌다. 이제 했구나! 그 작자 몸에 이제 전기가 통한 거야!"

다른 목소리가 그 뒤를 받아. "음, 모두 다 끝났어. 불쌍하게 말야."

그리고 일 분쯤 사이를 둔 다음, 또다시 삼십 초쯤 전등이 흐릿해졌다가 다시 한 번 똑같은 일이 반복되었다.

"아아……이것으로……이것으로 1막이 끝난 셈인가?"

"그렇지. 놈은 지금쯤은 필경 저세상 구경이라도 하고 있을 거야."

그 다음 죽음과 같은 침묵이 흘렀고, 잠시 후에는 여기저기서 나직한 기도 소리가 새어나왔다. 크라이드는 격렬한 오한에 사로잡혔다. 외치기는커녕 생각할 용기조차도 없었다. 사형이란 이런 식으로 하는 것인가……. 아직도 커튼이 쳐진 채로 있었다. 저렇게 하고 이렇게 하여…… 저 사나이는 이제 죽어 버린 것이다. 전등이 세 번 흐릿해졌다. 그때 전류가 통한 것일 테지. 그처럼 밤새도록 기도를 올린 그 사나이. 그 신음소리! 이마로 마루를 내리치는 그 소리! 그리고 바로 아까까지만 해도 그는 살아 있었다. 저기를 바로 걸어갔는데 이제는 벌써 죽어 버렸다니! 그리고 언젠가는 그것이 나의 운명이 되지 않는다고 어떻게 단언할 수 있겠는가?

그는 침대에 엎드린 채 자꾸만 고개를 가로젓고 있었다. 간수들이 방을 나와 커튼을 쳐들었다. 아무 일도 없었다는 듯한 태연한 솜씨로, 그 다음 그들의 말소리가 들렸다. 크라이드는 입도 뗄 수 없는 상태였으므로 물론 그에게 말을 건넨 것은 아니다. 다른 두세 사람의 죄수들과 지껄이고 있는 것이었다.

불쌍한 파스칼. 도대체 이런 사형제도는 잘못이다. 소장도 그렇게 생각하고 있었고, 간수들도 똑같은 생각이다. 소장은 사형을 폐지하게끔 각 방면으로 활약중에 있었다.

그러나 그 사나이는! 그의 기도는! 그 보람도 없이 그 사나이는 세상을 떠나고 말았다. 그의 독방에는 이제는 아무도 없다. 그러나 곧 또다시 다른 사나이가 들어오게 될 테지. 나중에 똑같은 방법으로 이 세상으로부터 사라지기 위하여. 이제까지만 해도 누군가가 ── 아니 수많은 죄수가 ── 커트론과 같은 사나이들이 ── 이 방에서 ── 이 침대 위에서 잤을 것이다. 그는 자기도 모르게 침대에서 뛰어내려와 의자에 앉았다. 그러나 그들 역시 그 의자에도 앉았을 것이 아닌가. 그는 후닥닥 뛰어 일어났다. 그러나 곧 또다시 침대에 엎드리고 말았다. "아아, 하나님, 아아!" 그는 참다못해 부르짖었다, 목멘 목소리로. 그러나 어쨌든 그 목소리는 그가 이 감옥으로 이송되어 온 그 첫날 밤에 그를 놀라게 한 그 사나이의 목소리와 지금도 이 감방에 있는 그 사나이의 목소리와 별 차이가 없었다. 그 사나이도 언젠가는 이 세상을 떠나게 될 테지. 다른 사람들도 아니, 어쩌면 나 자신도…….

이리하여 그는 그의 최초의 동료가 죽는 것을 눈앞에서 본 것이다.

31

한편 아서의 상태는 잠시 일진일퇴의 상태를 계속하다가 겨우 병석에서 일어나게 되어, 그리피스 부인이 또다시 강연 여행을 꿈꾸기 시작하기까지 꼬박 4개월이 걸렸다. 그러나 이때에는 벌써 그리피스 부인과 그 아들의 운명에 대한 일반의 관심은 대부분 사라지고 말았다. 이미 그녀에게 여비를 대줄 만한 흥미를 가지고 있는 신문이 덴버에는 하나도 없었다. 또 범행 장소 부근의 일반 주민들의 그리피스 부인과 크라이드에 관한 기억은 아직도 생생한 것이었고, 그녀에 대해서만은 동정을 하고 있었지만 크라이드에 관해서는 역시 정말로 죄를 저질렀으리라고 생각하고는 사형선고를 받은 것을 오히려 당연하다고 생각하고 상고할 것까지는 없을 것이며, 설혹 항소가 제기된다 하더라도 그것은 당연히 기각될 것이라고 생각하고 있었다. 유죄 판결을 받은 자들은 어찌하여 저렇게 모두가 공소를 제기하는 것일까?

또 크라이드가 있는 감옥 안에선 차례차례로 처형이 이루어져 갔다. 그리고 이것만은 몇 번 되풀이되어도 습관이 되지 않았다. 주인을 죽이고서 체포된 머슴 마우러, 아내를 죽인 전직 경찰 리오단. 그는 처형 직전까지 꿋꿋한 태도를 취하고 있었다. 그 다음은 그 달 안에 예의 중국인이 처형되었다. 그는 무슨 이유로 꽤 오랫동안 처형이 연기되었다. 그가 영어를 다소 지껄인다는 것은 모두가 알고 있었지만 그는 헤어질 무렵에 누구에게도 한마디의 말을 남기는 일 없이 세상을 떠나고 말았다. 그 다음에 외지파견군의 출신인 래리 도나휴가 문이 닫히기 직전에 큰 소리로 이렇게 외치고는 사라졌다.

"자, 여러분들 먼저 갑니다. 행운을 비오!"

그 다음 그의 뒤를 이어 처형된 것은 아아, 그것은 크라이드가 가장 가깝게 사귀고 있던 죄수 밀러 니콜슨이었다. 크라이드는 그가 없는 이 감방에서의 생활을 생각하자 이 이상 살 기력조차 없어지고 말았다. 왜냐하면 이 5개월 동안에 두 사람은 함께 산보를 하면서 서로 터놓고 이야기를 할 수가 있었고, 독방 내에서는 가끔 서로 소리를 질러 격려해 온 것이었다. 니콜슨은 그에게 여러 가지 책을 주어 읽으라고 권고하기도 하고, 그의 사건에 관한 중요한 시사를 일러 주기도 했다. 그것은 만일 상고할 경우에는, 초심에서 증거물로 제시된 로버타의 편지가 너무나도 정서적인 자극이 강하여 배심원으로 하여금 냉정하게 물적 증거를 검토할 수 없게 했으며, 그에게는 매우 불리한 결과를 초래하고 있으니까 이번에는 그 편지를 그대로 제출하지 말고 필요한 사실만을 요약해서 배심원에게 보이도록 하라는 것이었다. "만일 당신 변호사가 항소심에서 그 점을 승인받는다면 그땐 이기는 것입니다."

크라이드는 곧 젭슨을 오게 하여 그 이야기를 했다. 젭슨은 그 타당성을 인정하고는 벨크납과 협력하여 상고시에 그 점을 가미하도록 노력하겠다고 확약했다.

그러나 며칠 후 운동장에서 돌아온 크라이드의 독방에 자물쇠를 잠그면서 간수가 니콜슨의 독방 쪽을 턱으로 가리키며 이렇게 속삭였다. "다음은 저 친구 차례야. 그 친구한테서 못 들었나? 사흘 후야."

크라이드는 오싹 몸서리가 쳐졌다. 얼어붙는 듯한 냉기가 갑자기 엄습해온 것 같은 느낌이었다. 바로 지금 그와 함께 산보를 하며 이번에 들어온 어느 죄수의 이야기를 하고서 돌아온 참이었는데…… 그 죄수는 정부를 난로 속에다 태워 죽이고는 자수했다는 유티카에 사는 헝가리 인으로, 마치 홈통에 달린 괴물의 상판대기 같은 흉측한 얼굴을 하고 있는, 얼굴색이 꺼멓고 우락부락하게 생긴 무식한 거구의 사나이였다. 니콜슨은 그를 평하여 말하기를 저렇게 되면 인간이라기보다는 맹수죠 하고는 웃었다. 그러나 그는 자기 일에 관해서는 한마디의 말도 없었다. 그런데 앞으로 사흘 남았다고 한다! 간수의 이야기에 의하면 그는 어젯밤에 그것을 안 모양 같은데 저렇게 마치 아무 일도 없었다는 듯이 태연한 태도로 산보를 하며 이야기꽃을 피우고 있다니.

다음날도 그는 아무렇지도 않은 얼굴로 산보를 하고 지껄이고, 하늘을 우러러보며 심호흡을 하고 있었다. 크라이드는 어젯밤 밤새도록 그 일을 생각하느라고 뜬눈으로 새웠고, 완전히 겁을 먹어 너무도 무서운 나머지 함께 산보를 하면서도 한마디도 입을 열 수가 없었다. 어쩌면 이렇게도 태연하게 산보를 할 수 있단 말인가. 정말 지독한 사람이다…….

그 다음날 아침에 니콜슨은 운동장에 나타나지 않았다. 방에 남아서 여기저기서 온 많은 편지를 하나씩하나씩 찢고 있었다. 그리고 정오 가까이가 되자 건너편 방의 크라이드에게 소리를 질렀다. "크라이드 군, 자네에게 기념품을 하나 줍세." 그러나 자기가 사형을 받게 되었다는 것에 관해서는 끝내 한마디 말도 없었다.

그 후 간수가 책을 두 권 가지고 왔다. 《로빈슨 크루소》와 《아라비안 나이트》였다. 그리고 그 날 밤 니콜슨은 독방에서 끌려 나와 다음날 아침 먼동이 트기 전에 커튼이 쳐졌고, 예의 행렬이 지나갔다. 모두가 크라이드에게는 이젠 생소한 점이라곤 하나도 없는 것이지만 이번에는 마치 자기 몸을 찢어 발기는 듯한 심정이었다. 니콜슨은 지나가는 길에 그에게 이렇게 소리쳤다. "자, 모두들 안녕히 계슈. 당신이 무사히 나가기를 빌겠소." 그러고 나서 사형수가 사라져 가는 순간의 저 무서운 정적이 감방 안을 감돌았다.

크라이드는 그 후 몹시 고독했다. 이 이상 그가 여기서 흥미를 가질 수 있는 인간이란 한 사람도 없었다. 그는 다만 일어나 앉아서 책을 읽거나, 생각에 젖어 있거나, 다른 사람들이 하는 이야기에 흥미를 느껴 보는 척해 볼 뿐이었다. 사실은 그들의 이야기에는 아무런 흥미도 느낄 수 없는 것이었지만…… 그는 현재의 비참한 불행을 잊어 버리고 싶은 심사에서 자연히 현실보다는 공상의 세계로 더 많이 끌려 갔다. 외부의 비참한 세계를 그린 소설보다는 자기도 그런 데 한몫 끼여 보았으면 하고 상상하기를 즐겨하는 그러한 로맨틱한 소설이었다. 그러나 자기는 결국 어떻게 되는 것일까? 고독한 크라이드! 간간이 어머니와 동생들로부터 편지가 올 뿐이었다. 아버지의 병세는 여전히 별로 차도가 없고, 어머니는 아직도 돌아올 수 없다. 덴버의 살림은 말이 아닌 모양이다. 어머니는 아버지의 병간호를 하면서 어느 신학교에서 교편을 잡을 계획으로 그 자리를 찾고 있었다. 그리고 어머니가 시라큐스에서 활동하고 있을 때에 만났던 단칸 맥밀런 목사에게 너를 찾아가 봐 달라고 부탁을 했다. 그분은 청년 목사인데 매우 덕이 높고 친절한 분이니까, 아무리 기를 써 본댔자 나는 너의 곁에 가 있을 수 없는 형편이니, 만일 그분이 찾아주신다면 너에게 큰 위안이 될 것이다——이러한 내용의 편지였다.

그리피스 부인이 그 전에 아들을 위하여 이 지방 각처의 교회와 목사들을 찾아다니며 운동하는 동안 거의 지지다운 지지를 얻을 수는 없었는데, 그때에 시라큐스에서 이 단칸 맥밀런이라는 목사를 만나게 된 것이다. 그는 어느 종파에도 속해 있지 않는 독립된 교회를 운영하고 있었다. 아직 나이가 젊고 그녀나 아서와 마찬가지로 정식으로 임명된 목사가 아니라 말하자면 복음전도사에 지나지 않았지만, 크라이드의 양친들과는 비교도 되지 않을 만큼 강력한 종교적인 감화력을 가지고 있었다. 그도 그리피스 부인을 만나기 전부터 신문에서 사건을 자세히 읽고 있어, 판결에 대해서는 정의의 심판이라고 생각해서 만족하고 있었다. 그러나 그 후 그녀를 만나 그녀의 깊은 비애와 지원자를 얻지 못하고 고심하고 있는 것을 보고는 퍽 감동을 받았다.

그 자신도 효자였다. 물론 도덕의 힘으로 눌리고, 종교의 힘으로 순화되기는 했지만 본래부터 그는 이성에 대하여 시적(詩的)이고 몹시 정서적인 기질을 가지고 있었다. 그는 이 북부 지방에서 크라이드의 범죄로 말미암아 감동되고 감정의 동요를 받은 소수인의 한 사람이었다. 로버타의 저 애절한 편지! 리커거스와 빌츠에서의 그녀의 슬픔에 가득 찬 생활! 그는 그리피스 부인을 만나기 전까지 여러 번 그것을 생각해 보았고, 얼마나 크라이드에 대하여 분개를 느꼈던 것이냐! 로버타와 그 가족이 대표하는 것처럼 생각되는 저 로맨틱하고 아름다운 시골의 순박하고 도덕적인 사람들과 그 생활! 크라이드가 유죄라고 하는 것은 물론 의심의 여지도 없는 일이라고 그는 확신하고 있었다. 그런데 지금 뜻밖에도 그리피스 부인의 비통한 호소를 듣고, 아들의 무죄를 확신하고 있는 그 신념에 넘친 그녀의 태도를 접하자, 그는 다시 한 번 생각해 보지 않을 수가 없었다. 그리고 당사자인 크라이드는 지금 사형을 선고받고 형무소의 감방에서 사형을 기다리고 있다. 크라이드가 실은 죄를 저지르지 않았는데 그 어떠한 사정으로, 혹은 어떤 실수로 오심을 내린 것은 아닐까?

맥밀런은 보통 목사와는 다른 기질을 가지고 있었다. 늘 긴장하고 보통이 아닌 것을 좋아하는 기질이었다. 현대의 성 버나드(프랑스의 성도. 기원전 1008-923) 혹은 성 사보나롤라(이탈리아의 성도. 1452-1498), 성 시몬(예루살렘의 신자. 〈누가복음〉에서), 은자 페테로(프랑스의 성도. 1050-1115)라고 할 만한 인물이었다. 인생과 사상과 사회 기구와 사회 현상을 그는 하나님의 말씀, 하나님의 표지, 하나님의 호흡이라고 해석했다. 그러면서도 지상에는 아직도 악마와 악마의 분노가 이 지상을 횡행할 수 있을 정도의 여유는 늘 남겨 두고 있다고 생각했다. 그는 산상(山上)의 수훈(垂訓)을 믿고 있었고, 예수 및 하나님에 관한 성 요하네스의 해석을 믿고 있었다. '나와 함께 아니 하는 자는 나를 반대하는 자요, 나와 함께 모이지 아니하는 자는 해치는 자니라.' 이상하리만큼 긴장하고, 늘 번민을 계속하는 그의 자비가 두터운 영혼은 정의가 실현될 가망이 없는 세상을 늘 개탄하고 있었다.

그리피스 부인은 그를 만나 로버타 자신에게도 전혀 죄가 없다고는 할 수 없다는 점을 강조했다. 로버타도 역시 크라이드와 함께 죄악을 범하고 있는 것이 아닌가? 그것은 벌써 변명의 여지도 없는 일이다. 법적으로 대단한 착오가 있었다. 크라이드는 몹시 불공평한 판결을 받았다. 저 가련한, 그러나 다분히 로맨틱하고 시적인 로버타의 편지가 배심원들의 마음을 움직이게 한 모양인데 본래 그것은 배심원 앞에서 공개할 성질의 편지가 아니었다. 이렇게 로맨틱하고 예쁜 여자에 관해서 무슨 비극이 생겨날 때에 세상 사람들은 공정한 판단을 내릴 수 없게 마련이다. 이것은 그녀가 전도하고 있던 중에 깨달은 진리였다.

이러한 생각은 중요한 것이며, 어쩌면 사실일지도 모른다는 데서 단칸 목사의 마음을 적이 움직이게 했다. 그리고 만일 훌륭한 올바른 하나님의 사도가 크라이드를 찾아가서, 그의 신앙의 힘과 하나님의 계시(啓示)에 의하여 로버타와 더불어 저지른 크라이드의 죄를 깨끗이 씻어 줄 수 있다면 크라이드는 얼마나 구원을 받게 될 것인가 하고 생각했다. 그가 과연 기소된 것과 같은 죄를 저질렀는지의 여부는 알 길이 없지만——어머니는 아들의 무죄를 믿고는 있지만——어쨌든 그는 전기의자의 위협을 받고 있고, 잘못해서 최후 판결이 나기도 전에 죽으면 그는 반드시 하나님 앞에 불려 가서 문초를 받게 될 것이다. 그리고 그는 여러 가지의 거짓말과 거짓 행동을 한 죄는 말할 것도 없고 로버타뿐만 아니라 리커거스의 예의 애인과도 무시무시한 간음죄를 저지르고 있는 것이 사실이다. 따라서 그는 참회와 회오(悔悟)에 의하여 그 죄를 깨끗이 해야 할 것이 아닌가? 만일 그의 영혼만 구제된다면 그도 어머니도 참으로 행복하게 살 수 있을 것이다.

이리하여 크라이드의 고독과 그 의논 상대와 조력이 필요하다는 상태를 호소한, 덴버에 돌아온 후에 두 번이나 보낸 그리피스 부인의 편지를 받은 후에 단칸 목사는 마침내 오번을 향해 출발했다. 그리고 형무소에 도착하자 소장에게 내방의 목적을, 하나님과 크라이드의 어머니와 자기 자신을 위하여 크라이드의 영혼을 구원해 주기 위하여 왔다고 설명한 후, 즉시로 사형수 감방으로 안내되어 크라이드의 독방 문앞에서 걸음을 멈추고는 침대에 길게 누워서 책을 읽고 있는 크라이드를 쳐다보았다. 그러고는 키가 크고 가는 몸을 철창 앞에 세우더니 아무런 인사도 없이 느닷없이 머리를 숙이고는 기도를 올리기 시작했다.

"오오, 하나님이시여, 주의 사랑에 의하여 저에게 자비를 베풀어 주시고, 주의 관대한 자비에 의하여 저의 죄를 깨끗이 하여 주시옵소서. 저의 죄과를 깨끗이 씻어 주시고, 저의 죄를 맑게 해주시옵소서. 나는 내 죄과를 아오니 내 죄가 항상 내 앞에 있나이다, 제가 주께만 범죄하여 주의 목전에 악을 행하였사오니 주께서 말씀하실 때에 주의 말씀은 올바르며, 주의 판단은 온전하리로다. 오오, 저는 죄에 의하여 세상에 태어났고, 모친은 죄에 의하여 저를 잉태하였나이다. 그러나 주님은 제 마음속에 진리를 가르쳐 주셨고, 지혜를 넣어 주셨나이다. 주여, 저를 정결케 해주시고, 눈보다도 희게 해주옵소서. 저에게 기쁨의 목소리를 듣게 해주옵소서. 그러면 주께서 꺾으신 제 뼈는 기뻐서 날뛰리라. 제 죄에서 얼굴을 비키시고, 제 죄악을 제거해 주옵소서. 저에게 맑은 마음을 창조하시고, 제 마음속에 정직한 영을 새롭게 해주시옵소서. 저를 주 앞에서 쫓아내지 마시며, 주의 슬기로운 혼을 저에게서 거두지 마소서. 주의 구원의 즐거움을 저에게 회복시키시고, 주의 자유로운 혼에 의하여 저를 격려해 주옵소서. 그러하오면 제가 죄인에게 주의 도를 가르치리니, 죄인들이 주께 돌아오리다. 피 흘린 죄로부터 저를 구해 주옵소서. 하나님이시여, 저의 구원의 하나님이시여, 제 혀로 하여금 주의 정의를 소리 높이 노래 부르게 해주옵소서. 오, 주여, 제 입을 열게 하여 주를 찬양케 하옵소서. 주는 제사를 즐겨 아니 하시니. 그렇지 않으면 제가 그것을 드리오리다. 주는 번제(燔祭)를 기뻐 아니 하시나이다. 주께서 구하시는 제사는 상한 심령이라. 하나님이시여, 상하고 통회하는 마음은 주께서 멸시치 아니하시리이다."

그는 여기서 잠시 말을 끊고 나서 곧 또다시 〈시편〉 51편을 곱고도 맑은 목소리로 읊은 뒤에 천천히 얼굴을 쳐들어 크라이드를 쳐다보았다. 크라이드는 때 아닌 이 내방자에 깜짝 놀라 처음에는 침대 위에 일어나 앉았다가는 다시 일어섰다. 그리고 얼굴이 좀 창백하기는 하나 맑고 젊고 힘차 보이는 목사의 얼굴에 끌려 감방 문앞으로 가까이 갔다. 그러자 목사는 입을 열었다.

"크라이드 군, 나는 지금 그대에게 하나님의 자비와 구원을 가지고 왔소. 나는 하나님의 분부를 받고 여기에 왔소. 하나님이 그대에게 하나님의 말씀을 전하라고 나를 보내시기에 찾아온 것이오. '너의 죄가 주홍 같을지라도 눈과 같이 희어질 것이요, 진홍같이 붉을지라도 양털같이 되리라.' 자, 그러면 이제부터 우리 둘이서 주님과 같이 이야기해 봅시다."

여기서 그는 말을 끊고 인자한 눈으로 크라이드의 얼굴을 들여다보았다. 따뜻한, 젊음이 가득 찬, 절반 꿈을 꾸고 있는 듯한 미소가 입술 위에 떠돌고 있었다. 그는 크라이드의 젊음과 그 인품에 호감이 갔다. 또 크라이드도 분명히 이 이상한 인물에 저도 모르게 끌렸다. 또 종교가인가 하고 생각했지만, 언젠가 여기 온 프로테스탄트의 목사와는 전혀 비교도 되지 않을 정도로 이 설교사에게는 그 어딘지 사람을 끄는 무엇이 있었다.

"내 이름은 단칸 맥밀런이라고 합니다. 나는 시라큐스의 교회에서 온 사람입니다. 하나님이 나를 보내신 거죠. 마치 하나님의 분부로 당신의 어머니가 나를 찾아오신 것과 마찬가지로. 당신의 어머니가 갖고 계신 소신을 모두 나에게 말씀하셨습니다. 또 당신의 답변도 신문에서 모두 읽어 보았습니다. 따라서 당신이 왜 여기 들어오게 되었는지 잘 알고 있습니다. 그러나 내가 이렇게 오늘 당신을 찾아오게 된 것은 정신적 위안과 기쁨을 당신에게 전하기 위한 것입니다."

이렇게 말한 다음 그는 별안간 〈시편〉 13편 2절을 인용하면서 말을 이었다.
"'내가 나의 영혼에 경영하고 종일토록 마음에 근심하기를 어느 때까지 하오리까?'……이것은 〈시편〉 13편 2절에 있는 말씀입니다. 옳지, 또 하나 생각나는 성경의 구절을 인용하렵니다. 이것도 역시 〈시편〉의 10편에 있는 말씀인데……'너는 그 마음에 말하기를 나는 요동치 아니하며, 대대로 환란을 당치 아니하리라.' 그러나 당신은 알다시피 지금 환란을 당하고 있습니다. 죄를 짊어지고 사는 우리들 모두가 그렇습니다. 또 한 구절 〈시편〉 10편 11절에서 인용해 봅시다. '너는 마음에 말하기를 하나님이 잊으셨고 그 얼굴을 가리우셨으니 영원히 보지 아니하시리라.' 나는 하나님이 그 얼굴을 가리우시지 않으셨다는 하나님의 말씀을 당신에게 전하기 위하여 이처럼 찾아온 것입니다. 또 당신에게 12편을 인용하여 들려 주라는 분부도 있었습니다. '너희가 재앙의 날에 나의 길을 막았도다. 여호와는 나의 의지가 되었나니 여호와는 위에서 손을 뻗치시어 많은 물에서 나를 건져내셨도다.' '여호와는 나를 강포한 원수들에게서 건지셨도다. 그들은 나보다도 강하였도다.' '나를 미워하는 자에게서 건지셨도다. 너희는 나보다 수효가 많은 연고로다.' '여호와는 나를 넓은 곳으로 인도하셨도다.' '여호와는 나를 기뻐하심으로 구원하셨도다.'

크라이드 군, 이 말씀들 모두가 하나님이 직접 그대에게 하신 말씀들입니다. 마치 하나님이 내 귓속에 대고 말씀하신 것처럼 이 말들이 내 머릿속에 자연히 나타나서 그대에게 전해 주는 것입니다. 나는 직접 그대에게 일러 주신 이 말들을 하나님을 대신해서 전해 주는 사람에 지나지 않습니다. 제발 이 가르침에 귀를 기울이시오. 암흑으로부터 광명으로 마음을 돌리시오. 자, 우리 슬픔과 고뇌의 결박을 끊고, 그대로부터 암흑과 그늘을 쫓아내시오. 당신은 죄를 저질렀습니다. 그러나 하나님은 용서해 주실 겁니다. 회개하시오. 우주를 창조하셨고 보존하시는 하나님과 손을 마주 잡으시오. 하나님은 그대의 신앙을 멸시하거나, 그대의 기도를 무시하지는 않으실 겁니다. 좁은 이 감방 안에서 돌아서 그대 마음속에서 이렇게 기도하시오. '주여, 나를 구원해 주시옵소서. 주여, 나의 기도를 들으시옵고, 나의 눈에 빛을 주시옵소서.'

당신은 하나님이 없다고 생각합니까? 하나님이 그대에게 대답할 리는 없다고 생각합니까? 기도하시오. 괴로울 때, 곤란에 빠졌을 때 하나님 앞으로 돌아가시오. 나나 그 밖의 인간을 보지 말고 오직 하나님만 우러러보시오. 하나님에게 말씀드리시오. 하나님을 부르시오. 하나님에게 진실을 말씀드리고 하나님의 구원을 찾으시오. 그것은 그대가 내 앞에 서 있는 것처럼 확실한 일입니다. 그리고 그대 마음속에서 그대의 죄를 진정으로 회개한다면 그대는 진실로 진실로 하나님의 음성을 듣고 하나님의 손을 만질 수 있을 것입니다. 하나님은 그대의 손을 잡아 주실 겁니다. 하나님은 이 감방 안에 들어오시고 그대의 영혼 속에 임하실 겁니다. 그대는 그대의 마음이 평화스러워지고, 그대의 마음과 정신이 밝아짐으로써 하나님이 강림하셨다는 것을 알 수 있을 것입니다. 기도하시오. 만약 그대가 무슨 일에서나 다시 나의 원조를 바라게 되거든, 이를테면 그대와 함께 기도를 올린다거나 혹은 무슨 일을 대신해 준다거나, 또는 쓸쓸한 때에 와서 위로해 준다거나——그러한 일이 필요할 때에는 연락만 하시오. 엽서 한 장만 띄우면 됩니다. 나는 이미 당신의 어머니에게 약속한 일이 있으니까 앞으로 힘자라는 데까지는 일을 보아 드리렵니다. 내 주소는 소장에게 일러 두었습니다." 그는 진지하고도 명확한 말투로 이렇게 말하고는 잠시 말을 끊었다. 아직까지 크라이드의 얼굴에는 이상하고 놀랍다는 표정만이 나타나 있을 뿐이었기 때문이다.

그러나 어머니와 니콜슨이 옆에 있지 않게 된 후부터 고독한 가운데서 몹시도 남에게 의뢰하고자 하는 눈치가 분명해진 크라이드의 얼굴과 그가 아직도 어리다는 점에 끌려 발걸음을 멈추고는 목사는 곧 이렇게 덧붙였다.

"나와 연락을 취하려면 언제나 연락이 됩니다. 나는 지금 시라큐스에서 교회의 일이 여간 바쁘지 않지만 당신에게 도움이 되는 일이라면 언제든지 일을 집어던지고 달려올 생각입니다." 이러고서 그는 정말로 가려는 듯이 몸을 돌렸다.

공포와 고독에 지친 죄수들만을 보아 온 크라이드는, 그들과는 전혀 다른 생기와 자신에 넘친 이 친절한 사나이에게 끌리는 것을 느끼고서 급히 그를 불러 세웠다. "목사님, 잠깐만 기다려 주십시오. 일부러 이처럼 와 주셔서 정말 고맙습니다. 어머니 편지를 보고 목사님이 오실지도 모른다는 것을 알고 있었습니다. 어쨌든 이곳은 알다시피 참으로 쓸쓸한 곳인데 목사님이 이렇게 와 주시니 얼마나 기쁜지 모르겠습니다. 목사님이 지금까지 말씀하신 것을 저는 사실 깊이 생각해 본 일이 없습니다. 저는 세상 사람들이 생각하는 것처럼 죄가 있다고는 생각하고 있지 않으니까요. 그러나 저는 여기서 참 쓸쓸히 지내 왔습니다. 누구든지 여기에 들어오는 날이면 지독하게 당하게 됩니다." 그의 두 눈에는 슬픈 표정과 과로의 빛이 어려 있었다.

단칸 목사는 이 말에 몹시 감동되어 "크라이드 군, 염려 마시오. 당신이 나를 필요로 하고 있다는 것을 안 이상 나는 1주일 이내에 다시 한 번 찾아오겠습니다. 물론 내가 당신에게 기도하라고 권고한 것은 당신이 뭐 로버타 올든을 죽였다고 생각해서가 아닙니다. 그건 난 모릅니다. 당신은 나에게 아무 말도 안 했으니까. 당신의 죄와 슬픔은 당신 자신과 하나님 외엔 알 길이 없으니까요. 그러나 나는 당신이 지금 정신적 구원을 요구하고 있다는 것과 하나님은 그것을 주실 것이라는 것만은 잘 알고 있습니다. '주님은 압박받는 자들의 피난처가 될 것이며, 괴로워하는 자의 벗이 되리로다.'"

그는 진정으로 크라이드를 사랑하고 있는 듯한 미소를 지었다. 크라이드는 그것을 느끼고, 기뻐하면서 이제는 그저 무사히 지내고 있다는 말을 어머니에게 전하여 안심시켜 드렸으면 하는 부탁밖에는 별로 부탁할 말이 없다고 대답했다. 어머니한테서 최근 온 편지는 모두가 슬픈 편지들뿐이었다. 그의 일을 무척 걱정하고 있는 모양이었다. 또 그 자신도 최근에 는 꽤 기력이 저하되고, 고민하는 일이 한두 번이 아니었다. 그의 처지가 되고 보면 누구나 그럴 테지. 기도를 올려 마음을 가라앉힐 수만 있다면 그도 기꺼이 그렇게 하고 싶었다. 어머니도 그를 보면 늘 기도를 드리라고 권했지만 아직까지 어머니의 충고를 따를 생각이 영 나지 않았다고 말했다. 이렇게 말하는 크라이드의 얼굴에는 얼빠진 사람과 같은 침울한 표정이 떠돌고 있었다. 또 오랫동안 감방 생활을 해온 탓으로 눈언저리에는 창백하고 처참한 표정이 새겨져 있었다.

이 말에 감격하여 단칸 목사는 다음과 같이 대답했다. "걱정할 건 없습니다, 크라이드 군. 광명과 평화가 반드시 당신에게 찾아올 것입니다. 성경을 가지고 있습니까? 〈시편〉을 펴고 어디든지 좋으니 꼭 읽어 보시오. 50장 · 91장 · 23장이 특히 좋습니다. 그리고 〈요한복음〉도. 몇 번씩 되풀이해서 읽어 보시오. 읽고, 생각하고, 기도를 올리는 것입니다. 당신 주위의 모든 것에 관해서 생각해 보시오. 달, 별, 태양, 나무, 바다 그리고 당신의 심장과 육체와 그 힘 등에 관하여. 그리고 누가 이런 것들을 창조했는가를 스스로 물어 보시오. 그러한 것들이 어떻게 해서 생겨나게 되었는가를 생각해 보는 것입니다. 그리고 만일 당신이 그것을 설명할 수 없다면 그러한 것들과 당신 자신을 창조해 낸 분이 누구며, 어디에 있든 간에 어쨌든 당신이 구원을 필요로 할 때에 구원해 줄 만큼 힘이 세고 현명하며 친절한 분인가 아닌가를 생각해 보시오. 당신이 필요로 할 때에 광명과 평화와 지도를 주실 수 있을까 하고 생각해 보시오. 그리고 이 모든 현실의 전체를 창조하신 조물주는 대체 어떠한 분인가 하고 스스로 물어 보시오. 그 다음에는 내가 무엇을 해야 할 것인가, 또는 어떻게 해야 할 것인가를 조물주에게 물어 보시오. 의심해선 안 됩니다. 다만 묻고 그 결과를 보시오. 밤에도 묻고, 낮에도 물으시오. 머리를 수그리고 기도드리고, 그 결과를 보시오. 하나님은 결코 당신을 버리시지 않습니다. 그것은 내가 보증하겠습니다. 나 자신이 그렇게 하여 평화를 얻은 사람이기 때문입니다."

그는 신념을 넣어 주려는 듯이 크라이드를 한참 응시하고 나서 빙그레 웃으며 그곳을 떠나 버렸다. 크라이드는 문에 기대선 채 생각에 젖었다. 조물주? 우주의 창조주?…… 묻고는 가르침을 기다린다?

그러나 종교와 그 결과에 대한 그 전부터의 불신과 경멸감이 아직도 사라지지 않고 머릿속에 떠돌고 있었다. 그의 아버지와 어머니가 항상 기도를 올리고, 그에게도 기도를 권했지만 아무 효과가 없었다는 생각이 아직도 그의 머릿속을 떠나지 않고 있었다. 그가 지금 곤란에 처해 있고, 이 형무소 안에 있는 다른 죄수들처럼 공포에 빠져 있다고 해서 별안간 신자가 될 것인가? 그는 그러고 싶지 않았다.

그러나 단칸의 성격과 기질과 젊은 힘과 확신에 넘친 몸과 얼굴과 눈은 지금까지 만난 어떠한 종교가와 목사에게서도 일찍이 찾아볼 수 없었던 것이었던 만큼 그는 단칸 목사에게 몹시 마음이 끌렸다. 크라이드가 그의 신앙에 귀의(歸依)하느냐 안 하느냐는 별문제로 하고라도 어쨌든 그것에 관심을 갖고, 매혹을 느끼고 있었던 것만은 사실이었다.

32

단칸 맥밀런 목사와 같이 사람의 신앙이나 설교도 크라이드에게는 어떤 의미에서는 결코 새로운 것은 아니며, 18개월 전의 그라면 아마 아랑곳도 하지 않았을지도 모른다. 어렸을 때부터 그와 같은 것은 싫증이 날 정도로 들어 온 그였다. 그러나 지금은 그렇지가 않았다. 지금 사형수 감방에 수감되어 외부 세계와 인연이 끊어지고 제한된 감방 생활 속에서 불가불 자기 자신의 사색 속에서 위안과 구원을 찾아볼 수밖에 없는 형편이었다. 이렇게 구속을 받고 있는 사람의 정신이란 매양 일반이지만 크라이드도 과거, 현재 또는 미래에다 그 정신을 바칠 수밖에 없는 형편이었다. 그러나 그의 과거는 생각만 해도 가슴이 타고, 뼈가 저리게 괴로운 것이었다. 그러나 그의 현재라는 것은 지금 그를 둘러싸고 있는 이 환경이며, 그의 장래란 그의 항소가 실패할 때에 생겨날 죽음에 대한 공포를 포함하는 것이어서 이 두 가지가 다 똑똑한 제정신으로 생각하기에는 너무나도 무섭고 두려운 형편이었다.

그러면 그는 무엇을 생각하게 되었는가? 그것은 곤고한 사람의 정신이 으레 더듬게 되는 그 길을 걸을 수밖에 없었다. 사람이 도저히 피할 길이 없는 고통을 받을 때에는 그 두려워하고 미워하는 것으로부터 희망의 세계와 상상의 세계로 도피하게 마련이다. 그러나 지금 크라이드가 희망하고 상상할 수 있는 것은 무엇이냐? 니콜슨의 교시에 의한 새로운 방법도 있어서 재심은 그가 가질 수 있는 유일한 희망이었다. 그리고 재심을 받아 다행히 무죄 판결이 난다면 그는 멀리 호주나 아프리카나 멕시코 등 그러한 나라로 가서 이름을 고치고, 최근까지 그렇게도 그의 마음을 사로잡고 있던 상류사회에 대한 과거의 동경과 야심을 깨끗이 던져 버리고는 조촐하게 살아 보리라고 생각해 보곤 했다. 그러나 그 희망적인 공상도 항소재판소로부터 상고가 기각되면 어떻게 하나 하는 불안에 의하여 단절되고 마는 수가 있었다. 브리지버그의 배심원의 판결 태도로 미루어 보더라도 그것은 의당 생각할 수 있을 만한 일이었다. 그러면 어떻게 된다? 그는 언젠가 감방에서 꾼 그 꿈——어디를 가는데 구렁이가 도사리고 있어 질겁을 하고는 도망을 쳤더니 이번에는 뿔을 두 개 가진 무소가 쿵쿵 땅을 구르며 앞에서 달려 들어온 꿈——처럼 이번엔 이 감방 옆의 방에 있는 무서운 것——저 의자——이 선하게 눈에 떠오른다. 저 전기의자! 감방 내의 전등을 한꺼번에 흐릿하게 하고 마는 저 강렬한 전압! 자기가 그 방안에 들어간다는 것을 생각만 해도 숨이 끊어질 것만 같았다. 그러나 만일 그의 상고가 기각된다면?……아니다, 이 이상 생각하는 것은 그만두자!

그러면 그것말고 또 생각할 것이 무엇이 있단 말인가? 단칸 맥밀런 목사가 찾아오던 바로 그 순간까지 크라이드를 괴롭힌 문제가 바로 이 문제였다. 조물주에게 직접 호소하면 반드시 풍족한 결과가 있을 것이라고 단칸 목사는 말했다. 그렇다면 얼마나 간단한 해결 방법이랴?

"주의 평화를 아는 것은 너희에게 있느니라." 그는 바울의 말을 인용하고, 그 밖에 또 〈고린도 서(書)〉와 〈갈라디아 서〉, 에베소 인에게 주는 말씀의 구를 인용하면서 만일 크라이드가 하나님에게 계속 기도를 올리면 얼마나 간단하게 그 문제가 해결될까를 알게 되고 '모든 사람이 깨달을 수 있는 하나님의 평화'를 알게 될 것이라고 말했다. 그것은 그와 더불어 있으며, 그의 주위에 있다. 그는 다만 그것을 마음의 슬픔과 잘못을 고백하고, 회개만 하면 된다는 것이다. "구하라, 그러면 주리라. 물어라, 그러면 알게 되리라. 문을 두드리라, 그러면 열리리라. 구하는 모든 자는 얻고, 묻는 자는 알게 되고, 문을 두드리는 자는 열게 되리라. 너희들 중 그 아들이 떡을 구하는데 돌을 주고, 물고기를 구하는데 뱀을 주겠는가." 맥밀런 목사는 아름다운 목소리로 외고 열심히 인용하며 열을 올렸다.

그러나 크라이드의 머릿속에는 언제까지나 그의 부모의 예가 달라붙어 있었다. 그의 양친은 무슨 이득을 보았단 말이냐? 그들은 밤낮 빌었건만 무슨 효과가 있었단 말이냐? 또 여기서도 거의 매일처럼 여러 파의 목사와 유태교의 목사가 와서 죄수의 대부분이 그들의 가르침에 귀의하고, 기도를 듣고 있건만 아무런 효험도 없지 않은가? 그래서 그들은 불평을 말하며, 혹은 반항하며, 혹은 커트론처럼 미치며, 혹은 무관심한 태도로 사형실에 끌려들어가지 않았는가? 모두가 다 터무니없는 수작이다. 그저 한낱 사상에 지나지 않는다. 사상이라면 무엇에 대한 사상인가? 그건 알 수 없다. 그러나 이제 단칸 맥밀런의 설교를 듣고, 그 어질고 조용한 눈을 보고, 그 고운 음성을 듣고, 그 신앙의 깊이를 알게 되자 이러한 생각의 크라이드도 끝내 감동을 받고 말았다. 정말——정말 그럴까? 그는 너무나도 고독했다——절망적이었다. 어떻게 해서든지 살고 싶었다.

만일 그가 좀더 훌륭한 생활을 하고, 어머니의 말씀을 좀더 명심해 듣고, 캔자스시티의 갈보집 같은 데 가지 않고, 혹은 그런 사악한 마음으로 호텐스 브리그스의 꽁무니를 줄줄 따라다니지 않고, 그 다음 로버타를 설득하지 말고, 많은 사람들이 그렇게 하는 것처럼 부지런히 일을 하여 돈을 벌고, 그 돈을 저축하고 있었다면 이런 꼴이 되어 있지는 않았을 것이 아닌가? 맥밀런 목사의 설교는 적어도 크라이드로 하여금 자기의 과거를 반성시키는 정도의 감화는 주었다. 확실히 그가 그렇게 한 것은 그의 내부에 누를 수 없는 충동과 욕망이 있었기 때문이다. 그러나 그의 어머니와 백부와 사촌과 여기 있는 이 목사 등 많은 사람들이 그러한 욕망에 사로잡혀 있지 않는 것만 같은데, 그것은 어찌 된 셈일까? 아마도 그와 마찬가지로 격렬한 욕망과 감정을 가지고 있지만 그것에 대항할 만큼의 정신적이며 도덕적인 용기를 가지고 있었기 때문에 길을 잘못 들지 않았으리라. 그의 사고방식은 어머니와 맥밀런 목사와 기타 자기가 체포된 이래 만나서 이야기를 들은 여러 사람들의 사고방식과는 전혀 다른 것이었을지도 모른다.

그렇다고 하면 이것은 다 무엇을 의미하는가? 그때까지 하나님은 인간의 일에 일일이 간섭하는 것일까? 그때까지 늘 하나님을 무시해 온 인간이 이런 곤경에 빠졌을 때 비로소 하나님의 구원을 청한다는 것은 될 법한 일인가? 이렇게 독방에서 인간이 아닌 법률의 지배를 받고 있으면 남의 원조를 갈망하게 된다. 그러나 이 신비한 힘이 과연 그런 청을 허락해 줄 수 있을까? 하나님의 힘이란 과연 진실로 존재하는 것이며, 인간의 기도를 들어주는 것일까? 맥밀런 목사는 단연코 그렇다고 주장했다. '예수 가라사대 하나님은 잊으셨으며, 그 얼굴을 감추셨나니라. 그러나 하나님은 잊으시지 않으셨으며, 그 얼굴을 감추시지 않으셨나니라.' 그러나 과연 이 말대로일까? 그 말에는 무슨 증거가 있을까? 커다란 위기에 직면하여 비록 물질적은 아닐지라도 정신적으로나마 어떤 원조가 뼈저리게 요망되는 이 마당에서 크라이드는 이런 경우에 놓여진 다른 모든 사람들이 으레 시도한 것처럼 자기도 모르는 사이에 초자연적이며 초인간적인 인격자에게 혹은 그와 같은 힘에 매달리려고 했다. 아직 아주 희미하고 무의식적이기는 했지만 종교라는 형식으로밖에는 생각될 수 없는 그 힘의 인격화에 기울기 시작한 것이다. '하늘은 하나님의 영광을 나타내고, 창궁은 하나님이 하신 일을 나타내는도다.' 그는 어머니의 전도소의 유리창 위에 이렇게 쓰여 있는 현판이 걸려 있던 것을 회상했다. 그 밖에 이런 것도 있었다. '하나님은 그대의 생명이요, 그대의 생애이니라.' 그러나 비록 갑자기 단칸 맥밀런 목사가 마음에 들었다 하더라도 종교에 의하여 현재의 상태로부터 벗어날 수 있겠다고 진지하게 생각할 만큼 아직 깊은 감화를 받지는 못했다.

그러나 이러한 상태로 여러 주일 여러 달이 흘러가는 동안 맥밀런 목사는 그 후 한 주에 한 번, 길어야 두 주에 한 번씩은 꼭 그를 찾아와서 그의 희망을 물어 보고, 건강과 마음의 평화에 관한 충고를 주고 돌아갔다. 크라이드는 맥밀런 목사의 관심을 사고, 자꾸만 찾아와 주었으면 하는 일념에서 점차로 그와 친해져 갔고, 그 감화를 받게 되었다. 고상한 설교, 아름다운 음성, 그리고 그는 언제나 이런 위로에 가득 찬 말을 인용했다.

"형제여, 지금이야말로 우리들은 하나님의 아들이도다. 그 다음 우리들이 무엇이 될까는 알 길이 없나니라. 그러나 하나님이 나타나실 때 우리들은 하나님처럼 보겠기 때문이니라. 마음속에 이 소망을 가진 자, 모두 하나님이 맑은 것처럼 자신도 맑게 하리라. 그러므로 우리들 모두 하나님 속에 살며, 하나님이 우리들 속에 사심을 알도다. 하나님이 우리들에게 성령을 주셨기 때문이다. 너희들 값으로 팔려지도다. 하나님, 당신의 뜻에 의하여 진리의 말로 우리들을 사셨도다. 우리들은 하나님이 만드신 최초의 과실이니라. 훌륭하고 완전한 선물은 모두 하늘에서 오며 빛의 아버지인 하나님한테서 오도다. 하나님과 더불어 있으면 변함이 없고, 그림자도 없나니라. 하나님에게 가까이 가라, 그러면 하나님도 그대에게 가까이 오리라."

그는 이러한 힘에 호소하면 마음의 평화와 힘을──구원조차도 얻을 수 있을 것만 같았다. 맥밀런 목사의 열의와 감화력이 그를 움직이게 한 것이다.

그러나 아직 회오(悔悟)가 문제가, 그것에 뒤따르는 참회의 문제가 있었다. 누구에게 참회한단 말인가? 물론 단칸 맥밀런 목사에게 말이다. 맥밀런 목사는 크라이드가 자기 앞에서──혹은 꼭 그 자신이 아닐지라도 육체를 가지면서도 정신적인 하나님의 사도가 되는 그와 같은 사람 앞에서──영혼을 정화시킬 필요가 있다고 생각하고 있는 모양이다. 그러나 거기에는 좀 딱한 문제가 있었다. 법정에서 그는 허위 증언을 했고, 그의 상고는 그것을 기초로 하는 것이었기 때문에 자백이 문제였다. 지금 항소가 아직도 미결인데 자백을 하다니? 조금만 더 참자, 재심의 판결이 내릴 때까지 기다리자.

이렇게 생각하고 나니 크라이드는 자기 자신의 모습이 너무나도 초라하고 거짓투성이고 성실치 않게만 보였다. 이렇게 야속한 인간을 어느 하나님이 애써 구원해 줄 것인가? 아니다, 아니다, 어쨌든 이것도 안 될 말이다. 만일 이러한 자기의 생각을 맥밀런 목사가 안다면 어떻게 생각할 것인가?

그러나 그는 자기의 진짜 죄에 관하여──만일 사실이 탄로나면 어느 정도의 형벌을 받게 될 것인가에 관하여 마음을 썩이지 않으면 안 되었다. 그가 애당초부터 로버타를 살해할 계획을 세웠다는 것은 사실이다. 지금 생각해 보니 참으로 엄청난 일을 계획했다는 생각이 든다. 그는 손드라에 대한 욕정으로 말미암아 혼란된 머리가 어느 정도 진정되고, 열이 다소 식기 시작한 요즘 와서 비로소 그녀와 교제하고 있던 당시의 미쳐서 날뛰던 그때의 광적인 기분을 조용히 반성해 볼 수가 있었다. 광기에 가까운, 격렬한 열병에 사로잡혀 있던 그 번민의 나날. 벨크납은 법정에서 이 점을 많이 밝혀 주었다. 아아, 손드라! 아름답고 찬란한 손드라! 마력과 불길을 품은 미소! 지금이라고 해서 그 열이 완전히 식은 것은 아니었다. 다만 그 이후에 생겨난 여러 가지의 무서운 사건 때문에 불길을 올리지 못하고 속에서 뭉깃뭉깃 타고 있을 뿐이었다.

어쨌든 그는 지금이라도, 어떠한 일이 있더라도, 미치기라도 하지 않는 한,

사람을 죽이려고 하는, 하물며 로버타를 죽이려고 하는 터무니없는 계획을 세웠을 리가 만무해도 변호하지 않을 수 없었다. 그러나 브리지버그의 배심원은 그런 변론을 우습게 듣지 않았는가? 그렇다면 항소재판소라고 해서 별다른 해석을 내려 줄 것이란 말인가? 그럴 리는 만무하다. 그러면 자기의 현재 생각이 전혀 잘못이란 말인가? 그러면 이것은 도대체 무엇이란 말인가? 맥밀런 목사나 누군가에게 그것을 설명할 수 없는 것일까? 크라이드는 그에게 무엇이나 낱낱이 털어 놓아 그 점을 분명히 하고 싶었다. 뿐만 아니라 손드라 때문에──그 이유는 다른 사람은 몰라도 하나님만은 아실 거다──로버타의 살해를 음모하면서도 그것을 실행할 수는 없었다는 사실도 있다. 그러나 저 공판에서는 편의상 허위 진술을 기초로 하고 있었기 때문에 그 진상을 법정 안에서 드러내 놓을 수는 없었지만 그것은 정말 어떻게 할 수 없는 사정에 의한 것이며, 정상 참작의 재료가 되지는 않을까? 맥밀런 목사도 그렇게 생각해 줄까? 젭슨의 말마따나 거짓말도 방편이란 말이 있다. 그러나 그렇다고 해도 사실이야 역시 어디까지나 사실이 아닌가?

지금 와서 잘 생각해 보니 크라이드는 자기의 이 흉악한 음모 속에는 복잡한 관계와 의문이 많아서 간단히 처리할 수 없는 여러 가지 면이 있었다. 그 중에서 특히 나쁜 면이 두 가지가 있었다. 그 하나는 로버타를 저 호수의 아무도 보지 않는 지점으로 끌고 갔으나, 막상 범행을 할 용기가 생겨나지 않은 우유부단한 자기에게 화가 나서 안색이 변했기 때문에, 그녀를 깜짝 놀라게 하여 일어서서 자기 앞으로 달려들도록 고의적 행동을 취했다는 것이다. 이러한 행동 때문에 여자가 자기의 우연한 공격을 받게 된 것이고, 그가 유죄가 된 것도 실은 그 일격의 탓이었다. 적어도 거기에 부분적인 이유가 있었다. 그런 의미에서는 정말로 치명적인 죄가 되는 것이었다. 이 문제에 관하여 과연 맥밀런 목사는 어떤 말을 할까? 그리고 그녀는 그 공격 때문에 물에 떨어진 셈이 되니까 그녀가 떨어진 것은 과연 그의 죄는 아니라고 끝끝내 주장할 수 있을까? 그는 이제 그 문제로 마음을 썩였다. 죄의 해석에 고민했다. 만약 로버타가 우연히 물에 떨어졌다면 설사 피고인측에서 여자를 구원해 주지 않았다 치더라도 그것은 조금도 범죄를 구성하지 않는다고 오버왈처 재판장은 법정에서 선언했지만 그런 것은 아무래도 좋다. 그러나 그가 그 순간까지 로버타에 대하여 생각하고 있던 것과 연결해서 생각해 볼 때 역시 범죄가 될 것만 같았다. 하나님도, 맥밀런 목사도 아마 그렇게 생각할 것이다. 그리고 메이슨이 법정에서 대단히 명민하게 지적한 것처럼 그는 그녀를 구하려고만 생각했다면 능히 구해 낼 수 있었을 것이다. 만일 상대가 손드라였다면——아니, 지난해 여름의 로버타만 하더라도 그는 그렇게 했을 것이다. 그리고 그녀가 자기를 붙잡고 물 속으로 끌고 들어갈까봐 그것이 무서워서 구해 주지 않았다는 말도 어리석기 짝없는 변명이었다. 그는 맥밀런 목사로부터 회개하여 하나님에게 사죄하라는 권고를 받아온 이래로 밤마다 잠자리 속에서 이 문제를 생각하고는 자꾸만 자신에게 이렇게 반성해 온 것이었다. 옳지, 그것은 사실이었다. 크라이드는 자기 자신에 대해서는 모든 것을 고백할 심정이었다. 상대가 손드라였다면 당장에 구하려고 노력했을 것이다. 그러므로 그는 될 수만 있다면 맥밀런 목사에게, 혹은 맥밀런 목사가 아니라 누구 앞에서든지 심지어 일반 공중 앞에서라도 고백을 하게 된다면 진상은 이렇소 하고 고백하고 싶었다. 그러나 일단 그런 고백을 하는 날엔 틀림없이 유죄로 결정될 것이다. 너는 그런 것을 자수하여 사형을 받고 싶은가?

아니다, 좀더 기다리기로 하자. 적어도 항소심이 끝날 때까지 기다리는 것이 좋겠다. 좌우간 하나님은 뭐든 이미 자기의 심정을 알고 계시니까 지금 새삼스럽게 직접 이쪽에서 위지(危地)에 뛰어들 필요도 없지 않은가? 참으로 참으로 죄송한 일이다. 로버타의 죽음이란 문제는 고사하고라도, 자기의 행한 일이 얼마나 비참한 일이었던가! 그러나 아직도, 아직도 인생은 즐거운 것이 아니냐? 아아, 여기를 빠져 나가고 싶다! 여기를 빠져 나갈 수만 있다면! 여기에서 나가서 지금 자기 머리 위에 걸려 있는 이 지긋지긋한 공포를 다시는 보지도 않고 듣지도 않게 된다면! 천천히 다가오는 지루한 저녁. 천천히 비할 바 없이 느린 걸음걸이로 다가오는 지루한 새벽. 긴 밤! 한숨소리와 신음소리. 주야를 가릴 것 없이 그를 엄습해 와서 끝내는 미치지나 않을까 하고 생각될 만큼 그를 괴롭히는 고문. 만일 그에게 헌신적인 우정을, 그를 격려해 주는 저 맥밀런 목사가 나타나지 않았다면 그는 사실 벌써 미쳐 있을지도 모를 일이다. 그는 언제든 여기 앉아서——여기나 혹은 어느 곳에 앉아서 맥밀런 목사에게 모든 것을 고백하고, 만일 자기가 죄를 저지르고 있다고 하면 어느 정도의 형벌에 해당하는가를 묻고 자기를 위해서 형이 가벼워지도록 기도를 올려 주었으면 싶었다. 실제로 어머니나 맥밀런 목사의 기도가 자기 기도

보다는 효과가 있을 것 같은 생각이 드는 때도 있었다. 그러나 웬일인지 그는 아직 기도를 올릴 생각이 영 나지 않았다. 가끔 맥밀런 목사가 부드럽고도 낭랑한 목소리로 기도를 올리는 것을 철창 너머로 듣고 있을 때나, 혹은 〈갈라디아 서(書)〉, 〈데살로니가 서(書)〉, 〈고린도 서(書)〉 등을 읽고 있는 것에 짐짓 귀를 기울이고 있을 때에는 불현듯 모든 것을 자백해야만 되겠다고 느껴지는 때가 많았다.

이러한 가운데서 어느덧 6주일이 지나갔다. 그 동안 크라이드는 자기 자신의 문제에 관하여 전혀 침묵을 지켜왔기 때문에 그때까지 그를 지도하고 참회케 하여 구원을 주리라고 노력해 온 맥밀런 목사가 그것을 거의 단념하기 시작했을 무렵, 어느 날 뜻밖에도 손드라에게서 한 통의 편지가 왔다. 그 편지는 소장의 검열을 받은 후 이 형무소의 프로테스탄트의 교회사(教誨師)인 프레스톤 길포드의 손을 통해서 그에게 전달되었지만 서명이 없었다. 그러나 좋은 종이에 쓰여 있었다. 그리고 형무소의 규칙에 따라 검열된 결과 그 내용이 소장에게도 길포드 목사에게도 말하자면 권선징악적인 성질의 것으로 생각되었고, 확실히는 단정할 수 없어도 대체로 보아 그의 공판으로 유명해진 X양의 편지 같다고 생각되었으므로 의논한 끝에 크라이드에게 주기로 했다. 아니, 오히려 크라이드에게 읽히기로 해야겠다는 결론에 도달했다. 범죄자에 대하여 교훈적 가치가 있으리라는 해석이었다.……이리하여 늦은 가을 어느 날 해질 무렵에 크라이드는 그 편지를 받았다. 길고 지루하던 여름도 다 가고, 얼마 있으면 그가 여기에 들어온 지도 벌써 1년이 되어 갈 무렵이었다. 그리고 그것을 손에 들고 본 순간 그는 봉투에는 날짜도 주소도 없고, 다만 뉴욕의 소인이 있을 뿐이었지만 웬일인지 손드라에게서 온 것만 같은 인상이 들었다. 편지를 보는 순간에 어떻게도 흥분했던지 손이 부르르 떨렸다. 그리고 단숨에 읽고 나서 또 읽고, 또 읽고, 며칠을 두고 읽었다, '크라이드씨, 과거에 당신과 친히 사귀던 어떤 한 여자가 당신을 전혀 잊어 버리지 않았다는 것을 알려 드리기 위해서 이런 편지를 드리는 바입니다. 그 여성도 몹시 고민했습니다. 당신이 어떻게 하다가 그런 일을 저지르게 되었는지 그 여자도 도저히 이해할 수 없으며, 다시는 당신을 만나 볼 기회가 없는 것입니다만, 그 여자 역시 비애와 동정이 없지 않으며, 앞으로 당신이 자유로운 몸이 되어 행복하시기를 바랍니다.'

그러나 전혀 서명이 없었다. 타이프라이터로 찍은 편지라 물론 필적도 없다. 자기의 이름을 쓰는 것이 무서웠을까. 또 그에게 주소를 알릴 마음이 나지 않을 만큼 그녀의 기분은 그에게서 멀리 떨어져 버렸을까. 뉴욕! 그러나 이것은 누구에게 부탁하여 거기서 우편으로 부친 것인지도 모른다. 그렇다고 하면 그녀는 설혹 자기가 이 형무소 안에서 죽는 일이 있다 할지라도――사실 그럴지도 모를 일이지만――절대로 자기에게 그녀가 있는 장소를 알려 주지 않을 작정으로 있는 모양이다. 그의 마지막 희망도, 그의 꿈의 마지막 흔적마저 마침내 이것으로 자취도 없이 사라져 버렸다. 영원히! 마치 서쪽 하늘에 희미하게 남아 있는 마지막 노을 위에 마침내 밤의 장막이 내리듯, 그러한 순간이었다. 엷은, 희미한 핑크색이 점점 약해 들어가 끝내는 암흑에 싸이고 말았다.

그는 침대 위에 주저앉았다. 자기가 입고 있는 흉악해 보이는 줄무늬의 죄수복과 회색 펠트 신이 눈에 띄었다. 중죄인(重罪人)! 이 줄무늬의 죄수복, 이 신, 이 감방. 언제나 생각만 해도 몸서리가 쳐지는 불안하고 무서운 장래. 게다가 이번에는 이 편지다. 그렇다, 이것이 저 놀라운 꿈 전체의 총결말이다! 이 결말을 얻기 위하여 그는 로버타와 헤어지고자 그렇게도 필사적인 노력을 했고, 심지어 살해할 생각까지도 가졌던 것이다. 그 결말이 이것이다! 나는 이 꼴이 되기 위하여?…… 그는 그 편지를 만지작거리다가 가만히 쥐어 보았다. 지금 그녀는 어디 있는 것일까? 누구와 연애를 하고 있는 것일까? 어쩌면 지금쯤은 벌써 다른 사나이에게 마음을 주고는 딱 시치미를 떼고 있을 테지. 그녀는 나에게 그저 약간 반하기 시작했을 뿐이었을지도 모른다. 그리고 저 무서운 사건에서 그와의 관계가 폭로되었기 때문에 한꺼번에 그에 대한 사랑도 감상도 꺼지고 말았을 것이 분명하다. 그녀는 지금은 자유의 몸. 게다가 미모에다 부호의 딸. 지금쯤은 필경 또 어떤 남자와…….

그는 일어서서 격렬한 고뇌를 진정시키기 위하여 독방 문 쪽으로 걸어갔다. 한때 그 중국인이 들어 있던 저쪽 건너편 독방에는 이제는 흑인이, 워시 하긴즈가 들어 있었다. 그는 어느 음식점에서 무엇을 주문했는데, 급사가 그 주문을 거절하자 모욕을 느꼈다고 생각해서 그 분에 못 이겨 급사를 칼로 찔러 죽였다는 것이다. 그리고 그 옆 독방에는 젊은 유태인이 들어 있었다. 그는 보석을 훔치려고 어느 보석상으로 몰래 들어가 그 집주인을 죽였다는 것이다. 그러나 이제는 완전히 우울증에 빠져, 당장에라도 곧 죽을 것만 같은 얼굴로 하루 종일 침대 속에 틀어박혀서 머리만 움켜쥐고 있었다. 크라이드가 서 있는 위치에서 머리를 껴안고 있는 그 유태인의 모습이 보였다. 흑인은 침대 위에 나자빠져서 다리를 꼬고는 담배를 피우면서 노래를 부르고 있었다.

오오, 큰 바퀴가
큰 바퀴가
돈다 돌아!
나를 위해서, 나를 위해서!

크라이드는 머릿속에 자꾸만 솟아오르는 생각을 뿌리칠 수가 없어 또다시 자리를 바꾸었다.

사형선고를 받은 사형수! 게다가 이 편지는 손드라에 대한 그의 꿈의 종말을 고하는 종과도 같았다. 그에게 보내 온 고별사와도 같았다. '다시는 당신을 만나 보지 못할 것입니다만…….' 그는 침대 위에 몸을 던졌다. 울기 위해서가 아니라 피로를 풀기 위해서였다. 갑자기 격렬한 피로를 느낀 것이다. 리커거스, 포드 호, 베아 호, 명랑한 웃음소리 ―― 키스 ―― 미소. 작년 가을에 일어난 사건. 그리고 지금 ―― 1년이 지난 지금.

그러나 그때 저 젊은 유태인의 목소리. 정신적인 고민에 지쳐 가만히 있을 수 없게 되면 그는 이상한 콧노래조로 신음소리를 울리는 버릇이 있었다. 그것은 참을 수 없을 만큼 뼈저린 슬픈 목소리였다. 죄수들의 입으로부터 이구동성으로 집어치우라는 원성이 터져나왔다. 그러나 하고 많은 때에 이제 그 소리가 나오다니!

"내가 나빴습니다. 불친절했습니다. 거짓말을 했습니다. 아아! 아아! 나는 정말로 성실치 못한 놈이었습니다. 사악한 놈이었습니다. 나쁜 짓을 태연한 마음으로 해치우는 무리들 사이에 끼여 버렸습니다. 아아! 아아! 나는 도둑질을 했습니다. 거짓말을 했습니다. 참혹한 놈이었습니다. 아아! 아아!"

그때 거한 톰 루니의 목소리가 그것을 가로막았다. 그는 하층가(下層街)의 여자를 둘러싼 쟁탈전에서 연적인 토마스 타이라는 사나이를 죽인 죄로 이곳으로 오게 된 사나이였다. "어이, 그만둬! 자네 심정을 알 수 있어. 난들 그렇지 않을 줄 알아. 어이, 제발 그만둬!"

크라이드는 침대 위에 누워서 그 유태인의 콧노래에 박자를 맞추면서 자기의 생각을 좇고 있었다……. "내가 나빴습니다. 불친절했습니다. 거짓말을 했습니다. 아아! 아아! 나는 정말로 성실치 못한 놈이었습니다. 사악한 놈이었습니다. 나쁜 짓을 태연한 마음으로 해치우는 무리들 사이에 끼여 버렸습니다. 아아! 아아! 나는 도둑질을 했습니다. 거짓말을 했습니다. 참혹한 놈이었습니다. 아아! 아아! 살인을 계획했습니다. 아아! 아아! 그것도 헛된, 이루어지지도 않을 꿈을 위하여! 아아! 아아……!"

그 후 한 시간이 지나서 간수가 감방 문안 선반 위에 그의 저녁식사를 갖다 놓고 갔지만 그는 몸 하나 까딱도 하지 않았다. 그리고 삼십 분 후에 간수가 또다시 왔을 때 그것은 저 유태인의 식사와 마찬가지로 손도 대지 않은 채 그대로 놓여 있었다. 그러나 간수는 잠자코 그것을 날라갔다. 이 감방 안의 죄수들이 우울증에 사로잡히게 될 때에는 간수들은 그것을 곧 알 수 있었다. 식사에 손도 대지 않기 때문이다. 그때에는 죄수들은 영 음식이 목구멍을 넘어가지 않는다. 아니, 간수들조차도 가끔 음식이 목구멍을 넘어 가지 않을 때가 있다.

33

손드라의 편지를 읽은 결과로 생겨난 크라이드의 침울한 기분은 그 편지가 온 지 이틀 후에 온 맥밀런 목사에게도 역력히 알 수 있게 했고, 어찌 된 셈일까 하고 의심을 사게 할 정도였다. 크라이드가 서서히 자기의 종교관에 감화되리라고 기대하고 있었던 맥밀런 목사도 최근의 크라이드의 태도에서 그의 방문이 기대하고 있던 만큼 달가운 것이 아니라는 것을 깨달았다. 그래서 맥밀런 목사는 우울증과 절망에 빠지는 것이 얼마나 어리석은 일인가를 누누이 역설했더니 적지않은 성공을 얻었다고 생각할 만한 결과가 생겼다. "잡으려고만 하면, 구하려고만 하면 하나님의 평화는 언제나 얻어질 수 있는 것입니다. 하나님을 찾아, 하나님을 발견한 사람은 진심에서 찾았다면 비애는 있을 리 없고, 오직 기쁨만이 있을 뿐입니다. '고로 우리들 모두 주님의 속에서 살고 주님 또한 우리 속에서 사심을 아노라. 하나님은 우리에게 성신을 주셨기 때문이니라.'" 그는 이렇게 설교하고 성경 말씀을 인용했다. 그 후 손드라의 편지를 받은 지 약 2주일이 지났을 무렵인 어느 날 그가 찾아갔더니 크라이드가 난데없이 꼭 의논할 일이 있으니 소장에게 부탁하여 이 감방 이외의 어느 조용한, 둘이서만 이야기할 수 있는 방으로 갈 수 있는 허가를 얻을 수 없겠느냐는 말을 꺼냈다. 최근 자기의 생애에 일어난 사건의 참된 책임이 자기에게 있는지 없는지 알 수 없어 도저히 혼자서는 해결할 도리가 없으며, 그 때문에 맥밀런 목사한테서 몇 번씩 들은 하나님의 평화라고 하는 것도 발견할 수 없는 현상이다——아마도 자기 생각이 어딘가 잘못됐는지도 모른다. 그러니까 유죄 판결을 받은 자기의 범행에 관하여 자세히 검토하여 그것에 대한 자기의 해석 속에 어떤 잘못된 점이 있는가 없는가 그것부터 가르쳐 주었으면 좋겠다. 이러한 크라이드의 말에서 맥밀런 목사는 몹시 감동을 받았다. 동시에 신앙과 기도의 참된 소득이 있었다는 것에 내심 득의양양하여 곧 그 뜻을 소장에게 알렸다. 소장은 반색을 하며 그 청을 받아들이고는 크라이드에게 구사형수 감방의 하나를 필요한 시간 동안 마음대로 사용해도 좋다고 허가해 주었다. 그리고 두 사람이 면회할 때에는 전혀 감시하지 않고 간수는 다만 바깥 복도에서 기다리고 있기로 되었다.

이리하여 크라이드는 거기서 로버타와 손드라와 자기의 관계부터 이야기하기 시작했다. 그러나 대부분은 벌써 공판에서 명확하게 진술된 바 있으므로 다만 사실만은 진술하는 데 그쳤고, 변명 비슷한 설명은 일체 피했다. 예를 들면 예의 심경의 변화에 관해서는 한마디도 언급하지 않았다. 그리고 로버타와 함께 탄 보트에서 일어난 그 최종 장면에 관해서는 특히 상세하게 설명했다.…… 최초에는 로버타의 살해를 음모했으니까 살해 의사가 있었다는 것을 자백하고는 나는 유죄합니까 하고 맥밀런 목사에게 물었다. 더욱이 그 모든 행동은 손드라 때문에 생겨난 일이니까, 그것이 사실 범죄를 구성합니까 하고도 물었다. 법정에선 그렇게 증언했습니다만 사실은 지금 설명한 대로인데, 심경의 변화를 일으켰다고 하는 것은 새빨간 거짓말입니다. 제 변호사는 제가 죄를 저지르고 있지 않다고 생각하고는 그렇게 변명하는 편이 무죄 판결을 얻는 지름길이라고 하면서 저에게 권고한 것입니다. 그러나 어쨌든 그것은 거짓말입니다. 또 그 당시의 보트 안에서의 심리 상태에 관해서도——즉 그녀가 일어서서 나에게 달려드는 전후의 그것도—또 그 일격과 그 후의 심리에 관해서도 나는 사실과 전혀 다른 증언을 했습니다. 하나님에 관하여 명상하고, 하나님에게 자기의 모든 것을 털어 놓고 싶은 일념에서 말씀드리는 것입니다만. 그는 아직까지 그렇게 하고 싶은 생각은 거의 없었다는 사실을 감추고 있었다. 그녀를 우연히 때렸다는 것에 관해서는 아직까지 자기 자신에게조차 분명히 설명할 수 없었던 점이 있습니다. 아니, 이제까지도 아직 납득이 가지 않는 점이 있습니다. 그때 법정에서 나는 전혀 화를 내고 있지 않았다—심경의 변화를 일으켰다고 주장했습니다. 그러나 사실은 심경의 변화는 전혀 없었습니다. 실은 그녀가 일어서서 나에게로 달려들기 직전에, 지금 생각하면 나는 일종이 착란 상태(錯亂狀態)라고 할까요, 방심 상태라고 할까요, 어쨌든 이상한 심리 상태였습니다. 왜 그런 상태였을까 하는 것을 정확하게 말씀드리기란 좀 힘듭니다만, 나는 맨 처음에는 그것이 로버타에 대한 가엾은 생각, 혹은 그녀에게 공격을 가하려는 자기 자신의 잔인한 계획에 대한 수치심에서 온 것이 아닌가 하고 생각해 보았습니다. 그러나 잘 생각해 보니 그와 동시에 그녀에 대한 분노 내지 증오감도 있었습니다. 그것은 그녀가 기어이 자기에게 결혼을 시키겠다는 결심을 가졌기 때문입니다. 그 밖에 이 점에 대해서는 그 후에도 많이 생각해 보았지만 아직껏 알 수 없는 일입니다만, 그때 그러한 나쁜 행동의 결과에 대한 공포심이 있었는지도 모르겠습니다. 하기야 지금 생각해 보니 그 순간에 행동의 결과 같은 것을 전혀 생각하고 있지 않았던 것 같기도 합니다. 다만 뚜렷이 생각나는 것은 스스로의 계획대로 실행할 능력이 없다는 데 대해서 화를 내고 있었다는 점입니다.

그러나 그 일격 속에는—물론 우연한 일격이었지만—이렇게 자기 앞으로 달려들려는 그녀에 대한 일종의 분노심이 포함되어 있었습니다. 그래서 이 분노심이 그 일격에다 그만한 파괴를 준 모양인데 이 점에 관해서는 지금도 확실치 않습니다. 어쨌든 이제 와서 보니 그렇게 생각할 수밖에 없습니다. 그러나 비록 내가 그녀를 미워하고 있었을망정 그 순간 내가 일어선 것은 확실히 그녀를 돕기 위해서 한 일입니다. 그리고 그녀를 때린 순간 자기의 공격을 유감스럽게 생각한 것도 사실입니다. 그러나 물론 사과할 사이도 없이 일단 배가 전복되어 두 사람이 물 속에 들어가고, 자기도 가라앉으려 할 때에 자기의 머리를 지배한 생각은, '그냥 내버려 두자' 하는 생각뿐이었습니다. 그러나 벨크납 씨와 젭슨 씨가 지적한 바와 같이, 그렇게 되어 버린 근본 원인은 제가 X양에게 완전히 눈이 어두워져 버렸기 때문입니다. 그러나 어쨌든 저 사건 이전의 일과 사건의 모든 사실을——저 우연한 일격에 노여움과 혹은 그녀에 대한 혐오가 깃들여 있던 사실과 그녀를 도우려 하지 않았던 사실 등 모두 내가 고백한 사실을 정직하게 검토해 보시면, 이 모든 사실이 과연 범죄를 구성한다고 목사님께선 생각하십니까? 법적으로나 정신적으로나 저는 마땅히 죽음을 받아야 할 만한 살인죄를 저지르고 있다고 생각하십니까? 저는 영혼의 평화를 얻기 위하여 꼭 그것을 알고 싶습니다. 그러면 하나님 앞에 기도를 드릴 수도 있을 것 같습니다…….

맥밀런 목사는 이제까지 이렇게 복잡하고, 갈피를 잡을 수가 없고, 기괴한 문제를 들어본 일도 체험한 일도 없었고, 크라이드가 자기를 신뢰하고 존경하여 모든 것을 자기에게 고백해 준 것에 완전히 감동되어 당장에는 입도 떨어지지 않았으므로 잠시 가만히 앉은 채 심각한 얼굴로 생각에 젖어 있었다. 정말로 중대하고도 절실한 질문이었다. 크라이드의 현세와 영혼의 평화는 오직 그의 의견 하나에 달려 있다고 해도 무방했다. 그는 정말로 당황하여 당장에는 대답이 나오지 않았다.

"그러면 크라이드 군, 당신은 그 여자와 보트를 탈 때까지는 그 여자에 대한 기분은 전혀 변함이 없었군요. 당신의 의도도……?"

맥밀런 목사의 얼굴은 잿빛으로 변하고 심각한 표정을 띠고 있었다. 두 눈에는 슬픈 빛이 떠돌고 있었다. 슬프고, 무섭고, 사악한, 참혹한, 너무나도 자포자기적인 이야기였다. 이 청년이 정말로 그런 짓을 저질렀을까? 믿어지지 않았다. 그러나 분명히 그의 열띤 동요하는 감정은, 맥밀런 목사라면 절대로 부러워하지 않을 것을 탐낸 나머지 그에게 무모한 행동을 취하게 했고, 그 때문에 그는 터무니없는 죄를 저질러 이제 사형선고를 받고 있는 것이다. 그는 마음이 동요하고, 완전히 이성을 잃어 버리고 있었으리라.

"변함이 없었습니다."

"당신은 계획한 일을 시행할 수 없는 자기 마음의 약함에 저도 모르게 화가 치밀었다고 말씀하셨죠?"

"네, 저도 모르게 다소 화도 났고, 나중엔 슬퍼졌습니다. 무서워졌다는 생각도 든 것 같은데 지금은 똑똑히 기억이 나지 않습니다. 똑똑히 뭐라고 할 수 없습니다."

맥밀런 목사는 머리를 가로저었다. 이 얼마나 이상야릇한 기분이며, 이 얼마나 갈피를 잡을 수 없는 생각에 사로잡혔으며, 이 얼마나 사악한 생각이냐!

"그러나 그것과 동시에 당신은 당신을 거기까지 몰아 넣은 그녀에게 화가 치밀었단 말이죠?"

"그렇습니다."

"그러한 무서운 문제와 대결하지 않으면 안 될 지경까지 당신을 몰아 넣게 한 것에 대해서 말이죠?"

"그렇습니다."

"그렇습니까? 그래서 당신은 그 여자를 때리려는 생각이 일어났단 말이죠?"

"그렇습니다."

"그러나 당신은 차마 때릴 수 없었다는 거죠?"

"그렇습니다."

"아아, 하나님의 자비를 찬미하소서. 그러나 당신이 우연히——무의식적으로——그 여자를 때린 그 일격에는 그 여자에 대한 어떤 노여움이 깃들여 있었고, 그 때문에 그 일격이 그만큼 강렬한 것이 되었단 말이죠. 당신은 그 여자를 당신 가까이 오게 하고 싶지 않았다 그 말이죠?"

"네, 그렇다고 생각합니다. 똑똑한 기억이 없습니다만, 아마 그런 표현은 잘못일지도 모릅니다. 뭐라고 하면 좋을까요……벌컥 화가 치밀었습니다. 뭐가 뭔지 몰랐습니다. 결국 저……." 죄수복을 입고 머리를 빡빡 깎은 크라이드는 앉아서 전후사를 열심히 생각해 보면서 과연 자기가 죄가 있는지 없는지 스스로 판단을 내릴 수가 없어 고민하고 있는 모습이었다. 나는 과연 죄가 있는 것일까, 그렇지 않으면 죄가 없는 것일까? 열심히 귀를 기울이고 있던 맥밀런 목사의 입에서 문득 이렇게 중얼거리는 목소리가 새어나왔다. "멸망으로 인도하는 문은 크고 그 길은 넓도다." 잠시 후에 이렇게도 중얼거렸다. "그러나 당신은 그 여자를 도우려고 일어섰죠?"

"그렇습니다. 그녀가 뒤로 나자빠질 것 같았으므로 그것을 붙잡으려고 했습니다. 그러나 그 때문에 도리어 보트를 전복시키고 마는 결과가 되어 버린 셈이죠."

"정말로 그 여자를 붙잡으려고 했단 말입니까?"

"잘 생각이 나지 않습니다만 아마 그랬을 것입니다. 불쌍하다고 생각했으니까요."

"그러나 그 순간 불쌍하다고 생각했다는 것만은 지금도 분명히 단언할 수 있겠죠?"

"순간적으로 생겨난 일이라서 지금 도저히……." 크라이드는 말끝을 흐리고 말았다.

"이렇다고 단언할 수 있을 만큼 똑똑히 기억하고 있지는 않습니다. 정말로 마음속으로부터 불쌍하다고 생각했는지 어떤지…… 다소 불쌍하다는 생각이 들은 것같이도 생각된 때도 있습니다만, 그렇지 않았다고 생각된 때도 있습니다. 그러나 그녀를 버리고 둑에 올라왔을 때에는 나쁜 짓을 했구나 하는 생각이 들었습니다. 그러나 동시에 이젠 자유의 몸이 된다고 생각하니 어쩐지 기쁘기도 한 것 같고, 한편 무섭기도 해서."

"잘 알겠습니다. X양한테로 가는 판이니까 그럴 테지. 그러나 그 여자가 물 속에 가라앉아 있을 때에는 거기까지 생각한 것은 아닐 테죠?"

"네."

"구해 주고 싶은 생각이 나지 않았단 말이죠?"

"그렇습니다."

"쯧! 쯧! 쯧! 당신은 불쌍하다고는 생각하지 않았단 말입니까? 그때 부끄럽지도 않고요?"

"부끄럽다고는 생각했겠죠. 또 다소 불쌍하다고도 느꼈겠죠. 지독한 일을 저질렀다고도 생각했습니다. 그러나 그렇게는 생각해도 역시 알다시피……."

"음, 잘 압니다. X양 말이죠. 그래서 그저 도망치고 싶었다는 거죠?"

"네, 하지만 그것보다도 그저 무서웠습니다. 그래서 그녀를 구해 줄 생각이 영 없었습니다."

"알겠소. 쯧! 쯧! 쯧! 그 여자가 죽으면 X양한테로 갈 수 있다고 생각했단 말이지?" 여기서 맥밀런 목사는 슬픈 표정으로 입술을 꽉 다물었다.

"그렇습니다."

"아아! 그게 무슨 꼴이오! 그럼, 당신은 벌써 그때 당신의 마음속에서 살인 행위를 하고 있었단 말이오!"

"그렇습니다." 떨리는 목소리였다. "분명히 그럴 수밖에 없는 일이었으니까, 저도 그렇게 생각하고 있었습니다."

여기서 맥밀런 목사는 잠시 말을 멈추고, 이 난문제를 앞에다 놓고서 조용히 마음속에서 기도를 올리며 자기 자신을 격려했다. "하늘에 계신 우리 주 아버지시여, 당신의 이름이 거룩히 여김을 받으시오며, 당신의 나라가 임하옵시며, 뜻이 하늘에서 이룬 것같이 땅에서도 이루어지이다." 그는 잠시 후에 또다시 얼굴을 쳐들었다.

"크라이드 군, 하나님은 그 자비를 모든 죄인에게 대하여 공평히 나누어 주십니다. 그렇습니다. 하나님은 그 아들을 세상에 보내시어 인류의 죄를 대신해서 죽게 하셨습니다. 그대가 회개만 한다면 하나님은 반드시 자비를 베풀어 주실 겁니다. 그러나 아아, 그 생각과 그 행동! 그대는 하나님 앞에 기도를 올려야 할 일이 많습니다. 정말 많습니다. 그러나……그렇지, 나도 기도를 올려서 하나님의 가르침을 받아야 하겠습니다. 이것은 참 이상하고도 무서운 이야기입니다. 너무도 복잡한 이야기라서 갈피를 잡을 수가 없습니다. 오직 기도만이 우리에게 광명을 줄 것입니다. 하나님의 계시를 받기 위하여, 자, 함께 기도를 올립시다." 그는 고개를 숙였다. 잠시 말 없이 앉아 있었다. 크라이드도 말 없이 고민에 싸인 얼굴로 그의 앞에 앉아 있었다. 잠시 후에 맥밀런 목사는 다시 기도를 시작했다.

"여호와여, 주의 분노로 나를 견책하지 마옵시며, 주의 진노로 나를 징계하지 마옵소서. 여호와여, 내가 수척했사오니 긍휼히 여기소서. 나를 부끄러움과 슬픔 가운데서 고치소서. 나의 영혼은 당신 보시기에 상하였나이다. 나의 마음속에 악한 것을 없게 해주시옵고, 주의 의로 나를 인도하소서. 오, 주여, 나의 마음속의 악한 것을 없애게 해주시옵고 기억하지 마옵소서."

크라이드는 가만히 머리를 숙인 채 조용히 앉아 있었다. 슬픔에 가슴이 메일 것 같은 심정이었다. 역시 나는 큰 죄를 저질렀구나. 무거운, 참으로 무거운 죄를! 그러나…… 크라이드의 생각이 여기까지 왔을 때에 맥밀런 목사는 기도를 끝내고 일어섰다. 크라이드도 따라 일어섰다. 맥밀런 목사는 덧붙였다. "자, 이제는 가 보아야겠습니다. 가서 기도를 올리며 생각해 보아야겠습니다. 당신의 이야기를 듣고 많은 동요와 감동을 받았습니다. 아아, 주여, 참으로 마음이 어지럽습니다. 당신도 방으로 돌아가서 혼자서 기도를 올리시오. 그리고 회개하시오. 무릎을 꿇고 하나님의 용서를 비시오. 하나님은 반드시 당신의 목소리를 들어주실 겁니다. 암, 들어주고말고요. 그리고 내일은…… 만일 내일 올 수 없다 하더라도 되도록 빨리 오도록 하겠습니다. 그러나 절대로 절망해서는 안 됩니다. 늘 끊임없이 기도를 올리시오. 오직 기도와 회개 속에만 구원이 있습니다. 하나님의 힘에 매달리시오. 세계를 손아귀에 잡고 계신 하나님의 힘에. 하나님의 무한한 힘과 자비 속에만 평강과 관용이 있는 것입니다. 그렇습니다, 그렇구말구요."

그는 손에 들고 있던 조그마한 열쇠로 철문을 두들겼다. 그 소리를 듣고 간수가 곧 달려왔다.

그 다음 그는 크라이드를 독방까지 바래다 주고, 또다시 감금되는 것을 본 뒤에 형무소를 나왔는데, 그가 들은 이야기 때문에 마음은 무겁고 비참한 생각으로 가슴이 타는 듯했다. 또다시 홀로 남게 된 크라이드는 조용히 자기가 한 이야기를 하나씩하나씩 고쳐 생각해 보고는 그것이 맥밀런 목사에게 어떠한 인상을 주었을까 하고 곰곰이 생각해 보았다. 맥밀런 목사가 고민하던 모습, 그 얼굴 위에 뚜렷이 나타나 있던 고통과 공포의 표정을 그는 역력히 회상하고 있었다. 나는 정말로 죄를 저지른 것일까? 나는 그 죄로 말미암아 정말로 사형을 받을 만한가? 맥밀런 목사의 결론도 역시 그러할까? 저렇게 친절하고 인자한 그도 그렇게 생각하지 않을 수가 없을까?

그 다음 1주일 동안 크라이드가 고백한 복잡한 사건의 내용에 감동된 맥밀런 목사는 모든 도덕적 견지에서 그것을 진지하게 검토한 끝에 또다시 크라이드의 감방 앞에 섰다. 그러나 그는 크라이드가 고백한 사실을 아무리 호의적으로 해석해도 자기로선 그녀를 죽인 죄는 모면할 길이 없겠다고 생각한다고 말하지 않을 수가 없었다. 크라이드는 우선 그녀의 살해를 음모했다. 더구나 그녀를 구해 낼 수 있었음에도 불구하고 구해 내지를 않았다. 그는 그녀가 죽을 것을 원했으며, 그 후에 불쌍하다고도 생각하지 않았다. 보트가 전복할 만큼 몹시 때린 그 일격에는 어떤 종류의 분노가 숨어 있었다. 그리고 그때의 기분을 그는 잘 표현할 수 없다고 했다. 또 저 X양의 미모와 지위에 눈이 어두워 그와 같은 사악한 계획을 음모했으며, 로버타를 살해하고는 그녀와 결혼할 것을 계획했다니 아무리 생각해 봐도 정상 참작의 여지라곤 전혀 없으며, 정말로 지상 최악의 죄를 저질렀다고 봐야 할 증거뿐이다. 그는 참으로 많은 점에서 죄를 저지르고 있다. 이기주의며, 신성치 못한 욕정에 사로잡혀 있고,

바울이 비난한 간음죄마저 저지르고 있다. 더구나 그는 체포되기 직전까지, 최후까지 그러한 사악한 관계를 계속하고 있었다. 후회조차 하지 않았다. 베아 호에서 곰곰이 반성해 볼 시간적 여유도 충분히 있었건만, 뿐만 아니라 그는 처음부터 끝까지 거짓말과 구실로써 자기의 죄를 변호하지 않았는가?

그러나 그는 이제 비로소 회오(悔悟)의 의사를 명백히 표시했고, 자기가 대죄를 저지르고 있다는 것을 확실히 깨달은 지금 만일 그를 죽음의 의자에 앉히게 한다면 도리어 그것은 죄에다 죄를 가하게 되는 결과가 아닌가? 죄인을 책하여 스스로 죄를 저지르게 하는 결과가 될 것이다. 맥밀런 목사는 소장이나 그 밖의 많은 사람들과 마찬가지로 사형에는 반대였다. 다른 방법으로 죄인에게 죄의 대가를 치르게 해야 한다고 생각하고 있었다. 그러나 어쨌든 크라이드가 무죄하다고는 도저히 생각되지 않았다. 정신적으로 그를 구해 주고 싶은 생각은 태산 같았지만, 크라이드가 죄를 저지르고 있지 않다고 무슨 수로 단언할 수 있으랴? 현실적으로 그는 유죄하지 않은가?

맥밀런 목사는 크라이드에게, 당신이 각성한 도덕적이며 영적인 이해력은 당신에게 다시 없이 완전하고도 아름다운 새로운 생애를 주었다고 설교해 보았지만, 그것은 소용 없는 말이었다. 크라이드는 고독의 함정에 빠졌다는 느낌뿐이었다. 이제야말로 그의 말을 믿어 줄 사람이라곤 한 사람도 없었다, 한 사람도. 그와 같은 범죄를 행하기 전의 그의 번민과 고뇌에 관해서도 그 가장 흉악한 죄악 이외의 그 무엇을 발견해 주는 사람은 한 사람도 없었다. 그러나 손드라와 맥밀런 목사와 사건에 관심을 가진 모든 세상 사람들, 메이슨, 브리지버그의 배심원들, 그 밖에 만일 공소심이 브리지버그의 배심원의 판결대로 된다면 그 앨바니의 항소재판소까지를 포함한 모든 사람이 어떻게 생각하든 크라이드의 마음속에는, 자기는 그만한 죄는 저지르지 않았다고 하는 생각을 가지고 있었다. 대체로 그들이 뭐라고 한대도 그들은 자기처럼 기어이 결혼을 하자고 달려드는 로버타에 대한 고통을 알 길이 없을 것이다. 또 그들은 그가 손드라에 대하여 품고 있던 그러한 아름다운 꿈과 열렬한 사랑의 불꽃에 타본 적도 없으리라. 또 그들은 자기처럼 어린 시절의 불운으로 말미암아 번민과 고통과 조소를 산 일도 없을 것이며, 길거리에 나와서 찬송가를 부르고 기도를 올려야 한다는 굴욕감을 맛본 일도 없었으리라. 그들은――그의 어머니조차도――그 자신의 이러한 심리적·육체적·정신적 고통을 모르면서 무슨 수로 자기를 비판할 수 있단 말일까? 그는 이러한 회고를 다시 한 번 들춰 보고 예전과 조금도 다름없는 격렬한 마음의 통증을 느꼈다. 그리고 모든 사람이 그를 유죄라고 판단하고 있는 것에 대하여 마음 한구석에서 혼자서 항의하며 반대를 외치고 있는 자신을 발견하고서 놀랄 때도 있었다. 그러나 지금 여기 맥밀런 목사가 나타났다, 공평하고 공정하고 인자한 사람이. 목사는 필경 자기보다는 높은 훌륭한 견지에서 판단했었으리라. 그렇게 생각하자 때로는 자기가 무죄하다고 하는 확신에 가까운 것을 느낄 때도 있었지만, 때로는 그와 반대로 유죄가 아닐까 하는 생각이 들어 견딜 수가 없었다.

생각하면 할수록 복잡다단하여 갈피를 잡을 수가 없었다. 이러다가는 전혀 생각을 정리하지 못하고 마는 것이 아닐까? 이렇게도 생각되었다.

크라이드는 맥밀런 목사의 선의(善意)도 신앙도 헌신도 또는 맥밀런 목사를 사자(使者)로 보내 주신 인자하신 전지전능한 하나님도 그대로 받아들일 수가 없었다. 어떻게 하면 좋을까? 어떻게 하면 하나님만을 외곬으로 믿고는 골똘히 기도를 올릴 수 있을까? 그는 그러한 기분에서 또는 그의 고백을 듣고서 그것을 그의 마음속에 하나님의 성령(聖靈)이 깃들여 있는 증좌로 믿고 있는 맥밀런 목사의 권고에 따라 제시된 장절(章節)을 좇고, 가장 눈에 익은 〈시편〉의 각 편을 몇 번씩 몇 번씩 되풀이해서 읽고는 그 교시에 따라 회오의 경지를 얻으려고 노력했다. 그 경지에 들어가면 그가 오랜 침울한 몇 달 동안에 걸쳐 알고 있던 평화와 힘이 얻어질 수 있을 것이었다. 그러나 아무리 해도 그러한 경지에는 들어갈 수 없었다.

이럭저럭하는 동안에 또다시 4개월의 세월이 흘렀다. 그리고 19×× 1월의 기한이 거의 끝날 무렵에 가서, 항소재판소는──폴함 2세가 벨크납과 젭슨이 제출한 증거물의 심리를 한 끝에──킨케이드, 브리그스, 트루먼 및 돕셔터 등의 각 판사의 일치된 의견에 의하여 카타라키 군 재판소 배심원의 판결대로 크라이드가 유죄하다는 것을 인정하고는 6주일 후인 2월 28일부터 시작되는 주일 내에 사형을 집행할 것을 언도했다. 그리고 그 판결 이유는 다음과 같았다.

"이 사건에는 정황 증거 외에는 아무것도 없고, 유일한 목격자는 피해자의 사망을 범행에 의한 결과는 아니라고 증언하고 있는 점 등 극히 신중한 검토를 요하는 사건이었다. 따라서 본재판소는 가장 정확성을 기하기 위하여 모든 기능을 다하여 철저하게 조사를 진행하여, 피고의 유죄냐 무죄냐를 올바르게 판단하기 위하여 방대한 간접적 증거 자료를 수집하여 검토했다.

이들 증거 속에는 애매하기도 하고 모순되어 있다고 생각되기 때문에 채택될 수 없는 것도 있었고, 피고를 무죄라고 해석할 수 있을 것 같은 증거도 몇 있었다. 유능한 변호인측은 그 점을 상당히 역설하고 있었던 모양이다.

그러나 검사가 제출한 모든 증거를 총체적으로 고찰할 때 확실히 유죄를 입증하고 있으며, 정당한 판단에 의하여 그것을 번복시킨다는 것은 불가능했다. 따라서 우리들은 1심에 있어서의 배심원의 판결이 중요한 증거를 간과(看過)했다는 사실도 없고, 판단을 잘못했다고 볼 만한 점도 없으므로, 극히 공정한 것이었다고 인정하지 않을 수가 없었다. 우리들은 일치하여 원판결을 확인하는 바이다."

시라큐스에서 이 판결을 들은 맥밀런 목사는 이 판결이 정식으로 크라이드에게 통고되기 전에 그와 만나려고 급히 달려왔다. 그를 정신적으로 격려하고, 곤경에 있을 때의 영원불멸의 구원인 하나님의 힘에 의하여 크라이드를 그 심각한 타격에 견뎌낼 수 있게 해주어야겠다고 생각한 것이다. 가 보니 다행히도 그는 아무것도 모르고 있었다. 그러나 생각해 보면 그것은 당연한 일이었다. 왜냐하면 형이 집행되기 직전까지 최종 판결은 죄수에게 알리지 않기 때문이었다.

그러나 맥밀런 목사는 우선 〈마태복음〉과 〈바울〉과 〈요한복음〉 등을 인용하면서 이 세상이 보잘것없는 세상이라는 것을 역설하고, 내세의 기쁨을 가르친 부분을 인용한 후에 크라이드에게 유죄 판결이 내려졌다는 사실을 알렸다. 그리고 맥밀런 목사는 아직 지사에게 탄원하는 길이 남아 있으며, 그가 설득할 수 있는 사람들과 함께 지사에게 탄원할 작정으로 있지만, 만일 지사가 탄원을 받아 주지 않는다면 크라이드는 6주일 후에는 사형을 받게 될 것이라고 말했다. 맥밀런 목사는 이 밖에 하나님의 자비와 지혜에 의하여 온화한 신앙과 위안이 얻어질 것이라는 것을 말하기 시작했지만 크라이드는 일단 그 비통한 사실을 듣자 잠시는 아무 말도 귀에 들어오지 않았다. 그리고 이제까지의 짧은 야심에 찬 생애에서도 일찍이 보이지 않았던 용기와 굳건한 성격을 얼굴과 눈에 나타내면서 목사 앞에 서 있었다.

마침내 유죄 판결이 내렸구나……. 나도 결국 다른 사형수들처럼 저 문으로 들어가야 한단 말이지. 그들은 나를 위하여 역시 저 커튼을 쳐 줄 테지. 나는 우선 저쪽 방으로 들어가고, 그 다음 다시 복도로 걸어나오며 모든 사형수가 한 것처럼, 먼저 가오, 안녕히들 계시오 하고 마지막 작별 인사를 할 테지. 이젠 여기서도 오래 있을 수 없게 되었군……. 그는 마치 그곳으로 한 걸음 한 걸음 걸어가고 있는 것만 같았다. 이제까지 싫증이 나도록 들어온 걸음 걸이이기는 했지만 이번에는 그것이 자기 자신의 발소리가 되려고 하는 것이었다. 그러나 그 무서운 통지를 막상 받고 보니 그는 웬일인지 그것이 지금까지 상상하고 있었던 만큼 무섭지도 않았고, 도리어 무슨 매혹적인 것처럼 생각되었다. 예상하던 것과는 달리 실신 상태에 빠지지도 않았고, 힘을 잃지도 않았다. 도리어 이 장면에 관하여 이전에 자기가 무서워하던 것을 회상해 보고, 마치 자기가 딴 세상 사람이나 된 것처럼 태연한 태도로 그때가 되면 어떠한 행동을 취할까, 어떤 말을 할까 그런 것들을 생각하고 있었다. 자기 자신도 놀랄 정도였다.

맥밀런 목사가 여기서 그에게 들려준 기도문을 되풀이해서 읽어 볼까? 그렇다, 그렇게 하자. 그러나…….

일시적인 실신 상태에 빠져 그는 맥밀런 목사가 귓속말로 이야기하는 것을 듣지 못했다.

"그러나 이것은 아직도 최종적으로 결정된 것은 아닙니다. 1월에는 주지사가 새로 취임합니다. 그는 매우 동정심이 많고 친절한 분이라는 말을 들었습니다. 그분을 잘 아는 몇 사람이 바로 내 친구입니다. 나는 물론 개인적으로 그 사람들을 만나 볼 작정일 뿐만 아니라, 그 친구들에게 부탁하여 내 말을 지지해 주는 편지를 그분에게 써 보내도록 하렵니다."

그러나 크라이드의 말뿐만이 아니라 그 순간의 표정으로 보아 맥밀런 목사는 그가 전혀 이야기를 듣고 있지 않다는 것을 알았다.

"어머니에게, 누군가에게 부탁해 전보를 쳐 드려야지……. 슬퍼하실 테지." 그러다가 또 무슨 생각이 났던지 이렇게 덧붙였다. "그 편지를 그대로 제출해선 안 된다고 했는데, 그 말을 지켜 주지 않았던 모양이군. 그렇게 해줄 줄만 알았는데." 그는 니콜슨의 제안을 생각하고 있었던 것이다.

"염려할 건 없습니다." 맥밀런 목사는 슬픈 표정으로 이렇게 대답했다. 어떤 위로의 말을 하기보다는 그저 크라이드를 품안에 껴안아 주고 싶었다. "어머니에겐 벌써 내가 전보를 쳐 두었습니다. 그리고 그 판결에 관해서는 지금 곧 당신의 변호사를 만나서 경위를 잘 들어보겠습니다. 그리고 아까도 말한 것처럼 직접 지사도 만나렵니다. 어쨌든 신임이니까……."

그는 크라이드가 듣지 않은 이야기를 되풀이해서 다시 한 번 설명했다.

34

그 후 3주일이 지난 어느 날, 신임 뉴욕 주지사 관사의 한 방. 크라이드의 형을 사형에서 종신형으로 감형시키기 위하여 벨크납과 젭슨 두 사람이 여러 가지 예비적 절충을 시도했으나 결국 그것이 실패로 끝난 후――이것은 정식으로 감형 탄원서를 제출하면서, 그 이유로서 증거에 대한 해석이 그릇되었다는 것과 로버타의 편지들을 원문 그대로 증거로서 채용한 것은 비합법적이라는 의견서를 제출한 것인데, 전직 지방검사의 경력을 가지고 있고, 주의 남부 지구에서 판사를 하고 있던 월담 지사는 그것을 양심적으로 검토한 결과 판결에 간섭할 이유는 없다고 하는 회답을 보내 왔다. 이제 그 월담 지사를 앞에다 놓고서 그리피스 부인과 맥밀런 목사 두 사람이 서 있었다. 크라이드 사건의 최종 판결에 관해서는 세인의 관심이 컸을 뿐만 아니라 그리피스 부인이 오번에 돌아와서 각 신문의 지면을 통하여 세상에다 호소하는 것과 동시에, 자기 아들이 악마에 홀린 그늘에는 정상을 참작해 주어야 할 사정이 있었다고 하는 것을 올바르게 이해해 주었으면 좋겠다는 내용의 편지를 재삼 지사에게 보냈고, 친히 만나서 자기의 소신을 피력하고 싶으니 제발 한번 만나게 해달라고 졸라대고 있었으므로 지사는 마침내 만나 주어도 별반 나쁠 것은 없을 것이고, 그녀에게는 위안이 될 것이다. 게다가 일반 사람의 감정이라고 하는 것은 사건에 대한 확신과는 달리――그 확신 그 자체에는 변함이 없다 하더라도――대개는 감형 운동에 가담하거나, 관대한 처분을 바라는 태도를 취하거나 한다. 이 사건의 경우는 각 신문에서 판단하면 물론 크라이드의 유죄를 확신하고 있는 모양이다. 그러나 그것에 반대하여 그리피스은 크라이드와 로버타와의 관계와 재판 진행중 및 그 후의 그의 번민, 그 밖에 그의 원죄(原罪)는 어떻든 간에, 그가 끝내 회오하여 하나님의 성령을 받았다는 맥밀런 목사의 보고 등에 관해 깊이 생각해 본 결과 인도적 견지에서 또는 정의상으로 보아도 그에게서 적어도 생명만큼은 빼어서는 안 될 것이라고 주장하고 있었다. 그리고 지금 그녀의 앞에 있는 지사는 키가 후리후리한 자못 근엄해 보이는 인상을 주는 사나이로 크라이드가 미쳐 날뛰던 사랑의 열병 같은 것은 한 번도 경험해 본 일이 없는 것만 같은 신사였지만, 아버지나 남편으로서의 애정은 충분히 가지고 있어 그리피스의 현재의 기분만은 잘 이해하고 있는 모습 같았다. 그러나 벌써 그의 마음은 어떻게 할 수 없는 질서와 법률에 대한 뿌리 깊은 복종심으로 일관되어 있었다. 그는 특사 담당관에게 검토시킨 후에 항소재판소에 제출된 서면을 손수 일일이 전부 읽었고, 벨크납과 젭슨이 최근 제출한 의견서도 읽어 봤지만, 그것에는 판결을 전복시킬 만한 새로운 사실이라고는 조금도 없었다. 다만 이미 채택된 증거를 다시 해석한 것에 지나지 않았다. 그러므로 데이비드 윌담 지사로서는 크라이드의 사형 판결을 새삼스럽게 종신형으로 감형시킬 수 있는 증거라곤 무엇 하나 발견해 낼 수 없었다. 1심의 배심원이 그에게 사형 판결을 내렸고, 항소심에서 그것이 전면적으로 지지된 지금 무엇을 증거로 하여 그것을 번복시킬 수가 있겠느냐 말이다!

그리피스 부인은 그러한 지사의 의견을 듣자, 곧 떨리는 목소리로 진정을 시작했다. 크라이드의 어린 시절부터 시작하여 그는 결코 그렇게 나쁜 참혹한 애는 아니었다는 것과 이 사건에 있어 X양은 몰라도 적어도 로버타는 무죄하다고 할 수 없다는 점을 강조했다. 지사는 다만 감동된 눈을 크게 뜨고서 그녀를 바라보고 있을 뿐이었다. 그 어머니의 헌신적인 애정, 그 고민, 모든 사실에서 판단하여 자기와 다른 모든 사람에게는 극악무도한 사나이로밖에는 생각되지 않는 그 아들을 자기만은 절대로 그러한 나쁜 인간으로는 보지 않는다고 두둔하는 그 신념…… "지사님, 제 아들은 이제 마음속으로부터 회개하여 그 영혼을 깨끗이 씻어서 하나님에게 바치고는, 우연인지 아닌지는 모르겠습니다만 어쨌든 불행에 빠진 저 불쌍한 처녀의 죽음의 보상을 하려고 정성껏 기도를 올리고 있습니다. 그러한 이때에 제 아들을 희생시킨다고 해서 그것이 어찌 저 가엾은 처녀의 죽음에 대한 보상이 되겠습니까? 뉴욕 주의 수백만의 시민은 그래 자비라는 것을 모르나요? 그 사람들의 대표자로서 지사님께서 시민의 누구나가 다 반드시 가슴속에서 느낄 수 있는 자비의 힘을 실지로 행사해 주실 수는 없으실까요?"

그리피스 부인은 목이 메어 더 말을 계속할 수가 없었다. 그래서 별안간 돌아앉아 목소리를 죽여 가며 울기 시작했다. 월담 지사는 어쩔 수 없는 감격에 흔들려 묵묵히 서 있을 뿐이었다. 정직하고 성실한, 가엾은 어머니! 기회를 놓칠세라 이번에는 맥밀런 목사가 대신 진정하기 시작했다.

"크라이드는 확실히 변했습니다. 형무소에 들어가기 이전이 일은 모릅니다만 감옥 생활을 보내게 된 후부터의 1년 동안에 그 사람은 인생관이 변했고, 하나님과 인간에 대한 의무와 책임에 관하여 깊은 이해력을 갖기 시작했습니다. 따라서 만일 사형이 무기 징역으로 감형만 된다면……."

지사는 극히 진지한 양심적인 사람이었으므로 이 정력적인 이상주의자 같은 맥밀런 목사의 말에 귀를 기울였다. 그의 말은 진실이라고 하는 개념에 관한 지사의 이해가 허용하는 범위 내에서는 의심할 것도 없이 모두가 진실이었다.

"그러나 목사님, 목사님은 그와 형무소에서 오랫동안 자주 접촉해 보셨으니까 잘 아실 겁니다만." 지사가 겨우 입을 열었다. "목사님께선 그 동안 어떤 아직 법정에 제출치 않은 사실로, 지금까지 증언된 사실을 전복시키기에 족한 구체적인 사실이라도 알고 계십니까? 아시다시피 이것은 법적 수속이니까요. 감정만 가지고는 움직일 수 없습니다. 더군다나 특히 이 사건은 1심도 2심도 다같이 똑같은 판결이 내려졌으니까요."

그는 맥밀런 목사의 얼굴을 똑바로 들여다보았다. 맥밀런 목사는 대답을 못 하고는 창백한 얼굴로 덤덤히 지사의 얼굴을 마주 바라보고 있을 뿐이었다. 크라이드가 유죄냐 무죄냐를 결정하는 중대한 책임이 지금 자기의 말에 달려 있는 듯싶었다. 그러나 그가 그런 짓을 할 수 있을까? 크라이드의 고백을 들은 후에 그는 하나님과 법률 앞에 죄를 저질렀다는 것을 이미 단정한 자기가 아니었던가? 크라이드의 유죄를 확신하면서도 사정을 위해서 앞서 한 말을 변경할 수 있을까? 그 말이 하나님 앞에서 진실하고 결백하고 가치 있는 말이 될 수 있을까? 그는 곧 크라이드의 영혼의 조언자로서 크라이드를 배반하는 짓을 해서는 안 되겠다고 결심했다. '너희는 땅의 소금이니 소금이 만일 그 맛을 잃으면 무엇으로 짜게 하리오.' 그는 이렇게 성경의 말을 인용하고서 말문을 열었다. "나는 그의 정신적 조언자로서 다만 그의 정신적인 문제만을 말했을 뿐이지, 법률적인 문제를 만한 것은 아닙니다." 월담 지사는 맥밀런 목사의 태도로 보아 그도 크라이드의 유죄 판결에 대해서는 다른 모든 사람들과 똑같은 생각을 가지고 있다는 것을 깨닫고는 마지막으로 용기를 내어 그리피스 부인 쪽으로 얼굴을 돌렸다. "만일 그 어떤, 내가 아직 모르거나 혹은 아직까지 발견된 사실의 신빙성을 없애 버리는 그러한 확실한 증거가 발견되지 않는다면, 나는 이번의 판결을 그대로 유효라고 인정할 수밖에 딴 길은 없습니다, 그리피스 부인. 매우 죄송하옵니다만 만일 법률을 존중한다면 그 자체로서 충분한 법적 가치를 가지는 이유가 아니고서는 그 결정을 변경할 수는 도저히 없습니다. 될 수만 있다면 나 자신은 판결을 변경시켜 드리고 싶습니다. 될 수만 있다면 부인의 희망을 들어 드렸으면 하고 마음속으로부터 그렇게 생각하고 있습니다."

그는 초인종 단추를 눌렀다. 비서가 들어왔다. 그것은 회담이 끝났다는 것을 의미하는 것이었다. 그리피스 부인은 지사가 자기 아들의 유죄냐 무죄냐에 관하여 솔직하고 중대한 질문을 한 저 결정적인 순간에 뭔가 이상하게도 생각에 잠기기도 하고, 꽁무니를 빼고, 이상하게도 침묵을 지켰다는 사실을 개탄하면서 한마디 말도 없이 다만 고개를 숙이고 있었다. 이제부터 어떻게 하면 좋단 말이냐? 어디로 가서 누구에게 부탁해 보면 좋단 말이냐? 하나님…… 그렇다, 오직 하나님뿐이다. 자기와 자기 아들은 이 지상의 실패와 죽음의 위안을 조물주 속에서 찾아내지 않으면 안 될 것이다……. 그녀가 눈물에 젖어 그러한 생각을 하고 있을 때 맥밀런 목사가 가까이 다가와서 부드럽게 그녀를 재촉하여 밖으로 데리고 나갔다.

그녀가 나간 뒤에 지사는 마침내 비서에게로 얼굴을 돌렸다.

"내 평생에 이렇게 슬픈 의무에 부딪친 적이라곤 난생 처음이군. 일평생 잊혀지지 않을 것 같은데." 그는 창 너머로 쓸쓸한 2월의 눈 경치에 시선을 주었다.

이리하여 크라이드의 생명은 앞으로 2주일밖에는 남지 않았다. 이 최후 결정이 우선 맥밀런 목사의 입에서 크라이드에게 전달되었는데, 그때에는 어머니도 동행하고 있었으므로 크라이드는 그 말을 듣기도 전에 벌써 어머니의 얼굴에서 모든 것을 짐작할 수 있었다. 그리고 맥밀런 목사가 다시 한 번 하나님의 위안과 평화에 관하여 설교를 하고 있을 때에 크라이드는 안절부절못하며 방안을 왔다갔다하고 있었다. 이제 곧 죽지 않으면 안 된다고 하는 비장한 통지를 받은 그는 과거의 불행한 생애를 마음껏 회상해 보고 싶었던 것이다. 소년 시절, 캔자스시티, 시카고, 리커거스로, 버타와 손드라, 그녀들과 그녀들을 둘러싸고서 생긴 여러 가지의 장면이 주마등처럼 그의 눈앞을 지나갔다. 극히 얼마 안 되는 짧고 찬란한 밀도가 짙은 순간. 그가 리커거스에서 손드라를 만난 이래로 차례차례로 증대해 간 충족을 모르는 강렬한 욕망. 그리고 끝내는 이 꼴이 되고 말았고, 이제는 이것마저 끝나려고 하고 있는 것이다. 아아, 나는 아직 참다운 인생을 시작도 하기 전이 아닌가! 그리고 최후의 2년은 이 좁은 감옥의 담벼락 안에서의 비참한 생활이었다. 2년 동안에 시간은 간단없이 흘러 버려 14개월, 13개월, 12개월, 11개월, 10개월, 9개월, 8개월로 줄어들다가 이제는 열병에 걸린 듯한 며칠이 남아 있을 뿐이다. 그 며칠 동안도 날 듯이 사라져 버릴 테지. 그러나 생명이 ―― 생명이 없이 태양과 비, 일과 연애, 정력과 욕망의 아름다움도 도대체 무슨 소용이 있겠느냔 말이다. 아아, 죽고 싶지 않다, 정말 죽기는 싫다! 어머니와 맥밀런 목사는 어쩌자고 저렇게까지 끈덕지게 하나님의 자비에 감사하라는 둥 하나님의 일을 생각하라는 둥 권고하는 것일까. 모든 것이 다 끝난 이 판국에. 맥밀런 목사는 아직도 그리스도와 내세에만 참된 평화가 있다고 주장하고 있다. 그것은 그럴지 모르지만……그런 것보다 목사는 어쩌자고 지사 앞에서 내가 죄를 저지르고 있지 않다는 말을 해주지 못했을까? 왜 적어도 전부가 내 죄만은 아니라는 말을 못했을까? 조금만 마음을 써 주었다면 아마 지사도 나를 무기징역으로 감형시켜 주었을 것이다……. 왜냐하면 크라이드는 맥밀런 목사가 지사에게 어떠한 식으로 이야기했는가를 어머니한테서 듣고 있었기 때문이다. 하기야 그는 아직 맥밀런 목사에게 모든 것을 고백했다는 말을 어머니에게 하고 있지 않았다. 어머니의 이야기에 의하면 맥밀런 목사는 자신이 참된 인간이 되려고 열심히 하나님에게 기도를 올리고 있다고 말했다는데, 그러나 그에게 죄가 없다는 말은 하지 않은 모양이다. 크라이드는 그 말을 듣고서 어찌하여 맥밀런 목사가 자기를 위해서 좀더 양심적인 변명을 해주지 않았을까 하고 이상하게 생각했다. 슬펐다. 실망이 되었다. 자기의 인간적인 너무나도 인간적인, 따라서 그릇된 이 갈망을 ―― 자기와 같이 무수한 사람들과 고민한 이 갈망을 아무도 이해해 주지 못하는가? 아무도 믿어 주지 못하는가?

그러나 한층 더 불리한 것은, 월담 지사가 최종적인 질문을 했을 때 맥밀런 목사가 대답한 것, 혹은 시원스런 대답을 못 했다는 점 등에서 추측하여 ── 그는 나중에 그리피스 부인의 질문에 대해서도 똑같은 답변을 되풀이한 것이지만 ── 어머니는 최초의 추측대로 크라이드가 정말로 죄를 저지른 것이 아닌가 하는 위구심(危懼心)에 몰리기 시작한 것이었다. 그리고 어머니는 그 점을 그에게 따지기 시작했다.

"얘야, 크라이드야, 네가 아직도 자백하지 않은 무엇이 있거든 네가 이 세상을 떠나기 전에 모두 자백해야 한다."

"저는 하나님과 맥밀런 목사님 앞에서 모든 걸 자백했습니다, 어머니. 그래도 아직 부족합니까?"

"아니다, 크라이드야, 너는 세상 사람에게 죄를 저지르지 않았다고 단언했지? 만일 죄를 저질렀다면 감춰선 안 된다."

"그렇지만 제 양심에 비춰 봐서 부끄러운 데가 없다면 그것으로 족하지 않습니까?"

"아니다, 크라이드야, 그것은 안 될 말이다. 하나님의 말씀이 그렇지 않다고 하신다면 그것은 역시 옳지 않은 일이다." 그리피스 부인은 심한 불안에 가슴을 눌리는 듯한 생각으로 따지고 들었다. 그러나 크라이드는 그때 입을 꾹 다물고는 그 이상 아무 말도 하지 않았다. 자기가 혼자서 생각해 봐도, 또는 맥밀런 목사에게 고백해 봐도 시원하게 해답을 얻을 수 없었던 저 풀 수 없는 수수께끼를 어머니나 세상 사람과 의논해 본들 무슨 수로 풀어 낼 수 있겠느냐고 생각한 것이다. 결국 해결이 될 수 있는 문제는 아니었다.

그러나 그가 어머니에게 그것을 고백하지 않은 것은 어머니에게 커다란 타격을 주고 어머니를 괴롭히는 결과가 되었다. 이 애는 죽음을 눈앞에다 놓고서 이미 맥밀런 목사에게는 고백한 듯한 것을 어찌하여 어머니한테는 고백할 수 없다는 것일까? 이것도 자기에게 주어진 하나님의 시련일까? 그러나 크라이드는 과거의 죄가 어찌 되었든 이제는 하나님의 앞에서 회개하고, 마음을 깨끗이 하고는 조물주를 만날 마음의 준비를 하고 있다고 한 맥밀런 목사의 말을 생각해 내자 그녀는 얼마간 가슴속이 후련해지는 것만 같았다. 아아, 위대하신 하나님! 자비로운 하나님. 하나님의 가슴속에는 평화가 있다. 마음도 영혼도 하나님과 더불어 평화로운 자에 있어선 죽음도 삶도 보잘것없는 것이 아닌가. 앞으로 몇 해만 있으면, 아주 조금만 기다리면 어머니와 아버지가,

그 밖에 그의 자매와 동생이 그와 함께 있게 된다. 그리고 지금의 그 비참한 경우도 모두 깨끗이 잊혀지고 말 테지. 그러나 그렇게 하려면 하나님의 평화를 얻지 못한다면…… 하나님의 존재와 사랑과 자비를 마음속으로부터 깨닫지 못한다면…… 그녀는 이제야말로 기쁨에 못 이겨 견딜 수가 없는 심정이었다. 크라이드의 눈으로 볼 때에는 미치광이의 그것으로밖에는 생각되지 않는 기쁨이었다. 그러나 그의 마음의 평화를 기도하고, 몹시 그것을 걱정하고 있는 어머니의 모습을 보자, 그는 어머니가 자기의 진정과 소원을 거의 이해하고 있지 않다는 것을 역력히 본 것만 같은 생각이 들었다. 그는 저 캔자스시티에서 여러 가지 것을 동경하고 꿈에 그려 보았지만 무엇 하나 소망이 달성되지 못했다. 그에게는 옷과 돈이 가장 중요한 것으로 생각되었다. 그리고 다른 애들이 대개는 자기가 부러워하는 것을 가지고 있고, 제 마음대로 놀고 있는데, 자기만이 초라한 꼴로 거리에 서 있게 된 처지를 얼마나 한탄했는지 모른다. 이 세상에서 저 거리에 서 있는 것보다도 더 싫은 일이 어디 있을까 싶었다. 그의 어머니에게 있어선 정말로 굉장한 일이었던 저 전도 생활도 그에게는 정말로 따분하고 싱겁기 짝없는 일이었다. 그러나 그것은 잘못된 생각이었을까? 하나님은 이제 그것에 노하고 계시는 것일까? 어머니가 자기에게 여러 가지로 가르쳐 준 것은 옳은 일이었을지도 모른다. 만일 자기가 어머니의 가르침을 지키고 있었다면 분명히 이런 처지에 빠지게 되지는 않았을 것이다. 그러나 죽음이 다가온 지금, 무엇보다도 그가 동정을 구하고 있는 이때——아니, 동정 이상으로 자기에게 대한 참된 깊은 이해를 갈망하고 있는 이때——어머니는 그를 사랑하고, 동정하고, 자기를 희생해서라도 그를 구해 내려고 있는 힘을 다하고 있는 이때——그가 자기 어머니인 그녀를 믿지 못하고, 사건을 있는 그대로 털어 놓을 수 없다는 것은 이 얼마나 불합리한 일이냐? 두 사람 사이에는 이해의 결여(缺如)에 의하여 생긴 넘을 수 없는 울타리가, 뚫을 수 없는 담벼락이 있는 것만 같았다. 그녀는 안락과 사치, 미모와 연애, 극장과 파티와 부와 지위, 그의 선천적인 열렬한 야망과 욕망에 엉킨 그 독특한 연애에 대한 그의 동경을 절대로 이해하지 못할 것이다. 그녀는 그 모든 것을 죄악이라고 단정할 것이다. 그리고 로버타나 손드라와 맺어진 저 치명적인 관계의 모든 것을 간음——음탕——혹은 나쁜 짓이라고 부를 테지. 그리고 그가 아주 나쁜 짓을 했다고 후회하기를 기대하고, 그가 전면적으로 회개할 것을 원하고 있는 것이지만——확실히 그는 어머니와 맥밀런 목사에게 자못 후회하고 있는 듯한 말을 했지만——마음속으로부터 그렇게 생각하고 있는 것은 아니었다. 그는 이제 하나님 앞에서 평화와 위안을 구하고 싶다는 생각이 간절했지만 그것조차도 될 수만 있으면 어머니의 이해와 동정에 가득 찬 마음속에서 구하고 싶었던 것이다. 만일 될 수만 있다면…….

아아, 이 얼마나 비참한 이야기냐! 그는 앞으로 얼마 남지 않은 순간을——날은 바람처럼 흘러 가는데——어머니와 맥밀런 목사와 함께 보내면서도 전혀 자기를 이해시키지 못한 채 고독 속에서 괴로움을 당하지 않으면 안 되었던 것이다.

그러나 그것 이외에도 더욱 불리한 조건이 있었다. 그것은 그가 여기 감금된 채 꼼짝도 할 수 없다는 것이었다. 여기에는 정말로 무서운, 어떤 일정한 조직이 있었다. 그는 그것을 오랫동안에 걸쳐 체내에서 느끼게끔 되었다. 그것은 무쇠의 조직이었다. 그리고 그것은 기계처럼 인간의 감정을 빼버린 채 자동적으로 움직이는 것이었다. 저 간수들! 그들은 편지를 갖다 주거나, 건강 상태를 물어 보거나, 친절하긴 하지만 전혀 진실미가 없는 말을 건네 주거나, 죄수들을 운동장과 목욕탕으로 끌고 나가 다소의 위안을 주기는 했지만——그들도 역시 쇠의 한 부분에 지나지 않았다——죄수를 담 사이에 감금해 눌러 두기 위한 자동식 기계에 지나지 않았다. 반항하는 자가 있을 경우에는 죽일 용의가 되어 있는 기계. 그러나 그것은 항상 죄수를 압박하는 도망갈 길이 없는, 다만 전진할 수밖에 없는 장소에서 저 조그마한 문을 향하여, 그리고 끝내는 죄수를 그 구석으로 밀어 넣어 다시는 돌아올 수 없도록 문을 닫아 버린다. 이 이상 다시는 돌아올 수 없도록!

그는 그런 것을 생각할 때마다 안절부절못해 벌떡 자리에서 일어나 방안을 빙빙 돌아다녔다. 그리고 그 후에 늘 자기 죄에 관하여 어리둥절하는 것이었다. 로버타에 관한 생각과 그가 그녀에게 저지른 죄에 관한 생각을 해보려고 애를 썼으며, 심지어는 성경을 읽어 보려고까지 했고, 쇠침대 위에 얼굴을 파묻고는 몇 번씩 몇 번씩 이렇게 기도를 올렸다. "하나님, 저에게 평화를 주옵소서. 광명을 주시옵소서. 나의 사악한 생각을 몰아 낼 힘을 주시옵소서. 제가 전혀 무죄가 아니었다는 것은 저도 잘 알고 있습니다. 그렇습니다, 저는 제가 죄를 음모했음을 잘 아옵니다. 그렇습니다. 그대로입니다. 고백하겠나이다. 그러나 이제 정말로 저는 죽어야만 하는 것일까요? 구원은 없을까요? 하나님, 당신께선 저를 구해 주실 수 없으실까요? 어머니의 말과 같이 주님은 저를 위하여 나타나 주지 않으시렵니까? 지사의 마음을 돌려 저의 사형을 무기징역으로 감형되도록 해주심을 비옵나이다. 맥밀런 목사가 그 마음이 변하여 지사를 다시 한 번 심방하도록 해주시오며, 저의 어머니도 그러하도록 해주심을 비옵나이다. 저는 저의 죄 많은 모든 생각을 저의 영혼으로부터 몰아내려고 합니다. 저는 전혀 딴 사람이 되고자 하옵니다. 아아, 참으로 그러하옵니다. 주님께서 저의 목숨을 아껴 주신다면 반드시 그리하오리다. 저를 죽게 하지 마옵소서. 이렇게 이렇게, 빨리. 제발 그러지 마시옵기를 비옵나이다. 비옵나이다. 제발 저에게 이해와 신앙과 기도할 수 있는 힘을 주옵소서. 제발 비옵나이다!"

어머니와 맥밀런 목사가 지사를 방문한 후부터 거의 최후의 순간까지의 짧은 공포에 가득 찬 매일매일을 크라이드는 이렇게 생각하고 기도를 올리며 보냈다. 그러나 아무리 기도를 올려도 내세에 대한 반신반의적인 감상과 죽음의 불안은 늘어 갈 뿐이었고, 어머니와 맥밀런 목사의 신앙과 감동에 한층 더 마음이 어리둥절해져 끝내는 그러한 것들이 하나의 위협이 되어 그를 엄습해 온 것이다. 맥밀런 목사는 그 동안 거의 매일같이 크라이드를 찾아와 하나님의 자비에 관한 해석을 설명하고, 완전한 신앙의 필요를 역설하며, 최후에는 크라이드가 드디어 완전한 신앙과 평화를 얻게 되었다고 생각한 모양이었다. 이렇듯 크라이드는 맥밀런 목사와 어머니의 요구에 따라, 맥밀런 목사의 지도와 감독하게 세상 사람들, 특히 그와 동년배의 청년에게 보내는 성명서를 다음과 같이 작성했다. 하기야 그 문장의 몇 줄은 맥밀런 목사가 그가 보는 앞에서 동의를 얻어 변경한 것이었다.

죽음의 골짜기의 그늘 속에서 내 소원은, 오직 내가 개인의 구세주이시며 변함없는 친구인 예수 그리스도를 발견했다는 것에 관한 모든 의문을 제거하기 위하여 전력을 다하고 싶다고 생각할 뿐입니다. 그리고 이제 내가 유감스럽게 생각하는 바는 이제까지 하나님을 위하여 일을 할 기회를 가지고 있으면서도 그것을 가볍게 여기고 있었다는 사실입니다.

만일 나의 서툰 말이 젊은 세대의 사람들을 하나님에게 접근시킬 수 있다면 그것은 나에게 허락된 가장 큰 특권이라 생각합니다. 그러나 내가 지금 하고 싶은 말은 오직 다음과 같은 말에 귀착될 뿐입니다. 나는 내가 누구를 믿었는지를 압니다. 하나님을 배반하여 내가 저지른 죄를 하나님은 그날에 용서해 주실 것을 믿습니다. (이것은 맥밀런 목사가 늘 그에게 인용하여 들려준 문구였다.)

만일 이 나라 청년들이 기독교도로서의 생활의 행복과 환희를 알 수만 있다면 반드시 그들은 열렬한 기독교도가 되기 위하여 모든 노력을 아끼지 않을 것이며, 예수의 가르침에 따라 살고자 노력할 것입니다.

나는 나의 죄가 용서되었음을 알고 있으며, 내가 하나님과 만나는 것을 방해할 자라곤 이제는 하나도 없습니다. 왜냐하면 나는 자유롭고 솔직하게 나의 영혼의 조언자와 더불어 이야기할 수가 있으며, 하나님도 또한 나의 마음속을 샅샅이 알고 계시기 때문입니다.

아아, 이제 나의 임무는 끝났으며, 승리는 얻어졌습니다.

크라이드 그리피스

이 성명서를 끝마치고 나서 이제까지 크라이드의 특색이었던 반항적 기분과는 천양지판인 이 성명서의 내용에 적지않게 놀라면서 그것을 맥밀런 목사에게 주었다. 맥밀런 목사는 그것을 읽는 그 즉시로 승리와 감격에 압도되어 떨리는 목소리로 다음과 같이 외쳤다. "승리는 그대의 것입니다, 크라이드 군. '오늘 너는 나와 더불어 천국에 있으리라.' 그대는 하나님의 말씀을 체득한 것입니다. 그대의 영혼도 육체도 이젠 하나님의 것입니다. 아아, 하나님의 이름을 영원토록 찬양할지어다."

감격에 넘친 그는 힘껏 크라이드의 손을 붙잡고 그것에 키스를 하고, 그를 자기의 품안에 꼭 껴안으면서 다음과 같이 말했다. "나는 정말 기쁘오. 하나님은 그대에게 진리를 주셨소. 하나님의 구원의 힘을. 나는 그것을 알 수 있습니다. 그대가 세상 사람에게 외친 말은 곧 그대로 하나님이 세상 사람에게 가르쳐 주신 말씀입니다." 그리고 크라이드의 사후에 발표하겠다는 양해하에 그것을 공손히 받아 포켓 속에 넣었다. 그러나 크라이드는 그런 것을 쓰면서도 아직 반신반의였다. 나는 정말로 구원을 받은 것일까? 이렇게 빨리? 지금 자기가 성명서에서 발표한 거와 같은 그런 절대적 평안을 가지고 하나님을 신뢰할 수 있을까? 인생이란 참으로 기묘한 것이다. 미래도 참으로 애매한 것이다. 정말로 내세라는 것이 있을까? 맥밀런 목사와 어머니가 주장하는 것처럼 나는 정말로 하나님의 환영을 받게 될 것인가?

처형을 이틀 앞두고 그리피스 부인은 너무도 안타까운 나머지 참다 못해 데이비드 윌담 지사에게 다음과 같은 전보를 쳤다. "지사님께서는 과연 크라이드의 유죄를 조금도 의심하지 않는다고 하나님에게 맹서하여 단언할 수 있습니까? 곧 전보로 대답해 주십시오. 만일 단언하실 수 없다면 지사님은 내 아들의 피벼락을 맞으실 겁니다. 크라이드의 어머니로부터." 지사의 비서 로버트 페슬러로부터 곧 회전이 왔다. "윌담 지사는 항소원 판결에 간섭할 수 없다고 생각합니다."

마침내 마지막 날, 마지막 시각이 왔다. 크라이드는 구사형수 감방으로 이감되어 거기서 면도를 하고 목욕을 한 다음, 검은 바지를 입고, 나중에 목을 열어 놓기 위해서 칼라가 없는 흰 와이셔츠를 입고, 새 펠트 슬리퍼와 회색 양말을 신었다. 그러한 복장을 한 뒤에 크라이드는 마지막으로 어머니와 맥밀런 목사와의 면회가 허락되어, 그들은 저녁 여섯 시부터 마지막 새벽 네 시까지 크라이드의 곁에 하나님의 사랑과 자비의 말씀을 설교해도 좋다는 허락을 받았다. 이리하여 다음날 아침 네 시에 간수가 와서 시간이 되었다는 것을 알리고, 그리피스 부인을 향하여 크라이드를 맥밀런 목사에게 맡기고 돌아가라고 권고했다. 잔인한 말씀 같지만 이것도 규칙이니까 할 수 없습니다 하고 간수는 변명 비슷하게 말했다. 크라이드는 가슴을 찢어 발기는 듯한 마음으로 잠시 말 없이 고개를 숙이고 있었지만 다음 순간 겨우 어머니에게 마지막 이별의 인사를 고할 수 있었다.

"어머니, 제가 아주 달관된 만족스러운 마음으로 죽어 간다는 것을, 제발 믿어 주십시오. 이젠 죽는 것이 그렇게 괴롭진 않습니다. 하나님은 제 기도를 들어주셨으니까요. 저에게 힘과 평화를 주셨으니까요." 그러나 그는 마음속에서는 자기 혼자, '정말 그럴까?' 하고 다시 한 번 반문해 보는 것이었다.

그리피스 부인의 목소리가 떨렸다. "그래 그래, 나는 잘 안다. 잘 알아. 나에게도 신앙이 있으니까 말이다. 나의 구세주는 살아 계셔 너를 구원해 주신다는 것을 나는 잘 안다. 우리는 죽지만, 영생할 것이다!" 그녀는 하늘을 우러러본 채 발이 땅에 박힌 것처럼 잠시 꼼짝도 못 하고 있었다. 그러다가 별안간 아들에게로 몸을 돌려 그를 품안에 끌어당겨 꼭 껴안으면서 귓속말로 이렇게 말했다. "아아, 크라이드야……." 그러나 목소리가 끊어져 숨이 막히고 말았다. 아들에게서 떠나든지 그렇지 않으면 그 자리에 쓰러져 죽을 때까지 그 전신의 힘이 아들 속으로 흘러들어가려는 것처럼 보였다. 그러나 얼마 후에 헤어져야 할 때가 왔다는 것을 깨닫자 쓰러질 듯이 하여 몸을 떼었다. 그러고는 몸을 돌리고 휘청거리는 걸음으로 간수 앞으로 걸어갔다. 옆에서 기다리고 있던 소장이 그녀를 부축해서 데리고 나가 이 마을의 맥밀런 목사의 친구의 집에다 맡겼다.

아직도 캄캄한 한겨울 새벽—마지막 순간이 다가와—간수들이 와서 먼저 금속판을 넣을 수 있도록 그의 오른쪽 바짓가랑이를 세로로 찢고 나서 다음에는 독방 앞쪽의 커튼을 내리쳤다 "시간이 되었나 봅니다. 자, 용기를 내시오." 간수가 또다시 접근해 온 것을 보고서 이렇게 말한 것은 맥밀런 목사였다. 그 곁에는 이제 깁슨 목사도 붙어 있었다.

크라이드는 이제까지 맥밀런 목사가 그 옆에 앉아서 〈요한복음〉 14장, 15장을 읽는 것을 듣고 있던 그 침대에서 조용히 일어섰다. "너희는 마음에 근심하지 마라, 하나님을 믿으니 또 나를 믿으라." 그 다음 마지막 행진이 시작되었다. 오른쪽에 맥밀런 목사가 따르고, 왼쪽에는 깁슨 목사가, 그리고 앞과 뒤에는 간수가 따랐다. 그러나 이럴 때에 늘 외는 기도 대신에 맥밀런 목사는 다음과 같은 성경의 1절을 읽으며 따라갔다.

"하나님의 능하신 손 아래서 겸손하라. 때가 되매 너희를 높이시리로다. 너의 번뇌를 다 주께 맡기라. 하나님의 자비가 너를 돌보심이니라. 마음을 편안히 하라. 하나님의 길은 어질고 의롭도다. 하나님은 예수 그리스도로 말미암아 그 영원한 영광 속으로 우리를 부르셨나니. 우리들 또다시 고난을 받을 리 만무하리라. 나는 길이요 진리요 생명이니 나로 말미암지 아니하면 아버지께로 올 사람이 없노라."

그러나 크라이드는 처음 문을 지나 똑바로 처형실로 향하는 복도로 들어섰을 때 뒤에서 여러 목소리가 이구동성으로, "잘 가오, 크라이드" 하는 작별인사 소리를 들었다. 그리고 웬일인지 속세에 돌아온 것만 같은 생각이 들어 힘을 짜내어 대답했다.

"여러분, 안녕히들 계시오."

그러나 그 자신이 듣기에도 그 목소리는 이상하게도 멀리서 들려오는 것처럼 희미하게 들렸다. 그의 입에서 나온 목소리가 아니라 함께 걸어가는 누군가 가만히 속삭인 듯한 먼 소리였다. 그의 두 다리는 걷고 있었지만 그것은 마치 자동적으로 움직이고 있는 것만 같았다. 그리고 그는 문 쪽을 향해서 밀려 가면서 늘 많이 들어서 아주 귀에 익은 발 끄는 소리를 의식하고 있었다. 이제는 다 왔다. 문은 열려 있었다. 보인다, 이제까지 몇 번씩 꿈속에서 본 그 의자가――그가 얼마나 무서워하고 있었는지 모르는 의자가. 그리고 지금 그가 거기 앉지 않으면 안 될 그 의자가 마침내 나타난 것이다. 그는 그쪽으로 자꾸만 밀려 갔다. 다음 순간 그를 맞이하려고 열려 있던 문이 재빨리 닫히고, 그가 알고 있던 일체의 지상 생활에 막이 내려졌다.

십오 분쯤 지나서 지칠 대로 지친 창백한 얼굴로 기운 없이, 그리고 마치 현기증이 난 듯한 기운 없는 걸음걸이로 터벅터벅 차디차게 보이는 형무소의 옥문을 걸어나온 사람은 단칸 맥밀런 목사였다. 늦은 겨울의 이른 아침은 아직도 그 자신의 얼굴처럼 희미하고 약하며 으슬으슬하게 얼어붙어 있었다! 죽었다! 바로 아까만 해도 그와 나란히 부들부들 떨면서도 무엇을 깨달은 것 같은 얼굴로 걸어가고 있었는데……크라이드는 이제는 죽고 말았다. 법률! 감옥! 크라이드가 기도를 올리자 그 즉시로 놀려 대고 있던 극악인들. 그러나 저 고백은……정말로 그는 하나님의 지혜를 받고서 그런 고백을 할 생각이 난 것이었을까? 저 크라이드의 눈! 마지막으로 크라이드의 머리에 그 모자가 씌워지고, 전류가 통해졌을 때 맥밀런 목사는 거의 기절 상태에 있었다. 그리고 방을 나올 때 발이 떨리고 현기증이 나서 간수의 부축을 받지 않으면 안 되었다. 그러한 그에게 크라이드는 얼마나 의지하려고 했던가. 그때 자기도 하나님에게 기도를 올려 그 힘에 의지하려고 애를 썼건만…… 아니, 지금도 계속 기도를 올리고 있다.

그는 고요히 잠들어 있는 거리를 걷기 시작했지만 곧 걸음을 멈추고는 나무에 기대어 쉬어야 했다. 나뭇가지에는 잎이라곤 하나도 없고, 겨울거리는 그렇게도 쓸쓸하고 처량한 풍경이었다. 크라이드의 눈! 저 무서운 의자에 쓰러지듯 앉을 때의 그 얼굴. 겁을 먹고 눈을 깜박거리지도 못한 그 눈――그 눈을 딱 부릅뜨고 자기와 자기 주위 사람들을 호소하는 듯이 노려보았다.

자기는 과연 정당히 일을 처리했는가? 월담 지사 앞에서 취한 자기의 태도는 진실로 건전하고 공평하고 인자했는가? 그때 자기는 어쩌면 크라이드를 그렇게 하게 한 여러 가지 원인에 관하여 설명해야 할 것이 아니었던가……. 자기는 두 번 다시는 마음의 평화를 얻을 수 없을지도 모른다.

"나 구세주의 세상에 있으며 그날이 올 때까지 그를 지켜 주심을 아노라."

그가 그리피스 부인이 있는 구세군인 프란시스 골트 목사 집까지 걸어가는데 아마 두서너 시간은 걸렸을 것이다. 그녀는 하나님의 품안에 안겨 있는 아들을 마음속에 그리면서 네 시 반부터 계속해서 지금까지 기도를 올리고 있었다.

"나는 내가 믿는 자를 아노라!" 그녀의 기도 속에 이런 구절이 있었다.

회상곡

어느 여름날의 해질 무렵.

샌프란시스코의 번화가의 높은 벽이 저녁 그늘 속에 드높게 회색을 띠고 솟아 있었다.

하룻동안의 소음이 다소 고요해지기 시작한 시장의 남쪽 큰 거리를 일행 다섯 명이 올라오고 있었다. 하나는 예순 살쯤 되어 보이는 키가 작고 체격이 큰 사나이, 그러나 얼굴의 살이 쭉 빠지고, 특히 얼굴빛이 창백하고 눈이 침침하여 마치 시체를 보는 것만 같았다. 다 낡은 둥근 펠트 모자 밑으로부터 텁수룩한 흰 머리털이 빠져 나왔고, 어디로 보나 아무 존재도 없는 인생에 피로한 노인이었다. 이 노인은 가두 설교사나 성가대가 곧잘 사용하는 조그마한 휴대용 풍금을 어깨에 지고 있었다. 그와 나란히 그보다는 다섯 살쯤 젊어 보이는데, 키는 훨씬 더 크고, 어깨가 그리 넓지는 않지만 체력이 튼튼해 보이는 여자가 걸어오고 있었다. 머리는 역시 백발이고, 몸에 아무 변화도 없는, 그저 옷도 보닛 모자도, 구두도 두루 검은 색 일색이었다. 그 얼굴은 남편의 얼굴보다도 좀 넓고 개성적인 데가 있지만 인생의 가난과 고초로 말미암아 좀 더 깊은 주름살이 잡혀 있었다. 이 밖에 그녀 옆에는 성경과 찬송가책을 손에 든 소년이 따라가는데 나이는 7, 8세 가량으로, 눈이 둥그렇고 활발해 보였다. 보기에도 그 노부인과는 정이 들었던지 떨어질세라 총총걸음으로 따라가고 있었다. 귀여운 씩씩한 걸음걸이였다. 그러나 보기에도 초라한 옷차림이었다. 이들 세 사람보다 뒤떨어져서 안색이 나쁜 그다지 미인이 아닌 27, 8세 가량의 여자와 50세 가량의 부인이 따라간다. 얼굴이 닮은 것으로 보아 모녀 같았다.

태평양 여름 바람에 후덥지근한 것이 몹시도 무더웠다. 그들은 마켈 가까지 당도하자 걸음을 멈추고는 교통순경의 신호를 기다리고 있었다. 전차와 자동차와 트럭들이 반대 방향으로 끊임없이 흘러 가고 있었다.

"러셀아, 내 옆에서 떨어져선 안 된다. 할머니 손을 꼭 붙잡고 있어."

"그렇지, 여긴 교통이 점점 복잡해 가는 것만 같애" 하고 노인이 맞장구를 쳤는데, 약하고 조용한 목소리였다.

전차들이 지나갈 적마다 종을 울리고, 자동차들은 연방 뻥뻥 소리를 요란스럽게 지르고는 쏜살같이 달아나곤 했다. 그러나 이 작은 일행은 길을 건너려는 굳은 결심밖에는 아무 생각도 없는 모양이었다.

"가두 전도사로군." 지나가던 은행원이 현금출납계의 여자 친구에게 하는 소리였다.

"그래요. 거의 매주 수요일 밤이면 꼭 만나요, 저 장소에서."

"쯧, 저 어린애가 가엾어. 저런 애가 저렇게 끌려다니니. 그렇죠, 엘라?"

"글쎄 말예요. 만일 내 동생이 저런 꼴을 당하게 되면 난 불쌍해서 차마 그대로 보고 있을 순 없을 거예요. 좌우간 저런 어린애에게 저게 무슨 꼴입니까, 글쎄?" 엘라라는 젊은 처녀가 일행을 쳐다보면서 이렇게 대답했다.

그들은 교차점을 건너 첫번 네거리에 도달하자, 발을 멈추고는 이젠 목적지에 도착했다는 안도감으로 주위를 살펴보았다. 노인이 풍금을 내려놓고 뚜껑을 열고는 그 위에 조그마한 악보가(樂譜架)를 적당히 늘어 놓았다. 그와 동시에 노파는 손자에게서 성경책과 찬송가책들을 받아 성경책은 남편에게 주고, 찬송가책들은 한 권씩 가족들에게 나누어 주고 나서야 마지막으로 자기도 한 권 들었다. 노인은 막연히, 그러면서도 자신 있는 눈초리로 주위를 둘러보다가 마침내 입을 열었다.

"오늘 저녁은 276장 〈반석같이 튼튼하오니〉부터 시작합시다. 자, 그러면 스쿠프 양 풍금 시작."

두 여자 중 젊은 여자──여위고 자못 생기가 없어 보이는 초라한 몸차림을 한 여자, 게다가 까칠한데다가 얼굴이 모가 나고 투박하며, 대자연은 이 여자에게 좋은 것이라고는 아무것도 준 것이 없는 모양이었다──가 누런 휴대용 의자에 걸터앉아 음을 조절하고 나서 지정된 곡을 타기 시작했다. 일행은 이

곡조에 맞춰서 찬송가를 부르기 시작했다.

이럭저럭하는 동안에 여러 직장과 외출에서 집으로 돌아가는 사람들이 이 도시의 번화가 바로 근처에 자리잡고 있는 이들을 보고, 가던 길을 잠깐 멈추고는 무슨 일일까 하고 호기심에 어린 눈초리로 그들을 바라보곤 했다. 그리고 그들이 노래를 부르기 시작하자 그 잡다한 거리의 청중은, 세인의 인생에 대한 회의와 무관심에 공공연하게 대항하여 목청을 돋우고 있는 이 초라한 일행의 기묘한 행동에 흥미를 느끼고는, 그 꼴이 하도 기이하여 어처구니없다는 듯이 이렇게들 바라보고 있는 것이었다. 다 해져빠진 허수룩한 푸른 양복을 입고, 얼굴색이 창백하고 머리가 흰 여윈 노인. 몸은 튼튼해 보이지만 자못 시골티가 가시지 않은 백발이 희끗희끗한 노파. 아직도 청신하여 사회물에 더럽혀지지 않고 순진한 이 소년. 이 어린애가 여기서 하고 있는 일은 무엇일까? 그 밖에 누구 하나 돌봐 줄 사람이 있을 것 같지 않은 저 말라빠진 젊은 노처녀와 그녀와 마찬가지로 마르고 정신 없이 멀거니 서 있는 그 어머니. 이 일행 중에서 노파만은 뛰어나게 지나가는 사람들의 시선을 끌었다. 그녀는 비록 맹목적이든 그릇되었든 간에, 그리고 인생의 성공자는 못 될망정 자기 힘으로 살아 나갈 만한 힘과 결의에 넘쳐 있는 것처럼 보였기 때문이다. 또 그 확신에 넘친 태도는 무식하지만 어딘지 모르게 위엄을 갖추고 있는 점에서 다른 사람들과는 전혀 달랐다. 이 노파가 찬송가를 부르다가 찬송가책을 옆에 떨어뜨리고 하늘 한쪽을 똑바로 쏘아보는 것을 보고 몇 명이 구경꾼들이 수군거리기 시작했다. "저 노파는 어떤 애로가 있든지 간에 아마도 자기의 소신대로 해나갈 사람일 거요, 필경." 그녀가 주장하는 인자한 절대적인 힘의 지혜와 은총에 대한 맹렬한 투쟁적 신앙심이 그 얼굴과 그 일거일동에 역력히 나타나 있었다.

찬송가가 끝난 뒤에 노파가 긴 기도를 올리고, 그 다음 노인의 설교가 있었고, 나머지 두 사람이 하나님이 주신 여러 가지의 은총과 기적을 증언했다. 그것이 끝나자 그들은 찬송가책을 거두고, 풍금 뚜껑을 닫고 오라기로 비끄러매어 노인이 어깨에 짊어졌다. 그리고 그들이 귀로에 올랐을 적에 노인이, "오늘은 잘됐군. 모두 다른 때보다 좀 열심히 듣고 있는 것 같던데" 하자 아까 풍금을 타고 있던 여자가 이 말을 받아 이렇게 대답했다. "네, 그랬어요. 팜플렛이 열한 권이나 나갔거든요. 더구나 어떤 나이가 지긋한 신사가 저보고 전도소의 주소와 집회의 시간 따위를 묻지 않겠어요."

"하나님을 찬송할지어다." 노인이 반색을 했다.

일행은 드디어 전도소로 돌아왔다. 문간에는 '베텔 독립선교단, 희망의 집. 집회 시간——매수요일 및 토요일은 밤 여덟 시부터 열 시까지. 일요일은 오전 열한 시, 오후 세 시, 여덟 시. 누구나 환영함'이라는 간판이 걸려 있었다. 그리고 창마다 '하나님은 사랑이시다'는 현판이 붙어 있었다. 그리고 그 아래에 조그마한 글씨로 이렇게 쓰여 있었다. '기다리는 어머니의 심정을 모르는가.'

"할머니, 나 10센트만 줘, 응? 저 길모퉁이에 가서 아이스크림 사먹을 테야." 이렇게 소년이 졸랐다.

"오냐, 내 그럴 줄 알았다. 러셀아, 그렇지만, 너 곧 돌아와야 한다."

"응, 곧 돌아올게."

그는 할머니가 주머니에서 꺼내 준 10센트짜리 한 닢을 받아들자 곧 아이스크림 가게로 달려갔다.

귀여운 손자. 그것은 그녀의 저물어 가는 인생의 꽃이며 빛이었다. 저 애만은 너무 구속하지 말고, 좀더 친절하고 너그럽게 해주어야겠다. 아마도 너무 심하게 굴었는지 모르겠다. 노파는 이렇게 생각하면서 어린애가 뛰어가는 뒷모습을 애정이 가득 찬 눈으로 물끄러미 바라보고 있었다.

"그 애를 위해서라도 그렇게 하지 않으면……."

러셀을 제외한 그 조그마한 일행은 누런 더러운 문으로 들어가 사라지고 말았다. *

□ 작품론

슬픔과 비극 속에서 찾아낸 아름다움

金 秉 喆(중앙대 명예교수 · 영문학 박사)

1. 드라이저의 일생

드라이저는 1871년 8월 27일 인디애나 주의 살벌한 공업도시 테레 호트(Terre Haute)에서 태어났다.

1844년 독일에서 미국으로 이민 온 아버지 존 폴 드라이저(John Paul Dreiser)는 모직 기능공으로 비교적 교육을 받은 편이었고, 어머니 사라 마리아 샤나브(Sarah Maria Shanab)는 체코에서 이민 온 농부의 딸이었다(이것은 미국 문학에 있어 중대한 의미를 갖는다. 이제까지의 미국 문학의 주류는 모두가 영국계의 사람이었지만 드라이저만이 영국계의 피를 이어받지 않은 최초의 대작가였으리라. 그 이후로 미국 문학은 문화적으로 복잡해지기 때문이다). 아버지는 근면하고 야심적인 사람으로 테레 호트의 모직공장의 감독이 되었고, 1867년에는 독립하여 모직공장을 세웠으나 2년 후에 공장이 화재로 없어지고 화재시에 입은 심한 화상으로 거의 폐인이 되었다. 이때부터 드라이저 가족은 극빈에 허덕이게 되었다. 어린 디어도어는 겨울에 신발도 없이 철도가에서 석탄조각을 주우러 다녀야만 했다. 이러한 가정환경에 반비례하여 아버지의 카톨릭교에 대한 신앙은 더욱 깊어져 거의 광신에 가까웠다. 때문에 자녀들 모두가 교회에서 영영 떠나 버리는 결과를 낳았다. 또한 드라이저의 카톨릭 교회에 대한 분노와 반항감은 이에 기인한다.

드라이저 일가는 이 도시에서 저 도시로 전전하며 집시와도 같은 생활을 보냈다. 형들과 누이들은 교도소에 수감되거나 창녀가 되었다. 아버지에 대한 이러한 반감과는 달리 어머니의 자식들에 대한 사랑은 대단했다. 어머니는 거의 문맹에 가까웠지만 자식들에 대한 사랑만은 절대적이었다. 디어도어는 열세 명의 형제 중 열두번째였다.

이러한 환경에서 자라면서 디어도어는 1885년 15세 때에 두 누이가 살고 있는 시카고로 나왔다. 이때 그는 미국이라는 국가의 새로움에 놀라움과 함께 깊은 감명을 받았다. 그의 대부분의 소설이 도시를 소재로 다루고, 세팅을 도시로 하게 된 것은 이때 받은 충격 때문이었다. 그리고 배금사상에 깊게 물들게 되었다.

중학교에 입학하면서 비로소 그는 문학 작품에 접하게 되었다. 2학년 때 밀프레드 필딩(Milfred Fielding) 선생님으로부터 가장 큰 영향을 받았다. 그녀는 초췌한 모습의 수줍어하는 소년 디어도어에게서 남다른 감수성을 발견하고 역사, 문학, 화학, 물리 등을 가르쳤고, 특히 문학 작품을 읽히고 작문을 쓰도록 격려했다.

필딩 선생님의 격려에도 불구하고, 디어도어는 시카고로 나가기로 결심하고 두 누이를 찾아 식당 종업원, 철물상점의 점원 등으로 전전했으나, 풍부하고 방대한 도시에서 남처럼 부자가 되어 보겠다는 꿈은 좌절되고 말았다. 1889년 철물점으로 그를 찾아온 필딩 선생님은 자신이 학비를 부담하여 그를 인디애나 대학에 입학시켰다. 하지만 1년 후 자퇴한 그는 처음으로 자유로운 지성인의 의미가 무엇이며 사회 생활에서 지식의 중요성이 얼마나 큰가를 깨닫게 되었다.

인디애나 대학을 떠나면서 그는 고향과 작별을 했고, 25년 후에 다시 찾아올 때까지 한 번도 찾지 않았다.

다시 시카고로 돌아와 부동산 소개소에서 일하고 있던 중 어머니가 세상을 떠났다. 그는 그녀의 죽음이 일생 중 가장 큰 심적 타격이라고 했으며 어머니의 죽음과 함께 드라이저 형제들이 가졌던 '가족'이라는 소속감은 끊어지고 말았다. 〈미국의 비극〉에서의 어머니는 이 어머니의 재생이다. 그 후 신문기자가 되기 위해 여러 신문사를 찾아다니던 중 마침내 1892년 21세 때 3류 신문사인 《시카고 데일리 글로브(*The Chicago Daily Globe*)》에 취직이 되었다. 작가로의 길이 트인 것이었다. 그가 깊이 알고 공감할 수 있는 곳은 빈민가였으므로 거기에서 우러나는 빈민들에 대한 동정과 이해를 특종 기사에 담는 데 재능을 보이기 시작하여 작가로서의 눈이 뜨이게 되었다. 동시에 그의 천재성을 발견하여 글을 쓰는 일이 그의 천직이라고 하는 것을 깨닫게 되었다. 경험과 예술이 하나로 된 작가고 그러한 특징은 그의 많은 작품에서도 발견되었다. 그 후 세인트루이스의 《글로브 데모크라트(*Globe Democrat*)》 지와 《리퍼블릭(*Republic*)》 지, 1894년에 오하이오 주 톨리드의 《블레이드(*Blade*)》 지(여기서 편집국장 아서 헨리를 만나 평생의 지기지우가 되었다), 피츠버그의 《디스패취(*Dispatch*)》 지 등을 거친 후 23세 때인 1894년 뉴욕으로 향했다. 그러나 그가 뉴욕으로 떠나기 전 피츠버그의 카네기 도서관에서 플로베르, 발자크의 영역에 접하게 되어 특히 발자크에 감동, 그의 문학 코스에 커다란 영향을 받게 되었다. 또 이때 그가 일생 동안 지워지지 않는 사상적 영향을 받게 되는 또 다른 사람은 허버트 스펜서(*Herbert Spencer*)였다. 스펜서의 《제1원리(*First Principles*)》는 적자생존이라는 다윈의 철학과 같은 것이라는 것을 깨닫게 되었고, T. H. 헉슬리의 《과학과 기독교 전통》을 읽게 됨에 이르러 자기는 불가지하고 무관심한 힘에 의하여 가장 불행한 환경에서 태어났음을 깨닫는 것과 동시에 모든 노력이 결국은 무의미하다는 결론에 이르게 되었다.

톨리도의 《블레이드(*Blade*)》 지 시대에 친교를 맺은 아서 헨리의 권고에 의하여 소설을 쓰기로 결심하고, 아서의 소개로 프랭크 노리스를 알게 된 것이 그의 문학적 출발에 커다란 기연이 되었다. 1898년 노리스는 〈맥티그〉를 발표하여 신진 작가로서 인정을 받게 되었고, 이에 힘을 얻어 제2작 〈문어〉를 집필중에 있었다. 노리스의 권유에 의하여 비로소 드라이저는 장편소설인 〈시스터 캐리〉를 쓰게 되었다. 이 장편은 드라이저의 누이들을 모델로 한 것이며, 그가 어려서부터 보고 느낀 체험에서 비롯된 것이었다. 그의 누이 엠마의 생애는 캐리의 생애와 비슷했다. 드라이저에게는 누이들의 생존경쟁의 투쟁은 선하지도 악하지도 않은 인간이 살기 위해 행하는 불가결의 행동일 뿐이었다. 1900년 5월에 〈시스터 캐리〉를 완성하여 하퍼 출판사에 보냈으나 거절당하고, 그해 11월 8일 더블데이 앤드 페이지 출판사에서 출판되었다. 당시 더블데이 출판사의 편집고문이었던 프랭크 노리스에 의하여 출판이 결정된 것이다. 때마침 더블데이 사장은 여행중이었다. 여행에서 돌아온 그는 부인에게 〈시스터 캐리〉를 보이자 부인은 이 작품의 패륜성(悖倫性) 때문에 출판을 완강히 거절했다. 이때는 이미 계약이 체결된 후였으므로 더블데이 사장도 할 수 없이 출판을 했지만 선전을 전혀 하지 않아 판매고는 650부에 지나지 않았고 드라이저가 받은 인세는 1백 달러도 되지 못했다. 설상가상격으로 이 작품에 떨어진 세평은 한심스런 것이었다. "드라이저는 패륜적인 작가다", "드라이저는 악마의 사도다", "드라이저는 미국 여성을 고의적으로 비방하고 있다" 등등이었다. 이러한 세평에 의해 허무감에 빠진 그는 차차 우울증이 심해지고, 신경쇠약 증세가 병발하여 자살을 시도하기까지 이르렀다. 이후 3년 동안은 전혀 집필을 못 했으며, 다시 소설을 쓰기 시작할 때까지는 10년이 걸렸다. 그 동안 거지 신세가 되어 요양소 신세를 진 적도 있을 만큼 그의 생활고는 말이 아니었다. 요양소에서 건강을 겨우 회복한 그는 1903년 여름에 철도회사의 노동자로 일자리를 얻게 되었다. 이곳에서 만난 노동자들과 그들의 생활은 그에게 또 하나의 경험을 주었다. 어느 날 우연히 적어 보낸 시 한 편이 발표된 데 용기를 얻어 차차 정신적 안정을 되찾았고, 《뉴욕 데일리 뉴스(*New York Daily News*)》 지의 특종기사부 차장으로 취직하게 되었다.

다시 창작에 몰두하게 된 드라이저는 수개월간에 걸쳐 완성한 장편소설 〈제니 게르하트〉를 하퍼 출판사에서 1911년에 출판되었다.

이 장편 역시 그의 체험에서 얻어진 작품이었다. 드라이저 집안만큼 가난한 제니는 한 중년 상원의원의 유혹에 빠져 사생아를 낳고 부호의 아들의 정부가 되는 등 파란을 겪는 이야기로 여기서도 드라이저가 알고 있는 빈민층의 모습이 처참하리만큼 어느 작가 이상으로 잘 묘사되어 있다.

캐리와 제니 사이에는 상당한 차이점이 있다. 캐리는 처음부터 끝까지 사랑을 느낄 줄 아는 여자가 아니었고 여배우로서 성공한 후에도 막연한 불만감에 차 있는 여자인 반면에 제니는 진정으로 사랑할 줄 알고 희생하고 용서할 줄 알며, 용기 있고, 관대하며, 명랑한 여자였다. 제니의 원형은 그의 어머니였다. 그가 표현하려고 한 것은 제니로 하여금 삶의 신비성과 불가지성 내지 무의미함을 충분히 깨닫게 하는 데 있었다. 인간이란 어떠한 힘에 의하여 어쩔 수 없이 움직일 뿐이며, 변화는 있을지언정 진보는 없다고 생각했다. 이 작품은 전반적으로 호평을 받았다. 그 이유는 1900년 이후 10여 년 동안 미국 사회의 진보적 사상의 성장도 한 이유가 되겠으나 이 작품은 내용뿐 아니라 문체에 있어서도 드라이저의 작품 가운데 최대 걸작의 하나였다. 이 작품은 영국에서도 호평을 받았다.

《제니 게르하트》가 발표되었을 즈음 드라이저는 이미 〈천재〉를 쓰기 시작했고, 〈금융업자〉도 반 이상 써 놓고 있었다. 이 작품은 1912년 가을에 출판되었다. 영국과 유럽 각국의 여행기 《40세의 나그네》가 나온 것도 이 무렵의 일이었다. 《금융업자》 외에 1914년에 《거인》이 출판되었는데 이 두 작품은 전작들과는 이질적인 작품이었다.

전작들의 하층계급의 약자들을 응시하던 눈을 돌려 드라이저는 1910년대에 들어서자 사회의 지배자인 실업가의 전형을 그리기 시작한 것이다. 프랭크 카우퍼우드(Frank Cowperwood)라는 니체적 성격의 끝을 모르는 물질욕과 색욕을 그린 것이다.

카우퍼우드를 주인공으로 한 3부작을 드라이저는 〈욕망의 3부작(A Trilogy of Desire)〉이라고 명명하고는 전 2작 외에 세번째 작품 〈금욕주의자〉를 몇 해 동안 중단했다가 결국 1945년 사망할 당시 마지막 한 장만이 미완성으로 있었다. 이 작품을 쓸 당시 드라이저의 인생관 내지 사회관도 많이 달라져 있었고, 미국 사회도 1, 2차 대전을 겪은 후라 카우퍼우드의 인생관도 다소는 변화되어 있었다. 〈금욕주의자〉의 카우퍼우드는 시카고를 떠나 뉴욕을 거쳐 런던에 이르러 런던의 지하철 공사를 완성한다. 여기까지는 청년 때와 다름없는 니체적인 초인이지만 결국에 남는 것은 불가항력의 힘에 의하여 살고 죽는 난쟁이에 지나지 않는다는 허무사상에 빠지고 만다.

1915년 10월에 발표된 드라이저의 다음 작품은 〈천재〉였다. 이 작품은 드라이저가 자신과 같이 전통에 도전하는 일단의 화가들 중에서 에버레트 쉰(*Everett Shinn*)이라는 실제화가를 모델로 한 것 같지만 주인공 유진 위틀러는 드라이저 자신이다. 위틀러는 진화론에 크게 감화를 받고 자연이란 개인 하나하나의 감정이나 소망과는 관계없이 지속되며, 때로는 악의(惡意)가 그 원동력이 될 수도 있다고 생각한다. 그러나 카우퍼우드와는 달리 위틀러는 우주의 어떤 광대한 예지가 꼭 악의에 차 있지만 않고, 다만 무한한 공간이 시작이나 끝이 없이 그저 존재할 뿐이며 인간의 한계성은 이를 이해할 수 없다고 느낀다.

이 작품은 지나칠 정도의 성적 묘사 때문에 법정에 의하여 출판 금지 처분을 받았으나 법원에서의 투쟁 등 5여 년의 세월이 흐른 뒤 1923년에야 자유로

이 판매할 수 있게 되었다.

〈천재〉 이후의 10년간 드라이저는 장편소설 이외의 희곡, 여행기, 자서전, 단편, 스케치집 따위를 쓰다가 마침내 1925년 그의 이름을 세계적으로 유명하게 한 대작 〈미국의 비극〉이 나왔다. 이것은 대성공을 거두었으며 출판 직후 6개월 동안에 2만 5천 부가 팔렸고, 다음해에는 극화되어 두 번씩 영화화되었다. 이 작품에 대한 해설은 뒤에 상세히 시도되겠기에 그 밖의 소설 작품에 관하여 간단히 적어 보겠다.

드라이저는 전기 작품들 외에 희곡집 《범인과 초인》(1916), 단편집 《자유인, 기타 이야기》(1918), 인물평 《12인》(1919), 《여성열전》(1929), 에세이집 《에라 좋다, 둥둥둥》(1920), 자서전으로 《나 자신에 관한 책》(1922), 《나의 신문기자 시대》(1931) 및 청소년 시대의 자서전 《여명》(1931) 등이 있다. 1927년 가을 소비에트 러시아 혁명 10주년 기념제에 초청되어 체류 11주간의 시찰기 〈러시아 견문기〉를 다음해 출간했다. 1929년 공황 후의 사회 불안 속에 점차 좌경화했고, 1931년 11월 캔터키 주 할런 군의 탄광 쟁의에는 직접 시찰단을 지휘하다 고소되었고, 같은 해에는 사회비평 《비극적인 미국》을 출간했다. 그것은 자연주의의 정관(靜觀), 약육강식의 용인으로부터의 큰 변동이며 그의 생애 속에 간직되어 있던 것이 필연적인 전개를 보인 것이라고 전해지지만, 그의 문학적 활동은 거의 중단되어 30년대에 들어서서는 주목을 끌 만한 작품이라고는 한 편도 없다. 다만 1941년에 역시 사회주의적인 평론 《미국은 구해 낼 가치가 있다》를 발표하고, 1945년 12월말 심장병으로 세상을 떠났으며, 유고로 《성채》(1946)와 《금욕주의자》(1947) 두 장편을 남겼다.

이 두 작품은 〈미국의 비극〉 이후에 나온 소설이라는 데 큰 의의가 있다. 특히 드라이저가 좌경화한 후에는 소설을 쓰지 않았기 때문에 주목을 끈 작품들이지만 여기서 그는 종전과는 전혀 다른 세계를 보여 주었다. 그가 취급한 것은 도덕적·종교적 문제였다.

이 작품들에서는 드라이저의 약육강식의 자연주의는 찾아볼 길도 없다. 그는 몇 걸음 전진하고 있는 듯이 보인다. 사회에 의문을 던지는 것을 그만두고는 우주의 질서를 수용하는 태도를 취하고 있다. 사회의 질서에 그 어떤 신성을 인정하고는 그리스도의 박애정신을 느끼고 있다.

제2차 대전의 종식과 함께 그는 모든 국수주의를 버리고 인류가 다 함께 평화롭게 협력해야 하며 그 목적 달성을 위하여 총력을 기울이겠다고 선언할 만큼 정치판이 달라져 있었다. 뿐만 아니라 소련 방문 때만 해도 동양인에 대하여 편견을 가졌던 그가 그 생각에 일대전환을 이룩하여 동양의 정관사상을 극력 찬양하는 자세로 돌아가 그의 미완성 소설 〈금욕주의자〉의 주인공 베레니스 플레밍으로 하여금 인도의 불교에 귀의하게끔 했다. 〈성채〉에서도 이러한 변모는 발견된다. 솔론 반즈라는 퀘이커 교도의 일대기와 솔론의 자녀들과 솔론과의 심각한 알력을 그린 작품이다. 1870년대에 태어나 퀘이커리즘과 그 인생관을 고집하는 솔론은 1900년대 초기의 변해 가는 시대와 이 시대적 감각에 적응하는 자녀들과 인생관의 큰 차이를 느낀다. 솔론은 이러한 신시대에서 구시대의 가치관을 지키는 '성채'며 이 소설은 자연주의에서 벗어난 우화에 가까운 상징적 작품이다. 드라이저는 자연과 우주의 목적이 무엇인지 모르지만 어디엔가 신의 섭리가 숨어 있어 인간의 능력으로는 이것을 도저히 측정할 수 없으며, 다만 받아들일 뿐이라고 했다.

드라이저는 만년에 이르러 솔론 반즈와 같이 우주를 움직이는 신의 섭리에 머리를 숙이고, 그 신성을 인정했다. 그러고는 이 신의 섭리에 의하여 형성되는 모든 인간이 서로 협조하고 사랑해야만 인류의 문명이 존속할 수 있다는 범신론적 사상을 가졌다.

〈성채〉를 완성하기 전부터 쇠약해진 드라이저는 〈금욕주의자〉를 집필할 무렵 건강이 극도로 악화되어, 환각증세를 일으키기까지 했다. 결국 〈금욕주의자〉를 완성하지 못하고 1945년 12월 28일 캘리포니아에서 심장마비로 세상을 떠나고 말았다.

2. 〈미국의 비극〉론

〈미국의 비극〉의 원형에 관한 이야기부터 하자면, 그 소재를 신문기사에서 얻었다는 사실이다. 그 소재는 1906년에 있었던 체스터 질레트 그레이스 브라운(Chester Gillette Grace Brown) 사건이었다. 체스터 질레트는 빈민굴에서 전도관을 경영하고 있는 광신자인 부모 밑에서 자라나 오하이오에서 대학을 2년 만에 자퇴하고 방랑 생활을 하다가 뉴욕 주의 코트랜드(Cortland)에 이르렀다. 코트랜드에는 셔츠 공장을 경영하는 친척이 있어 그 공장에 취직이 되었고 그는 곧 한 여공을 유혹하여 깊은 관계를 맺었다. 한편 그 즈음 코트랜드의 상류사회에 소개되는 영광을 얻었다. 이때 그레이스 브라운이 임신한 것을 알리고 결혼할 것을 요구해 왔다. 체스터는 상류사회에의 꿈이 무산될 위기에 처하자 그레이스를 빅 무즈 호로 유인하여 보트를 탄 후 테니스 라켓으로 머리를 때려 익사시켰다. 체스터는 밀짚모자를 물에 띄워 자신도 익사한 것처럼 가장했으나 얼마 안 가 체포되어 1908년에 사형을 당했다.

이 이야기가 얼마나 농도 있게 〈미국의 비극〉의 원형이 되었나를 좀더 비교해 보기로 하자.

〈미국의 비극〉의 주인공 크라이드 그리피스는 체스터 질레트(Chester Gillette)의 이름과 머릿글자가 같으며 빈민굴의 전도관을 경영하는 부모도 마찬가지다. 체스터와 마찬가지로 크라이드도 가명을 칼 그레이엄(Carl Graham)이라고 썼다. 체스터가 그레이스 브라운을 데리고 간 빅 무즈 호는 빅 비턴 호로 되었고, 체스터의 테니스 라켓은 카메라로 바뀌었다. (실제로 드라이저는 체스터의 행적을 찾아 뉴욕 주 북방의 여러 곳을 답사했고, 살인 현장인 호수와 그레이스 브라운의 집이 있는 시골 마을까지 모두 답사했다.) 그레이스 브라운과 똑같은 크라이드의 애인 로버타 올든(Roberta Alden)도 가난하지만 점잖은 농촌 집안의 출신이었다. 그레이스 브라운이 체스터에게 보낸 애련한 편지들은 로버타의 편지와 거의 같았다. 뉴욕 주의 허키머(Herkimer) 군은 카타라키(Cataraqui) 군으로 이름이 바뀌었을 따름이다.

그 밖에 〈미국의 비극〉은 자서전적 냄새를 짙게 풍기는 작품이다.

소설의 첫머리에서 우리는 그리피스 가의 식구들이 큰 길목에다 풍금을 놓고 찬송가를 부르는 장면을 볼 수 있다. 그리피스 부부는 캔자스시티의 빈민굴에서 전도관을 경영하며 길목에서 찬송가를 불러 얻은 수입으로 살아가는 광신적인 부부다. 그 대열에 끼여 찬송가를 부르는 크라이드는 지나가는 화려한 몸치장을 한 남녀들을 바라보며 모멸감과 동시에 선망을 느낀다.

그 후 행상, 호텔보이 등의 천업을 전전하는 동안 가정에서 느껴 온 좌절감과 열등감과 허황된 꿈이 점점 더 심화된다. 친구들과 술을 마시고 자동차를 몰고 가다가 한 소녀를 죽이는 사고를 내고는 크라이드는 도주하고 만다. 그는 가명을 쓰며 약 3여 년의 방랑 생활을 하다가 시카고에 이르러 어머니에게 편지를 낸다. 그 답장으로 가족의 근황과 뉴욕 주 리커거스(Lycurgus)에 있는 백부 사뮤엘 그리피스(Samuel Griffiths)가 큰 사업가이니 찾아가 보라는 사연을 알게 된다. 시카고의 유니언 클럽이라는 기업인들의 클럽에서 또다시 보이로 일하고 있을 때 그의 백부 사뮤엘 그리피스를 처음으로 만나게 된다. 그 주선으로 백부가 경영하는 셔츠 회사에 취직이 되어 뉴욕 주 리커거스로 이주한다. 백부의 회사에 취직은 되었으나 주위 사람, 특히 백부와 사촌형 길버트의 냉대는 말할 수 없을 정도였다. 백부는 조카를 단 한 번 초대한 후 전혀 초대해 주지 않았고 사촌형 길버트는 노골적으로 적대적인 태도를 보였다. 가문의 실태의 노출을 꺼렸기 때문이다. 크라이드는 백부네 저택의 웅장하고 화려함에 감탄해 마지않는다. 그 날 크라이드는 처음으로 손드라 핀츠레이(Sondra Finchley)라는 부호의 딸을 만나게 된다. 손드라는 크라이드가 동경하는 백부의 세계를 상징하는 존재였고 사랑을 하고 싶으나 도저히 이룰 수 없는 존재라는 아웃사이더의 고통을 다시 한 번 절감케 했다.

크라이드는 여공들이 많이 있는 어느 과의 과장이 되고, 좌절감과 외로움에 못 이겨 로버타 올든이라는 여공과 교제를 시작한다. 로버타는 가난한 농부의 딸로 도시에 나와 좀더 나은 생활을 해보려는 여성이었다. 그녀는 사장의 조카인 크라이드가 자기에게 관심을 보이는 데 흥분하고 기뻐한다. 한편 손드라는 길버트(크라이드의 사촌형)의 오만함에 분개하여 길버트와 놀랍게 닮은 크라이드에게를 장난 삼아 질투심에서 접근한다. 크라이드는 손드라를 따라 상류계급에 진출하여 꿈 같은 시간을 보낸다. 마침내는 손드라와 결혼하여 완전히 그 꿈을 달성하려는 것이었다. 이러한 꿈의 실현을 목전에 두었을 때 로버타가 임신했음을 알리고 결혼할 것을 강요한다. 로버타의 제거만이 그의 출세의 요인이라고 생각한 크라이드는 그녀를 빅 비턴 호로 유인하여 익사케 한다. 그 결과 본인도 전기의자에서 처형된다.

여기까지의 이야기는 드라이저의 자서전이거나 실재 사실의 소설화라는 관점이 농후하나 크라이드의 사고방식만은 드라이저 자신의 그것이다.

어렸을 때에는 종교와 가난 때문에 심한 제약을 받고, 성숙하면서부터는 사회의 여러 가지 조건 때문에 제약을 받는 것이 크라이드의 생애였다. 돈이 있어야만 생존할 수 있고, 돈을 가능한 한 많이 버는 것을 목표로 삼는 인생, 그것만이 참다운 가치 있는 인생이고, 그것을 미덕으로 삼는 것이 사회의 통념으로 되어 있는 사회에서는 크라이드는 그의 부모처럼 극기와 가난과 근심만이 있는 생활을 받아들일 수는 없었던 것이다. 무슨 수단을 써서라도 돈을 버는 것만이 미덕으로 되어 있는 사회에서는 그것을 수행하는 과정에서 벌어진 어떠한 행위도 범죄가 될 수 없다는 것이 크라이드의 신념이며, 그가 성공을 갈구했다는 것도 그의 잘못이라기보다는 물질적 성공만을 최고의 목표로 삼는 사회의 가치관과 그 목표를 달성하려는 사람들에게 가해지는 사회의 제약에 책임이 있다는 것이다. 드라이저가 '미국의 비극'이라고 일컬은 '비극'은 1920년대의 미국이 인생의 가치관을 부(富) 추구와 속세적인 출세에만 치중했다는 데 있다. 따라서 크라이드는 자기에게 죄가 있다면 로버타를 일부러 익사시켰다기보다는 사고로 익사한 그녀를 구조하지 않았다는 것이고, 사형을 받을 만한 범죄를 저지르지는 않았다는 결론이다. 로버타의 제거야말로 당연한 것이며, 그러한 행위에 크라이드는 조금도 양심의 가책을 느끼지 않는다. 양심의 부재 그것이 곧 '미국의 비극'이라는 것이다.

〈시스터 캐리〉나 〈천재〉 등에서 받아 온 비난과 비판 등 오랫동안의 작가 생활을 돌아보며 그는 미국 사회는 금전과 권력만을 추구하는 사회며 예술을 조장하는 사회는 아니라고 말했다. 그러나 그는 유럽으로 떠난 많은 젊은 작가들과는 달리 미국 사회는 그래도 그에게는 가장 만족스러운 사회라고 말했다. 폭로 문학가들의 사회고발 문학에 동정을 표하면서도 작가란 사회개혁이 그 목표나 동기가 되어서는 안 되며, 삶을 있는 그대로 그려야만 한다고 주장했다. 그는 젊은 사실주의 작가들에게서 삶의 어두운 면만을 응시하는 태도를 보고는 사실주의는 그러한 편협한 자세가 아니라고 말한 바도 있다. 드라이저는 환희와 행복 속에만 아름다움이 있는 것이 아니라 슬픔과 비극 속에도 있는 것이라고 덧붙였다. 50여 년 간의 그의 생애는 미국의 복잡한 역사와 끊을 수 없게 얽혀 있었고, 이러한 경험에서 그는 삶을 젊은 작가들보다는 폭넓게 볼 수 있었던 것이다.

물론 드라이저의 관심의 초점은 범죄와 그 수사에 있는 것이 아니라 현대 '미국의 꿈'의 한 희생자를 깊이 고찰하고 연구하는 데 있었다고 볼 수 있다. 크라이드가 꿈꾸는 성공이란 20세기 미국 자본주의가 모든 사람에게 장려하는 목표이기도 했다. 그러나 크라이드가 살았던 20년 초엽 20년간의 미국의 자본주의는 오늘날과 같이 제도적으로 성숙한 자본주의가 아니라 난폭하고 절제 없는 자본주의로서 미국 생활의 모든 분야를 지배하고 있었다. 따라서

〈미국의 비극〉은 한 개인뿐만 아니라 한 사회의 역사적인 연대기라고도 말할 수 있다.

다음은 이 작품에서 시도한 드라이저의 기법에 관하여 언급하겠다.

드라이저의 기법의 특징이 '철저성'과 '소모성'에 있다는 것을 모든 비평가들이 일치하여 논하는 바다. 그 중에서도 〈미국의 비극〉은 드라이저의 소설 중에서도 가장 치밀하게 빈틈없이 짜여진 작품이라는 것이다. 몇 개의 예를 들어보자.

그 가장 두드러진 예는 크라이드가 로버타와 함께 간 빅 비턴 호의 로버타가 익사하기 직전의 광경 등에서 볼 수 있다. 이 장면의 초현실적인 성격을 높이기 위하여 그는 환상적인 표현을 사용하고 있다. 소쩍새의 소름끼치는 울음소리와 난쟁이 에프리트가 불행을 상징해 주듯 크라이드의 머릿속에 떠올라 그로 하여금 로버타를 죽여 버리라고 유혹하는 듯하다. 호수의 물은 아마도 노하여 그 어떤 강력한 손에 의하여 던져진 까만 큰 진주처럼 보인다고 말하며 불길한 로버타의 다가올 운명을 예고해 준다. 그리하여 크라이드는 점점 현실에서 멀어져 마침내 로버타가 '거의 모호한 모습'으로 보이게 되었고 호수와 보트가 모두 환상의 물체로밖에는 보이지 않았다. 그의 마음을 사로잡고 있는 모든 것은 계속해서 그에게 유혹의 말을 건넨다.

크라이드의 이상한 눈빛을 보고 그에게로 달려오는 로버타를 막으려고 손을 무의식으로 드는 순간 자기도 모르게 그녀의 얼굴을 때렸고 배가 전복되면서 그녀는 뱃머리에 머리를 부딪친다. "살려 주세요, 크라이드, 크라이드" 하고 부르짖는 순간 크라이드의 귀에는 에프리트가 "네가 원하던 것이 바로 이것이다. 우연한 사고가 너의 소원을 이루게 해주었다"고 속삭이는 소리가 들려온다. 소쩍새의 울부짖음뿐 호수는 고요해졌고, 크라이드는 로버타를 자기가 죽이지 않았다고 다시 마음을 고쳐 먹는다. 그러나 그녀를 구조할 수 있었으나 그대로 두지 않았는가? 그녀의 익사가 진정 나의 잘못인가? 아니다. 그러나…… 그는 어두컴컴하게 저물어 가는 숲속으로 걸어 들어간다. 어둠 속으로 들어가는 것은 긍정도 부정도 할 수 없는 그의 우유부단함을 상징한 수법이라 볼 수 있다.

끝으로 어찌하여 드라이저는 이 소설을 〈미국의 비극〉이라고 이름 지은 것일까? '미국'의 미국은 무엇을 의미하고, '비극(tragedy)'은 무엇을 의미하는 말들일까? 드라이저는 크라이드의 이야기는 미국의 자본주의 사회가 빚어 내는 전형적인 이야기라고 했다. 왜냐하면 사회가 권장하는 가치관이 그 가치관을 따를 수 없는 무능력자들에게 오히려 가장 욕구를 충동시켜 주고 있으며, 이 욕구를 충족시키고자 하는 무능력자들은 온갖 제약을 받고 끝내는 범죄의 길을 택하지 않을 수 없다는 것이었다. 1920년대의 미국은 이 혼미의 잠을 깨지 못했고, 부(富), 즉 권력 앞에서는 개인은 극히 미약한 존재며, 그의 조그마한 의지 같은 것은 이러한 거대한 사회 기구 속에 있어선 한 조각의 자유조차도 가질 수 없다. 그는 사회가 떠내려 가는 대로 떠내려 가지 않으면 안 된다. 물질적인 풍조 속에 잠식되게 마련이다. 19세기에는 아직 그래도 개인의 자유는 인정되었고, 개인의 자유가 움직일 여지가 있었다. 그러나 1920년대의 미국 사회는 개인의 자유를 완전히 박탈해 버린 것이다. 크라이드의 죄는 사회의 보편적인 죄였다. 그러므로 크라이드의 비극은 미국의 비극의 축소판이라는 것이며, 〈미국의 비극〉의 '미국'은 보편적인 미국을 뜻한다. 따라서 이 제목은 '보편적인 미국의 비극'이라는 뜻이다. 동시에 출세와 부, 권력, 사랑과 같은 환상을 좇다 결국 자아를 잃고 자신이 누구인지 의식하지 못한 크라이드의 비극은 이 자아상실의 비극이기도 하다.

크라이드의 자아는 물질적인 욕망의 테두리 밖에서는 존재치 않으며 이 욕망을 깊이 통찰해 보면, 결국 나약하고 미미한 자신의 존재를 욕망을 성취할 수 있을 만큼 강한 존재로 만들어 보려는 욕망이었다. 따라서 그 목적의 가치관 여하를 따지는 문제를 고려하지 않을 때, 다시 말하면 자기의 소신을 다했다는 점에서는 자아를 창조하려는 욕구였다고 볼 수도 있다. 그러나 개인의 그러한 노력은 1920년대의 미국의 사회 구조의 메커니즘 속에 떠밀려 사라지고 만다는 것이며, 개인의 아이덴티티가 메커니즘 속에 매몰되고 만다는 데 비극이 있다는 것이다.

따라서 〈미국의 비극〉은 드라이저의 인생에 대한 비극 감정을 가장 완벽한 구조와 빈틈없는 배경과 인물 설정, 그리고 완전한 사실적 기록으로 창조한 걸작이라고 말할 수 있다.

따라서 이 작품이 출판되자마자 비평가들과 독자들이 모두 격찬을 아끼지 않았으며, 일생 중 처음으로 드라이저는 금전적 보상을 풍부하게 받게 되었다. 출판 직후 6개월 동안에 2만 5천 부가 팔렸고 다음해에는 극화되어 두 번씩이나 영화화되었다는 것은 앞에서도 적은 대로다.

조셉 우드 크러치(Joseph Wood Krutch)는 《네이션(The Nation)》 지에서 '우리 세대의 가장 위대한 미국 소설'이라고 극찬했고, H. G. 웰즈(Wells)는 '드라이저야말로 에누리 없는 천재다'고 평했다. 스튜어트 셔먼(Stuart Sherman)은 '이렇듯 대담하게, 이렇듯 지혜롭게, 이렇듯 철저하게, 이렇듯 정직하게, 따라서 자못 훌륭한 도덕적 효과마저 발휘하여 그려진 다른 미국 소설이 또다시 어디 있는지 모르겠다'고까지 했다. 셔우드 앤더슨(Sherwood Anderson)은 드라이저의 문법과 문체 때문에 실망을 느꼈지만 그래도 이 소설의 스케일과 힘과 깊은 감정에 찬사를 보냈다. 아놀드 베네트(Arnold Bennett)도 드라이저의 문체를 신랄히 비난하여 드라이저는 문장을 전혀 쓸 줄 모르는 사람이라고 혹평하면서도 〈미국의 비극〉이야말로 '경이적'이라고 결론지었다. 조이스 캐리(Joyce Cary) 같은 작가는 드라이저의 거칠고, 문법에 맞지 않고, 애매하고, 유치한 문장이 도리어 드라이저의 의도적인 계산에서 나왔다고 두둔하기까지 했다. 즉 그의 주제가 세련되고 우아한 문장으로써는 효과적으로 다룰 수 없는 주제이기 때문에 일부러 그러한 조잡하고 난삽한 문장으로 썼다고 결론지었을 정도였다. H. L. 멘켄(Mencken)도 그의 멜로드라마 같은 주제와 거친 문장을 날카롭게 비난했으나 "〈미국의 비극〉은 예술작품으로서는 멋진 한 편의 넝마이지만 인간의 기록으로서는 철저할 뿐만 아니라 엄숙한 위신에 가득 차 있다고 할 수 있다. 그리고 때로 진정한 비극의 경지에까지 오르려고 한다.……인물들의 사상은 애매하고 보잘것없는 것이지만 그 감정만은 살아 있다. 그리고 드라이저도 인물들과 감정을 같이하고 있으며, 독자들마저 인물들과 감정을 같이하게 할 수 있다. 이 소설이야말로 확실이 보통이 아닌 수준의 기교를 자아내고 있다"고 격찬했다.

드라이저의 문학적 결함이 어떠했던 간에 일생 동안 그가 약자들에게 가지고 있었던 동정은 그의 작품을 통하여 항상 나타나 있고, 멘켄이 말한 것처럼 드라이저는 사회에 대하여 이해할 수 있는 공감이 있고, 그의 인생에 대한 태도는 이론이나 철학에 입각하여 적립된 것이 아니고, 경험하고 본 것을 깊이 느끼고, 이론이나 철학도 직감 속에 용해시켜 대중, 특히 빈곤한 대중과 공감대를 형성할 수 있는 작가였다.

드라이저의 수법은 낡은 것일지도 모른다. 극명한 묘사를 정성껏 쌓아 감으로써 대상을 포착하려는 자연주의적인 방법은 조이스 이전의 문학일 것이다. 현대 문학에서 곧잘 볼 수 있는 시간의 흐름을 역행시키는 수법이란 전혀 찾을 길도 없다. 게다가 문장도 난삽하고 아름다운 문체도 아니다. 그저 솔직 간명하고 어디까지나 기술적(記述的)이며, 그 기술(記述)은 좀 지루할 정도로 장황하고 반복적이다. 문학에 있어 양은 반드시 질을 보증하는 것은 아니지만 양이 힘이 되는 수도 있다. 이 작품은 숨막힐 듯한 사건 전개와 세밀 정치한 묘사와 울창한 체계가 합하여 현대 문학에 드물게 보는 걸작을 빚어 내었다고 할 수 있다. 그가 스승으로 받든 발자크 못지않게 그 양의 방대함과 묘사의 세밀함으로써 독자를 압도하는 대가임에 틀림없다. 그가 당시의 청교도적인 '품위 있는 전통'에 반기를 들고 인간의 진실된 모습을 그리는 길을 터놓은 공적은 높이 평가할 만하다. 그리고 그 길은 그의 뒤를 이은 많은 작가들이 걷는 길이 되었다.

"사실주의란 문학이 아니라 인생이다. 이 점이 바로 대부분의 우리 시대의 작가들이 착각하고 있는 점이다. 출발만은 사실주의적 소설을 쓴다고 하지만 인생를 전혀 무시하고 있다는 것이 오늘날의 작가들의 통폐다. 그들은 인생의 암울하고 추악한 한 단면을 택하여 그칠 줄 모르는 과욕을 발휘하여 그 척결에 총력을 기울이지만 인생에는 그 밖의 많은 단면과 공간이 있다는 것을 잊어 버리고 있다."

드라이저는 환희와 행복 속에만 아름다움이 있는 것이 아니라 슬픔과 비극 속에도 있는 것이라고 하여 인생을 폭넓게 보아야 한다고 젊은 새로운 작가들에게 위와 같이 충고했다.

□연 보

1871년 8월 27일, 인디애나 주의 공업도시 테레 호트에서 존 폴 드라이저와 사라 마리아 샤나브 사이에서 열세 명의 자녀 가운데 열 두번째 아들로 태어남.

1879년 가난에 시달리며 빚을 갚지 못해 가족이 헤어짐. 어머니가 디어도어와 형 틸리와 동생 에드워드를 데리고 이웃 도시 빈센느로 가서 세탁일과 하숙을 쳤으나 거듭되는 실패로 다시 설리반으로 이사를 함.

1882년 장남 폴 드라이저가 에반스빌에 집을 마련하고 어머니와 동생들을 모셔감.

1883년 시카고에서 전가족이 재회함. 가족의 경제 사정이 호전됨. 아버지의 가장으로서의 권력행사는 집안의 불화를 일으켰고, 다시금 가족 이산의 불행을 초래함. 아버지는 테레 호트로, 어머니와 남동생들은 인디애나 주의 와르소로 가고 딸들은 시카고에 남음.

1887년 처음 홀로 시카고로 올라온 드라이저는 식당과 철물점에서 점원으로 일을 함.

1889년 드라이저의 재능을 인정한 고교 선생 밀프레드 필딩의 도움으로 인디애나 주 브루밍톤에 있는 인디애나 대학에 입학함.

1890년 11월 14일, 드라이저가 가장 사랑하며 의지할 수 있었던 어머니가 그의 팔에 안긴 채 세상을 떠남.

1892년 3류 신문인 《시카고 데일리 글로브》의 견습기자가 됨. 장래성을 인정받아 《글로브 데모크라트》 지와 《리퍼블릭》 지사에서 주 20달러의 좋은 조건으로 평기자로 출발함.

1893년 시카고의 세계 박람회에 교사 25명을 인솔하고 안내하던 중 가장 인물이 뛰어난 미모의 여성 사라 화이트를 만남.

1894년 동부로 떠나, 톨리도 클리브랜드, 피츠버그 등지에서 일을 했고, 뉴욕으로 자리를 옮김.

1895년 《에브리 몬스》 지의 발간 계획에 따라 편집의 책임을 맡고 잡지사 일을 시작함.

1898년 11월, 마침내 오랫동안 교제를 해오던 사라 화이트(29세)와 결혼을 함. 드라이저의 나이 27세.

1899년 오하이오 주 모미에 있는 아서 헨리의 집에서 여름을 보내며 소설을 쓰기 시작함.

1900년 첫번째 장편소설 〈시스터 캐리〉가 더블데이 앤드 페이지 출판사에 의해 출판되었으나, 내용이 부도덕하다는 이유로 곧 절판됨.

1904년 출판사 스트리트 앤드 스미스에 취직하여 편집일에 몰두함.

1905년 《스미스 매거진》의 편집을 맡음.

1906년 《브로드웨이 매거진》의 편집을 맡음.

1907년 그 동안 절판되어 왔던 〈시스터 캐리〉가 돗지 출판사에 의해 재출판됨.

1909년 두번째 소설 〈제니 게르하트〉 집필에 몰두함. 사라 화이트와 이혼함.

1911년 4월, 《제니 게르하트》가 하퍼 출판사에 의해 출간됨.

1912년 소설 〈욕망의 3부작〉 가운데 제1권 《금융업자》를 출간함. 하퍼 출판사에 의해 〈시스터 캐리〉가 재출간됨.

1913년 유럽 기행문 《40세의 나그네》가 센트리 출판사에 의해 출간됨.

1914년 5월 15일, 〈욕망의 3부작〉 중의 제 2권 《거인》이 출간됨.

1915년 소설 《천재》가 출간됨.

1916년 희곡집 《범인과 초인》과 여행기 《한 인디애나 주민의 휴일》이 존 레인 사에 의해 출간됨.

1918년 단편집 《자유인, 기타 이야기》와 장편 희곡 《도공(陶工)의 손》과 저명인사에 관한 인물평 《열두 사람》을 출간함.

1919년 헐리우드에 거주하며, 야심작 〈미국의 비극〉의 집필을 시작함. 이때 사촌 헬렌과 사랑을 시작함.

1920년 철학적 수상집 《에라 좋다, 둥둥둥》이 출간됨.
1922년 자서전 《나 자신에 관한 책》을 출간함. 일명 〈신문기자 시대〉.
1923년 헬렌과 함께 뉴욕으로 이주함. 〈미국의 비극〉을 계속 집필함.
1925년 《미국의 비극》이 보니 앤드 리버라이트 출판사에 의해 출간됨.
1926년 운율시집 《무드》를 출간함.
1928년 항상 소련에 호의적이던 드라이저는 실제로 소련 여행을 한 뒤 기대에 어긋난 소련의 정치체제, 국민의 모습을 다룬 《드라이저, 소련을 보다》를 출간함.
1929년 인물평 《여성열전》, 산문서사시 《나의 도시》를 출간함.
1930년 중편소설 《화려한 가구》를 출간함.
1931년 논픽션 《비극적인 미국》과 자서전 《여명》이 출간됨.
1932년 《아메리칸 스펙테이터(The American Spectator)》 지에 편집고문으로 일함.
1941년 논픽션 《미국은 구해 낼 가치가 있다》가 출간됨.
1942년 10월 1일, 첫번째 아내 사라가 사망함.
1944년 6월 13일, 사촌 헬렌과 결혼함. 미국 예술원상을 수여함.
1945년 12월 28일, 캘리포니아 주 헐리우드에서 심장마비로 운명함.
1946년 유작 《성채》가 더블데이 출판사에서 출간됨.
1947년 〈욕망의 3부작〉 중의 제3권 《금욕주의자》가 출간됨.

옮긴이 | 김병철

1921년 개성 출생.
보성전문, 중국국립중앙대학 · 대학원 졸업(미국 소설사 전공).
중앙대학교 영문과 교수, 대학원장 역임. 문학박사.
제8회 한국번역문학상, 대한민국예술원상 수상.
저서로는 <헤밍웨이 문학의 연구>, <한국근대 서양문학이입사 연구> 등이 있으며, 역서로는 <생활의 발견>, <누구를 위하여 종은 울리나> <포 단편선> 등이 있음.

미국의 비극(하)

발행일 초판 1쇄 발행 | 1989년 2월 10일
초판 4쇄 발행 | 1992년 9월 30일
2판 1쇄 발행 | 1999년 3월 25일
2판 4쇄 발행 | 2019년 12월 30일

지은이 | T. 드라이저 **옮긴이** | 김병철
펴낸이 | 윤형두 **펴낸곳** | 범우사
교 정 | 박은희 **인쇄처** | 상지사
등록번호 | 제406-2003-000048호 (1966년 8월 3일)
(10881) 경기도 파주시 광인사길 9-13 (문발동 525-2)
대표전화 | 031-955-6900 **팩 스** | 031-955-6905
홈페이지 | www.bumwoosa.co.kr **이메일** | bumwoosa1966@naver.com

ISBN 89-08-07048-6 04840
89-08-07000-1 (세트)

* 책값은 뒤표지에 있습니다.
* 잘못된 책은 바꾸어드립니다.